그레이스

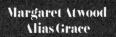

Margaret Atwood
Alias Grace

그레이스

마거릿 애트우드

이은선 옮김

민음사

ALIAS GRACE

by Margaret Atwood

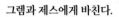

그렘과 제스에게 바친다.

그 세월 동안 무슨 일들이 있었건

네가 거짓말을 하고 있다는 내 말이 진실임은 신이 아실 터.

— 윌리엄 모리스, 「귀네비어를 위한 변론」

나에게는 심판의 장(場)이 없다.

— 에밀리 디킨슨, 『서간집』

나는 빛이 무엇인지는 말할 수 없지만 빛이 아닌 것이 무엇인지는 말할 수 있다……

빛의 원동력은 무엇일까? 빛은 무엇일까?

— 유진 마레, 『흰개미의 정신』

차례

일러두기
각 부의 제목은 퀼트를 만들 때 쓰이는 패턴의 이름이다.

1부

삐죽삐죽한 테두리

내가 찾아갔을 때 교도소에는 여재소자가 40명뿐이었다. 여성의 윤리 교육
이 얼마나 월등한지 알 수 있는 대목이었다. 내가 그들의 공간을 찾은 이유
는 유명한 살인범 그레이스 마크스를 만나기 위해서였는데, 그녀에 대해서
라면 여러 신문에서 다루었을 뿐만 아니라, 가엾은 공범이 교수대에서 죄 많
은 삶을 마감할 때 능수능란한 언변으로 그녀만큼은 교수형의 위험에서 구
출한 그녀의 변호인을 통해서도 많은 이야기를 들었다.

─수재너 무디, 『개척지 생활』(1853)

와서 보라
이 고통스러운 세상의
진짜 꽃들을.

─바쇼*

---

* 1644~1694. 일본에서 하이쿠의 대가로 꼽히는 인물.

1

자갈 틈새로 작약이 자라고 있어요. 헐거운 회색 자갈을 뚫고 올라온 그들은 뱀의 눈처럼 봉오리로 공기를 탐색하다 부풀어 공단처럼 반짝반짝하고 반들반들한, 짙은 빨간색의 큼지막한 꽃을 터뜨리죠. 그러다 산산이 땅으로 떨어져요.

뿔뿔이 흩어지기 전 어느 한 순간에는 그 꽃들도 첫날 키니어 나리 댁 앞마당에 피어 있던 작약과 똑같아요. 나리 댁 앞마당에 핀 작약은 하얀색이기는 했지만요. 낸시가 꽃을 자르고 있었어요. 아랫단에 삼단 주름이 달린, 분홍색 장미 봉오리 무늬의 옅은 색 드레스를 입고 밀짚 보닛으로 얼굴을 가리고. 꽃을 담을 납작한 바구니도 들고 있었어요. 허리를 숙일 때에는 숙녀처럼 등을 꼿꼿하게 폈고요. 낸시는 우리가 오는 소리를 들었을 때 고개를 돌렸고, 놀란 것처럼 목에 손을 갖다 댔어요.

저는 고개를 숙이고 눈을 떨어뜨린 채 다른 사람들과 보조를 맞춰 걸었어요. 우리는 높다란 돌담으로 둘러싸인 사각형 뜰 안으로 둘씩 짝을 지어 조용히 걸어 들어갔어요. 저는 두 손을 앞으로 모아서 깍지를 꼈죠. 손을 보면 살이 터 있고 관절이 빨개요. 그렇지 않은 적이 언제였는지 기억도 나지 않아요. 길을 자박자박 밟을 때마다 파란색과 하얀색이 섞인 신발 앞부리가 치맛자락 속으로 들어갔다 나왔다 해요. 이렇게 잘 맞는 신발은 처음이에요.

지금은 1851년. 저는 다음번 생일이면 스물네 살이 돼요. 열여섯 살 때부터 여기 갇혀 있었죠. 저는 모범수이고 전혀 말썽을 부리지 않는다고 교도소장 부인이 말하는 걸 언뜻 들은 적이 있어요. 저는 엿듣는 걸 잘해요. 착하고 얌전하게 굴면 결국에는 풀려날지 모르죠. 하지만 착하고 얌전하게 구는 것은 다리 밖으로 떨어져 그 끝에 매달려 있는 것만큼 힘든 일이에요. 겉보기에는 꼼짝 않고 그저 매달려 있는 것 같지만, 사실은 사력을 다하고 있는 거잖아요.

저는 작약을 곁눈질해요. 이상한 일이거든요. 지금은 4월이고, 작약은 4월에 꽃을 피우지 않아요. 그런데 제 바로 앞쪽 길가에 세 송이가 더 자라고 있지 뭐예요. 슬그머니 손을 내밀어 한 송이를 건드려 봐요. 바스락거리는 느낌이 나는데, 알고 보니 조화예요.

잠시 후, 머리카락은 앞으로 쏟아지고 눈 위로 피가 흐르는 낸시가 무릎을 꿇고 앉아 있는 게 저 앞에서 보여요. 그녀가 목에 두른 파란 니겔라 꽃무늬의 하얀색 면 손수건은 제 것이에요. 낸시는 고개를 들고 살려 달라며 제 쪽으로 손을 내밀고 있어요. 예전에는 낸시의 귀에 달린 조그만 금귀걸이를 부러워했지만, 지금은 낸시가 가져도 좋다고 생각해요. 이번에는 모든 게 다를 테니, 이번에는 제가 달려가 도움을 청할 테니, 제가 낸시를 안아 올려 제 치마로 피를 닦아 줄 테니, 제 페티코트를 찢어 붕대를 만들어 주고 아무 일도 없을 테니까요. 키니어 나리가 오후에 집으로 돌아와 집 앞길에서 말을 타고 나면 맥더모트가 말을 데리고 갈 테고, 나리가 응접실로 들어오면 제가 커피를 끓일 테고, 낸시가 평소 하던 대로 쟁반에 커피를 들고 가면 나리가 정말 맛있다고 할 테고, 밤이 되면 개똥벌레들이 과수원에 모습을 드러낼 테고, 등불이 비치는 가운데 음악이 흐르겠죠. 제이미 월시. 피리 부는 소년.

저는 낸시가 무릎을 꿇고 앉아 있는 곳에 거의 도착해요. 하지만 대열을 흐트러뜨리거나 달리지 않고 계속 짝을 지어 걸어가죠. 잠시 후 낸시가 입으로만 웃는데 두 눈은 피와 머리카락에 가려 보이지 않아요. 이윽고 낸시가 여러 색 파편으로 흩어지고 빨간 천으로 만들어진 꽃잎들이 자갈 너머로 날아가요.

그러다 갑자기 어두워지는 바람에 저는 손으로 눈을 가리는데, 촛불을 든 남자가 위로 올라가는 계단을 막고 서 있어요. 지하실 벽이 사방을 에워싸고 있어서 다시는 빠져나가지 못하겠다는 생각이 들어요.

이것이 이야기를 하다가 그 부분에 이르렀을 때 조던 박사님께 내가 했던 말이다.

2부

가시밭길

화요일 12시 10분경, 키니어 경을 살해한 제임스 맥더모트가 이 도시의 신축 구치소에서 최고형을 당했다. 이 사악한 인간의 마지막 몸부림을 목격하겠다는 일념으로 처형의 순간을 초조하게 기다리는 남녀노소가 어마어마하게 많았다. 이 끔찍한 광경을 함께하기 위해 진흙탕과 비를 뚫고 각지에서 모여든 여자들이 어떤 분위기를 풍겼을지 우리는 알 수 없다. 감히 장담하건대 아주 우아하거나 고상하지는 않았을 것이다. 가엾은 범인은 체포된 이래 늘 그랬던 것처럼 그 무시무시한 순간에도 태연하고 대담했다.

—《토론토 미러》(1843년 11월 23일)

죄 목	처 벌
웃으면서 말하는 것	구조편*으로 태형 6회
세탁실에서 잡담하는 것	생가죽 채찍으로 태형 6회
다른 죄수의 머리를 부숴 버리겠다고 협박하는 것	구조편으로 태형 24회
일과 무관한 문제로 교도관들에게 말을 거는 것	구조편으로 태형 6회
경비원들이 앉으라고 해도 배급을 가지고 꼬투리 잡는 것	생가죽 채찍으로 태형 6회 및 빵과 물로 배식 제한
아침 식사 시간에 두리번거리고 산만한 태도를 보이는 것	빵과 물로 배식 제한
다른 죄수들은 가만히 있는데 일을 그만두고 화장실에 가는 것	36시간 동안 어두운 독방에 감금 및 빵과 물로 배식 제한

—『처벌 규정집』(킹스턴 교도소, 1843)

---

* 아홉 개의 끈을 단 형벌용 채찍.

그레이스 마크스, 일명 메리 휘트니   제임스 맥더모트

토머스 키니어 씨와 낸시 몽고메리를 살해한 죄로 법정에 섰을 때의 모습.

2

리치먼드힐에서 일어난

토머스 키니어 씨와 그의 가정부 낸시 몽고메리의 피살 사건

그리고 그레이스 마크스와 제임스 맥더모트의 재판

그리고 1843년 11월 21일 토론토의 신축 구치소에서 거행된

제임스 맥더모트의 교수형.

그레이스 마크스, 그녀는 하녀,

나이는 열여섯 살,

맥더모트는 마구간지기,

두 사람은 토머스 키니어 씨의 저택에서 일했지.

토머스 키니어는 부잣집 나리,

그는 여유롭게 살았고,

낸시 몽고메리라 불리던,

가정부를 사랑했지.

오, 내 사랑 낸시, 슬퍼하지 말지어다,

내가 이제 시내로 가,

토론토의 은행에서,

너에게 줄 돈을 찾아올 테니.

오, 낸시는 좋은 가문의 아가씨가 아니야,

오, 낸시는 여왕 마마가 아니야,

그런데도 새틴과 비단으로,

가장 잘 차려입고 다니지.

오, 낸시는 좋은 가문의 아가씨가 아니야,

그런데도 나를 노예처럼 대하지,

새벽부터 밤까지 부려 먹고,

이러다 내가 무덤에 갈 때까지 일을 하겠네.

그레이스, 그녀는 선량한 토머스 키니어를 사랑했고,

맥더모트, 그는 그레이스를 사랑했지,

그리고 감히 단언하건대,

두 사람을 추락시킨 것이 바로 이 사랑.

오, 그레이스, 부디 나의 진정한 사랑이 되어 주오,

오, 안 돼요, 그럴 수 없어요,

당신이 나를 위해,

낸시 몽고메리를 죽여 주면 모를까.

그는 낸시의 금발 위에,

자기 도끼로 한 방을 날렸지,

그는 그녀를 지하실 문 앞으로 끌고 가,

계단 밑으로 던졌지.

오, 살려 줘, 맥더모트,

오, 살려 줘, 그녀가 말했지,

오, 살려 줘, 그레이스 마크스, 그녀가 말했지,

그러면 내 옷을 세 벌 줄게.

오, 나를 위해서가 아니라,

배 속에 있는 아이를 위해서가 아니라,

내 진정한 사랑, 토머스 키니어를 위해,

아침을 보고 싶으니.

맥더모트는 그녀의 머리채를 잡고,

그레이스 마크스는 그녀의 머리를 잡고,

이렇게 파렴치한 두 범인은,

그녀의 목을 졸라 죽였지.

내가 무슨 짓을 한 거지, 내 영혼은 갈 데가 없구나,

그리고 내 목숨이 위태롭구나!

그러니 우리 목숨을 위해, 그가 돌아오거든,

토머스 키니어를 죽여야 하겠네.

오, 안 돼요, 오, 안 돼, 제발 부탁이에요,

그의 목숨만은 살려 달라고 간절히 애원할게요!

아니, 그자는 죽어야 하오,

당신은 나의 애인이 되겠다고 맹세하지 않았소.

이제 토머스 키니어가 말을 타고 집으로 돌아왔을 때,

부엌 바닥에서,

맥더모트가 쏜 총이 심장을 관통해

그는 피범벅이 되었네.

보따리장수가 집으로 찾아와,

내가 만든 옷을 사려오,

오, 저리 가요, 보따리장수 아저씨,

옷이라면 셋이 입어도 충분할 정도이니.

푸주한이 집으로 찾아와,

매주 찾아오던 사람이거늘,

오, 저리 가요, 푸주한 아저씨,

신선한 고기는 얼마든지 있으니!

그들은 키니어의 은화를 털고,

그들은 그의 금화를 털고,

그들은 그의 말과 마차를 훔쳐,

토론토로 달렸지.

한밤을 틈타,

토론토로 달아난 그들은,

호수를 건너 미국으로 향했지,

무사히 도망칠 수 있을 거라 생각하며.

그녀는 감히,

맥더모트의 손을 잡고,

루이스턴의 여관에 묵었지,

메리 휘트니라는 이름으로.

시체는 지하실에서 발견되었네,

그녀는 온통 시커메진 얼굴로,

빨래 통 밑에 있었고,

그는 똑바로 누워 있었지.

그러자 추격에 나선 킹스밀 집행관은,

배를 한 척 전세 내,

최대한 빠른 속도로,

호수를 건너 루이스턴으로.

두 사람이 자리에 누운 지 여섯 시간도 안 됐을 때,

여섯 시간이 지났거나 좀 더 지났을 때,

루이스턴의 여관으로 그가 들이닥쳐,

문을 두드렸지.

오, 누구세요, 너무나 정중하게 묻는 그레이스,

무슨 일로 저를 찾아오셨나요?

오, 당신이 선량한 토머스 키니어와,

낸시 몽고메리를 살해하지 않았소.

그레이스 마크스 그녀는 피고석에 서서,

모든 걸 부인했지.

저는 그녀가 목 졸리는 걸 보지 못했습니다,

저는 그가 쓰러지는 소리도 듣지 못했습니다.

그가 나를 억지로 끌고 가며 말하길,

만에 하나 고자질이라도 하는 날에는,

말 잘 듣는 총 한 방이면,

당장 골로 보낼 수 있다고 했어요.

맥더모트는 피고석에 서서 말하길,

저 혼자 한 일이 아니라,

온전히 그녀를 위해 한 일이며,

그레이스 마크스, 그녀가 저를 사주했습니다.

어린 제이미 월시가 법정에 서서,

진실을 맹세하며 말하길,

오, 그레이스가 낸시의 옷을 입고,

낸시의 보닛까지 쓰고 있어요!

그들은 교수대 높이,

맥더모트의 목을 매달고,

그레이스는 후회하고 한탄하도록,

황량한 감옥에 집어넣었지.

그들은 한두 시간 정도 그를 매단 뒤,

시신을 끌어 내려,

산산조각을 냈지,

대학교에서.

낸시의 무덤에서는 장미가 한 송이 자랐고,

토머스 키니어의 무덤에서는 넝쿨이 자랐지,

높이 높이 자란 이 둘이 서로 엉켜,

이리하여 둘은 하나가 되었네.

그러나 그레이스 마크스는 한평생 동안,

지긋지긋한 감옥에 갇혀 있어야 할 판,

잔혹한 범행과 지은 죄 때문에,

킹스턴 교도소에 갇혀 있어야 할 판.

그러나 그레이스 마크스가 마침내 참회한다면,

죄를 뉘우친다면,

마지막으로 눈을 감을 때,

주 그리스도의 보좌에 설 수 있으리.

주 그리스도의 보좌에 서서,

괴로움을 치료받고,

그가 그녀의 피 묻은 손을 씻어 주면,

눈처럼 새하얘지리.

눈처럼 새하얘지면,

천국을 통과하고,

낙원에서 살 수 있으리,

마침내 낙원에서.

3부

길모퉁이의 고양이

그녀는 살짝 기품이 흐르는 적당한 체격의 여자다. 어찌할 수 없는 애수에 젖은 얼굴을 물끄러미 쳐다보고 있으면 너무 심란해진다. 그녀의 하얀 얼굴은, 그 어찌할 수 없는 애수에 젖어 파리해지기 전에는 환히 빛났을 것이다. 눈은 하늘색이고, 머리는 적갈색이다. 얼굴은 주걱턱만 아니면 예뻤을 텐데, 이런 단점을 타고난 사람들이 대부분 그렇듯, 그 턱 때문에 교활하고 매정한 인상을 풍긴다.

그레이스 마크스가 슬그머니 곁눈질한다. 그녀는 눈을 맞추는 법이 없고, 은근슬쩍 쳐다본 뒤에 항상 시선을 바닥으로 떨어뜨린다. 그녀는 미친 신분인 것에 비해 조금 교양이 있어 보인다…….

—수재너 무디, 『개척지 생활』(1853)

죄수가 고개를 들었다. 얼굴이 매끄럽고 보드라웠다.
성인(聖人)의 대리석 조각처럼. 깜빡 잠이 든 젖먹이처럼.
너무 매끄럽고 보드라워서, 너무 아름답고 고와서,
고통이 주름을 남기거나 슬픔이 그늘을 드리우지 못했다!

죄수는 손을 들어 이마를 눌렀다.
"맞았어요. 그래서 지금 아파요.
하지만 이렇게 튼튼한 빗장이나 족쇄도 별 소용없어요.
이걸 강철로 만들었다 해도 나를 단단히 붙잡아 놓지 못했을 거예요."

—에밀리 브론테, 「죄수」(1845)

3

1859년.

나는 교도소장의 응접실, 아니 교도소장 부인의 응접실에 있는 자주색 벨벳 의자에 앉아 있다. 정치 상황에 따라 주인은 계속 바뀌었지만, 이곳은 예전부터 교도소장 부인의 응접실이었다. 나는 장갑은 없지만 격식에 맞게 두 손을 얌전히 포개 무릎 위에 올려놓는다. 부드럽고 하얗고 주름 하나 없이 꼭 맞는 장갑이 있었으면 좋겠다.

나는 종종 이 응접실에 들어와 찻잔 같은 것들을 치우고, 조그만 테이블과 테두리에 포도와 잎사귀가 새겨진 기다란 거울과 피아노를 닦는다. 그리고 황금색 태양과 은색 달이 시간과 주간에 따라 들어갔다 나왔다 하는, 유럽에서 건너온 키 큰 시계도 닦는다. 시계란 시간을 재는 기구이고 나에게는 이미 주어진 시간이 너무 많지만, 나는 이 응접실 물건들 중에서 시계가 제일 좋다.

하지만 이 의자는 손님용이라 지금까지 한 번도 앉아 본 적이 없다. 올더먼 파킨슨 마님이 말하길 숙녀라면 신사가 방금 전까지 앉아 있던 의자에 앉으면 안 된다고 했는데, 이유는 알려 주지 않았다.

하지만 메리 휘트니가 알려 주었다. 바보야, 남자 궁둥이가 닿아서 아직 따뜻하기 때문이잖아. 입에 담기 민망한 소리였다. 그래서 나는 이 소파에 앉으면 바로 여기 앉았던 기품 있는 엉덩이들, 우아하고 새하야며 반숙한 달걀처럼 출렁이는 그 엉덩이들을 떠올릴 수밖에 없다.

손님들은 앞쪽에 줄줄이 단추가 달려 있고, 밑에는 뻣뻣한 철사 크리놀린*이 달린 애프터눈 드레스를 입고 있다. 그런 옷을 입고 앉을 수 있다는 게 놀라운 일인데, 그들이 걸을 때면 굽이치는 치맛자락 속에서 다리에 닿는 것이라고는 시프트**와 스타킹뿐이다. 그들은 백조처럼 보이지 않는 발을 딛고 떠다닌다. 아니면 내가 어렸을 때, 바다 너머로 길고 서글픈 여행을 떠나기 전에 살았던 우리 집 근처 돌투성이 항구에서 본 해파리 비슷하다. 해파리들은 종 모양으로 주름이 잡혀 있었고, 바다 밑에서 우아하고 사랑스럽게 흔들거렸다. 하지만 해변으로 떠밀려 와 햇볕에 건조되면 남는 게 없었다. 귀부인들이 그렇다. 몸 전체가 거의 물로 이루어져 있다.

내가 여기 처음 왔을 때는 철사 크리놀린이라는 것이 없었다. 그때는 철사 크리놀린이 고안되기 전이라 말총으로 만들었다. 나는 요강을 치우러 들어갈 때 옷장에 걸린 크리놀린들을 본다. 새장 비슷하게 생겼는데, 그 안에 갇힌 게 뭘까? 다리. 귀부인들의 다리. 우리

---

* 스커트를 부풀리기 위해 버팀살을 넣어 만든 스커트나 말총, 고래 뼈, 철사 등으로 만든 딱딱한 페티코트를 일컫는데 전체적으로 종 모양이나 닭장 모양을 이루었다.
** 셔츠나 슈미즈와 비슷한 마제(麻製) 속옷으로 19세기 중기까지는 장식적이고 화려했다.

에 갇혀 있어서 치마 밖으로 내밀어 신사들의 바지 위를 더듬을 수 없게 된 다리. 교도소장 부인은 다리 이야기를 한 적이 없지만, 신문에서는 낸시 기사를 실으면서 빨래 통 밑으로 죽은 다리들이 삐져나와 있었다고 했다.

해파리 같은 귀부인들만 오는 게 아니다. 화요일에는 개혁적인 사고방식의 남녀가 모여 이런저런 해방을 운운하는 '여성 문제' 모임이 있다. 목요일에는 차를 마시면서 망자와 대화하는 '심령술' 모임이 있는데, 교도소장 부인은 어린 나이로 세상을 떠난 아들이 있기 때문에 이 모임에서 위안을 얻는다. 그런데 대다수가 귀부인이다. 그들은 앉아서 얇은 찻잔에 담긴 차를 홀짝이고, 교도소장 부인은 사기로 된 조그만 종을 울린다. 그녀는 교도소장 부인이라는 자기 자리를 탐탁지 않게 생각하고, 남편이 감옥이 아닌 다른 곳을 맡아 주길 바란다. 그는 좋은 친구들을 여럿 거느린 덕분에 교도소장이 될 수 있었지만, 그 이상은 무리다.

때문에 그녀는 여기에서 사회적 입지와 업적을 쌓아야 하는데, 거미처럼 두려운 존재인 동시에 자비를 베풀어야 할 대상인 나도 그 업적의 일부분이다. 나는 방 안으로 들어가서 무릎을 굽혀 인사한 다음, 입을 다물고 고개를 숙인 채 이리저리 움직이며 잔을 치우든지 들고 온 잔을 내려놓든지 한다. 그러면 그들은 아닌 척하며 보닛 밑으로 나를 물끄러미 쳐다본다.

그들이 나를 보고 싶어 하는 이유는 내가 유명한 살인범이기 때문이다. 아니, 내게 유명한 살인범이라는 꼬리표가 달려 있기 때문이다. 나는 처음 그 말을 들었을 때 깜짝 놀랐다. 가수나 시인이나 심령술사나 배우라면 모를까, 유명한 살인범이라니. 그렇지만 살인범은 어감이 강한 꼬리표다. 그 단어에서는 냄새가 난다. 꽃병에서 죽은 꽃처럼 사향 비슷하고 답답한 냄새가 난다. 나는 가끔 밤에 혼자서 그 단어를 중얼거린다. 살인범, 살인범. 그러면 바닥에 쓸리는 호박단 치마처럼 바스락거린다.

살인마라고 하면 그냥 무식하게 들린다. 망치 아니면 쇳조각 같다. 둘 중에 하나를 선택할 수밖에 없다면 나는 살인마보다 차라리 살인범이 되겠다.

나는 포도가 새겨진 거울을 청소할 때 쓸데없는 짓이라는 걸 알면서도 가끔 거울에 비친 내 모습을 쳐다본다. 응접실의 오후 햇살에 비친 내 피부는 희미해져 가는 멍 자국처럼 옅은 자주색이고, 이는 푸르스름하다. 나는 나에 대해 오갔던 이야기들을 모조리 떠올려 본다. 나는 잔인한 악마이고, 불한당에게 끌려가 목숨이 위험했던 순진한 희생양이고, 나를 교수형에 처하면 사법 당국이 살인을 저지르는 게 될 만큼 아무것도 모르는 바보이고, 동물을 좋아하고, 안색이 밝은 미녀이고, 눈은 파란색인데 어디서 말하기로는 초록색이고, 머리는 적갈색인 동시에 갈색이고, 키는 크거나 작은 편이고, 옷차림이 단정하고 깔끔한데 죽은 여자를 털어서 그렇게 꾸민 거고, 일에 관한 한 싹싹하며 영리하고, 신경질적이며 뚱한 성격이고, 미천한 신분인 것에 비해 조금 교양이 있어 보이고, 말 잘 듣고 착한 아이라 나를 나쁘게 말하는 사람이 없고, 교활하며 비딱하고, 머리가 멍청해서 바보 천치와 다를 바 없다. 나는 궁금하다. 내가 어떻게 각기 다른 이 모든 사항들의 조합일 수 있을까?

나를 가리켜 바보 천치와 다를 바 없다고 한 사람은 담당 변호사인 케네스 매켄지 씨였다. 나는 그것 때문에 화가 났지만, 그가 말하길 그게 가장 최선의 방법이니 너무 똑똑해 보이면 안 된다고 했다. 그는 모든 능력을 동원해서 나를 변호하겠다고 했다. 사건의 진상이 무엇이건 간에 당시 내 나이가 어린아이와 다를 바 없었고, 결국에는 그 나이에 자유의지가 존재한다고 인정하느냐 인정하지 않느냐의 문제라고 생각했기 때문이었다. 그는 인정 많은 신사였고, 나로서는 그가 무슨 소리를 하는지 도무지 알아들을 수 없었지만 그래도 훌륭한 변론임에는 틀림없었다. 신문에서는 그가 희박한 가능성을 딛고 눈부신 활약을 벌였다고 했다. 그나저나 그가 한 일은 증인들을 하나같이 비도덕적이거나 사악하거나 착각한 사람으로 만드는 것이었는데, 왜 그런 걸 변론이라고 하는지 모르겠다.

그는 내가 한 말을 단 한마디라도 믿었을까 싶다.

내가 쟁반을 들고 밖으로 나오면 귀부인들은 교도소장 부인의 스크랩북을 본다. 아유, 기절하는 줄 알았어요. 그들은 이렇게 말한다. 저 아이가 집 안에서 돌아다니도록 내버려 두시다니 부인도 강심장이신가 봐요. 저는 절대 못 견디겠는데. 글쎄요, 우리 같은 상황이 되면 그런 데 익숙해져야죠. 우리도 사실 죄수나 다름없잖아요. 그러니 무지몽매한 인간들을 딱하게 생각해야죠. 그 아이는 하녀 교육을 받았으니까 일거리를 주는 게 좋아요. 바느질도 얼마나 잘하는지 능수능란하고 솜씨가 좋아서 특히 여자아이들 드레스를 만들 때 도움이 많이 되고, 장식품을 보는 안목도 있어요. 상황이 여의치 않아서 그렇지, 모자 가게 조수로 일했으면 아주 좋았을 텐데.

물론 우리 집에는 낮에만 드나들 수 있어요. 밤에는 집 안에 들이기 좀 그렇죠. 그 아이가 7년인가 8년 전에 토론토의 정신병원에 있었던 거 아시죠. 겉보기에는 다 나은 것 같지만 언제 다시 발작을 일으킬지 몰라요. 가끔 이상하게 혼잣말을 하거나 큰 소리로 노래를 부를 때도 있거든요. 저희가 위험을 감수할 수는 없는 노릇이라 저녁이 되면 교도관들이 데리고 가서 제대로 가둔답니다. 안 그러면 잠 한숨 못 잘 거예요. 어머, 그거야 당연하죠. 기독교도로서 자비를 베푸는 것도 한계가 있을 뿐 아니라 세 살 버릇 여든까지 간다는 말도 있고, 부인더러 임무를 게을리했다거나 합당한 인정을 베풀지 않았다고 할 사람은 없을 거예요.

　교도소장 부인의 스크랩북은 실크 숄을 덮어 동그란 탁자 위에 놓아둔다. 실크 숄에는 꽃과 빨간 열매와 파란 새 들과 덩굴 같은 나뭇가지들이 서로 얽혀 있는 아주 커다란 나무가 그려져 있는데, 한참 쳐다보고 있으면 바람이 불기라도 하는 것처럼 덩굴들이 몸을 꼬기 시작한다. 선교사와 결혼한 큰딸이 인도에서 보내온 것인데, 나라면 그런 결혼은 하지 않겠다. 제명에 못 죽을 게 분명하기 때문이다. 먼저 원주민 반란으로 말할 것 같으면 칸푸르*에서도 양갓집 귀부인들을 상대로 끔찍한 만행이 저질러졌다는데, 그 치욕을 생각하면 모두 학살을 당해 고통에서 벗어난 게 차라리 다행스러운 일이었다. 그게 아니면 온몸이 노랗게 변하고 격렬한 발작에 시달리다 죽는 말라리아에 걸릴지 모르고, 어찌 됐건 몸을 돌리기도 전에 이국땅의 야자

---

* 1857년 영국령 인도에서 일어난 세포이의 항쟁 당시 영국 식민지 지배의 전진 기지였던 칸푸르에서 영국 주둔군이 대량 학살을 당했다.

수 밑에 묻히는 신세가 될 것이다. 나는 교도소장 부인이 울고 싶을 때 꺼내는 동양 판화집에서 그런 그림들을 본 적이 있었다.

미국에서 건너온 패션을 소개하는 《고디스 레이디스 북》*과 둘째 딸과 셋째 딸의 기념 앨범도 그 동그란 탁자 위에 놓여 있다. 리디아 아가씨는 나더러 낭만적인 사람이라고 한다. 하지만 둘 다 너무 어려서 자신들이 하는 말이 무슨 뜻인지 모른다. 가끔 두 딸이 나한테 꼬치꼬치 캐묻고 괴롭힐 때도 있다. 그레이스, 왜 안 웃어? 웃는 걸 본 적이 없어. 그러면 나는 아가씨, 제가 이상하게 변했나 봐요, 얼굴이 그쪽으로 움직여지지 않네요, 라고 말한다. 하지만 큰 소리로 웃음보가 터지면 멈추지 못할 수도 있는데, 그렇게 웃으면 나에 대한 두 아이의 환상이 깨질 수도 있다. 낭만적인 사람들은 웃지 않는 법이니까. 나도 그림을 봐서 그 정도는 안다.

두 딸은 옷에서 떼어 낸 조그만 천 조각에서부터 리본 자투리, 잡지에서 오린 사진(고대 로마 유적지, 프랑스 알프스산맥의 그림 같은 수도원, 올드 런던 브리지, 여름과 겨울의 나이아가라 폭포, 영국의 이 부인과 저 귀족의 얼굴 사진들) 등 온갖 것들을 앨범에 넣는다. 나이아가라 폭포는 다들 그렇게 장관이라고 하니 나도 구경하고 싶다. 그리고 두 딸의 친구들은 우아한 글씨로 편지를 보낸다. "사랑하는 리디아에게, 너의 영원한 친구 클라라 리처즈", "사랑하는 메리앤에게, 새파란 온타리오 호숫가의 근사한 소풍을 추억하며". 그리고 시도 있다.

　　튼튼한 떡갈나무를

---

* 1830년에 창간된 미국의 여성 잡지. 화려한 삽화로 인기를 끌었다.

사랑스러운 담쟁이덩굴이 둥그렇게 휘감듯
진실한 믿음을 너에게 맹세하노니
그 마음은 영원히 너의 것이니라. 너의 믿음직한 로라가.

아니면,

내 비록 너로부터 멀리 떨어져 왔지만,
마음 아파하지는 마.
영혼이 하나인 우리 둘은
절대 헤어질 리 없으니. 네 친구 루시.

이 아가씨는 시를 보내고 얼마 안 지나 타고 있던 배가 돌풍에 가라앉는 바람에 호수에 빠져 죽었는데, 은색 못으로 그녀의 머리글자를 새긴 상자 말고는 아무것도 건지지 못했다. 그 상자는 끝까지 잠겨 있어서 축축하긴 해도 멀쩡했고, 리디아 아가씨는 거기 들어 있던 스카프를 유품으로 받았다.

내가 죽어 무덤에 묻히고
온몸의 뼈가 썩었을 때
이걸 보거든 나를 기억해 줘.
내가 잊혀지지 않게.

시 밑에는 "내 영혼은 언제나 너와 함께 있을 거야, 사랑하는 '낸시' 해너 에드먼즈."라고 적혀 있는데, 솔직히 고백하건대 나는 이

걸 처음 보았을 때 동명이인임에도 소스라치게 놀랐다. 게다가 온몸의 뼈가 썩다니. 키니어 나리와 낸시는 지금쯤 뼈가 썩었을 것이다. 발견 당시 그녀의 얼굴이 온통 시커멨다고 했으니, 틀림없이 고약한 냄새가 진동했을 것이다. 그때가 7월이라 찌는 듯이 덥기도 했지만, 그래도 너무 일찍 부패가 시작된 거다. 우유 보관하는 곳은 보통 시원하니까 거기 넣었으면 좀 더 오래 버틸 수 있었겠지만. 정말 끔찍했을 테니 그 자리에 내가 없었던 게 다행이다.

왜 모두들 다른 사람의 기억에 남지 못해 안달인지 모르겠다. 그러면 뭐가 좋을까? 모두들 잊고 두 번 다시 입 밖으로 꺼내지 말아야 할 일들도 있는 법이다.

교도소장 부인의 스크랩북은 전혀 다르다. 그녀는 어린아이가 아니라 어른이기 때문에 추억을 좋아하더라도 추억에 남기고 싶은 게 제비꽃이나 소풍은 아니다. '사랑하는'이라거나 '연애', '미용', '영원한 친구', 이런 단어들은 그녀의 안중에 없다. 그녀의 스크랩북에 들어 있는 것은 교수형을 당했거나 회개하러 이곳으로 끌려온 유명한 범죄자들이다. 교도소의 목적이 회개에 있으니 회개할 게 있건 없건 회개했다고 해야 나중에 일이 잘 풀린다.

교도소장 부인은 신문에 이런 범행들이 소개되면 오려서 스크랩북에 붙인다. 심지어 예전에 일어난 사건들이 실린 옛날 신문이 있으면 주문까지 한다. 이것이 그녀의 소장품이다. 요즘 귀부인들 사이에서는 수집이 유행이라 그녀도 뭔가를 수집해야 하는데, 고사리를 뽑거나 꽃을 납작하게 말리는 대신 이런 기사들을 모아서 지인들을 오싹하게 만드는 걸 좋아하는 것이다.

그래서 나도 신문에 내 기사가 어떻게 실렸는지 알게 되었다. 그녀가 스크랩북을 나에게 직접 보여 주었기 때문인데, 그렇게 한 이유는 내가 어떤 반응을 보일지 궁금해서였을 것이다. 하지만 나는 표정을 관리하는 방법을 터득했기 때문에 횃불에 비친 올빼미처럼 눈을 동그랗게 뜨면서 쓰디쓴 눈물로 회개한다고, 이제는 다른 사람이 되었다고 말하고, 찻잔들을 치워도 되느냐고 물었다. 하지만 나는 그 뒤로 응접실에 아무도 없을 때 그 기사들을 수십 번씩 읽었다.

많은 부분이 거짓말이었다. 신문에서는 나더러 문맹이라고 했지만, 나는 그때에도 글자를 조금은 읽을 수 있었다. 어렸을 때 어머니한테 배웠고, 어머니가 너무 지쳐서 못 가르쳐 주게 된 다음에는 남는 실로 A는 사과(Apple), B는 벌(Bee), 이렇게 수를 놓으며 터득했다. 그리고 올더먼 파킨슨 마님 댁에 있었을 때에는 옷을 깁는 동안 메리 휘트니가 내 공부를 도와주곤 했다. 여기로 온 뒤에는 의도적으로 실시하는 교육 덕분에 더 많은 걸 배웠다. 사악한 본능을 치료하는 데에는 종교와 매가 유일한 해결책이고, 우리의 영혼이 소멸하지 않는다는 점을 감안해 여기에서는 성서와 종교서를 읽도록 가르친다. 성서에 얼마나 많은 범행이 등장하는지 생각해 보면 충격적이다. 교도소장 부인은 그것들도 모두 오려서 스크랩북에 붙여야 한다.

진실을 이야기하는 신문도 있었다. 나더러 평판이 좋았다고 한 기사가 있던데, 나를 어떻게 해 보려고 애를 쓴 남자들이 있었지만 아무도 성공하지 못한 걸 보면 맞는 말이었다. 그런데 사람들은 제임스 맥더모트를 가리켜 내 애인이라고 했다. 신문에 그렇게 적혀 있었다. 그런 걸 그런 식으로 만천하에 공개하다니 구역질 나는 짓이다.

남녀, 지위 고하를 막론하고 모두들 정말로 관심을 갖는 부분이 그런 남녀 관계다. 내가 누굴 죽였건 사람들은 상관하지 않는다. 내가 수십 명의 목을 땄더라도 눈 하나 깜빡하지 않을 뿐 아니라 군인이 그랬다면 박수까지 보낸다. 내가 정말로 애인이었는지 아니었는지 여부가 그들의 주요 관심사인데, 애인이었길 바라는지 아니었길 바라는지 그들 자신도 알지 못한다.

사람들이 언제 들이닥칠지 모르기 때문에 지금은 스크랩북을 보지 않는다. 나는 까칠까칠한 손을 포개고 앉아서 터키 카펫의 꽃무늬를 물끄러미 내려다본다. 꽃무늬가 맞겠지. 꽃잎이 트럼프의 다이아몬드 모양이다. 전날 밤 신사 나리들이 카드놀이를 하고 난 뒤라키니어 나리의 테이블에 흩어져 있었던 그 트럼프의 다이아몬드처럼 딱딱하고 각이 져 있다. 하지만 색깔은 빨간색, 아주 짙은 빨간색이다. 목 졸린 사람의 혀처럼 짙은.

오늘 찾아올 손님은 귀부인들이 아니라 의사다. 그는 책을 쓰고 있다고 한다. 책, 그중에서도 진취적인 시각의 책을 쓰는 사람들과 알고 지내기를 좋아하는 걸 보면 교도소장 부인이 진보적인 시각을 갖춘 포용력 있는 성격임을 알 수 있다. 과학이 그렇게 발전을 거듭하고 있다니 현대에 이루어진 발명과 크리스털 팰리스*와 전 세계의 지식이 한데 합쳐지면 앞으로 100년 뒤에는 우리가 어떤 세상에서 살게 될지 아무도 모르는 일이다.

의사가 있는 곳에는 항상 흥조가 따른다. 직접 칼을 잡지는 않아

---

* 최초의 만국박람회용 건축물로서, 1851년 영국 런던의 하이드파크에 유리와 철골로 세워진 대형 전시관이다. 1936년에 화재로 소실되었다.

도 의사가 등장하면 죽음이 임박했다는 뜻이니 그런 점에서 그들은 갈까마귀나 까마귀하고 비슷하다. 하지만 이 의사는 날 해치지 않을 거라고 교도소장 부인이 장담했다. 그의 목적은 내 머리 둘레를 재는 것뿐이란다. 그는 두개골의 요철을 보고 죄목을 알아맞힐 수 있는지, 즉 소매치기인지, 사기꾼인지, 횡령을 했는지, 정신병자인지, 살인범인지(그녀는 이렇게 말하면서 그레이스, 너 같은 살인범 말이야, 라고 하지는 않았다.) 알아맞힐 수 있는지 시험하기 위해 우리 교도소에 있는 모든 죄수들의 머리를 재고 있다. 만약 알아맞힐 수만 있다면 거기 해당하는 사람들이 범행을 저지르기 전에 가두어 버릴 수 있으니 이 얼마나 세상에 기여하는 일일까.

교도소 측에서는 제임스 맥더모트를 사형시킨 뒤 석고로 그의 머리를 본 떴다. 나는 그 기사도 스크랩북에서 보았다. 그들이 석고 본을 뜬 이유도 이 세상에 기여하기 위해서가 아닐까 싶다.

그리고 그의 몸은 해부되었다. 처음 이 기사를 읽었을 때 나는 해부가 뭔지 몰랐지만, 금세 뜻을 알아차릴 수 있었다. 해부는 의사들이 하는 거였다. 소금에 절일 돼지처럼 몸을 조각조각 자르는 건데, 의사들이 보기에는 그가 베이컨과 다름없었을지 모른다. 내가 숨 쉬는 소리와 심장이 뛰는 소리를 들었던 그의 몸을 칼날이 관통하다니……. 상상하기조차 싫다.

그의 셔츠는 어떻게 했을지 궁금하다. 보따리장수 제러마이어에게 산 네 벌 중 한 벌을 입고 있었을까? 홀수가 행운의 숫자이니 세 벌이나 다섯 벌을 샀어야 하는 건데. 제러마이어는 나를 볼 때마다 행운을 빌어 주었지만, 제임스 맥더모트에게는 한 번도 행운을 빌어 준 적이 없었다.

나는 교수형장에 가지 않았다. 그는 토론토 구치소 앞에서 처형당했는데, 교도관들은 나를 보고 그레이스, 너도 형장에 갔어야 했는데, 그러면 교훈을 얻었을 텐데, 라고 했다. 나는 가엾은 제임스가 두 손이 묶인 채 목을 내밀고 서 있고, 교도관들이 새끼 고양이를 물에 빠뜨리려는 것처럼 그의 머리에 두건을 씌우는 장면을 수도 없이 그려 보았다. 그래도 목사님이 곁에 있었으니 그는 절대 혼자가 아니었다. 그레이스 마크스만 없었다면 이런 일은 벌어지지도 않았을 거라고, 그는 사람들에게 그렇게 말했다.

비가 내리고 있었고, 진창에 서 있던 엄청난 인파 중에는 멀리서 찾아온 사람들도 있었다. 나에게 내려진 사형선고가 마지막 순간에 감형되지 않았다면, 그들은 내가 처형당하는 광경을 보며 똑같이 게걸스러운 쾌감을 느꼈을 것이다. 여자와 귀부인 들도 많았다. 모두들 그 광경을 지켜보고 싶어 했고 모두들 멋진 공연이라도 되는 것처럼 죽음을 들이마시고 싶어 했는데, 나는 그 기사를 읽었을 때 만약 이게 교훈이라면 어떤 걸 배워야 하는 교훈일까 하는 생각이 들었다.

이제 그들의 발소리가 들린다. 나는 잽싸게 일어나 앞치마를 반듯하게 편다. 잠시 후 낯선 남자의 목소리가 들린다. 정말 감사합니다, 부인. 그러자 교도소장 부인이 대답한다. 도와 드릴 수 있어서 저도 무척 기쁩니다. 그러자 그가 다시 말한다. 저야말로 정말 감사한 일이지요.

잠시 후 문으로 들어선 남자는 배가 불룩하고, 검은색 외투와 꼭 끼는 조끼와 은색 단추와 한 치의 오차도 없이 맨 스톡 타이 차림인데, 내가 올려다볼 수 있는 곳은 그의 턱이 한계다. 그는 이렇게 말한다. 오래 걸리지 않을 겁니다만, 부인께서 옆에 계셔 주시면 감사하겠습니다. 사람이 도덕적인 것도 중요하지만, 그걸 겉으로 표현하는 것도 중요한 법 아니겠습니까. 그는 이게 우스갯소리라도 되는 것처럼 웃음을 터뜨리지만, 그의 목소리에서 나를 무서워하는 기미가 느껴진다. 나 같은 여자는 아무도 모르게 만날 수만 있다면 언제나 남자들 마음을 혹하게 만든다. 나 같은 여자가 나중에 그 일을 가지고 뭐라고 말하건 아무도 믿어 주지 않을 테니까.

그때 그의 손이 내 눈에 들어온다. 날고기로 속을 채운 장갑 같은 손이 입을 벌리고 있는 가죽 가방 속으로 푹 들어간다. 잠시 후 그 손이 번뜩이며 다시 등장하는데, 나는 그 비슷한 손을 예전에도 본 적이 있다. 고개를 들어 그의 눈을 똑바로 쳐다보는 순간 심장이 뒤틀리며 가슴속에서 요동치고, 나는 비명을 지르기 시작한다.

그 의사, 똑같이 검은 외투를 입고 가방 가득 반짝이는 칼을 넣고 다니는 바로 그 의사이기 때문이다.

4

내 얼굴 위로 냉수 한 잔이 뿌려졌고 의사도 자취를 감추었지만, 그래도 나는 계속 비명을 질렀다. 결국 부엌일을 하는 하녀 두 명과 정원사의 아들이 내 다리 위에 걸터앉아 꼼짝 못하게 눌렀다. 교도소장 부인의 부름을 받고 교도소의 여감독관이 다른 교도관 두 명과 함께 등장했다. 여감독관이 내 뺨을 철썩 때렸을 때 나는 비명을 멈추었다. 어쨌든 그 의사는 아니었지만, 정말 그 의사와 비슷했다. 그 차갑고 탐욕스러운 눈빛과 적개심까지 똑같았다.

부인께서도 아시겠지만 히스테리에는 이 방법밖에 없어요. 감독관이 말했다. 저희는 이런 발작을 다룬 경험이 풍부하답니다. 이 아이도 예전에는 툭하면 발작을 일으켰지만 저희가 순순히 넘어가지 않고 고쳐 줄 작정으로 열심히 노력해서 증상이 없어진 줄 알았더니, 예전의 못된 습관이 다시 나온 모양이에요. 물론 토론토에서 말하기로는 이 아이가 7년 전에는 고래고래 소리를 질러 대는 정신병자였다던데, 주변에 가위나 뾰족한 물건이 없었던 게 다행입니다.

그 뒤로 교도관들이 나를 교도소 본관으로 거의 끌고 오다시피 해서 이 방에 가두었고, 내가 칼을 든 의사가 없어졌으니 이제 괜찮다고 해도 그들은 내가 제정신을 차릴 때까지 있어야 한다고 했다. 나는 의사 공포증이 있어서 그런 거라고, 뱀을 무서워하는 사람이 있는 것처럼 나는 의사들이 내 배를 가를까 봐 무서운 거라고 말했지만, 그들은 그레이스, 잔꾀는 그만 부리시지, 관심을 받고 싶었던 거잖아, 그 의사는 네 배를 가를 생각이 없었고 칼은커녕 네가 본 건 머리 둘레를 잴 때 쓰는 캘리퍼스였어, 라고 했다. 너 때문에 교도소장 부인께서 등골이 오싹했을 텐데 차라리 잘됐지. 그동안 오냐오냐하면서 너를 너무 예뻐하셨잖아, 안 그래? 이제 너는 우리들이랑 같이 있는 게 성에 안 차겠지. 그런데 어쩌나, 당분간은 다른 종류의 관심을 견뎌야 할 텐데. 널 어떻게 할지 위에서 결정을 내릴 때까지 말이다.

이 방에는 안쪽에 쇠창살이 달린 저 위쪽의 조그만 창문과 짚을 넣은 매트리스뿐이다. 양철 접시에 빵 한 조각이 놓여 있고, 돌그릇에 물이 담겨 있고, 요강 대용으로 안에 아무것도 없는 나무통이 있다. 나는 정신병원으로 보내지기 전에도 이런 방에 갇힌 적이 있었다. 미치지 않았다고, 나는 미친 사람이 아니라고 했지만, 그들은 내 말을 듣지 않았다.

정신병원에 있던 여자들이 대부분 여왕 폐하 못지않게 정신이 멀쩡했던 것을 보면 그들은 진짜 정신병자를 보더라도 알아차리지 못할 게 분명했다. 그들의 광기는 알코올 때문에 생기는 것이어서 술이 깨어 있을 때는 대부분 정신이 멀쩡했고, 그게 어떤 병인지는 나도 너무나 잘 알았다. 그중에는 죽도록 때리는 남편을 피해 입원한 여자도 있었는데, 미친 쪽은 그 남편이건만 그를 잡아가는 사람은 아무도 없었다. 그런가 하면 자기는 집이 없는데 정신병원은 따뜻하니 가을만 되면 미친다고, 제대로 미친 척하지 않으면 얼어 죽는다는 여자도 있었다. 그러다 봄이 돼서 날씨가 풀리면 다시 정상으로 돌아와 숲 속을 방랑하며 낚시를 한다고 했다. 그녀는 몸속에 아메리칸인디언의 피가 흐르고 있어서 그런 데 재주가 있다고 했다. 나도 방법만 알면, 곰이 무섭지만 않으면 그렇게 살고 싶었다.

하지만 진짜로 미친 여자들도 있었다. 어느 딱한 아일랜드 여자는 가족 절반이 대기근 때 굶어 죽고 나머지 절반은 이쪽으로 건너오는 배 위에서 콜레라로 죽는 바람에 가족들 이름을 부르며 돌아다녔다. 그녀의 말에 따르면 끔찍하게 고생스러웠고 묻어 줄 사람이 없어서 시체들이 사방에 쌓였다고 했으니, 내가 그 전에 아일랜드를 떠난 것은 다행이었다. 자기 아이를 죽인 또 다른 여자는 가는 곳마다 아이가 따라다니며 그녀의 치맛자락을 잡아당겼다. 그러면 아이를 안아 올려 입을 맞추어 줄 때도 있었고, 소리를 지르며 손찌검을 해서 쫓아낼 때도 있었다. 그 여자는 무서웠다.

아주 독실했던 또 다른 여자는 늘 기도하고 찬송하는 게 일이었는데, 내가 저지른 일을 들은 다음부터 기회가 있을 때마다 나를 괴롭혔다. 살인하지 말라 했으니 무릎을 꿇어라, 그러나 죄인들에게도 신의 은총이 있으니 회개하라, 아직 시간이 있을 때 회개하라, 그렇지 않으면 천벌이 기다릴 것이다, 이렇게 말했다. 교회 목사와 다를 게 없었다. 한번은 세례를 베푼답시고 양배추가 들어간 묽은 수프를 내 머리 위에 한 숟가락 부은 적도 있었다. 내가 불만을 제기하자 여감독관이 상자 뚜껑처럼 입을 꾹 다문 채 나를 무뚝뚝하게 쳐다보며 말했다. 그레이스, 그 여자 말을 듣는 게 좋을 거다. 너의 그 잔인한 심장을 보면 회개가 필요한데, 진심으로 회개하고 있다는 소리를 못 들었거든. 나는 문득 화가 치밀어 소리를 질렀다. 나는 아무 짓도 안 했어요. 아무 짓도 안 했다고요! 그 여자가 잘못한 거예요, 그 여자가!

누구 말이냐, 그레이스? 여감독관이 물었다. 정신 차리지 않으면 냉수 목욕을 시켜 주고 구속복*을 입혀 주마. 그녀는 또 다른 감독관을 흘끗 쳐다보며 말했다. 이것 봐. 내가 뭐랬어. 완전히 미쳤다니까?

정신병원의 여감독관들은 하나같이 뚱뚱하고 힘이 셌다. 팔은 굵고 두꺼웠고, 턱은 목으로 바로 이어져 하얀 옷깃을 덮었고, 머리카락은 빛바랜 밧줄처럼 배배 꼬아서 위로 묶었다. 그들이 힘을 길러야 하는 이유는 어떤 미친 여자가 달려들어 목을 조르고 머리카락을 잡아 뜯을지 모르기 때문이었는데, 어떤 일이 벌어지더라도 그들의 기질은 달라지지 않았다. 그들은 특히 방문객이 찾아오기 직전에 가끔 우리를 도발하곤 했다. 그런 식으로 우리가 얼마나 위험한 존재이고, 그들이 우리를 얼마나 잘 통제하고 있는지 보여 주어야 더욱 쓸모 있고 노련한 인재처럼 비쳐질 수 있기 때문이었다.

그래서 나는 고자질을 그만두었다. 내가 어두컴컴한 방에서 두 손이 목도리로 묶여 있었을 때 찾아와, 검사하러 왔으니 가만있으라며 거짓말해도 아무 소용없다고 했던 배널링 선생한테도 아무 말 하지 않았다. 그곳으로 찾아와서는 내가 무슨 머리 둘 달린 송아지라도 되는 것처럼 오, 이렇게 놀라운 경우가 있나, 하고 중얼거렸던 다른

---

* 난폭한 정신이상자나 죄수의 행동을 제압하기 위해 입히는 옷.

의사들한테도 아무 말 하지 않았다. 그러다 결국 누가 말을 걸더라도 공손하게 예, 아니요 대답하는 것 말고는 아예 아무 말도 하지 않게 되었다. 그러자 얼마 안 있어 그들은 검은 외투를 입고 한자리에 모여 에헴, 으음, 제 생각에는 말이죠, 존경하는 동료 여러분, 죄송하지만 제 의견은 다릅니다만, 하다가 나를 교도소로 돌려보냈다. 그들은 애초에 나를 거기 넣은 것 자체가 실수였음을 단 한순간도 인정할 수 없었을 것이다.

특정 종류의 옷을 입은 사람들은 절대 틀린 말을 하는 법이 없다. 뿐만 아니라 방귀를 뀌는 법도 없다. 메리 휘트니는 종종 이렇게 말했다. 그런 사람들과 방에 있을 때 방귀 소리가 나면 너가 뀌었으려니 생각하는 게 맞아. 만약 자기가 뀐 게 아니더라도 입을 다물어야지, 그러지 않고 건방지게 굴었다가는 구둣발로 등짝을 얻어맞고 길거리로 쫓겨날 거야.

메리 휘트니는 말투가 무식했다. 네가라고 해야 할 때 너가라고 했다. 아무도 틀렸다고 가르쳐 주지 않은 것이다. 나도 예전에는 그런 식으로 말했지만, 감옥에서 좀 더 고급스러운 말투를 배웠다.

나는 짚을 넣은 매트리스에 앉는다. 쓱쓱 하는 소리가 난다. 해변에 부딪히는 파도처럼. 나는 그 소리를 들으려고 좌우로 움직인다. 그러면 눈을 감고 바람이 별로 없는 날, 바닷가에 앉아 있다고 상상할 수 있다. 창밖 저 멀리서 누가 장작을 패는지 도끼가 내려가고 눈에 보이지 않는 불꽃이 튀고 잠시 후 둔탁한 소리가 들리는데, 과연 장작이 맞는지는 알 수 없는 일이다.

이 방은 쌀쌀하다. 숄이 없어서 두 팔로 내 몸을 끌어안는다. 여기서는 나 말고 나를 끌어안아 줄 사람이 아무도 없다. 어렸을 때는 아주 꽉 끌어안으면 내가 더 작아질 수 있을지 모른다고 생각했다. 집에서건 어디에서건 내가 들어갈 수 있을 만큼 넉넉한 공간이 없으니 내 몸이 더 작아지면 될 거라고 생각했다.

캡 밑으로 머리카락이 삐져나오고 있다. 도깨비처럼 빨간 머리. 신문에서 말하기로는 야수. 괴물. 여기에서 저녁을 가져다줄 때 내가 요강용 나무통을 머리에 쓰고 문 뒤에 숨어 있으면 기겁하겠지. 괴물을 그렇게 원하니 괴물이 되어 줘야지.

하지만 나는 절대 그런 짓을 하지 않는다. 상상만 한다. 그랬다가는 내가 다시 정신을 놓은 줄 알 거다. 여기 사람들은 정신을 놓았다라고 하고, 가끔은 정신이 나갔다라고도 한다. 정신에 다리가 달려서 남의 집에 들어가거나 아예 다른 나라로 떠나기라도 한 것처럼 말이다. 하지만 사실 정신이 나간 사람은 아무 데도 가지 않고 그 자리에 가만히 있다. 그러면 머리 속으로 다른 사람이 들어온다.

이 방에 혼자 있기 싫다. 벽이 너무 휑하다. 그림도 없고, 저 위쪽의 조그만 창문에 커튼도 없어서 쳐다볼 게 아무것도 없으니 벽만 보게 된다. 한참 동안 벽을 쳐다보고 있었더니 벽에 그림이 생기고 빨간 꽃들이 피어난다.

내가 잠이 든 것 같다.

이제 아침인데, 몇 번째 아침일까? 두 번째일까, 세 번째일까. 창밖으로 보이는 상쾌한 햇살, 그게 나를 깨웠다. 나는 억지로 일어나 앉아 몸을 꼬집고 눈을 깜빡이다 바스락거리는 매트리스에서 뻣뻣한 사지를 일으킨다. 그런 다음 노래를 부른다. 순전히 목소리를 들고 옆에 누가 있는 것처럼 하기 위해서다.

거룩 거룩 거룩 전능하신 주여,

이른 아침 우리 주를 찬송합니다.

거룩 거룩 거룩 자비하신 주여,

성삼위일체 우리 주로다.

찬송가를 부르면 저들도 뭐라 할 수 없다. 아침에 바치는 찬송가. 나는 예전부터 해 뜰 때를 좋아했다.

그런 다음 마지막으로 남은 물을 마신다. 그다음 방 안을 걸어다 닌다. 그다음 페티코트를 들어 올리고 통에 볼일을 본다. 몇 시간 있 으면 이곳에 오물을 쏟은 것처럼 악취가 진동할 것이다.

옷을 입고 자면 피곤하다. 옷이 구겨지고, 그 옷을 입고 있는 몸 도 구겨진다. 내가 꾸러미처럼 둘둘 말려 바닥에 내팽개쳐진 듯한 기분이다.

깨끗한 앞치마가 있었으면 좋겠다.

아무도 오지 않는다. 나는 지은 죄와 못된 행실을 반성하도록 혼 자 남겨졌고, 저들이 말하길 그레이스, 그런 반성은 혼자서 해야 가 장 효과적이라고 이 분야에서 오랜 경험을 쌓은 전문가와 존경받는 분들이 그러더구나, 라고 했다. 독방 그리고 가끔은 어두운 곳에서 반성해야 한다고 말이다. 나무도, 말도, 사람 얼굴도 볼 수 없는 곳에 몇 년 동안 가두어 놓는 감옥도 있다. 누군가 말하길 그런 데 있으면 안색이 맑아진다고 한다.

나는 예전에도 독방에 갇힌 적이 있었다. 배널링 선생은 나더러 구제 불능이라고, 비뚤어진 위선자라고 했다. 조용히 있어라, 뇌가 어떤 식으로 배치됐는지 검사하러 왔으니. 먼저 심장박동과 호흡을 측정할 거다. 하지만 나는 그의 목적을 알았다. 내 젖통에서 그 손 떼시지, 이 더러운 놈아. 메리 휘트니라면 그렇게 말했겠지만, 내가 할 수 있었던 말이라고는 오 안 돼요, 오 안 돼요, 뿐이었다. 양쪽 팔을 교차시킨 다음 의자 뒤로 묶었으니 몸을 비틀거나 돌릴 방법이 없었다. 그래서 나는 그의 손가락을 무는 수밖에 없었고, 뒤로 한꺼번에 넘어진 우리 둘은 한 부대에 담긴 두 마리의 고양이처럼 울부짖었다. 그에게서 익히지 않은 소시지와 축축한 양모 속옷 맛이 났다. 뜨거운 물에 푹 삶아서 햇볕에 널어 말리면 상태가 훨씬 좋아질 듯했다.

어젯밤 혹은 그제 밤에는 저녁이 나오지 않았다. 예상했던 바이긴 하지만, 빵 말고는 심지어 양배추 한 조각도 없었다. 허기가 마음을 가라앉히는 역할을 하고 있다. 죄수와 정신병자 들은 늑대처럼 콧구멍으로 고기 냄새를 맡는 순간 흥분해서 남을 탓할 수 없는 짓을 저지르게 된다. 오늘도 또 빵과 물이 나올 것이다. 그런데 어제 받은 물은 벌써 다 마셨고, 나는 너무 목이 마르고, 목이 말라서 죽어 가고 있고, 입에서 멍이 든 것 같은 맛이 느껴지고, 혀는 퉁퉁 붓고 있다. 내가 재판 기록에서 읽은 바에 따르면 이것은 바다에서 난파당해 남의 피를 마시며 연명하는 사람들에게 나타나는 현상이다. 피를 뽑힐 사람은 제비뽑기로 정한다. 스크랩북에 붙어 있던 식인종처럼 잔인한 행위들. 나는 아무리 배가 고파도 그런 짓은 절대 하지 않을 것이다.

내가 여기 있다는 걸 저들이 잊어버린 건 아닐까? 음식을 주든지 최소한 물이라도 주지 않으면 나는 굶주릴 테고, 쭈그러들 테고, 피부가 낡은 속옷처럼 누렇게 말라 버릴 것이다. 내가 해골로 변해서 앞으로 몇 개월, 몇 년, 몇 백 년 뒤에 발견되면, 저들이 이게 누구지, 이 여자를 깜빡 잊어버렸네, 이 뼈랑 쓰레기 들은 한쪽 구석으로 쓸어 버려, 단추들만 빼고, 단추는 버릴 필요 없잖아, 라고 할 텐데 지금 당장으로서는 어쩔 도리가 없다.

내가 불쌍하다는 생각이 들기 시작하면 저들이 원하는 대로 되는 것이다. 그러면 저들이 목사를 불러올 것이다.

오, 방황하는 가엾은 영혼아, 내 품에 안기어라. 천국에서는 길 잃은 한 마리 어린 양을 찾았을 때 더 기뻐한다. 심란한 마음을 쉬게 하여라. 내 발치에 무릎을 꿇어라. 괴로워하며 두 손을 움켜쥐어라. 양심이 밤낮으로 너를 어떻게 괴롭히는지, 희생당한 사람들의 눈이 새빨간 숯처럼 이글거리며 이 방에서 너를 어떤 식으로 쫓아다니는지 말해 보아라. 회개의 눈물을 흘려라. 고백하고, 고백하여라. 내가 용서하고 동정하마. 내가 너를 위해 용서를 빌어 주마. 나한테 모두 털어놓아라.

그런 다음 그자가 어떻게 했느냐? 오, 놀라워라. 그다음에는 어떻게 했느냐?

오른손으로? 왼손으로?

정확히 어디쯤?

어딘지 짚어 보아라.

속삭임이 들린 것 같다. 이제는 문틈으로 누군가 나를 들여다보고 있다. 보이지는 않지만, 그렇다는 걸 알 수 있다. 잠시 후 노크 소리가 들린다.

그때 나는 생각한다. 누굴까? 여감독관일까? 교도소 총감독관이 잔소리를 하러 온 걸까? 하지만 여기서는 노크라는 예의를 차리는 사람은 아무도 없고, 다들 문틈으로 쳐다본 다음 그냥 지나가 버리니 여자감독관이나 교도소 총감독관일 리 없다. 항상 먼저 노크를 해야 해. 메리 휘트니는 그렇게 말했다. 그런 다음 저쪽에서 들어오라고 할 때까지 기다려. 안에서 뭘 하고 있을지 모를 뿐 아니라 너한테 보여 주고 싶지 않은 일을 하고 있을 때가 태반이거든. 손가락으로 코나 어디 다른 곳을 파고 있을지도 몰라. 아무리 고상한 숙녀라도 가려우면 긁어야 할 거 아냐. 그리고 침대 밑으로 고개를 내민 뾰족구두 한 쌍이 보이거든 모르는 척하는 게 최고야. 이 사람들이 낮에는 신사 숙녀일지 몰라도 밤에는 하나같이 변변찮은 것들로 변하거든.

메리는 평등주의에 입각한 사고방식의 소유자였다.

다시 노크 소리. 나에게 선택권이라도 있는 양.

나는 캡 속으로 머리카락을 집어넣고 매트리스에서 일어나 원피스와 앞치마의 주름을 편 다음, 최대한 멀리 구석 쪽으로 걸어가, 가능한 한 품위를 유지하는 게 좋으니 제법 단호하게 말한다.

들어오세요.

5

　문이 열리고 한 남자가 들어온다. 내 또래이거나 나이가 조금 더 많아 보이는 젊은 남자이다. 여자의 경우에는 안 그렇지만 남자가 그 나이면 젊다고 할 수 있다. 내 또래 여자는 노처녀로 분류되지만 남자는 쉰이 넘어야 노총각 소리를 듣고, 메리 휘트니의 말에 따르면 남자는 쉰이 넘어도 여자를 만날 가능성이 있다. 그는 팔다리가 길고 키가 크지만, 교도소장의 딸들이 미남이라고 부를 타입은 아니다. 딸들은 잡지에 나오는 맥없는 남자, 아주 귀티 나고 겉보기에 번드레하며 볼이 좁은 발에 뾰족한 구두를 신은 그런 남자들을 좋아한다. 이 남자는 팔팔한 구석이 있어 세련된 맛이 없고 발이 조금 크기는 하지만, 부잣집 도련님이거나 그 비슷한 부류다. 영국인이 아닌 것 같아서 어느 계층인지 딱 잘라 말하기는 어렵다.

　머리카락은 갈색이고 천연 곱슬머리다. 아무리 빗어도 눕힐 수 없는지 삐죽삐죽하다. 외투는 고급이고 재단도 훌륭하다. 하지만 팔꿈치에 반들반들한 천을 덧댄 것을 보면 새 옷은 아니다. 조끼는 타탄 무늬다. 일설에 따르면 스코틀랜드를 차지한 여왕이 성을 지어 사슴 머리로 가득 채웠다는 이후로 타탄 무늬가 유행했다고 한다. 그런데 지금 보니 타탄이 아니라 그냥 체크무늬다. 노란색과 갈색 체크. 금시곗줄도 달고 있으니 아무리 남루하고 허름해도 가난뱅이는 아니다.

남자들이 그 나이면 구레나룻을 기르기 시작할 텐데, 그는 구레나룻이 없다. 나는 구레나룻을 별로 좋아하지 않는다. 차라리 콧수염이나 턱수염, 아니면 아무것도 없는 게 낫다. 제임스 맥더모트와 키니어 나리는 둘 다 깨끗이 면도를 했고, 제이미 월시는 면도하고 말고 할 게 거의 없었다. 키니어 나리에게는 콧수염이 있었지만. 예전에 나는 아침마다 나리의 면도용 대야를 치울 때 축축한 비누를(나리는 런던에서 공수해 온 고급 비누를 썼다.) 내 손목에 문지르곤 했다. 그러면 바닥 청소를 하기 전까지 비누 냄새가 하루 종일 나를 따라다녔다.

젊은 남자가 문을 닫는다. 그는 문을 잠그지 않았지만, 바깥 쪽에서 누군가가 자물쇠를 채운다. 우리는 이 방에 함께 갇힌다. 안녕하세요, 그레이스. 젊은 남자가 말한다. 의사를 무서워한다고 들었습니다. 이 자리에서 이야기하지만 나도 의사예요. 이름은 조던, 사이먼 조던 박사죠.

나는 얼른 그를 쳐다보고 나서 시선을 떨군다. 그 의사 선생님도 다시 오시나요?

당신이 보고 깜짝 놀랐던 그 의사 말입니까? 그가 묻는다. 아뇨. 오지 않습니다.

내가 말한다. 그러면 선생님께서 제 머리 둘레를 재러 오신 모양이네요.

그럴 생각은 추호도 없습니다. 그가 웃으며 말한다. 그러면서 무언가를 가늠하는 눈빛으로 내 머리를 흘긋 쳐다본다. 하지만 내가 캡을 쓰고 있으니 그가 있는 쪽에서는 아무것도 보이지 않는다. 말하는 걸 들어 보니 미국 사람인 게 분명하다. 이는 하얗고, 적어도 앞쪽에는 빠진 이가 하나도 없고, 얼굴은 상당히 긴 데다가 뼈가 앙상하다. 삐딱하게 웃어서 농담하는 듯한 분위기를 풍기긴 하지만, 그의 미소가 마음에 든다.

나는 그의 손을 쳐다본다. 아무것도 없다. 손에 아무것도 없다. 손가락에 반지도 없다. 안에 칼이 잔뜩 든 가방을 들고 오셨나요? 내가 묻는다. 가죽 가방요.

아뇨. 그가 대답한다. 나는 평범한 의사가 아닙니다. 절개 같은 건 하지 않아요. 내가 무서운가요, 그레이스?

아직은 무섭다고 대답할 수 없다. 아직은 너무 이르다. 아직은 그가 원하는 게 뭔지 알 수 없다. 지금까지 아무 목적 없이 나를 찾아온 사람은 없었다.

평범한 의사가 아니면 어떤 의사인지 말해 주면 좋겠는데, 그는 매사추세츠에서 왔다고 말한다. 아니, 매사추세츠가 고향이라고 할까요? 그 뒤로 여기저기 엄청 돌아다녔거든요. 땅을 두루 돌며 여기저기 다녔죠. 말하고 나서 그는 제대로 알아들었는지 확인하려고 나를 쳐다본다.

나는 그가 한 말이 욥기에서 욥이 부스럼과 버짐으로 고생하기 전에 나오는 구절로, 사탄이 하느님한테 한 말*이라는 것을 안다. 그는

---

* "여호와께서 사탄에게 이르시되 네가 어디에서 왔느냐. 사탄이 여호와께 대답하여 이르되 땅을 두루 돌아 여기저기 다녀왔나이다."(구약성경 욥기 2장 2절.)

나를 시험하러 온 모양이지만, 하느님이 이미 나에 대한 시험을 거의 끝내고 지금쯤 지겨워하고 있을 테니 한발 늦은 셈이다.

하지만 나는 이런 말을 하지 않는다. 멍하니 그를 쳐다보기만 한다. 나에게는 연습해 놓은 멍한 표정이 있다.

내가 묻는다. 프랑스에 가 본 적 있으세요? 모든 패션이 시작되는 곳이죠.

내 말에 그는 실망한 기색이다. 예. 그가 대답한다. 영국, 이탈리아, 독일, 스위스에도 가 봤습니다.

교도소 독방에 서서 모르는 남자와 프랑스, 이탈리아, 독일 이야기를 하고 있으려니 기분이 아주 이상하다. 여행하는 남자. 보따리장수 제러마이어처럼 떠돌이인 게 분명하다. 하지만 제러마이어는 돈을 벌러 돌아다니는 것이고, 다른 남자들은 이미 형편이 넉넉하다. 그들은 궁금해서 계속 여행을 떠난다. 세계를 느릿느릿 돌아다니며 이런저런 구경을 하고, 아무것도 아닌 것처럼 바다를 건너고, 어디서 뭔가가 잘못되면 그냥 짐을 싸서 다른 곳으로 옮긴다.

그런데 이제는 내가 무슨 말이라도 해야 할 차례다. 나는 이렇게 말한다. 사방이 외국인이라 무슨 말을 하는지 모를 텐데, 어떤 식으로 해결하시는지 모르겠네요. 딱한 인간들은 처음 이곳에 오면 거위처럼 꽥꽥거리거든요. 아이들은 금세 말을 배우지만.

맞습니다. 아이들은 금세 배우죠.

그는 미소를 짓고 이상한 짓을 한다. 왼손을 주머니에 넣더니 사과를 꺼낸 것이다. 그는 환심을 사려고 맹견에게 뼈다귀를 주는 사람처럼 사과를 앞으로 내민 채 천천히 내 쪽으로 걸어온다.

선물입니다. 그가 말한다.

나는 너무 목이 말라서 사과가 크고 둥그렇고 차갑고 빨간 물방울처럼 보인다. 단숨에 먹어 치울 수 있다. 나는 머뭇거리다 독이라도 들어 있겠어? 이렇게 말하며 사과를 받는다. 내 몫의 사과가 생긴 게 얼마 만인지 모르겠다. 작년 가을에 따서 지하실 통에 넣어 두었던 게 분명하지만 그래도 충분히 싱싱해 보인다.

나는 개가 아니에요. 내가 말한다.

다른 사람들 같으면 그게 무슨 뜻이냐고 물었을 텐데, 그는 웃음을 터뜨린다. 잃어버린 물건을 발견한 사람처럼 하, 하고 딱 한 호흡 동안 웃은 다음 이렇게 말한다. 그럼요, 그레이스. 개가 아닌 거 나도 알아요.

저 사람은 무슨 생각을 하고 있을까? 나는 두 손으로 사과를 잡은 채 서 있다. 묵직한 보물처럼 느껴진다. 사과를 들어 냄새를 맡아 본다. 바깥세상의 냄새가 코를 찔러 울고 싶어진다.

안 먹을 겁니까? 그가 묻는다.

예. 아직은요. 내가 대답한다.

왜요? 그가 묻는다.

먹으면 없어질 테니까요. 내가 대답한다.

사실은 먹는 동안 그가 날 쳐다보는 게 싫다. 내 허기진 모습을 보여 주기 싫다. 저들은 내가 필요로 하는 게 있으면 알아내서 악용한다. 아무것도 바라지 않는 게 가장 좋은 방법이다.

그는 한 음절짜리 웃음을 터뜨린다. 이게 뭔지 말해 봐요. 그가 말한다.

나는 그를 쳐다보다 고개를 돌린다. 사과죠. 그는 내가 바보인 줄 아는 모양이다. 아니면 무슨 교묘한 수법이거나. 아니면 그도 정신이

나간 사람이라 저들이 문을 잠근 거다. 나를 미친 사람과 이 방에 넣어 놓고 문을 잠근 거다. 하지만 저런 옷을 입고 있는 사람, 특히 저런 금시곗줄을 찬 사람들은 미칠 수가 없다. 만약 미치기라도 하는 날에는 친척이나 관리인 들이 당장 그 시곗줄을 채갈 것이다.

그가 삐딱하게 웃는다. 사과를 보면 무슨 생각이 드나요? 그가 묻는다.

무슨 말씀이신가요. 내가 묻는다. 무슨 뜻인지 모르겠는데요.

수수께끼인 모양이다. 나는 결혼 상대자가 누구인지 알아보려고 메리 휘트니와 둘이서 어깨 너머로 사과 껍질을 던졌던 그날 밤이 생각난다. 하지만 그런 이야기는 하지 않을 것이다.

무슨 뜻인지 이해했을 텐데요. 그가 말한다.

십자수 견본요. 내가 말한다.

이제 그가 어리둥절해할 차례다. 뭐가 생각난다고요? 그가 묻는다.

어렸을 때 놓았던 십자수 견본요. 내가 대답한다. A는 사과(Apple), B는 벌(Bee).

아, 그거요. 그가 말한다. 그리고 또?

나는 멍한 표정을 짓는다. 애플파이요. 내가 대답한다.

아. 그가 말한다. 먹는 거 말이죠?

선생님도 애플파이 드셨으면 좋겠네요. 내가 말한다. 애플파이는 먹으라고 있는 거거든요.

먹으면 안 되는 사과도 있습니까? 그가 묻는다.

썩은 사과는 먹으면 안 되겠죠. 내가 대답한다.

그는 정신병원에서 배널링 선생이 그랬던 것처럼 알아맞히기 게임을 하고 있다. 여기에는 항상 정답이 있기 마련인데 그들이 원하는 답이 정답이다. 그들의 표정을 보면 제대로 맞혔는지 아닌지 알 수 있다. 비록 배널링 선생 앞에서는 모든 게 오답이었지만. 어쩌면 이 남자는 신학 박사일지 모르겠다. 신학 박사들도 이런 질문을 좋아한다. 이런 질문이라면 앞으로 한참 동안 안 받아도 될 만큼 지긋지긋하다.

선악과나무의 열매. 그가 의미한 건 이거다. 선과 악. 그건 세 살배기라도 알 수 있다. 하지만 나는 순순히 대답하지 않을 것이다.

나는 다시 멍한 표정을 짓는다. 목사님이세요? 내가 묻는다.

아뇨. 그가 대답한다. 목사가 아닙니다. 몸이 아니라 머리를 진찰하는 의사입니다. 마음과 뇌와 신경의 병을 치료하죠.

나는 사과를 쥔 채 두 손을 등 뒤로 돌린다. 그를 절대 믿을 수 없다. 싫어요. 내가 말한다. 거기는 다시 가지 않겠어요. 정신병원은 싫어요. 제 몸이 못 견뎌요.

무서워하지 마요. 그가 말한다. 미치지 않았잖아요. 안 그래요, 그레이스?

맞아요, 선생님. 미치지 않았어요. 내가 대답한다.

그럼 정신병원으로 돌아갈 이유가 없잖아요. 안 그래요?

거기 사람들은 이유 같은 거 듣지 않아요. 내가 말한다.

그래서 내가 찾아온 겁니다. 그가 말한다. 이유를 들으려고요. 하지만 당신이 말을 해 줘야 내가 들을 수 있죠.

그의 목적을 알겠다. 그는 수집가다. 사과만 주면 나를 수집할 수 있다고 생각한다. 신문사에서 나온 모양이다. 아니면 여행하며 견학 중이거나. 그런 사람들은 방에 들어와서 물끄러미 쳐다보는데, 그들이 쳐다보면 개미만큼 작아지는 기분이 든다. 그들은 그런 나를 엄지와 검지로 집어 한 바퀴 돌린다. 그런 다음 내려놓고 가 버린다.

제 말 안 믿으실 거잖아요, 선생님. 내가 말한다. 게다가 기나긴 재판 끝에 이미 판결이 났으니 제가 무슨 말을 하건 아무것도 달라지지 않잖아요. 변호사나 판사나 기자 들한테 물어보세요. 그 사람들이 저보다 제 사건에 대해서 더 많이 아는 것 같으니까요. 아무튼 저는 생각이 안 나요. 다른 것들은 생각이 나는데, 그 부분의 기억은 완전히 잊어버렸어요. 사람들이 그렇게 이야기하는 걸 들으셨을 텐데요.

그레이스, 당신을 돕고 싶어요. 그가 말한다.

그들은 이런 식으로 문지방을 넘는다. 그들은 도움을 주고 싶다고 하면서 감사를 바라고, 개박하*에 파묻힌 고양이처럼 그 안에서 뒹군다. 이 사람은 집에 가서 혼자 중얼거리고 싶은 거다. 내가 엄지를 집어넣어 자두를 꺼냈지. 난 정말 대단한 아이야.** 하지만 나는 어느 누구의 자두도 되지 않을 것이다. 그래서 아무 말도 하지 않는다.

당신이 무슨 말이든 하면 내가 열심히 들어 줄게요. 그가 이야기를 계속한다. 순전히 과학적인 측면에서 관심을 갖는 겁니다. 단순하게 살인 사건만 걱정하면 되는 게 아니에요. 그는 부드러운 목소리를 동원하고 있다. 겉은 부드럽지만 그 밑에 다른 욕망들이 숨어 있는 목소리다.

---

* 꿀풀과의 여러해살이풀로, 이 잎 냄새를 고양이가 좋아한다고 한다.
** 영국의 유명한 동요「꼬맹이 잭 호너(Little Jack Horner)」에 나오는 가사의 일부분. 전문은 다음과 같다. "꼬맹이 잭 호너가/ 한 귀퉁이에 앉아/ 크리스마스 파이를 먹다/ 엄지를 집어넣어/ 자두를 꺼내고서는 하는 말/ '난 정말 대단한 아이야!'"

제가 거짓말을 할지도 몰라요. 내가 말한다.

그는 그레이스, 그 무슨 못된 발상인가요, 그런 상상을 하면 벌을 받습니다, 라고 하지 않는다. 대신 그럴지도 모르지요, 라고 한다. 생각 없이 거짓말을 할 수도 있고, 일부러 거짓말을 할 수도 있겠지요. 어쩌면 거짓말이 습관일지도 모르고요.

나는 그를 쳐다본다. 저더러 그렇다고 하는 사람들도 있어요. 내가 말한다.

그래도 한번 해 봅시다. 그가 말한다.

나는 바닥을 내려다본다. 여기에서 저를 정신병원으로 돌려보낼까요? 내가 묻는다. 아니면 먹을 게 빵밖에 없는 독방에 계속 가두어 둘까요?

나와 이야기를 계속하고, 이성을 잃어 난폭해지지 않는 한 예전처럼 지낼 수 있다고 내가 보장할게요. 교도소장님한테 약속을 받아 뒀어요.

나는 그를 쳐다본다. 고개를 돌린다. 그를 다시 쳐다본다. 나는 두 손에 사과를 쥐고 있다. 그는 기다린다.

마침내 나는 사과를 들어 이마에 대고 누른다.

4부

젊은 남자의 환상

이 미쳐 날뛰는 정신병자들 중에서 그레이스 마크스의 이례적인 얼굴이 눈에 띄었다. 그녀는 이제 슬퍼하며 자포자기하지 않았다. 대신 광기의 불꽃으로 표정이 밝았고, 섬뜩하고 사악한 명랑함으로 환하게 빛났다. 그녀는 낯선 사람들이 자신을 관찰하고 있음을 알아차리자마자 비명을 지르며 옆방으로 유령처럼 달아났다. 끔찍한 질병이 최고로 발작을 일으켰을 때도 과거의 기억이 끊임없이 그녀를 괴롭히는 듯했다. 안쓰러운 아가씨! 그 길고 무시무시한 형벌과 회개가 언제면 끝이 날 것인가! 언제면 예수의 정의라는 티끌 한 점 없는 옷을 입고 예수의 발치에 앉아서 그녀의 손에 묻은 피를 씻고, 영혼이 구원을 받고, 용서를 받고, 제정신으로 돌아올 것인가?

…… 그녀가 과거에 저지른 모든 과오가 이 무시무시한 질병의 초기 증상 때문이었길 바랄 따름이다.

—수재너 무디, 『개척지 생활』(1853)

이 애처로운 환자들을 치료할 수 있는 방법을 모른다는 게 가장 유감이란다. 외과 의사는 복부를 열어 비장을 보여 줄 수 있지. 근육을 잘라서 학생들에게 보여 줄 수도 있고. 하지만 인간의 정신은 해부할 수 없고, 뇌의 작용을 테이블 위에 올려놓고 보여 줄 수도 없잖니.

어렸을 때 나는 눈을 가리고 노는 게임을 한 적이 있어. 내가 지금 그때와 비슷하단다. 눈가리개를 하고 어디로 향하는지, 이 방향이 맞는지 알지 못한 채 앞을 더듬고 있어. 언젠가 누군가가 그 눈가리개를 벗겨 주겠지.

—토론토 주립 정신병원 의학처장 조지프 워크먼 박사가 불안해하는 꼬마 질문자 '헨리'에게 보낸 편지(1866)

우리는 어떤 방일 필요가 없다— 귀신이 들린—
우리는 어떤 집일 필요가 없다—
우리 머릿속에는 복도가 있어— 놀라운—
물질적인 공간—

(중략)

우리 뒤에 감추어진 우리가—
가장 놀라운 존재가 되어야 하고—
우리 집에 숨은 암살자가
가장 작은 공포가 되게 하라…….

—에밀리 디킨슨(1863년경)

6

수신 미국 매사추세츠 주 루미스빌 러버넘하우스, 사이먼 조던 박사

발신 캐나다웨스트* 토론토 주립 정신병원, 의학처장 조지프 워크먼
　　　박사

친애하는 조던 박사님께

보내 주신 제2 시설 관련 서신을 잘 받았음을 알려 드리오며, 존경하는 동료인 스위스의 빈스방거 박사의 소개장에도 감사드립니다. 빈스방거 박사의 새 병원 설립을 저도 관심 있게 지켜보고 있습니다. 빈스방거 박사의 지인이시니 제가 의학처장으로 있는 병원 시설을 언제든지 둘러보셔도 좋습니다. 제가 직접 안내하면서 저희의 방

---

* 캐나다 역사에서 현재의 온타리오 주로 알려진 지역으로, 1841~1867년에 사용된 명칭이다. 1791~1841년까지는 이 지역을 '어퍼캐나다'로 불렀으며, 1867~1951년까지는 영국령 북미법에 의해 4개의 식민지 노바스코샤, 뉴브런즈윅, 퀘벡, 온타리오가 통합됨으로써 발족된 '캐나다 자치령'이 캐나다의 공식적인 국명이었다.

식을 박사님께 설명해 드린다면 저로서도 더할 나위 없는 기쁨이겠습니다.

박사님께서 직접 시설을 설립할 생각이시니 위생 설비와 하수 시설이 가장 중요하다는 점을 강조하고 싶습니다. 이것이 마음의 병을 치료하는 데에는 아무 도움이 안 되지만, 몸은 감염의 영향을 받는다는 사실을 사람들이 종종 간과하곤 하지요. 제가 여기 부임했을 때만 해도 숱하게 창궐하는 콜레라, 이질, 치료하기 힘든 설사와 치명적인 장티푸스 일군이 정신병원을 오염시키고 있었습니다. 그 원인을 찾다가 지하실 곳곳에 너무나 유독한 대형 오수 구덩이가 숨어 있는 것을 발견했는데, 건축업자가 배수구를 본하수관과 연결시키지 않는 바람에 오수가 배출되지 못해서 생긴 것으로 어떤 곳의 농도는 진하게 우려낸 홍차 같았고 또 어떤 것은 찐득찐득한 비누 같았습니다. 이뿐 아니라 고여서 썩은 호수와 연결된 관을 통해 식수와 용수가 공급되었는데, 그 호수 옆으로 본하수관의 오수가 배출되는 관이 지나갔지 뭡니까. 그러니 환자들이 마시는 물에서 어느 누구도 먹고 싶지 않은 이상한 맛이 난다고 종종 투덜거렸던 것도 당연한 일이었지요!

이곳 환자들은 성별로 나누면 양쪽의 수가 거의 비슷합니다. 증상별로 분류하면 다양하지요. 종교에 대한 집착이 원인인 경우가 폭음이 원인인 경우만큼 많은데(저는 개인적으로 정신이 건강하면 종교나 폭음으로 정신병이 생길 수 없다고 믿는 쪽입니다.) 제가 보기에는 정신적이건 육체적이건 불안한 환경에 노출되었을 때 어떤 사람의 경우 쉽게 정신병에 걸리도록 하는 요인이 있는 것 같습니다.

그런데 박사님께서 문의하신 주요 목적에 대해 알려 드리자면, 죄송하지만 다른 곳에서 알아보셔야 할 것 같습니다. 살인을 저질렀던 죄수, 그레이스 마크스는 15개월 동안 이곳에서 지낸 뒤 1853년 8월 킹스턴 교도소로 돌아갔습니다. 저는 그녀가 떠나기 고작 3주 전에 부임한 터라 그녀의 사례를 면밀하게 연구할 기회가 없었습니다. 때문에 저의 전임자 밑에서 그녀를 담당했던 새뮤얼 배널링 박사에게 박사님의 편지를 전달하겠습니다. 애초에 그녀를 괴롭혔던 정신병이 어느 정도였는지 저는 말씀드릴 수 없습니다. 상당한 시간이 흐른 뒤에는 정신병원을 떠나도 될 만큼 이성을 되찾지 않았나 싶습니다. 그녀를 다룰 때에는 부드러운 방법을 적극 추천하는 바입니다. 제가 알기로 그녀는 현재 교도소장 댁의 하녀로 매일 일정 시간을 근무하고 있습니다. 이곳 생활이 막바지로 접어들었을 때부터 훨씬 예의 바르게 처신했지요. 부지런하고 환자들을 대하는 태도가 상냥해서 유익한 입소자였습니다. 이따금 신경 불안과 과도한 심장박동으로 고생을 하기는 했지만 말입니다.

이곳과 같은 공립 시설의 의학처장으로서 겪는 가장 큰 어려움은, 교도소 측에서 단순 소거를 목적으로 극악무도한 살인범, 절도범, 강도 등, 순진하고 때 묻지 않은 정신 질환자들과 어울리지 않는 골치 아픈 범죄자들을 저희 쪽으로 보내는 경향이 있다는 겁니다. 적절한 위탁 아래 정신 질환자의 안위와 회복을 도모하기 위해 만들어진 공간을 광적인 범죄자들을 가두어 두는 공간으로 쓸 수는 없지요. 사기꾼들은 더더욱 안 될 말이고요. 제가 보기에는 사기꾼들의 숫자가 예상외로 많은 것 같습니다. 순진한 환자들을 광적인 범죄자들과 한데 섞어 놓으면 환자들에게 악영향을 미칠 뿐 아니라 정신병원의 감독관과 직원들의 성격과 습관에도 부정적인 영향을 미쳐 환자들을 사랑으로 적절하게 관리할 수 없게 됩니다.

하지만 박사님은 사설 기관을 만드실 계획이니 이런 어려움은 덜할 테고, 정계의 성가신 간섭에 시달릴 일도 별로 없겠지요. 그 밖의 다른 모든 방면에서 성공을 기원하는 바입니다. 안타까운 일이지만, 현대인들의 불안이 가중되고 그로 인한 스트레스가 많아지면서 이 나라는 물론이고 박사님의 나라에서도 이와 같은 시설의 필요성이 확대되어 시설의 증가율이 환자들의 숫자를 따라잡지 못하고 있는 실정입니다. 제 능력이 닿는 한 아무리 사소한 것이라도 도움을 아끼지 않겠습니다.

1859년 4월 15일

진심을 담아서, 조지프 워크먼

🌺

발신 미국 매사추세츠 주 루미스빌 러버넘하우스, 윌리엄 P. 조던
　　　부인
수신 캐나다웨스트 킹스턴 로어유니언 가, C. D. 험프리 소령 댁 사이
　　　먼 조던 박사

사랑하는 아들에게

오랫동안 기다렸건만, 네 주소와 류머티즘 연고 사용법이 적힌 쪽지가 오늘에야 도착했구나. 짤막하기는 하지만 네 글씨를 다시 볼 수 있어서 기쁘고, 이 가엾은 어미의 쇠약해 가는 건강까지 신경 써 줘서 고맙다.

네가 떠나고 다음 날 도착한 편지를 함께 동봉하면서 이참에 몇 줄 전하마. 지난번에 다녀간 게 너무 짧게 느껴지는구나. 언제면 네 가족과 친구들 사이에서 네 얼굴을 다시 볼 수 있겠니? 여행을 너무 자주 다니면 마음의 평화와 건강 면에서 해롭지 않겠니? 네가 여기 정착하고 네게 알맞은 방식으로 기반을 잡을 날을 손꼽아 기다린다.

동봉하는 편지는 토론토의 정신병원에서 온 것이더구나. 지금쯤 이면 전 세계 모든 시설을 둘러보았을 테니 또 한 군데 더 추가한들 득이 될 게 없겠지만, 그래도 여길 찾아갈 생각이겠지? 너에게 프랑스와 영국의 시설들, 그보다 훨씬 더 깨끗하다는 스위스의 시설 이야기를 들었을 때 나는 소름이 끼쳤다. 우리 모두 온전한 정신으로 살 수 있길 기도해야겠어. 그런데 네가 만약 일전에 말한 대로 행동에 옮길 생각이라면 너의 미래가 심각하게 불안해진다. 사랑하는 아들아, 이런 말하는 어미를 용서해 주기 바란다만, 나는 네가 왜 그런 일에 관심을 갖는지 도무지 이해할 수 없구나. 너희 할아버지가 퀘이커교 교회 목사님이시기는 했지만, 우리 집안에서 정신병자와 관련된 일을 한 사람은 아무도 없었다. 인간의 고통을 덜어 주고 싶다니 칭찬할 만한 일이지만, 정신병자는 백치나 장애인처럼 신의 섭리에 맡겨야 할 일이고, 인간은 신이 내린 결정을 번복하려고 하면 안 된다. 우리가 보기에는 불가사의하지만 합당한 결정이거든.

게다가 정신병자의 가족들은 일단 환자를 안 보이는 곳으로 보내 놓으면 무관심한 것으로 악명이 높고, 환자의 소식도 면회도 원치 않으니 사설 정신병원이 제대로 운영될지 의문이다. 이들은 치료비에도 무관심할 텐데, 음식이며 연료비, 환자를 관리하는 인건비가 들지 않겠니. 신경 써야 할 부분들이 너무나 많고, 정신병자들과 날마다 접촉하는 게 평온한 삶을 영위하는 데 도움이 될 리 만무하다. 장차 결혼할 사람과 아이들도 생각해야지. 위험한 미치광이들이 우글거리는 근처에서 살게 해서야 되겠니.

내가 네 진로를 결정할 입장은 아니다만 제조업이 훨씬 낫겠다는 생각이다. 공적 자금을 터무니없이 남용하는 정치인들의 경영 착오로 섬유 공장들이 예전만 못하고 해가 갈수록 악화 일로를 걷고 있지만 그래도 그 밖의 수많은 기회가 있고, 너도 날마다 새로운 부가 창출되고 있다는 이야기를 들어서 알겠지만 기회를 잘 잡은 사람들도 있단다. 내가 장담하건대 활기차고 똑똑하기로 따지면 너도 그 사람들 못지않아. 가정용 재봉틀이 새롭게 출시된다는 이야기가 들리던데, 저렴하게 만들면 아주 잘 팔릴 거다. 재봉틀이 있으면 지루하고 끝없는 고역에 드는 시간이 줄어들 테니 여자라면 누구나 가지고 싶어 할 테고, 가엾은 침모들에게도 많은 도움이 되지 않겠니. 딱한 네 아버지의 사업체를 팔고 얼마 안 남은 유산을 그렇게 존경스럽고 믿음직한 일에 투자하면 안 되겠니? 재봉틀 한 대가 정신병원 백 개만큼, 어쩌면 그보다 더 많이 사람들의 고생을 더는 데 이바지할 텐데.

물론 네가 예전부터 이상주의자였고, 희망적인 꿈들로 가득했다는 건 안다. 하지만 가끔은 현실을 직시해야지. 너도 이제 서른이 잖니.

참견하고 간섭하려고 내가 이런 말을 하는 게 아니라 딱 하나뿐인 사랑하는 아들의 미래가 어미로서 걱정이 돼서 그런다. 나는 정말 죽기 전에 네가 자리 잡는 걸 보고 싶구나. 그게 네 아버지의 소원이기도 했고, 내가 사는 단 한 가지 이유가 너의 행복이라는 걸 너도 잘 알잖니.

나는 네가 떠난 뒤에 몸이 더 안 좋아졌단다. 원래 네가 있어야 기운이 나잖니. 어제는 기침을 하도 심하게 해서 늘 한결같은 모린의 도움으로 간신히 2층까지 올라갔단다. 모린도 나만큼 나이가 많고 기운이 없으니 누가 보면 늙은 마녀 둘이서 절뚝거리며 언덕을 올라가는 것 같았을 게다. 착한 서맨사가 부엌에서 달여 주는 약을 하루에 몇 번씩 먹는데도(약들이 다 그렇듯 지독하게 쓰다만, 서맨사 말로는 그 약을 먹고 자기 어머니가 나았다더라.) 별 차도가 없구나. 오늘은 컨디션이 좋아서 평소처럼 응접실에서 손님을 맞았다만. 내가 아프다는 소식을 듣고 여럿이 찾아왔는데, 그중에서 헨리 카트라이트 부인은 심성은 착하지만 벼락부자가 된 사람들이 종종 그렇듯 아주 교양 있지는 않아. 하지만 언젠가는 교양이 쌓이겠지. 딸 페이스가 부인을 따라왔는데, 네 기억 속에는 쭈뼛거리던 열세 살짜리 여자아이로 남아 있겠지만 지금은 어른이 되었고, 고모와 함께 보스턴에 살며 공부를 계속하다 얼마 전에 돌아왔단다. 모든 걸 갖추었고, 모든 사람들이 감탄할 만큼 예의 바르고 상냥하며 매력적인 아가씨가 되었더구나. 그런 게 화려한 외모보다 훨씬 낫지. 이들 모녀가 별미를 한 바구니 들고 왔길래 요즘 입맛이 없어서 아무 맛을 못 느끼는데도 정말 감사하다고 인사했단다. 카트라이트 부인 때문에 내 취향만 고급이 되었구나.

환자가 되는 건 슬픈 일이더구나. 너는 괜찮기를, 너무 열심히 연구하고 신경 쓰면서 등불 밑에서 밤새우느라 눈 버리고 골치 아파가며 무리하지 않기를, 날씨가 완전히 따뜻해질 때까지 양모 속옷 잘 챙겨 입기를 매일 밤 기도한다. 첫 상추가 고개를 내밀고, 사과나무에 움이 텄구나. 네가 있는 그곳은 아직도 눈으로 덮여 있겠지. 킹스턴은 저 북쪽 호숫가에 있으니 워낙 춥고 축축해서 폐에 좋을 리 없겠지? 방은 따뜻하니? 기운 나는 음식 챙겨 먹고. 그곳에도 좋은 푸줏간이 있었으면 좋겠구나.

사랑하는 아들아, 내 모든 사랑을 보낸다. 모린과 서맨사도 안부 전해 달라는구나. 우리 모두 네가 다시 들른다는 소식이 조만간 도착하길 기다리고 있단다. 그때까지 몸 건강히 있으마.

1859년 4월 29일

너를 무척 사랑하는 엄마가

❧

발신 캐나다웨스트 킹스턴 로어유니언 가, C. D. 험프리 소령 댁 사이먼 조던 박사

수신 미국 매사추세츠 주 도체스터, 에드워드 머치 박사

친애하는 에드워드에게

도체스터에 들러서 자네가 어떻게 지내는지 봤어야 하는데 미안하네. 지금쯤 자네는 간판을 걸고 불구자와 맹인 들을 보살피느라 바쁠 텐데, 나는 유럽을 떠돌아다니며 악마를 몰아낼 방법을 찾고 있다네. 우리끼리 하는 이야기지만, 아직 비법을 알아내진 못했어. 하지만 자네도 짐작하다시피 루미스빌에 도착해서 떠날 때까지 준비하느라 정신이 없었고, 오후 시간은 부득이하게 어머니한테 할애할 수밖에 없었거든. 하지만 이번에 돌아가거든 약속을 잡아서 '석

별의 정'을 위해 건배도 하고, 과거의 사건과 현재의 전망을 놓고 이야기도 나누세.

나는 호수를 비교적 순조롭게 건너 목적지에 무사히 도착했다네. 편지를 주고받은 베링거 목사님, 말하자면 나의 고용주 되실 분이 토론토 출장 중이라 아직 만나지 못한 채 지금까지 기다림의 즐거움을 누리고 있는 중이지. 내가 받은 편지들이 일종의 계시라면 그분도 수많은 성직자처럼 유머 결핍증이라는 처벌받아 마땅한 병과 모든 중생을 길 잃은 양으로 간주하고 목자가 되려 하는 병을 앓는 듯하더군. 하지만 그분, 그리고 이 분야에 관한 한 대서양 서쪽에서 내가 최고라고 추천해 준 고마운 빈스방거 박사님 덕분에 내가 대가를 받아 가며 이 엄청난 기회를 누리고 있는 것 아니겠나. 감리교회는 검소하기로 유명하니 그 대가가 별로 크지는 않지만. 나는 이번 기회를 통해 상당히 진일보했음에도 불구하고 여전히 미지의 땅으로 남아 있는 정신과 그 작용 기제를 파헤쳐 지식의 발전에 이바지할 수 있기만을 바랄 따름일세.

주변 환경을 소개하자면 킹스턴은 20년 전 화재로 잿더미가 된 뒤에 보기 흉하게 대충 개축된 터라 호감이 가는 마을은 아닐세. 새 건물들은 죄다 화염에 휩싸일 가능성이 낮은 돌이나 벽돌로 만들어졌지. 교도소는 그리스 신전 양식인데, 이곳 주민들이 아주 자랑스러워하는 건물이라네. 그 안에서 어떤 이교도의 신을 숭배하려는 건지는 차차 알아보아야 하겠네만.

C. D. 험프리 소령 댁에 방을 몇 개 빌려 놓았는데, 고급스럽지는 않지만 이 정도면 내 목적을 해결하기에 꽤 널찍하지 않을까 싶네. 그런데 집주인이 알코올의존자가 아닌가 싶어 걱정이 되는군. 장갑

을 끼려는 건지 벗으려는 건지 자기 스스로도 정확히 알지 못한 채 낑낑대는 모습을 두 번 봤거든. 그러면서 도대체 자기 집에서 뭘 하고 있느냐는 듯 시뻘건 눈으로 날 노려보더군. 그러다가는 결국 내가 만들고 싶어 하는 사설 병원 신세를 지게 되지 않을까 싶네. 새로운 사람을 만날 때마다 미래의 고객으로 간주하는 내 이 못된 습관은 고쳐야 하겠지만. 군인들은 은퇴를 하고 봉급이 반으로 줄면 불량해지는 경우가 많지. 짜릿한 흥분과 격한 감정에 익숙해져 있다 보니 민간인이 되어도 그걸 재현해야 하는 걸세. 그나저나 나와 계약을 맺은 당사자는 소령이 아니라 오랫동안 고생한 소령의 부인이었다네. 소령은 나하고 계약을 했다고 한들 기억조차 하지 못할 게 뻔하지.

식사는 근처에 있는 지저분한 여관에서 해결하는데 매끼마다 탄 음식이 나오고, 엎친 데 덮친 격으로 약간의 흙과 검댕, 벌레 들이 양념으로 곁들여진다네. 아침은 우리가 런던에서 의과대학을 다니던 시절에 먹었던 것보다 훨씬 형편없는 수준일세. 이처럼 황당한 요리에도 여기 남아 있다는 게 내가 과학이라는 대의명분에 진정 몸을 바친 증거임을 자네는 알아줄 거라 믿네.

여기 사교계를 소개하자면 다른 어느 곳과 마찬가지로 예쁜 아가씨들이 있는데, 3년 전 파리 패션, 다시 말해서 2년 전 뉴욕 패션으로 옷을 입고 다닌다네. 이 나라의 현 정부는 개혁 성향이 강하지만 이 마을에는 불만이 많은 토리당원들과 옹졸하고 편협한 속물들로 넘쳐나지. 내가 장담컨대 무뚝뚝하고 아무렇게나 입고 다니는, 더욱 정확히 말해서 민주주의를 신봉하는 양키인 자네 친구는 당파적인 이곳 사람들에게 미심쩍은 인물로 간주될 걸세.

그럼에도 교도소장이 나서서 편의를 제공하고 있고(베링거 목사님의 부탁 때문인 것 같네.) 내가 매일 오후 몇 시간씩 그레이스 마크스를 만날 수 있도록 손을 써 주었다네. 그녀는 일종의 무보수 하녀로 교도소장의 집에서 일하고 있는데, 이것이 그녀의 입장에서는 혜택인지 고행인지 나로서는 아직 확인할 수 없다네. 그런데 그레이스가 약 15년에 걸친 담금질로 금이 가지 않는 너트처럼 단단해졌으니 알아내기도 쉽지 않겠어. 피험자의 신뢰를 얻지 못하는 한 나처럼 질문을 해 봐야 효과 없는 일 아니겠나. 그런데 교도 시설에 대해 내가 아는 사실들로 미루어 보건대 그레이스는 상당히 오랜 기간 동안 남을 믿을 만한 이유가 거의 없었겠지.

지금까지 연구 대상을 만난 게 딱 한 번뿐이었으니 내 느낌을 밝히기에는 시기상조겠지. 일단 희망적이라는 것만 밝혀 두겠네. 자네가 고맙게도 내 진척 상황을 듣고 싶다고 했으니 계속 자세히 알려주겠네. 친애하는 에드워드, 그때까지 몸 건강히 지내길.

1859년 5월 1일

자네의 오랜 벗이자 왕년의 단짝 친구 사이먼

7

사이먼은 펜 끝을 씹으며 책상에 앉아서, 파도가 일렁이는 잿빛 온타리오 호를 창밖으로 내다보고 있다. 만 건너편의 울프 섬*은 시적 감수성이 풍부했던 유명한 장군의 이름을 따서 붙인 섬인가 싶다. 잔인할 정도로 획일적인 풍경은 감탄할 정도는 아니지만 이러한 시각적인 단조로움이 생각하는 데 도움이 될 때도 있다.

갑작스러운 빗줄기가 창유리를 후두두 때린다. 호수 위로 너덜너덜한 구름이 나지막이 지나간다. 호숫물도 굽이치고 넘실거린다. 물결이 호숫가로 밀려 들어왔다 물러났다가 다시 밀려 들어온다. 버드나무가 초록색 장발처럼 그의 밑에서 고개를 흔들고 몸을 구부리고 손발을 마구 휘젓는다. 옅은 색의 무언가가 지나간다. 여자들이 쓰는 하얀색 스카프 아니면 베일처럼 생겼는데, 다시 보니 바람과 싸우는 갈매기다. 무심한 자연이 벌이는 소동이로군. 그는 속으로 생각한다.

---

* 캐나다 온타리오 주 온타리오 호의 세인트로렌스 강 초입에 있는 섬으로, 섬의 명칭은 영국의 장군 제임스 울프(James Wolfe)의 이름을 따서 지어졌다.

테니슨의 이빨과 발톱.*

그는 조금 전 편지에 썼던 것과는 달리 벅찬 희망을 전혀 느끼지 못한다. 오히려 불안하고 기운이 없다. 그가 여기 와 있는 이유가 설득력을 잃는 듯하다. 하지만 지금 당장은 이것이 최선이다. 그는 젊은 사람 특유의 삐딱한 마음으로 의과대학에 입학했다. 당시 그의 아버지는 부유한 공장주였고, 때가 되면 사이먼이 사업을 물려받을 거라고 생각했다. 그리고 사이먼도 그렇게 생각했다. 하지만 그는 먼저 살짝 반항을 할 심산이었다. 걷던 길에서 벗어나 여행도 하고, 공부도 하면서 이 세상, 특히 예전부터 매력을 느꼈던 과학계와 의학계에서 자기 자신을 시험할 생각이었다. 그런 다음 취미 생활과, 돈 걱정 않고 그런 생활을 즐길 수 있다는 마음 편한 자신감을 품고 집으로 돌아갈 생각이었다. 그도 알다시피 훌륭한 과학자들은 대부분 개인적인 수입원이 있기 때문에 마음을 비우고 연구를 할 수 있었다.

그런데 아버지가 쓰러지실 줄은, 섬유 공장이 무너질 줄은 미처 몰랐다. 어느 쪽이 먼저였는지도 알 수 없었다. 그는 잔잔한 개울 위로 즐겁게 노를 저어 가는 대신 바다에서 풍랑을 만나 부러진 돛대를 붙잡고 있는 신세가 되었다. 다른 말로 표현하자면 자수성가해야 하는 상황이 된 것인데, 이것은 그가 철없던 시절 아버지와 언쟁을 벌였을 때 자신의 가장 큰 소원이라고 주장하던 일이었다.

공장이 팔렸고, 그가 어린 시절을 보냈던 으리으리한 저택과 많고

---

* 영국 시인 앨프리드 테니슨 경(1809~1892)의 장시 「인 메모리엄(In Memoriam)」 중 한 구절인 "피로 물든 이빨과 발톱(red in tooth and claw)"을 연상한 것이다.

많던 일손들(청소 담당, 요리 담당, 응접실 담당, 생글생글 웃는 얼굴로 응석을 받아 주며 그의 10대와 20대를 장악했던, 그가 재산으로 여겼던 앨리스니 에피니 하던 여자들)도 함께 팔렸다. 그들에게선 딸기와 소금 냄새가 났다. 머리는 묶지 않으면 길게 찰랑거렸다. 그런 머리를 한 여자는 아마 에피였을 것이다. 그가 물려받은 유산은 어머니가 생각하는 것보다 적고, 거기에서 나오는 수입은 대부분 어머니에게 넘어간다. 어머니는 스스로 전보다 못 갖추고 산다고 생각하는데, 예전에 어떻게 살았는지를 감안하면 맞는 말이다. 어머니는 아들을 위해 자신이 희생을 한다고 생각하고, 그는 어머니의 환상을 깨고 싶지 않다. 그의 아버지는 자수성가했지만 어머니는 말하자면 타수성가(他手成家)했고, 그런 사람들은 연약하기로 악명이 높다.

그렇기 때문에 사설 정신병원은 지금으로서는 먼 나라 이야기다. 거기에 필요한 돈을 마련하려면 이미 경쟁이 치열하고 말이 많은 분야에서 뭔가 참신한 것, 그러니까 새로운 사실을 발견하거나 치료법을 개발해야 한다. 그가 유명해지고 나면 병원의 지분을 팔 수도 있을 것이다. 하지만 그렇더라도 경영권을 잃지는 않을 것이다. 그는 자유로워야 한다. 타인의 간섭을 전적으로 배제한 상태에서 그만의 치료 방식을 분명히 정한 다음, 그 방식을 꿋꿋하게 고집할 것이다. 그리고 시설 안내문도 쓸 것이다. 넓고 쾌적한 병실, 적합한 환기 시설과 배수 시설, 그리고 물소리가 신경을 안정시키는 역할을 하니 그에 걸맞게 강이 지나가는 광활한 부지에 대해서. 하지만 기계와 일시적인 유행에 대해서는 선을 그을 것이다. 전기기구와 자석이 달린 장치는 허용하지 않을 것이다. 미국인들은 사실 그런 데 무턱대고 감동한다. 그들은 레버를 당기거나 버튼을 누르면 되는 치료법을 더 좋아한다. 하지만 사이먼은 그런 도구의 효험을 절대 믿지 않는다. 유혹이 느껴지더라도 타협을 거부해야 한다.

지금 현재로서는 이 모든 게 터무니없는 희망 사항이다. 하지만 그는 일종의 기획안 비슷한 것을 어머니 앞에서 흔들어 보여야 한다. 어머니가 아무리 못마땅하게 생각하더라도 어떤 목표를 향해 나아가고 있음을 보여 드려야 한다. 물론 그는 어머니가 그랬던 것처럼 돈과의 결혼을 선택할 수도 있다. 어머니는 가문과 인맥을 뻣뻣한 지폐 뭉치와 맞바꾸었고, 아들을 위해 그 비슷한 만남을 주선할 준비가 충분히 되어 있다. 유럽의 몰락한 귀족과 미국의 신흥 백만장자 간의 철두철미한 거래가 매사추세츠 주 루미스빌에서도 그보다 훨씬 작은 규모로나마 이루어지고 있다. 그는 페이스 카트라이트 양의 툭 튀어나온 앞니와 오리 같은 목을 떠올리며 몸서리친다.

그는 시계를 쳐다본다. 아침 식사가 또 늦어지고 있다. 그는 이 집에서 잡역부로 일하는 도라가 매일 아침 나무 쟁반에 음식을 들고 오면 자기 방에서 식사를 한다. 그녀가 응접실 저쪽 끝에 있는 조그만 테이블에 탁 하는 소리와 함께 덜그럭거리며 쟁반을 내려놓고 사라지면 그가 자리에 앉아 먹을 만한 것들을 먹어 치운다. 그는 아침을 먹기 전에 좀 더 큰 다른 테이블에서 편지를 쓰는 습관을 들였다. 일하는 모습을 보일 수 있고, 도라를 쳐다보지 않아도 되기 때문이다.

도라는 뚱뚱하고, 얼굴은 푸딩 같으며, 입술은 실망한 어린아이처럼 밑으로 쳐졌다. 굵고 새까만 눈썹이 미간에서 만나 늘 화난 사람처럼 험상궂다. 그녀는 잡역부 일을 싫어하는 게 분명하다. 그가 생각하기에 그녀가 좋아하는 일이 있긴 할까 싶다. 창녀로 일하는 그녀의 모습을 열심히 그려 보지만(그는 마주치는 다양한 여자들을 대상으로 머릿속에서 은밀하게 이런 놀이를 즐긴다.) 어떤 남자가 돈을 주고 그녀를 살지 도무지 상상이 안 된다. 돈을 주고 그녀를 사는 것은 돈을 주고 짐마차에 치이는 것과 다름없는 일이고, 그랬다가는 짐마차에 치이는 것처럼 건강에 치명적인 결과를 낳을 것이다. 도라는 몸집이 크고 튼튼한 여자라, 허벅지로 남자의 척추를 두 동강 낼 수도 있을 것이다. 사이먼이 상상하기에 그녀의 허벅지는 삶은 소시지처럼 희끄무레하고 그슬린 칠면조 고기처럼 털이 숭숭 나 있으며, 각각 새끼 돼지 한 마리에 버금갈 정도로 어마어마하게 클 거라고 상상한다.

도라도 그의 싸늘한 평가에 똑같이 응수한다. 그녀는 그가 이 집에서 셋방살이를 하는 유일한 목적이 그녀를 괴롭히기 위해서라고 생각하는 눈치다. 그래서 그의 손수건으로 스튜를 만들고, 셔츠에 풀을 심하게 먹이고, 셔츠 단추를 주기적으로 잡아 뜯은 다음 잃어버린다. 심지어 그의 토스트를 태우고 달걀을 너무 익히는 것도 일부러 그러는 것 같다. 그녀는 쟁반을 털썩 내려놓은 뒤 돼지를 부르듯 "밥이오." 하고 소리를 지른다. 그런 다음 거의 쾅 소리가 나게 문을 닫으며 쿵쿵 걸어 나간다.

사이먼은 태어나면서부터 자기 주제를 파악하는 유럽의 하인들 때문에 나쁜 버릇이 들었다. 그는 분개하며 온몸으로 평등을 외치는 이쪽 사람들에게 아직 익숙해지지 못했다. 물론 남부는 예외지만, 그쪽으로는 가지 않는다.

킹스턴에 이보다 더 괜찮은 셋방도 있지만, 그런 데다 돈을 쓰고 싶지는 않다. 잠깐 머무를 생각이니 이곳으로 충분하다. 게다가 셋방살이를 하는 사람이 그 혼자라 그가 중요하게 여기는 사생활을 지키며 조용히 명상에 잠길 수 있다. 이 집은 석조 건물이라 춥고 축축하다. 하지만 사이먼은 물질적인 편안함을 체질적으로 경멸하는 데다 의과대학 시절을 거치면서 수도사처럼 근검절약하고 혹독한 환경에서 오랫동안 일하는 데 익숙해졌다. 뉴잉글랜드인의 피가 흐르고 있기 때문일 것이다.

그는 다시 책상으로 돌아간다. 사랑하는 어머님께. 그는 편지를 쓰기 시작한다. 길고 유익한 편지 감사합니다. 저는 아주 잘 지내고 있고, 이곳에서 범죄자들을 상대로 신경 질환과 뇌 질환을 연구하는 데 상당한 진척을 보이고 있습니다. 실마리를 찾기만 하면 범죄 예방에 성큼 다가갈 수 있을 텐데…….

그는 말문이 막힌다. 사기꾼이 된 듯한 기분이다. 하지만 뭐라도 쓰지 않으면 어머니는 그가 물에 빠졌든지 폐결핵으로 급사했든지 강도를 당한 줄 알 것이다. 날씨야말로 언제 꺼내도 무난한 화제다. 하지만 그는 빈속에는 날씨 이야기가 써지지 않는다.

그는 책상 서랍에서 살인 사건 당시 만들어진 조그만 책자를 꺼낸다. 베링거 목사에게 받은 것인데, 그레이스 마크스와 제임스 맥더모트의 진술서와 간단하게 요약한 재판 과정이 들어 있다. 표지를 장식한 그레이스의 판화는 감상적인 소설의 여주인공으로 착각할 수 있을 정도다. 당시 그녀는 겨우 열여섯 살이었는데, 그림 속의 여자는 그보다 적어도 다섯 살은 많아 보인다. 숄이 그녀의 어깨를 덮었고, 보닛 테두리가 검은 후광처럼 그녀의 머리를 에워싸고 있다. 코는 반듯하고, 입은 섬세하고, 표정은 틀에 박힌 듯 감상적이다. 커다란 눈으로 어딘가를 물끄러미 바라보며 막달라 마리아처럼 힘없이 수심에 잠겨 있다.

그 옆을 나란히 장식한 제임스 맥더모트의 판화는 그 당시 유행했던 큼지막한 옷깃과 나폴레옹처럼 앞으로 쓸어 올린 머리가 특징이다. 이 머리는 격정을 상징하기 위한 장치다. 그는 바이런처럼 생각에 잠긴 듯 인상을 쓰고 있다. 화가가 그를 존경했던 모양이다.

한 쌍의 초상화 밑을 보면 흘림체로 이렇게 적혀 있다. 그레이스 마크스, 일명 메리 휘트니와 제임스 맥더모트. 토머스 키니어 씨와 낸시 몽고메리를 살해한 죄로 법정에 섰을 때의 모습. 이 모든 게 심란하게도 청첩장 비슷하다. 그림이 없었다면 분명 청첩장 같았을 것이다.

그레이스와의 첫 만남을 준비했을 때만 해도 사이먼은 이 그림을 전혀 믿지 않았다. 지금은 많이 달라졌을 거라고 생각했다. 이렇게 느긋하지 않고 좀 더 애원하는 분위기겠지. 어쩌면 미쳤을 수도 있고. 그레이스가 있는 임시 독방으로 안내한 교도관은 그녀가 보기보다 힘이 세서 사람을 심하게 물어뜯을 수도 있으니 사나워지거든 도움을 청하라고 경고한 다음 그를 안으로 들이고 문을 잠갔다.

하지만 그녀를 본 순간, 그럴 일이 없다는 걸 알 수 있었다. 저 위쪽의 조그만 창문을 통해 비스듬히 들어온 아침 햇살이 그녀가 서 있는 한쪽 구석을 비추었다. 수수한 윤곽과 선명하게 각이 진 품새가 중세에 가까운 이미지였다. 수녀원의 수녀, 아니면 뾰족탑에 갇혀 내일 거행될 화형식 또는 마지막 순간에 나타나 그녀를 구해 줄 전사를 기다리는 처녀. 궁지에 몰린 여자. 아무것도 신지 않았을 게 분명한 맨발을 감추고 있는, 일직선으로 떨어지는 참회의 드레스. 짚을 넣어 만든 바닥 위 매트리스. 겁을 먹고 움츠린 어깨. 야윈 몸을 꼭 끌어안은 두 팔. 언뜻 보이는, 하얀색 화관 같은 캡에서 삐져나온 한 움큼의 기다란 적갈색 머리카락. 그리고 무엇보다도 공포 내지는 무언의 간청으로 휘둥그레진, 창백한 얼굴 위의 커다란 눈. 이 모든 게 전형적이었다. 그는 파리의 살페트리에르 병원에서 이와 흡사한 분위기의 히스테리 환자를 수도 없이 만났다.

그는 침착하게 웃는 얼굴로 호의적인 인상을 풍기며 그녀에게 다가갔다. 사실 호의를 품고 있었으니 거짓으로 꾸민 인상은 아니었다. 이런 환자들은 스스로 미치지 않았다고 생각하기 때문에 적어도 그만큼은 그들을 정신병자로 간주하지 않는다는 확신을 심어 주어야 했다.

그런데 그때 그레이스가 햇빛이 비치지 않는 곳으로 걸어 나오자 조금 전까지 보았던 여자가 눈 깜짝할 사이에 사라졌다. 그 대신 자세가 좀 더 꼿꼿하고, 키가 더 크고, 좀 더 침착하며, 파란색과 하얀색 줄무늬의 전형적인 죄수복에 맨발이 아니라 평범한 신발을 신고 있는 여자가 등장했다. 심지어 밖으로 삐져나온 머리카락도 생각보다 적었다. 대부분의 머리카락이 하얀 캡 속에 얌전히 들어가 있었다.

눈이 남들보다 큰 건 사실이었지만, 정신이 이상한 기미는 전혀 느껴지지 않았다. 그녀 쪽에서 오히려 대놓고 그를 평가하고 있었다. 마치 미공개 실험의 대상을 관찰하는 듯한 눈빛이었다. 감시하에 놓인 사람이 그녀가 아니라 그인 듯한 눈빛이었다.

사이먼은 그 장면을 떠올리며 움찔한다. 내가 상상과 공상에 너무 푹 젖어 있었군. 관찰하는 데 집중하고 조심스럽게 진행해야 해. 정당한 근거가 있는 실험은 반드시 입증할 수 있는 결과를 낳기 마련이지. 신파와 지나친 흥분은 자제해야 해.

문밖에서 발을 끌며 걷는 소리가 들리더니 뒤이어 탁 하는 소리가 들린다. 아침 식사인 게 분명하다. 그가 등을 돌리자 거북이 등껍질 속으로 들어가듯 목이 옷깃 속으로 오므라드는 게 느껴진다.

"들어오세요." 그의 대답에 문이 홱 열린다.

"밥이오." 도라가 큰 소리로 외친다. 쟁반이 덜거덕거리며 테이블 위에 놓인다. 그녀가 쿵쿵거리며 걸어 나가고, 그 뒤에서 쾅 소리와 함께 문이 닫힌다. 정향나무로 속을 채우고 설탕을 입힌 햄처럼 껍질을 쓴 채 푸줏간 진열대에 거꾸로 매달린 도라의 모습이 불쑥 사이먼의 머리를 스치고 지나간다. 그는 연상 작용이 머릿속에서 어떤 식으로 이어지는지 알고 보면 참 신기하다는 생각을 한다. 예를 들면 도라―돼지―햄, 이런 식이다. 첫 번째 단어에서 세 번째 단어로 건너가려면 반드시 두 번째 단어가 있어야 한다. 반면에 첫 번째에서 두 번째, 두 번째에서 세 번째 단어는 비약이라고 할 만한 수준이 못 된다.

중간이 중요하다. 그는 이 사실을 명심해야 한다. 어쩌면 정신병 환자는 열이 나거나 몽유병에 걸렸거나 특정 약물을 복용했을 때 그런 것처럼, 이런 연상 작용이 현실과 상상을 구분하는 선을 넘나드는 사람에 불과할지 모른다. 그런데 어떤 기제에 의해 그렇게 되는 걸까? 분명 어떤 기제가 숨어 있을 텐데……. 그 실마리를 신경에서 찾을 수 있을까, 아니면 뇌에서 찾을 수 있을까? 먼저 어떤 곳이 어떤 식으로 손상되어야 정신병이 생기는 걸까?

도라가 일부러 차갑게 식힌 걸 들고 왔으면 모를까, 이런 생각을 하는 동안 음식이 식었을 것이다. 그는 긴 다리를 풀고 기지개를 켜며 하품을 한 뒤 자리에서 일어나 쟁반이 놓여 있는 테이블로 건너간다. 어제는 달걀이 고무지우개 같았다. 그는 안색이 창백한 안주인, 험프리 부인에게 그 이야기를 했는데, 오늘은 달걀을 너무 안 익혀서 흐물흐물하고 눈알처럼 살짝 푸르스름한 기미가 도는 것을 보니 부인이 도라에게 그의 말을 전한 게 분명하다.

염병할 여자 같으니라고. 그는 속으로 생각한다. 뚱하고 무식하고 원수를 갚아야 직성이 풀리는 여자. 유식한 구석이라고는 눈곱만큼도 없으면서도 간사하고 교활하고 미꾸라지 같은 여자. 이런 여자는 궁지에 몰아넣을 방법이 없다. 그녀는 기름칠한 돼지다.

토스트를 씹자 석판처럼 부서진다. 사랑하는 어머님께. 그는 머릿속으로 편지를 쓴다. 이곳은 날씨가 정말 좋습니다. 눈이 거의 녹았고, 대기에서 봄이 느껴지고, 태양이 호수를 따뜻하게 비추고, 파란 새싹이 벌써…….

그런데 무슨 새싹이라고 하지? 그는 꽃에 대해 아는 게 거의 없다.

8

나는 지금 교도소장 댁 층계 꼭대기에 있는 바느질 방에 앉아 있
다. 평소와 같은 테이블에 같은 의자이고, 여느 때처럼 바구니에 바
느질거리가 담겨 있지만, 가위가 없다는 점이 평소와 다르다. 교도소
측에서 이런 물건은 내 손이 닿지 않는 곳으로 치워야 한다고 주장
했기 때문인데, 그래서 내가 실을 자르거나 솔기를 뜯어야 할 때가
되면 조던 박사가 조끼 주머니에서 가위를 꺼내 빌려 주고 내가 다
쓰면 도로 주머니에 넣는다. 그는 내가 전혀 위험하지 않은 데다 자
제력도 갖추고 있는데 그렇게 까다로운 절차가 왜 필요한지 모르겠
다고 말한다. 믿을 만한 사람인 것 같다.

하지만 나는 가끔 이로 실을 물어서 끊는다.

조던 박사는 편안하고 차분한 분위기 속에서 진행해야 뭔지 모를
그의 목적을 달성하는 데 도움이 된다며, 나에게 예전과 최대한 똑
같은 일상을 유지해 달라고 했다. 나는 계속 배정받은 독방에서 자
고, 예전과 똑같은 옷을 입고, 40명의 여자들과 함께 침묵 속에서(그
런 것도 침묵이라 할 수 있을지 모르겠지만) 예전과 똑같은 아침을 먹는

다. 대부분 죄목이 기껏해야 절도 수준인 그 40명의 여자들은 말은 안 하더라도 소리 비슷한 걸 내기 위해 입을 벌린 채 빵을 씹고, 후루룩 소리를 내며 차를 마시고, 교훈적인 성경 구절을 큰 소리로 낭송한다.

아침을 먹으면서 혼자 이런저런 생각을 할 수는 있어도 웃음이 나오면 기침을 하거나 사레가 든 척해야 한다. 그런데 사레 들린 척하는 게 낫다. 사레가 들면 등을 쳐 주지만, 기침을 하면 의사를 부르기 때문이다. 빵 한 덩어리, 옅은 차 한 잔, 그리고 저녁에는 고기. 고기가 많이 나오지는 않는다. 의사들이 말하길 기름진 음식을 너무 많이 먹으면 범죄를 일으키는 뇌의 어떤 기관들이 자극을 받는다고 했다는 게 교도관과 경비원들이 우리한테 전하는 이유다. 만약 그게 사실이라면 그들은 닭고기 등 갖은 고기와 베이컨과 달걀과 치즈를 있는 대로 먹는데, 범죄를 일으키는 기관들이 왜 자극을 받지 않는지 모를 일이다. 그래서 그들이 살이 찌는 건 이해되지만 말이다. 내가 보기에는 가끔 우리 몫까지 슬쩍하는 것 같다. 이곳은 먹고 먹히는 세상이고 그들이 먹는 쪽이니 그게 사실이라 해도 전혀 놀랄 일은 아니지만.

아침 식사가 끝나면 나는 평소처럼 교도소장 댁으로 호송된다. 호송을 맡은 교도관은 둘 다 남자이고, 높은 분들이 없으면 자기들끼리 아무 거리낌 없이 실없는 소리를 주고받는다. 어이, 그레이스. 그중 한쪽이 말을 꺼낸다. 너 애인 새로 생겼더라? 의사던데? 그 양반이 너한테 프러포즈를 했는지 네가 살살 꼬드겼는지 모르겠지만, 그 양반 한눈팔았다가는 네 손에 뒤로 벌러덩 넘어질 텐데. 그러게. 다른 한쪽이 맞장구친다. 신발은 벗겨지고 심장에 총구멍이 뚫린 채

지하실에 벌러덩 자빠질 텐데 말이지. 그러고 나서 두 사람은 웃음을 터뜨린다. 재미있어 죽겠는 모양이다.

나는 메리 휘트니라면 뭐라고 말할지 열심히 생각한다. 가끔 메리 휘트니가 함 직한 말을 내뱉을 때도 있다. 나를 정말 그런 여자로 생각하거든 그 더러운 입 좀 다무시죠? 안 그러면 컴컴한 밤에 찾아가서 혀를 뽑아 버릴 테니까. 칼도 필요 없어요. 이로 꽉 문 다음 잡아당기면 되거든요. 그리고 그 더러운 손도 얌전히 거두어 주면 고맙겠는데요.

장난도 못 치냐. 내가 너라면 이런 장난 환영하겠다. 한쪽이 말한다. 수녀처럼 갇혀 있으니 네 몸에 손이라도 대 줄 남자라고는 평생우리밖에 없을 거 아니냐. 자, 너도 같이 뒹굴고 싶다고 고백해 봐. 그 난쟁이 제임스 맥더모트하고는 그럴 마음이 있었잖아. 그 살인마의 삐딱한 목이 쭉 늘어나기 전에는 말이다. 다른 한쪽이 말한다. 잘한다, 그레이스. 티끌 한 점 없고 흠잡을 데 없는 처녀인 양, 천사처럼 순결한 몸인 양, 루이스턴의 여관에서 어떤 남자의 방 안도 들여다본 적 없는 양 그렇게 콧대를 세워 보라고. 붙잡혔을 때 네가 코르셋을 입고 스타킹을 신고 있었다는 거 우리도 다 들었어. 그래도 너한테 불같은 성질이 아직 남아 있는 것 같아서 보기 좋네. 이런 생활을 해도 없어지지 않다니. 나는 살짝 성깔 있는 여자가 좋더라. 첫 번째 교도관이 말한다. 성깔이라고 하면 술에 취했을 때 부리는 게 제격이지. 두 번째 교도관이 말한다. 오죽하면 술이 죄를 부른다고 하겠어. 불이 붙게 하는 데는 알코올만 한 게 없다니까? 술에 취하면 취할수록 좋지. 첫 번째 교도관이 말한다. 완전히 정신을 놓은 게 최고로 좋고. 그럼 소리가 안 들릴 거 아니냐. 꽥꽥거리는 창녀만큼 골치 아픈 게 어디 있다고. 너도 소리 질렀냐, 그레이스? 두 번째 교도 관이 묻는다. 끙끙 신음 소리를 내면서 그 까무잡잡한 인간 밑에서 꿈틀거렸냐? 그는 내가 뭐라고 말할지 궁금해하며 나를 쳐다본다. 가끔 내가 그런 이야기는 하고 싶지 않다고 대답하면 두 사람은 껄 껄대고 웃는다. 하지만 나는 보통 아무 소리도 하지 않는다.

우리는 그런 식으로 시간을 보내며 교도소 입구 밖으로 나간다. 누군가 했더니 그레이스로구나. 안녕, 그레이스. 젊은 남자 둘을 앞 치마 끈에 매달고 가는구나? 그들은 이런 소리를 하며 윙크하고 고 개를 끄덕인다. 두 남자는 내 팔을 하나씩 꼭 붙잡고 길을 따라 걸어 간다. 그렇게 꼭 붙잡을 필요는 없는데도 그렇게 가는 걸 좋아해서, 나는 둘 사이에서 찌그러질 정도로 바짝 몸을 붙인 채 진창을 뚫고, 물웅덩이를 건너고, 말똥 더미를 돌아가고, 울타리 친 안뜰에서 꽃 을 피워 연두색 애벌레들이 매달려 있는 것처럼 꽃술을 늘어뜨린 나 무와, 짖어 대는 개와, 길가로 물을 튀기며 지나가는 마차와, 내 옷을 보면 어디 출신인지 알기 때문에 우리를 빤히 쳐다보는 사람들을 지 나 가장자리에 풀을 심은 집 앞의 긴 찻길을 걸어 올라가 하인용 출 입문으로 돌아간다. 그러면 그중 한쪽이 말한다. 자, 무사히 도착했 다. 그레이스, 너 달아나려고 했지? 우리를 따돌리려고 했지? 눈이 크고 파란 아가씨답지 않게 잔꾀를 부린다니까? 다음번에는 성공하 길 바란다. 지나가는 차를 얻어 타려거든 페티코트를 더 높게 올려 서 구두는 물론이고 발목까지 살짝 보여 줘야지. 아니야, 그 정도로 는 안 돼지. 이번에는 다른 한쪽이 거든다. 페티코트를 목까지 올리 고 돛을 전부 올린 배처럼 궁둥이로 바람을 맞으며 쌩하니 달려가면 우리가 너의 눈부신 매력에 넘어가서 도살장에 온 새끼 양처럼 정신을 잃고 번개를 맞은 것처럼 어안이 벙벙해질 테니 깔끔하게 도망칠 수 있어. 그들은 서로 얼굴을 쳐다보며 씩 웃다 웃음을 터뜨린다. 그들은 이런 식으로 허세를 부린다. 여기까지 오는 내내 이런 식으로 자기들끼리 이야기를 주고받는다.

둘 다 저질이다.

나는 예전처럼 집안일을 하지 않는다. 교도소장 부인이 아직도 나를 무서워하기 때문이다. 그녀는 내가 또 발작을 일으킬까 두려워하고, 가지고 있는 것들 중에서 가장 비싼 찻잔들이 깨질까 걱정한다. 소리 지르는 사람을 처음 본 모양이다. 그래서 요즘 나는 먼지를 털거나 차 심부름을 하거나 요강을 치우거나 이부자리 정리를 하지 않는다. 그 대신 부엌 식기실에서 냄비와 프라이팬을 씻거나 빨래를 한다. 예전부터 빨래를 좋아했기 때문에 상관없다. 힘들고 손이 거칠어지기는 하지만, 그 뒤에 풍기는 개운한 냄새가 좋다.

나는 원래 세탁 담당인 클래리 할멈을 도와서 일을 하는데, 그녀는 흑인 혼혈이고 노예제도가 폐지되기 전까지 노예였다. 그녀는 나를 무서워하지 않고, 내가 무슨 짓을 저지르건 상관하거나 개의치 않는다. 심지어 부잣집 나리를 죽였다고 해도, 그래서 이제 세상에 남자가 하나 줄어들었구나, 하고 말하는 듯 그저 고개만 끄덕인다. 그녀는 나더러 착실하고, 제 몫을 다하고, 비누를 함부로 낭비하지 않으며, 고급 속옷을 제대로 다룰 줄 알고, 심지어 금색 레이스처럼 쉽게 구할 수 없는 천에 묻은 얼룩을 없애는 방법까지 잘 안다고 한다. 그리고 풀도 깨끗하게 잘 먹이고, 다림질을 하다 옷을 태우지 않을까 걱정할 필요가 없으니 그거면 충분하다고 한다.

정오에 부엌으로 가면 요리사가 식료품 저장실에 남아 있는 음식을 준다. 아무리 못해도 빵과 치즈와 쇠고기 수프인데, 보통 여기에 뭔가가 추가된다. 클래리는 요리사와 사이가 좋고, 짜증이 나면 폭발하기로 유명하며, 교도소장 부인이 특히 레이스와 주름 장식에 관한 한 그녀를 철석같이 믿을 뿐 아니라 따를 자가 없는 보물이라고 애지중지하는 만큼 그녀가 일을 그만두겠다고 하면 성가실 게 분명하니 후한 대접을 받는다. 그리고 나는 그녀 옆에 있기 때문에 같은 대접을 받는다.

　음식은 교도소 안에서 먹는 것보다 더 훌륭하다. 어제는 닭 몸통과 그 위에 얹어진 온갖 것들을 먹었다. 우리 둘은 닭장을 습격한 두 마리 여우처럼 식탁에 앉아 뼈를 뜯었다. 2층에서는 가위를 가지고 야단법석을 떨지만, 부엌으로 말할 것 같으면 칼과 꼬챙이 들이 고슴도치처럼 곳곳에서 날을 세우고 있는 곳이라 한 개 슬쩍해서 앞치마 주머니에 넣는 것쯤 식은 죽 먹기일 텐데 그런 것에 대해서는 걱정하는 사람이 아무도 없다. 눈에서 멀어지면 마음에서도 멀어진다는 것이 그들의 좌우명이다. 그들이 생각하기에 1층은 지하나 다름없는 데다가 하인들은 주인이 앞문을 통해 삽으로 들고 오는 것보다 더 많은 것들을 뒷문을 통해 숟가락으로 들고 나갈 수 있다는 사실을 알 턱이 없다. 조금씩 옮기면 되는 일인데 말이다. 작은 칼 하나쯤 없어져도 아무도 모를 것이다. 칼을 숨기기에 가장 적당한 장소는 핀으로 잘 고정시킨 캡 아래 머리카락 속일 텐데, 엉뚱한 순간에 칼이 바닥으로 떨어진다면 얼마나 고약한 깜짝 등장이 될까.

　우리는 칼로 닭 몸통을 잘랐고, 클래리가 엉덩이, 그러니까 배 근처에 달린 가장 맛있는 살점 두 개를 떼어 내서 먹었다. 클래리는 이 살점들이 남아 있으면 꼭 떼어 내서 먹는데, 연장자인 만큼 그녀에게 우선권이 있다. 우리는 말이 별로 없었지만, 닭고기를 먹는 게 너무 행복해서 씩 웃었다. 나는 등에 붙은 비계와 껍질을 먹어 치우고 갈비뼈를 빤 다음 고양이처럼 손가락을 핥았다. 식사를 마치고 클래리가 집 밖 계단에서 얼른 파이프 담배를 한 대 피우고 나자 다시 일을 시작해야 할 시간이 되었다. 리디아 아가씨와 메리앤 아가씨가 옷을 지저분하게 입어서 빨랫거리가 많다고 하는데, 사실 내가 보기에는 대부분 깨끗하다. 아마 아침에 어떤 옷을 입었다가 마음이 바뀌면 다른 옷으로 갈아입은 다음, 입었던 옷을 아무렇게나 바닥에 내동댕이쳐서 밟고 다니기 때문에 빨아야 하는 게 아닌가 싶다.

몇 시간이 지나 2층 시계에 달린 태양이 한낮을 가리키면 조던 박사가 찾아온다. 나는 문을 두드리는 소리, 초인종 소리, 쿵쾅거리는 하녀의 발걸음 소리를 듣고 있다가, 빨랫비누로 눈처럼 새하얗게 씻긴 손과, 뜨거운 물을 만지느라 방금 전 물에 빠진 사람처럼 쭈글쭈글하고 빨갛고 거칠거칠한 손가락을 하고 뒷계단을 통해 2층으로 올라간다. 이제 바느질을 할 시간이다.

조던 박사는 내 맞은편 의자에 앉는다. 들고 온 공책은 테이블 위에 놓는다. 그는 빈손으로 오는 법이 없다. 첫날에는 파란색 꽃을, 둘째 날에는 겨울 배를, 셋째 날에는 양파를 들고 왔다. 보통 과일 아니면 채소이지만, 뭘 들고 올지 종잡을 수가 없다. 대화를 시작할 때마다 그가 자신이 들고 온 선물에 대해 어떻게 생각하느냐고 물으면 나는 그를 만족시키기 위해 뭐라고 대답하고, 그는 내 대답을 받아 적는다. 문은 항상 열어 두어야 한다. 문을 닫아걸고 음란한 행동을 하거나 그런 기미를 보이는 것은 절대 있어서는 안 될 일이기 때문이다. 내가 날마다 여기까지 걸어오는 동안 겪는 일을 생각하면 웃기는 조치다. 리디아 아가씨와 메리앤 아가씨는 층계를 지나가다 들여다본다. 워낙 호기심이 많은 아가씨들이라 박사를 보고 싶은 것이다. 여기다 골무를 놓고 간 것 같은데. 안녕, 그레이스, 다시 건강해졌으면 좋겠어. 실례할게요, 조던 박사님. 방해하려고 들어온 거 아니에요. 두 아가씨는 그를 보며 황홀한 미소를 짓는다. 들리는 소문에 따르면 그는 미혼이고 재산도 있다지만, 두 아가씨 모두 선택의 여지가 있다면 양키 의사 선생을 고르지는 않을 것이다. 그럼에도 자신의 매력과 애교를 그 앞에서 시험해 보고 싶은 것이다. 하지만 그는 두 아가씨에게 뻐딱하게 미소를 지어 보인 뒤 미간을 찌푸린다. 두 아가씨는 실없는 어린아이에 불과하고 그가 이곳을 찾은 이유도 아니기 때문에 별다른 관심을 보이지 않는다.

그가 이곳을 찾은 이유는 나를 만나기 위해서다. 그렇기 때문에 그는 우리의 대화가 끊기지 않기를 바란다.

처음 이틀 동안에는 끊기고 말고 할 게 별로 없었다. 나는 고개를 숙이고 그를 외면한 채 열심히 퀼트 조각을 만드는 데 전념했다. 교도소장 부인을 위해 만드는 누비이불인데, 다섯 조각만 더 연결하면 완성이었다. 나는 네 살 때부터 했던 일이라 졸면서도 바느질을 할 수 있지만, 바늘이 들어갔다 나왔다 하며 쥐가 바느질한 것처럼 조그만 땀 자국을 남기는 것을 열심히 지켜보았다. 이런 실력을 쌓으려면 어렸을 때 시작해야지, 그렇지 않으면 절대 요령을 터득할 수 없다. 주로 쓰인 천은 연분홍색의 나뭇가지와 꽃무늬가 있는 분홍색 천과 하얀 비둘기와 포도 무늬가 있는 감색 천이었다.

그렇지 않으면 나는 조던 박사의 머리 너머에 있는 벽을 쳐다보았다. 그 벽에는 교도소장 부인이 꽃병에 담긴 꽃과 접시에 담긴 과일을 십자수로 놓아 만든 액자가 걸려 있는데, 솜씨가 워낙 어설퍼서 사과와 복숭아가 나무를 깎아 만든 것처럼 네모지고 딱딱해 보인다. 손님용 침실이 아니라 여기에 걸어둔 걸 보면 그녀의 대표작은 아니다. 내가 눈을 감고 해도 그것보다 낫겠다.

이야기를 시작하기가 어려웠다. 나는 지난 15년 동안 메리 휘트니나 보따리장수 제러마이어나 나를 배신하기 이전의 제이미 월시하고 그랬던 것처럼 잡담을 나눈 적이 거의 없었다. 어떤 의미에서는 그런 식으로 잡담 나누는 법을 잊어버렸다. 나는 조던 박사에게 선생님이 어떤 이야기를 듣고 싶어 하는 건지 모르겠다고 말했다. 그는 자기한테 들려주고 싶은 말이 아니라 내가 하고 싶어 하는 말에 관심이 있다고 대답했다. 나는 무슨 말을 하고 싶어 하고 말고 할 입장이 아니기 때문에 그런 걸 생각해 본 적이 없다고 했다.

자, 그레이스. 그가 말했다. 좀 더 열심히 노력해 줘요. 그러기로 약속했잖아요.

알아요, 선생님. 내가 말했다. 그런데 아무 생각도 나지 않아요.

그럼 날씨 이야기를 합시다. 그가 말했다. 모두들 대화를 처음 시작할 때 날씨 이야기를 꺼내니 당신도 할 말이 있지 않겠어요?

나는 그 말에 미소를 지었지만 쑥스러웠다. 아무리 날씨에 대해서라지만 가뜩이나 공책을 든 남자가 내 의견을 묻다니 어색했다. 내가 지금까지 만났던 공책을 든 남자라면 무서운 케네스 매켄지 변호사 나리, 법원과 교도소의 직원들, 나에 대한 거짓말을 만들어 냈던 신문 기자들뿐이었다.

처음에 내가 아무 말도 하지 못하는 것을 보고 조던 박사가 먼저 이야기를 꺼냈다. 그는 지금 사방에서 어떤 식으로 철도가 만들어지고 있는지, 어떤 식으로 선로를 까는지, 기관은 보일러와 증기를 활용해 어떤 식으로 작동하는지 알려 주었다. 나는 그의 이야기를 들으면서 긴장이 조금 풀렸고, 그런 기차를 한번 타 보고 싶다고 말했다. 그는 언젠가 탈 수 있을 거라고 했다. 나는 종신형을 받았으니 그럴 리 없다고 대답했지만, 앞으로 어떤 일이 나를 기다리고 있을지는 아무도 모르는 일이다.

그다음 그는 미국의 루미스빌이라는 자기가 사는 마을에 대해 들려주었는데, 섬유 공장이 많은 마을이지만 인도에서 값싼 천이 수입되기 전에 비하면 빛을 잃었다고 했다. 그의 아버지도 한때 공장을 경영했다는데, 거기서 일한 시골 출신의 아가씨들은 아주 말쑥한 차림으로 공장에서 마련해 준 기숙사에서 살았다고 말했다. 인품이 훌륭하고 정신이 맑은 안주인들이 운영하는 기숙사라 음주는 절대 금지였지만 어떤 곳은 거실에 피아노까지 있었다고 했다. 그 아가씨들은 하루에 열두 시간만 일하고 일요일 아침에는 교회에 갔다는데, 옛 기억을 떠올리며 촉촉하게 젖은 그의 눈을 보니 그 아가씨들 중에 애인이 있었다고 해도 놀랄 일이 아니었다.

곧이어 그가 말하길 그 아가씨들은 글을 배웠고, 직접 원고를 기고해 자기들만의 잡지를 발행했다고 했다. 내가 원고를 기고한다는 게 무슨 뜻이냐고 묻자 그는 소설이나 시를 써서 잡지에 싣는 거라고 대답했고, 나는 그 말을 듣고 물었다. 자기 이름으로요? 그가 그렇다고 하자 나는 참 대담하다고, 그런 짓을 하면 젊은 남자들이 달아나지 않겠느냐고, 글을 써서 아무한테나 보여 주고 이야기를 막 지어내는 여자와 누가 결혼을 하겠느냐고, 나는 그렇게 뻔뻔한 짓은 못하겠다고 말했다. 그는 내 말을 듣더니 미소를 지었고, 그 아가씨들이 월급을 모아 지참금을 마련했기 때문에 젊은 남자들은 그런 데 신경 쓰지 않았다고, 지참금은 누구에게나 환영받는 법이라고 말했다. 나는 결혼하면 아이들 때문에 너무 바빠서 글은 쓰지도 못하겠다고 말했다.

그 말을 하고 났더니 나는 앞으로 결혼도 못하고 아이도 낳지 못할 거라는 생각이 들면서 슬퍼졌다. 수많은 여자들이 그런 것처럼 물론 아이가 없어서 좋은 점도 아주 많고, 아홉이나 열 명쯤 낳다 죽는 건 나도 싫다. 그래도 아쉽기는 하다.

슬플 때는 화제를 바꾸는 게 가장 좋은 방법이다. 나는 그에게 어머니는 살아 계시냐고 물었고, 그는 살아 계시지만 건강이 안 좋다고 대답했다. 나는 우리 어머니는 돌아가셨지만 선생님 어머님은 살아 계셔서 다행이라고 했다. 그런 다음 다시 화제를 바꿔서 말(馬)을 좋아한다고 했더니, 그가 어렸을 때 키웠던 베스라는 말에 대해 들려주었다. 그리고 어느 정도 시간이 지나자 어찌 된 영문인지 모르겠지만 나는 그에게 좀 더 쉽게 말을 건네고 이야깃거리를 생각할 수 있게 되었다.

우리의 만남은 이런 식으로 진행된다. 그가 질문을 하고 내가 대답을 하면 그가 받아 적는다. 법정에서는 내 입에서 나온 모든 단어가 그들이 받아 적는 종이에 낙인처럼 찍히는 듯했고, 내가 일단 한 말은 다시 주워 담을 수 없었다. 그런데 처음에는 누가 봐도 명백한 진실이었다 해도 내가 무슨 말을 하든 와전되면서 모든 게 해서는 안 될 말이 되었다. 정신병원에서 배널링 박사와 만났을 때도 마찬가지였다. 그런데 지금은 내가 무슨 말을 하든 다 맞는 말인 것처럼 느껴진다. 내가 무슨 말이든 하기만 하면 조던 박사는 웃으며 받아 적고, 잘하고 있다고 말해 준다.

그가 내 말을 받아 적으면 마치 나를 그리고 있는 듯한 기분이 든다. 아니, 나를 그린다기보다 내 위에(내 살갗 위에) 지금 쓰고 있는 연필이 아니라 옛날식 거위 깃펜으로, 그것도 펜촉이 아니라 깃털로 뭔가를 그리고 있는 듯한 기분이 든다. 수백 마리의 나비가 내 얼굴을 덮고 날개를 부드럽게 폈다 접었다 하는 것 같다.

하지만 그 밑에 또 다른 느낌이 숨어 있다. 눈을 크게 뜨고 예의 주시하는 듯한 느낌이다. 한밤중에 누군가가 손으로 얼굴을 덮는 기분이 들어 화들짝 눈을 뜨고 쿵쾅거리는 심장을 달래며 일어나 앉았는데 아무도 없는, 그런 느낌 말이다. 그리고 그 밑에 또 다른 느낌이 숨어 있다. 이번에는 내가 열리는 느낌이다. 육신이 찢기는 것처럼 고통스럽게 열리는 것이 아니라 복숭아, 그것도 심지어 너무 익어서 저절로 갈라지는 복숭아가 된 것 같은 기분이다.

그리고 그 복숭아 속에는 씨가 들어 있다.

9

발신 캐나다웨스트 토론토 프런트 가 메이플스, 새뮤얼 배널링 박사

수신 미국 매사추세츠 주 루미스빌 러버넘하우스, 윌리엄 P. 조던 부인 댁 사이먼 조던 박사, 캐나다웨스트 킹스턴 로어유니언 가, C. D. 험프리 소령 전교

친애하는 조던 박사님께

기결수 그레이스 마크스와 관련해서 박사님이 4월 2일, 워크먼 박사님께 의뢰한 사항과, 박사님께 추가 정보를 제 임의대로 제공해도 좋다는 워크먼 박사님의 메모를 받았습니다.

먼저 한 가지 말씀드리자면 워크먼 박사님과 저의 의견이 항상 일치하지는 않았습니다. 제가 생각하기에(저는 워크먼 박사님보다 훨씬 오랫동안 이 정신병원에 근무했습니다.) 박사님은 관대한 방침을 고집하느라 헛고생을 하고 있습니다. 즉, 콩 심은 데서 팥을 거두려 하고 계신 겁니다. 중증의 신경 질환과 뇌 질환을 앓고 있는 환자들은 대부분 치료가 불가능합니다. 그냥 제어만 하는 거죠. 이러한 목적 아래

신체를 구속하고 교정하며, 식단을 제한하고, 부항을 뜨고, 피를 뽑아 과도한 동물적 본능을 줄이는 방법은 지금까지 충분한 효과를 거두어 왔습니다. 워크먼 박사님께서는 가망 없다는 판정을 받은 일부 환자들에게서 긍정적인 결과를 도출했다고 주장하시지만, 시간이 흐르면 피상적이고 일시적인 현상이었음이 분명 밝혀질 겁니다. 정신병은 피가 오염되는 병인데, 비누로 살짝 씻고 수건으로 닦아서 고칠 수 있을까요.

제가 1년여 동안 그레이스 마크스를 진찰했던 반면, 워크먼 박사님께서 그녀를 관찰하신 기간은 고작 몇 주에 불과합니다. 따라서 그녀의 성격에 대한 워크먼 박사님의 의견은 별로 믿을 게 못 됩니다. 하지만 놀라운 통찰력으로 한 가지 중요한 사실을 발견하셨는데, 그레이스 마크스가 정신병자인 척 꾀병을 부리고 있다는 사실이었죠. 저도 같은 생각이었지만, 그 당시 관계 당국은 이에 대해 어떠한 조치도 취하지 않았습니다. 저는 그녀와 그녀의 인위적인 기행을 지속적으로 관찰한 결과, 실제로 정신병에 걸린 게 아니라 파렴치한 방법을 동원해 의도적으로 저를 속이려 했다는 결론을 내렸습니다. 터놓고 말해서 그녀의 정신병은 사기극이자 기만 행위였죠. 악명 높은 범죄를 저지른 벌로 교도소에 갇혔는데, 너무 엄격한 게 마음에 들지 않으니까 응석 부려 가며 편하게 살아 보려고 작정한 겁니다.

그녀는 노련한 배우입니다. 게다가 거짓말을 얼마나 능수능란하게 잘하는지 모릅니다. 이곳에 있을 때에도 여러 차례 발작과 환각을 일으키고 까불고 종알거리며 장난을 쳤는데, 오필리아처럼 들꽃을 머리에 꽂지 않았을 뿐 연기에 부족함이 없었죠. 사실 그녀는 들꽃을 동원하지 않아도 여러 사람을 속이는 데 아무 문제가 없었습니다. 세간의 존경을 받는 무디 부인만 해도 그런 성격의 기품 있는 여류 명사들이 대부분 그렇듯 감동적이기만 하면 어떤 거짓말이건 잘 믿는 편인데, 부인이 그 슬픈 사건을 어떤 식으로 왜곡시켜 히스테릭하게 세간에 전했는지는 박사님도 읽어서 아실 겁니다. 그뿐 아니라 저의 동료들도 여럿 속아 넘어갔으니 아리따운 여자가 문지방을 넘어 들어오면 판단력은 창문 너머로 날아가 버린다는 오랜 속설을 증명하는 훌륭한 사례라고 할 수 있겠습니다.

그럼에도 박사님이 현재 거처에서 그레이스 마크스를 진찰하시려거든 사전에 충분히 경고를 받은 것을 다행으로 생각하시기 바랍니다. 박사님보다 나이도 많고 연륜도 많은 사람들도 그녀의 올가미에 숱하게 걸려들었으니, 율리시스가 세이렌*의 노래가 들리지 않게 선원들의 귀를 밀랍으로 막았던 것처럼 박사님도 그렇게 하시는 게 좋을 겁니다. 워낙 도덕관념도 없고, 양심도 없는 여자라 교묘한 수법을 닥치는 대로 동원할 테니까요.

또 한 가지 미리 알려 드리면, 일단 그녀의 문제에 발을 담그고 나면 마음씨는 착하지만 지적인 능력은 떨어지는 사람들은 물론이고 그녀를 변호하느라 여념 없는 여러 종교계 인사들의 공세에 시달리게 될 겁니다. 그들은 그녀를 석방해 달라는 탄원서로 정부를 괴롭히고 있는데, 인정이라는 미명 아래 박사님을 불러 세워 징집하려 들 겁니다. 저는 그들을 물리치며, 그레이스 마크스는 타락한 품성과 끔찍한 상상력으로 인해 사악한 짓을 저지른 대가로 구속된 거라고

---

* 그리스 신화에 등장하는 바다의 요정으로 아름다운 노랫소리로 뱃사람들을 유혹해 배를 난파시켰다고 한다.

지속적으로 알려 주었지요. 아무것도 모르는 사람들 사이에 그녀를 풀어 놓으면 피에 굶주린 그녀의 본성을 만족시키는 기회만 제공하는 게 될 터이니 너무나도 무책임한 처사입니다.

　박사님께서 이 문제를 더욱 깊이 파고든다면 저와 똑같은 결론에 이를 거라고 확신합니다.

1859년 4월 20일

새뮤얼 배널링 배상

10

오늘 아침에 사이먼은 베링거 목사를 만날 예정이다. 그 자리가
기다려지지는 않는다. 영국에서 공부한 목사랍시고 거들먹거릴 게
뻔하다. 이 세상에 헛똑똑이만 한 바보도 없다고 하니 사이먼도 유
럽에서 받은 졸업장을 보란 듯이 꺼내고, 박식함을 자랑하고, 자신
의 능력을 증명해 보여야 할 것이다. 괴로운 면접이 될 테고, 사이먼
은 그것이 말입니다 해 가며 느릿느릿 말꼬리를 늘이고, 나무로 그 비
슷하게 깎아서 육두구*라고 속이며 팔고 다녔던 영국 식민지 시대의
양키처럼 굴어 짜증을 돋우고 싶은 유혹을 느낄 것이다. 하지만 참
아야 한다. 그가 어떤 태도를 보이느냐에 따라 너무 많은 게 달라진
다. 그는 이제 부자가 아니기 때문에 가끔은 고개를 숙여야 하는데
그 사실을 계속 잊어버린다.

그는 거울 앞에 서서 끙끙대며 스톡 타이를 매고 있다. 그는 넥타
이와 스톡 타이를 질색해서 개나 줘 버렸으면 좋겠다고 생각한다.

---

* 양념, 향미료로 쓰이는 육두구 나무 열매의 종자.

그런가 하면 바지도 못 견뎌 하고, 뻣뻣하고 고상한 옷도 대체로 싫어한다. 문명인이 정장을 표방한 구속복 속에 자기 몸을 구겨 넣으며 학대하는 이유가 무엇일까? 헤어 셔츠*와 같은 일종의 고행일까? 인간은 끊임없이 야단법석을 떨고 속물근성으로 무장한 양복장이들한테 시달리지 않게, 시간이 지나면 저절로 자라는 작은 털옷을 입고 태어나야 한다.

그래도 최소한 여자가 아니라 남자로 태어난 덕분에 어쩔 수 없이 코르셋을 입고, 끈으로 꽉 조여 몸을 변형하지는 않아도 된다. 여자들은 선천적으로 척추가 약하고 젤리 같아서 밧줄로 꽁꽁 묶지 않으면 녹은 치즈처럼 바닥에 쓰러진다는 세간의 통념이 그저 한심할 뿐이다. 의과대학에 다니는 동안 제법 많은 수의 여자들을 해부했는데 (물론 노동자계급이었다.) 대다수가 구루병을 앓고 있기는 했지만 일반적으로 척추와 근육조직이 남자들보다 결코 약하지 않았다.

그는 스톡 타이와 씨름한 끝에 나비매듭 비슷하게 만든다. 한쪽으로 삐딱하기는 했지만, 그로서는 그게 최선이다. 이제는 하인을 둘 만큼 넉넉하지 않다. 마구 헝클어진 머리카락을 빗어 보지만 당장 제자리로 돌아간다. 그는 가벼운 외투를 집어 들고 다시 한 번 생각한 끝에 우산도 챙긴다. 희미한 햇살이 창문 사이로 비치기는 하지만, 비가 안 오길 바라는 건 지나친 욕심이다. 킹스턴은 봄에 비가 많이 오는 지역이다.

그는 살금살금 앞 계단을 내려가지만, 그 정도 살금살금으로는 부

---

* 말이나 낙타 등의 털을 섞어서 짠 셔츠로 거칠고 피부에 밀착되지 않는 특징을 지니는데 과거에 종교적인 고행을 하던 이들이 착용했다.

족하다. 안주인이 요즘 이런저런 사소한 문제를 가지고 그를 불러 세우는 습관이 들었는데, 레이스 옷깃이 달린 색 바랜 검은색 실크 드레스를 입은 그녀가 눈물 마를 날이 없다는 듯 평소처럼 뼈가 앙상한 손에 손수건을 움켜쥔 채 응접실에서 걸어 나온다. 그녀는 얼마 전까지 미인 소리를 들었을 얼굴이고, 지금도 조금만 노력하면, 금발을 그렇게 정확히 한가운데로 가르마만 타지 않으면 그런 소리를 들을 수 있을 것이다. 그녀의 얼굴은 하트 모양이고, 피부는 우윳빛이다. 눈은 커다랗고 매력적이다. 그런데 허리의 경우, 가늘기는 해도 코르셋 대신 짧은 난로 연통을 쓰기라도 하는 것처럼 왠지 모르게 딱딱한 구석이 있다. 오늘 그녀는 평소에 늘 그렇듯 어색하게 불안해하는 표정을 짓고 있다. 그녀에게서 제비꽃과 장뇌*(분명 툭하면 머리가 아플 것이다.)와 뭔지 모를 냄새가 난다. 뜨겁고 건조한 냄새다. 하얀 속옷을 다릴 때 나는 냄새일까?

의사들은 보통 그런 부류의 여자들을 자석처럼 끌어당기지만, 사이먼은 원래 그렇게 가냘프고 말없이 심란해하는 여자를 가까이하지 않는다. 그럼에도 그녀는 퀘이커 교인들이 찾는 예배당처럼 은근하고 수수한 기품이 흘러 매력적이다. 여기에서 매력이라 함은 단순히 미학적인 측면에서의 매력이다. 소수 종교의 전당과 사랑을 나누는 사람은 없다.

"조던 박사님." 그녀가 말을 건넨다. "여쭈어 보고 싶은 게 있는데요……." 그녀는 말을 하다 말고 머뭇거린다. 사이먼은 어서 이야기

---

* 강한 방향성 냄새가 나는 유기화합물인 무색의 고체로 흥분제, 진통제, 방부제 및 방충제 등으로 쓰인다.

하라는 뜻에서 미소를 짓는다. "오늘 아침에는 달걀 요리가…… 마음에 드시던가요? 이번에는 제가 직접 만들었거든요."

사이먼은 거짓말을 한다. 그렇지 않으면 용서할 수 없는 결례를 저지르는 게 된다. "맛있었습니다. 감사합니다." 사실 오늘 아침에 나온 달걀은 예전에 의과대학 동급생이 장난삼아 주머니에 넣었던 절제한 종양과 성질이 같았다. 단단하면서도 스펀지 같았다. 달걀을 그 정도로 학대하는 것은 성격이 비뚤어진 사람만 가능한 일이다.

"다행이네요." 그녀가 말한다. "괜찮은 일손을 찾기가 참 어려워요. 외출하세요?"

너무나 당연한 질문이라 사이먼은 고개만 살짝 옆으로 기울인다.

"박사님 앞으로 온 편지가 한 통 더 있어요." 그녀가 이야기한다. "하인이 어디에 두고 잊어버린 걸 제가 또 찾아서 현관 앞 테이블에 놓아두었어요." 그녀는 사이먼에게 배달되는 편지엔 반드시 비극적인 내용이 담겨 있기라도 한 것처럼 떨리는 목소리로 이야기한다. 그녀의 입술은 도톰하지만, 막 시들기 시작한 장미꽃처럼 연약하다.

사이먼은 고맙다는 말과 작별 인사를 전하고 편지를 챙긴 다음 나간다. 어머니가 보낸 편지다. 그는 험프리 부인과 길게 대화를 나눌 마음이 없다. 그녀는 외로워하는데(무기력하고 엇나가는 소령과 결혼했으니 그럴 만도 하다.) 여자가 외로움을 느끼면 배고픈 개와 같아진다. 그는 응접실 커튼 뒤에서 구슬픈 오후의 밀회를 나눌 생각이 없다.

그렇기는 해도 그녀는 흥미진진한 연구 대상이다. 예를 들어 현재 상황에 비해 콧대가 한참 높은 것만 봐도 그렇다. 어렸을 때 그녀의 집에는 가정교사가 있었을 것이다. 어깨를 보면 알 수 있다. 처음 방을 계약했을 때 그녀가 어찌나 까다롭고 딱딱하게 굴던지 빨래도 해 주느냐고 물어보기가 민망할 정도였다. 남자들의 사적인 물품을 놓고 왈가왈부하는 데 익숙하지 않으니 그렇게 골치 아픈 문제는 하인들한테 맡기는 게 가장 바람직하다는 듯한 태도였다.

그녀는 싫지만 어쩔 수 없이 세를 놓는다는 뜻을 간접적으로나마 분명히 전했다. 세를 놓는 건 이번이 처음인데, 조만간 해결할 빚 때문이라고 했다. 게다가 그녀는 상당히 구체적이었다. 광고문에 "식사를 따로 해도 개의치 않을 조용한 신사분"을 찾는다고 쓰여 있다. 방들을 둘러본 사이먼이 계약을 했으면 좋겠다고 말했을 때 그녀는 머뭇거리더니 두 달치 월세를 선불로 줄 수 있느냐고 물었다.

사이먼은 매물로 나온 다른 방들도 구경했지만 너무 비싸거나 지저분했기 때문에 그러마라고 했다. 그 정도 금액은 현금으로 들고 있었다. 그는 내키지 않아 하면서도 열심인 그녀의 태도와 이러한 갈등으로 인해 신경질적으로 달아오른 두 뺨을 흥미진진하게 주시했다. 그녀 입장에서 이런 이야기가 오가는 것은 불쾌하고 점잖지 못한 일이었다. 그녀는 그의 돈을 다발째 그냥 만지는 것을 꺼림칙하게 여기며, 돈이 봉투에 담겨 있으면 좋겠다고 생각했다. 그럼에도 얼른 낚아채고 싶은 마음이 굴뚝같았다.

프랑스의 고급 창녀들은 이보다 더 요령 있게 접근하기는 하지만, 기본적으로 태도는 비슷했다. 금전 거래에 대해 부끄러워하고 모르는 척 시치미를 떼면서도 한 꺼풀 벗기고 보면 탐욕이 도사리고 있었다. 사이먼은 이런 분야의 권위자라 할 수 없지만, 유럽에서 누릴 수 있는 기회를 거부했다면 의사로서의 의무를 다하지 못했을 것이다. 뉴잉글랜드에서는 이런 기회가 흔하지도 않았고 다양하지도 않았다. 인간을 치료하려면 먼저 인간을 알아야 하는데, 멀찌감치 떨어져 있어서는 인간을 알 수 없다. 서로 어울려야 한다. 그는 인생의 가장 밑바닥을 살피는 것이 의사라는 직업을 가진 자의 의무라고 생각하는데, 아직까지 밑바닥을 여러 군데 살피지는 못했지만 첫걸음은 떼었다. 물론 성병에 대비해서 적절한 예방 조치는 두루 취했다.

집 밖에서 마주친 소령은 자욱한 안개에 둘러싸여 있기라도 한 것처럼 그를 물끄러미 쳐다본다. 눈은 불그스름하고, 스톡 타이는 비딱한 데다, 장갑은 한 짝이 없다. 사이먼은 소령이 어떤 알코올을 몇 시간 동안 마시고 있는지 알아맞히려고 열심히 가늠해 본다. 명예를 지킬 필요가 없으면 분명 자유로울 것이다. 그는 고개를 까딱 숙이고 모자를 들어 보인다. 소령은 상처받은 듯한 얼굴이다.

사이먼은 시드넘 가에 있는 베링거 목사의 집으로 발걸음을 옮긴다. 마차도, 말도 부르지 않았다. 킹스턴이 넓은 도시도 아닌데, 그런데 돈을 쓰는 것은 용납이 되지 않는다. 길거리가 질척질척하고 곳곳에 말똥이 나뒹굴지만, 그에게는 훌륭한 부츠가 있다.

얼굴이 쭈글쭈글하고 나이 지긋한 아주머니가 베링거 목사의 으리으리한 저택 문을 열어 준다. 목사가 미혼이다 보니 나무랄 데 없는 가정부의 도움을 받아야 한다. 사이먼은 서재로 안내된다. 서재가 어찌나 남의 눈을 의식한 듯 전형적인지 불을 지르고 싶은 충동이 느껴질 지경이다.

베링거 목사가 가죽으로 된 안락의자에서 일어나 악수를 청한다. 머리카락과 피부가 똑같이 얇고 파리한데, 손아귀에서는 놀랍게도 듬직함이 느껴진다. 안타깝게도 입은 작고 삐죽하지만(사이먼은 속으로 올챙이 같다고 생각한다.) 로마인처럼 우뚝 솟은 코는 강한 성격을 드러내고, 앞으로 불룩한 이마는 고도로 발달한 지성을 상징하며, 살짝 튀어나온 두 눈은 밝고 날카롭다. 나이는 서른다섯을 넘지 않은 듯했다. 사이먼은 그가 감리교회에서 이렇게 젊은 나이에 높은 자리에 오르고, 그렇게 어마어마한 숫자의 신도들을 끌어모으다니 연줄이 대단한 모양이라고 생각한다. 책들을 보아하니 개인적으로 재산이 있는 게 분명하다. 사이먼의 아버지도 예전에 그런 책들을 가지고 있었다.

"와 주셔서 감사합니다, 조던 박사님." 그가 이야기를 꺼낸다. 사이먼이 걱정했던 것보다 말투가 훨씬 겸손하다. "저희 쪽 편의를 봐주셔서 고맙습니다. 시간도 없으실 텐데요."

두 사람이 자리에 앉자 얼굴이 쭈글쭈글한 가정부가 쟁반에 커피를 내온다. 디자인은 단순하지만 그래도 은쟁반이다. 화려하지는 않지만 조용히 자기 가치를 입증하는 것이, 딱 감리교에 어울리는 쟁반이다.

"제가 직업상 지대한 관심을 가지고 있는 일이라서요." 사이먼이 대답한다. "이렇게 흥미진진한 요소를 많이 갖춘 사례는 흔치 않습니다." 그는 수많은 환자들을 직접 치료한 적 있는 것처럼 이야기한다. 자기 쪽에서 호의를 베푸는 것처럼 하고, 관심을 보이되 너무 적극적으로 나서지 않는 게 관건이다. 그는 얼굴이 화끈거리지 않길 기도한다.

"박사님의 보고서는 우리 위원회에 상당한 도움이 될 겁니다." 베링거 목사가 말한다. "무죄설을 지지하는 보고서라면 말이지요. 그걸 진정서에 첨부할 생각입니다. 요즘 당국에서는 전문가의 의견을 높이 사는 분위기랍니다. 물론……." 목사는 그를 흘끗 쳐다보며 덧붙인다. "어느 쪽으로 결론이 나더라도 약속한 보수는 드리겠습니다."

"잘 알겠습니다." 사이먼은 애써 우아한 미소를 짓는다. "목사님은 영국에서 수학하셨죠?"

"애초에는 성공회에서 사제 수업을 받았죠." 베링거 목사가 대답한다. "그러다 양심의 위기를 겪었습니다. 하느님의 말씀과 은총의 빛은 예배 의식보다 좀 더 직접적인 방식으로 영국 교회 밖으로까지 비칠 테니까요."

"저도 그러면 좋겠다고 생각합니다." 사이먼은 예의 바르게 이야기를 거든다.

"토론토의 유명한 이거턴 라이어슨* 목사님도 비슷한 과정을 거쳤지요. 그분은 의무교육과 금주운동을 지휘하고 계십니다. 박사님도 물론 그분 성함을 들어 보셨을 테지요."

사이먼은 모르는 사람이다. 때문에 그는 긍정의 뜻으로 받아들여지길 바라며 애매모호하게 흠 하는 소리를 내뱉는다.

"박사님께서는……?"

사이먼은 교묘하게 얼버무린다. "저희 아버님 쪽 집안은 퀘이커입니다. 아주 오랜 역사를 자랑하지요. 어머님은 유니테리언**이고요."

---

* 1803~1882. 어퍼캐나다(지금의 온타리오 주) 출신으로 교사 생활을 하다 감리교 순회 목사로 성직에 입문하였는데, 1836년 비(非)성공회 학교이면서 왕의 인가를 받은 최초의 학교인 어퍼캐나다 아카데미를 설립했다. 1844년에는 초등학교의 장학관으로 임명되어 1876년까지 재직했으며, 지방사범학교 창설 및 지방교육금고 설립 등 오늘날 온타리오 주 학교의 교육 체제를 확립했다.
** 삼위일체론을 배격하여 예수의 신성을 부정하고 하느님의 신성만 인정하는 기독교의 일파로 일반적으로 자유주의적 경향을 띠며, 교회와 교리보다는 윤리를

"아, 그렇군요." 베링거 목사가 말한다. "물론 미국에서는 모든 게 많이 다르겠지요." 잠깐 침묵이 흐르는 동안 두 사람 모두 이러한 측면에 대해 생각한다. "그런데 박사님은 영혼의 불멸을 믿습니까?"

이것은 유도신문이다. 그에게 찾아온 기회를 날려 버릴 수도 있는 함정이다. "예, 물론입니다." 사이먼이 대답한다. "그야 의심의 여지가 없죠."

베링거는 안심하는 눈치다. "의혹을 제기하는 과학자들이 워낙 많지 않습니까. 저는 육신은 의사에게, 영혼은 신에게 맡기라고 합니다. '가이사의 것은 가이사에게.'*라고 할 수 있지요."

"지당하신 말씀입니다. 지당하신 말씀이죠."

"빈스방거 박사님이 조던 박사님을 아주 좋게 말씀하시더군요. 유럽 대륙을 여행하던 와중에(저는 역사적인 이유 때문에 스위스에 관심이 많습니다.) 반갑게도 그분을 만나 요즘 연구하고 계신 분야를 놓고 이야기를 나누었습니다. 그러다 보니 대서양 서쪽의 권위자를 찾을 때 자연스럽게 그분의 의견을 묻게 되었지요. 그러니까……." 그는 잠시 머뭇거리다 다시 말을 잇는다. "우리의 목적에 부합하는 권위자 말입니다. 그분이 말씀하길 조던 박사님께서 뇌 질환과 신경병에 정통하고, 기억상실에 관해서는 선도적인 전문가가 되어 가고 있다고 하시더군요. 전도유망한 분이라고도 하셨고요."

중요시한다.

* 바리새인이 난처한 질문으로 예수를 곤경에 빠뜨리기 위해 로마에 세금을 바치는 것이 옳으냐고 물었을 때 예수가 "가이사의 것은 가이사에게, 하느님의 것은 하느님께 바치라."라고 말한 구절을 인용한 것이다.(마태복음 22장 및 마가복음 12장 참조.)

"그렇게 말씀하셨다니 저로서는 감사할 따름입니다." 사이먼은 중얼거린다. "당혹스러운 분야죠. 하지만 저는 간단한 논문이나마 두세 편 발표했습니다."

"이번 연구가 끝났을 때 논문 숫자가 하나 늘어나고, 그 알 수 없이 어두컴컴한 곳에 빛이 비치면 좋겠습니다. 그렇게 되면 우리 사회에서도 박사님을 응당 인정할 겁니다. 특히 이렇게 유명한 사건이니까요."

사이먼은 베링거 목사가 입이 올챙이처럼 생기기는 했어도 절대 얕잡아 볼 만한 인물이 아님을 머릿속에 새긴다. 그는 야심이 있는 사람을 귀신같이 알아내는 게 분명하다. 성공회에서 감리교로 종교를 바꾼 것도 이 나라에서 전자의 정치인이 추락하고 후자의 정치인이 부상한 것과 관계가 있을까?

"제가 보낸 자료들은 읽어 보셨습니까?"

사이먼은 고개를 끄덕인다. "목사님의 난처한 입장을 저도 이해합니다. 어느 쪽을 믿어야 할지 결정하기가 어렵겠던데요. 그레이스가 심문 때는 이렇게 이야기하고, 재판 때는 저렇게 이야기하고, 사형이 감형된 뒤에는 또 다르게 이야기를 했으니 말입니다. 게다가 세 번 다 낸시 몽고메리한테는 손가락 하나 댄 적 없다고 했지요. 그런데 몇 년 뒤 무디 부인의 이야기에 따르면 그레이스가 자기가 저지른 일이라고 자백하지 않았습니까. 제임스 맥더모트도 교수형을 당하기 직전에 그렇게 주장했지요. 그런데 목사님 말씀으로는 그녀가 정신병원에서 돌아온 이래 범행을 부인하고 있다고요."

베링거 목사는 커피를 홀짝인다. "범행에 얽힌 기억을 부정하고 있지요."

"아, 예. 기억을 부정하는 것이군요." 사이먼이 말한다. "차이점을 적절하게 지적해 주셨네요."

"그녀는 저지르지도 않은 범행의 범인이라고 세뇌되었을지도 모릅니다." 베링거 목사가 말한다. "예전에도 그런 일이 있었지요. 교도소에서 어떤 식으로 소위 말하는 진술을 했는지 무디 부인이 생생하게 기술한 바 있지만, 장기 집권한 스미스 교도소 총감독관 밑에서 몇 년 동안 감금 생활을 하다 이야기한 것이었습니다. 스미스는 부패한 인물로 악명 높았고, 교도소 총감독관이라는 자리에 너무나 부적합한 인물이었습니다. 매우 충격적이고 잔인한 짓을 벌여 고발당했지요. 예를 들어 그의 아들 같은 경우, 재소자들을 상대로 사격 연습을 했고 실제로 한쪽 눈을 멀게 한 적도 있습니다. 그가 여성 재소자들을 함부로 다루었다는 소문도 있었는데, 어떤 식으로 함부로 다루었다는 건지는 박사님도 아시겠습니다만, 유감스럽게도 사실일 겁니다. 철저한 조사도 이루어졌지요. 제가 생각하기에는 그레이스 마크스도 그에게 학대를 당해 잠깐 정신병을 앓지 않았나 싶습니다."

"그녀가 정신병을 앓지 않았다고 주장하는 사람들도 있죠." 사이먼이 말한다.

베링거 목사는 미소를 짓는다. "배널링 박사님께 들으셨군요. 그는 애초부터 그레이스 마크스를 적대시했지요. 우리 위원회에서 간청을 해도(그의 호의적인 보고서가 있으면 아주 든든할 테니까요.) 꿈쩍하지 않습니다. 두말하면 잔소리겠지만 아주 지독한 보수주의자예요. 그가 자기 방식대로 했다면 가엾은 정신병자들이 쇠사슬에 줄줄이 묶인 채 짚 더미 위에서 지냈을 겁니다. 그리고 곁눈질이라도 하면 모조리 교수형을 당했을 겁니다. 이런 이야기를 하게 되어 유감스럽지만, 그도 스미스처럼 교양 없고 야비한 위인을 교도소 총감독관으로 임명했던 부패한 조직의 일원인 듯합니다. 정신병원에서 난잡한 일들도 많이 벌어졌다고 하더군요. 병원에서 퇴소했을 당시 그레이스 마크스가 임신을 한 게 아닌가 의심스러웠을 정도지요. 다행히도 이런 소문들은 근거 없는 이야기로 밝혀졌지만, 자기 몸 하나 주체 못하는 사람을 이용하려 들다니 이 얼마나 비겁하고 무정한 일입니까! 저는 대중의 신뢰를 저버린 무책임하고 괘씸한 인간들로 인해 생긴 상처를 치료해 주고 싶어서 그레이스 마크스와 함께 얼마나 자주 기도를 했는지 모릅니다."

"개탄스러운 일이지요." 사이먼이 말한다. 좀 더 자세한 내막을 물으면 호색한으로 간주될지도 모른다.

문득 한 줄기 깨달음이 뇌리를 스치고 지나간다. 베링거 목사는 그레이스 마크스를 사랑하고 있는 것이다! 그의 분개, 열정, 헌신, 끈질긴 위원회 활동과 탄원서 제출, 그리고 무엇보다 그녀의 무죄를 믿고 싶어 하는 마음. 그는 그녀를 티끌 하나 없는 무고한 신분으로 감옥에서 꺼내 그녀와 결혼하고 싶은 걸까? 미모가 여전한 그녀는 구세주에게 눈물을 글썽이며 고마워할 것이다. 비굴하게 고마워할 것이다. 비굴하게 고마워하는 아내야말로 베링거가 정신적인 교류를 하는 데 없어서는 안 될 필수품일 것이다.

"다행스럽게도 정권이 바뀌었습니다." 베링거 목사가 말한다. "그래도 아주 확실한 근거를 갖춘 뒤에 탄원서를 넣으려고 합니다. 그래서 박사님을 부른 겁니다. 솔직히 말해서 우리 위원회의 모든 위원들이 만장일치로 찬성하지는 않았지만, 내가 전문적이고 객관

적인 시각이 필요하다고 설득했어요. 예를 들어 살인 사건 당시 잠
재적인 정신 질환을 앓고 있었다는 진단 같은 것 말입니다. 하지만
매우 조심스럽고 공정하게 조사해야 합니다. 세간에는 아직도 그레
이스 마크스에 대한 반감이 광범위하게 존재하니까요. 그리고 이
나라는 당파 색이 극심한 나라입니다. 그레이스 마크스는 신교도인
데, 토리당원들은 그녀를 아일랜드 독립 문제와 결부하는 모양입니
다. 그리고 토리당원 한 명이 살해된 것을(너무나 훌륭한 신사여서 무
척 애석한 살인 사건이기는 하지만) 아일랜드 민족의 폭동과 같은 것으
로 간주합니다."

"어느 나라건 파벌주의로 몸살을 앓고 있죠." 사이먼이 눈치 빠르
게 거든다.

"그뿐이 아닙니다." 베링거 목사가 말을 잇는다. "우리는 지금 대
다수가 유죄라고 하지만 무죄일지 모르는 여자와 일부가 무죄라고
하지만 유죄일지 모르는 여자의 기로에 서 있습니다. 개혁에 반대하
는 자들에게 으스댈 빌미를 제공할 수는 없지요. 하지만 주님께서도
'진리가 너희를 자유롭게 하리라.'*라고 말씀하지 않으셨습니까."

"생각했던 것보다 놀라운 진리가 밝혀질 수도 있죠." 사이먼이 말
한다. "우리가 죄악이라고, 스스로 선택한 죄악이라고 쉽게 이야기
했던 것이 사실은 신경계 손상에 의한 질병이었고, 악마가 단순한
대뇌 기형으로 밝혀질 수도 있는 겁니다."

베링거 목사는 미소를 짓는다. "아, 그 정도까지는 바라지 않습니
다." 그가 말한다. "앞으로 과학이 어떤 성과를 이루더라도 악마는

---

* 요한복음 8장 32절.

늘 자유롭게 활보할 테니까요. 일요일 오후에 교도소장 댁으로 초대 받으셨지요?"

"영광스럽게도요." 사이먼이 겸손하게 대답한다. 그는 핑계를 대고 가지 않을 생각이었다.

"그때 만날 수 있길 바랍니다." 베링거 목사가 말한다. "제가 선생을 초대해 달라고 말씀드려 놓았지요. 존경해 마지않는 교도소장 사모님으로 말할 것 같으면 우리 위원회에 없어서는 안 될 위원이랍니다."

11

교도소장 공관에 들어선 사이먼은 거실이라고 해도 될 만큼 널찍한 응접실로 안내된다. 온 사방에 천이 씌워져 있다. 색은 인체 내부를 닮았다. 신장을 닮은 밤색, 심장을 닮은 검붉은 색, 혈관을 닮은 불투명한 파란색, 이와 뼈를 닮은 상아색. 그는 이런 아페르시*를 공개하면 어떤 소동이 벌어질지 상상한다.

교도소장 부인이 그를 맞이한다. 그녀는 마흔다섯 살쯤 되어 보이고 상당히 존경받는 위치인 게 분명하지만, 레이스와 주름 장식 한 줄이 예쁘면 세 줄은 더 예쁠 거라고 생각하는 시골 사람 특유의 요란한 옷차림을 하고 있다. 눈이 살짝 튀어나왔고 깜짝 놀란 듯한 표정인데, 성격이 지나치게 예민하든지 갑상샘 질환을 앓고 있든지 둘 중 하나다.

"와 주셔서 감사합니다." 그녀는 유감스럽게도 교도소장은 출장

---

* Aperçu. 달관(達觀)이라는 의미의 프랑스어로 오직 직관에 의해 어떤 위대한 원리를 인지하는 정신 작용이다. 그 밖의 사전적 의미로는 통찰, 착상, 발상 등이 있다.

중이며, 자기 자신이 그의 연구에 깊은 관심을 가지고 있다고 이야기한다. 그토록 많은 발전을 이루어 낸 현대 과학, 특히 현대 의학이 무척 존경스럽다면서, 그중에서도 여러 가지 고통을 덜어 준 에테르가 최고라고 한다. 그녀가 깊고 의미심장한 눈길로 쳐다보자 사이먼은 속으로 한숨을 쉰다. 그런 표정이라면 그도 잘 안다. 묻지도 않았건만, 그녀는 이제 자신의 증상을 이야기하기 시작할 것이다.

의과대학을 졸업했을 때 그는 의과대학 졸업장이 여자들, 특히 나무랄 데 없는 평판을 자랑하는 상류층 기혼 여성들에게 미치는 영향에 대해 미처 알지 못했다. 그들은 그가 값으로 따질 수 없는 악마의 보물을 가지고 있기라도 한 것처럼 그의 곁으로 몰려들었다. 그들의 의도는 순수했지만(그에게 순결을 바칠 뜻은 전혀 없었다.) 어두컴컴한 구석으로 그를 끌고 가 무서운 나머지 몸을 떨어 가며 나지막이 비밀을 털어놓았다. 그의 어떤 점이 매력적이었을까? 못생기지도 않고 잘생기지도 않은, 거울에 비친 그의 얼굴로는 설명이 되지 않았다.

어느 정도 시간이 지났을 때 그는 알 것 같았다. 그들이 갈망하는 것은 지식이었다. 하지만 선정적인 지식이었기 때문에 갈망한다고 시인할 수 없었다. 그것은 충격적이고 현란한 지식이었고, 구덩이 속으로 들어가야 얻을 수 있는 지식이었다. 그는 그들이 갈 수 없는 곳에 다녀왔고, 그들이 볼 수 없는 것을 보았다. 그는 여자의 몸을 열고 그 안을 들여다보았다. 그녀들의 손을 잡아 자신의 입술로 가져갔던 그 손으로, 한때 펄떡이는 여자의 심장을 잡은 적이 있었다.

따라서 그는 어둠의 삼인조(의사, 판사, 사형 집행인)의 일원으로 생사의 권한을 그들과 공유한다. 의식을 잃는 것, 부끄러운 줄 모르고 알몸을 남의 손에 맡기는 것, 누가 내 몸을 만지고 절개하고 헤집고 고치는 것. 그들은 눈을 동그랗게 뜨고 입을 살짝 벌린 채 그를 쳐다보며 이런 상상을 한다.

"제가 요즘 너무 아파요." 교도소장 부인이 이야기를 시작한다. 그녀는 발목을 보이기라도 하는 것처럼 수줍어하며 증상을 설명한다. 숨이 가쁘고 갈비뼈 주변이 뻐근하다는데, 앞으로 설명이 점점 장황해질 기미가 보인다. 그녀는 아프다고 하면서도 정확히 어디가 아픈지 밝히려 들지 않는다. 무엇 때문에 아픈 걸까?

사이먼은 방긋 웃으며 내과 쪽은 더 이상 보지 않는다고 대답한다.

교도소장 부인은 좌절한 듯 잠깐 미간을 찌푸리다 덩달아 방긋 웃으며 퀘넬 부인을 소개해 주겠다고 한다. 유명한 심령술사이자 여성의 영역 확대를 주장하는 퀘넬 부인은 화요일 토론 모임은 물론이고 목요일 심령술 모임을 주도하며, 보스턴과 기타 여러 곳을 두루 여행한 위인이다. 크리놀린으로 치마를 어찌나 어마어마하게 부풀렸는지 연보라색 바바리안 크림* 같다. 머리는 조그만 회색 푸들을 얹은 모양이다. 그녀는 여기 잠깐 다니러 왔다는 뉴욕의 제롬 뒤퐁 박사에게 사이먼을 소개한다. 뒤퐁 박사는 엄청난 능력을 보여 주기로 약속했다는데, 퀘넬 부인의 말에 따르면 영국에서는 왕족의 집에 묵었다고 한다. 정확히 말하면 왕족은 아니고 귀족이지만 그게 그거라고 한다.

"엄청난 능력이라고요?" 사이먼이 정중하게 묻는다. 그는 그게 어떤 건지 알고 싶다. 공중 부양을 하거나 죽은 인디언을 불러내거나

---

* 차가운 커스터드와 젤라틴, 휘핑 크림으로 만든 프랑스식 디저트.

그 유명한 폭스 자매*처럼 죽은 자와 대화를 할지 모른다. 중류사회, 특히 여성들 사이에서는 심령주의가 열풍이다. 그들은 어두컴컴한 방에 모여 할머니들이 휘스트**를 할 때 그러는 것처럼 테이블 움직이는 연습을 하고, 모차르트 아니면 셰익스피어가 불러 주는 거라며 엄청난 분량의 글을 기계적으로 써 내려간다. 정말 그들이 불러 주는 거라면 죽음이 사람의 글재주를 많이 갉아먹는 모양이라고, 사이먼은 생각한다. 만약 이들이 부유층이 아니었다면 붙잡혀 갔을 것이다. 그런데 이들은 한술 더 떠서, 자칭 신성(神性)에 버금간다며 꾀죄죄한 옷가지로 온몸을 덮은 파키르***와 사기꾼 들을 응접실로 초대하고, 사교계의 원칙에 따라 정중하게 대접한다.

제롬 뒤퐁 박사는 눈이 깊고 맑고, 전문 사기꾼처럼 눈빛이 강렬하다. 하지만 애처로운 미소를 지으며 무시하듯 어깨를 으쓱하고 만다. "별로 대단한 건 못 됩니다." 그가 말한다. 살짝 외국 억양이 느껴진다. "그런 능력은 외국어와 같은 거죠. 할 줄 아는 사람은 당연하게 생각하고, 남들은 대단하게 생각하고요."

"죽은 사람과 이야기를 하십니까?" 사이먼이 입꼬리를 실룩거리며 묻는다.

뒤퐁 박사는 미소를 짓는다. "아뇨. 저는 의료 전문가입니다. 아니면 선생과 같은 연구 과학자라 할 수 있죠. 저는 제임스 브레이드**** 학

---

* 1800년대에 뉴욕에서 심령주의 운동을 주도했던 두 자매.
** 네 명이 둘씩 편을 짜고 하는 카드 게임.
*** 이슬람교의 고행승.
**** 1795~1864. 최면술과 최면 치료의 선구자 격인 스코틀랜드 출신의 의사로, 최면에 걸린 상태가 잠자는 것과 같다고 생각하여, 그리스어로 잠을 뜻하는 단어인 히프노스(hypnos)에서 '최면(hypnosis, 히프노시스)'이라는 용어를 만들어 사

파의 신경 최면술사입니다."

"그분 성함은 저도 들어 본 적 있습니다." 사이먼이 말한다. "스코 틀랜드 출신이죠? 내반족*과 사시 치료의 손꼽히는 권위자라고 들었 습니다. 그런데 그분의 다른 의견들은 의료계에서 인정받지 못하고 있죠. 신경 최면술이라고 하면, 믿을 수 없는 것으로 간주된 메스머** 의 동물자기설(動物磁氣設)을 단순히 재탕한 것 아닌가요?"

"자성유체(磁性流體)가 인체를 감싸고 있다고 한 메스머의 가설은 분명 오류입니다." 뒤퐁 박사가 말한다. "브레이드의 방식은 오로지 신경계에만 관여합니다. 그의 방식에 반론을 제기하는 사람들은 해 보지도 않고 그러죠. 겁쟁이 정통파 의사들이 여기보다 적은 프랑스 에서는 좀 더 긍정적으로 받아들이는 분위기예요. 무엇보다 히스테 리를 치료하는 데 효과가 높죠. 다리 부러진 데에는 할 게 별로 없고 요. 하지만 기억상실의 경우에는……." 그는 희미하게 미소를 짓는 다. "획기적이고 빠른 효과를 보일 때가 많습니다."

수세에 몰린 사이먼은 화제를 바꾼다. "뒤퐁이라면…… 프랑스 이름인가요?"

"저희 집안이 프랑스 귀족입니다." 뒤퐁 박사가 말한다. "아버지 쪽만 그렇기는 하지만요. 저희 아버님은 아마추어 화학자였죠. 제 국 적은 미국입니다. 프랑스는 일 때문에 들르곤 합니다."

용했다.

* 발이 비뚤어지거나 위치가 바르지 못한 선천성 기형.

** 독일의 의학자 프리드리히 안톤 메스머(1734~1815). '동물자기설'에 입각해 환자를 치료하는 데 최면술(Mesmerism, 메스머리즘)을 최초로 도입했다. 동물자 기설은 사람의 몸에는 자성이 있기 때문에 자석 또는 사람의 몸을 이용하여 상대 방의 정신과 신체에 영향을 행사할 수 있다는 이론이다.

"어쩌면 조던 박사님도 저희 모임에 참석하고 싶으실지 모르겠네요." 퀘넬 부인이 끼어든다. "목요일 심령술 모임 말이에요. 저세상에 있는 아드님이 무척이나 행복하게 잘 지낸다는 걸 알고는 교도소장 부인께서 얼마나 위안을 얻었는지 몰라요. 조던 박사님이 회의론자인 거야 알지요. 하지만 회의론자라면 언제든지 환영이랍니다!" 사치스러운 머리 장식 밑으로 작고 영리한 두 눈이 장난꾸러기처럼 반짝인다.

"회의론자는 아닙니다." 사이먼이 대답한다. "의사일 따름이죠." 그는 남 보기 부끄럽고 어처구니없는 장황한 이야기 속으로 말려들어 갈 마음이 전혀 없다. 이런 여자를 위원회에 넣다니 베링거가 무슨 생각인지 궁금해진다. 하지만 그녀가 돈이 많은 것은 분명하다.

"의사여, 네 병이나 고쳐라."* 뒤퐁 박사가 말한다. 농담을 하고 싶은 모양이다.

"노예제도 폐지에 대해서는 어떤 입장이신가요, 조던 박사님?" 퀘넬 부인이 묻는다. 이제 그녀는 지성인으로 돌변해 정치를 주제로 호전적인 토론을 고집하고, 남부에서 노예제도를 당장 폐지하라고 분명 그에게 명령을 내릴 것이다. 사이먼은 조국의 온갖 죄업 때문에 개인적으로 끊임없이 공격을 받는 데 신물이 난다. 더군다나 그 상대가, 얼마 전에 양심을 찾았으니 그 전까지 양심 없이 굴었던 것은 용서된다고 생각하는 듯한 영국 본토인들이라면 더욱 그렇다. 그들이 오늘과 같은 풍요로움을 누리는 데 기틀이

---

* 누가복음 4장 23절.

된 것이 노예무역이었다. 게다가 남부의 면화가 없으면 그들의 위대한 섬유 도시들은 어디로 갈 것인가?

"저희 할아버님이 퀘이커 교인이었습니다." 그가 말한다. "어렸을 때 저는 어느 집에서 달아난 가엾은 노예가 안에 숨어 있을지 모르니 찬장 문을 절대 열지 말라는 이야기를 듣고 자랐죠. 저희 할아버님은 울타리 뒤에 안전하게 숨어서 남들한테 욕을 하는 것보다 위험을 감수하는 것이 훨씬 가치 있는 일이라고 생각하셨습니다."

"돌로 만든 벽이 감옥을 만들지는 못한다고 하죠."* 퀘넬 부인이 명랑한 목소리로 말한다.

"하지만 과학자라면 누구나 열린 사고방식을 유지해야 합니다." 뒤퐁 박사가 말한다. 좀 전의 화제로 돌아가려는 모양이다.

"제가 보기에 조던 박사님은 책처럼 활짝 열려 있는 것 같은데요." 퀘넬 부인이 말한다. "우리 그레이스를 살펴보고 계시다고 들었어요. 정신적인 관점에서 살펴보신다고요."

사이먼은 그녀가 말하는 정신과 그가 생각하는 무의식의 차이를 설명하기 시작했다가는 꼼짝없이 붙잡혀 빠져나올 수 없겠다는 걸 느낀다. 때문에 그저 미소를 지으며 고개를 끄덕인다.

"어떤 방법을 쓰고 계십니까?" 뒤퐁 박사가 묻는다. "사라져 버린 그녀의 기억을 되찾기 위해서 말입니다."

"일단 암시와 연상에 기초한 방법으로 시작을 했습니다." 사이먼이 대답한다. "그녀가 겪은 여러 잔인한 사건의 충격 때문에 끊긴 것

---

* 영국의 서정시인 리처드 러블레이스(1618~1657)가 옥중에서 쓴 「알시아에게, 감옥에서」 중 한 구절.

으로 보이는 생각의 고리를 서서히, 차근차근 복원할 생각입니다."

"아." 뒤퐁 박사는 깔보는 듯한 미소를 짓는다. "느려도 착실한 사람이 경기에서 이기는 법이죠." 사이먼은 그를 한 대 차 주고 싶다.

"그레이스는 분명 무죄예요." 퀘넬 부인이 말한다. "우리 위원회의 모든 위원들이 그렇게 생각한답니다! 확신하고 있죠! 베링거 목사님이 진정서를 준비하고 있어요. 이번이 처음은 아니지만, 이번에는 뜻대로 되길 기원하고 있답니다. '무너질 때까지 한 번 더.'*가 우리 좌우명이에요." 그녀는 어린아이처럼 키득거린다. "박사님도 우리 편이라고 맹세하세요!"

"처음에 실패했다면……." 뒤퐁 박사가 진지한 목소리로 말한다.

"저는 아직 결론을 내리지 못했습니다." 사이먼이 말한다. "어쨌거나 저의 관심사는 그녀가 유죄인지 무죄인지 여부라기보다……."

"작용 기제겠죠." 뒤퐁 박사가 말한다.

"저는 그런 식으로 표현하고 싶지 않습니다만." 사이먼이 말한다.

"오르골에서 나오는 음악이 아니라 그 안의 조그만 톱니와 바퀴에 관심이 있으신 거 아닙니까."

"그럼 선생은 어떻습니까?" 사이먼은 뒤퐁 박사에 대해 호기심이 생기기 시작한다.

"아." 뒤퐁이 말한다. "저는 예쁜 그림들이 그려진 오르골에조차 관심이 없습니다. 음악에만 관심이 있습니다. 그 음악은 어떤 물체가 들려주는 겁니다. 하지만 음악이 그 물체는 아니죠. 성서에도 있지

---

* 셰익스피어의 희곡 『헨리 5세』에 나오는 유명한 대사로 영국과 프랑스가 백년 전쟁 중일 때 아쟁쿠르 전투를 앞두고 헨리 5세가 영국군을 독려하며 한 말이다.

않습니까. '바람은 제가 불고 싶은 대로 분다.'라고요."

"세례 요한이 한 말이죠." 퀘넬 부인이 말한다. "영으로 난 것은 영이고."

"육으로 난 것은 육이니." 뒤퐁이 말한다. 두 사람은 예의 바르지만 찍소리 못할 만큼 의기양양한 눈빛으로 그를 쳐다보고, 사이먼은 매트리스에 눌려 질식하는 듯한 기분이 든다.

"조던 박사님." 사이먼의 팔꿈치 부근에서 부드러운 목소리가 들린다. 교도소장의 두 딸 중 한 명인 리디아 양이다. "저희 어머니가 선생님께 어머니 스크랩북을 구경하셨느냐고 여쭈어 보래요."

사이먼은 속으로 교도소장 부인에게 신의 축복이 내리길 기원하고, 아쉽게도 아직 보지 못했다고 대답한다. 평소 같으면 가장자리가 종이 고사리 잎으로 장식되어 있고 유럽의 명승지가 그려진 흐릿한 판화에 별다른 매력을 느끼지 못했겠지만, 지금은 스크랩북이 탈출구가 되어 그를 유혹한다. 그는 미소를 지으며 고개를 끄덕이고, 리디아 양을 따라나선다.

리디아 양은 혓바닥 색깔의 긴 의자에 그를 앉힌 다음 가까운 테이블에서 묵직한 책을 가지고 와 옆에 앉는다. "어머니께서 말씀하시길 선생님께서 이걸 보면 흥미로워하실 거라고 그랬어요. 그레이스에 관한 일을 하고 계시니까요."

"그래요?" 사이먼이 말한다.

"유명한 살인 사건들이 이 안에 전부 들어 있어요." 리디아 양이 설명한다. "우리 어머니가 기사를 오려서 안에 붙여 놨거든요. 교수형도 모아 놨고요."

"그렇단 말이지요?" 사이먼이 말한다. 교도소장 부인은 건강염

려증* 환자인 동시에 송장을 먹는 귀신인 게 분명하다.

"그렇게 하면 죄수들 중 누구한테 인정을 베풀어도 좋을지 결정하는 데 도움이 된대요." 리디아 양이 말한다. "그레이스는 여기 있어요."

그녀가 두 사람의 무릎 위에 놓인 스크랩북을 펼치고 그쪽으로 몸을 기울이며 가르치는 듯한 목소리로 진지하게 말한다. "저는 그레이스한테 관심 있어요. 훌륭한 능력이 있거든요."

"뒤퐁 박사처럼?" 사이먼이 묻는다.

리디아 양은 그를 말똥말똥 쳐다본다.

"아니에요. 그런 건 관심 없어요. 저는 절대 최면 같은 건 하지 않을 거예요. 너무 품위 없는 일이잖아요! 그레이스는 옷 만드는 솜씨가 훌륭하다는 말이에요."

사이먼이 생각하기에 그녀의 이면에는 물불 안 가리는 성격이 숨어 있는 듯하다. 그녀가 웃으면 윗니와 아랫니가 모두 보인다. 하지만 어머니와 다르게 정신만큼은 건강하다. 건강한 새끼 짐승과 같다. 아직 결혼하지 않은 아가씨답게 장미 꽃봉오리가 달린 수수한 리본을 두른 그녀의 하얀 목이 사이먼의 눈에 들어온다. 그녀의 팔은 몇 겹의 얇은 천을 사이에 두고 그의 팔과 맞닿아 있다. 그는 무신경한 바보가 아니었고, 리디아 양은 그런 부류의 아가씨답게 성격이 아직 덜 여물고 어린아이 같을지 몰라도 허리는 잘록하다. 은방울꽃 향기가 그녀에게서 구름처럼 피어올라 그를 향기로운 안개로 감싼다.

---

* 자기 건강을 지나치게 걱정하여 스스로 심각한 병에 걸려 있다고 확신하거나 두려워하는 병적 증상으로 대체로 꼼꼼하고 고집이 센 사람에게서 나타난다.

하지만 리디아 양은 자신이 그에게 어떤 영향을 미치고 있는지 알지 못한다. 그 영향이라는 것의 정체를 모르기 때문이다. 그는 다리를 꼰다.

"이게 사형 기사예요." 리디아 양이 말한다. "제임스 맥더모트의 사형 기사요. 여러 신문에서 다뤘는데, 이건 《이그재미너》에 실렸던 기사예요."

사이먼은 기사를 읽는다.

길이 이런 상황이건만, 안타깝기는 하나 죄를 저지른 한 인간이 고통스럽게 죽어 가는 광경을 목격하기 위해 이토록 많은 인파가 모이다니 그런 광경을 즐기는 병적인 취향이 우리 사회에 존재하는 것이 분명하다! 이런 광경을 공개하면 풍기가 개선되거나 파렴치한 범죄를 저지르고자 하는 성향이 억제될까?

"저도 여기에 동의합니다." 사이먼이 말한다.

"제가 만약 그 근처에 살았다면 가서 봤을 거예요." 리디아 양이 말한다. "선생님 같으면 안 그러겠어요?"

사이먼은 이처럼 단도직입적인 발언에 충격을 받는다. 그는 불건전한 흥분을 유발하고, 지적 능력이 떨어지는 계층에게 잔인한 상상을 심어 주는 공개 처형에 반대하는 입장이다. 하지만 그는 자기 성격을 안다. 그의 호기심은 기회가 있을 때마다 양심의 가책을 이긴다. "직업상 그랬을지 모르죠." 그는 조심스럽게 대답한다. "하지만 여동생이 있었다면 가지 못하게 했을 겁니다."

리디아 양의 눈이 휘둥그레진다. "왜요?"

"여성들은 그렇게 끔찍한 광경을 보면 안 됩니다." 그가 대답한다. "그러면 우아한 심성이 다칠 수 있으니까요." 그는 의식적으로 거드름을 피운다.

그는 여행을 하면서 심성이 우아하달 수 없는 여자들을 많이 만났다. 옷을 찢고 알몸을 보이는 미친 여자들도 본 적 있다. 가장 천한 창녀들이 그렇게 하는 것도 본 적 있다. 술에 취해서 욕하고, 서로 머리채를 붙잡고 레슬링을 하듯 드잡이하는 여자들도 본 적 있다. 파리와 런던의 길거리는 그런 여자들로 넘쳐 난다. 그들은 갓난아이들을 지우고, 어린아이를 강간하면 병을 예방할 수 있다고 믿는 돈 많은 남자들에게 어린 딸들을 팔아넘긴다. 그렇기 때문에 그는 여자들의 우아한 심성 어쩌고 하는 환상이 없다. 하지만 그렇기 때문에 아직까지 순수한 여자들의 순수성을 보호해야 할 이유가 생긴다. 그런 경우, 위선이 정당화된다. 당위를 진실인 것처럼 포장해야 한다.

"제 심성이 우아하다고 생각하세요?" 리디아 양이 묻는다.

"분명히 그럴 겁니다." 사이먼이 대답한다. 그는 자신의 허벅지와 맞닿아 있는 것이 그녀의 허벅지인지 아니면 단순히 드레스 일부분인지 궁금해진다.

"저는 가끔 잘 모르겠다는 생각이 들어요." 리디아 양이 말한다. "플로렌스 나이팅게일더러 우아하지 않다고, 그렇지 않고서야 그렇게 비천한 광경들을 목격하고서도 건강에 아무 지장이 없을 수 있느냐고 이야기하는 사람들도 있잖아요. 그래도 나이팅게일은 여장부예요."

"그건 분명한 사실이죠." 사이먼이 말한다.

그녀가 유혹하고 있는 걸까? 전혀 불쾌하지는 않지만, 공교롭게도 어머니 생각이 난다. 어머니가 깃털이 달린 낚시용 미끼처럼 그의 앞에 조심스럽게 끌어다 놓았던 참한 규수가 몇 명이던가. 어머니는 항상 하얀 꽃이 담긴 꽃병 옆에 그들을 가지런히 늘어놓는다. 모두들 행실이 나무랄 데 없고, 몸가짐이 샘물처럼 맑다. 그들의 사고방식은 아무것도 만들지 않은 밀가루 반죽이고, 그걸 주물러 모양을 만드는 것이 그의 특권이다. 한 계절이 지나고 한 무리의 아가씨들이 약혼과 결혼에 착수하면 5월의 튤립처럼 좀 더 어린 아가씨들이 계속 등장한다. 그들은 이제 사이먼에 비하면 너무 어려서 대화가 어렵다. 한 바구니 안에 든 새끼 고양이들에게 말을 거는 것과 비슷하다.

하지만 그의 어머니는 항상 어릴수록 고분고분하다고 착각한다. 어머니가 정말 원하는 것은 사이먼이 아니라 자기 마음대로 주무를 수 있는 며느리다. 그렇기 때문에 그는 아가씨들이 그의 옆을 계속 지나가도 늘 무관심하게 고개를 돌리고, 어머니한테 게으른 불효자식이라고 애정 섞인 꾸지람을 듣는다. 그는 스스로 난봉꾼이고 무정한 인간이라는 식으로 자책한 다음 어머니에게 신경 써 줘서 고맙다고 하고, 걱정 말라고 다독인다. 언젠가는 결혼하겠지만 아직은 준비가 안 되어 있다고 말이다. 먼저 그는 연구를 마쳐야 한다. 뭔가 의미 있는 것을 이루고, 중요한 것을 발견해야 한다. 이름을 널리 알려야 한다.

이런 말을 하면 어머니는 이름을 널리 알리는 게 문제냐고 나무라듯 한숨을 내쉬며, 흠잡을 데 없이 훌륭한 이름을 후세에 전하지 않고 사장하려는 게 문제라고 한다. 이 시점에 이르면 그녀는 항상 살짝 기침을 한다. 그를 낳으면서 거의 목숨을 잃을 뻔했고, 그 때문에 폐에 치명상을 입었음을 알리기 위해서다. 의학적으로 믿기 어려운 현상인데, 어렸을 때 그는 이 소리를 들을 때마다 죄책감에 몸 둘 바를 몰랐다. 어머니는 손자만 볼 수 있다면 행복하게 눈을 감을 수 있겠다고 말을 잇는다. 물론 그 전에 그가 결혼을 하는 것이 전제 조건이지만. 그는 그러면 존속살인에 해당되니 결혼한 것 자체가 죄가 된다는 말로 그녀를 놀린다. 그런 다음 과격해진 분위기를 누그러뜨리기 위해 어머니 없이 지내느니 부인 없이 지내는 게 훨씬 낫다고, 그녀처럼 완벽한 어머니인 경우에는 더더욱 그렇다는 말을 덧붙인다. 그러면 그녀는 그를 날카롭게 노려보는데, 그보다 훨씬 그럴듯한 수법들도 훤히 꿰고 있으니 속지 않겠다는 뜻이다. 그녀는 그에게 너무 영리해서 탈이라고, 아부하면 넘어갈 줄 아느냐고 한다. 하지만 마음이 풀린 얼굴이다.

가끔 그도 항복하고 싶은 유혹을 느낀다. 어머니가 내민 어린 아가씨들 중에서 가장 돈이 많은 후보를 고르면 된다. 그러면 일상이 정연하게 이어질 테고, 먹을 만한 아침이 차려질 테고, 그는 아이들의 존경을 받을 것이다. 아이를 만드는 행위는 하얀 이불로 조심스럽게 가려진 채 은밀하게 진행되고 절대 입 밖으로 거론되지는 않을 것이다. 그녀는 싫어하면서도 의무적으로 응하고, 그는 정당하게 요구할 것이다. 집에는 온갖 문명의 이기가 갖춰질 테고, 그는 호강을 누리며 쉴 것이다. 그보다 못한 운명도 많다.

"그레이스도 그럴까요?" 리디아 양이 묻는다. "그레이스도 심성이 우아할까요? 그녀는 분명 살인을 저지르지 않았어요. 이후에 살인 사건을 아무한테도 알리지 않은 건 유감스러운 일이지만요. 제임스 맥더모트가 그녀에 대해서 거짓말을 했을 거예요. 그런데 사람들 말로는 그레이스가 그 남자의 애인이었다고 하던데. 사실인가요?"

사이먼은 얼굴이 화끈 달아오르는 게 느껴진다. 그녀가 그를 유혹하고 있다 하더라도 모르고 하는 행동이다. 그녀는 자신이 되바라졌다는 사실을 모를 만큼 순진하다. "글쎄요." 그는 중얼거린다.

"그레이스는 아마 납치당했을 거예요." 리디아 양이 꿈을 꾸는 듯한 목소리로 말한다. "책에서 보면 여자들이 항상 납치당하잖아요. 그런데 저는 납치당한 여자를 본 적이 없어요. 선생님은 어때요?"

사이먼은 그런 여자를 본 적 없다고 대답한다.

"머리가 잘렸어요." 리디아 양이 나지막이 말한다. "맥더모트 말이에요. 그 머리를 병에 담아서 토론토 대학교에 보관하고 있대요."

"그럴 리가요." 사이먼은 다시금 당황스러워진다. "두개골이라면 모를까, 머리 전체를 보관하지는 않겠죠!"

"커다란 피클 같겠죠." 리디아 양은 이렇게 말하며 만족스러워한다. "어머나, 어머니는 제가 베링거 목사님한테 인사했으면 하실 텐데. 그래도 저는 선생님이랑 얘기하고 싶어요. 목사님은 너무 훈계만 늘어놓아요. 어머니는 목사님이랑 이야기를 나누면 제가 더 반듯해질 거라고 생각하세요."

그때 마침 베링거 목사가 방 안으로 들어와 사이먼이 자기 제자라도 되는 것처럼 그를 보며 짜증스럽게 인자한 미소를 짓는다. 어쩌면 리디아를 보고 웃는 것일지도 모른다.

사이먼은 리디아가 미끄러지듯 방 저쪽으로 걸어가는 모습을 지켜본다. 요즘 아가씨들은 저렇게 기름칠을 한 것처럼 걷는다. 긴 의자에 혼자 남겨진 그가 문득 정신을 차리고 보니 그레이스 생각을 하고 있다. 날마다 바느질 방에서 그의 맞은편에 앉아 있던 모습을 떠올리고 있다. 그림 속의 그녀는 실제보다 나이 들어 보이는데, 지금은 자기 나이보다 어려 보인다. 실내에서만 지내서 그런지 안색이 창백하고, 피부는 주름 하나 없이 매끈하고 곱다. 어쩌면 교도소의 식단이 부실해서 그런 것일 수도 있다. 지금은 살도 빠져서 얼굴이 전보다 갸름하다. 그림에서는 미인이라면 지금은 미인 그 이상이다. 혹은 미인이 아닌 그 무엇이다. 그녀의 턱 선은 대리석 같고 고전적이며 간결하다. 그녀를 보고 있으면 고통에 사람을 정화하는 힘이 있음을 믿게 된다.

하지만 바느질 방 안에서 가까이 있다 보니 그녀를 보는 데 그치지 않고 체취까지 맡게 된다. 그는 무심하려고 애를 쓰지만, 그녀의 체취는 마음을 어지럽히는 수면 속의 물결이다. 그녀에게선 연기 냄새가 난다. 연기와 빨랫비누와 살갗의 소금기 냄새가 난다. 그리고 축축하고 충만하며 성숙한 살갗 그 자체의 냄새가 난다. 무엇인가 하면 고사리와 버섯 냄새다. 으깨서 발효시킨 과일 냄새다. 그는 여재소자들이 얼마나 자주 목욕을 할 수 있는지 궁금해진다. 그녀의 머리카락은 땋아서 캡 속에 넣었지만, 여기에서도 진한 사향 같은 두피 냄새가 난다. 그는 어떤 암컷 동물과 함께 있다. 여우 비슷하고 잔뜩 경계 태세를 갖추고 있는 동물이다. 이에 대한 화답으로 그의 살갗을 따라 경계심이 번지는 게 느껴진다. 털이 곤두서는 듯한 느낌이다. 가끔 그는 사람을 집어삼키는 모래 위를 걷는 듯한 기분이 든다.

그는 날마다 조그만 물건을 그녀 앞에 놓고 어떤 상상이 떠오르는지 묻는다. 이번 주에는 여러 가지 구근식물로 시도하고 있다. 근대—지하 창고—시체, 혹은 순무—지하—무덤, 이렇게 연상 작용이 이루어지길 바라는 마음에서다. 그의 가설에 따르면 딱 맞는 물건을 제시했을 때 그녀의 머릿속에서 심란한 연상 작용이 벌어져야 한다. 그런데 지금까지 그녀는 그가 내미는 선물들을 액면 그대로 받아들였고, 그가 얻어 낸 정보라고는 몇 가지 요리법이 전부였다.

금요일에 그는 좀 더 직접적인 방법을 시도했다. "그레이스, 내 앞에서는 솔직해도 됩니다." 그는 이렇게 말했다. "아무것도 감출 필요 없어요."

"저는 선생님 앞에서 솔직하지 않을 이유가 없어요." 그녀가 말했다. "귀부인이라면 체면이 깎일 테니 뭘 숨길지도 모르죠. 하지만 저는 그런 게 아니잖아요."

"그게 무슨 말인가요?" 그가 물었다.

"선생님, 저는 애초부터 귀부인이 아니었고, 깎일 체면도 없었어요. 저는 하고 싶은 말이 있으면 뭐든 할 수 있죠. 또 아무 말도 하고 싶지 않으면 그럴 수도 있고요."

"내가 당신에 대해서 어떤 평가를 내리건 상관없습니까?"

그녀는 그를 날카롭게 흘끗 쳐다본 뒤 바느질을 계속했다. "저는 이미 재판을 받았잖아요. 선생님이 저를 어떻게 생각하시든 달라질 건 없어요."

"재판 결과가 맞았다고 생각해요?" 그는 묻지 않을 수 없었다.

"맞았건 틀렸건 상관없어요." 그녀가 말했다. "사람들은 죄인을 원해요. 어떤 사건이 벌어지면 누구 소행인지 알고 싶어 하죠. 모르고 지나가는 건 좋아하지 않아요."

"그러면 희망을 접었다는 뜻인가요?"

"어떤 희망 말씀인가요, 선생님?" 그녀가 조심스럽게 물었다.

사이먼은 예의에 어긋나는 짓을 저지른 바보가 된 심정이었다. "글쎄요…… 석방될 거라는 희망 말이죠."

"교도소에서 저를 왜 내보내 주겠어요?" 그녀가 말했다. "살인이라는 게 날마다 벌어지는 일이 아니잖아요. 희망이라고 하면 좀 더 작은 희망을 품고 있어요. 저는 내일은 오늘보다 더 나은 아침 식사를 할 수 있길 바라면서 살아요." 그녀는 살짝 미소를 지었다. "그때 사람들이 말하길 저를 본보기로 만들고 있다고 했어요. 그래서 사형을 내렸다가 종신형으로 바꾼 거죠."

그런데 그 본보기는 이후에 무엇을 하고 있는 걸까? 사이먼은 그런 생각을 했다. 그녀의 이야기는 끝이 났다. 그녀를 규정지었던 본론은 끝이 났다. 이제 그녀는 무엇으로 여생을 채워야 할까? "부당한 대접을 받았다는 생각은 들지 않나요?" 그가 물었다.

"그게 무슨 말씀인지 모르겠네요, 선생님." 그녀는 바늘에 실을 꿰고 있었다. 잘 꿰어지도록 실 끝에 침을 묻히는데, 그는 문득 이 동작이 너무나 자연스러우면서도 참을 수 없을 만큼 친밀하게 느껴졌다. 벽 틈새로 그녀가 옷을 벗는 모습을 훔쳐보는 듯한 기분이 들었다. 그녀가 고양이처럼 혀로 자기 몸을 핥는 듯한 기분이 들었다.

5부

깨진 그릇들

제 이름은 그레이스 마크스이고, 토론토 군구(郡區)에서 석수로 일하는 존 마크스의 딸입니다. 우리는 약 3년 전에 아일랜드 북부에서 이 나라로 건너 왔어요. 여동생이 넷, 남동생이 넷이고, 언니와 오빠가 한 명씩 있어요. 나이 는 지난 7월로 열여섯 살이 됐어요. 캐나다에서 지낸 3년 동안 여러 집에서 하녀로 일을 했고…….

—구치소에서 그레이스 마크스가 조지 월턴 씨에게 한 임의 진술,《스타 앤드 트랜스크립트》

(토론토, 1843년 11월 17일)

……지난 17년 동안
세상의 다른 여자들은
나하고 얼마나 다를까 하는
의심을 단 한 번도 해 본 적이 없었지.
그 이유는 분명, 아주 조금씩
너무나 끔찍하고 이상하게 자랐기 때문.
그 이상한 재앙들이 살금살금
내 이웃과 사생활 속으로 몰래 들어와
내가 앉는 곳에 앉고, 내가 눕는 곳에 제 몸을 누이고.
그리고 내가 공포에 익숙해졌을 때
친구들이 횃불을 들고 쳐들어와 외치길,
"폼필리아, 왜 이렇게 동굴 속에 있느냐",
"두 팔은 어쩌다 늑대가 되었느냐",
"그리고 저 길고 부드러운 것―네 발을 넘나들고
네 무릎을 감싼 것은―뱀이 아닌가!"
이런 식이었지.

—로버트 브라우닝,「반지와 책」(1869)

12

이 방에서 조던 박사님과 마주 앉은 게 오늘로 9일째다. 일요일도 있고 그가 오지 않은 날도 있으니 9일 연속은 아니다. 예전에는 생일을 기준으로 날짜를 셌지만, 그 이후에는 이 나라로 건너온 날, 메리 휘트니의 마지막 날, 최악의 사건들이 벌어졌던 7월의 그날, 교도소에서 보낸 첫날로 기준이 바뀌었다. 그런데 지금은 조던 박사님과 바느질 방에서 처음 만난 날을 기준으로 날짜를 세고 있다. 기준이 늘 똑같으면 너무 지루하고 시간이 길게 느껴져서 견딜 수 없기 때문이다.

조던 박사님이 맞은편에 앉아 있다. 그에게서 영국제 면도용 비누 냄새와 귀 냄새가 난다. 가죽 부츠 냄새도 난다. 맡으면 마음이 편안해지는 냄새라 기다려진다. 이런 점에서 자주 씻는 남자가 그렇지 않은 남자보다 낫다. 오늘 그가 테이블 위에 올려놓은 물건은 감자인데, 아직 나한테 아무것도 묻지 않았기 때문에 우리 둘 사이에 그렇게 가만히 놓여 있다. 나한테서 어떤 이야기를 듣고 싶은 건지 모르겠다. 감자라면 지금까지 껍질도 많이 벗겨 봤고 많이 먹어도 봤는데, 햇감자에 버터와 소금 살짝, 여기에 파슬리도 있으면 넣어 먹으면 정말 맛있고, 크고 묵은 감자도 구우면 아주 훌륭하다. 하지만 오랜 대화를 나눌 소재는 못 된다. 갓난아이 얼굴을 닮은 감자도 있고 동물을 닮은 감자도 있다. 예전에 한번은 고양이를 닮은 감자도 본 적 있다. 그런데 이건 감자 그 이상도 이하도 아니다. 가끔 조던 박사님이 정신이 살짝 나간 게 아닌가 싶을 때도 있다. 하지만 그가 원하는 거라면, 아무 말도 하지 않는 것보다 감자에 대해서라도 이야기하는 게 훨씬 좋다.

오늘 그는 다른 넥타이를 매고 있다. 내가 느끼기에는 조금 화려한데, 그를 물끄러미 쳐다볼 수 없기 때문에 빨간 바탕에 파란 물방울무늬인지 파란 바탕에 빨간 물방울무늬인지 알 수가 없다. 가위가 필요해서 달라고 하자 그가 이야기를 시작해 달라고 하기에 나는 오늘 퀼트의 마지막 조각을 끝낼 거고, 그다음에 조각들을 모두 모아서 한데 이으면 누비이불이 된다고, 교도소장 댁 두 따님 중에 한 명이 가질 이불이라고 말한다. 이것이 '통나무집'이라고 말이다.

'통나무집' 이불은 집을 의미하기 때문에 모든 아가씨들이 결혼 전에 만들어 놓아야 하는 물건이다. 그리고 한가운데에 난로 불을 상징하는 빨간색 네모를 넣어야 한다. 이게 다 메리 휘트니에게 들은 이야기다. 하지만 워낙 너도나도 아는 이야기라 재미없을 테니 이런 말은 하지 않는다. 감자에 비하면 덜하지만.

그러자 그가 묻는다. 이걸 끝내면 뭘 만들 겁니까? 그 말에 내가 대답한다. 모르겠어요. 다 끝내면 가르쳐 주겠죠. 저한테 누비이불을 통째로 맡기는 게 아니라 조각 바느질만 맡기거든요. 조각 바느질이 워낙 까다로운 일이라서요. 교도소장 부인이 말하길 저한테 교도소에서 만드는 우편낭이나 죄수복처럼 그렇게 단순한 바느질을 맡겼다니 제 솜씨가 아깝다고 했어요. 하지만 저녁때 퀼트 모임이 열리더라도 제가 그 자리에 초대되지는 않겠죠.

그러자 그가 묻는다. 만약 당신이 쓸 이불이라면 어떤 무늬로 만들겠어요?

그거야 고민의 여지가 없다. 나는 답을 안다. 그 무늬는 올더먼 파킨슨 마님의 이불장에 있던 '천국의 나무'*가 될 것이다. 나는 손볼 데가 있는지 살피는 척 그 이불을 꺼내 보며 감탄하곤 했다. 전체가 삼각형으로 이루어진 아름다운 작품으로 이파리는 거무스름한 색이고, 사과는 밝은색인데, 아주 꼼꼼하게 만들어서 바늘땀이 내가 한 것만큼이나 촘촘했다. 하지만 가장자리는 다르게 만들고 싶다. 부인의 이불은 가장자리 패턴이 '기러기 사냥'이었는데, 나는 덩굴이 서로 얽혀 있는 응접실 거울의 장식처럼, 밝은색과 어두운색을 꼬아서 소위 말하는 덩굴무늬로 가장자리를 꾸미고 싶다. 엄청난 작업이라 시간도 오래 걸리겠지만, 내가 가질 이불이라면 기꺼이 감수할 용의가 있다.

하지만 그에게는 다르게 말한다. 글쎄요. '욥의 눈물'이나 '천국의 나무'나 '지그재그 울타리'나 '늙은 하녀의 수수께끼' 패턴도 괜찮겠네요. 왜냐하면 제가 늙은 하녀이고 수수께끼 같은 인물이니까요. 마지막 말은 농담이었다. 그에게 제대로 대답하지 않은 이유는 진심으로 바라는 걸 말해 버리면 마가 껴서 좋은 일이 절대 안 생기기 때문이다. 그러거나 말거나 좋은 일이 안 생길 수도 있지만, 소원을 말하

---

* 퀼트를 만들 때 쓰이는 패턴 이름.

거나 뭔가를 바라기라도 하면 벌을 받을 수 있으니 조심해야 한다. 메리 휘트니가 그렇게 당했다.

그는 패턴 이름들을 받아 적는다. 그리고 묻는다. 천국의 나무인가요, 아니면 천국의 나무들인가요?

천국의 나무요. 내가 대답한다. 한 개 이상 넣어서 만들어도 돼요. 저도 네 그루 꼭대기가 가운데를 향하게 만든 이불을 본 적 있는데, 그래도 그냥 천국의 나무라고 해요.

왜 그럴까요, 그레이스? 그가 묻는다. 가끔 그는 어린아이처럼 뭐든 이유를 묻는다.

그게 패턴 이름이니까요. 내가 대답한다. '생명의 나무'도 있지만, 그건 다른 무늬예요. '시험의 나무'도 있고 '소나무'도 있는데, 둘 다 아주 예뻐요.

그는 그것도 받아 적는다. 그러더니 감자를 집어서 쳐다본다. 그가 묻는다. 이런 게 땅 밑에서 자란다니 신기하지 않습니까? 보이지 않는 어두컴컴한 곳에 숨어 잠을 자면서 자라는 거잖아요.

그는 감자가 어디에서 자랐으면 하는 건지 모르겠다. 감자들이 나무에 매달려 있는 건 보지 못했는데…… 내가 아무 말이 없자 그가 묻는다. 그레이스, 땅속에는 또 뭐가 있을까요?

근대가 있죠. 내가 말한다. 당근도 그렇게 자라고요. 그게 그 아이들의 속성이죠.

그는 실망한 것 같은 표정을 짓더니 내 대답을 받아 적지 않는다. 그는 나를 보며 생각에 잠긴다. 그러다 묻는다. 꿈을 꿉니까?

그 말에 내가 묻는다. 그게 무슨 말씀이세요, 선생님?

나는 이것을 미래의 꿈이 있느냐, 어떻게 살지 계획이 있느냐는 뜻으로 받아들이고, 잔인한 질문이라 생각한다. 죽을 때까지 여기 있어야 하는데, 고민할 만한 밝은 미래가 어디 있을까. 그게 아니라 공상을 하느냐, 어린 소녀처럼 어떤 남자나 뭐 그런 걸 놓고 상상을 하느냐는 뜻일 수도 있지만, 더하면 더했지 그것도 잔인하기는 마찬가지다. 그래서 나는 약간 화가 난 목소리로 나무라는 듯 말한다. 제가 꿈을 꾸면 뭐하겠어요. 그런 질문을 하다니 좀 너무하시네요.

그러자 그가 말한다. 아니, 내 말뜻을 오해한 모양이네요. 밤에 잘 때 꿈을 꾸느냐고 물은 거였어요.

나는 조금 쏘아붙이듯 대답한다. 그것도 황당한 질문이기는 마찬가지고, 아직도 화가 풀리지 않았기 때문이다. 사람들은 누구나 꿈을 꾸지 않나요? 제가 알기로는 그런데요.

그렇죠. 그런데 그레이스, 당신은요? 그가 묻는다. 내 말투를 알아차리지 못했거나 모르는 척하는 것이다. 내가 무슨 말을 해도 그는 심란해하거나 충격받거나 심지어 놀라지도 않고 그저 받아 적을 것이다. 그가 내 꿈에 관심을 보이는 이유는 꿈이 무언가를 상징하기 때문이다. 예로 성서에도 살찐 암소와 여윈 암소가 등장하는 파라오의 꿈 이야기, 사다리를 오르내리는 천사들이 등장하는 야곱의 꿈 이야기가 있다. 퀼트에도 그 이름을 따서 '야곱의 사다리'라는 패턴이 있다.

저도 꾸지요. 내가 대답한다.

그가 묻는다. 어젯밤에는 어떤 꿈을 꾸었나요?

나는 키니어 나리 댁 부엌문 앞에 서 있는 꿈을 꾸었다. 여름용 부엌이었다. 나는 바닥을 닦고 있던 참이었다. 치맛자락이 걷어 올려져 있고, 맨발이 젖어 있고, 나막신을 아직 다시 신지 않은 것을 보면 알수 있었다. 어떤 남자가 바깥 계단에 서 있었다. 예전에 내가 새 옷을 만들려고 단추를 사고 맥더모트는 셔츠 네 벌을 샀던 제러마이어 같은 보따리장수였다.

그런데 제러마이어가 아니라 다른 남자였다. 그는 보따리를 풀고 리본이며 단추며 머리빗, 천 조각 같은 물건들을 땅바닥에 펼쳐 놓았는데, 벌건 대낮인 데다 한여름이라 무척 눈이 부셨고, 실크와 캐시미어 숄과 면으로 된 날염 천이 햇빛을 받고 반짝였다.

그 남자는 내가 아는 사람 같은데, 고개를 계속 돌리고 있어서 누군지 알 수 없었다. 그가 내 맨다리를 내려다보고 있는 게 느껴졌다. 무릎 아래가 드러난 내 다리는 바닥을 닦느라 별로 깨끗하지는 않았지만, 지저분하건 깨끗하건 다리는 다리였고 나는 치마를 내리지 않았다. 나는 이렇게 생각했다. 그냥 보게 놔두자, 딱한 양반 같으니라고. 저 사람 고향에서는 이런 걸 보지 못할 테니. 꿈속에서 나는 그가 분명 먼 길을 걸어온 외국인이고, 어둡고 굶주린 듯한 얼굴을 하고 있다고 생각했다.

그런데 잠시 후 그가 시선을 거두고 나한테 뭔가를 팔려고 했다. 그 물건은 내것이라 되돌려 받아야 하는데, 돈이 없어 살 수 없었다. 그럼 물물교환 합시다. 그가 말했다. 흥정을 하자고요. 나한테 뭘 줄 거예요? 그가 짓궂게 물었다.

그가 가지고 있는 것은 내 한쪽 손이었다. 그게 뭔지 이제 나도 알수 있었다. 그가 하얗고 쪼그라든 내 손의 손목을 잡고 장갑처럼 흔들고 있었다. 그런데 내 손을 내려다보니 손 두 개가 평소처럼 손목과 함께 소매 밖으로 나와 있었고, 제3의 손은 다른 여자의 손이었다. 그 여자는 분명 손을 찾으러 올 텐데, 내가 가지고 있으면 나더러 훔쳤다고 할 것이다. 나는 이제 그걸 가지고 싶지 않았다. 잘라 낸 게 분명하기 때문이었다. 게다가 지금은 시럽처럼 진한 피까지 뚝뚝 흘리고 있었다. 깨어 있을 때 피를 보았다면 겁에 질렸을 텐데, 꿈속에서는 그렇지 않았다. 겁먹기는커녕 다른 걱정을 했다. 내 뒤에서 피리 소리가 들렸고, 그 때문에 너무 불안했다.

가세요. 내가 보따리장수에게 말했다. 얼른 가세요. 하지만 그는 계속 고개를 돌린 채 꿈쩍하지 않았고, 나를 비웃고 있는 것 같았다.

그리고 이런 생각이 들었다. 깨끗한 바닥에 다 묻겠네.

나는 이렇게 말한다. 생각이 나지 않아요, 선생님. 어젯밤에 무슨 꿈을 꾸었는지 생각이 안 나요. 뭔가 어지러운 꿈이었는데. 그는 내 말을 받아 적는다.

나는 가진 게 별로 없다. 소지품도 없고, 재산도 없고, 사생활이고 뭐고도 없다. 그러니 내 몫으로 뭐라도 가지고 있어야 한다. 게다가 그가 내 꿈을 알아서 뭐에 쓸 것인가.

그러자 그가 말한다. 뭐, 고양이 가죽을 벗기는 방법에는 여러 가지가 있죠.*

나는 왜 저렇게 희한한 소리를 할까 의아해하며 말한다. 선생님, 저는 고양이가 아니에요.

그러자 그가 말한다. 아, 맞다. 그리고 개도 아니잖아요. 그리고 나서는 씩 웃는다. 그레이스, 그럼 당신의 정체는 뭐죠? 생선? 고기?

---

* 목적을 달성하는 데에는 여러 가지 방법이 있다는 뜻.

아니면 훈제 청어?*

　그 말에 내가 묻는다. 뭐라고요?

　생선이라는 소리를 듣다니 기분이 나쁘다. 그럴 용기만 있었으면
문을 박차고 나갔을 것이다.

　그가 말한다. 처음부터 시작해 봅시다.

　내가 말한다. 무슨 처음부터요?

　그가 말한다. 당신의 인생이 시작됐던 때부터요.

　저도 남들하고 똑같이 태어났는데요. 나는 아직도 짜증이 난 목소
리로 말한다.

　당신 진술서가 여기 있어요. 그가 말한다. 당신이 뭐라고 했는지
내가 읽어 볼게요.

　그건 제 진술서라고 할 수 없어요. 내가 말한다. 변호사가 시키는
대로 한 거고 신문기자들이 지어낸 거라, 신문사에서 팔아먹는 쓰레
기 같은 전단지를 보고 진술서라고 하는 게 차라리 나을 거예요. 처
음 신문기자를 봤을 때 제가 무슨 생각을 했는지 아세요? 너희 어
머니는 네가 여기 있는 거 아시니? 그런 생각을 했어요. 나만큼 어
리고, 수염을 깎을까 말까 한 나이니 신문에 실음 직한 글을 쓸 수
나 있겠어요? 다들 그렇게 솜털이 보송보송했고, 진실과 마주치더라
도 진실을 알고 싶어 하지 않았어요. 이제 겨우 열여섯 살이 된 저더
러 열여덟이라는 둥, 열아홉이라는 둥, 스물은 넘지 않았다는 둥 했
고, 이름도 제대로 쓸 줄 몰라서 제이미 윌시를 월쉬라고, 맥더모트

---

* '생선도 아니고, 고기도 아니고, 새도 아니고, 훈제 청어도 아니다.(Neither fish,
flesh, fowl, nor good red herring.)'라는 영어 표현은 '정체불명의', '이도 저도 아
닌', '알쏭달쏭한'을 뜻하는 관용 어구인데, 이를 반대 어법으로 물은 것이다.

를 맥더모트라고 하질 않나, 낸시의 이름은 앤이라고 줄여서 썼더라고요. 평생 그렇게 불린 적이 없는데. 그러니 뭔들 제대로 했겠어요? 자기들 마음대로 다 지어내지.

그레이스. 이윽고 그가 말한다. 메리 휘트니가 누굽니까?

나는 그를 흘끗 쳐다본다. 메리 휘트니요? 어디서 그런 이름을 들으셨어요?

당신 초상화 밑에 적혀 있던데요. 그가 말했다. 진술서 제일 앞 장에요. 그레이스 마크스, 일명 메리 휘트니.

아, 맞다. 내가 말한다. 그 그림, 저랑 별로 안 닮았죠.

메리 휘트니는 뭡니까? 그가 묻는다.

아, 그건 제임스 맥더모트와 달아났을 때 루이스턴의 여관에서 쓴 이름이에요. 맥더모트가 말하길 사람들이 찾으러 올지 모르니 제 이름을 쓰면 안 된다고 했거든요. 그때 그 사람이 제 팔을 꽉 잡고 있었던 기억이 나요. 시키는 대로 하게 하려는 거였죠.

그래서 생각나는 대로 아무 이름이나 쓴 건가요? 그가 묻는다.

아니에요, 선생님. 내가 말한다. 메리 휘트니는 예전에 각별하게 지냈던 친구 이름이에요. 죽은 친구라 그 이름을 써도 상관없겠지 했어요. 저한테 가끔 자기 옷도 빌려 줬거든요.

나는 잠시 말을 멈추고 어떻게 설명하면 좋을지 생각한다.

그 친구는 늘 저한테 잘해 줬어요. 내가 말한다. 그 친구가 없었다면 제 인생은 완전히 달라졌을 거예요.

13

어렸을 때 읽은 동시 중에 이런 게 있어요.

　가시방석, 가시방석.
　결혼을 하면 남자의 고생길이 시작되고.

　여자의 고생길은 언제 시작되는지에 대해서는 아무 말이 없어요. 제 고생길은 태어나면서부터 시작됐던 것 같아요, 선생님. 부모는 선택할 수 없는 거니까요. 만약 제게 선택권이 있다면 하느님이 제게 주신 부모는 선택하지 않을 거예요.
　진술서 첫머리에 제가 한 이야기는 사실이에요. 저는 실제로 아일랜드 북부 출신이에요. 하지만 신문에서 "그들의 자백에 따르면 피고인들은 두 사람 모두 아일랜드 출신이었다."라고 한 건 아주 부당한 짓이었다고 생각해요. 그러니까 무슨 범죄를 저지른 것 같잖아요. 그런 식으로 생각하는 사람들을 종종 보기는 했지만, 아일랜드 출신인 게 무슨 죄인가요. 물론 우리 가족은 신교도라 입장이 다르긴 하지만.

제 기억에 남은 건 바닷가의 조그만 돌투성이 항구와 나무가 별로 없고 초록색과 회색이었던 땅이예요. 그래서 이곳의 커다란 나무들을 처음 보았을 때 나무가 그렇게 자랄 수 있나 싶어서 많이 무서웠죠. 어렸을 때 떠났으니 기억이 많이 나지는 않아요. 깨진 접시처럼 조각조각 생각이 나요. 다른 접시 조각이 아닌가 싶은 것들도 있고, 뭘 넣어도 안 맞는 빈 공간도 있어요.

우리는 어느 도시 옆 마을 끝에 있는, 지붕에서 비가 새는 방 두 개짜리 작은 집에서 살았는데, 아직도 거기서 살고 있을지 모르는 폴린 이모의 이름에 먹칠을 할 수는 없기 때문에 그 도시 이름은 신문기자들한테 말하지 않았어요. 우리 어머니한테 저를 가리켜 가망도 없고 그런 아버지 밑에서 컸는데 뭐가 되겠느냐고 말하는 걸 듣기는 했지만, 이모는 항상 절 좋게 생각하셨거든요. 이모는 우리 어머니가 자기보다 못한 남자와 결혼했다고 생각했어요. 그게 우리 집안 전통이니 저도 그렇게 될 거라고 짐작했고요. 하지만 저한테 그렇게 되지 않도록 노력하라고, 너를 귀하게 생각하라고, 우리 어머니가 그랬던 것처럼 집안이나 배경도 안 보고 싹싹한 남자를 만나자마자 덜컥 사귀지 말라고, 낯선 사람들을 조심하라고 했죠. 여덟 살이었던 저는 이모가 무슨 소리를 하는 건지 이해할 수 없었지만, 그래도 훌륭한 충고였어요. 우리 어머니가 말하길 이모가 마음씨는 따뜻하지만 눈이 높다고 했는데, 그럴 만한 여유가 되는 사람들은 그러는 게 좋죠.

폴린 이모는 어깨가 구부정하고 성격이 솔직했던 로이 이모부와 함께 인근 도시에서 가게를 했어요. 일상 용품과 함께 옷 만드는 재료, 레이스, 벨파스트에서 건너온 속옷을 팔았는데, 장사가 제법 잘 됐어요. 우리 어머니는 이모의 동생이었고, 이모보다 더 예뻤죠. 이모는 피부가 사포 같고 뼈가 울퉁불퉁하고 손가락 마디가 닭 정강이뼈만큼 큼지막했지만, 우리 어머니는 적갈색 긴 머리를 저한테 물려주었고, 눈은 인형처럼 동그랗고 파랬어요. 어머니는 결혼 전에는 이모네랑 같이 살면서 가게 일을 도왔어요.

돌아가신 우리 외할아버지는 목사였는데(감리교회 목사였어요.) 교회 돈으로 예기치 못한 짓을 저지른 다음부터 일을 할 수 없었대요. 그래서 외할아버지가 돌아가셨을 때 우리 어머니와 이모는 땡전 한 푼 없이 자립해야 할 처지가 됐죠. 하지만 둘 다 교육을 받은 데다가, 수를 놓고 피아노를 칠 줄 알았어요. 그래서 이모는 자기도 자기보다 못한 남자와 결혼했다고 생각했어요. 가게를 하는 게 귀부인한테 어울리는 일은 아니었으니까요. 하지만 로이 이모부가 세련된 맛은 없었지만 착했고 이모를 존경했으니 그걸로 된 거죠. 이모는 속옷을 넣은 서랍장을 들여다보거나 그릇 두 세트(한 세트는 매일 쓰는 거고 또 한 세트는 최고급 진짜 사기그릇이었어요.)를 셀 때마다 행운의 별에 감사하고 또 감사해했어요. 그보다 못사는 여자들도 있으니까요. 그게 바로 우리 어머니였어요.

이모가 그런 소리를 해서 우리 어머니의 마음에 상처를 낸 것 같지는 않지만, 나중에 똑같은 결과를 낳아서 어머니를 울렸어요. 어머니는 태어나면서부터 이모의 그늘 밑에서 살았고, 나중에도 아버지의 그늘이 추가됐을 뿐 마찬가지였어요. 이모는 늘 우리 아버지한테 지지 말라고 했고 우리 아버지는 이모한테 지지 말라고 했으니, 그

둘 사이에서 어머니는 짜부라졌죠. 저는 소심하고 우유부단하고 약하고 예민한 어머니를 보면 화가 났어요. 어머니가 더 강해지면 내가 강해져야 할 필요가 없으니 그렇게 됐으면 좋겠다고 생각했지요.

우리 아버지로 말할 것 같으면 심지어 아일랜드 사람도 아니었어요. 잉글랜드 북부 출신이었는데, 무슨 일로 아일랜드에 왔는지 그 이유도 분명하지 않았어요. 원래 떠돌이들은 여기저기 돌아다니기 마련이잖아요. 이모는 아버지가 잉글랜드에서 사고를 쳐서 허둥지둥 도망친 게 분명하다고 했어요. '마크스'도 본명이 아닐 거라고 했어요. 살인범 같은 얼굴을 하고 있으니 카인의 낙인을 뜻하는 '마크'가 본명일 거라고 했죠. 이모가 이런 말을 한 건 상황이 최악으로 치달은 나중 일이었지만요.

어머니가 말하길 아버지도 처음에는 괜찮은 남자였고 착실했다고 했고, 심지어 이모도 아버지가 잘생겼고 금발에 키도 컸고 빠진 이도 거의 없었다고 인정할 정도였죠. 결혼 당시 아버지는 돈이 있었고, 신문기사에 소개된 석수였으니 전망도 있었어요. 그렇지만 이모 말로는 어머니가 어쩔 수 없는 상황이 아니었으면 아버지와 결혼하지 않았을 거라고 했고, 우리 맏언니 마사가 칠삭둥이치고 큰 편이라 말이 많았지만 유야무야 넘어갔다고 해요. 일이 그렇게 된 건 우리 어머니가 너무 고분고분했기 때문이었는데, 그런 식으로 남자에게 발목이 잡힌 아가씨들이 많았대요. 이모가 이런 이야기를 한 이유는 나는 똑같은 전철을 밟지 않길 바라는 마음에서였어요. 이모가 말하길 아버지가 결혼해 주었으니 어머니가 운이 좋았다고, 그것만큼은 인정한다고 했어요. 아이가 생겼다는 말을 들으면 대부분 오도 가도 못하게 된 여자를 버리고 벨파스트에서 출발하는 다음 배를 타고 도망치는데, 만약 우리 아버지가 그랬다면 자기 얼굴도 있고 가게도 생각해야 하는 이모 입장에서 어떻게 할 수 있었겠느냐는 거죠.

그래서 우리 어머니와 아버지는 서로한테 발목이 잡혔다고 생각했어요.

우리 아버지가 처음부터 나쁜 사람은 아니었을 거예요. 하지만 쉽게 샛길로 빠지고 상황이 안 좋았죠. 영국인이다 보니 신교도들 사이에서도 전혀 환영받지 못했어요. 신교도들이 외부인을 워낙 안 좋아하잖아요. 그리고 아버지의 주장에 따르면 우리 이모부가 아버지를 가리켜 빈둥거리면서 가게에서 돈이나 슬쩍하는 식으로 편하게 살려고 우리 어머니와 사기 결혼을 한 녀석이라고 했대요. 사실 그건 어느 정도 맞는 말이었어요. 이모네는 어머니와 저희들 때문에 아버지를 내칠 수 없었으니까요.

저는 이런 것들을 어렸을 때 알아차렸어요. 우리 집 문들이 별로 두껍지 않았고, 전 귀가 밝았고, 아버지는 술을 마시면 목소리가 커졌거든요. 그리고 한번 시작했다 하면 한쪽 구석이나 창밖에 누가 조용히 서 있어도 몰랐어요.

아버지가 아이들이 너무 많다고, 부잣집이라도 이 정도면 너무 많은 거라고 말한 적이 있었어요. 서류상으로 우리 형제는 아홉이었어요. 살아 있는 형제만요. 서류에는 없었지만 이미 죽은 아이가 셋, 태어나지도 못하고 이름도 없이 죽은 아이가 하나 있었죠. 우리 어머니와 이모는 그 아이를 잃어버린 아이라고 불렀는데, 어렸을 때 저는 어디에서 잃어버렸을까 궁금해했어요. 동전을 잃어버리듯 그렇게 잃어버린 줄 알았거든요. 그런 식으로 잃어버렸으면 언젠가 찾을 수 있을 거라고 생각했고요.

죽은 나머지 셋은 교회 묘지에 묻혔어요. 어머니는 기도를 점점 더 많이 했지만 우리가 교회에 가는 횟수는 점점 줄었어요. 어머니가 불쌍하고 초라한 아이들을 신발도 안 신긴 채 허수아비처럼 사람들 앞을 줄줄이 지나가게 만들 수는 없다고 했거든요. 구역예배에 불과했지만 어머니가 마음은 여려도 자존심이 있었고, 목사의 딸이다 보니 교회에 걸맞은 단정한 차림새가 어떤 건지 알았었거든요. 어머니는 다시 단정해지려고 했고, 우리도 단정하게 보이길 바랐죠. 하지만 선생님, 제대로 된 옷도 없이 단정하게 보이기는 정말 어려운 일이에요.

그래도 저는 교회 묘지에 자주 갔어요. 교회는 크기가 외양간 정도밖에 안 됐고, 교회 묘지엔 잡초가 무성했어요. 우리 마을은 한때 규모가 컸지만, 공장이 있는 벨파스트나 대서양 너머로 다들 떠났어요. 그래서 묘지를 돌볼 가족이 없는 경우가 많았죠. 어머니가 제게 동생들을 데리고 나가라고 하면 종종 찾던 곳이 교회 묘지였어요. 가서 죽은 세 동생 무덤도 보고, 다른 사람들 무덤도 보고 그랬죠. 아주 오래된 어떤 무덤에는 천사의 얼굴을 새긴 비석도 있었는데, 천사라기보다 납작한 케이크에 두 눈이 달린 것 같았고 귀가 있어야 할 곳에 날개가 달려 있었어요. 저는 몸도 없이 머리만 어떻게 날아다닐 수 있을까 이해가 안 되더라고요. 어떻게 천국에 있는 사람이 교회 묘지에도 있을까, 그것도 이해가 되지 않았고요. 그런데 다들 그런 거라고 하더군요.

죽은 우리 동생들 무덤에는 비석 없이 나무로 만든 십자가만 있었어요. 지금쯤 잡초로 다 덮여 버렸겠네요.

제가 아홉 살이 되었을 때 마사 언니가 하녀로 취직하면서 언니가 하던 집안일이 모두 제 차지가 되었죠. 그리고 2년 뒤에 로버트 오빠가 상선을 타고 바다로 나갔는데, 그 뒤로 다시는 소식을 듣지 못했어요. 우리가 그로부터 얼마 안 있어 이사를 했으니 오빠가 소식을 보냈더라도 전달이 안 됐을 거예요.

이렇게 해서 동생 다섯과 제가 집에 남았고 또 한 명이 태어날 예정이었죠. 엄마가 소위 말하는 민감한 상태가 아니었던 때가 있었는지 생각이 나지 않네요. 그런데 그게 뭐가 민감한 상태라는 건지 모르겠어요. 아이를 가진 걸 다른 말로는 안 좋은 상황이라고도 하던데, 이게 훨씬 진실에 가까운 것 같아요. 안 좋은 상황이었다가 아이를 낳으면서 경사를 맞이하는 거죠. 물론 늘 경사라고 할 수는 없지만.

그때쯤 우리 아버지는 지긋지긋해했어요. 뭐하러 자식새끼를 또 낳아 놓느냐, 이 정도면 충분하지 않느냐, 그런데 멈출 줄 모르고 먹여 살려야 할 입을 또 하나 더하느냐, 이렇게 말했어요. 자기하고는 전혀 상관없는 일인 것처럼 말이에요. 제가 어렸을 때, 여섯 살인가 일곱 살이었을 때, 동그랗고 단단한 어머니의 배 위에 손을 얹고 이렇게 물은 적이 있어요. 여기 뭐가 있어요? 먹여 살려야 할 입이 들어 있어요? 어머니가 서글픈 미소를 지으며 말했죠. 아무래도 그런 것 같구나. 저는 비석에서 보았던 날아다니는 천사 같은 머리에 어마어마하게 커다란 입과 이가 달려서 안에서부터 어머니를 갉아 먹는 광경이 떠올랐고, 그 때문에 어머니가 돌아가실까 봐 울음을 터뜨렸어요.

우리 아버지는 써 주는 건축업자가 있으면 멀리 벨파스트까지 가서 일을 했어요. 그리고 일이 끝나면 며칠 집에 있다 일거리를 찾으러 다시 나갔어요. 아버지는 집에 와 있을 때마다 북새통을 피하려고 술집에 갔어요. 이런 아수라장에서는 사람이 생각을 할 수 없다, 대가족을 거느리려면 주변을 좀 돌아보아야 하지 않겠느냐, 무슨 수로 이 많은 가족을 먹여 살려야 할지 방법을 모르겠다, 하면서요. 하지만 아버지가 돌아본 건 주로 술잔 바닥이었고, 옆에서 거들어 주는 사람들이 항상 있었죠. 그런데 술에 취하면 화가 나서 아일랜드 사람들을 남의 물건이나 훔치는 저질 쓰레기 깡패들이라고 욕하는 바람에 항상 싸움이 벌어졌어요. 하지만 아버지가 워낙 힘이 세서 이내 친구들이 몇 명 남지 않게 되었어요. 아버지와 함께 술을 마실 때는 좋았지만, 주먹질에 당하고 싶지는 않았을 테니까요. 그래서 아버지는 혼자서 점점 더 많이 마시게 됐고, 술이 점점 더 독해지면서 밤이 점점 더 길어졌고, 낮에 하던 일들을 빼먹기 시작했죠.

이렇게 해서 못 믿을 사람이라는 소문이 나니까 날이 갈수록 일감이 줄었어요. 그때쯤에는 아버지가 술집에서만 노발대발하는 게 아니었기 때문에 집이 있는 게 더 안 좋았어요. 아버지가 하느님이 왜 이런 자식새끼들을 맡기셨는지 모르겠다는 둥, 우리는 이 세상에 살 필요가 없다는 둥, 자루에 넣은 새끼 고양이처럼 다 같이 물에 빠져 죽어야 한다는 둥 하면 어린 동생들은 겁에 질리곤 했어요. 그래서 제가 걸을 만한 나이가 된 동생 넷을 데리고 나가서 나란히 손을 잡고 교회 묘지를 찾아가 잡초를 뽑든지, 항구로 가서 바닷가 돌 틈을 휘저으며 오도 가도 못하게 된 해파리를 막대기로 쑤시든지, 바위 사이 작은 웅덩이를 들여다보면서 뭐가 있는지 찾아보곤 했죠.

아니면 고깃배들이 묶여 있는 부두로 나가기도 했어요. 혹시라도 미끄러지면 물에 빠져 죽는다고 어머니가 못 가게 했지만, 그래도 저는 동생들을 데리고 그곳에 갔어요. 어부 아저씨들이 싱싱한 청어나 고등어를 줄 때가 있었는데, 우리 집에서는 어떤 음식이건 간에 간절히 필요한 상황이었거든요. 가끔은 내일 뭘 먹을지 알 수 없는 날도 있을 정도였죠. 어머니가 구걸은 절대 안 된다고 했고, 우리도 구걸은 하지 않았어요. 적어도 말로는요. 하지만 누더기를 걸친 다섯 명의 꼬맹이들이 배고픈 눈으로 쳐다보면 어느 누가 가만히 있을 수 있겠어요. 적어도 그 당시 우리 마을에서는 그랬어요. 그래서 생선을 얻을 때가 많았고, 그러면 우리가 직접 잡은 양 의기양양하게 집으로 돌아갔죠.

솔직히 고백하지만, 조그만 맨발을 대롱거리며 일렬로 부두에 앉아 있는 동생들을 보면서 나쁜 생각을 한 적도 있었어요. 한두 명 밀어서 빠뜨리면 입도 줄어들고, 빨래도 줄어들 거라는 생각요. 하지만 그건 악마가 불어넣은 생각이었죠. 아니면 아버지가 불어넣었든지요. 그 나이에도 저는 아버지의 마음에 들려고 노력하고 있었답니다.

얼마 뒤에 아버지는 수상한 회사에 취직해 평판이 안 좋은 오렌지회* 회원들과 어울렸는데, 약 32킬로미터 떨어진 곳에서 가톨릭 편을 든 어느 신교도 부잣집 나리가 불에 타고, 또 한 사람은 머리를 강타당하는 사건이 벌어졌어요. 그 때문에 우리 부모님이 말다툼을 벌였는데, 아버지가 어머니에게 말하길 그럼 무슨 수로 돈을 벌어 오길 바라느냐고, 여자들은 남자를 만나는 그 순간부터 배신하니

---

* 1795년에 결성된 아일랜드의 개신교 정치 단체.

믿을 만한 종족이 못 되고 그런 종족들한테는 지옥도 과분하지만 당신은 그저 비밀이나 지키라고 했어요. 제가 무슨 비밀이냐고 물었을 때 어머니는 성서를 꺼내더니, 너도 비밀을 지키겠다고 성서에 대고 맹세하라고, 신성한 약속을 깨뜨리면 하느님한테 벌을 받을 거라고 했어요. 저는 그 소리를 듣고 겁에 질렸죠. 어떤 비밀인지 모르고 불쑥 내뱉을 뻔했으니까요. 그리고 우리 아버지보다 훨씬 큰 하느님한테 벌을 받으면 얼마나 끔찍할까 싶었어요. 그다음부터 저는 뭐가 됐건 다른 사람들의 비밀을 아주 철저하게 지키게 됐답니다.

한동안 형편이 넉넉했지만 상황은 좋아지지 않았고, 불쌍한 우리 어머니는 아무 잘못도 없는데, 말이 결국에는 손찌검으로 변하곤 했어요. 폴린 이모가 놀러 오면 어머니는 귓속말을 하고, 팔에 난 멍 자국을 보여 주며 울고, 아버지가 늘 이러는 건 아니라고 했어요. 그러면 이모는 하지만 지금 그 사람을 보라고, 구멍 난 부츠밖에 더 되느냐고, 위로 뭘 넣으면 넣을수록 밑으로 줄줄 흘러나오니 부끄럽고 망신스러운 일이라고 했고요.

이모부가 집에서 기르는 닭이 낳은 달걀 몇 개와 베이컨 한 덩이를 말 한 마리가 끄는 마차에 싣고 이모와 함께 왔어요. 우리 집에서 기르던 닭과 돼지는 없어진 지 오래되었거든요. 두 분은 거실에 앉았어요. 그 지방에서는 화창한 날 빨래를 해서 널면 당장 먹구름이 몰려오고 빗방울이 떨어지기 시작해서 거실이 널어놓은 빨래 천지였죠. 직설적인 이모부는 그런 식으로 돈을 삽시간에 말 오줌으로 만드는 남자는 본 적이 없다고 했어요. 그 말을 듣고 이모가 그런 욕을 하면 어떡하냐며 이모부에게 사과하라고 했고요. 물론 우리 어머니는 그보다 훨씬 더 심한 말도 듣고 살았죠. 아버지가 술만 마시면 입에 걸레를 물었거든요.

그 무렵에는 아버지가 집으로 가지고 오는 푼돈으로는 생활이 되지 않았어요. 어머니가 셔츠를 수선하는 일을 했고, 저하고 여동생 케이티가 도왔죠. 일감 따내는 것과 배달을 맡은 이모가 마차에 그 시간과 수고를 들인 것을 생각하면 상당한 희생이었어요. 거기다 이모는 올 때마다 먹을 것을 가지고 왔어요. 우리 집에 손바닥만 한 감자밭도 있고 양배추밭도 있었지만, 그걸로는 턱도 없었으니까요. 그리고 이모가 가게에서 팔다 남은 옷을 가져다주면 그걸로 우리 옷을 만들었어요.

아버지는 이미 오래전부터 그게 어디서 난 물건이냐고 묻지 않았죠. 그 당시에는요, 선생님, 자기 가족을 어떻게 생각하건 간에 가족을 먹여 살리는 건 남자의 자존심이 달린 문제였어요. 그리고 우리 어머니가 마음이 여리기는 했지만, 그걸 가지고 이러쿵저러쿵할 만큼 어리석지는 않았답니다. 그리고 그 물건의 출처에 대해서 잘 몰랐던 또 한 사람이 이모부였어요. 이모부네 집에서 없어진 물건이 우리 집에 와 있으니 눈치는 채셨겠지만, 우리 이모가 워낙 기가 센 분이었어요.

아기가 태어났고, 아기가 태어나면 늘 그렇듯 제가 맡아야 할 빨래가 더 늘었죠. 그리고 어머니가 평소보다 더 오랫동안 몸이 안 좋아서 이제는 아침뿐 아니라 저녁 준비까지 제 몫이 됐어요. 아버지는 새로 태어난 아기의 머리를 때린 다음 양배추밭에 구멍을 파서 던져 버리라고 했어요. 땅 위보다 땅 밑에서 사는 게 더 행복할 거라면서요. 그러더니 보고만 있어도 배가 고파진다고, 구운 감자로 가장자리를 두르고 입에 사과를 물린 다음 접시에 올리면 아주 근사하겠다고 했어요. 그러더니 우리더러 왜 자기를 그렇게 뚫어 져라 쳐다보느냐고 했지요.

이때 놀라운 일이 벌어졌어요. 이모는 아이 낳는 것을 포기하고 우리를 친자식처럼 생각했는데, 임신한 조짐이 보인 거예요. 이모 는 뛸 듯이 기뻐했고, 우리 어머니도 기뻐했죠. 그런데 이모부가 이 모한테 말하길 이제 달라져야 한다고, 이모부 자식도 생겼는데 우리 식구들까지 계속 먹여 살릴 수는 없다고, 다른 계획을 세워야 한다 고 했어요. 이모는 우리를 굶어 죽게 내버려 둘 수는 없다고, 우리 아 버지가 아무리 못된 사람이라도 여동생은 자기 혈육이고 아이들은 아무 죄가 없지 않느냐고 했죠. 그러자 이모부는 누가 굶어 죽이자 고 했느냐고, 이모부가 생각한 건 이민이라고 했어요. 당시에는 이민 을 가는 사람들이 많았고, 캐나다에는 주인 없는 땅들이 있었고, 우 리 아버지에게 필요한 건 새 출발이었죠. 온갖 건물과 작업 들이 진 행 중이라 석수가 많이 필요한 상황이었는데, 이모부가 확실한 소식 통에게 들은 바에 따르면 기차역도 대거 건설될 예정이라고 했어요. 그러니 부지런하기만 하면 성공할 수 있었죠.

이모는 두루두루 좋은 이야기지만, 뱃삯은 누가 내느냐고 물었어 요. 그러자 이모부는 주머니 깊숙이 모아 놓은 돈이 있다고, 그 돈이 면 뱃삯뿐 아니라 가는 동안 필요한 식비까지 충당할 수 있다고 대 답했어요. 그리고 돈을 주면 모든 걸 알아서 준비해 줄 남자도 점찍 어 놓았다고 했고요. 오리들을 쏠 때에도 먼저 일렬로 세워 놓아야 직성이 풀리는 이모부답게 이야기를 꺼내기 전에 모든 계획을 세워 놨던 거죠.

그렇게 결정이 나자 이모는 그런 몸 상태임에도 마차를 타고 와서 이모부한테 자신이 들은 이야기를 우리 어머니에게 그대로 전했고, 우리 어머니는 아버지한테 이야기해서 허락을 받겠다고 했지만 사실 그건 쇼였어요. 거지들은 원래 찬밥 더운밥 가릴 수도 없고 달리 선택의 여지가 없으니까요. 게다가 수상한 남자들이 마을에 나타나서 불에 탄 집과 살해당한 남자에 대해 묻고 다닌 뒤로 우리 아버지는 빠져나가지 못해 안달이 났거든요.

아버지는 짐짓 태연한 얼굴로 새로운 출발이 될 거라고, 이모부가 고맙다고, 뱃삯은 빌리는 걸로 알겠다고 했어요. 이모부는 그 말을 믿는 척했고요. 이모부는 더 이상 아버지 얼굴을 보고 싶지 않았을 뿐이지, 아버지의 자존심을 건드릴 마음은 없었거든요. 그리고 그렇게 선심을 쓴 이유는 평생 찔끔찔끔 도와주면서 출혈을 감당하느니 눈 질끈 감고 목돈을 내주는 게 낫다고 생각했기 때문이었던 것 같아요. 이모부 입장이라면 저도 그렇게 했을 거예요.

그리하여 모든 준비가 시작됐어요. 초여름에 캐나다에 도착해서 따뜻한 날씨 속에 정착할 수 있도록 4월 말에 출발하는 걸로 결정이 났고요. 대부분의 계획들이 이모와 우리 어머니 사이에서 결정 났고, 수많은 짐을 정리하고 싸는 것도 마찬가지였어요. 두 분 다 씩씩해지려고 했지만 기운이 없었죠. 어쨌든 두 사람은 자매였고, 좋을 때나 안 좋을 때나 함께해 왔는데, 일단 배가 돛을 올리면 이승에서는 두 번 다시 만나지 못할 가능성이 높았으니까요.

이모는 흠이 아주 조금밖에 안 난 비싼 리넨 시트를 가게에서 들고 왔어요. 대서양 저쪽은 춥다는 말을 듣고 두툼하고 따뜻한 숄도 한 장 주었고요. 조그만 버드나무 바구니 안에는 지푸라기로 싼 사기 찻주전자 한 개와 장미 무늬 찻잔과 받침 접시가 두 개씩 들어 있었죠. 어머니는 진심으로 고마워하면서 그동안 이모가 정말 잘해 주었다고, 이모를 기억하며 찻주전자를 영원히 간직하겠다고 했어요.

그리고 한참 동안 아무 말 없이 눈물만 흘렸죠.

14

우리는 이모부가 빌린 짐차를 타고 벨파스트로 갔어요. 멀고 험한 길이었지만, 비는 많이 오지 않았어요. 벨파스트는 제가 본 중에서 가장 크고 딱딱한 도시였고, 마차와 짐마차 들로 덜커덕덜커덕거렸어요. 으리으리한 건물도 몇 개 보였지만, 섬유 공장에서 밤낮으로 일하는 가난한 사람들도 많더군요. 저녁에 도착했기 때문에 가스등이 켜 있었는데, 저는 처음 보는 물건이었어요. 색이 좀 더 푸르스름하다 뿐이지 달빛하고 비슷하더라고요.

우리는 벼룩이 하도 우글거려서 개집이 아닌가 싶은 여관에서 잤어요. 우리 가재도구를 아무도 훔쳐가지 못하게 상자들까지 전부 방으로 들고 들어갔죠. 날이 밝자마자 당장 배를 타야 했기 때문에 동생들을 몰고 가느라 구경은 더 이상 못했어요. 사람들은 우리가 어디로 간다는 건지 알아듣지 못했는데 선생님, 솔직히 말하면 우리 식구 중에서도 아는 사람이 아무도 없었을 거예요.

배는 부두에 뱃전을 대고 떠 있었어요. 리버풀에서 건너온 묵직하고 보기 흉한 녀석이었는데, 나중에 알고 보니 캐나다에서 동쪽으로 통나무를 싣고 와 반대 방향인 서쪽으로 이민자들을 싣고 가면서 통나무이건 이민자이건 똑같이 수화물로 간주하지 뭐예요. 이미 짐 꾸러미와 상자를 들고 승선해 있는 사람들이 보였고, 어떤 여자들은 목 놓아 울고 있었어요. 하지만 저는 울지 않았어요. 그럴 필요도 못 느꼈고, 우리 아버지가 험상궂은 표정을 짓고 있어서 시끄럽게 굴었다가는 손등으로 얻어맞겠더라고요.

배는 파도가 칠 때마다 앞뒤로 흔들렸고, 전혀 믿음직스럽지 않았어요. 어린 동생들, 특히 남동생들은 신 나했지만, 저는 우리 동네 항구에 있던 조그만 고기잡이배도 타 본 적이 없었고, 땅이 보이지 않는 바다로 나가는데 난파당하거나 배 밖으로 떨어지기라도 하면 우리 식구 중 아무도 수영을 못한다는 생각 때문에 가슴이 무거웠죠.

까마귀 세 마리가 돛대 가로대에 일렬로 앉아 있는 게 보였는데, 어머니가 그걸 보더니 일렬로 있는 까마귀 세 마리는 죽음을 의미한다며 불길하다고 했어요. 어머니가 미신을 믿는 사람이 아니었기 때문에 저는 이 말을 듣고 깜짝 놀랐어요. 아마 우울해서 그랬을 거예요. 마음이 울적한 사람들이 불길한 쪽으로 많이 생각하니까요. 저는 그 소리를 듣고 덜컥 겁이 났지만, 동생들을 생각해서 티는 내지 않았어요. 제가 흥분하면 다들 따라할 텐데, 그렇지 않아도 이미 시끄럽고 요란했으니까요.

아버지는 용감한 척 옷과 침구가 든 가장 큰 꾸러미를 들고, 이미 다 겪어 본 일이라 아무 걱정 없는 사람처럼 주위를 둘러보며 앞장서서 성큼성큼 사다리를 건너갔어요. 하지만 어머니는 숄로 몸을 감싼 채 남몰래 눈물을 흘리며 서글프게 걸어갔고, 두 손을 꼭 맞잡으며 저에게 우리가 어쩌다 이렇게 되었느냐고 했고, 배에 오르면서는 두 번 다시 이 땅을 밟지 못할 거라고 했어요. 그 말을 듣고 제가 어머니, 왜 그런 소리를 하느냐고 했더니 그런 예감이 든다고 했어요.

그리고 어머니의 예감은 맞아떨어졌죠.

아버지는 돈을 주고 큰 상자들을 배로 옮겼어요. 그런 데 돈을 쓰다니 부끄러운 일이었지만, 짐꾼들이 워낙 거칠고 끈질긴 사람들이라 계속 훼방을 놓았을 테니 아버지 혼자 짐들을 모조리 옮길 수가 없었거든요. 왔다 갔다 하는 사람들로 갑판은 아주 복잡했고, 남자들은 우리한테 비키라고 소리를 질렀어요. 배에서 쓸 일이 없는 상자들은 특별히 마련된 방에 넣어서 아무도 훔쳐가지 못하게 자물쇠로 채웠고, 여행하는 동안 먹으려고 준비한 양식도 따로 보관했죠. 하지만 이불과 시트는 침대 밑에 넣었어요. 어머니는 이모한테 받은 찻주전자를 보이는 데 두어야 한다며 버드나무 바구니를 침대 기둥에 끈으로 묶어 두었죠.

우리가 잠을 잘 곳은 갑판 아래쪽이었어요. 기름투성이 사다리를 내려가면 선창이라는 곳이 나왔는데, 사방이 온통 침대였죠. 가로 180센티미터, 세로 180센티미터짜리의 딱딱하고 거친 널빤지를 못으로 대충 박아 어른은 두 명씩, 어린아이들은 서너 명씩 같이 쓰게 한 침대였어요. 그런 침대들이 위아래로 두 개씩 놓여 있었고, 그 사이로 간신히 드나들 만한 공간이 있는 정도였죠. 1층 침대를 쓰면 제대로 일어나 앉을 수도 없었어요. 일어나 앉으려고 했다가는 2층 침대에 머리를 부딪혔거든요. 그리고 2층 침대를 쓰면 굴러 떨어질 가능성이 컸고요. 콩나물시루처럼 사람들로 빽빽하게 찼고, 창문도 없어서 환기가 되는 곳이라고는 출입구뿐이었어요. 이미 공기가 답답했지만, 나중에 비하면 아무것도 아니었어요. 침대를 얼른 낚아채서 그 위에 소지품을 당장 올려놓아야 했기 때문에 서로 밀고 밀치느라 아수라장이었는데, 저는 아이들끼리 낯선 곳에서 밤을 지내느라 무섭지 않게 우리 가족끼리 한데 뭉쳐 있으면 좋겠다고 생각했어요.

짐들이 모두 실리고 정오 무렵에 우리는 바다로 출발했죠. 사다리가 치워지고 이제 뭍으로 돌아갈 수 없게 되었을 때 선장의 연설이 있으니 모이라는 뜻의 종소리가 들리더군요. 선장은 피부가 가죽 같았고, 남쪽 스코틀랜드 출신이었어요. 선장은 모두들 배의 규칙에 따라야 한다고, 불을 피우는 것은 엄격하게 금지되어 있으며 종이 울렸을 때 신속하게 재료를 가지고 오면 요리사가 음식을 만들어 준다고, 불이 날 수 있으니 특히 갑판 밑에서는 파이프 담배를 피우면 안 된다고, 담배 없이 못 사는 사람은 씹어서 뱉으면 된다고 했어요. 그리고 날씨가 적당한 날에만 빨래를 할 수 있는데, 적당한 날씨인지 아닌지는 자신이 판단한다고도 했어요. 파도가 너무 거칠면 배 밖으로 소지품이 날아갈 수 있고, 비가 오면 밤에 김이 모락모락 나는 축축한 빨래들로 선창이 가득하게 될 텐데, 장담하건대 과히 유쾌한 상황은 아니라면서요.

또한 허락 없이 침구를 갑판으로 들고 올라와서 바람을 쐬는 것도 안 되고, 모두들 자기와 1등 항해사와 다른 선원들의 명령에 따라야 안전하게 항해할 수 있다고 했어요. 만약 규율을 어길 경우 작은 방에 가둘 수밖에 없으니 자기 인내심을 시험하는 사람이 없길 바란다고요. 그리고 술에 취하면 굴러 떨어지게 되니 술은 절대 용납할 수 없다고, 육지에 닿으면 코가 비뚤어지도록 마셔도 좋지만 자기 배에서는 절대 안 된다고, 또 배 밖으로 떨어질 수 있으니 안전상 밤에는 갑판으로 올라오면 안 된다고 했어요. 자기 일을 하는 선원들을 방해하거나 뇌물로 매수하지 말 것이며, 자기는 뒤에도 눈이 달려 있어서 그런 경우 당장 알아차린다고도 했어요. 선원들한테 물어보면 알겠지만 자기는 엄격하게 배를 관리하고, 망망대해에서는 선장의 말이 곧 법이라고 하더군요.

병이 났을 경우에 대비해서 의사가 상주하고 있지만 대부분 배에 익숙해질 때까지 속이 불편할 테니 가벼운 멀미와 같은 사소한 문제로 의사를 귀찮게 하지 말 것이며, 아무 문제없을 경우 6주에서 8주 뒤면 다시 육지를 밟을 수 있을 거라고 했어요. 마지막으로 어느 배나 쥐가 한두 마리 있기 마련인데, 배가 가라앉을 운명이면 가장 먼저 알아차리는 게 쥐들이라 행운의 상징이니 귀하게 자란 숙녀들은 어쩌다 쥐를 보더라도 개의치 말아 달라는 말도 했고요. 선장은 우리들 중에서 쥐를 본 사람이 아무도 없을 거라고 했어요. 이 말에 여기저기서 웃음을 터뜨렸죠. 선장은 덧붙이기를, 궁금해하는 사람을 위해 일러두자면 얼마 전에 잡은 녀석이 한 마리 있는데 배가 고플 때 보면 군침이 돈다고 하더군요. 분위기를 풀려고 한 농담이라 더 큰 웃음이 터졌죠.

웃음소리가 멈추자 그는 요컨대 이 배는 버킹엄궁전이 아니고 우리는 프랑스 왕비가 아니며, 인생이 그렇듯 돈을 낸 만큼 대접을 받는 거라고 했어요. 그리고 즐거운 여행이 되길 바란다고 했고요. 그 말을 마지막으로 선장은 선실로 퇴장했고, 뒷수습은 우리가 알아서 해야 했죠. 선장은 뱃삯만 챙길 수 있다면 우리가 전부 물속으로 가라앉길 바랐을 거예요. 그래도 최소한 자기 일에 대해서는 잘 아는 것 같았고, 그래서 저는 마음이 조금 놓였어요. 그의 수많은 지시 사항들이 잘 지켜지지 않았다는 건 굳이 말씀드릴 필요도 없을 거예요. 특히 담배와 술에 관해선 말이지요. 하지만 적어도 대놓고 담배를 피우거나 술을 마실 수는 없었죠.

처음에는 괜찮았어요. 구름은 얇았고, 햇빛도 한 움큼 비쳤죠. 저는 갑판에서 사람들이 배를 항구 밖으로 끌어내느라 진땀 흘리는 걸 구경했고, 육지라는 피난처에 있는 한 배가 움직여도 상관없었어요. 그런데 아일랜드 해로 들어서고 돛이 몇 개 더 올라갔을 때부터 기분이 이상해지면서 속이 메슥거리기 시작했고, 갑판 배수구에 아침을 게워 내는 동생들을 양손으로 한 명씩 붙잡은 채 저도 똑같이 아침을 게워 냈죠. 저 혼자만 그런 게 아니라 여러 사람들이 구유에 매달린 돼지들처럼 일렬로 서서 토했어요. 우리 어머니는 누워서 일어나지도 못했고 아버지는 저보다 더 심했기 때문에 동생들을 돌보는 데 아무 도움이 못 됐죠. 저녁을 안 먹었기에 망정이지 먹었더라면 더 끔찍했을 거예요. 선원들은 이미 봐 왔던 일이라 기다렸다는 듯이 바닷물을 양동이로 떠서 씻어 내더군요.

조금 있으니까 괜찮아졌어요. 상쾌한 바닷바람 덕분이거나 굽이치고 일렁이는 배에 익숙해졌기 때문이었겠죠. 그런데 이런 식으로 표현해서 무엇하지만 더 이상 게워 낼 것도 없었답니다. 그리고 갑판에 있는 한 속이 그다지 메슥거리지 않았어요. 우리 가족 모두 속이 불편해서 저녁은 생각하지도 않았는데, 한 선원이 말하길 물을 마시면서 건빵을 조금씩 뜯어 먹으면 괜찮아질 거라고 하더라고요. 그래서 이모부가 일러 준 대로 사 놓은 건빵을 어떻게든 먹어 보았어요.

이렇게 해서 좀 괜찮아졌지만, 밤이 되어 갑판 밑으로 내려갈 수밖에 없게 되니까 훨씬 심해졌어요. 아까 말씀드렸던 것처럼 모든 승객들이 한 공간에 빽빽하게 들어차 있었는데, 사이에 벽도 없고 대부분 뱃멀미가 심했죠. 여기저기서 구역질하고 끙끙대는 소리만 들어도 메슥거리는데 공기도 거의 통하지 않으니, 선창 안의 악취가 점점 더 코를 찔러서 속이 뒤집힐 정도였어요.

그리고 이런 말씀까지 드려서 죄송하지만, 제대로 볼일을 볼 만한 곳이 없었어요. 곳곳에 놓아둔 양동이뿐이라 불빛이 있었다면 사방에서 훤히 다 보였을 거예요. 어두운 데서 사람들이 양동이를 찾느라 더듬고, 욕하고, 양동이가 실수로 뒤집어지고. 양동이가 멀쩡히 서 있더라도 안으로 들어가지 않은 것들은 바닥으로 튀지 않았겠어요? 다행스럽게도 바닥이 단단하지는 않아서 적어도 조금은 배 밑바닥으로 스며들어 갔겠지만요. 선생님, 저는 그때 치마를 입는 여자들이 바지를 입는 남자들보다 나을 때도 있구나 하는 생각을 했답니다. 우리는 자연 천막을 들고 다닌 셈인데, 가엾은 남자들은 비틀거리며 바지를 발목까지 내려야 했으니까요. 그래도 아까 말씀드렸던 것처럼 햇빛이 거의 들지 않았으니 다행이었죠.

배는 계속 출렁이고 흔들리면서 끼익끼익 소리를 내고, 파도는 철썩거리고, 그 소리와 냄새에 쥐들은 왕자님이나 공주님이라도 되는 것처럼 대놓고 이리저리 뛰어다니니 지옥이 따로 없었죠. 고래 배 속에 들어간 요나*도 생각났는데, 요나는 거기서 사흘만 버티면 됐지

* 구약성경 요나서에 전하는 이스라엘의 예언자로 하느님의 명령을 어기고 달아나는 중에 바다에서 폭풍을 만나 큰 물고기의 배 속에서 사흘 동안 지내다가 기도에 의해 구원받았다고 한다.

만 우리는 8주나 남았잖아요. 그리고 요나는 혼자라 다른 사람들이 끙끙대고 토하는 소리도 들을 필요가 없었고요.

며칠이 지나니까 대부분 뱃멀미가 가라앉으면서 사정이 확실히 좋아졌어요. 하지만 밤이 되면 늘 공기가 퀴퀴했고 항상 시끄러웠어요. 구역질하는 소리는 줄었지만, 기침 소리와 코 고는 소리는 늘었거든요. 울고 기도하는 소리도 많이 들렸는데, 그런 상황에서는 이해할 만한 일이었어요.

그런데 선생님, 선생님의 비위를 거스르려고 드리는 말씀이 아니라 그 배는 술집만 없었을 뿐, 일종의 움직이는 빈민가였어요. 요즘은 더 좋은 배도 생겼대요.

창문 열고 싶으시죠?

이렇게 고생을 해서 좋은 점도 한 가지 있었어요. 승객들은 신교도와 가톨릭교도가 섞여 있었고, 여기에 리버풀에서 건너온 잉글랜드와 스코틀랜드 출신들까지 추가됐거든요. 만약 건강했다면 이 사람들은 서로 원수지간이니 쓸데없는 말다툼과 싸움을 벌였을 거예요. 그런데 싸우고 싶은 욕망을 없애는 데 뱃멀미만큼 강력한 특효약이 없었죠. 육지에서라면 기꺼이 너 죽고 나 죽자고 했을 사람들이 세상에서 가장 인자한 어머니처럼 갑판 배수구 위에서 서로 머리채를 잡아 주고 그랬어요. 그리고 필요하면 적과도 동침을 하게 된다고, 감옥에서도 가끔 똑같은 현상을 목격하곤 해요. 뱃길과 감옥은 어쩌면 우리가 모두 육체이고, 모든 육체는 풀*이며, 그래서 약하다

---

* "모든 육체는 풀과 같고 그 모든 영광이 풀의 꽃과 같으니 풀은 마르고 꽃은 떨

는 걸 일깨워 주는 하느님의 도구일지 몰라요. 아무튼 저는 그렇게 믿기로 했어요.

며칠이 지나서 배에 익숙해지니까 갑판까지 계단을 오르내리며 끼니를 나르고 챙길 수 있게 됐어요. 어느 가족이건 재료를 요리사에게 가져가면, 요리사가 재료들을 그물주머니에 넣어서 물이 끓는 가마솥에 풍덩 넣고 다른 집 것과 같이 끓였어요. 그래서 우리 집뿐 아니라 다른 집 음식까지 맛을 볼 수밖에 없었죠. 우리에겐 소금에 절인 돼지고기와 쇠고기가 있었어요. 무게 때문에 조금밖에 못 챙기기는 했지만 양파와 감자도 있었고, 말린 완두콩도 있었고요. 양배추는 시들기 전에 해치워야 할 것 같아서 금세 다 먹었죠. 오트밀은 가마솥에 넣고 끓일 수 없어서 뜨거운 물을 부어 불렸고, 차도 마찬가지였어요. 그리고 아까 말씀드렸던 것처럼 건빵도 있었어요.

이모는 괴혈병을 예방하는 데 좋다면서 금값인 레몬을 어머니한테 세 개나 주셨어요. 이 레몬은 필요한 경우에 대비해 조심스럽게 보관했죠. 뱃삯으로 거의 전 재산을 써 버린 대부분의 사람들에 비하면 우리는 전반적으로 든든히 챙겨 먹을 수 있었어요. 그리고 어머니, 아버지가 제 몫을 드실 수 있는 상태가 아니었기 때문에 제가 생각하기에는 조금 여유가 있었어요. 그래서 옆 침대를 쓰던 펠런 할머니에게 건빵을 몇 개 드렸더니 너무 고마워하면서 신의 축복이 함께하길 바란다고 했어요. 할머니는 가톨릭교도였고, 딸네 가족이 이민을 떠나면서 두고 간 두 외손자와 함께 여행을 하고 있었어요. 사위가 내준 뱃삯으로 몬트리올까지 아이들을 데려다 주

어지되."(신약성경 베드로전서 1장 24절.)

는 길이었죠. 제가 아이들 돌보는 걸 도와 드렸는데, 나중이 되니까 그러길 잘했다 싶었어요. 은혜를 베풀면 열 배로 돌아온다는 말, 선생님도 자주 들어 보셨을 거예요.

그뿐 아니라 날씨가 화창하고 바람이 많이 불어서 빨래를 해도 된다는 말을 들었을 때 우리 것뿐 아니라 할머니네 침대보까지 빨아 드렸어요. 뱃멀미 때문에 빨래는 한시가 급한 일이었죠. 양동이에 든 바닷물이 고작이었으니 빨래라고 할 것도 없었지만, 그래도 아주 지저분했던 것들이 지워졌어요. 나중에 소금 냄새가 나긴 했지만요.

여행을 시작한 지 일주일하고 절반이 지났을 때 사나운 폭풍이 덮쳐서 배가 목욕통 안에 든 코르크 마개처럼 이리저리 흔들렸고, 기도하는 소리와 비명 소리가 하늘을 찔렀죠. 요리는 생각할 수도 없었고, 난간을 붙잡고 있지 않으면 침대 밖으로 굴러 떨어지기 때문에 밤에 잠을 잘 수도 없었는데, 선장이 1등 항해사를 보내서 말하길 일상적인 폭풍이니 흥분할 것 없다고, 바람도 마침 뒤에서 불고 있으니 진정하라고 했어요. 하지만 갑판 출입구 쪽으로 물이 흘러들어 문을 잠그는 바람에 칠흑처럼 어두운 곳에 갇히게 되었고, 전보다 환기가 더 안 돼서 이러다 숨 막혀 죽겠구나 싶더라고요. 가끔 출입문이 열렸던 걸 보면 선장도 그걸 알았던 게 분명해요. 그런데 출입문 가까이에 있었던 사람들은 홀딱 젖었어요. 그때까지 상쾌한 공기를 남들보다 더 많이 누린 대가였죠.

이틀 뒤 폭풍이 지나가자 신교도들을 위해 감사 예배가 열렸고 함께 여행 중인 신부님이 가톨릭교도들을 위해 미사를 주관했는데, 워낙 객실 안이 비좁다 보니 한쪽만 참석할 수가 없었어요. 그래도 좀 전에 말씀 드렸던 것처럼 양쪽이 육지에 있을 때보다 서로를 훨씬 너그럽게 받아들였기 때문에 누구 하나 뭐라 하지 않았어요. 저는 펠런 할머니와 아주 친해졌어요. 이때쯤 할머니는 점점 쇠약해져 가는 우리 어머니보다 더 팔팔하게 걸어다녔죠.

폭풍이 지나간 뒤부터 날이 추워졌어요. 안개가 보이기 시작했고 그다음에는 빙산도 보이기 시작했는데, 평소 그 시기보다 많이 보이는 거라고 했어요. 우리 배는 빙산에 부딪힐까 봐 좀 더 천천히 움직였어요. 선원들이 말하길 제일 큰 덩어리는 물속에 숨어 있다면서 바람이 세게 불지 않아 다행이지 안 그러면 부딪혀서 배가 박살 날수도 있다고 하더군요. 하지만 빙산은 아무리 구경해도 싫증이 나지 않았어요. 봉우리도 있고 작은 탑도 있는 커다란 얼음산인데, 햇빛이 비치면 하얗게 반짝였고 한가운데는 파란색으로 빛났죠. 저는 그걸 보면서 빙산처럼 차갑지만 않을 뿐, 천국은 벽이 저렇게 생기지 않았을까 생각했어요.

그런데 빙산 사이를 지나고 있을 때 우리 어머니의 상태가 심각해졌어요. 어머니는 뱃멀미 때문에 거의 하루 종일 침대에 누워 있었고, 건빵과 물, 오트밀로 만든 죽 말고는 아무것도 못 먹었어요. 우리 아버지도 비슷했는데, 신음 소리로 따지면 더 심했죠. 게다가 폭풍이 부는 동안 침대보를 빨지도 못하고 바람을 쏘이지도 못해서 많이 지저분했거든요. 그래서 처음에는 어머니 상태가 얼마나 나빠졌는지 알아차리지 못했어요. 어머니가 머리가 너무 아파서 앞이 안 보일 지경이라고 하기에 물수건을 만들어서 이마에 얹어 드렸더니 열이 있더라고요. 잠시 후에 어머니가 이번에는 배가 너무 아프다고 해서 제가 손으로 만져 봤는데, 단단하게 부푼 게 느껴졌어요. 저는 식구가 하나 더 늘어나나 싶었죠. 그렇게 순식간에 배가 부를 수 있는지는 알 수 없었지만요.

그래서 자기 자식 아홉을 포함해서 모두 열여섯 명의 아이를 받아 보았다던 펠런 할머니를 찾아갔어요. 할머니가 당장 달려와서 배를 찌르고 쑤시자 어머니는 비명을 질렀고, 할머니가 의사를 불러오라고 했어요. 저는 내키지 않았어요. 선장이 사소한 문제로 귀찮게 하지 말라 그랬잖아요. 그런데 펠런 할머니 말로는 사소한 문제도 아니고 아이가 생긴 것도 아니라는 거예요.

아버지한테 물었더니 속이 너무 메슥거려서 아무 생각도 하기 싫으니 죽이 되건 밥이 되건 마음대로 하라고 했어요. 그래서 결국 저는 의사를 부르러 다녀왔죠. 하지만 의사는 오지 않았고, 시간이 지날수록 어머니는 상태가 점점 안 좋아졌어요. 나중에는 말도 거의 못했고, 말을 하더라도 무슨 소리인지 알아들을 수 없을 정도였어요.

펠런 할머니는 너무하다고, 암소도 이보다는 나은 대접을 받겠다고 하면서 의사를 부르려면 발진티푸스나 콜레라 같다고 말하는 게 가장 좋은 방법이라고 했어요. 그보다 더 무서워하는 게 없다면서요. 할머니 말대로 했더니 의사가 당장 오더군요.

그런데 이런 표현을 써서 선생님께 죄송하지만, 메리 휘트니의 표현을 빌리자면 의사도 수탉에 달린 젖꼭지만큼이나 아무짝에도 쓸모가 없었어요. 어머니의 맥을 짚고, 이마에 손을 얹고, 대답을 알 수 없는 질문을 몇 개 하더니 콜레라는 아니라고 하는 거예요. 그거야 제가 만들어 낸 이야기니 저도 아는 사실이었죠. 어머니가 무슨 병인지는 자기도 모르겠다고 했어요. 종양이거나 낭종이거나 맹장염

일 가능성이 크다면서 진통제를 주겠다고 하더군요. 아편이 아니었을까 싶은데, 엄청난 양이라 어머니가 금세 잠잠해졌어요. 그게 그 의사의 목적이었겠죠. 의사가 말하길 어머니가 위기를 극복하길 바라는 수밖에 없다면서, 배를 갈라야 무슨 병인지 알 수 있을 텐데 그랬다가는 분명 목숨을 부지하지 못할 거라고 했어요.

바람이라도 쐴 수 있도록 어머니를 갑판으로 옮겨도 되느냐고 했더니 안 움직이는 게 좋다면서 그 말을 끝으로 잽싸게 빠져나가더군요. 어느 누구에게라고 할 것도 없이 공기가 너무 탁해서 숨이 막힐 지경이라고 중얼거리면서요. 그것도 제가 이미 아는 사실이었죠.

우리 어머니는 그날 밤에 돌아가셨어요. 어머니가 책에 나오는 것처럼 마지막 순간에 천사들을 보았고 우리한테 근사한 유언을 남기셨다고 말씀드릴 수 있으면 좋겠지만, 어떤 환영을 보았더라도 마음속의 비밀로 간직하셨어요. 환영이나 다른 어떤 것에 대해서 아무 말씀도 없었거든요. 어머니를 밤새 지켜봐야 했지만 저는 잠이 들었고, 아침에 일어나 보니 어머니는 눈을 뜬 채 고등어처럼 뻣뻣하게 굳어 있었어요. 펠런 할머니가 내 어깨에 팔을 두르고 숄로 감싸 안은 다음 약으로 가지고 있던 술을 한 모금 마시게 했어요. 그러고는 우는 게 좋다고, 가엾은 우리 어머니가 신교도이기는 하지만 적어도 지금은 고통에서 벗어나 성인들과 천국에 있지 않느냐고 했어요.

펠런 할머니는 풍습에 따르면 창문을 열어서 영혼을 밖으로 내보내야 하는데, 배 밑바닥에는 창문이 없어서 열 게 없으니 가엾은 우리 어머니한테 안 좋게 작용하지는 않을 거라는 말도 했어요. 저는 그런 풍습을 들어 본 적도 없는데 말이죠.

저는 울지 않았어요. 죽은 사람이 우리 어머니가 아니라 나인 것 같은 기분이었어요. 앞으로 어떻게 해야 하는지 모른 채 멍하니 그 자리에 앉아 있었죠. 하지만 펠런 할머니가 어머니를 그렇게 놔두면 안 된다고 했고, 마침 어머니를 묻는 데 쓸 만한 하얀색 시트가 있었어요. 그때부터 무척 고민하기 시작했죠. 우리한테는 시트가 세 장 있었거든요. 전부터 쓰던 두 장은 너덜너덜해져서 반으로 잘라 뒤집은 거였고, 새 시트 한 장은 폴린 이모의 선물이었어요. 그런데 어느 걸 쓰면 좋을지 모르겠더라고요. 헌걸 쓰자니 예의가 아닌 것 같고, 새걸 쓰자니 산 사람들을 생각하면 아깝고. 제 모든 괴로움이, 말하자면 시트 문제 하나에 집중됐던 거예요. 결국 우리 어머니가 어느 쪽을 좋아하실까 속으로 생각해 보다 어머니가 살면서 항상 자기를 최우선으로 생각한 적이 없으니 헌걸 쓰기로 결정했어요. 그리고 헌 것도 거의 깨끗했거든요.

선장한테 기별이 갔는지 선원 두 명이 내려와 우리 어머니를 갑판으로 옮겼어요. 저는 따라 올라온 펠런 할머니와 함께 어머니의 눈을 감기고 예쁜 머리를 풀어 드렸어요. 할머니가 말하길 머리를 땋은 채 시신을 묻으면 안 된다고 했거든요. 옷은 그대로 두고 신발만 벗겼어요. 더 이상 어머니께 필요 없을 솔도 제가 챙겼어요. 어머니는 봄꽃처럼 창백하고 가냘파 보였고, 동생들이 빙 두르고 서서 눈물을 흘렸죠. 저는 동생들한테 한 명씩 어머니 이마에 입을 맞추게 했어요. 어머니가 전염병으로 돌아가시지 않았다는 걸 알기 때문에 시킨 일이었어요. 잠시 후 이런 일에 능숙한 선원 하나가 시트로 어머니를 꽁꽁 감싼 다음 시신이 가라앉도록 발치를 녹이 슨 쇠사슬로 단단히 묶었어요. 어머니 머리카락을 한 움큼 잘라서 간직했어야 하는데 깜빡했지 뭐예요. 너무 정신이 없어서 생각을 못한 거죠.

시트가 어머니 얼굴을 덮자마자 그 밑에 있는 사람이 우리 어머니가 아니라 다른 여자처럼 느껴졌고, 우리 어머니가 변해서 시트를 걷어 보면 전혀 다른 사람이 돼 있을 것 같기도 했어요. 그런 생각을 하다니 충격이 너무 심했던 거죠.

다행스럽게도 한 객실에서 목사님이 성호를 긋고 있었어요. 폭풍이 지나간 다음 감사 예배를 드린 그 목사님이었죠. 목사님이 짧은 기도문을 낭독했고, 아버지가 가까스로 비틀비틀 선창에서 올라와 고개를 숙이고 섰는데, 봉두난발에 수염이 덥수룩했지만 적어도 그 자리에 있었다는 게 중요한 거였어요. 잠시 후 빙산들이 주변에서 둥둥 떠다니고 안개가 밀려드는 가운데, 가엾은 우리 어머니가 바닷속으로 들어갔어요. 그 순간까지만 해도 우리 어머니가 어디로 가는지 아무 생각이 없었는데, 물고기들이 뚫어져라 쳐다보는 와중에 하얀 시트로 몸을 감싸고 둥둥 떠다닐 어머니를 상상하니 소름이 끼치더군요. 바닷속보다는 땅속이 더 나을 것 같았어요. 땅에 묻으면 적어도 어디 있는지는 알 수 있으니까요.

이렇게 모든 게 삽시간에 끝이 나고, 어머니가 안 계시다는 것만 다를 뿐 여느 때와 다름없이 다음 날이 밝았죠.

그날 밤 저는 레몬을 한 개 잘라서 동생들한테 한 조각씩 주고 저도 한 조각 먹었어요. 너무 시어서 몸에 좋을 수밖에 없겠다는 느낌이 들더군요. 꼭 해야겠다 싶은 일이 그것밖에 없었어요.

그때 여행에 대해서 드릴 말씀이 이제 딱 한 가지 남았네요. 바람이 잔잔해서 오도 가도 못하고 안개가 자욱했던 날, 이모가 주신 버드나무 바구니가 바닥으로 떨어져 그 안에 들어 있던 찻주전자가 깨진 일이오. 폭풍이 불어서 배가 재주를 넘고 곤두박이치고 뒤흔들려도 침대 기둥에 묶여 그 자리에 가만히 있었던 버드나무 바구니가 말이죠.

펠런 할머니는 누가 훔치려고 끈을 풀었다가 들킬까 봐 그만둔 거라고, 그런 식으로 주인이 바뀐 물건이 한두 가지가 아닐 거라고 했어요. 하지만 제 생각은 달랐어요. 창문으로 나가지 못해 배 밑바닥에 갇혀 있던 어머니의 영혼이 제일 좋은 시트를 쓰지 않았다고 저한테 그런 식으로 화를 내는 거라고 생각했어요. 이제 어머니의 영혼은 병 속에 든 나방처럼 선창 밑에 영원히 갇힌 채, 이민자들이 저쪽으로 건너가고 통나무가 이쪽으로 건너오는 동안 컴컴하고 끔찍한 바다를 왔다 갔다 하지 않겠어요? 그런 생각을 하니 정말 우울하더군요.

참 희한한 생각도 다 하는구나 싶으시죠? 하지만 저는 그때 아무것도 모르는 어린아이였는걸요.

15

더 오랫동안 발이 묶여 있었더라면 음식과 식수가 동이 났을 텐데 바람이 불고 안개가 걷혔고, 배가 뉴펀들랜드를 무사히 지났다고 했지만 흘끗 보지도 못해서 거기가 도시인지 나라인지도 알 수 없었어요. 그러고 얼마 안 있어 세인트로렌스 강으로 들어섰는데, 육지가 보이기 전에 잠깐 동안은 좋았어요. 그러다 배 북쪽으로 육지가 보였는데, 온통 바위와 나무투성이고 어두컴컴하고 험상궂은 것이 사람이 살 만한 곳이 못 되더라고요. 게다가 새들이 구름처럼 모여 길 잃은 유령처럼 소리를 질러 댔으니 이런 데서 살 수밖에 없진 않길 바랄 따름이었어요.

그런데 어느 정도 시간이 지나자 바닷가에 농장과 집들이 등장했고, 땅도 좀 더 평화로워 보였어요. 좀 더 길들여진 것처럼 보였다고 할까요? 우리는 어느 섬에 멈춰 콜레라 검사를 받았어요. 그전에 수많은 사람들이 배를 타고 이 나라로 건너와서 콜레라를 옮겼으니까요. 하지만 우리 배를 타고 온 사람들은 다른 병으로 죽었기 때문에 통과됐죠. 우리 어머니 말고 네 명이 더 있었는데, 두 명은 폐결핵,

한 명은 뇌출혈, 나머지 한 명은 물속으로 뛰어들어 죽었어요. 저는 이참에 동생들을 강물로 북북 씻겼어요. 강물이 너무 차가웠지만 최소한 땟국이 흐르던 얼굴과 팔은 씻길 필요가 있었거든요.

다음 날, 강을 내려다보는 가파른 절벽 위로 퀘벡 시가 보였어요. 집들은 돌로 만들어져 있었고, 항구에서 보따리장수와 장사꾼 들이 물건을 팔더군요. 저는 여기서 한 장사꾼한테 싱싱한 양파를 좀 샀어요. 상대가 프랑스어밖에 못했지만, 손가락으로 거래를 끝냈죠. 동생들의 홀쭉한 얼굴을 보고 양파를 싸게 줬을 거예요. 우리 모두 싱싱한 양파에 굶주려 있던 터라 사과라도 되는 것처럼 날로 먹었다 나중에 배에 가스가 찼지만, 그렇게 맛있는 양파는 난생처음이었어요.

일부 승객들은 모험을 감행하려고 퀘벡에서 내렸지만, 우리는 계속 앞으로 나아갔어요.

그 이후에 대해서 꼭 말씀드려야 하는 부분이 있는지 생각이 나지 않네요. 급류를 피하느라 가끔 육지를 가로지르는 등 불편한 여행을 계속하다 다른 배로 옮겨 타고 호수라기보다 바다에 가까운 온타리오 호를 건넜거든요. 사람을 무는 조그만 파리들이 떼로 날아다녔고, 모기가 어찌나 큰지 쥐만 했어요. 동생들은 죽도록 몸을 긁어 댔죠. 아버지는 쓸쓸하고 우울해하며, 어머니도 돌아가신 마당에 어떻게 감당하면 좋을지 모르겠다는 말을 종종 입에 담으셨고요. 그럴 때는 아무 대답도 하지 않는 게 상책이었어요.

드디어 우리는 공짜로 땅을 받을 수 있다는 토론토에 도착했어요. 토론토는 밋밋하고 축축한 것이, 환경이 별로 안 좋았어요. 그날

비가 내리고 있었는데, 쌩하니 달리는 수많은 마차와 사람 들 때문에 포장된 큰길 말고는 진흙투성이더라고요. 비는 부드럽고 따뜻했고, 공기는 피부에 들러붙은 기름처럼 답답하고 축축한 느낌이었는데, 나중에 알고 보니 그 계절에는 보통 그런 날씨라 열병과 여름 병을 일으키더군요. 군데군데 가스등이 켜 있기는 했지만 벨파스트처럼 으리으리하지는 않았고요.

주민들은 인종이 아주 다양한 것 같았어요. 스코틀랜드 사람들도 많고, 아일랜드 사람들도 좀 있고, 당연히 잉글랜드 사람들도 있고, 미국 사람들도 많고, 프랑스 사람들도 조금 보였고요. 깃털은 안 달고 있었지만 인디언도 있었어요. 그리고 독일 사람들도 조금 있었고요. 그렇게 다양한 피부색이 저로서는 너무나 생소한 풍경이었어요. 게다가 어느 나라 말을 듣게 될지 아무도 모르는 상황이었죠. 선원들 때문에 항구 주변에 술집도 많고 술에 취한 사람들도 많았는데, 전반적으로 바벨탑 비슷했어요.

그런데 그 첫날에는 토론토 구경을 많이 못했어요. 가능한 한 적은 돈으로 거처를 마련해야 했거든요. 우리 아버지가 같은 배에 타고 있던 어떤 아저씨와 아는 사이가 되었는데, 그 아저씨한테 들은 정보가 조금 있었어요. 그래서 돼지우리보다 지저분하고 짐 상자들로 발 디딜 틈 없는 술집 객실에 사과주 한 잔과 함께 우리를 남겨 두고 거처를 좀 더 알아보겠다며 밖으로 나갔죠.

아침에 돌아온 아버지는 숙소를 마련했다면서 그곳으로 옮기자고 했어요. 항구 동쪽, 롯 가 근처의 어느 낡은 집 뒷방이었죠. 남편이 뱃일을 하다 죽었다던 집주인 버트 부인은 자칭 조신한 미망인이라고 했는데 아주 뚱뚱한 데다 얼굴은 시뻘겠고, 훈제 장어 냄새를 풍겼고, 우리 아버지보다 몇 살 많았어요. 부인은 페인트가 다 벗겨진 집 앞쪽에서 살았고, 우리는 별채 개념인 집 뒤쪽의 방 두 칸에서 살았어요. 지하실은 없었고, 바람을 곧장 맞게 생겼으니 겨울이 아닌 게 다행이었죠. 바닥에는 넓은 판자가 깔려 있었는데, 그 바로 밑이 땅바닥이라 딱정벌레며 온갖 벌레들이 틈새로 기어 올라왔고, 비가 오면 더 심해져서 어느 날 아침에는 살아 있는 지렁이가 보일 정도였어요.

방에 가구라고는 하나도 없었는데, 버트 부인이 옥수수 껍질을 넣은 침대 두 개를 빌려 주면서 말하길 아버지가 그렇게 슬픈 일을 당하셨으니 다시 기운을 차릴 때까지만 빌려 준다고 했어요. 물로 말할 것 같으면 마당에 펌프가 있었어요. 음식은 안채와 별채 사이 통로에 있는 주물 난로를 사용해 만들면 됐고요. 요리용이 아니라 난방용 난로이기는 했지만 저는 어떻게든 활용해 보려고 애를 썼고, 어느 정도 낑낑댄 끝에 요령을 터득해서 그걸로 냄비에 물은 끓일 수 있게 되었죠. 제가 주물 난로를 만진 게 그때가 처음이라, 선생님도 상상이 되시겠지만 연기는 말할 것도 없고 아슬아슬한 순간이 여러 번 있었어요. 하지만 나라가 나무로 덮여 그걸 잘라 없애느라 난리였으니 연료는 무궁무진했죠. 뿐만 아니라 인부들을 보고 한 번 웃어 주기만 하면 건설 현장에서 남는 판자 조각을 얻어서 집으로 들고 올 수 있었어요.

하지만 선생님, 솔직히 말해서 요리를 하고 말고 할 게 별로 없었어요. 아버지가 기회만 생기면 제대로 자리 잡을 수 있게 얼마 안 되는 돈이나마 남겨 두어야 한다고 했거든요. 그래서 처음에는 거의 죽으로 연명했어요. 하지만 버트 부인이 마당 뒤쪽 헛간에서 키운

염소한테서 짠 신선한 젖을 우리에게 나눠 줬어요. 또 그때가 6월 말
이라 부인 대신 잡초를 뽑아 주면 텃밭에서 나는 양파를 얻어먹을
수 있었어요. 사방이 잡초투성이였거든요. 그리고 부인이 빵을 만들
때 우리 몫으로 한 덩어리를 더 만들었어요.

부인은 어머니가 없는 우리더러 불쌍하다고 했어요. 부인은 사랑
하던 남편이 세상을 떠났을 무렵에 외동아이마저 콜레라로 죽었는
데, 그 작은 발이 내던 소리가 그립다고 우리 아버지한테 말했대요.
부인은 생각에 잠긴 얼굴로 우리를 물끄러미 쳐다보며 엄마 없는 가
엾은 어린 양이라는 둥, 작은 천사라는 둥 했어요. 우리 차림새가 워
낙 너저분하고 꼬질꼬질했는데도 말이죠. 부인은 우리 아버지한테
눈독을 들였던 게 분명해요. 우리 아버지가 가장 괜찮은 모습만 보
여 주면서 자기 관리를 좀 하고 있었거든요. 얼마 전 부인과 사별하
고 아이들을 줄줄이 거느리고 있는 남자라니 버트 부인 입장에서는
나무에서 떨어지려고 하는 과일 같았을 거예요.

부인은 위로한답시고 우리 아버지를 종종 안채로 불렀어요. 배우
자를 잃는 게 어떤 건지 자기 같은 과부보다 더 잘 아는 사람은 없다
고, 쓰러질 것 같을 때에는 진심으로 공감할 수 있는, 슬픔을 함께할
수 있는 친구가 필요하다면서요. 그리고 자기야말로 그 적임자라고
했죠. 그 자리에 지원하는 여자가 아무도 없었으니 부인의 말은 어
쩌면 맞았을지 몰라요.

우리 아버지는 거기에서 힌트를 얻어 항상 손수건을 준비하고, 반
쯤 정신이 나간 사람처럼 연기를 하며 돌아다녔죠. 그러면서 심장이
산 채로 뜯겨 나갔다고, 이 세상에는 어울리지 않을 만큼 착했고 지
금은 천국에 있는 사랑하는 안사람 없이 앞으로 어떻게 살아야 할

지, 아무것도 없는 이 어린것들을 어떻게 먹여 살려야 할지 모르겠다고 했고요. 저는 아버지가 버트 부인의 응접실에서 뭐라고 이러쿵저러쿵하는지 귀를 기울이곤 했는데, 안채와 별채를 나누는 벽이 그다지 두껍지 않았어요. 벽에 큰 컵을 대고 그 컵에 귀를 대면 더 잘 들렸고요. 우리 집에는 부인이 빌려 준 컵이 세 개 있어서 하나씩 차례대로 실험해 본 다음 용도에 가장 잘 맞는 컵을 골랐죠.

저는 어머니가 돌아가셨을 때 많이 힘들었지만, 마음을 추슬러서 부지런히 노력하고 잘 헤쳐 나가려고 애를 썼어요. 그런데 우리 아버지가 그런 식으로 우는소리 하는 걸 듣고 있으려니 속이 뒤틀리더군요. 저는 그때부터 진심으로 아버지를 미워하기 시작했던 것 같아요. 아버지가 살아생전 우리 어머니를 신발 닦는 걸레보다 못하게 취급한 걸 생각하면 더더욱 그럴 수밖에 없었죠. 그리고 버트 부인은 몰랐지만, 저는 그게 다 연기이고, 밀린 월세를 가까운 술집에 쏟아붓고 있는 아버지가 부인의 동정심을 이용하고 있다는 걸 알았어요. 아버지는 그걸로도 모자라 장미가 그려진 어머니의 사기 찻잔을 팔고, 깨진 찻주전자는 그냥 두라고 제가 애걸복걸해도 깨끗하게 깨져서 붙일 수 있겠다며 그것까지 팔아 버렸죠. 어머니가 신었던 신발도 그런 식으로 없어졌어요. 가장 쓸 만했던 시트도요. 차라리 가엾은 우리 어머니를 바다에 묻을 때 썼더라면 좋았을 것을.

아버지는 일거리를 찾는 척 말쑥한 차림으로 집을 나서곤 했지만, 집으로 돌아왔을 때 냄새를 맡아 보면 목적지가 어디였는지 알 수 있었어요. 저는 아버지가 호주머니에 손수건을 다시 쑤셔 넣고 좁은 길을 엿봐란 듯이 설어가는 모습을 쳐다보곤 했죠. 얼마 안 있어 버트 부인도 아버지를 위로하겠다는 계획을 포기했고 응접실에서 벌어지던 다과회도 중단됐어요. 저희한테 염소젖과 빵도 더 이상 주지 않았고, 빌려 주었던 컵도 돌려 달라고 했고, 밀린 월세를 내지 않으면 가방과 짐을 들려서 우리 모두 쫓아내겠다고 했고요.

이쯤 되자 아버지가 저더러 너도 이제 다 컸는데 밥만 축내고 있을 거냐, 너희 언니는 고마워할 줄 모르는 년이라 월급 한 푼 보낸 적 없긴 하지만 너희 언니처럼 너도 밖으로 나가서 돈을 벌 때가 되지 않았느냐는 이야기를 꺼내기 시작했어요. 제가 그럼 동생들은 누가 돌보느냐고 했더니 제 바로 밑 동생인 케이티한테 맡기면 된다고 하더군요. 그때 케이티 나이가 아홉 살, 정확히 말하면 아홉 살하고 6개월이었어요. 하지만 어쩔 도리가 없었죠.

어떻게 하면 일자리를 얻을 수 있을지 몰라서 버트 부인에게 물어 보았어요. 그곳에서 아는 사람이 부인밖에 없었으니까요. 부인은 이제 우리를 없애지 못해 안달이 나 있었는데(누가 봐도 당연한 일이죠.) 저한테서 월세를 받아 낼 수 있는 희망을 발견한 거예요. 부인의 친구가 올더먼 파킨슨 마님 댁의 가정부와 아는 사이였는데, 일손이 모자란다고 했대요. 그래서 저에게 단정하게 옷을 입으라 하고 깨끗한 자기 캡까지 빌려 주고는 그 집까지 직접 데리고 가서 가정부한테 저를 보여 주었어요. 버트 부인은 제가 아주 적극적이고 성격 좋고 부지런한 아이인 것을 자기가 장담할 수 있다고 했어요. 그러면서 배 위에서 우리 어머니가 돌아가시는 바람에 바다에 묻었다고 하자 가정부는 정말 딱한 일이라고 하면서 저를 좀 더 찬찬히 뜯어보았죠. 어느 집에 발을 들여놓고 싶을 때는 누가 죽었다는 소리만큼 효과적인 게 없더라고요.

가정부는 허니 부인이라고 불렸어요. 그런데 이름만 달짝지근하지, 사실은 코가 양초 심지를 자르는 가위처럼 뾰족하고 쌀쌀맞은 사람이었어요. 평생 말라비틀어진 빵 껍질과 치즈 부스러기만 먹고 산 것처럼 생겼는데, 남편이 죽고 땡전 한 푼 없이 이 나라에 발이 묶이는 바람에 가정부 일을 하게 된 가난한 잉글랜드 출신이었으니 정말로 그랬을 가능성이 커요. 버트 부인이 저를 열세 살이라고 소개했을 때 저는 아니라고 하지 않았어요. 미리 그렇게 해야 일자리를 얻을 수 있는 확률이 높아진다는 경고를 받았을 뿐 아니라 열세 번째 생일이 한 달도 안 남았으니 새빨간 거짓말도 아니었거든요.

허니 부인은 입술을 꼭 다문 채 저를 쳐다보면서 말라빠졌다고, 우리 어머니를 죽게 만든 그런 병에 걸리지는 않았길 바란다고 했어요. 버트 부인은 뭔가 그럴듯한 말은 하지 않고, 제가 아직 다 크지 않아서 나이에 비해 살짝 작은 거라고, 하지만 남자처럼 장작을 짊어지고 다니는 걸 본 적 있다고만 했죠.

허니 부인은 이 말을 액면 그대로 받아들였고, 코를 킁킁거리면서 빨간 머리가 원래 까다롭기로 유명한데 저도 그렇냐고 물었어요. 버트 부인은 세상에 이렇게 착한 아이가 없다고, 기독교도답게 모든 어려움을 성인처럼 감수한다고 대답했죠. 이 말을 듣고 문득 생각난 듯 허니 부인은 저더러 아일랜드 사람들이 대부분 가톨릭교도던데 혹시 너도냐고 물었어요. 만약 그렇다면 가톨릭교도들은 미신을 잘 믿고, 나라를 망쳐 놓은 반동적인 교황의 숭배자로 유명하니 저와 얽히지 않겠다면서요. 그런데 제가 가톨릭교도가 아니라는 소리를 듣고 부인은 마음을 놓았죠. 허니 부인이 바느질을 할 줄 아느냐고 묻자 버트 부인이 솜씨가 귀신같다고 대답했고, 허니 부인은 정말이냐고 저한테 직접 물었어요. 저는 떨리기는 했지만, 어렸을 때부터 어머니가 셔츠 수선하는 걸 도왔고, 단춧구멍 바느질만큼은 누구보다 잘할 수 있고, 양말도 꿰맬 줄 안다고 대답했어요. 꼬박꼬박 존댓말을 쓰는 것도 잊지 않았고요.

허니 부인은 덧셈을 암산하는 사람처럼 머뭇거렸어요. 그러더니 제 손을 보자고 했어요. 열심히 일하는 사람의 손이 맞는지 보고 싶었던 거예요. 하지만 부인은 괜히 머리를 쓸 필요가 없었죠. 제 손이 더 이상 바랄 수 없을 만큼 빨갛고 거칠었거든요. 그걸 보고 부인은 만족스러워하는 것 같았어요. 남들이 보면 말을 사는 줄 알았을 거예요. 이를 보자고 하지 않은 게 의외일 정도였어요. 하지만 월급을 주면 그만큼 받아 내길 바라는 게 사람 마음이겠죠.

결국 허니 부인은 올더먼 파킨슨 마님과 의논을 하고, 다음 날 저에게 출근해도 좋다는 전갈을 보내왔어요. 월급은 식사 제공과 더불어 한 달에 1달러였는데, 양심이 허락하는 한도 내에서 가장 낮은 액수였죠. 하지만 버트 부인 말로는 제가 경험을 좀 쌓고 나이가 많아지면 더 달라고 요구할 수 있다고 했어요. 그리고 그 당시 1달러면 지금보다 살 수 있는 게 많았죠. 전 제 손으로 돈을 벌 수 있다는 게 기뻤고, 1달러가 큰돈처럼 느껴졌어요.

제가 출퇴근을 하면서 잠은 아버지가 흔들거리는 방 두 칸이라고 부르는 우리 집에서 자고, 매일 아침 일찍 일어나 지긋지긋한 난로에 불을 붙여 냄비를 올려놓고, 하루 일과가 끝나면 청소를 하고 거기다 빨래까지 하면 되겠다는 게 우리 아버지의 생각이었죠. 돈이라고는 땡전 한 푼 없고, 아버지한테 가장 싸구려 비누라도 사 달라고 해 봐야 부질없는 마당에 무슨 수로 빨래를 하라는 건지 알 수가 없었지만요. 하지만 올더먼 파킨슨 마님 댁에서는 입주를 원했어요. 다음 주 월요일에 당장 와 주길 바랐죠.

동생들과 헤어지기는 아쉬웠지만, 떠나야만 하는 상황인 게 감사했어요. 그렇지 않으면 조만간 저 자신과 아버지 사이에서 뼈가 으스러질 게 뻔했으니까요. 저는 나이를 먹을수록 아버지 비위를 맞춰 드릴 수 없었고, 자기 아이들 먹일 빵을 사야 할 돈으로 술을 마시고, 조만간 자식들한테 구걸이나 도둑질이나 그보다 더 심한 짓을 강요할 아버지를 보며 자식으로서 부모한테 당연히 느껴야 할 믿음을 잃어버렸거든요. 그리고 아버지는 우리 어머니가 살아 계셨을 때보다 더 심하게 폭발했어요. 제 팔이 이미 시퍼런 멍투성이였는데도 어느 날 밤에는 예전에 가끔 어머니한테 그랬던 것처럼 갈보, 화냥년이라고 고함을 지르며 벽으로 내동댕이치는 바람에 제가 기절한 적도 있었어요. 그다음부터는 아버지 때문에 척추가 부러져서 불구가 되는 건 아닐까 겁이 나더라고요. 그런데 아버지는 그렇게 발광을 한 뒤, 다음 날 아침에 일어나면 아무것도 기억이 안 난다고, 제정신이 아니었던 것 같다고, 뭐에 씌어서 그랬는지 모르겠다고 했죠.

저는 하루가 끝나면 지쳐 쓰러질 것 같았지만, 뜬눈으로 밤을 지새우며 곰곰이 생각했어요. 언제 아버지가 그런 식으로 이성을 잃고 미친 듯이 날뛰며, 자기 자식들을 막론하고 이놈을 죽이겠다는 둥 저놈을 죽이겠다는 둥 협박을 할지 아무도 모르는 일이었어요. 왜 그러는지, 술 말고는 이유도 없었죠.

저는 묵직한 주물 난로를 떠올리며 이런저런 생각을 하기 시작했어요. 자고 있는 아버지 위로 난로가 떨어지면 머리가 쩍 하니 박살이 나서 죽을 테고, 그러면 사고라고 하면 될 텐데, 뭐 이런 생각을요. 하지만 그런 끔찍한 범죄는 저지르고 싶지 않았어요. 아버지를 향해 시뻘겋게 이글거리는 분노의 불꽃 때문에 죄를 저지르게 될까 겁이 나기는 했지만요.

그래서 올더먼 파킨슨 마님 댁으로 떠날 채비를 하면서 시험에 들지 않게 해 주신 데 대해 하느님께 감사하고, 앞으로도 시험에 들지 않게 해 달라고 기도했죠.

버트 부인은 저한테 작별의 입맞춤을 하면서 잘 지내라고 했어요. 아주머니의 뚱뚱하고 얼룩덜룩한 얼굴과 훈제 생선 냄새에도 불구하고 얼마나 고마웠는지 몰라요. 요즘 같은 세상에서는 인정 많은 사람을 아무 데서나 만날 수 없으니 만났을 때 마음껏 고마워해야죠. 어머니의 숄을 넣은 조그만 꾸러미를 들고 멀어져 가는 저를 보며 동생들은 울음을 터뜨렸고, 저는 자주 들르겠다고 했어요. 그때는 정말 그럴 생각이었어요.

제가 떠났을 때 아버지는 집에 없었어요. 차라리 잘된 일이었죠. 이런 말하기 민망하지만, 있어 봐야 서로 욕밖에 더했겠어요. 제 쪽에서는 욕을 해 봐야 속으로 했겠지만. 중간에 담벼락이라도 있으면 모를까, 자기보다 더 강한 사람한테 대놓고 욕을 하는 건 멍청한 짓이죠.

16

발신 캐나다웨스트 킹스턴 로어유니언 가, C. D. 험프리 소령 댁 사이
　　먼 조던 박사
수신 미국 매사추세츠 주 도체스터, 에드워드 머치 박사

친애하는 에드워드에게

　자네와 내가 종종 그랬던 것처럼 한밤중에 불을 밝히고 지금 이
편지를 쓰고 있다네. 집이 어찌나 넌덜머리 나게 추운지, 우리가 함
께 묵었던 런던의 하숙집과 맞먹는 수준이라네. 하지만 조금 있으면
날이 무척 더워지면서 축축한 독기와 여름 병이 들이닥칠 테고, 그
러면 이번에는 그걸 불평하겠지.

　자네 편지와 그 안에 든 희소식 고맙네. 그러니까 사랑스러운 코
닐리아에게 청혼을 했고, 허락을 받았다는 것 아닌가! 이 오랜 친구
가 놀라워하지 않는 것을 용서해 주기 바라네. 편지 행간에 워낙 대
서특필해 놔서 그다지 똑똑하지 않은 사람이라도 쉽게 눈치챌 수 있
을 정도였거든. 아무튼 내 진심 어린 축하를 받아 주기 바라네. 러더

퍼드 양을 아는 사람 입장에서 보았을 때 자네는 행운아야. 이럴 때면 마음을 줄 안식처를 찾은 사람들이 부러워진다네. 어쩌면 마음을 줄 수 있다는 게 부러운 것일지도 모르지. 나는 마음이 없는 게 아닌가, 그 자리에 심장 모양의 돌이 들어앉아 있는 건 아닌가, 그렇기 때문에 워즈워스도 말했다시피 "구름처럼 외로이 떠돌"*아야 하는 건 아닌가 싶을 때가 종종 있거든.

자네 약혼 소식이 전해지면 사랑하는 우리 어머니는 자극을 받고, 나를 대신해 신붓감을 찾는 데 한층 박차를 가하겠지. 그리고 자네는 본받아야 할 모범으로, 나를 때리는 채찍으로 기회가 있을 때마다 악용이 되겠지. 뭐, 어쩌면 어머니 생각이 맞을지도 모르겠네. 조만간 나는 망설임을 거두고, "생육하고 번성하라."**라는 성서의 명령을 따라야겠지. 그것이 진짜 심장이 아니더라도 개의치 않고, 그 심장을 돌보는 데 필요한 물질적인 수단까지 갖춘 어느 상냥한 아가씨에게 내 돌 같은 심장을 맡겨야겠지. 돌로 된 심장은 안락한 생활을 요구하기로 악명이 높으니 말일세.

내가 이렇게 부족한 인간인데도 사랑하는 우리 어머니는 짝 찾기에 여념이 없으시다네. 지금은 자네도 몇 년 전 우리 집에 놀러 왔을 때 만난 적 있는 페이스 카트라이트 양을 극구 칭찬하고 계시지. 그녀는 보스턴에 잠시 머무는 동안 여러모로 발전했다는데, 나로 말할 것 같으면(자네도 나와 같이 하버드에서 학부 생활을 했으니 마찬가지겠지

---

* 영국의 낭만파 시인 윌리엄 워즈워스(1770~1850)의 시 「나는 구름처럼 외로이 떠돌았네(I wandered lonely as a cloud)」의 구절을 인용한 것. 시제와 시의 1행이 동일하다.
** 구약성경 창세기 1장 28절.

만) 보스턴에서 누가 발전했다는 소리를 들은 적이 없거든. 그런데 우리 어머니가 이 아가씨의 '품행'을 찬송하는 것으로 볼 때, 다른 매력의 결핍은 발전 대상에서 제외된 게 아닌가 싶다네. 아아, 고귀하고 티끌 한 점 없는 페이스와 같은 여성은 냉소적인 자네의 오랜 친구를 연인 비슷하게 변화시킬 능력이 없건만.

내 투덜거림과 푸념은 이쯤에서 접도록 하지. 사랑하는 자네를 생각하면 진심으로 기쁘다네. 결혼식 즈음에 내가 가까운 데 있으면, 자네 결혼식장에서 어느 누구보다 기꺼운 마음으로 춤을 추겠네.

그렇게 황홀한 와중에도 그레이스 마크스와의 진척 상황에 대해 챙기다니 자네는 정말 좋은 친구야. 아직까지는 보고할 만한 사항이 거의 없다네. 내가 워낙 점진적이고 효과가 누적되는 방법을 채택했으니 금세 결과가 나타나지는 않을 걸세. 잠자고 있는 그녀의 의식을 깨우고, 무의식 너머를 살피고, 그곳에 묻혀 있을 게 분명한 기억을 찾는 것이 나의 목표라네. 나는 잠겨 있어서 맞는 열쇠를 찾아야 하는 상자를 대하듯 그녀의 의식으로 접근하고 있지. 그런데 솔직히 인정하건대, 아직까지는 성과가 많지 않다네.

그녀가 정말로 정신병자이거나 최소한 보기보다 정신이 산만하면 일이 좀 더 쉬울 텐데, 지금까지는 공작 부인도 울고 갈 만큼 침착한 모습을 보여 주고 있지 뭔가. 이렇게 철저하게 속을 안 보이는 여자는 내 평생 처음일세. 내가 찾아갔을 무렵 벌인 사건 말고는 지금까지 단 한 번도 폭발한 적이 없지. 안타깝게도 한발 늦게 도착하는 바람에 직접 목격하지는 못했지만. 그녀의 목소리는 낮고 감미로우며, 여느 하인들보다 교양 있다네. 상류층 집안에서 오랫동안 일을 하면서 터득한 요령이겠지. 게다가 이민 왔을 때에는 썼을 게 분명한 아일랜드 북부 사투리가 거의 남아 있지 않은데, 그 당시 나이가 어렸고 이 대륙에서 이제 인생의 절반 이상을 보냈으니 놀랄 일은 아니지.

　그녀는 가정교사처럼 입을 꼭 다물고 아주 침착하게 '쿠션에 앉아서 촘촘하게 바느질을 하고', 나는 테이블에 팔꿈치를 대고 맞은편에 앉아서 굴을 까듯 그녀를 열어 보려고 머리를 쥐어짜지만 헛수고라네. 그녀는 언뜻 보기에는 솔직하게 대화를 나누는 것 같지만, 최대한 말을 아낀다네. 적어도 내가 알고 싶어 하는 부분에 대해서는 말일세. 어렸을 때 그녀의 집안 분위기와 대서양을 건너 이민 왔을 때에 대해 상당히 많은 사실들을 알게 되었지만, 통상적인 수준, 남들처럼 가난하고 힘들었고, 뭐 그런 걸 벗어나지 않는다네. 정신병에 유전적인 기질이 있다고 믿는 사람들은 그녀의 아버지가 술꾼이었고 어쩌면 방화범이었을지 모른다는 데서 일말의 위안을 느끼겠지. 하지만 여러 반대 이론이 있음에도, 나는 그런 성향이 유전된다고 전혀 확신할 수가 없다네.

　그녀의 흥미진진한 사례가 없었다면 나야말로 지루해서 미쳐 버렸을 걸세. 이곳에도 작으나마 사교계가 있는데, 의견과 관심사 면에서 비슷한 사람이 아무도 없다네. 나처럼 손님 격인 뒤퐁 박사는 예외겠지만. 그는 스코틀랜드의 미치광이로 불리는 브레이드의 열렬한 신봉자인 데다 그 역시 괴상한 종자라네. 오락이나 기분 전환 삼아 할 만한 일도 전무하니 머리도 식히고 운동도 할 겸, 서글프게 방치되어 있는 뒷마당을 일궈서 양배추나 뭐 그런 것들을 심어도 되겠느냐고 안주인에게 물어볼 생각이야. 평생 삽이라고는 들어 본 적도 없는 내가 이 지경이 되다니!

이제 자정이 지났으니 이 편지를 접고, 차갑고 외로운 내 침대로 올라가야겠네. 건승을 바라며, 자네는 나처럼 비생산적으로 갈팡질 팡하며 살고 있지는 않으리라 믿겠네.

1859년 5월 15일

오랜 벗 사이먼

6부

비밀 서랍

히스테리 주로 젊고 신경질적인 미혼 여성들이 히스테리 발작을 일으키는데…… 히스테리 발작을 일으키는 젊은 여성들은 그들이 '육체에 끊임없이 따라붙는 무수한 질병'을 앓고 있다고 생각하는 성향을 보인다. 그리고 이들이 보이는 질병의 허위 증상들은 실제와 너무나 흡사해서 그 차이점을 간과하기가 매우 어려운 경우가 대부분이다. 발작이 벌어지기에 앞서 우울해지거나 눈물이 나오거나 속이 메슥거리거나 심장이 두근거리거나 기타 등등의 현상이 나타나는데…… 이후에 환자들은 보통 의식을 잃고 쓰러진다. 몸을 대자로 뻗고, 입에서 거품을 흘리고, 앞뒤가 안 맞는 말들을 중얼거리며, 큰 소리로 웃거나 울거나 비명을 지른다. 발작이 끝나면 환자들은 대부분 목 놓아 우는데, 조금 전에 있었던 일을 전부 다 인식하는 경우도 있고, 전혀 인식하지 못하는 경우도 있다.

—이자벨라 비턴, 『비턴의 가정 관리학』(1859~1861)

무덤 속의 흙이 되었더라도
내 심장은 그녀의 소리를 듣고 두근거리리니,
한 세기 동안 주검으로 누워 있었더라도
나의 유골은 그녀의 소리를 듣고 두근거리리니,
그녀의 발밑에서 움직이고 흔들려
자주색과 붉은색 꽃을 피우리니.

—앨프리드 테니슨 경, 「모드」(1855)

17

사이먼은 복도가 나오는 꿈을 꾸고 있다. 예전에, 그러니까 어렸을 때 살았던 집의 다락방 앞 복도다. 아버지가 사업에 실패하고 돌아가시기 전에 살았던 대저택의 복도. 그 방은 하녀들이 잠을 자던 곳이다. 남자인 그는 발을 들여놓으면 안 되는 비밀스러운 세계이지만, 긴 양말을 신고 첩자처럼 살금살금 걸어왔다. 반쯤 열린 문틈에 귀를 갖다 댄다. 하녀들은 아무도 없다 싶으면 어떤 이야기를 할까?

그는 그들이 아래층에 있다는 걸 알고 용기가 불끈 솟으면 방 안으로 들어가 보곤 했다. 흥분으로 몸을 떨며 그들의 금지된 물건들을 뒤졌다. 서랍을 열고 이가 두 개 빠진 나무 빗과 조심스럽게 돌돌 말린 리본을 만졌다. 사방 구석과 문 뒤쪽을 헤집었다. 구겨진 페티코트와 한 짝뿐인 면양말. 그는 양말을 만져 보았다. 따뜻했다.

꿈속에 등장한 복도도 크기만 클 뿐 생김새는 똑같다. 벽은 더 높고 더 노랗다. 햇살이 그 벽을 뚫고 비치는 것처럼 반짝인다. 문들은 닫혀 있고 잠겨 있다. 그는 하나씩 걸쇠를 올리고 살짝 밀어 보지만 모두 꿈쩍 않는다. 하지만 그 안에 사람들이 있는 게 느껴진다. 여자들, 하녀들이다. 면으로 된 시프트 드레스를 입고 머리를 어깨 너머로 치렁치렁 늘어뜨린 채 좁은 침대 가장자리에 걸터앉아서 입을 벌리고 눈을 반짝이고 있다. 그를 기다리고 있다.

맨 마지막 문이 열린다. 그 안은 바다다. 그가 걸음을 멈출 새도 없이 그 속으로 빠지자 물이 그의 머리 위를 메우고 은빛 거품이 그에게서 끊임없이 솟는다. 희미하고 오싹한 웃음소리가 귓가에 들린다. 곧이어 수많은 손들이 그를 어루만진다. 하녀들의 손이다. 그들은 수영을 할 줄 안다. 그런데 지금은 그를 저버리고 저쪽으로 헤엄쳐 가고 있다. 그는 그들을 향해 외친다. 도와줘요! 하지만 그들은 가버린다.

그는 무언가를 붙잡고 있다. 부서진 의자다. 파도가 위아래로 너울거린다. 이렇게 파도가 사나운데도 바람은 불지 않고 공기는 쨍하니 맑다. 그의 손이 닿지 않는 곳에서 여러 가지 물건들이 떠내려간다. 은쟁반, 촛대 한 쌍, 거울, 무늬가 새겨진 코담뱃갑, 귀뚜라미처럼 지저귀고 있는 금시계. 한때 아버지의 것이었지만 돌아가신 뒤에 팔린 물건들이다. 저 깊은 곳에서 기포처럼 점점 더 많은 물건들이 올라온다. 그 물건들은 수면에 닿으면 몸을 부풀린 물고기처럼 천천히 몸을 굴린다. 그것들은 금속처럼 딱딱하지 않고 부드럽다. 뱀장어처럼 껍질에 비늘이 달려 있다. 그는 그것들이 한데 모이고 꼬여 새로운 모양으로 탈바꿈하는 광경을 경악하며 바라본다. 촉수가 자란다. 시체의 손이다. 그의 아버지가 꼬불꼬불 부활하고 있다. 그는 넘지 말아야 할 선을 넘는 듯한 기분을 주체하지 못한다.

그가 눈을 뜨자 심장이 두근거리고 있다. 시트와 이불이 그의 몸을 휘감고 있고, 베개는 바닥에 떨어져 있다. 온몸이 땀으로 흠뻑 젖었다. 잠깐 동안 조용히 누워서 곰곰이 생각해 보니 어떤 연상 작용에 의해 그런 꿈을 꾸었는지 알 것 같다. 그레이스의 이야기에서 비롯된 꿈이었다. 대서양을 건너고, 어머니를 바다에 묻고, 온갖 가재도구가 등장하고……. 그리고 빼놓을 수 없는, 횡포가 심했던 그녀의 아버지. 아버지는 또 다른 아버지로 연결되는 법이다.

그는 조그만 탁자 위에 놓아둔 주머니 시계를 본다. 웬일로 늦잠을 잤다. 다행히 아침 식사가 늦어지고 있지만, 언제 도라가 들이닥칠지 모르는데 잠옷 바람으로 게으름을 피우다 화들짝 놀랄 수는 없는 일이다. 그는 가운을 걸쳐 입고 문을 등진 채 잽싸게 책상으로 가서 앉는다.

그는 그런 용도로 마련한 일기장에 방금 전에 꾼 꿈을 적어 놓을 것이다. 정신병을 연구하는 프랑스의 어느 학파에서는 진단의 한 방편으로 꿈을 기록하라고 추천한다. 비교를 위해 환자뿐 아니라 의사의 꿈도 적으라고 한다. 그들은 꿈을 가리켜 몽유병처럼 보이지도 않고, 의지의 힘이 닿지도 않는 잠재의식에 존재하는 동물적인 본능의 발현이라고 주장한다. 어쩌면 기억이라는 사슬을 잇는 고리가(경첩이라고 해야 더 정확하겠지만) 여기 있을까?

그는 연상과 암시에 대해서 쓴 토머스 브라운의 책과 식역(識閾), 즉 밝은 대낮에 감지되는 인식과 잊혀진 채 그늘 속에 숨어 있는 인식을 가르는 경계선을 이야기한 헤르바르트*의 이론을 다시 읽어 봐

---

* 1776~1841. 독일의 철학자, 교육학자.

야 한다. 모로 드 투르*는 꿈이야말로 정신병을 이해하는 열쇠라고 했고, 멘드비랑**은 의식을 가리켜 광활한 무의식 위에 둥둥 떠서 물고기 잡듯 그 속에서 생각들을 낚아 올리는 섬과 같다고 했다. 안다고 간주되는 것은 이 어두컴컴한 창고에 저장되어 있는 정보의 작은 일부분에 지나지 않는다. 잊혀진 기억들은 침몰한 보물처럼 그 아래 묻혀 조금씩이나마 복원되길 기다리고 있다. 기억상실은 사실상 거꾸로 감긴 꿈일지 모른다. 밑으로 가라앉는, 익사한 추억들……

등 뒤에서 문이 열린다. 아침 식사가 등장하는 순간이다. 사이먼은 열심히 펜을 적신다. 쟁반이 쿵 하고 놓이고 질그릇들이 나무에 부딪히며 달가닥거리는 소리가 들리기를 기다리지만, 아무 소리도 들리지 않는다.

"테이블 위에 놓아 주겠어요?" 그는 고개를 돌리지 않고 말한다.

조그만 풀무에서 바람이 빠지는 듯한 소리가 들리는가 싶더니 와장창하고 무언가 박살이 난다. 처음에 사이먼은 도라가 그를 향해 쟁반을 던진 게 아닌가 생각한다. 그녀는 전부터 범법에 가까운 폭력을 행사할 기미가 농후했다. 그는 본의 아니게 소리를 지르며 벌떡 일어나 몸을 홱 돌린다. 깨진 그릇과 못 먹게 된 음식을 뒤집어쓰고 바닥에 똑바로 누워 있는 사람은 집주인인 험프리 부인이다.

그는 얼른 달려가 무릎을 꿇고 맥을 짚는다. 최소한 죽지는 않았다. 그는 눈꺼풀을 까뒤집고 희끄무레한 흰자위를 확인한다. 그런 다

---

* 1804~1884. 본명은 자크조제프 모로. 프랑스의 정신과 의사.
** 1766~1824. 프랑스의 정치가, 철학자.

음 깨끗하달 수 없는 가슴받이가 달린 그녀의 앞치마를 얼른 벗기는데, 이제 보니 칠칠치 못했던 도라가 늘 입던 앞치마다. 드레스 단추를 풀면서 보니 이번에는 단추가 있던 자리에 단추는 떨어지고 실밥만 남은 곳이 한 군데 있다. 그가 겹겹이 등장하는 천을 헤집은 끝에 코르셋 끈을 주머니칼로 자르는 데 성공하자 제비꽃 향수와 가을 낙엽과 축축한 살 냄새가 풍겨 나온다. 그녀는 결코 통통하다고 볼 수 없지만, 그가 짐작했던 것보다는 살집이 있다.

거실에 있는 긴 의자는 너무 좁았기 때문에 그는 자신의 침실로 그녀를 안고 가서 침대에 눕히고, 머리 쪽으로 다시 피가 흐르게 발밑을 베개로 받친다. 오늘 아직 닦지 않은 그녀의 신발도 벗겨 줄까 하다 그건 너무 허물없는 태도라고 결론 내린다.

험프리 부인은 발목이 깨끗하다. 그는 발목을 보다 다른 데로 눈길을 돌린다. 머리는 쓰러지는 바람에 온통 헝클어졌다. 이렇게 보니 생각했던 것보다 젊게 느껴진다. 뿐만 아니라 수심으로 가득했던 표정이 무의식적으로 사라지자 훨씬 매력적이다. 그는 그녀의 가슴에 귀를 대고 듣는다. 심장박동이 일정하다. 그렇다면 단순한 실신이다. 그는 주전자에 있는 물로 수건을 적셔 얼굴과 목을 닦아 준다. 그녀의 눈꺼풀이 실룩거린다.

사이먼은 침대 옆 탁자에 있던 병에서 물을 반 잔 따르고 탄산암모늄을 스무 방울 넣은 다음 한쪽 팔로 험프리 부인을 부축하고 물 잔을 그녀의 입술에 갖다 댄다. 자주 기절한다는 그레이스 마크스가 비슷한 증상을 보일 때를 대비해서 오후에 찾아갈 때마다 늘 챙기는 약이다.

"이거 드세요."

그녀는 주춤주춤 물을 마신 다음 손을 머리로 가져간다. 이제 보니 그녀의 얼굴 옆쪽에 빨간 자국이 있다. 건달 같은 그녀의 남편이 술주정뱅이인 것으로 모자라 망나니일지도 모르는 일이다. 그런데 이건 손바닥으로 세게 얻어맞은 자국 같은데, 소령 같은 남자라면 주먹을 휘두를 것이다. 어찌할 수 없는 연민의 물결이 사이면을 채운다. 이 여자는 집주인에 불과하다. 그것만 아니면 전혀 모르는 사람이다. 코르셋도 없이 반쯤 찢겨 나간 슈미즈 차림으로, 위에서 보거나 뒤에서 보면(이 지저분한 광경에서 유일하게 허락된 시점이다.) 똑같은 누빔 가운을 입고 있지만 그와는 전혀 닮은 구석이 없는 우람한 누군가에게 짓밟혀 반쯤 의식을 잃은 채, 무기력하게 허공을 향해 두 손을 휘젓고 두 발을 발작적으로 내지르며(희한하게 신발을 신고 있다.) 고양이처럼 희미한 소리를 내는 험프리 부인의 모습이 불쑥 떠오르기는 하지만(그의 어지러운 침대 위에 힘없이 뻗어 있는 모습에서 연상된 이미지였다.) 그는 이 상황을 개선할 의사가 없다.

그는 스스로 관찰 능력을 갖추기 시작한 때부터 상상력이 이런 식으로 표출되는 것에 대해 궁금해했다. 도대체 어디에서 비롯되는 걸까? 그에게서 나타나는 거라면 분명 대부분의 남자들에게서 나타나는 현상일 것이다. 그는 건강한 정상인이고, 이성의 기능을 고도로 발전시켰음에도 불구하고 그런 상상을 통제하지 못한다. 문명인과 야만인(이른바 미치광이)의 차이는 자제심이라는 얇은 겉치레에 불과할지 모른다.

"안심하세요." 그가 다정하게 말을 건넨다. "쓰러지셨어요. 괜찮아질 때까지 가만히 누워 계셔야 합니다."

"하지만…… 지금 누워 있는 거 아닌가요?" 그녀가 사방을 두리

번거린다.

"제 침대입니다, 험프리 부인. 적당한 곳이 없어서 여기로 모시고 오는 수밖에 없었어요."

그녀의 얼굴이 이제 발갛게 달아오른다. 그의 가운 차림을 알아차린 것이다.

"당장 나갈게요."

"저는 의사이고, 낭분간 부인은 제 환자라는 걸 기억해 주십시오. 지금 일어나려 하셨다가는 재발할 수 있어요."

"재발요?"

"제 아침 식사를 들고 오다, 굳이 지적을 하자니 무신경한 사람 같지만요, 어쨌든 그러다 쓰러지셨잖습니까. 도라는 어떻게 된 건지 여쭈어 봐도 될까요?"

놀랍게도 그녀는 울음을 터뜨린다. 하지만 전혀 예상치 못했던 일은 아니다.

"월급을 못 줬어요. 석 달이나 밀렸거든요. 내 개인적인 소지품을 몇 개 팔았는데, 남편이 이틀 전에 그 돈을 가져가 버렸어요. 그 뒤로 남편이 집에 들어오질 않네요. 어디 있는지 모르겠어요."

그녀는 눈물을 참으려고 애를 쓰는 게 눈에 보일 정도다.

"그리고 오늘 아침은 어떻게 된 겁니까?"

"우리 둘이…… 좀 다퉜어요. 도라가 월급을 달라고 했거든요. 내가 돈이 없어서 못 준다고 했더니 그러면 자기가 알아서 받아 가겠다고 하더라고요. 그러면서 옷장 서랍을 뒤지기 시작했는데, 보석을 찾는 거였겠죠. 보석이 없으니까 결혼반지를 가지고 가겠다고 하더군요. 순금이지만 수수한 반지예요. 내가 빼앗기지 않으려고 했더니 도라가 나쁜 사람이라고 하면서 나를…… 때렸어요. 그다음 반지를 빼앗고, 월급도 못 받는 노예로 지내지 않겠다며 집을 나가 버렸어요. 그래서 내가 직접 아침을 만들어 가지고 온 거예요. 달리 방법이 없잖아요."

그러니까 남편의 소행이 아니었군. 사이먼은 이렇게 생각한다. 그 돼지 같은 도라의 짓이었다. 험프리 부인은 새소리 비슷하게 흐느끼며 조용히, 금세 다시 눈물을 흘린다.

"찾아갈 만한 친구분 계신가요? 아니면 부를 만한 친구분이라도." 사이먼은 험프리 부인을 그의 어깨에서 다른 사람의 어깨로 옮기고 싶은 마음뿐이다. 여자들은 서로 돕는다. 괴로워하는 사람을 돌보는 것은 그들의 영역이다. 그들은 쇠고기 수프와 젤리를 만든다. 숄을 뜬다. 어깨를 토닥이고 달래 준다.

"이 동네에는 친구가 없어요. 예전에 살던 데서 경제적인 문제로 좀 고생을 하다 얼마 전에 이 도시로 이사 왔거든요. 남편은 손님을 초대하지 못하게 했어요. 제가 외출하는 것도 싫어했고요."

사이먼은 좋은 수가 생각난다. "뭘 좀 드세요. 그러면 기운이 날 겁니다."

이 말에 그녀는 그를 보고 희미하게 웃는다. "이 집엔 먹을 게 아무것도 없답니다, 조던 박사님. 박사님 아침 식사가 마지막 남은 음식이었어요. 저는 남편이 집을 나간 뒤로 이틀 동안 아무것도 먹지 못했어요. 얼마 남지 않은 건 도라가 먹어 치웠죠. 저는 물만 마셨어요."

이렇게 해서 사이먼은 시장을 찾아가 안주인의 체력 유지를 위해 자기 주머니를 털어 식료품을 장만하고 있다. 험프리 부인은 그의 부축을 받고 아래층으로 내려갔다. 남편이 언제 들어올지 모르는데 하숙생의 침실에 누워 있을 수는 없다고 그녀가 고집을 부렸다. 그는 방마다 가구가 거의 없는 것을 보고 놀라지 않았다. 응접실에 남은 것이라고는 테이블 하나와 의자 두 개뿐이었다. 하지만 뒤쪽 침실에 침대가 남아 있었고, 그는 기진맥진한 험프리 부인을 그곳에 눕혔다. 그녀는 아사 직전이었다. 그러니 뼈만 앙상한 것도 무리는 아니었다. 침대와, 그 위에서 벌어졌을 부부간의 불행한 사건에는 관심을 두지 않았다.

그런 다음 엉망인 부엌에서 쓰레기통을 찾아 들고 2층에 있는 그의 공간으로 올라갔다. 바닥에 엎질러진 아침과 깨진 그릇들을 치우면서 보니 이제 못 먹게 된 달걀이 난생처음 완벽한 상태로 요리되어 있었다.

사이먼은 험프리 부인에게 통보하고 집을 옮겨야 할 것이다. 번거로운 일이 되겠지만, 계속 있으면 일상생활과 연구에 지장이 생길 테니 차라리 번거로움을 감수하는 편이 나을 것이다. 아수라장과 난장판이 벌어지고, 집행관들이 가구를 차압하러 그의 방까지 들이닥치지 않겠는가. 하지만 그가 떠나면 이 가엾은 여자는 어떻게 될까? 그녀가 길거리 한 모퉁이에서 굶어 죽으면 그는 죽을 때까지 죄책감을 느낄 텐데 그러고 싶지는 않다.

그는 시골 할머니가 하는 노점에서 달걀과 베이컨과 치즈와 지저분해 보이는 버터를 산다. 그리고 상점에서 종이로 꾸깃꾸깃 포장된 찻잎을 산다. 빵도 샀으면 좋겠는데, 보이지 않는다. 사실 그는 이런 일에 대해서 잘 모른다. 예전에도 시장에 온 적은 있지만, 스쳐 지나가며 그레이스의 기억을 자극할 만한 야채를 산 게 전부였다. 그런데 지금은 입장이 전혀 다르다. 어디 가면 우유를 살 수 있지? 사과는 왜 없는 걸까? 그는 음식이 차려지기만 하면 그만일 뿐, 어디에서 나는지 관심을 가져 본 적이 없으니 이곳은 한 번도 발을 들여놓은 적 없는 세계다. 시장을 찾은 사람들은 집주인의 시장바구니를 팔에 낀 하녀 아니면 축 늘어진 보닛과 흙투성이 숄 차림의 가난한 집 여자들뿐이다. 그들이 그의 등 뒤에서 비웃는 것처럼 느껴진다.

집으로 돌아와 보니 험프리 부인이 일어나 있다. 머리를 단정하게 빗고 누비이불로 몸을 둘둘 만 채 불이 켜진 난로 옆에 앉아 손을 비비며 떨고 있다. 그에게 맡겼다면 쩔쩔 맸을 텐데 불이 켜져 있어서 다행이다. 그는 어찌어찌 차를 끓이고, 달걀과 베이컨을 만들고, 시장에서 끝끝내 발견한 딱딱한 번*을 굽는다. 두 사람은 남아 있는 테이블에 앉아 함께 식사를 한다. 그는 마멀레이드가 좀 있으면 좋겠다는 생각을 한다.

"정말 감사합니다, 조던 박사님."

"그럴 말씀 마십시오. 부인을 굶어 죽게 내버려 둘 수는 없지 않습니까."

그의 목소리가 의도했던 것보다 더 따뜻하다. 굽실거리는 먼 친척뻘 조카에게 25센트짜리 동전을 주고 볼을 한 번 꼬집어 준 다음 오페라를 보러 얼른 도망치는, 호탕하고 성의 없는 삼촌의 목소리 같다. 사이먼은 못된 험프리 소령은 지금 무얼 하고 있을까 궁금해하며 속으로 욕을 하고 부러워한다. 무얼 하건 지금 이 자리보다는 즐

---

* 건포도나 호두 등을 넣고 구운 작고 둥근 빵.

거울 것이다.

험프리 부인이 한숨을 쉰다. "결국 그렇게 될 것 같아요. 이제 방법이 없네요." 그녀는 이제 침착하게 자신의 상황을 객관적으로 관찰하고 있다. "집세를 내야 하는데 돈이 없어요. 조만간 사람들이 뼈를 주워 먹으려는 독수리처럼 들이닥쳐서 저를 내쫓겠죠. 어쩌면 빚 때문에 붙잡혀 갈지도 모르겠네요. 그러느니 차라리 죽는 게 낫겠어요."

"뭔가 방법이 있을 겁니다." 사이먼이 말한다. "생계를 유지할 방법 말입니다." 그녀는 어떻게든 자존심을 지키려 애쓰는데, 그가 생각하기에는 존경스러운 부분이다.

그녀는 그를 물끄러미 쳐다본다. 난로 불빛에 비친 그녀의 눈이 묘한 청록색으로 보인다. "어떤 일을 하면 좋을까요, 조던 박사님? 바느질? 저 같은 여자는 쓸 만한 재주가 별로 없답니다." 빈정거리는 말투다. 어지러운 그의 침대에 정신을 잃고 누워 있는 그녀를 보며 그가 어떤 상상을 했는지 아는 걸까?

"두 달치 방세를 미리 드리겠습니다." 그는 이렇게 말하고 있다. 이런 바보, 물러터진 멍청이 같으니라고. 제정신이라면 악마가 쫓아오기라도 하는 것처럼 이 집에서 당장 나가야 하는 건데. "그 정도면 앞으로의 계획을 세우는 동안 늑대들을 따돌리기에는 충분할 겁니다."

그녀는 눈물을 글썽인다. 그러고는 아무 말 없이 그의 손을 잡더니 가볍게 자기 입술에 갖다 댄다. 그녀의 입에 묻어 있는 버터 때문에 효과가 살짝 반감된다.

18

오늘은 조던 박사님이 평소보다 정신없어 보이고, 다른 생각을 하고 있는 듯하다. 어떤 식으로 시작해야 할지도 모르는 눈치다. 그래서 나는 그가 정신을 차릴 때까지 계속 바느질을 한다. 잠시 후 그가 묻는다. 새로운 이불을 만들고 있습니까?

내가 대답한다. 예, 맞아요, 선생님. 리디아 아가씨를 위해서 '판도라의 상자'를 만들고 있어요.

이 말을 듣고 그는 교사 분위기로 돌입한다. 나에게 뭘 가르치려고 하는 게 보인다. 남자들은 가르치는 걸 좋아한다. 키니어 나리도 그랬다. 그가 묻는다. 판도라가 누군지 알아요, 그레이스?

내가 대답한다. 예, 아주 옛날 그리스에 살았던 여자인데, 그 여자가 열지 말라는 상자를 여는 바람에 수많은 질병과 전쟁과 고난 들이 튀어나왔잖아요. 오래전 올더먼 파킨슨 마님 댁에서 들은 이야기였다. 메리 휘트니는 콧방귀를 뀌며, 아무도 열지 않길 바랐다면 그런 상자를 왜 아무 데나 두었겠느냐고 했다.

그는 내가 그런 걸 안다는 데 놀라워한다. 그럼 그 상자 제일 밑바닥에 뭐가 있었는지 알아요?

예, 선생님. 내가 대답한다. 희망이 있었죠. 그걸로 말장난을 할 수도 있다. 어쩔 수 없이 결혼을 해야만 하는 사람이 술통 바닥을 긁으면 나오는 게 희망이라거나,* 그게 혼수 상자**였다는 식으로 말이다. 하지만 어쨌거나 그건 전설일 뿐이다. 퀼트를 할 때 쓰는 '판도라의 상자' 패턴은 예쁘기만 하다.

가끔은 우리 모두 작은 희망이 필요할 때가 있는 것 같아요. 그가 말한다.

나는 희망 없이 잘 지낸 지 좀 됐다고 말하려다 참는다. 오늘은 평소하고 다르시네요. 어디 편찮으신 건 아니죠?

그는 특유의 삐딱한 미소를 짓고, 아픈 게 아니라 딴 데 정신이 팔려서 그렇다고 대답한다. 그런데 내 이야기를 계속 들려주면 걱정거리를 잊을 수 있을 테니 도움이 될 거라고 한다. 하지만 무슨 걱정거리인지는 알려 주지 않는다.

그래서 나는 이야기를 계속한다.

이제 좀 행복했던 시절에 대해 말씀드릴 차례가 됐네요. 이때를 이야기하면서 메리 휘트니가 어떤 친구였는지 알려 드릴게요. 그러면 제가 가명이 필요했을 때 왜 메리의 이름을 썼는지 선생님께서도 이해하실 수 있을 거예요. 왜냐하면 메리는 어려움에 처한 친구를 모르는 척하는 법이 없었거든요. 저도 필요했을 때 메리의 편이 되

---

* 맥주 제조 원료인 홉(hop)의 발음이 희망을 뜻하는 hope의 발음과 같다.
** hope chest.

었길 바랄 따름이에요.

제가 일하게 된 곳은 토론토에서 손꼽히는 아주 으리으리한 집이었어요. 호수를 내려다보는 프런트 가에 있었는데, 그 일대에 그런 대저택들이 많았죠. 집 앞의 둥그스름한 현관 지붕은 하얀 기둥이 받치고 있었어요. 식당은 타원형이었고 응접실도 마찬가지였는데, 입이 떡 벌어질 만큼 근사하기는 했지만 외풍이 심했어요. 연회장만큼이나 큰 서재에는 천장까지 연결된 책장 가득 가죽 장정을 입힌 책들이 꽂혀 있어 평생 읽어도 다 못 읽을 정도였죠. 침실의 높은 침대에는 캐노피 커튼과 여름에 파리가 들어오지 못하게 막는 캐노피 모기장이 달려 있었고, 그 옆에는 거울이 달린 화장대와 마호가니 옷장과 서랍장까지 완벽하게 갖추어져 있었어요. 그 당시 상류층과 상류층이 되고 싶어 하는 사람들이 모두 그랬던 것처럼 이 집 식구들도 모두 성공회 신자였어요. 그게 국교였으니까요.

이 집 식구들을 소개하자면 먼저 올더먼 파킨슨 나리는 사업과 정치 문제로 바빠서 얼굴을 거의 볼 수 없었어요. 생김새는 사과에 다리용 막대를 두 개 꽂아 놓은 것과 비슷했죠. 금으로 만든 시곗줄이며 넥타이핀, 코담뱃갑, 기타 장신구를 하도 많이 하고 다녀서 나리를 녹이면 목걸이와 귀걸이가 다섯 쌍은 나오겠다 싶을 정도였어요. 그리고 올더먼 파킨슨 마님의 경우, 메리 휘트니가 말하길 마님이 올더먼 나리 역할에 더 어울린다고 했어요. 남편보다 더 훌륭하다고요. 마님은 여자치고 체격이 우람했고, 코르셋을 입었을 때와 안 입었을 때가 아주 달랐어요. 그런데 끈으로 몸을 단단히 묶으면 가슴이 선반처럼 튀어나와서 그 위에다 손님들 찻잔을 몇 개씩 얹고 다녀도 차를 한 방울도 흘리지 않았을 거예요. 마님의 고향은 미국이었는데, 마님의 표현을 빌리자면 유복한 미망인으로 지내다 나리에게 걸려들어 쓰러졌다고 했어요. 얼마나 볼 만한 광경이었을까요. 메리 휘트니는 그러고도 나리가 목숨을 부지한 게 신기하다고 했죠.

장성한 두 아들은 미국에서 대학교를 다녔어요. 그리고 베벨리나라는 이름의 스패니얼 애완견을 키웠는데, 가족 같은 대접을 받았기 때문에 저도 가족으로 소개하는 거예요. 저는 원래 동물을 좋아하지만 이 녀석에겐 애를 먹었어요.

그리고 수많은 하인들이 있었죠. 제가 거기 있는 동안에도 몇 명이 나가고 들어오고 했으니 일일이 거론하지는 않을게요. 마님의 수발을 들던 하녀는 프랑스에서 왔다고 주장했지만, 우리는 의심스러워했죠. 가정부인 허니 부인은 1층 뒤쪽의 제법 큼직한 방을 썼고, 집사도 마찬가지였어요. 그리고 요리사와 세탁 담당은 부엌 바로 옆방을 썼고요. 정원사와 마부, 그리고 부엌 하녀 두 명은 젖소 세 마리와 말들을 기르는 축사 옆 별채에서 지냈어요. 저는 가끔 그 축사에 가서 젖 짜는 걸 도왔죠.

저는 빨래를 돕는 메리 휘트니와 함께 뒷계단 꼭대기에 있는 다락방에서 지냈어요. 우리 방은 넓지 않았고, 지붕 바로 밑인 데다 벽난로나 난로가 없어서 여름에는 덥고 겨울에는 추웠어요. 방 안에는 짚을 채워 만든 매트리스가 깔린 침대, 조그만 서랍장, 이가 빠진 세면대, 변기가 있었죠. 그리고 등받이가 똑바른 연두색 의자는 밤에 옷을 걸어 두는 용도로 썼어요.

우리 옆방에는 방 청소 담당인 애그니스와 에피가 살았어요. 애그니스는 마음씨가 착하고, 도움이 많이 되고, 독실했어요. 어렸을 때 누런 이를 빼려다 하얀 이까지 빠지는 바람에 잘 웃지 않았고, 웃더라도 이가 보이지 않도록 신경을 썼죠. 메리 휘트니는 애그니스가 하얀 이를 돌려 달라고 그렇게 열심히 기도를 하는데, 아직까지 효과가 없다고 했어요. 에피는 3년 전 애인이 반란에 가담한 죄로 오스트레일리아로 추방당한 뒤부터 아주 우울해했어요. 애인이 그곳에서 죽었다는 편지를 받았을 때에는 앞치마 끈으로 목을 매달아 죽으려고 했죠. 그런데 끈이 끊어지는 바람에 반쯤 목이 졸리고 정신이 나간 채 바닥에 쓰러졌고, 결국 정신병원으로 보내졌어요.

그 당시 이 나라에 없었던 저는 반란에 대해 아는 게 아무것도 없었기 때문에 메리 휘트니한테 전해 들었어요. 반란의 대상은 모든 걸 장악하고 돈과 땅을 독차지한 귀족 계급이었고, 주동자는 급진파였던 윌리엄 라이언 매켄지*였다고 했어요. 반란이 실패로 돌아가자 여장을 하고 빙판과 눈을 뚫고 호수를 건너 미국으로 달아났는데 당국에 붙잡힐 위기가 숱하게 있었지만 언제나 농민들 편에 섰던 훌륭한 신사였기 때문에 무사할 수 있었대요. 하지만 수많은 급진주의자들이 붙잡혀 추방이나 교수형을 당하거나 재산을 빼앗기거나 남쪽으로 달아났대요. 이제 남은 건 대부분 토리당원이거나 그렇다고 말하는 사람들뿐이라 친구 사이가 아니면 정치 이야기는 금물이라고 했어요.

저는 정치에 대해서 아는 게 아무것도 없으니 어떤 자리에서건 정치 이야기를 꺼낼 생각이 없다고 말했어요. 그리고 메리에게 급진주의자냐고 물었죠. 그녀는 나리와 마님한테는 절대 말하면 안 된다면

---

* 1795~1861. 스코틀랜드 태생의 언론인, 정치운동가. 1820년에 스코틀랜드에서 캐나다로 이주한 뒤, 정치에 뛰어들면서 어퍼캐나다 지방 주민들의 불만을 대변했다. 1837년에 캐나다 정부에 대한 반란을 주도했으나 실패했다.

서 자기 아버지도 피땀 흘려 일군 농장을 그런 식으로 빼앗겼다고 했어요. 아버지가 곰과 여러 야생 동물들과 싸워 가며 두 손으로 만든 통나무집도 불타 버렸다고 했고요. 그리고 얼마 안 있어 아버지가 겨울에 숲 속에서 숨어 지내느라 병에 걸려 돌아가셨대요. 어머니는 상심 때문에 돌아가셨고요. 하지만 그들의 차례가 올 거라고, 언젠가는 복수를 당할 거라고 했어요. 이렇게 말하는 메리의 표정이 얼마나 무서웠는지 몰라요.

저는 메리 휘트니가 보자마자 마음에 들었기 때문에 함께 지내는 게 좋았어요. 메리는 열여섯 살이라 그 집에서 저 다음으로 나이가 어렸어요. 통통하고, 까만 머리에 반짝이는 까만 눈을 하고, 발그스름한 볼에는 보조개가 들어간, 예쁘고 쾌활한 친구였죠. 그리고 육두구 아니면 카네이션 냄새가 났고요. 메리는 저에 대해서 모든 걸 알고 싶어 했고, 저는 배를 타고 건너온 이야기, 어머니가 돌아가신 이야기, 어머니를 빙산 사이 바다에 묻은 이야기를 해 주었어요. 메리는 듣더니 참 가슴 아프다고 했어요. 그런 다음 우리 아버지 이야기도 했는데, 부모님을 욕하는 건 옳지 않은 일이니 최악의 부분은 말하지 않았어요. 아버지한테 월급을 모두 뺏길 것 같아서 걱정이라고 했더니 메리는 아버지가 번 돈이 아니니 절대 드리면 안 된다고, 드려 봐야 술 마시는 데 쓰실 게 뻔하니 동생들한테도 득이 될 게 없지 않느냐고 했어요. 아버지가 무섭다는 내 말을 듣고는 여기 있으면 어쩌지 못한다고, 손을 대려고 하면 자기가 친구도 많고 덩치도 큰 축사 담당 짐한테 일러바치겠다고 했어요. 그 말을 듣고 저는 마음이 놓이기 시작했어요.

메리는 저더러 너무 어리고 아무것도 모르지만 영리하다면서, 아무것도 모르는 사람은 배우면 된다는 게 멍청한 사람과의 차이점이라고 했어요. 그리고 제 몫을 다하는 성실한 아이 같으니 자기하고 잘 지낼 수 있을 거라고도 했어요. 그녀는 다른 집 두 군데에서도 일해 봤는데, 이왕 하녀로 지낼 거면 먹을 것을 아끼지 않는 파킨슨 나리 댁이 괜찮다고 했죠. 저는 정말로 이내 살이 찌고 키가 크기 시작했어요. 아일랜드보다 캐나다가 먹을거리를 쉽게 구할 수 있었고, 음식도 다양했거든요. 비록 소금에 절인 돼지고기 아니면 베이컨이었지만, 심지어 하인들도 날마다 고기를 먹었어요. 밀가루와 옥수수로 만든 맛있는 빵도 있었고요. 게다가 파킨슨 나리 댁에는 젖소 세 마리, 텃밭, 과일나무, 딸기, 건포도, 포도도 있었고, 화단도 있었어요.

메리 휘트니는 장난치는 걸 좋아했어요. 우리 둘이 있을 때는 짓궂었고 말하는 게 거침이 없었죠. 하지만 연장자와 윗사람들 앞에서는 공손하고 얌전했어요. 그렇기도 하고 일도 싹싹하게 잘했기 때문에 두루두루 예쁨을 받았죠. 그런데 뒤에서는 그 사람들을 가지고 우스갯소리를 하고, 표정과 걸음걸이와 버릇을 흉내 냈어요. 저는 그 친구의 입에서 튀어나오는 말을 듣고 깜짝 놀랄 때도 많았어요. 상스러운 단어들이 많았거든요. 그런 욕을 들은 게 처음은 아니었어요. 아버지가 술에 취하면 집에서도 상소리가 넘쳐났고, 이곳으로 건너오는 배 안에서나 술집이나 여관과 가까운 부두에서 자주 들었으니까요. 그렇게 어리고 예쁜 데다, 옷차림이 단정하고 깨끗한 여자아이가 그런 소리를 하니 놀랐던 거죠. 하지만 저는 곧 익숙해졌고, 캐나다 토박이라 신분에 대한 개념이 없어서 그런가 보다 하고 생각했어요. 그리고 제가 경악한 표정을 지으면 가끔 메리는 저더러 늙은 하녀의 궁둥이처럼 축 처진 뚱한 입을 하고, 조만간 애그니스처럼 구슬픈 찬송가를 부르게 될 거라고 했어요. 그러면 저는 아니라고 했고, 그러다 결국에는 둘이서 웃음을 터뜨리곤 했죠.

　메리는 소수의 몇 사람은 가진 게 너무 많고 나머지는 가진 게 너무 없는 게 신의 섭리일 리 없다며 씩씩거렸어요. 자기 할아버지가 인디언이었다고, 그래서 자기 머리가 그렇게 까만 거라고 했어요. 그러면서 기회만 보이면 숲으로 달아나 활과 화살을 들고 돌아다닐 거라고, 그러면 머리를 묶거나 코르셋을 입을 필요도 없을 거라고 했어요. 저에게 같이 가자고도 했고요. 우리는 어떤 식으로 숲 속에 숨어 있다 지나가는 사람들을 덮쳐 머리 껍질을 벗길 건지 계획을 세우곤 했죠. 메리가 그런 걸 책에서 읽었거든요. 메리는 마님의 머리 껍질을 벗기고 싶지만 그래 봐야 가발을 쓰고 있으니 헛수고라고 하면서 침실 옆 화장실에 가발이 있더라고 했어요. 한번은 프랑스 하녀가 그걸 쌓아 놓고 빗질하는 걸 보고 스패니얼인 줄 알았다나요? 하지만 다 말뿐이었고, 나쁜 뜻은 없었어요.

　메리는 처음부터 내 보호자를 자청했어요. 내 실제 나이가 어리다는 걸 금세 알아차리고는 아무한테도 고자질하지 않겠다고 맹세도 했죠. 메리는 내 옷들을 보더니 대부분 너무 작아서 쓰레기 봉지로나 쓰면 맞겠다고 했고, 제가 바람이 숭숭 들어올 텐데 어머니 숄 하나로 겨울을 버틸 수 있을지 모르겠다고 했더니 제게 필요한 옷을 구할 수 있게 도와주겠다고 했어요. 허니 부인이 저더러 부랑아 같다고, 마님의 체면도 있으니 남 보기 부끄럽지 않을 정도로 꾸며야겠다고 메리에게 말했다는 거예요. 하지만 저는 먼저 감자처럼 벅벅 씻어야 했어요. 그 정도로 지저분했거든요.

　메리는 허니 부인의 욕조를 빌리겠다고 했어요. 저는 평생 욕조라고는 써 본 적도 없거니와 허니 부인이 무서웠기 때문에 깜짝 놀랐죠. 하지만 메리가 말하길 입이 거칠어서 그렇지 성격이 고약한 사람은 아니라고, 어쨌거나 부인이 들고 다니는 열쇠 때문에 중고 주전자를 가득 실은 짐마차처럼 쩔그렁거리니 가까이 오면 소리를 들을 수 있다고 했어요. 그리고 만약 왈가왈부하면 저를 발가벗겨서 뒷마당에 있는 펌프로 씻기겠다고 협박하겠다고 했고요. 저는 깜짝 놀라서 그럴 수는 없다고 했어요. 그러자 메리가 말하길 당연히 그렇게 안 할 거라고, 하지만 그런 이야기를 꺼내기만 해도 허니 부인의 허락을 받을 수 있을 거라고 하더군요.

　메리는 금세 돌아왔고, 사용 후에 깨끗이 씻어 놓기만 하면 욕조를 마음껏 써도 된다고 허락을 받았대요. 우리는 욕조를 세탁실로 들고 갔고, 물을 받아서 스토브에 데워 냉기를 없앤 다음 욕조에 부었죠. 저는 메리한테 등을 돌리고 문가에 서서 아무도 들어오지 못하게 막아 달라고 했어요. 그때까지 옷을 한꺼번에 벗은 적이 한 번도 없었거든요. 조신하게 시프트는 항상 입고 있었죠. 물이 별로 따뜻하지 않아서, 목욕을 다 마쳤을 무렵에는 몸이 와들와들 떨렸어요. 여름이었기에 망정이지 안 그랬으면 감기에 걸려서 죽었을 거예요. 메리는 머리도 감으라고 했어요. 머리를 너무 자주 감으면 기가 빠져나가는 게 사실이고 그 바람에 기운이 다해서 죽은 여자아이도 알고 있지만, 그래도 서너 달에 한 번씩은 감아 주어야 한다면서요. 그러고는 내 머리 속을 들여다보며 적어도 이는 없다고, 이가 생기면 유황과 테레빈유를 발라야 한다면서, 자기도 한 번 바른 적이 있는

데 그 뒤로 며칠 동안 썩은 달걀 냄새를 풍기고 다녔다고 했어요.

메리는 제 옷이 마를 때까지 자기 잠옷을 빌려 주었어요. 메리가 제 옷을 몽땅 빨아 버렸거든요. 제 몸을 시트로 둘둘 말아 주고는 세탁실에서 빠져나와 뒷계단으로 올라가게 했는데, 저를 보더니 정말 우습다고, 미친 여자 같다고 했어요.

메리는 허니 부인에게 제대로 된 옷을 살 수 있게 제 월급을 가불해 달라고 부탁했어요. 그리고 바로 그다음 날 둘이서 시내로 나갔죠. 허니 부인은 우리가 출발하기에 앞서 설교를 늘어놓으면서 조신하게 행동하고, 일이 끝나면 곧장 돌아올 것이며, 낯선 사람, 그중에서도 특히 남자들하고는 말을 섞지 말라고 했어요. 우리는 그러겠다고 약속했어요.

하지만 우리는 멀리 돌아서 울타리가 쳐진 어느 집 정원의 꽃도 구경하고, 상점도 구경했죠. 상점들은 벨파스트에서 잠깐 보았던 것처럼 많지도 않고, 으리으리하지도 않았어요. 그런데 그때 메리가 매춘부들이 사는 길거리를 구경하지 않겠느냐고 물었어요. 제가 무서워하니까 위험할 게 아무것도 없다고 하면서요. 저는 몸을 팔아서 먹고사는 여자들을 정말로 만나 보고 싶었어요. 왜냐하면 정말 최악의 상황이 찾아와 굶어 죽게 되었을 때 비빌 언덕이 있다는 뜻이니까요. 그리고 그런 여자들은 어떻게 생겼는지 궁금하기도 했고요. 그래서 롬바드 가로 갔는데, 아침이다 보니 구경거리가 별로 없었어요. 메리 말로는 거기에 유곽이 몇 군데 있는데, 겉보기에는 구별이 안되지만 안으로 들어가 보면 터키산 카펫에 크리스털 샹들리에, 벨벳커튼까지 아주 휘황찬란하고, 그 안에 사는 매춘부들은 각자 자기

방이 있어서 하녀들이 방으로 아침도 가져다주고 청소와 침대 정리에 대소변까지 치워 주니 그들이 하는 일이라고는 옷을 입었다 다시 벗고 반듯하게 누워 있는 것뿐이라 탄광이나 섬유 공장보다 일이 쉽다고 했어요.

이런 집에 사는 여자들은 몸값이 비싼 고급 매춘부이고, 상대하는 사람도 상류층이거나 적어도 돈이 많은 남자들이랬어요. 하지만 몸값이 싼 쪽은 길거리를 돌아다니며 시간제로 방을 빌려야 하고, 대부분 병이 있고, 스무 살이 되면 나이가 많은 축에 속하기 때문에 얼굴에 분칠을 해서 가난하고 술에 취한 선원들을 속여야 한대요. 그리고 그런 여자들은 멀리서 보면 깃털 장식하며 공단하며 기품이 넘치지만, 가까이서 보면 몸에 걸치는 것 하나하나 하루 단위로 빌리다 보니 옷은 흙투성이인 데다 몸에 안 맞고, 빵 사 먹을 돈도 못 남기기가 다반사라고 했어요. 그러면서 덧붙이길 그렇게 비참하게 사느니 차라리 호수에 몸을 던지는 게 나을 것 같은데, 실제로 몇 명은 그렇게 해서 부둣가로 둥둥 떠내려온다고 했지요.

제가 어쩌면 그렇게 잘 아느냐고 놀라워했더니 메리는 웃으며 부엌에서 귀를 쫑긋 세우고 있으면 여러 가지 이야기를 들을 수 있댔어요. 그러면서 시골에서 알고 지내던 친구도 나쁜 길로 빠져서 예전에 길거리에서 종종 본 적이 있는데, 그 뒤로 어떻게 됐는지 모르겠다면서, 잘 지내고 있을 것 같지는 않다고 하더라고요.

우리는 여러 옷감을 싸게 파는 킹 가의 포목점을 찾아갔어요. 비단, 무명, 브로드, 플란넬, 공단, 타탄 등 없는 게 없더라고요. 하지만 가격과 용도를 감안해서 골라야 했죠. 결국 우리는 파란색과 하얀색의 튼튼한 체크무늬 무명을 샀는데, 메리가 옷 만드는 걸 도와주겠다고 했어요. 그런데 나중에 제 솜씨가 아주 훌륭하고 바늘땀도 워낙 촘촘한 걸 보고는 깜짝 놀라면서 하녀로 일하기 아깝다고, 재봉사가 되어야겠다고 했죠.

다음 날, 그 집 사람들 사이에서 유명한 보따리장수한테 실과 단추도 샀어요. 요리사가 특히 그 보따리장수를 좋아해서 그가 보따리를 열고 물건을 늘어놓기 시작하자 차를 끓이고 케이크를 한 조각 내왔죠. 그의 이름은 제러마이어였고, 그가 뒷문과 연결된 길을 올라올 때면 누더기를 입은 개구쟁이 대여섯 명이 무슨 행렬을 하는 것처럼 따르면서 한 명이 숟가락으로 냄비를 두드리는 소리에 맞춰 일제히 노래를 부르곤 했어요.

제러마이어, 불을 지펴라.
훅, 훅, 훅.
처음에는 살살 불고,
그다음에는 세게 불고!

이 왁자지껄한 소리가 들리면 모두들 창가로 달려갔어요. 뒷문에 도착한 아이들은 그가 용돈으로 쥐어 주는 1페니를 받고 도망쳤죠. 이게 웬 난리냐고 묻는 요리사의 말에 그가 대답하길 그런 아이들은 보따리장수를 만나면 진흙과 말똥을 던지는데 그보다는 자기 명령 아래 뒤를 따라오게 만드는 게 낫다고, 진흙과 말똥 세례를 받으면 짐을 내팽개치고 뒤쫓아가야 하는데 그랬다가는 꼬마 깡패들에게 도둑질을 당하니 아이들을 활용해서 노래도 직접 가르치는 현명한 방법을 택한 거라고 했어요.

제러마이어는 코와 다리가 길고, 햇볕에 그을린 까만 피부에다 곱슬거리는 까만색 턱수염이 있는 수완 좋고 영리한 사람이었는데, 메리가 말하길 생김새로 보면 대부분의 보따리장수들이 그렇듯 유대인 아니면 집시 같지만, 사실은 매사추세츠로 건너와 섬유 공장에서 일한 이탈리아 출신 아버지 밑에서 태어난 양키라고 했어요. 그래서 성이 폰텔리였지만, 모두들 그를 좋아했어요. 외국인 억양이 조금 느껴지기는 해도 영어도 곧잘 했고요. 그런가 하면 꿰뚫어 보는 듯한 검은 눈과 근사한 함박웃음으로 여자들을 쓰러뜨렸죠.

저도 사고 싶은 물건들이 많았는데 형편이 안 됐어요. 지금은 돈을 반만 내고 다음번에 왔을 때 나머지 반을 주면 된다고 했지만 빚지는 건 싫었거든요. 그의 보따리 안에는 리본, 레이스, 실, 쇠붙이나 자개나 나무나 뼈로 만든 단추 들이 있었어요. 제가 고른 건 뼈로 만든 단추였죠. 그리고 하얀 면양말, 옷깃과 커프스, 넥타이와 손수건, 페티코트, 누가 입던 거지만 깨끗하게 빨아서 새것이나 다름없는 코르셋 두 벌, 연한 색깔의 정말 예쁜 여름용 장갑도 있었어요. 메리가 칠이 벗겨질 거라고 말한 은색과 금색 귀걸이도 있었고, 진짜 은으로 만든 코담뱃갑, 아주 진한 장미향이 나는 향수도 있었고요. 제러마이어가 향수를 몇 병 사는 요리사한테 말하길, 이미 공주님과 같은 향기를 풍기고 있으니 향수가 필요 없다고 했죠. 요리사는 나이가 쉰에 가까운 데다 전혀 우아하다고 할 수 없는 인물이었는데도 그 말을 듣더니 얼굴을 붉히면서 쿡쿡 웃었고, 양파 냄새 아니겠냐고 말했어요. 그는 냄새가 너무 향긋해서 먹어도 될 정도라고, 남자의 마음을 사로잡으려면 배를 채워 줘야 하는 거라면서 까만 수염 때문에 더 크고 더 하얘 보이는 이를 드러내며 씩 웃었고, 요리사가 한 입에 삼키고 싶은 맛있는 케이크라도 되는 것처럼 굶주린 눈빛으로 그녀를 쳐다보며 자기 입술을 핥더군요. 그러자 요리사의 얼굴이 한층 더 빨개졌죠.

그는 잠시 후 팔 물건은 없느냐고 물었어요. 우리가 아는 한 값을 후하게 쳐주는 편이라 애그니스가 이모한테 선물 받았다는 산호 귀걸이를 팔았어요. 애그니스는 이제 쓸 일이 없어서 파는 거라고 했지만, 사실은 언니 때문에 돈이 필요하다는 걸 우리 모두 알고 있었죠. 축사에서 일하는 짐도 들어와서 가지고 있는 셔츠와 큼지막한 색깔 손수건을 좀 더 그럴듯한 셔츠와 맞바꾸고 싶다고 했어요. 여기에 나무 손잡이가 달린 주머니칼이 추가되자 흥정이 이루어졌죠.

제러마이어가 부엌에 있는 동안 파티라도 열린 것처럼 와자지껄하니까 허니 부인이 왜 이렇게 시끄럽냐며 부엌으로 건너왔어요. 그녀는 제러마이어, 또 못된 수법으로 여자들을 꼬드기고 있구먼, 하고 말했어요. 그런데 그렇게 말하면서 좀처럼 보기 드물게 웃는 거예요. 제러마이어는 맞다고, 그러고 있다고, 예쁜 여인들이 너무 많아서 어쩔 수 없다고 대답했죠. 부인은 아이들도 해야 할 일이 있으니 하루 종일 진 치지 말고 빨리 끝내라고 말하면서도 한랭사로 만든 손수건을 두 장 샀어요. 그러고는 쩔그렁거리면서 밖으로 나갔죠.

그에게 손금을 봐 달라는 사람들도 있었어요. 하지만 애그니스가 나서서 그건 악마와 손을 잡는 짓이라며, 마님은 자기 부엌에서 그런 접시 같은 일이 벌어지고 있다는 소문이 주변으로 퍼지는 걸 바라지 않을 거라고 했죠. 그래서 손금은 봐 주지 않았어요. 하지만 한참을 졸랐더니 부잣집 나리 흉내를 내 주더군요. 말투며 행동거지까지 어찌나 똑같은지 박수를 치며 웃었답니다. 그는 요리사의 귀에서 은화를 꺼내고, 포크를 삼키는 것도 보여 주었어요. 난봉꾼으로 장터를 돌아다니던 철없던 젊은 시절에 배운 마술인데, 지금은 성실한 장사꾼이 되어 소매치기나 당하고 우리처럼 예쁘고 못된 여자들 때문에 수십 번씩 가슴에 상처를 입으며 살고 있다나요? 그 말을 듣고 모두들 웃음을 터뜨렸죠.

그런데 그는 물건을 다시 보따리에 쓸어 담고, 차를 마시고, 케이크를 먹고, 이 집 요리사만큼 케이크를 맛있게 만드는 사람도 없다고 말을 하고 나가면서 저더러 이쪽으로 오라고 손짓하더니 제가 산 단추 네 개와 잘 어울리는 단추를 한 개 주는 거예요. 제 손바닥에 단추를 올려놓고 손가락을 꽉 쥐어 주는데, 그 사람 손가락은 모래처럼 딱딱하고 푸석푸석하더라고요. 그런데 그러기에 앞서 제 손바닥을 얼른 들여다보고는 다섯이라 재수가 좋다고 말하는 거예요. 그런 사람들은 4를 불길한 숫자라고 하고, 홀수가 짝수보다 재수가 좋다고 생각하잖아요. 그런 다음 반짝이는 까만 눈으로 뭔가 안다는 듯 저를 얼른 쳐다보더니 다른 사람들은 듣지 못하게 나지막한 목소리로 험난한 바위들이 기다리고 있다고 했어요. 누구나 험난한 바위들이 기다리고 있지 않은가요, 선생님? 저 같은 경우에는 험난한 바위들을 잘 헤치고 이겨 냈고요. 그래서 저는 그런 말을 듣고도 기죽지 않았어요.

그런데 그가 또 아주 이상한 말을 하는 거예요. 너는 우리하고 비슷한 부류라고.

그러더니 보따리를 어깨에 짊어지고 지팡이를 들고 사라졌어요. 그게 무슨 말일까 궁금해진 저는 곰곰이 생각하다 저도 보따리장수나 장돌뱅이처럼 집 없이 떠도는 사람이라는 뜻인가 보다라고 결론을 내렸죠. 그게 아니면 다른 무슨 뜻이 있을지 모르겠더라고요.

그 사람이 떠난 뒤에 모두들 맥이 빠지고 기운이 없어졌죠. 뒷방에서 지내는 저희들이 그렇게 예쁜 물건도 구경하고 대낮에 신 나게 웃고 즐기는 호사를 누리는 건 흔치 않은 일이었거든요.

하지만 옷은 아주 예쁘게 만들어졌고, 단추가 네 개가 아니라 다섯 개가 돼서 세 개는 목에, 두 개는 소맷부리에 하나씩 달았어요. 심지어 허니 부인조차 제대로 차려입으니 전혀 달라 보인다고, 얼마나 단정하고 착실해 보이는지 모른다고 했을 정도였답니다.

19

첫 달이 끝나는 날, 우리 아버지가 찾아와서 월급을 달라고 했어요. 다 써 버린 바람에 25센트밖에 못 드렸지요. 아버지는 욕을 하면서 제 팔을 잡았지만, 메리가 축사 일꾼들을 동원해 혼찌검을 냈어요. 아버지가 두 번째 달이 끝나는 날에 다시 찾아왔을 때도 25센트를 드렸죠. 이때 두 번 다시 찾아오지 말라는 메리의 말을 듣고 아버지가 욕을 했거든요. 그랬더니 메리가 더 심한 욕으로 응수하면서 휘파람으로 사람들을 불렀어요. 이렇게 해서 아버지는 쫓겨났죠. 저는 이 광경을 보며 착잡했어요. 어린 동생들이 불쌍했으니까요. 그래서 나중에 버트 부인을 통해 돈을 좀 보냈는데, 동생들한테 전달되지는 않았을 것 같아요.

처음에 저는 식기실 하녀로 냄비와 프라이팬 씻는 일을 맡았지만, 제가 맡기에는 가마솥이 너무 무거웠어요. 게다가 세탁 담당이 일자리를 옮기고 후임이 들어왔는데, 솜씨가 야무지지 못해서 허니 부인이 저에게 메리를 도와 빨래를 헹구고 짜고 널고 개고 주름을 펴고 수선하는 일을 맡겼을 때 우리 둘 다 얼마나 좋아했는지 몰라요. 메리는 일하는 데 필요한 요령을 가르쳐 주겠다면서 저더러 똑똑하니까 금세 배울 거라고 했어요.

제가 실수를 해서 그걸로 걱정하면 메리가 위로해 주면서 모든 걸 너무 심각하게 생각하지 말라고, 실수를 하지 않으면 아무것도 배울 수 없는 법이라고 했어요. 제가 허니 부인한테 모진 말을 듣고 눈물을 글썽이면 식초 한 병을 마시고 혀로 내뱉는 여자라 늘 그런 식이니 신경 쓰지 말라고 했고요. 그러면서 우리는 노예가 아니고, 하녀로 태어난 것도 아니고, 앞으로 계속 하녀로 살지도 않을 거라는 사실을 잊지 말라고 했어요. 이건 일종의 직업에 불과하다면서요. 메리가 말하길 이 나라에서는 젊은 여자들이 지참금을 마련하기 위해 일을 하는 게 풍습이라고 했어요. 그런 다음 결혼을 해서 남편이 잘되면 가정부나마 한 명 둘 수 있다고요. 언젠가 제가 조그만 농가의 안주인으로 먹고살 만해지면 허니 부인 때문에 고생하고 괴로워했던 날을 돌아보며 웃을 수 있을 거라고도 했어요. 사람은 누구나 마찬가지이고, 이 땅의 사람들은 어떤 집안에서 태어났느냐가 아니라 얼마나 열심히 노력했느냐에 따라 출세를 하는데, 원래 그래야 하는 법이라고도 했죠.

메리는 하녀도 똑같은 직업이라 남들은 절대 배울 수 없는 비결이 있고, 뭐든 생각하기 나름이라고 했어요. 예를 들어 우리는 가족들이 지나다니는 데 지장이 없도록 뒷계단으로 다니라는 소리를 듣는데, 사실은 그 반대라는 거예요. 가족들이 우리가 지나다니는 데 지장이 없도록 앞 계단으로 다닌다는 거죠. 메리의 말에 따르면 그들은 근사한 옷과 장신구를 차려입고 앞 계단을 어슬렁어슬렁 오르내리지만 집안의 실질적인 일은 뒤에서 이루어지고 있고, 그들이 거기 얽히거나 끼어들어 봐야 민폐일 뿐이었어요. 돈이 많기는 해도 나약하고 아는 게 없고, 대부분 발가락이 동상에 걸려 떨어져 나가도 방법을 몰라서 불도 못 지피고, 본질적으로 사람 자체가 신부님의 불알처럼 아무짝에도 쓸모가 없죠. 선생님 앞에서 이런 표현을 써서 죄송하지만 메리가 그렇게 말했거든요. 코는 어떻게 풀고 뒤는 어떻게 닦는지 알지 못하고, 내일 전 재산을 잃고 거리로 쫓겨나도 어느 부분을 어디에 넣어야 하는지 몰라서 그걸……. 그 단어는 쓰지 않을래요. 그걸 귀에 넣을 테니 몸을 팔지도 못할 테고, 대부분 땅바닥에 뚫린 구멍과 자기 똥구멍도 구별 못 할 거라고 했고요. 그런 다음 여자들에 대해서도 뭐라고 말을 했는데, 너무 상스러워서 선생님 앞에서 옮기지는 못하겠지만 아무튼 그 말을 듣고 우리 둘 다 얼마나 웃었는지 모른답니다.

메리가 말하길 일을 언제 했는지 모르게 해 놓는 게 관건이라고 했어요. 일을 하고 있는데 식구들 중에서 누가 들이닥칠 것 같으면 당장 사라져 버려야 한다고요. 그리고 또 말하길 우리는 그들의 지저분한 속옷을 빨아 보았기 때문에 그들에 대해서 많은 걸 알지만, 그들은 우리에 대해서 아는 게 없으니 결국에는 우리가 이기는 거라고 했어요. 하인들에게 숨길 수 있는 비밀은 거의 없다고 보면 되니까요. 그리고 제가 만약 청소 담당이 되면 오물이 든 요강을 장미꽃이 담긴 그릇인 양 옮기는 법을 배워야 된다고 했어요. 이 사람들이 제일 싫어하는 게 그들에게도 육신이 있고, 똥 냄새가 남들만큼 지독하다는 걸 깨닫게 되는 거라나요? 그런 다음 메리는 시를 읊곤 했어요. "아담이 땅을 파고 이브가 실을 잣던 시절에는 누가 높으신 나리였겠는가?"*

선생님, 전에도 말씀드렸던 것처럼 메리는 솔직하고 거리낌 없이 말하는 성격이었어요. 그리고 상당히 민주주의적인 사고방식을 가진 친구라 적응하는 데 시간이 좀 걸렸죠.

집 꼭대기에 공간이 나누어진 널따란 다락방이 있었어요. 계단을 올라와서 우리가 머무는 방을 지나 다른 쪽 계단으로 내려가면 건조실이 나왔어요. 빨랫줄이 여러 개 걸려 있고, 작은 창문들이 처마 밑으로 열려 있는 그런 곳이었죠. 부엌의 굴뚝도 이 방을 지나갔어요. 겨울이나 비가 올 때 빨래를 말리는 용도로 쓰이는 방이었죠.

보통은 날이 흐리면 빨래를 하지 않았어요. 그런데 특히 여름에는 처음에 화창했다가 느닷없이 먹구름이 드리우고 천둥이 치면서 비가 쏟아지곤 했거든요. 뇌우가 심해서 천둥소리가 어찌나 크고 번개는 또 어찌나 무섭게 번쩍거리는지 세상의 종말이 다가오나 싶을 정도였죠. 처음 겪었을 때 저는 무서워서 테이블 밑에 들어가 울음을 터뜨렸지 뭐예요. 메리는 별것 아니고 뇌우일 뿐이라고 하면서도 논밭이나 헛간에서 번개에 맞아 죽은 사람들과 나무 밑에 서 있다 죽은 암소 이야기를 들려주더라고요.

빨래가 널려 있을 때 빗방울이 떨어지기 시작하면 광주리를 들고 달려 나가 잽싸게 전부 걷은 다음 계단을 올라가 건조실에 다시 널었어요. 광주리 안에 오래 넣어 두면 곰팡이가 생기거든요. 저는 빨래를 밖에서 말릴 때 나는 그 향긋하고 뽀송뽀송한 냄새가 정말 좋았답니다. 화창한 날 산들바람에 셔츠와 잠옷 들이 날리면 커다랗고

---

* 1381년 농민 폭동 때부터 구전된 영국의 유명한 운문.

하얀 새 같기도 하고, 머리 없는 천사들이 즐거워하는 모습 같기도 했고요.

그런데 잿빛의 어두침침한 건조실에 널면 똑같은 빨래인데도 달라 보여서 어둑어둑한 곳을 떠다니며 어른거리는 희미한 유령처럼 느껴졌어요. 너무나도 고요하고 실체가 없는 듯한 그 모습에 저는 무서워졌죠. 얼마 지나지 않아 이런 데 눈치가 빠른 메리가 알아차리고는 시트 뒤에 숨어서 윤곽이 드러나도록 시트를 얼굴 위로 팽팽히 당긴 채 신음 소리를 내거나 잠옷 뒤에서 소매를 움직였어요. 저를 놀라게 하는 게 목적이었는데, 매번 성공을 거두어서 제가 비명을 지르곤 했죠. 그러면 서로 웃고 소리를 지르되 너무 큰 소리는 내지 않도록 조심하면서 빨래들 사이로 추격전을 벌였어요. 저는 메리를 붙잡으면 간지럼을 태웠어요. 메리가 간지럼을 잘 탔거든요. 어떨 때는 둘이서 옷 위에다 마님의 코르셋을 입은 다음 가슴을 내밀고 눈을 내리깐 채 걸어다니기도 했어요. 그러다 기운이 다 빠지면 속옷이 담긴 바구니 속으로 쓰러져서 표정이 다시 멀쩡해질 때까지 물고기처럼 헐떡이며 가만히 누워 있었어요.

이게 다 젊은 혈기였죠. 젊은 혈기가 항상 고상하게 표출되지만은 않는다는 걸 선생님도 아실 테지만요.

올더먼 파킨슨 마님이 가지고 있었던 누비이불은 제 평생 본 것을 다 합친 것보다 많았어요. 아일랜드에서는 누비이불이 유행도 아니었고, 날염 천이 싸고 흔한 물건도 아니었거든요. 메리가 말하길 여자는 누비이불 세 채를 직접 만들어야 결혼 준비를 끝낸 거라고 했어요. 가장 근사한 건 '천국의 나무'나 '꽃바구니' 같은 혼수용 이불이었죠. '기러기 사냥'이나 '판도라의 상자'도 조각이 많고 어려운 패턴이었고요. 일상적인 용도로 쓰이는 '통나무집'이나 '아홉 조각' 같은 건 이보다 더 빨리 만들 수 있었어요. 메리는 하녀로 일을 하다 보니 시간이 없어서 혼수용 이불은 아직 시작하지 못했지만, '아홉 조각'은 이미 끝내 놓은 상태였어요.

9월 중순의 어느 화창한 날에 허니 부인이 말하길 날이 추워질 때를 대비해서 겨울용 누비이불과 담요를 모두 꺼내 바람을 쏘이고, 구멍 나고 찢어진 데를 손볼 때가 됐다면서 그 일을 메리와 저한테 맡겼어요. 누비이불은 습기를 피하기 위해 건조실과 멀찌감치 떨어진 다락방의 삼나무 서랍장에 보관되어 있었죠. 사이사이에 모슬린 천과 장뇌를 넣어 두었는데, 고양이를 한 마리 잡을 수 있을 만큼 많이 넣어 놔서 냄새 때문에 현기증이 날 지경이었어요. 이불과 담요를 아래층으로 들고 내려가 빨랫줄에 널고 솔질하면서 좀이 쏠은 데가 있는지 살피는 게 우리 일이었죠. 여름용 이불에는 목화솜을 넣지만 겨울용 이불에는 양모 솜을 넣기 때문에 삼나무 서랍장에 장뇌를 넣어 보관해도 좀이 쏠 때가 있거든요.

겨울용 이불은 여름용 이불보다 색이 짙은 빨간색, 주황색, 파란색, 자주색이었어요. 비단과 벨벳과 양단 조각을 쓴 이불도 있었고요. 감옥에서 몇 년을 지내면서 혼자 있을 때가 많은데, 그럴 때 눈을 감고 태양을 마주 보면 그 이불처럼 환한 빨간색과 주황색이 보여요. 저는 이불 대여섯 채를 빨랫줄에 한 줄로 널면서 참전하는 부대가 내건 깃발 같다는 생각을 했어요.

저는 그때부터 여자들이 그런 깃발 같은 걸 만들어서 침대를 덮는 이유에 대해 생각했어요. 여자들은 원래 방 안에서 침대에 가장

신경을 쓰잖아요. 그러다 문득 깨달았어요. 경고의 의미라는 것을요. 선생님이 침대를 평화로운 곳으로 생각하신다면 그건 침대가 휴식과 편안함과 단잠의 상징이기 때문이에요. 하지만 누구나 그렇게 생각하는 건 아니죠. 침대에서 위험한 일들이 아주 많이 벌어지거든요. 침대는 우리가 태어나는 곳이니 우리가 인생 최초의 위기감을 맛보는 곳이죠. 여자들이 아이를 낳는 곳이니 종종 생의 마지막을 장식하는 곳이기도 하고요. 그리고 선생님 앞에서 차마 말할 수 없는 남녀 간의 행위가 벌어지는 곳이기도 하죠. 선생님도 무얼 말하는지 아시겠지만, 누구는 그걸 사랑이라 하고, 누구는 절망이라 하고, 또 누구는 참아야 할 모욕일 뿐이라고 하죠. 그리고 마지막으로 침대는 우리가 잠을 자고, 꿈을 꾸고, 대개는 죽음을 맞이하는 곳이에요.

누비이불에 대한 이런 상념들은 감옥에 갇힌 뒤에 한 거예요. 이곳은 생각할 시간은 많고, 생각을 들어 주는 사람은 없는 곳이라 자꾸 혼잣말을 하게 돼요.

이때 조던 박사님이 잠깐 멈추어 달라고 한다. 내 이야기가 너무 흥미진진한데 다 받아 적지 못했기 때문이다. 나도 그 시절을 이야기하면 즐겁고, 그 시절에 최대한 오랫동안 머물고 싶기도 하니 듣던 중 반가운 소리다. 그래서 나는 종이 위로 그의 손이 움직이는 것을 바라보며 기다리면서, 글씨를 빨리 쓰는 것도 피아노처럼 연습을 해야 가능한 일일 텐데 그런 재주를 가지고 있으면 좋겠다는 생각을 한다. 그리고 그가 노래를 잘 부르는지, 내가 독방에 혼자 갇혀 있는 동안 아가씨들과 저녁에 이중창을 부르는지 궁금해한다. 잘생기고 마음씨도 착한 총각이니 아마도 그럴 것이다.

그러니까 그레이스, 그가 고개를 들고 묻는다. 침대가 위험한 곳이라고요?

말투가 전과 다르다. 속으로 웃고 있는 걸까? 그렇게 아무 이야기나 하면 안 되는 거였다. 나는 그가 계속 그런 말투로 물으면 앞으로 말을 골라서 하겠다고 다짐한다.

물론 늘 그런 건 아니죠. 내가 대답한다. 아까 제가 이야기한 그런 경우에만 위험한 거예요. 그런 다음 난 입을 다물고 계속 바느질을 한다.

그레이스, 나 때문에 기분 상했어요? 그가 묻는다. 일부러 그런 게 아닌데.

나는 얼마 동안 말없이 바느질을 한다. 그러다 입을 연다. 선생님을 믿고, 하시는 말씀을 곧이곧대로 믿을게요. 나중에 선생님도 그래주셨으면 좋겠어요.

그럼요, 물론이에요. 그가 열심히 대답한다. 하던 이야기를 계속해줘요. 내가 방해하지 말았어야 하는 건데.

그렇게 평범하고 일상적인 이야기에는 당연히 관심 없으시겠죠. 내가 말한다.

그레이스, 난 당신이 하는 이야기에는 뭐든 관심 있어요. 그가 말한다. 인생의 사소한 부분에 종종 중요한 의미가 숨어 있기도 하거든요.

그게 무슨 뜻인지 모르겠지만, 아무튼 난 하던 이야기를 계속한다.

드디어 누비이불을 전부 들고 내려가서 햇볕이 비치는 데 널고 솔질했어요. 그런 다음 손을 보려고 두 채를 다시 안으로 들고 들어왔죠. 우리는 세탁실로 갔어요. 하고 있는 빨래가 없어서 다락방보다 시원했거든요. 그리고 커다란 테이블이 있어서 이불을 펼쳐놓을 수도 있었고요.

누비이불 중 한 채는 아주 이상했어요. 네 개의 회색 항아리에서 초록색 버드나무가 뻗어 나오고, 닭처럼 생겼지만 비둘기가 아닐까 싶은 하얀 새가 네 귀퉁이를 장식하고 있었죠. 그리고 한가운데에 검은색으로 '플로라'라는 여자 이름이 수놓여 있었고요. 메리가 말하길 마님이 세상을 떠난 친구를 추억하며 만든 '추모 이불'이라는데, 당시 유행이었대요.

그리고 또 다른 이불은 이름이 '다락방 창문들'이었어요. 조각들이 아주 많았고, 이렇게 보면 상자가 닫혀 있는데 저렇게 보면 열려 있었어요. 닫혀 있는 상자가 다락방이고 열려 있는 상자가 창문이 아니었나 싶어요. 원래 퀼트를 볼 때 색깔이 짙은 조각들 위주로 보는 방법과 옅은 조각들 위주로 보는 방법, 이렇게 두 가지가 있거든요. 그런데 메리가 이름을 가르쳐 주었을 때 제가 '다락방 과부들'로 잘못 듣고* 침실용 이불치고 이름이 너무 이상하다고 했어요. 메리가 이름을 다시 가르쳐 주었고, 우리는 배를 잡고 웃었죠. 검은 상복에 캡을 쓰고 검은 베일을 늘어뜨린 채, 슬픔에 잠긴 얼굴로 두 손을 꼭 잡고, 검은색 테두리가 쳐진 편지지에 편지를 쓰고, 검은색 테두리가 쳐진 손수건으로 눈을 훔치는 과부들로 가득한 다락방이 연상됐거든요. 메리는 다락방의 상자와 궤 들은 죽은 남편한테서 잘라 낸 머리카락으로 터지기 일보 직전일 거라고 했고, 저는 그 죽은 남편들

---

* 영어로 창문은 window, 과부는 widow인 데서 비롯된 착각이다.

도 어쩌면 궤 안에 들어 있을지 모른다고 했죠.

그 말에 또 웃음보가 터졌어요. 허니 부인이 열쇠를 쩔그렁거리며 복도를 걸어오는 소리가 들렸는데도 웃음을 멈출 수 없었죠. 우리는 이불에 얼굴을 묻었고, 부인이 문을 열었을 때 메리는 다시 정색을 했지만 저는 고개를 숙인 채 어깨를 들썩이고 있었어요. 허니 부인이 얘들아, 무슨 일이냐, 하고 물었고 메리가 일어나서 말했어요. 죄송해요. 죽은 어머니 생각이 나서 그레이스가 울고 있어요. 그러자 허니 부인은 알았다고, 부엌에 데리고 내려가서 차를 한잔 먹이되 너무 오래 있지는 말라고, 어린아이들은 눈물을 질질 짜는 경우가 많은데 다 받아 주지 말고 조절할 수 있게 해 주라고 했어요. 부인이 나가고 나서 우리가 서로 꼭 끌어안고 어찌나 웃었는지 이러다 죽는 게 아닐까 싶을 정도였죠.

지금 선생님께서는 과부들을 그런 식으로 놀리다니 몰지각하다고, 돌아가신 어머니를 들먹이며 농담을 하면 안 되는 것 아니냐고 생각하실지 모르겠어요. 그런데 저희 주변에 과부가 있었다면 안 그랬을 거예요. 남의 고통을 웃음거리로 만들면 안 되니까요. 하지만 주변에 과부도 없었고, 저희는 어렸고, 여자아이들은 원래 그런 식으로 실없이 굴잖아요. 게다가 우는 것보다는 웃는 게 낫고요.

그러고 나서 저는 과부에 대해 생각해 보았어요. 과부들 특유의 우울증, 걸음걸이, 성서에 나오는 가난한 과부의 정성 어린 헌금. 헌금 때문에 하녀들도 자기 월급으로 가난한 사람들에게 적선하라고 늘 다그침을 당했죠. 젊고 돈이 많은 과부가 화제로 등장하면 남자들이 어떤 식으로 윙크하며 고개를 끄덕이는지……. 과부가 나이가 많고 가난하면 존경을 받지만, 그렇지 않은 경우에는 어떤 대접을 받는지 생각해 보면 참 이상해요.

9월에는 여름 같은 날들이 이어지면서 날씨가 화창했지만, 10월이 되자 나무들이 불이라도 난 것처럼 빨간색, 노란색, 주황색으로 바뀌어서 자꾸 쳐다보게 됐어요. 그런데 어느 날 오후 느지막한 시간에 저와 메리가 바깥 빨랫줄에 널어놓은 시트를 걷고 있는데 수많은 사람들이 쉰 목소리로 서로 이름을 부르는 듯한 소리가 들렸고, 메리가 고개를 들더니 저것 좀 보라고, 기러기들이 겨울을 나기 위해 남쪽으로 날아가고 있다고 했어요. 하늘이 기러기들로 새까맸고, 메리가 말하길 내일 아침이면 사냥꾼들이 나서겠다고 했어요. 기러기들이 조만간 총에 맞아 죽겠구나 생각하니 슬펐죠.

10월 말의 어느 날 밤에는 저에게 끔찍한 일이 벌어졌어요. 선생님이 의사라 말씀드리는 거예요. 의사 선생님들은 다 아는 일이라 충격을 받지 않으실 테니까요. 저는 그때 요강에 앉아 있었어요. 잠잘 준비를 마치고 잠옷까지 갈아입은 뒤라 바깥 변소에 나가기가 싫었거든요. 그런데 어쩌다 밑을 내려다보니 피가 보이고 잠옷에도 피가 묻어 있는 거예요. 다리 사이에서 피가 나는 걸 보고 저는 죽을병에 걸린 줄 알고 울음을 터뜨렸죠.

방 안으로 들어온 메리가 우는 저를 보고 무슨 일이냐고 물었고, 저는 끔찍한 병에 걸려서 죽을 거라고 대답했어요. 배도 아팠는데, 그날이 마침 빵 굽는 날이라 빵을 너무 많이 먹어서 그런가 보다고 신경을 안 썼거든요. 그런데 문득 어머니가 배가 아프다고 하다가 돌아가셨던 게 생각나서 저는 더더욱 목을 놓아 울었어요.

메리는 저를 보더니 고맙게도 웃지 않고 차근차근 설명해 주었어요. 우리 어머니가 낳은 아이가 몇 명인지를 생각하면 제가 그런 걸 모르고 있었다는 게 이상하다 싶으시겠지만, 저는 아이가 어떻게 나오는지도 알고 심지어 길거리에서 개들이 하는 걸 보고 아이가 어떻게 생기는지도 알았지만, 이건 몰랐어요. 제 나이 또래의 친구가 없어서 주워듣지 못한 거예요.

메리가 너는 이제 여자가 된 거라고 말했을 때 저는 다시 눈물이 났어요. 메리는 저를 감싸 안고 다독여 주었어요. 늘 바쁘거나 지치거나 아팠던 우리 어머니라도 그렇게 다독여 주지는 못했을 거예요. 그러더니 제 것을 살 때까지 쓰라고 빨간색 플란넬 페티코트를 빌려 주면서 어떤 식으로 옷을 접어서 핀을 꽂으면 되는지 가르쳐 주고, 어떤 사람들은 이걸 이브의 저주라고도 부르는데 자기가 보기에는 말도 안 되는 소리라고, 이브에게 주어진 진짜 저주는 무슨 문제가 생기자마자 그녀 탓으로 돌렸던 바보 같은 아담을 참고 견뎌야 했던 거라고 말했어요. 그리고 배가 너무 아프면 버드나무 껍질을 갖다 주겠다고, 그걸 씹으면 좀 낫다고 했어요. 배 아플 때 좋다면서 부엌 스토브에 벽돌을 데운 다음 수건으로 싸서 주기도 했고요. 이렇게 착하고 훌륭한 친구가 옆에 있다니 얼마나 고마웠는지 몰라요.

그런 다음 메리는 저를 앉혀 놓고 부드럽게 살살 머리를 빗겨 주며 말했어요. 그레이스, 넌 미인이 될 거야. 조만간 널 보느라 남자들 고개가 돌아갈걸. 자기가 원하면 뭐든 가질 수 있다고 생각하는 부잣집 나리들이 최악이야. 네가 한밤중에 변소로 나가면 술 취한 나리들이 줄 서서 기다리다 낚아채려 할 게 분명해. 그런 남자들은 말로 안 되니까 어쩔 수 없겠다 싶으면 다리 사이를 걷어차.

그리고 문은 항상 잠그고 요강을 쓰는 게 좋아. 그런데 어떤 남자건 똑같을 거야. 아무거나 약속하고, 네가 원하는 건 뭐든 해 주겠다고 하고. 하지만 뭘 부탁하더라도 신중하게 생각하고, 남자들이 약속한 걸 지킬 때까지 아무것도 해 주면 안 돼. 반지를 받더라도 결혼에 대한 보장이 있어야 해.

저는 순진하게 왜 그런 거냐고 물었고, 메리는 남자들이 선천적으로 거짓말쟁이라 그렇다고, 너를 가질 수 있다면 무슨 말이든 할 거라고, 그러다 정신 차리면 줄행랑을 놓을 거라고 했어요. 듣고 보니 폴린 이모가 우리 어머니를 두고 했던 말과 똑같았기에, 저는 무슨 말인지 정확하게는 몰라도 알겠다는 듯 고개를 끄덕이며 맞다고 했어요. 그러자 메리는 저를 꼭 끌어안으며 착하다고 했어요.

10월 31일 밤은 선생님도 아시다시피 미신이기는 하지만 죽은 사람들의 혼령이 되살아난다는 핼러윈이잖아요. 그날 밤 메리가 앞치마에 뭘 숨기고 우리 방에 들어오더니 이것 보라고, 요리사한테 사정해서 사과를 네 개 얻어 왔다고 하지 뭐예요. 그즈음에는 사과가 넘쳐 나서 지하실에 몇 통씩 쟁여 두고 있었어요. 제가 우리가 먹어도 되는 거냐고 했더니 메리가 말하길 오늘 밤에는 우리가 어떤 사람이랑 결혼할지 알아낼 수 있으니 그걸 끝내고 먹자고 했어요. 사과가 네 개니까 각자 두 번씩 할 수 있다면서요.

메리는 요리사한테 빌려 왔다면서 작은 칼도 보여 주었어요. 말은 그렇게 해도 사실 메리는 가끔 말도 없이 뭘 가지고 올 때가 있어서 저를 불안하게 만들었죠. 메리 말로는 다시 갖다 놓기만 하면 훔친 게 아니라고 했지만, 어떨 땐 갖다 놓지도 않았어요. 똑같은 책이 다섯 권 있는 서재에서 월터 스콧 경의 『호수의 여인』*을 가지고 와서 큰 소리로 읽어 준 적도 있었고, 식당에서 초 동강을 하나씩 가져다 헐거워진 마루 널 밑에 숨겨 놓기도 했는데 허락을 받고 가지고 온 거면 숨길 필요가 없잖아요. 저희도 밤에 옷을 갈아입을 때 쓰는 초가 있었지만, 허니 부인이 아껴 쓰라고 했기 때문에 하나를 가지고 일주일을 버텼는데 그 정도로는 메리의 성에 차지 않았거든요. 메리는 황린성냥도 숨겨 놓았기 때문에 아껴 쓰기 위해 할당받은 촛불을 끄더라도 감춰 두었던 초 동강을 언제든지 다시 켤 수 있었죠. 그래서 그날 밤에도 초 동강 두 개를 켰어요.

메리가 말했어요. 여기 이 칼로 사과 껍질을 길게 벗긴 다음 뒤돌아보지 말고 왼쪽 어깨 너머로 던져. 그러면 너하고 결혼할 남자의 머리글자가 나오고 오늘 밤 그 남자가 꿈에 나타날 거야.

저는 결혼을 생각하기에 어린 나이였지만, 메리는 그런 이야기를 많이 했어요. 월급을 넉넉히 모으면 땅을 이미 갈아 놓고 집도 튼튼하게 지어 놓은 젊은 농사꾼과 결혼할 거라고요. 그런 남자가 없으면 통나무집에 사는 사람하고 결혼해서 나중에 더 좋은 집을 지을 거라고 했어요. 심지어 어떤 닭과 젖소를 기를 건지 그것까지 정해 놓았죠. 닭은 하얀색과 빨간색의 레그혼종, 젖소는 세상에서 가장 맛있는 크림과 치즈를 만들 수 있는 저지종.

---

* 영국의 시인이자 소설가인 월터 스콧(1771~1832)의 서사시로 모두 6부로 구성되었는데, 각 부마다 하루에 일어난 일을 읊어서 이야기를 전개한다. 16세기 초 스코틀랜드를 배경으로, 칸트린 호(湖)의 작은 섬에서 은거하는 더글러스 공의 딸 엘렌과 귀공자 그레임은 서로 사랑하는 사이인데 아버지와 한편인 산지족(山地族)의 족장 로데리크도 엘렌을 사랑하여 반란을 일으키자, 왕 제임스 5세가 로데리크를 토벌하여, 엘렌과 그레임의 사랑을 축복해 준다는 내용이다.

저는 사과 위쪽을 잘라내고 껍질을 한 번에 벗긴 다음 뒤로 던졌어요. 그러고는 둘이서 같이 어떤 모양인지 쳐다보았죠. 어디가 위쪽인지 알 수 없었지만, 저희는 결국 J라고 결론을 내렸죠. 그러자 메리가 놀리면서 자기가 아는 중에 이름이 J로 시작되는 남자들을 줄줄이 읊기 시작하는 거예요. 사팔뜨기이고 고약한 냄새가 코를 찌르는 축사의 짐과 결혼하라는 둥, 보따리장수 제러마이어는 그보다 잘생기기는 했지만 결혼하면 집도 없이 달팽이처럼 보따리를 짊어지고 온 시골을 걸어다녀야 할 거라는 둥 하면서요. 그러면서 그러기 싫으면 호수를 세 번 건너야 된다고 했는데, 제가 거짓말하지 말라고 했더니 씩 웃더라고요. 장난이라는 걸 저한테 들켰으니까요.

메리의 차례가 돼서 껍질을 벗기기 시작했어요. 그런데 첫 번째 사과 껍질이 끊어졌고 두 번째도 마찬가지였죠. 제가 남은 사과를 줬는데 하도 긴장을 하다 보니 껍질을 벗기기 시작하자마자 또 두 토막이 난 거예요. 그러자 메리는 웃으며 엉터리 미신이라 말하고 세 번째 사과를 먹고, 나머지 두 개는 다음 날 먹을 수 있게 창틀에 올려놓았어요. 저는 제 사과를 먹었고요. 그러곤 둘이서 마님의 코르셋을 가지고 말장난을 쳤는데, 이렇게 웃고 떠드는 와중에도 메리는 심란해했죠.

잠자리에 들었을 때 메리가 제 옆에 똑바로 누워서 천장을 물끄러미 올려다보고 있는 게 느껴졌어요. 그러다 저는 잠이 들었지만 남편 꿈은 꾸지도 않았어요. 그 대신 시트를 온몸에 칭칭 감고 청록색 차가운 물속을 떠다니는 엄마가 등장했죠. 위에서부터 풀리기 시작한 시트가 바람에 나부끼는 것처럼 흔들렸고 둥둥 뜬 어머니의 머리카락이 해초처럼 찰랑거렸는데, 어머니의 얼굴은 머리카락에 가려

보이지 않았고 머리색도 원래 색보다 더 짙었어요. 알고 보니 그건 우리 어머니가 아니라 다른 여자였고, 어머니는 죽어서 시트 속에 들어가 있는 게 아니라 살아 있었어요.

그러자 무서워졌어요. 눈을 떴더니 심장이 미친 듯이 쿵쾅거리고 온몸에서 식은땀이 나고 있었죠. 하지만 메리는 깊은 숨을 쉬며 잠을 자고 있었고, 회색빛과 분홍빛 새벽이 밝아오고 있었어요. 밖에서는 수탉들이 울기 시작했고 모든 게 여느 때와 똑같았죠. 그래서 기분이 괜찮아졌어요.

20

이런 식으로 11월이 되면서 낙엽이 지고 날이 일찍 어두워졌고, 세찬 폭우와 함께 을씨년스럽고 우중충한 날씨가 찾아왔어요. 그리고 12월이 되자 땅이 바위처럼 단단하게 얼어붙고 눈발이 날렸어요. 우리 다락방은 이제 너무 추웠고, 아직 어두컴컴한 아침에 일어나서 맨발로 얼음장 같은 바닥을 밟으려면 특히 심했어요. 메리는 자기 집이 생기면 침대마다 옆에 래그 러그*를 깔고, 펠트로 만든 따뜻한 슬리퍼를 신고 다닐 거라고 했죠. 우리는 잠잘 때 침대 속에 옷을 넣어 따뜻하게 데워 놓고 이불 밑에서 갈아입었어요. 밤에는 발가락이 고드름으로 변하지 않게 스토브에 데운 벽돌을 플란넬로 돌돌 말았고요. 대야에 받아 놓은 물이 어찌나 차가운지 손을 씻으면 팔까지 짜릿짜릿할 정도였어요. 둘이서 한 침대를 쓰는 게 다행이었죠.

그런데 메리는 이 정도는 아무것도 아니라고, 진짜 겨울이 되면 훨씬 더 춥다고 했어요. 진짜 겨울이 되면 불을 좀 더 오래 때야 그

---

* 넝마를 섞어서 짠 깔개.

나마 괜찮다고요. 그리고 적어도 낮 동안에는 부엌에서 몸을 덥힐 수 있으니 하녀로 지내는 게 낫다고 했어요. 응접실이 헛간처럼 외풍이 심해 벽난로 바로 앞에 서 있어야 온기가 느껴질까 말까 해서 마님도 응접실에 혼자 있으면 궁둥이를 덥히려고 치마를 들고 있다는 거예요. 지난겨울에는 페티코트에 불이 옮겨 붙어서 애그니스가 고함 소리를 듣고 달려 들어갔다가 무서워서 히스테리 발작을 일으켰고, 축사 일을 하는 짐이 마님의 몸을 담요로 덮고 술통처럼 바닥에 굴렸다나요? 다행히 마님은 살짝 그슬리기만 하고 화상은 입지 않았대요.

12월 중순 무렵이 되자 아버지가 월급을 더 받아 내려고 가엾은 동생 케이티를 보냈어요. 감히 직접 찾아오지는 못하고요. 한때 제가 짊어졌던 짐을 지고 있는 케이티가 어쩌나 딱해 보였는지 몰라요. 저는 케이티를 부엌으로 데리고 들어가서 스토브 불을 쪼이게 하고, 요리사에게 빵 한 조각만 달라고 했어요. 요리사는 온 동네 배고픈 고아들을 먹여 살리는 게 자기 할 일은 아니라고 하면서도 빵을 주었죠. 그러자 케이티는 울면서 제가 다시 집으로 돌아왔으면 좋겠다고 했어요. 저는 25센트를 주면서 아버지한테 이것뿐이라고 전하게 했는데, 거짓말을 해서 미안했지만 아버지한테 솔직하게 말할 이유가 없다고 생각했거든요. 그리고 따로 10센트를 주면서 정말 필요한 때에 대비해서 잘 가지고 있으라고 했어요. 이미 그 돈이 정말 필요한 것 같아 보이기는 했지만요. 그리고 너무 작아져 버린 제 페티코트도 주었어요.

케이티가 말하길 아버지는 꾸준히 일할 생각은 안 하고 이런저런 잡일만 하는데, 이번 겨울에는 나무를 베러 북부에 갈 것 같다고 했어요. 서쪽에 주인 없는 땅이 있다는 소식이 들리니 봄이 되면 당장 거길 찾아가 보겠다는 말도 들었다 했고요. 정말로 아버지는 느닷없이 떠나 버렸어요. 버트 부인이 찾아와서 말하길 아버지가 빌린 돈을 갚지도 않고 도망쳤다 하더라고요. 처음에 부인은 저한테 받아낼 생각이었는데, 메리가 나서서 남자 어른이 진 빚을 열세 살짜리 여자아이한테 갚으라고 할 수는 없지 않느냐고 말했죠. 버트 부인도 못된 사람은 아니라 결국 제 잘못은 아니라고 인정했고요.

아버지와 동생들이 어떻게 됐는지 모르겠어요. 재판 때 편지도 없었고 소식도 못 들었거든요.

크리스마스가 다가오자 다들 신이 났어요. 더 큼지막하게 불이 지펴졌고, 야채 가게에서 큰 광주리가 배달되었고, 푸줏간에서 통째로 구울 V 자 모양의 쇠고기와 돼지 몸통이 배달되었어요. 부엌이 음식 준비로 분주했어요. 메리와 저는 일손을 돕기 위해 불려가 시키는 대로 젓고 버무리고, 사과 껍질을 벗기고 썰고, 건포도를 고르고, 육두구를 갈고, 달걀을 깼죠. 여기에서 맛을 보고 저기에서 조금 집어 먹고, 언제든지 설탕을 슬쩍할 수 있었기 때문에 정말 좋았어요. 그러더라도 요리사는 신경 쓸 게 너무 많아서 눈치를 채거나 잔소리를 하지 않았거든요.

민스파이 바닥도 메리와 제가 만들었어요. 기술이 필요한 윗부분은 저희처럼 어린아이들한테 맡길 수 없다며 요리사가 나섰지만요. 별이며 다른 근사한 장식들도 요리사가 만들었지요. 크리스마스 케이크를 겹겹이 둘러싼 모슬린 포장을 벗기고, 브랜디와 위스키를 따르고, 케이크를 다시 포장하는 것도 저희가 맡았어요. 그 냄새는 제가 기억하는 중에서 최고였죠.

손님과 저녁과 파티와 무도회가 줄줄이 이어지는 시기였으니 파이와 케이크가 많이 필요했어요. 보스턴에서 하버드 대학교에 다니던 두 아드님도 돌아왔죠. 조지 도련님과 리처드 도련님이었는데, 둘다 상냥하고 키가 훤칠했어요. 제 입장에서 두 사람의 등장은 풀을 먹이고 다려야 할 셔츠와 빨랫거리가 많아진다는 의미에 불과했으니 별로 관심을 두지 않았어요. 하지만 메리는 두 사람이 말을 타고 나가는 모습을 볼 수 있을까 싶어 2층 창문에서 마당을 살짝 내다보았고, 초대한 숙녀분들 앞에서 두 사람이 이중창을 부르면 복도에서 귀를 기울였죠. 메리가 가장 좋아했던 곡은 「트랄리의 장미」였어요. 가사에 자기 이름이 나오거든요. "오, 밝아 오는 그녀의 진실한 눈빛. 그것이 내가 트랄리의 장미, 메리를 사랑하게 된 이유라네." 메리도 노래를 잘 불렀고, 가사를 아는 노래도 많았어요. 그래서 두 도련님은 가끔 부엌으로 들어와 노래를 불러 보라며 메리를 괴롭히곤 했죠. 메리는 자기보다 몇 살 많은 두 사람을 장난꾸러기 꼬맹이라고 불렀어요.

크리스마스 날이 되자 메리는 직접 뜬 따뜻한 벙어리장갑을 저에게 선물했어요. 장갑 뜨는 걸 저도 봤는데, 음흉하게도 저한테는 친구에게 선물할 거라고 했거든요. 그 친구가 저일 줄은 꿈에도 몰랐지 뭐예요. 빨간 꽃들이 수놓아진 예쁜 남색 장갑이었어요. 저는 정사각형 모양의 빨간 플란넬 조각 다섯 개를 꿰매서 만든 바늘 쌈지를 메리에게 선물했어요. 리본 두 개로 묶는 바늘 쌈지였죠. 메리는 고마워하면서 저를 안고 입을 맞추었고, 세상에서 제일 좋은 바늘 쌈지라고, 가게에서는 그런 걸 사지도 못하고 본 적도 없다며, 평생 소중히 간직하겠다고 했어요.

그날에는 눈이 많이 내렸고, 사람들은 밖으로 나가서 썰매를 탔고, 말에 매단 종들이 예쁜 소리를 냈어요. 가족들이 식사를 마친 뒤에 하인들도 각자의 몫으로 주어진 칠면조와 민스파이를 먹었고, 다 같이 캐럴을 부르며 즐거워했어요.

그 전에도 그 후에도 그렇게 행복했던 크리스마스는 없었어요.

명절이 끝나고 리처드 도련님은 학교로 돌아갔지만, 조지 도련님은 남았어요. 감기가 폐로 번져서 기침을 심하게 했거든요. 나리와 마님은 울상을 지었고, 의사가 불려 와서 저는 깜짝 놀랐어요. 그런데 폐결핵이 아니라 단순한 열 감기와 요통이니 안정을 취하고 뜨거운 걸 많이 마시면 된다고 했어요. 하인들이 모두들 도련님을 좋아했으니 뜨거운 걸 열심히 끓여다 바쳤죠. 메리는 아픈 부위에 붙이면 요통에 즉효라며 쇠 단추를 스토브에 달구어서 들고 갔고요.

도련님은 2월 중순이 되어서야 괜찮아졌고, 이미 수업을 너무 많이 빼먹었으니 다음 학기까지 집에 있겠다고 했어요. 마님도 그게 좋겠다고, 체력을 길러야 되겠다고 했고요. 이렇게 해서 온 집안 사람들이 떠받드는 가운데 도련님이 남게 되었는데, 시간은 많고 할 일은 없으니 기운이 넘치는 젊은 남자한테는 안 좋은 상황이었죠. 게다가 참석할 만한 파티와 같이 춤을 출 아가씨와 도련님 모르게 결혼 계획을 세우는 그 어머니 들은 차고 넘쳤고요. 도련님은 방탕한 길로 빠져들었는데, 다 자기 잘못이었어요. 대접을 너무 잘 받으면 자기가 그럴 만한 사람인 것처럼 생각하게 되거든요.

메리가 겨울에 대해서 한 말은 사실이었어요. 크리스마스 즈음에는 눈이 많이 내리기는 했지만 깃털 담요 같았고, 눈이 내린 뒤에 날씨가 더 따뜻해진 것 같았거든요. 축사 일꾼들이 장난을 치면서 눈뭉치를 던졌지만, 폭신해서 맞으면 부서졌고요.

하지만 얼마 안 있어 진짜 겨울이 찾아오면서 폭설이 내리기 시작했어요. 이번에는 폭신하기는커녕 콕콕 찌르는 작은 얼음 알갱이처럼 단단한 눈이었고, 살을 에는 듯한 칼바람에 날려 두툼하게 쌓였어요. 이러다 다 같이 산 채로 묻히는 게 아닐까 싶을 정도였죠. 지붕에 고드름이 달렸고, 날카롭고 뾰족해서 그 밑을 지나갈 때 조심해야 했어요. 메리는 고드름이 꼬챙이처럼 몸을 관통하는 바람에 죽은 여자 이야기를 들은 적이 있다고 했어요. 어느 날은 진눈깨비가 내려 얼음으로 칠을 한 듯 나뭇가지들을 온통 덮는가 하면 그다음 날에는 햇빛을 받고 수천 개의 다이아몬드처럼 반짝였어요. 하지만 무게를 견디지 못하고 부러지는 나뭇가지들이 많았죠. 세상이 온통 단단하고 하얘서 햇빛이 비치면 눈이 부실 지경이라 오래 쳐다보지 못하고 눈을 가려야 했어요.

우리는 특히 손가락과 발가락이 동상에 걸릴 수 있기 때문에 가능한 한 외출을 하지 않았어요. 남자들이 목도리로 귀와 코를 덮고 밖으로 나가면 입김이 구름처럼 솟았죠. 마님의 가족들은 썰매에 털 러그를 깔고 외투와 망토로 무장하고 여기저기 찾아다녔지만, 우리한테 그렇게 따뜻한 옷이 어디 있었겠어요? 메리하고 저는 밤이 되면 이불 위에 숄을 덮고, 양말을 신은 채 페티코트를 한 장 더 껴입고 침대에 누웠어요. 그래도 따뜻하지 않았어요. 아침이 돼서 불이 꺼지고 뜨끈뜨끈했던 벽돌이 식으면 둘 다 토끼처럼 와들와들 떨었죠.

　2월의 마지막 날에 날씨가 조금 풀렸을 때 둘이서 플란넬 천으로 발가락을 꽁꽁 묶고 축사 일꾼들에게 사정해서 빌린 부츠를 신고 심부름을 나가 보았어요. 찾거나 빌린 숄을 총동원해 몸을 칭칭 동여매고 부두까지 걸어갔죠. 해변을 따라 엄청난 얼음 조각들이 쌓여 있었는데, 온통 얼어붙어 딱딱하더라고요. 눈을 치운 곳에서는 아가씨와 도련님들이 스케이트를 타고 있었어요. 아가씨들은 드레스 속에 바퀴라도 달린 것처럼 어찌나 우아하게 타던지, 제가 메리한테 정말 재미있겠다고 했죠. 조지 도련님도 그 속에서 모피 목도리를 두른 어떤 아가씨와 손을 잡고 스케이트를 타고 있었는데, 우리를 보더니 열심히 손을 흔들었어요. 제가 스케이트 타 본 적 있느냐고 물었더니 메리는 없다고 했어요.

　이 무렵 저는 메리가 달라진 걸 알아차리기 시작했어요. 잠자리에 종종 늦게 들어왔고, 들어오더라도 수다 떠는 걸 귀찮아하더라고요. 제가 말하는 걸 듣지 않고 다른 무슨 소리에 귀를 기울이는가 하면 문간이나 창문이나 제 어깨 너머를 끊임없이 들여다보았고요. 어느 날 밤에는 제가 잠든 줄 알았는지, 손수건으로 싼 무언가를 초 동강과 성냥을 숨겨 두는 마루 널 밑에 넣더군요. 다음 날 메리가 없을 때 뒤져 보았더니 금반지였어요. 처음에는 훔친 건 줄 알았어요. 그전에 훔친 물건들에 비하면 너무 과하고, 들키면 정말 경을 칠 일이었죠. 집 안에서 반지를 잃어버렸다는 사람은 없었지만.

　메리는 전처럼 큰 소리로 웃거나 장난을 치지 않았고, 평소처럼 싹싹하게 일을 하지도 않았어요. 제가 걱정이 돼서 무슨 일 있느냐

고 물어보면 메리는 웃으면서 왜 그런 말을 하는지 모르겠다고 했고
요. 하지만 그녀의 체취마저 육두구 향에서 소금에 절인 생선 냄새
로 달라진걸요.

눈과 얼음이 녹으면서 새 몇 마리가 돌아와 지저귀기 시작했어요.
그걸 보면 봄이 머지않았음을 알 수 있었죠. 그런데 3월 말의 어느
날, 건조실에 널려고 빨래가 담긴 바구니를 들고 뒷계단을 올라가는
데 메리가 몸이 안 좋다는 거예요. 그러더니 계단을 내려가 별채 뒷
마당으로 달려 나가지 않겠어요? 저는 바구니를 내려놓고 숄도 없이
그 차림 그대로 따라 나갔어요. 나가 보니 메리가 속이 너무 안 좋아
서 변소까지 가지도 못하고 그 근처 젖은 눈밭에 무릎을 꿇고 앉아
있었어요.

부축해서 일으켜 보니 메리의 이마가 축축하고 끈적끈적하길래
침대에 눕는 게 좋겠다고 했어요. 그런데 메리가 그 말에 화를 내면
서 뭘 잘못 먹어서 그렇다고, 하루 지난 양고기 스튜 때문일 거라고,
이제 다 게워 냈으니 괜찮을 거라고 했어요. 똑같은 걸 먹었지만 저
는 전혀 아무렇지 않았거든요. 메리는 아무한테도 이야기하지 말라
고 했고, 저는 알겠다고 약속했어요. 그런데 며칠 뒤에 똑같은 일이
벌어지고 그다음 날 아침에도 또 그러자 정말 불안했어요. 저희 어
머니가 그러는 걸 자주 봤고, 그 우유 비슷한 냄새도 익숙했거든요.
저는 메리가 왜 그러는지 알고도 남았어요.

저는 열심히 고민하고 이렇게 저렇게 생각해 보다 4월 말이 다가
왔을 때 메리를 붙잡아 앉히고, 솔직하게 털어놓으면 아무한테도 이
야기하지 않겠다고 진지하게 맹세했어요. 밤에 잠 못 자고 뒤척이고
눈 밑에 검은 그늘이 생기고 비밀의 무게에 짓눌려 있는 걸 보면 솔

직히 털어놓을 만한 누군가가 필요한 게 분명했거든요. 그러자 메리는 울음을 터뜨리며 제가 의심하는 게 사실이라고 고백했어요. 남자가 결혼하자며 반지를 주기에 그는 남들과 다를 거라 생각하고 믿었는데, 약속을 깡그리 잊고 지금은 말도 섞으려고 하지 않아서 절망스럽고 어찌하면 좋을지 모르겠다고요.

상대가 누구냐고 물어도 메리는 대답하지 않았어요. 그러면서 마님이 워낙 엄격한 분이라 자기 상태가 알려지면 당장 잘릴 텐데 그러면 어떻게 해야 하느냐고 했어요. 이런 경우 가족들 곁으로 돌아가는 여자들도 있었지만, 메리한테는 가족도 없었거든요. 이제 괜찮은 남자와 결혼할 수도 없는 상황에서 아이와 함께 먹고살 방법이 없으니 길거리로 나가 선원들을 상대로 몸을 파는 수밖에 없잖아요. 그런 생활을 했다가는 조만간 끝장날 게 분명한데…….

저는 메리 때문에도 그렇고 저 때문에도 그렇고 너무 슬펐어요. 메리는 이 세상에서 단 하나뿐인 믿을 만한 진정한 친구였으니까요. 전 메리에게 무슨 말을 하면 좋을지 알 수 없었지만, 제 능력껏 그녀를 위해 주었어요.

5월 내내 메리와 저는 어떻게 해야 할지 계속 이야기를 나눴어요. 제가 들어갈 만한 시설이나 뭐 그런 데가 없겠느냐고 했더니 아는 데도 없고, 있다 한들 그런 데 가면 아이를 낳자마자 열이 나서 죽는다는 거예요. 그리고 그런 데서 낳은 아이를 키우려면 나랏돈이 든다고 몰래 뭘로 덮어서 죽여 버린다고 하니, 죽을 때 죽더라도 다른 데서 죽는 게 낫겠다고 했고요. 우리끼리 아이를 낳아서 비밀리에 고아원으로 넘기는 건 어떨까, 그런 이야기도 했어요. 그런데 메리는 자신이 어떤 상황인지 조만간 들통 날 거라고, 허니 부인이 워낙 예리해서 벌써부터 자기더러 살이 쪘다고 하고 있으니 끝까지 들키지 않길 바라는 건 가망 없는 이야기라고 했어요.

저는 마지막으로 문제의 그 남자를 붙잡고 인정에 호소해 보는 게 어떻겠냐고 했어요. 메리는 제 말대로 했어요. 면담을 마치고 금방 돌아온 걸 보면 가까운 데서 만난 것 같았는데, 어찌나 씩씩대던지 그렇게 화가 난 모습은 처음이었어요. 남자가 5달러를 주더래요. 그래서 자기 자식이 그 정도 값어치밖에 안 되느냐고 물었더니 남자가 말하길 그런 식으로 자기를 붙잡을 생각 말라고, 자기 자식인지도 의심스럽다고, 그렇게 고분고분했던 걸 보면 남들한테도 그렇지 않았겠느냐고 하더래요. 그리고 소문을 내겠다거나 가족을 찾아가겠다고 협박하면 딱 잡아떼고 얼굴을 못 들고 다니게 뭉개 버릴 거라고, 고민을 얼른 끝내고 싶으면 호수에 투신자살하면 그만이라고 했다는 거예요.

메리는 한때 그 사람을 정말 사랑했지만 이제는 아니라고 하면서 5달러를 바닥에 집어 던지고 한 시간 동안 펑펑 울었어요. 하지만 나중에는 돈을 슬그머니 주워서 마루 널 밑에 숨겼죠.

다음 일요일이 되자 메리는 교회에 가지 않고 혼자 좀 걷고 싶다고 했어요. 그러곤 나갔다 와서 하는 말이 호수에 몸을 던져 생을 마감할 생각으로 부두까지 다녀왔다는 거예요. 저는 그런 몹쓸 짓은 하지 말아 달라고 눈물로 애원했죠.

이틀 뒤에 다시 메리가 말하길 롬바드 가에 갔는데 도움을 받을 수 있는 의사가 있다는 소리를 들었대요. 매춘부들이 필요할 때 찾아가는 의사라고요. 제가 어떤 식으로 도움을 받는 거냐고 물었더니 묻지 말라고 하더군요. 저는 그런 의사가 있다는 말은 들어 본 적이 없어서 자세한 내막은 알지 못했죠. 메리는 저더러 모아 놓은 돈을 빌려 줄 수 있느냐고 물었어요. 그때까지 제가 모은 돈은 3달러였고 그걸로 여름옷을 새로 살 생각이었지만, 기꺼이 빌려 주겠다고 했어요.

그러자 메리는 아래층 서재에서 가지고 온 종이와 펜과 잉크를 꺼내 이렇게 적었어요. 내가 만약 죽거든 전 재산을 그레이스 마크스에게 넘깁니다. 그러고는 서명을 했어요. 메리가 말했어요. 난 조만간 죽을지 몰라. 하지만 넌 계속 살아 있겠지. 그러고는 싸늘하고 화가 난 듯한 눈빛으로 저를 쳐다보는데, 다른 사람들을 뒤에서 그런 눈빛으로 쳐다본 적은 있어도 저한테는 그런 적이 없었거든요.

제가 그걸 보고 깜짝 놀라서 메리의 손을 잡으며 어떤 의사인지 몰라도 가지 말라고 애원했지만, 메리는 가야 한다고, 그 이야기는 이제 그만하자고, 펜하고 잉크만 서재의 책상 위에 도로 몰래 가져다 놓고 네 일이나 하라고 그러더군요. 메리가 다음 날 점심을 먹고 몰래 빠져나가면 제가 남아서 누가 메리의 행방을 물어보거든 변소에 갔다든지, 건조실에 있다든지 하는 식으로 뭐든 생각나는 대로 둘러대고, 메리 혼자 집에 돌아오기 어려울 수 있으니 몰래 빠져나가서 메리를 만나기로 했어요.

그날 밤에는 우리 둘 다 잠을 설쳤어요. 그리고 다음 날, 메리는 손수건으로 꽁꽁 동여맨 돈을 들고 아무도 모르게 집을 나서는데 성공했고, 저는 잠시 후 뒤따라가서 메리와 만났어요. 의사는 좋은 동네에 있는 널찍한 집에서 살았어요. 하인들이 드나드는 출입문으로 들어갔더니 의사가 직접 맞아 주었어요. 그러고는 제일 먼저 돈부터 세더라고요. 의사는 검은 외투 차림의 거구였고, 우리를 아주 매섭게 노려보았어요. 저더러 식기실에서 기다리라고 하고는 누구한테 이일을 발설하더라도 저를 본 적도 없다고 딱 잡아뗄 거라고 이야기하더군요. 그런 다음 프록코트를 벗어서 고리에 걸고, 싸움이라도 하려는 것처럼 소매를 걷어붙였어요.

그는 선생님이 오시기 전에 머리를 재러 왔다고 해서 제 발작을 일으켰던 그 의사하고 생긴 게 아주 비슷했어요.

메리는 백지장처럼 새하얀 얼굴을 하고 의사와 함께 방 밖으로 나갔고, 곧이어 비명 소리와 울음소리가 들렸어요. 잠시 후 의사가 메리를 식기실 안으로 밀어 넣었는데, 옷은 다 젖어서 붕대처럼 몸에 들러붙어 있었고 잘 걷지도 못했어요. 저는 메리를 감싸고 최대한 조심스럽게 그곳을 빠져나왔죠.

집에 도착했을 때 메리가 몸을 거의 반으로 접으면서 배를 움켜쥐더니 2층으로 갈 수 있게 좀 도와 달라고 했어요. 그래서 2층까지 부축해 주었는데, 힘이 하나도 없어 보이더라고요. 잠옷으로 갈아입히고 침대에 눕혔는데도 메리가 다리 사이로 쭈글쭈글 들어간 페티코트를 벗지 않는 거예요. 어떻게 된 거냐고 물었더니 메리가 말하길 의사가 칼로 배 속에 있는 뭔가를 잘랐대요. 아프고 피가 날 텐데, 몇 시간만 지나면 다시 괜찮아질 거라고 했대요. 그러면서 자기가 가짜 이름을 댔다고 하더라고요.

의사가 잘라 낸 게 아이가 아닐까 싶으면서 정말 몹쓸 짓이라는 생각이 들었어요. 하지만 이러나저러나 누구 한 명이 죽어야 하는 상황이었고, 아이를 죽이지 않았다면 메리가 물속으로 뛰어들었을 거 아니에요. 그래서 메리를 나무라지 않기로 했죠.

메리는 너무 아파했고, 저녁이 되었을 때 제가 벽돌을 데워서 들고 올라갔어요. 하지만 메리가 다른 사람은 절대 부르지 못하게 했어요. 메리가 좀 더 편히 잘 수 있게 제가 바닥에서 자겠다고 했더니, 저더러 이 세상에서 둘도 없는 친구라며 무슨 일이 생기더라도 저를 절대 잊지 않겠다고 하더군요. 저는 숄을 덮고 앞치마를 베개 삼아 바닥에 누웠어요. 바닥이 너무 딱딱한 데다 메리가 아파서 계속 끙끙대니 처음에는 잠을 잘 수가 없었어요. 그런데 시간이 지나면서 좀 잠잠해지기에 잠이 들었죠. 동이 틀 때까지 푹 자고 일어나 보니 메리가 두 눈을 크게 뜨고 노려본 채 죽어 있지 뭐예요.

건드려 보았더니 이미 싸늘하게 식어 있더군요. 저는 겁에 질린 채 꼼짝 않고 서 있다 정신을 차리고 옆방으로 건너가서 청소 담당인 애그니스를 깨운 다음 품에 안겨 흐느껴 울었어요. 애그니스가 물었어요. 무슨 일이냐고. 저는 말을 할 수가 없어서 그녀의 손을 잡고 메리가 누워 있는 우리 방으로 데리고 갔어요. 애그니스는 메리의 어깨를 붙잡고 흔들었어요. 그러다 잠시 후 말했죠. 하느님 맙소사, 죽었잖아.

그 소리를 듣고 제가 말했어요. 애그니스, 어쩌면 좋아요? 메리가 죽을 줄은 몰랐는데, 아픈 걸 왜 이야기하지 않았느냐고 사람들이 나를 욕할 거 아니에요. 하지만 메리가 아무한테도 말하지 말라고 그랬단 말이에요. 저는 흐느껴 울며 두 손을 맞잡고 비틀었죠.

애그니스가 이불을 들추고 밑을 들여다보았어요. 잠옷과 페티코트가 피로 흠뻑 젖어 있었고, 시트도 시뻘겠고, 피가 마른 곳은 갈색이었어요. 애그니스가 중얼거렸어요. 아주 난감하게 됐는데……. 애그니스는 저더러 여기 가만히 있으라고 하고 당장 허니 부인을 부르러 내려갔어요. 발소리가 멀어지는 게 들렸고, 1분이 한 시간 같았어요.

의자에 앉아서 메리의 얼굴을 쳐다보는데, 메리도 저를 곁눈질하는 게 느껴졌어요. 움직이는 것도 같았고요. 제가 물었죠. 메리, 죽은 척하는 거야? 가끔 메리가 저를 놀라게 하려고 건조실에서 시트를 뒤집어쓰고 죽은 척한 적이 있었거든요. 하지만 이번에는 진짜였어요.

잠시 후 복도를 달려오는 두 사람의 발걸음 소리가 들리자 저는 겁에 질렸죠. 하지만 의자에서 일어났어요. 허니 부인이 방 안으로 들어왔어요. 부인은 슬퍼하는 게 아니라 화가 난 얼굴이었고, 고약한 냄새라도 나는 것처럼 역겨워하는 얼굴이었어요. 방에서 냄새가 나긴 했죠. 매트리스에 넣은 짚단이 젖은 냄새와 짭짤한 피 냄새. 푸줏간에 가면 그 비슷한 냄새가 나잖아요.

허니 부인이 말했어요. 이렇게 기가 차고 낯부끄러운 일이 있나. 마님께 말씀드려야겠다. 잠시 후 마님이 와서 말했어요. 우리 집에 이렇게 앙큼한 아이가 있었다니. 마님은 메리 이야기를 하는 거였으면서 저를 똑바로 쳐다봤어요. 그리고 물었어요. 왜 진작 나한테 알리지 않았니, 그레이스? 제가 대답했어요. 마님, 메리가 말하지 말라고 했어요. 아침이면 괜찮아진다고 했어요. 저는 울면서 말했어요. 죽을 줄은 몰랐어요!

제가 예전에도 말씀드렸던 것처럼 신앙심이 남달리 깊은 애그니스가 말했어요. 죄악의 대가가 죽음이로구나.

마님이 그레이스, 네가 발칙한 것을 저질렀구나, 하자 애그니스가 말했어요. 아직 어리고 시키는 대로 고분고분하게 따르는 아이라 그렇습니다.

마님이 어디서 참견이냐고 애그니스를 혼낼 줄 알았더니 그러지는 않았어요. 오히려 제 팔을 살짝 잡고 제 눈을 똑바로 쳐다보며 물었어요. 남자가 누구냐? 그런 악당은 공개해서 대가를 치르게 해야지. 부두에서 만난 양심 없는 뱃사람이겠지. 그레이스, 알고 있니?

제가 말했어요. 메리는 뱃사람들과 어울리지 않았어요. 부잣집 도련님이었고, 결혼을 약속한 사이였어요. 그쪽에서 약속을 어기고 결혼을 하지 않은 거예요.

그러자 마님이 날카로운 목소리로 물었죠. 부잣집 도련님이라니?

제가 말했어요. 마님, 저도 잘 몰라요. 메리는 그저 마님이 알면 좋아하지 않으실 거라고만 했어요.

메리는 그런 말을 한 적이 없지만, 저는 그렇지 않을까 짐작하고 있었거든요.

이 말에 마님은 생각에 잠긴 표정으로 방 안을 왔다 갔다 했어요. 그러더니 말했어요. 애그니스, 그레이스, 계속 이야기해 봐야 슬프고 괴롭기만 할 테니 더 이상 왈가왈부하지 마라. 이미 엎질러진 물을 어쩌겠니. 그리고 메리를 존중하는 뜻에서 뭐 때문에 죽었는지 비밀로 하자꾸나. 그냥 열이 나서 죽었다고 하자. 그러는 게 여러모로 좋겠다.

마님은 우리 둘을 매섭게 노려보았고, 저희는 무릎을 굽히고 인사를 했죠. 그러는 내내 메리는 침대에 누워서 귀를 쫑긋 세우고 거짓말을 하자는 우리 계획을 듣고 있었어요. 저는 이런 생각이 들었어요. 마음이 안 좋을 텐데…….

저는 의사에 대해서 아무 말도 하지 않았고, 사람들도 묻지 않았어요. 그런 의사가 있는 줄 몰라서 묻지 않은 거였겠죠. 흔히 있는 일처럼 유산이 돼서 메리가 죽은 줄 알았을 거예요. 의사 이야기를 하는 건 이번이 처음인데요, 선생님, 저는 그 의사가 칼로 메리를 죽였다고 생각해요. 그 의사하고 어느 집 도련님하고 둘이서요. 실제로 결정타를 날린 사람이 진짜 살인범이 아닌 경우도 있잖아요. 메리는 이름 모를 도련님 손에 죽은 거예요. 그자가 칼을 들고 메리를 찌른 거나 다름없었어요.

마님이 나가고 잠시 후에 허니 부인이 들어와서 우리에게 시트를 걷고 메리의 잠옷과 페티코트를 벗겨서 빨고, 몸도 씻기고, 매트리스는 조심해서 불에 태우고, 누비이불 넣어 두는 옆에 또 다른 매트리스 커버가 있으니 짚을 넣어서 속을 채우고, 깨끗한 시트를 가지고 오라고 했어요. 메리한테 입힐 만한 다른 잠옷이 있느냐고 묻기에 제가 있다고 대답했어요. 메리는 잠옷이 두 벌 있었거든요. 그런데 두 벌 다 빨아서 말리는 중이니 제 것을 입히겠다고 했어요. 부인은 메리를 깨끗하게 씻기고, 이불을 덮어 주고, 눈을 감기고, 머리를 단정하게 빗기기 전에는 메리가 죽었다는 소리를 아무한테도 하지 말라고 했어요. 잠시 후 부인이 나가자 애그니스와 저는 시킨 대로 했어요. 메리는 가볍게 들렸지만, 깨끗하게 단장하려니 힘이 들더라고요.

애그니스가 말했어요. 이건 눈이 맞았다고 될 일이 아닌데 남자가 누군지 궁금하네. 그러면서 저를 쳐다보았어요. 그래서 제가 말했죠. 누군지 몰라도 아주 쌩쌩하게 살아서, 가엾은 메리 생각은 눈곱만큼도 하지 않은 채 맛있게 아침을 먹고 있을 거라고, 그 작자한테 메리는 푸줏간에 매달려 있는 고기만도 못할 거라고요.

애그니스가 이건 우리 모두 짊어져야 할 이브의 저주라고 말했을 때 저는 메리가 그 말을 들었다면 웃었을 거라는 생각이 들었어요. 바로 그때 메리의 목소리가 또렷하게 귓가에 들렸어요. 나 좀 들여보내 줘. 저는 깜짝 놀라서 메리를 뚫어져라 쳐다봤어요. 저희가 침대를 정리하느라 메리는 바닥에 누워 있었는데, 그런 말을 한 기미가 전혀 안 보였거든요. 여전히 눈을 동그랗게 뜬 채 천장을 물끄러미 올려다보고 있었죠.

그런데 문득 창문을 안 열어 놓았다는 생각이 들지 뭐예요. 저는 얼른 달려가서 창문을 열었어요. 나 좀 내보내 줘라고 한 걸 잘못 들은 게 분명했거든요. 애그니스가 밖이 얼어붙을 듯이 추운데 뭐하는 거냐고 했지만, 저는 냄새 때문에 토가 나올 것 같다고 둘러댔어요. 그러자 애그니스도 그러게, 환기 좀 해야겠다, 라고 했죠. 저는 메리의 영혼이 제 귀에 대고 뭐라 뭐라 속삭이지 말고 창밖으로 멀리 날아가길 바랐어요. 그러기엔 너무 늦은 게 아닌가 싶었지만요.

마침내 다 끝났을 때 저는 시트와 잠옷을 세탁실로 들고 내려가 빨래 통에 찬물을 채웠어요. 찬물로 빨아야 피가 지워지지, 뜨거운 물로 빨면 피가 배어 버리거든요. 다행히 세탁 담당은 부엌에서 다리미를 달구며 요리사와 수다를 떨고 있었죠. 시트와 잠옷을 문지르자 엄청나게 많은 피가 빠져나와서 물이 시뻘겋게 변했어요. 저는 물을 쏟아 내고 다시 물을 받은 다음 냄새가 없어지게 식초를 좀 넣어서 시트와 잠옷을 담갔어요. 추위 때문인지 충격 때문인지 몰라도 이가 덜덜 떨렸죠. 2층으로 다시 달려 올라가는데 머리가 핑핑 돌았어요.

애그니스는 이제 잠을 자는 것처럼 눈을 감고 가슴 위로 두 손을 모은 메리와 함께 방에서 기다리고 있었어요. 제가 이러저러했다고 이야기했더니 마님한테 가서 다 됐다고 알리라고 하더군요. 마님한테 알리고 2층으로 다시 돌아오자 얼마 안 있어 하인들이 보러 왔는데, 그중 몇 명은 상황에 걸맞게 슬픈 표정으로 눈물을 흘리고 있었죠. 하지만 누가 죽으면 묘하게 들뜬 분위기가 되잖아요. 그들의 맥박이 평소보다 빨라진 걸 느낄 수 있었어요.

애그니스가 나서서 갑자기 열이 났다고 말을 하는데, 독실한 여자치고 거짓말을 아주 잘하더라고요. 저는 아무 말 없이 그저 메리의 발치에 서 있었죠. 누가 말했어요. 그레이스가 불쌍하다. 아침에 일어나 보니 멀쩡했던 메리가 차갑게 굳은 몸으로 옆에 누워 있었을 거 아냐. 그리고 또 누가 말했어요. 생각할수록 소름 돋네. 나 같으면 못 견뎠을 거야.

그러자 정말 그랬던 것 같았어요. 내 옆에 누운 메리를 깨우려고 손을 댔는데 아무 말도 없다는 걸 알아차렸을 때 느껴질 충격과 슬픔. 바로 그 순간, 저는 정신을 잃고 바닥에 쓰러졌죠.

사람들 말로는 제가 열 시간 동안 누워 있었다고 해요. 아무리 꼬집고 때리고 찬물을 끼얹고 코밑을 깃털로 간질여도 일어나지 않더래요. 그러다 일어났을 때에는 여기가 어딘지, 무슨 일이 벌어졌는지 모르는 사람처럼 그레이스는 어디 있느냐고 묻더래요. 그래서 네가 그레이스라고 알려 주었더니 믿지 않고 울면서 집 밖으로 나가려고 하더래요. 그레이스가 없어졌다고, 호수에 몸을 던졌으니 찾아야 한다고 하면서요. 사람들이 나중에 말하길 충격 때문에 정신이 나간 거 아닌가 걱정했다는데, 생각해 보면 그럴 만도 했죠.

그러다 저는 다시 깊이 잠이 들었어요. 눈을 떠 보니 다음 날이었고, 그때는 제가 그레이스고 메리는 죽었다는 걸 알았죠. 문득 전 어깨 뒤로 제 사과 껍질을 던졌는데, 메리의 껍질만 세 번이나 끊어졌던 그날 밤이 떠오르면서 메리는 아무하고도 결혼을 하지 못했고 앞으로도 영영 못하게 됐으니 점괘가 맞았다는 생각이 들더군요.

그런데 다시 잠들기 전까지 제가 무슨 소리를 하고 어떤 행동을 했는지 전혀 생각이 나지 않는 거예요. 그래서 걱정스러웠죠.

제 인생에서 가장 행복했던 시절은 이렇게 끝이 났답니다.

7부

지그재그 울타리

맥더모트는…… 퉁명스럽고 심술궂었다. 성격에서 바람직한 구석이 전혀 없었다. …… (그는) 영리한 젊은이였고, 어찌나 유연성이 뛰어난지 지그재 그 울타리를 다람쥐처럼 달리거나 가로대 다섯 개짜리 문이 있으면 열거나 기어오르기보다 차라리 뛰어넘어 다닐 것 같았다.

그레이스는 성격이 명랑하고 예의가 발라서 낸시에게 질투의 대상이었을 수도 있을 듯하다. …… 그녀가 끔찍한 범행을 사주하고 조장했다기보다 이 소름 끼치는 사건의 딱한 허수아비일 가능성이 많다. 맥더모트는 그녀가 악의 화신이라고 주장하지만, 그녀의 성격에서는 그런 기미가 전혀 보이지 않았다. 그가 진술서에서 자기가 했다고 한 말의 절반이나마 사실일까. 그는 진실에 무관심하기로 워낙 유명했으니…….

—윌리엄 해리슨, 「키니어의 비극을 회상하며」, 《뉴마켓 이러》의 기사(1908)

하지만 혹시라도 한동안 잊고 있다
나중에 생각이 나더라도 슬퍼 마요.
어둠 속에서 부패해
한때 내가 품었던 상념의 흔적만 남는다면
당신이 나를 기억하고 슬퍼하는 것보다
나를 잊고 웃는 것이 훨씬 나을 테니까요.

—크리스티나 로제티, 「기억해 줘요」(1849)

21

사이먼은 교도소장 부인의 하녀에게서 모자와 지팡이를 받아 들고 햇살 속으로 휘청휘청 걸어나온다. 바느질 방이 어둡지도 않았건만 컴컴한 방 속에 한참 동안 갇혀 있다 나오기라도 한 것처럼 햇살이 무척 눈부시고 따갑다. 어두웠던 것은 그레이스의 이야기다. 그는 막 도살장을 나선 듯한 기분이 든다. 어떤 이의 죽음에 얽힌 이야기를 듣고 이렇게 충격을 받은 이유가 뭘까? 물론 그는 그런 일들이 벌어진다는 것도 알고, 그런 의사들이 존재한다는 것도 안다. 지금까지 여자의 시체를 접해 본 적이 한 번도 없는 것도 아니다. 여자의 시체라면 많이 보았다. 하지만 그들은 철저하게 죽은 몸이었다. 그가 죽음의 현장을 직접 목격한 적은 한 번도 없었다. 메리 휘트니는 열일곱도 안 된 아가씨였다. 이렇게 통탄할 일이 있을까! 그는 손이 씻고 싶어진다.

뜻밖의 반전이 그의 허를 찔렀다. 솔직히 고백하건대 그는 그녀의 이야기를 즐겁게 듣고 있었다. 그에게도 행복했던 시절과 그 시절에 대한 추억이 있고, 깨끗한 이부자리와 왁자지껄한 명절과 명랑한 하녀들의 모습이 그 속에 담겨 있다. 그런데 그 한복판에서 이렇게 끔찍한 반전이라니. 그녀는 기억도 잃었다. 몇 시간에 불과했고 정상적인 범주의 히스테리 발작이었지만, 그래도 시사하는 바가 있을지 모른다. 지금까지 그녀가 유일하게 기억을 못하는 부분이 그때다. 그 외에는 단추와 초 동강 하나까지 거론했다. 하지만 다시 생각해 보면 확인할 방법이 없다. 무덤 위에 심긴 가냘픈 꽃처럼, 너무나 방대한 회상이 숨어 있는 결정적인 사실을 은폐하기 위한 일종의 도구일지 모른다는 생각에 불안해진다. 게다가 만약 여기가 법정이라면 그녀의 증언을 뒷받침할 수 있는 증인이 메리 휘트니뿐인데, 그녀는 소환할 수가 없다.

집 앞길 왼쪽으로 그레이스가 등장한다. 불량스러워 보이는 두 남자 사이에 껴서 고개를 숙인 채 걷고 있다. 교도관인 듯한 두 남자는 살인범이 아니라 안전하게 지켜야 할 값진 보물이라도 되는 것처럼 그녀에게 바짝 몸을 대고 있다. 그는 그들이 그런 식으로 그녀를 누르고 있는 것이 마음에 들지 않는다. 하지만 그녀가 달아나기라도 하면 두 사람은 살기 힘들어질 것이다. 그는 그녀가 저녁마다 교도소로 되돌아가 좁은 독방에 갇힌다는 사실을 알지만, 오늘은 앞뒤가 안 맞는 것처럼 느껴진다. 응접실에 앉아 있는 것처럼 오후 내내 이야기를 나누었건만, 그는 공기처럼 자유롭게 무엇이건 할 수 있는 반면 그녀는 빗장 너머에 갇혀야 하다니. 황량한 감옥에 감금되어야 하다니. 감옥은 일부러 황량하게 만들어진 곳이다. 황량하지 않으면 처벌의 의미가 없다.

오늘따라 처벌이라는 단어도 신경에 거슬린다. 메리 휘트니가 머리에서 지워지지 않는다. 피로 물든 시트를 몸에 감고 누워 있는 그녀.

그는 오늘 오후에 평소보다 오래 있었다. 이제 30분 안으로 베링거 목사의 집에 가서 이른 저녁을 먹어야 한다. 그런데 전혀 배가 고프지 않다. 그는 호숫가를 따라 걷기로 한다. 거기에서 바람을 쐬면 기분 전환이 되고 입맛도 다시 돌아올지 모른다.

돌이켜 보면 외과 의사의 길을 포기하길 잘했다. 런던의 가이 병원에서 가장 무서운 지도 교수로 꼽혔던 그 유명한 브랜스비 쿠퍼 박사가 말하길, 유능한 외과 의사에겐 유능한 조각가처럼 손에 잡고 있는 일과 자신을 분리시킬 수 있는 능력이 필수라고 했다. 조각가는 모델의 순간적인 매력에 정신을 잃지 말고, 그의 작품을 만들 기본 소재 내지는 찰흙으로 생각하며 그녀를 객관적으로 바라볼 줄 알아야 한다. 이와 비슷하게 외과 의사는 육신을 조각하는 사람이었다. 외과 의사라면 부조를 새기는 것처럼 정교하고 섬세하게 인체를 절개할 수 있어야 했다. 냉정한 손과 흔들리지 않는 눈이 필요했다. 환자의 고통에 너무 몰입하는 의사들이 나이프를 떨어뜨렸다. 환자에게 필요한 것은 의사의 연민이 아니라 기술이었다.

맞는 소리긴 하지. 사이먼은 생각한다. 그런데 인간은 동상도 아니고 대리석 같은 무생물도 아니다. 시끄럽게 눈물, 콧물 쏟으며 괴로워하다 수술대에 누우면 종종 그렇게 변해 버리곤 하지만. 그는 가이 병원에서 피를 좋아하지 않는 자신의 성향을 금세 알아차렸다.

그래도 여러 가지 값진 교훈을 배웠다. 첫 번째로 인간이 얼마나 쉽게 죽는지 알게 되었고, 두 번째로 얼마나 빈번하게 죽는지 알게 되었다. 그리고 심신이 얼마나 교묘하게 얽혀 있는지도 알게 되었다.

나이프가 슬쩍 미끄러지기만 해도 환자는 바보가 된다. 그렇다면 정반대의 경우도 가능하지 않을까? 자르고 꿰매서 천재로 만들 수도 있지 않을까? 신경계라는 그 육체적이고도 영묘한 조직망에는, 인체를 관통하는 그 망상 조직에는 어떤 수수께끼들이 숨어 있을까? 아리아드네*의 천 가지 실마리가 모두 한자리에 모이는 뇌로 말할 것 같으면 인골이 흩뿌려져 있고 괴물들이 숨어 있는 음침한 소굴인데…….

천사들도 있지. 그는 문득 떠올린다. 천사들도 있지.

저 멀리서 걸어가는 한 여자가 보인다. 검은 옷을 입고 있는데, 치마는 부드럽게 주름이 잡힌 종 모양이고 뒤에서 베일이 검은 연기처럼 흩날린다. 그녀가 고개를 돌리고 잠깐 뒤를 돌아본다. 어두운 표정의 안주인, 험프리 부인이다. 다행히 그녀는 그와 반대쪽으로 걸어가고 있다. 어쩌면 일부러 그를 피하는 것일 수도 있다. 어쨌거나 그는 잡담을 나눌 기분이 아니고, 감사의 인사를 들을 기분은 더더구나 아니다. 그런데 그녀는 왜 그렇게 미망인 같은 차림새를 고집하는지 모르겠다. 어쩌면 미망인이 되고 싶은 생각에 그러는 건지 모른다. 소령은 아직까지 소식이 없다. 사이먼은 호숫가를 따라 걸으며 소령이 어디 있을지 상상해 본다. 경마장이나 유곽이나 술집, 셋 중 하나일 것이다.

그러다 그는 엉뚱하게 신발을 벗고 호수 속으로 들어가 볼까 하

---

* 그리스신화에 나오는 미노스 왕의 딸로, 미궁에 들어가는 테세우스에게 실패를 주어 탈출을 도왔다.

고 생각한다. 어렸을 때 유모(그 당시 하녀들이 대부분 그랬던 것처럼 젊은 여공 출신이었다.)를 거느리고 집 뒤쪽 개울에서 물장난을 치다 옷을 더럽혀 어머니에게 혼이 나고, 유모도 그걸 방치했다고 혼이 났던 기억이 문득 떠오른다.

그 유모 이름이 뭐였더라? 앨리스였나? 그게 아니라 좀 더 자라서 학생이었을 때, 긴 바지를 입고 다락방으로 또 은밀히 도피 행각을 벌이다 딱 걸렸을 때, 그 방 주인 이름이 앨리스였나? 무슨 짓을 하지는 않았다. 그녀의 시프트 드레스를 만지작거렸을 뿐이다. 그녀는 분개했지만, 일자리를 잃는 건 바라지 않았기 때문에 성을 내지는 못했다. 그래서 여자답게 울음을 터뜨렸다. 그는 달래려고 어깨동무를 해 주다가 입을 맞추게 되었다. 그녀의 캡이 벗겨지면서 머리카락이 쏟아져 나왔다. 길고 짙은 관능적인 금발이었고, 깨끗하지는 않아서 쉰 우유 냄새가 났다. 그녀는 딸기 꼭지를 따고 있었는지 손이 빨갰다. 입에서도 딸기 맛이 났다.

그녀가 그의 셔츠 단추를 풀기 시작했을 때 그 부분에 빨간 얼룩이 남았다. 그는 여자와 입을 맞춘 게 처음이라 당황스럽다가 나중에는 불안해졌고, 어찌할 바를 몰랐다. 그런 그를 보고 그녀가 웃음을 터뜨렸던 것 같다.

이 얼마나 아무것도 모르는 아이였던가. 이 얼마나 한심한 바보였던가. 그는 당시 기억을 떠올리며 미소를 짓는다. 그것은 순진했던 날들이 담긴 한 폭의 그림이었다. 30분이 지나자 그는 기분이 한결 좋아진다.

베링거 목사의 가정부가 못마땅한 표정으로 고개를 까딱하며 그를 맞는다. 웃으면 그녀의 얼굴이 달걀 껍질처럼 바스라질 것 같다. 사이먼은 이런 여자들을 보내 교육시키는 못난이 학교가 있어야 한다는 생각을 한다. 그녀를 따라 서재로 가 보니 벽난로가 켜져 있고, 뭔지 모를 주스가 두 잔 있다. 그는 독한 고급 위스키를 마시고 싶지만, 감리교회는 절대 금주가 원칙이니 가망 없는 이야기다.

베링거 목사가 가죽 장정을 입힌 책들 사이에 서 있다 앞으로 걸어 나와 사이먼을 맞이한다. 두 사람은 자리에 앉아 주스를 홀짝인다. 잔에 담긴 음료에서 수초 맛이 나고 그 밑으로 라즈베리 벌레 맛이 느껴진다. "피를 맑게 하는 음료입니다. 우리 가정부가 오래된 요리법을 참고해 직접 만든 것이지요." 베링거 목사가 말한다. 정말 오래된 조리법인 모양이군. 사이먼은 이런 생각을 하며 마녀를 떠올린다.

"우리의 공동 사업에는…… 진전이 있습니까?" 베링거가 묻는다.

사이먼은 이 질문을 예상하고 있었다. 그런데도 대답을 하면서 살짝 말을 더듬는다. "아주 조심스럽게 진행하고 있습니다. 좀 더 깊게 파고들 만한 실마리도 몇 개 보입니다. 먼저 신뢰를 구축해야 하는데, 그건 성공한 것 같습니다. 그런 다음 가족사를 파악했고요. 환자가 키니어 씨 집으로 옮기기 이전에 대해서는 아주 생생하고 자세하게 기억하고 있으니 전반적인 기억력에 문제가 있는 건 아닙니다. 어떤 식으로 이 나라로 건너왔는지 이야기를 들었고, 하녀로 일한 첫해에 대해서도 들었는데 심란한 사건은 전혀 없었습니다. 한 가지 예외는 있었습니다만."

"예외라니요?" 베링거 목사가 듬성듬성한 눈썹을 쫑긋 세우며 묻는다.

"토론토의 파킨슨 가족을 혹시 아십니까?"

"어렸을 때 만난 적은 있는 것 같은데……. 내가 기억하기로는 이름이 올더먼이었어요. 하지만 몇 년 전에 세상을 떠났고, 미망인은 고국으로 돌아갔을 겁니다. 박사님처럼 미국인이었으니까요. 여기 겨울이 너무 춥다고 했지요."

"그렇다면 안타깝게 됐네요." 사이먼이 말한다. "만나서 몇 가지 사실을 확인하고 싶었는데 말입니다. 그레이스가 처음으로 일한 곳이 그 집이었습니다. 그곳에서 똑같이 하녀로 있던 메리 휘트니라는 친구를 사귀었는데, 목사님도 기억하실지 모르겠습니다만 이 이름은 그 레이스가 애인…… 아니 제임스 맥더모트와 미국으로 도망쳤을 때 썼던 가명이죠. 그것이 도주였는지, 강요에 의한 이민이었는지 알 수 없는 일입니다만. 어쨌거나 그 친구는 이른바 불의의 사고로 세상을 떠났는데, 그레이스가 그 시신과 함께 방 안에 있었을 때 죽은 친구가 말하는 소리를 들었다고 합니다. 물론 환청이었죠."

"흔히 볼 수 있는 일이지요." 베링거가 말한다. "나도 지금까지 임종을 숱하게 지켰는데, 특히 감상적이고 미신을 잘 믿는 사람들의 경우 망자의 음성을 듣지 못하면 면목 없는 일이라고 생각합니다. 천사들의 합창 소리가 들리면 더 좋고요." 그의 말투는 무미건조하고, 어쩌면 빈정거리는 것 같기도 하다.

사이먼으로서는 조금 놀라운 일이다. 경건한 눈속임을 권장하는 것이 성직자의 임무 아니던가. 그는 하던 말을 계속한다. "그런 다음 기절한 뒤 히스테리 발작을 일으켰고, 몽유병으로 추정되는 증상을 보였습니다. 그러고 나서 한참 동안 깊은 잠을 잔 뒤 기억상실증을 겪었고요."

"아." 베링거 목사가 몸을 앞으로 기울이며 말한다. "그러니까 그런 식으로 기억상실증을 겪은 적이 있다는 말이로군요!"

"섣불리 결론을 내리면 안 됩니다." 사이먼은 신중하게 대답한다. "현재로서는 그녀가 유일한 정보 제공자이니까요." 그는 잠시 말을 멈춘다. 요령이 없는 사람처럼 보이고 싶지는 않기 때문이다. "문제의 그 사건이 벌어졌던 당시에 그레이스와 알고 지냈던 사람들, 이후 수감 생활 초기에 교도소와 정신병원에서 그녀의 태도와 행실을 목격했던 사람들과 이야기를 나눌 수 있다면 제가 전문가적인 의견을 도출하는 데 많은 도움이 될 겁니다."

"나도 그 당시에는 여기 없었습니다." 베링거 목사가 말한다.

"무디 부인이 쓴 글은 읽어 보았습니다." 사이먼이 말한다. "흥미로운 부분이 많더군요. 부인의 이야기에 따르면 변호를 맡았던 케네스 매켄지가 수감 생활 6년인가 7년 만에 교도소로 찾아갔을 때 그레이스가 말하길 낸시 몽고메리한테 시달리고 있다고 하더랍니다. 핏발이 서서 이글거리는 눈 두 개가 그녀를 따라다니는데, 무릎이나 수프 접시 같은 곳에서 보인다고요. 그리고 정신병원(폭력이 난무하는 시설이었죠.)으로 직접 찾아갔던 무디 부인도 그레이스를 보고 유령처럼 비명을 지르고 불에 그슬린 원숭이처럼 뛰어다니며 횡설수설하는 미친 여자였다고 기록했죠. 물론 그레이스가 그 뒤로 1년도 안 지나 완전히 정상은 아니더라도 교도소로 돌아갈 만큼은 된다는 판정을 받고 정신병원에서 해방될 줄은 모르고 쓴 글이었지만요."

"교도소야 완전히 정상이 아니더라도 들어갈 수 있는 곳이죠." 베링거는 이렇게 말하고, 삐걱거리는 경첩처럼 짤막한 웃음을 터뜨린다.

"무디 부인을 만나 볼까 생각 중입니다." 사이먼이 말한다. "하지만 그 전에 목사님의 조언을 듣고 싶습니다. 부인이 쓴 글의 진실성에 문제를 제기하지 않고서 어떤 식으로 이런저런 질문을 하면 좋을지 모르겠습니다."

"진실성이라고요?" 베링거가 부드럽게 되묻는다. 놀란 목소리가 아니다.

"논란의 여지가 없을 만큼 앞뒤가 안 맞는 부분들이 있지 않습니까." 사이먼이 말한다. "예를 들어 무디 부인은 리치먼드힐의 위치도 잘 몰랐고, 여러 이름과 날짜도 잘못 기억했고, 이 비극에 출연하는 몇몇 배우를 남의 이름으로 불렀고, 키니어 씨에게 엉뚱한 군 계급을 부여했습니다."

"사후에 내리는 훈장인 모양이지요." 베링거가 중얼거린다.

사이먼은 미소를 짓는다. "뿐만 아니라 범인들이 낸시 몽고메리의 시체를 4등분한 뒤 빨래 통 밑에 숨겼다고 했는데, 사실이 아닙니다. 만약 정말로 그랬다면 신문에서 그렇게 충격적인 부분을 놓쳤을 리가 없지 않습니까. 그 지체 높으신 부인은 직접 해 본 적이 없을 테니 시체를 자르기가 얼마나 힘이 드는지 몰랐을 겁니다. 그러다 보니 여러 부분들이 의심스럽습니다. 예를 들어 살인 동기만 해도 부인은 그레이스의 경우 키니어 씨를 차지한 낸시 때문에 미칠 듯한 질투심에 사로잡혔다고 했고, 맥더모트의 경우에는 색을 밝히다 보니 그레이스가 몸을 허락하는 조건 아래 백정 역할을 맡았다고 했죠."

"그 당시에는 그런 견해가 지배적이었습니다."

"물론 그랬을 겁니다." 사이먼이 말한다. "대중들은 언제나 단순 강도라는 빤한 이야기보다 외설스러운 통속극을 좋아하니까요. 하지만 핏발 선 눈에 대해서는 누구라도 언급을 삼가지 않을까요."

"무디 부인은 찰스 디킨스, 그중에서도 특히 『올리버 트위스트』를 아주 좋아한다고 공공연하게 밝힌 바 있지요." 베링거가 말한다. "생각해 보니 그 작품에도 비슷한 눈이 등장하고, 그 눈의 주인이 낸시라는 이름의 죽은 여자였던 것 같습니다. 어떤 식으로 표현하면 좋을지 모르겠지만, 무디 부인은 귀가 얇습니다. 박사님이 월터 스콧 경의 열렬한 애호가라면 부인이 쓴 「광인」이라는 시도 좋아하실 겁니다. 부인의 시는 필수 요소를 모두 갖추고 있습니다. 절벽, 달, 포효하는 바다, 축축한 옷을 입고 광란의 노래를 부르는 배신당한 처녀, 여러 식물들로 꽃줄처럼 장식한, 모락모락 김이 나는 처녀의 머리…… 그 처녀는 결국 그녀를 위해 너무나 용의주도하게 마련된 그림 같은 절벽에서 뛰어내린 걸로 기억하는데, 어디 봅시다……"

그는 눈을 감고 오른손으로 박자를 맞추며 시를 읊는다.

바람이 그녀의 옷을 흔들었고, 흐드러지는 4월의 꽃들이
　야생화와 화환을 이루어 그녀의 헝클어진 검은 머리에 보석처럼 매달
려 있었다.
　그녀의 가슴은 가냘프고 연약한 그녀의 몸을 무자비하게 두들기는
　한밤중의 차갑고 거센 비를 고스란히 맞았고,
　그녀의 검은 눈은 이성을 잃은 채 매섭게 빛났고,
　그녀가 어느 망자의 혼령처럼 내 쪽을 흘끗 쳐다보며
　거칠고 위풍당당한 파도에 맞서 목이 터져라 부른 노래가
　구슬픈 장송곡처럼 내 귓전을 때렸다.

그리고 그녀를 광기와 치욕 속에 내버려 두고

그녀의 명예를 빼앗고 평판을 뭉개 버린 남자—

그 남자는 그 시각에 그가 찢어 버린 심장과

그가 깨뜨린 맹세와 그가 선물한 괴로움에 대해 생각했을까?

그리고 그의 어머니의 평화를 깨뜨리고

노발대발하며 비애에 젖게 만들었던 아이는 어디 있을까?

베렁거 목사가 다시 눈을 뜨고 묻는다. "우리가 무슨 이야기를 하고 있었죠?"

"대단하십니다." 사이먼이 말한다. "기억력이 남다르신 모양입니다."

"어떤 형식의 운문의 경우에는 그렇습니다. 찬송가를 하도 많이 불러서 그런 거죠." 베렁거 목사가 말한다. "그런데 주님께서도 성서의 대부분을 시로 남기신 걸 보면 어쩌다 보니 그렇게 된 것이었다 하더라도 운문을 인정하셨다고 해석할 수 있을 겁니다. 무디 부인의 도덕성을 왈가왈부할 수는 없겠지요. 하지만 박사님도 제 말뜻을 이해하실 겁니다. 무디 부인은 작가이다 보니 원래 작가들이 그렇고 여성들이 전반적으로 그렇듯……."

"과장하는 걸 좋아하지요."

"바로 그겁니다." 베렁거 목사가 말한다. "물론 내가 여기서 하는 이야기는 모두 철저한 비밀입니다. 무디 부부는 반란 당시 왕당파였지만, 오판이었음을 깨닫고 지금은 든든한 개혁파가 되었지요. 이후로 그럴 만한 위치가 되는 심술궂은 사람들이 소송이니 뭐니 하며 괴롭히는 바람에 고생하고 있습니다. 나는 부인에게 안 좋은 소리는 한마디도 하지 않을 겁니다. 부인을 찾아가는 걸 권하지도 않겠습니다. 그나저나 부인이 요즘은 심령술에 푹 빠졌다고 하더군요."

"정말입니까?" 사이먼이 묻는다.

"내가 듣기로는 그렇습니다. 부인은 오래전부터 무신론자였고, 남편이 먼저 개종을 했다더군요. 남편이 저녁마다 나가서 유령의 나팔 소리를 듣고 괴테, 셰익스피어와 이야기를 나누는 동안 혼자 집을 지키다 지쳤겠지요."

"목사님께서는 못마땅하게 생각하시는 모양이로군요."

"우리 교파에서는 그와 같은 불경스러운 행위에 발을 담갔다 제명당한 목사들도 있습니다." 베링거 목사가 말한다. "우리 위원회의 일부 위원들이 거기에 관여하고 있는 건 맞습니다. 사실은 심취해 있죠. 하지만 나는 이 광기가 지나가고 그들이 정신을 차릴 때까지 참아야 합니다. 너새니얼 호손 씨도 말했다시피 이것은 사기극이고, 사기극이 아니라면 더욱 문제입니다. 영들이 나타나서 테이블을 뒤집고 그런다면 사후 세계로 들어가지 못하고, 영혼의 먼지처럼 우리 세계를 어지럽히고 있다는 뜻이 되지 않겠습니까? 그런 영들이 우리가 잘되길 바랄 리 없으니 최대한 말을 섞지 않는 게 좋지요."

"호손이라고요?" 사이먼이 되묻는다. 목사가 호손의 작품을 읽다니 놀라운 일이다. 호색한으로 비난받았고, 특히 『주홍 글자』 이후에는 도덕관념이 느슨하다고 매도당했던 작가가 아닌가.

"시류에 호응해야 하는 것 아니겠습니까? 그나저나 그레이스와 그녀의 예전 행실에 대해서라면 재판에서 그녀를 옹호했고, 건전한 이성을 갖추고 있는 케네스 매켄지 씨와 상의하는 게 좋을 겁니다. 그는 고속 승진을 거듭해 현재 토론토의 어느 법률 회사를 공동 경영하고 있습니다. 소개장을 써 드리지요. 분명 편의를 제공해 주실 겁니다."

"감사합니다." 사이먼이 말한다.

"숙녀분들이 오기 전에 박사님과 단둘이 이런 대화를 나눌 수 있어서 다행입니다. 그런데 지금 도착한 듯한 소리가 들리는군요."

"숙녀분들이라고요?" 사이먼이 묻는다.

"감사하게도 교도소장 부인과 따님들이 오늘 저녁에 자리를 함께해 주신답니다." 베링거가 말한다. "안타깝게도 교도소장님은 출장 중이시고요. 제가 말씀 안 드렸던가요?" 창백한 그의 양쪽 뺨에 발그스름한 반점이 하나씩 생긴다. "이제 우리, 나가서 맞이할까요?"

교도소장 부인은 딸을 한 명만 데리고 왔다. 메리앤은 감기 때문에 누워 있다고 한다. 사이먼은 경계 태세를 취한다. 그는 그런 식의 계략이라면 도통하고, 어머니들의 음모에 대해 잘 안다. 교도소장 부인은 메리앤 때문에 주의가 산만해지거나 거치적거릴 일 없이 리디아 혼자 그에게 접근할 기회를 주기로 결정한 것이다. 어쩌면 그는 예고하는 차원에서 쥐꼬리만 한 수입을 당장 공개해야 할지 모른다. 하지만 리디아는 사탕 같고, 그는 감각적인 즐거움을 너무 일찍 포기하고 싶은 마음이 없다. 아무것도 확실히 하지 않으면 그녀도 다치지 않을 것이다. 게다가 그는 그녀처럼 반짝이는 눈으로 자신을 쳐다봐 주는 게 좋다.

이제 계절이 정식으로 바뀌었다. 리디아는 봄꽃으로 만개했다. 그녀의 사방에서 옅은 꽃잎이 겹겹으로 돋아나 얇은 날개처럼 어깨에서 물결친다. 사이먼은 생선 요리를 먹고(너무 익혔는데, 이쪽 대륙에서

는 생선을 제대로 익힐 줄 아는 사람이 없다.) 매끄럽고 하얀 그녀의 목
선과 위쪽 가슴을 보며 감탄한다. 마치 휘핑크림으로 빚어진 것 같
다. 생선 대신 그녀가 접시에 놓여 있어야 한다. 그는 파리의 어느
유명한 창녀가 이런 식으로 자신을 연회에 내놓았다는 이야기를 들
은 적 있다. 물론 알몸으로 말이다. 그는 리디아의 옷을 벗긴 다음
고명으로 장식하는 데 전념한다. 상아색이 감도는 분홍색 꽃으로 화
환을 만들고, 온실재배 한 포도와 복숭아로 가장자리를 장식하는 게
좋겠다.

눈이 튀어나온 그녀의 어머니는 그 어느 때보다 긴장한 얼굴이다.
그녀는 흑옥 목걸이를 만지작거리며 당장 오늘 저녁의 본론으로 들
어가려 한다. 화요 모임의 회원들이 조던 박사님의 강연을 간절히
원해요. 거창하게 생각하실 건 없고, 이런저런 쟁점에 관심 있는 친
구들끼리(박사님의 친구들이라고 해도 되지 않겠어요?) 열띤 토론을 벌
이는 거예요. 노예제도 폐지에 대해서 몇 말씀 해 주시면 어떨까요?
모두들 예의 주시하고 있는 문제니까요.

사이먼은 그 방면의 전문가가 못 된다고 말한다. 사실 그는 지난
몇 년 동안 유럽에 있다 보니 아는 것도 별로 없다. 베링거 목사가
그렇다면 신경 질환 및 정신병과 관련해서 가장 최근에 등장한 학설
을 소개하면 어떻겠냐고 제안하면서, 그들이 장기적으로 구상하고
있는 사업 중 하나가 공공 정신병원 개혁이니 대환영이라고 한다.

"뒤퐁 박사님이 특히 관심 있다고 하셨어요." 교도소장 부인이 말
한다. "박사님도 만나셨던 제롬 뒤퐁 박사님 말이에요. 그분은 관심
사가 어찌나 폭넓고 다양한지 모른답니다."

"재미있겠어요." 리디아가 길고 짙은 속눈썹을 들어 사이먼을 쳐

다보며 말한다. "박사님께서 그렇게 해 주시면 좋겠어요!"

그녀는 오늘 저녁에 말이 별로 없었다. 하지만 생각해 보면 베링거 목사가 생선을 좀 더 먹겠느냐고 했을 때 거절한 것 말고는 말할 기회가 없었다. "정신병에 걸리면 어떻게 될까 전부터 궁금했거든요. 그레이스한테 물어도 대답을 안 해 주더라고요."

사이먼은 리디아와 함께 그늘진 구석에 있는 자기 모습을 그려 본다. 긴 커튼 뒤. 옅은 자주색의 묵직한 비단 커튼. 놀라지 않도록 부드럽게 허리를 감싸 안으면 그녀는 한숨을 쉴까? 몸을 맡길까 아니면 그를 밀어 낼까? 아니면 양쪽 다일까?

하숙집으로 돌아온 그는 장식장에 놓아두었던 셰리주를 큼지막한 잔에 따른다. 베링거의 만찬에서는 물이 음료라 저녁 내내 술을 한 모금도 입에 대지 않았는데 술에 취한 것처럼 머리가 어지럽다. 왜 그 황당무계한 화요 모임 회원들 앞에서 강연을 하겠다고 대답한 걸까? 그들은 그에게 어떤 의미이며, 그는 그들에게 어떤 의미일까? 전문 지식이 부족한 그들에게 어떤 이야기를 하면 알아들을 수 있을까? 그를 우러러보는 리디아, 매력적인 리디아 때문이었다. 그는 꽃이 만발한 딸기나무에 기습을 당한 듯한 심정이다.

너무 피곤해서 평소처럼 늦게까지 책을 읽고 공부할 기운이 없다. 그는 침대에 눕자마자 잠이 든다. 그리고 꿈을 꾼다. 심란한 꿈이다. 그는 울타리가 쳐 있고, 빨랫줄에서 빨래가 펄럭이는 안뜰에 있다. 주변에 아무도 없다는 데서 은밀한 쾌감이 느껴진다. 눈에 안 보이는 둥그런 엉덩이가 입고 있기라도 한 것처럼 시트와 속옷 들이 바람을 따라 움직인다. 그가 지켜보는 가운데(올려다보아야 할 만큼 키가 작은 것을 보니 그는 어린 나이다.) 하얀색 모슬린 스카프 아니면 베일이 빨랫줄에서 날려 풀려 버린 기다란 붕대처럼 혹은 물속에서 번지는 물감처럼 우아하게 허공에서 물결친다. 그는 그걸 잡으려고 안뜰을 나서 길거리로,(그러니까 시골에 있다는 뜻이다.) 벌판으로 달린다. 과수원으로 달린다. 푸른 사과로 뒤덮인 조그만 나뭇가지에 천이 얽혀 있다. 천을 잡아당기자 그의 얼굴 위로 떨어지는데, 이제 보니 천이 아니라 보이지 않는 여자의 길고 향긋한 머리카락이다. 천이 그의 목을 둘둘 감는다. 그는 몸부림을 친다. 머리카락이 꽉 조여 온다. 숨을 쉴 수가 없다. 그 느낌이 너무나 고통스럽고 참을 수 없을 만큼 선정적이라 그는 움찔하며 잠에서 깬다.

22

오늘 나는 바느질 방에 앉아 조던 박사님을 기다린다. 부잣집 나리들은 자기만의 시간관념이 있으니 왜 늦을까 궁금해할 필요가 없다. 그래서 나는 조그맣게 콧노래를 흥얼거리며 계속 바느질을 한다.

> 만세 반석 열리니
> 내가 들어갑니다.
> 창에 허리 상하여
> 물과 피를 흘린 것
> 내게 효험되어서
> 정결하게 하소서.

나는 이 찬송가가 좋다. 부르고 있으면 저 밖에 있는 바위, 물, 바닷가가 생각난다. 직접 가 보는 것 다음으로 좋은 게 상상하는 것이다.

노래를 그렇게 잘 부르는 줄 미처 몰랐네요. 조던 박사님이 방 안으로 들어오며 말한다. 목소리가 참 예뻐요. 그는 눈 밑에 검은 그늘이 있고, 한숨도 못 잔 사람처럼 보인다.

고맙습니다, 선생님. 내가 말한다. 예전에는 노래를 부를 기회가 더 많았어요.

그는 자리에 앉아 공책과 연필을 꺼내고 파스닙*도 꺼내 테이블에 올려놓는다. 나라면 저렇게 주황색이 도는 걸 고르지 않을 것이다. 주황색이 돈다는 건 오래되었다는 뜻이다.

아, 파스닙이네요. 내가 말한다.

보니까 생각나는 게 있습니까? 그가 묻는다.

글쎄요, '듣기 좋은 말이 파스닙에 버터를 바르는 건 아니다.'**라는 속담이 생각나는데요. 내가 대답한다. 그리고 껍질을 벗기기 힘들다는 것도요.

파스닙은 지하 창고에 저장하겠죠? 그가 묻는다.

어머, 아니에요. 내가 대답한다. 얼면 맛이 훨씬 좋아지기 때문에 땅을 파서 짚을 깔고 거기에다 묻어 두죠.

그는 지친 듯 나를 쳐다보고, 나는 그가 왜 잠을 못 잤는지 궁금해진다. 마음에 드는 아가씨가 관심도 안 보이기 때문일까? 아니면 끼니를 제대로 못 먹고 있는 걸까?

지난번에 하던 이야기 계속할까요? 그가 묻는다.

어디까지 이야기했는지 잘 모르겠어요. 내가 대답한다. 사실은 아니지만, 그가 내 말을 유심히 듣고 있었는지 아니면 듣는 척만 했는

---

* 배추 뿌리처럼 생긴 채소.
** 말만 그럴듯하게 해 봐야 아무 소용 없다는 뜻.

지 알고 싶다.

메리가 죽었다는 이야기까지 했어요. 그가 말했다. 가엾은 친구 메
리 휘트니가요.

아, 그렇죠. 내가 말한다. 메리가 죽은 이야기까지 했죠.

메리가 어쩌다 죽었는지에 대해서는 최대한 쉬쉬했어요. 메리가
열병으로 죽었다는 이야기를 다들 믿었는지 어쨌는지 모르겠지만,
아무튼 대놓고 왈가왈부하는 사람은 없었어요. 써 놓은 글로 보았을
때 메리가 저에게 전 재산을 남겼다는 사실에 대해 토를 다는 사람
도 없었고요. 언제 죽을지 미리 알았던 것처럼 그런 글을 썼다는 데
눈썹을 추켜세우는 사람들은 더러 있었지만요. 하지만 제가 나서서
부자들은 유언장을 미리 써 놓는데, 메리는 그러면 안 될 이유라도
있느냐고 했어요. 그러자 다들 더 이상 아무 말도 하지 않았죠. 편지
지를 어디에서 구했느냐고 묻지도 않았고요.

저는 상당히 쓸 만했던 메리의 상자와 가장 좋은 드레스를, 메리
가 죽자마자 찾아온 보따리장수 제러마이어에게 팔았어요. 메리가
마루 밑에 숨겨 놓았던 금반지도 팔았고요. 그 돈으로 남부끄럽지
않은 장례식을 치를 거라고 했더니 후하게 쳐주더군요. 제러마이어
는 메리의 얼굴에서 죽음의 징조를 읽었다고 했지만, 나중에 어쩌고
저쩌고하는 이야기는 늘 맞아떨어지는 법이잖아요. 그는 또 메리가
안됐다고 하면서 나중에 그녀를 위해 기도하겠다고 했어요. 온갖 마
술에 점까지 봐 주는 이교도가 어떤 기도를 할지는 알 수 없었지만
요. 하지만 기도의 형식은 상관없잖아요. 주님이 선을 그으시는 것은
선과 악뿐이니까요. 누가 뭐래도 저는 그렇게 생각해요.

애그니스가 장례를 도와주었어요. 우리는 마님의 허락 아래 정원에서 딴 꽃을 관에 넣었어요. 6월이라 줄기가 긴 장미와 작약이 만발했는데, 하얀 꽃만 골라서 땄죠. 저는 시신 위로 꽃잎도 흩뿌리고 제가 만들어 준 바늘 쌈지도 관에 넣었어요. 빨간색이라 안 된다고 할 수도 있으니 몰래 넣었죠. 그런 다음 메리를 기억할 수 있게 뒷머리를 한 움큼 잘라서 실로 묶었어요.

제일 예쁜 잠옷을 입은 메리는 전혀 죽은 것 같지 않고 잠을 자는 것 같았고, 백지장처럼 창백했어요. 그렇게 온통 하얀색으로 입혀 놓으니 꼭 신부 같기도 했고요.

관은 아주 단순한 소나무 관이었고, 돈을 주고 비석까지 만들었어요. 하지만 돈이 부족해서 이름만 새긴 게 전부였죠. 이 땅의 어두운 그늘 속으로 달아난 그대, 천국에 가거든 나를 기억해 주길 같은 시를 새기고 싶었는데, 그러면 비용이 어마어마하더라고요. 메리는 감리교 교인들과 함께 애들레이드 가에 묻혔어요. 한쪽 구석의 무연고 묘지 바로 옆이기는 했지만 그래도 교회 묘지라 저로서는 할 도리를 다한 듯한 기분이었어요. 메리가 떳떳하지 못하게 죽었다는 소문이 돌았는지, 장례식에 참석한 사람이 애그니스와 다른 하인 두 명뿐이었어요. 관 위로 흙이 뿌려지고 젊은 목사님이 먼지는 먼지로 돌아가리라, 하고 말했을 때 저는 심장이 찢어지기라도 한 것처럼 눈물을 쏟았어요. 제대로 흙을 뿌리고 묻어 드리지도 못하고 그냥 바다에 내동댕이친 어머니도 생각나더라고요.

메리가 정말 죽었다니 믿기지 않았죠. 저는 메리가 방 안으로 들어오기를 계속 기다렸고, 밤에 혼자 침대에 누워 있으면 가끔 메리의 숨소리가 들린 것 같기도 했어요. 아니면 문밖에서 메리가 웃고 있는 것 같기도 했고요. 저는 매주 일요일마다 메리의 무덤가에 꽃을 바쳤어요. 마님의 정원에서 딴 꽃은 아니고(그건 특별히 그때 한 번 허락을 받은 거였으니까요.) 쓰레기장이나 호숫가나 아무 데서나 자라는 들꽃이긴 했지만요.

저는 메리가 죽고 얼마 안 있어 올더먼 파킨슨 마님 댁을 떠났어요. 메리가 죽은 뒤로 마님과 허니 부인이 저를 보는 눈이 곱지 않아서 계속 있기가 싫더라고요. 두 분은 제가 메리와 부잣집 도련님의 관계를 도왔고, 그 도련님이 누구인지도 안다고 생각하는 눈치였어요. 그건 아니었지만, 의심이라는 게 한번 생기면 없애기 힘들잖아요. 제가 일을 그만두고 싶다고 하자 마님은 말리지 않고, 그 대신 저를 서재로 데리고 가서 상대 남자가 누군지 아느냐고 정말 진지하게 물어보셨어요. 모른다고 했더니 설령 알더라도 폭로하지 않겠다고 성서에 대고 맹세하면 훌륭한 추천서를 써 주겠다고 하더군요. 그런 식으로 못 미더워하는 게 싫었지만 시키는 대로 했더니 마님은 추천서를 써 주고, 다정한 목소리로 제 솜씨가 나무랄 데 없었다고 하면서 떠나는 저에게 2달러라는 거금을 쥐어 주고, 다른 일자리로 같은 올더먼 집안인 딕슨 나리 댁을 찾아 주었어요.

딕슨 나리 댁에서는 월급을 더 많이 받았어요. 경험도 있고 추천서도 있었으니까요. 반란 이후 많은 사람들이 미국으로 건너가 버렸기 때문에 믿음직한 하인을 찾기가 힘든 상황이었는데, 날마다 이민자가 넘어와도 모자라는 부분은 메워지지 않고 일손이 많이 달렸죠. 이 때문에 저는 마음에 안 들면 어느 집이건 계속 있을 필요가 없다는 걸 알게 되었어요.

저는 딕슨 나리 댁이 마음에 안 들었어요. 내막을 너무 많이 아는 사람들처럼 저를 이상하게 대했거든요. 그래서 6개월이 지났을 때 나가겠다고 하고 맥매너스 나리 댁으로 옮겼죠. 하지만 거기에서도 적응을 못했어요. 저 말고 하인이 한 명뿐이었는데, 세상의 종말과 시련과 이를 가는 것*에 대해 주구장창 이야기하기 때문에 같이 밥도 먹고 싶지 않은 그런 남자였거든요. 저는 3개월 만에 코츠 나리 댁으로 옮겨 열다섯 번째 생일이 지나고 몇 개월 동안 거기 있었어요. 하지만 제가 일을 더 꼼꼼하게 하다 보니 다른 하녀가 질투를 하더라고요. 그래서 해러기 나리 댁에서 사람을 구한다는 소식을 들었을 때 코츠 나리 댁과 똑같은 월급을 받기로 하고 거기로 옮겼죠.

한동안 잘 지내는가 싶었는데 불안해지기 시작했어요. 식당에서 치운 그릇들을 들고 뒷복도를 걸어가는데 해러기 나리가 몰지각한 행동을 했거든요. 다리 사이를 걷어차라는 메리의 충고가 떠올랐지만, 주인 나리를 걷어찼다가는 추천서도 없이 쫓겨나지 않을까 싶더라고요. 그러던 어느 날 밤, 제가 쓰던 다락방 문밖에서 나리의 소리가 들렸어요. 특유의 씨근거리는 기침 소리가요. 나리는 걸쇠를 만지작거리고 있었어요. 밤마다 방문을 잠가 놓기는 했지만, 잠가 놓거나 말거나 사다리를 써서라도 조만간 들어올 방법을 찾을 거라고 생각하니 맘 편히 잠을 잘 수 있어야 말이죠. 하루 종일 일하느라 너무 지쳐서 잠을 자야 하는데, 방 안에 남자가 있으면 어떤 식으로 들어왔건 간에 여자가 죄인이 되잖아요. 예전에 메리도 말했던 것처럼 이 세상에는 하녀들이 24시간 내내 봉사를 해야 하고, 발딱 누운 자

---

* 성서에서 벌을 받는다는 의미로 쓰이는 표현이다.

세로 봉사하는 게 주된 업무가 되어야 한다고 생각하는 주인 나리들이 몇몇 있거든요.

해러기 마님도 뭔가 눈치를 챈 것 같았어요. 마님은 몰락한 명문가 출신이라 남편을 고를 때 운에 맡기는 수밖에 없었을 거예요. 해러기 나리는 돼지 도살업으로 돈을 번 사람이었죠. 나리가 그런 짓을 한 게 처음은 아니었을 거예요. 왜냐면 제가 그만두겠다고 했을 때 마님이 이유를 묻지도 않고 한숨을 쉬더니 저더러 착한 아이였다고 하면서 당장 최고급 편지지에 추천서를 써 주었거든요.

저는 왓슨 나리 댁으로 갔어요. 좀 더 신중하게 생각해 볼 시간이 있었더라면 좋았을 텐데, 그때는 그보다 빨리 옮기는 게 관건이었어요. 제가 온 손에 기름과 검댕을 묻혀 가며 냄비를 닦고 있을 때 해러기 나리가 씨근씨근 숨을 헐떡이며 절 와락 움켜잡으려고 식기실로 들어왔으니 그만큼 필사적이라는 뜻이 아니고 뭐겠어요. 왓슨 나리는 구두 만드는 일을 했는데, 아이가 셋인 데다 조만간 넷째가 태어날 예정이라 일손이 다급했지만 한 명 있는 하녀가 요리 솜씨는 좋아도 빨래는 젬병이었거든요. 그래서 저한테 매달 2달러 50센트와 구두 한 켤레를 조건으로 내걸었어요. 안 그래도 메리한테 물려받은 것은 잘 맞지 않고 제 것은 해지기 직전이라 새 신발이 필요했는데, 새 신발들은 또 얼마나 비쌌다고요.

거기서 지낸 지 얼마 안 됐을 때 요리사인 샐리와 시골에서 같이 자랐다며 놀러 온 낸시 몽고메리를 소개받았어요. 낸시는 직물 경매를 벌인 클라크슨 상점에서 옷감을 사러 토론토에 왔다고 했어요. 그녀가 겨울용 드레스를 만들려고 샀다며 무척 예쁜 진홍색 비단을 보여 주었는데, 저는 가정부가 그런 드레스는 어디에 쓸까 싶더라고요. 비단 말고 주인 것으로 샀다는 고급스러운 장갑과 아일랜드산 리넨 식탁보도 구경했죠. 낸시가 말하길 상점에서 사는 것보다 경매로 사는 게 저렴한데, 자기 주인은 한 푼이라도 아끼는 걸좋아한다고 했어요. 시내까지 마차를 타고 온 게 아니라 주인 나리가 태워다 주었는데, 낯선 사람들과 부딪칠 일이 없으니 훨씬 편하다고도 했고요.

낸시 몽고메리는 아주 예쁘장했고, 머리는 까맸고, 나이는 스물넷쯤 되는 것 같았어요. 갈색 눈이 예뻤고, 메리 휘트니처럼 웃고 농담을 하는 것이 성격도 아주 좋아 보였어요. 그녀는 부엌에서 차를마시며 샐리와 함께 옛날 이야기를 했어요. 두 사람은 토론토 북쪽에 있는 이 지역 최초의 학교를 같이 다녔다는데, 어느 목사님이 일을 쉴 수 있는 일요일에 아이들을 가르치던 곳이라고 했어요. 낸시말로는 축사에 가까운 통나무집이 교실이라 숲을 가로질러 걸어가야 했는데, 예전에는 지금보다 곰들이 많아서 무서웠대요. 하루는 진짜로 곰이 보이기에 낸시가 비명을 지르면서 나무 위로 올라간 적이 있었대요. 그런데 샐리가 말하길 곰이 낸시보다 더 겁에 질렸다고 했고, 낸시가 곰이 수컷이었는데 자기가 나무 위로 올라가는 순간 언뜻 난생처음 뭔가를 보고 무서워서 달아났을지 모르겠다고 하자 두 사람은 배를 잡고 웃었어요. 또 두 사람은 여자아이가 학교 뒤에 있는 변소에 들어가 있으면 남자아이들이 문을 열었는데, 여자아이한테 미리 알려 주지 않고 남들과 같이 구경하다 나중에 죄책감을느꼈다고 했어요. 샐리가 부끄럼을 잘 타는 아이들이 늘 그렇게 괴롭힘을 당한다고 하자 낸시가 그렇기는 하지만 이런 세상에서는 자기 목소리를 내는 법을 배워야 한다고 했어요. 제가 들어도 맞는 말이었죠.

낸시는 숄과 기타 소지품을 주섬주섬 챙기면서(좀 지저분하긴 해도 깜찍한 분홍색 양산도 있었어요.) 갤러스 언덕과 호그스 골짜기를 지나서 영 가를 따라 쭉 가면 리치먼드힐이 나오는데, 거기 사는 토머스 키니어 경 댁에서 가정부로 일하고 있다고 했어요. 그러면서 집은 넓은데 전에 있던 하녀가 결혼을 하면서 그만두는 바람에 자기를 도와줄 사람이 필요하다고 했죠. 키니어 나리는 스코틀랜드의 훌륭한 가문 출신의 신사이고, 성격이 느긋하고, 독신이라고 했어요. 그렇다면 일도 적고 트집 잡으며 잔소리를 늘어놓는 안주인도 없다는 뜻인데, 제가 관심을 안 가질 수 있었겠어요?

낸시는 키니어 나리의 농장이 시내에서 멀리 떨어져 있어서 여자 친구가 필요하다고 했어요. 결혼도 안 한 처녀가 남자랑 단둘이 있으면 사람들 입방아에 오르내릴 테니 혼자 지내는 게 싫다고도 했고요. 저는 그 말이 맞다고 생각했죠. 낸시가 말하길 키니어 나리는 인심이 후하고 만족스러우면 그걸 표현하는 성격이라고 했어요. 제가 제안을 받아들이면 남는 장사를 하는 거고, 사회적인 지위가 한 단계 높아지는 셈이라고 했고요. 그러면서 제 월급을 묻더니 한 달에 3달러를 주겠다고 하지 뭐예요. 그 정도면 상당한 금액이었어요.

낸시는 일주일 뒤에 시내에서 볼일이 있으니 그때까지 기다려 줄 수 있다고 했어요. 저는 일주일 내내 고민해 보았죠. 이제 토론토 생활에 익숙해져서 시골로 나가 사는 게 걱정이 되더라고요. 시내에 살면 심부름 나갔을 때 볼거리도 많고, 소매치기를 조심해야 하지만 가끔 박람회와 장도 열리니까요. 그런 행사 때는 길거리 전도사도 있고, 남자아이나 여자가 항상 길바닥에서 노래를 부르며 구걸을 하죠. 불을 먹는 남자, 먹은 걸 다 뱉어 내는 남자, 숫자를 셀 줄 아는 돼지, 춤이라기보다는 갈지자걸음에 가깝지만 어쨌든 재갈을 물고 춤을 추는 곰, 그 곰을 막대기로 찌르는 부랑아들도 본 적 있어요. 그리고 시골은 길을 잘 닦아 놓지도 않아서 진흙탕일 테고, 밤에 가스등도 켜 있지 않고, 으리으리한 상점들도 없고, 교회 뾰족탑도, 말끔한 마차도, 기둥이 달린 벽돌로 된 은행 건물들도 없을 거 아니에요. 하지만 시골 생활이 마음에 안 들면 다시 돌아오면 그만이라는 생각이 들었어요.

샐리에게 의견을 물었더니 저 같은 어린아이에게 알맞은 집인지 잘 모르겠다고 하더군요. 제가 왜 그렇게 생각하는지 묻자 낸시가 자기한테 늘 잘해 주었기 때문에 자세히 이야기하진 못하겠다고, 자기 일은 자기가 알아서 하는 거고 말이 많으면 화근이 되는 법이라고, 확실히 아는 게 없으니 더 이상 왈가왈부하면 안 될 것 같다고 했어요. 어머니가 돌아가셔서 의논 상대가 없는 저에게 이 정도로 이야기해 줬으면 자기 할 일은 다했다고 생각하는 것 같더라고요. 저는 무슨 소리인지 전혀 알아들을 수 없었는데 말이에요.

제가 키니어 나리에 대해서 나쁜 소문을 들은 적 있느냐고 물었더니 나쁘다고 할 만한 이야기는 들은 적 없다고 했어요.

저로서는 풀지 못할 수수께끼 같았어요. 샐리가 솔직하게 이야기해 주었더라면 두루두루 좋았을 텐데. 하지만 제 입장에서는 지금까지 받은 것보다 월급이 많다는 게 크게 다가왔죠. 그리고 그보다 더 크게 다가왔던 게 낸시 몽고메리였어요. 메리 휘트니하고 비슷하다는 생각이 들었거든요. 저는 메리가 죽은 뒤로 계속 우울했기 때문에 가기로 결정했죠.

23

　낸시에게 미리 삯을 받았기 때문에 가기로 한 날 아침 일찍 마차를 탔어요. 영 가를 26킬로미터쯤 달려야 리치먼드힐이 나왔으니 먼 길이었죠. 토론토 정북으로 뻗은 길은 그다지 나쁘지 않았어요. 가파른 언덕길이 나오면 말들이 우리까지 끌고 갈 수가 없으니 마차에서 내려 걸은 적이 몇 번 있기는 했지만요. 도랑 옆으로 데이지며 뭐며 수많은 꽃들이 피어 있고 나비들이 날아다니는, 참 예쁜 길이었어요. 꽃다발을 만들어 볼까 생각도 했지만, 가는 길에 시들겠더라고요.

　얼마쯤 지나자 길이 거칠어지기 시작했는데 여기저기 움푹 파인 데다 돌투성이여서 마차가 어찌나 덜컹거리던지 뼈가 떨어져 나갈 것 같았어요. 언덕 꼭대기에서는 먼지가 날려 숨이 막혔고 밑으로 내려오면 진흙탕이었는데, 그 위에 통나무들이 놓여 있었고요. 사람들이 말하길 비가 오면 길이 늪 수준으로 변한다며, 3월에 빗물이 땅에 고이면 거의 나다닐 수가 없다고 하더군요. 그나마 겨울에는 사방이 얼어붙어서 썰매를 타고 다닐 수 있으니 제일 낫다고요. 하지만 폭설이 내릴 수도 있고, 썰매가 뒤집히면 얼어 죽을 수도 있고, 가끔 눈이 집 높이만큼 쌓이면 기도하면서 위스키나 잔뜩 마시는 수밖에 없다고 했어요. 이게 다 제 옆에 끼어 앉은 남자한테 들은 말이었어요. 그 남자는 농기구와 종곡(種穀)을 파는데 이 길을 잘 안다고 하더라고요.

우리가 지나가는 길을 따라 크고 멋진 집들이 몇 채 보이기도 했지만, 다른 집들은 대부분 납작하고 형편없는 통나무집이었어요. 농장에 쳐 놓은 울타리도 제각기 달라서 통나무를 잘라 만든 지그재그 울타리도 있었고 땅에서 뽑은 나무뿌리로 만든 울타리도 있었는데 그건 나무로 된 커다란 머리채 같더라고요. 이따금 집 몇 채가 다닥다닥 붙어 있는 네거리가 나왔는데, 그곳에 여관이 있어서 말을 쉬게 하거나 다른 말로 바꾸고 위스키를 한 잔 마실 수 있었어요. 거기에서 노닥거리며 술을 몇 잔 걸친 몇몇 남자들이 옷차림도 허름한 주제에 뻔뻔스럽게 우리 마차로 와서 제 보닛 밑을 들여다보려고 하지 뭐예요. 점심때쯤 마차가 멈춰 섰을 때에는 농기구를 파는 남자가 저한테 들어가서 자기랑 한잔하겠느냐고 묻기에 됐다고 했죠. 조신한 여자는 모르는 남자와 그런 데 가면 안 되는 거잖아요. 빵과 치즈를 싸 가지고 왔으니 안마당 우물에서 물을 떠 마시면 그걸로 충분했어요.

저는 길을 떠나면서 좋은 여름옷을 챙겨 입었어요. 메리의 상자에 달려 있던 파란색 리본으로 밀짚 보닛 가장자리를 두르고 그 밑으로 캡을 숨기고, 드롭 숄더*식의 면 날염 드레스는 유행이 지났지만 고칠 시간이 없어서 그냥 입었어요. 코츠 나리 댁에서 월

---

* 패드를 넣지 않고 자연스럽게 어깨선을 드러내는 스타일.

급의 일부분을 대신해 받은 옷이었는데, 원래는 빨간색 물방울무늬였지만 빨다 보니 분홍색으로 색이 바랬죠. 페티코트 두 장은, 하나는 찢어졌지만 깨끗하게 꿰맸고 나머지 하나는 너무 짧았지만 볼 사람도 없잖아요? 보따리장수 제레마이어에게 산 중고이지만 상태가 좋은 코르셋과 면 슈미즈를 속에 입었고, 꿰맨 곳이 있지만 아직도 한참 신을 수 있는 하얀색 면 스타킹도 신었죠. 왓슨 나리에게 받은 신발은 고급스럽지도 않고 잘 맞지도 않았어요. 고급 신발을 만드는 곳은 영국이니까요. 여기에 초록색 모슬린으로 만든 여름 숄을 걸치고, 햇볕 때문에 주근깨가 생기지 않게 메리가 유품으로 남긴 손수건을 삼각형으로 접어서 목에 둘렀어요. 손수건은 메리도 어머니한테 받은 것인데, 하얀 바탕에 파란색 니겔라 무늬가 자잘하게 있었죠. 메리의 추억이 담긴 물건을 지니고 있으면 마음에 위안이 됐어요. 하지만 장갑은 없었어요. 누가 준 적도 없을뿐더러 제 돈 주고 사기에는 너무 비싼 물건이었거든요.

겨울에 입는 빨간색 플란넬 페티코트와 묵직한 드레스, 털실로 짠 스타킹, 플란넬 잠옷, 여름용 면 잠옷 두 벌, 여름에 일할 때 입는 드레스, 나막신, 캡 두 개와 앞치마, 그리고 또 한 장의 슈미즈는 어머니의 숄로 싸서 묶은 다음 마차 지붕에 얹었어요. 단단히 묶기는 했지만 가는 내내 얼마나 불안했는지 몰라요. 길바닥에 떨어져서 잃어버리면 어떡하나 싶어 계속 뒤를 돌아보았죠.

절대 뒤돌아보지 마요. 농기구 파는 남자가 말했어요. 저는 그 말을 듣고 왜요, 하고 물었어요. 낯선 남자하고 말을 섞으면 안 된다는 건 알지만, 하도 바짝 붙어 앉아 있다 보니 말을 하지 않을 수가 있어야죠. 과거는 과거일 뿐이니까요. 그 남자가 말했어요. 후회해 봐야 소용없고, 과거지사는 과거지사로 묻어야 해요. 롯의 부인이 어떻게 됐는지 알죠? 남자가 이야기를 계속했어요. 소금 기둥으로 변해서 아까운 여자만 한 명 없어졌잖아요. 여자라고 해서 항상 소금 한 줌보다 나은 건 아니지만. 그러면서 남자는 웃음을 터뜨렸어요. 저는 무슨 말인지 알 수 없었지만 아무튼 좋은 소리는 아닌 것 같아서 두 번 다시 그 남자와 말을 섞지 말아야겠다고 생각했죠.

모기들이 정말 지독했어요. 특히 습한 지역과 숲 언저리가 그랬던 것이, 길 주변이 정리가 되었다 해도 키가 크고 거무스름하고 우람한 나무들이 있었거든요. 숲 속은 냄새가 달랐어요. 서늘하면서 축축했고, 이끼와 흙과 오래된 나뭇잎 냄새가 나더라고요. 저는 곰이나 늑대 같은 야생동물들이 있을 테니 숲을 믿지 않았어요. 낸시한테 들은 곰 이야기도 생각났고요.

농기구 파는 남자가 아가씨는 숲으로 들어가는 게 무섭냐고 묻길래 아니라고, 무섭지 않다고, 하지만 어쩔 수 없는 상황이 아니면 들어가지 않겠다고 대답했죠. 그러자 그 남자는 잘 생각했다면서 젊은 아가씨들은 혼자 숲으로 들어가면 안 된다고, 어떤 일이 벌어질지 모르는 법이라고 했어요. 얼마 전에 옷은 찢기고 머리는 멀찌감치 떨어져 나간 채 발견된 아가씨가 있었다면서요. 제가 어머나, 곰들의 소행인가요, 물었더니 그가 말하길 곰 아니면 인디언들이겠죠, 이런 숲은 인디언들로 우글거리거든요, 어디에선가 획 나타나서 눈 깜짝할 사이 보닛을 벗기고, 머리 가죽을 벗길 거예요, 인디언들이 아가씨들 머리카락을 자른 다음 미국에서 비싸게 받고 파는 거 알죠, 하더라고요. 그러면서 아가씨도 캡 밑에 머리카락이 수북할 거 아니에요, 하고는 가는 내내 저한테 몸을 바짝 붙이는데, 기분이 나빴어요.

곰은 몰라도 인디언 이야기만큼은 거짓말이라는 걸 알고 있었어요. 저를 겁주려고 하는 이야기였죠. 그래서 뻔뻔해라, 아저씨한테 내 머리를 맡기느니 차라리 인디언들한테 맡기겠어요, 했더니 그 남자가 웃음을 터뜨리더라고요. 하지만 저는 진심이었어요. 토론토에서 합의금을 받으러 온 인디언들을 본 적도 있고, 인디언들이 광주리와 생선을 팔려고 올더먼 파킨슨 마님 댁 뒷문을 찾아온 적도 있었거든요. 정색을 하고 있어서 무슨 생각을 하는지 알 수는 없었지만, 가라고 하면 순순히 말을 들었어요. 그래도 다시 숲을 빠져 나와 울타리와 집과 널려 있는 빨래들을 보고, 화덕과 재가 되어 가는 장작불 냄새를 맡으니 좋더라고요.

잠시 후 초석이 전부 시커메진 어느 건물의 잔해를 지나가는데, 농기구 파는 남자가 손으로 가리키면서 저게 그 유명한 몽고메리 선술집이라고, 반란 당시 매켄지와 어중이떠중이들이 저기서 회의를 열고 영 가로 행진을 시작했다고 하더군요. 정부군에 알려 주려던 남자 하나가 그 앞에서 총에 맞아 죽었고, 나중에 건물은 불타 버렸대요. 정부에서 반역자들을 몇 명 교수형에 처하기는 했지만 그걸로는 부족하다고, 농기구 파는 남자는 그렇게 말했어요. 친구들을 자기 대신 밧줄에 대롱대롱 매달리게 해 놓고 미국으로 달아난 겁쟁이 악당 매켄지를 끌고 와야 한다고요. 그의 주머니엔 술병이 있었는데, 입 냄새를 맡아 보니 제법 취했더라고요. 그럴 때는 건드리지 않는 게 상책이라 아무 말도 하지 않았죠.

늦은 오후가 되었을 때 리치먼드힐에 도착했어요. 영 가를 따라 집들이 일렬로 늘어서 있는 것이, 읍내라기보다 시골 마을에 가깝더군요. 저는 낸시와 만나기로 한 여관에서 내렸고, 마부가 짐을 내려 주었어요. 농기구 파는 남자도 내려서 저더러 어디에서 묵을 거냐고 묻길래 몰라도 된다고 대답했죠. 그러자 제 팔을 잡더니 마차 안에서 많이 친해졌으니 옛정을 생각해서 안으로 들어가 자기하고 위스키나 한두 잔 마시자는 거예요. 제가 팔을 빼려고 했지만, 그는 놓지 않고 친한 척 제 허리를 안으려고 하더군요. 할 일 없는 남자 몇 명이 잘한다고 부추겼고요. 사방을 둘러보았지만, 낸시는 보이지 않았어요. 여관에서 술 취한 남자와 실랑이 벌이는 모습을 보이면 첫인상이 얼마나 안 좋겠어요.

여관 문이 활짝 열려 있었는데 바로 그 순간, 등짐을 짊어지고 기다란 지팡이를 손에 든 보따리장수 제러마이어가 그 안에서 나오는 게 아니겠어요. 저는 너무 반가워서 이름을 불렀죠. 그러자 제러마이어가 어리둥절해하며 여기저기 쳐다보다 얼른 제 쪽으로 다가왔어요.

아니, 그레이스 마크스 아니냐? 그가 말했어요. 여기서 만날 줄은 미처 몰랐는데.

저도요. 저는 이렇게 말하고 방긋 웃었어요. 그런데 농기구 파는 남자가 제 팔을 계속 붙잡고 있으니 조금 당황스럽더라고요.

이 남자는 친구냐? 제레마이어가 물었어요.

아뇨. 제가 대답했어요.

이 숙녀분은 당신과 동행하기 싫다는군요. 제레마이어가 점잖은 신사 같은 목소리로 말했죠. 그러자 농기구 파는 남자는 제가 무슨 숙녀냐고 하면서 듣기 안 좋은 소리를 몇 마디 덧붙였고, 제레마이어의 어머니를 놓고 귀에 거슬리는 말을 했어요.

제러마이어가 지팡이로 팔을 내려치니까 그제야 남자가 손을 놓더군요. 그런 다음에는 제러마이어에게 떠밀려 여관 벽을 향해 뒤로 비틀거리다 말똥 덩어리 위로 주저앉았죠. 그걸 보고 사람들은 이제 그에게 야유를 보냈어요. 원래 그런 인간들은 수세에 몰린 사람을 보면 항상 야유를 보내잖아요.

이 근처에 일자리 얻었니? 제가 고맙다고 인사하자 제러마이가 물었어요. 제가 그렇다고 했더니 그럼 팔 만한 물건을 가지고 들르겠다고 하더라고요. 바로 그때 제3의 인물이 다가와서 저에게 물었어요. 아가씨가 그레이스 마크스인가? 아니면 그 비슷하게 물었는데 정확히 뭐라고 했는지 기억이 안 나네요. 제가 그렇다고 했더니 자기는 토머스 키니어라고, 저를 데리러 왔다는 거예요. 말 한 마리가 끄는 약식 짐마차를 타고 왔는데, 나중에 알고 보니 그 말 이름이 '찰리 호스'*에서 따온 찰리였어요. 찰리는 밤색 수말이었고, 갈기와 꼬리와 커다란 갈색 눈이 정말 예뻤어요. 저는 찰리를 보는 순간 사랑하지 않을 수가 없었죠.

키니어 나리는 여관의 말구종에게 짐마차 뒷칸에다 제 짐 꾸러미를 싣게 하고(그 안에 이미 다른 짐들이 있었어요.) 저더러 여기 온 지 5분 만에 두 명의 신사를 홀딱 반하게 만들었구나, 하지 않겠어요? 제가 아니라고 했더니 신사가 아니라는 거냐 아니면 홀딱 반한 게 아니라는 거냐, 하는 거예요. 저는 어떤 대답을 바라는지 알 수 없어서 어리둥절했죠.

이윽고 나리가 타라, 그레이스, 하기에 제가 앞에 앉으라는 말씀이

---

* Charley Horse. 구어로 근육 경직이나 근육통이라는 뜻.

신가요, 했더니 나리가 말하길 너를 짐짝처럼 뒤에 태울 수는 없지 않겠니, 하며 제 손을 잡고 나리 옆자리로 올려 주시더라고요. 저는 부잣집 나리, 특히 제가 일하는 댁 주인님 옆에는 앉아 본 적이 없어서 쩔쩔맸는데, 나리는 아무렇지도 않게 옆자리에 앉아서 말에게 출발하라는 신호를 보냈고, 저는 그렇게 양갓집 규수라도 된 것처럼 앉아서 영 가를 달려가며 혹시 창밖으로 내다보는 사람이 있으면 뒤에서 수군거리겠다는 생각을 했죠. 그런데 나중에 알고 보니 키니어 나리는 소문에 신경 쓰는 분이 아니었어요. 남들이 뭐라고 하건 전혀 개의치 않았죠. 돈이 있고 정계 후보로 나선 것도 아니니 그런 것들을 무시할 수 있었던 거예요.

키니어 씨는 어떻게 생겼던가요? 조던 박사님이 묻는다.

부잣집 나리처럼 생겼더라고요. 내가 대답한다. 콧수염도 길렀고요.

그뿐입니까? 조던 박사님이 묻는다. 제대로 관찰하지 않았군요!

빤히 쳐다보고 싶지 않았어요. 내가 대답한다. 그리고 마차에 탄 이후에는 쳐다볼 수가 없었고요. 보닛 때문에 고개를 완전히 돌려야 볼 수 있었거든요. 선생님은 보닛 써 보신 적 없죠?

그렇죠. 조던 박사님이 말한다. 특유의 삐딱한 미소를 짓고 있다. 답답하겠어요.

맞아요, 선생님. 내가 말한다. 그런데 고삐를 쥐고 있는 손에 낀 장갑은 봤어요. 옅은 노란색의 부드러운 가죽 장갑이었는데, 어찌나 딱 맞게 잘 만들었는지 주름 하나 없어서 거의 피부나 다름없을 정도였어요. 저는 장갑을 끼지 않은 게 더 부끄러워져서 안 보이게 숄 밑으로 손을 넣었죠.

그레이스, 피곤하겠구나. 나리가 말했고, 저는 예, 하고 대답했어요. 그러자 나리가 날씨가 참 따뜻하지 않냐고 물었고 저는 또 예, 하고 대답했어요. 가는 내내 이런 식이었는데, 솔직히 말해서 농기구 파는 남자와 덜컹거리는 마차에 같이 앉아 있는 것보다 더 힘들었어요. 나리가 훨씬 더 친절했으니 이유를 모르겠지만요. 하지만 리치먼드힐이 그리 넓은 곳이 아니라 금세 지나갔어요. 나리는 마을 끝에서 북쪽으로 약 1.6킬로미터 떨어진 곳에 살고 있었어요.

드디어 나리의 과수원을 지나 집 앞길로 접어들었죠. 두 줄로 늘어선 중간 크기의 단풍나무 사이로 난 진입로는 구불구불했고 길이는 90미터쯤 됐어요. 그 길 끝에 집이 있었어요. 앞쪽에 베란다가 있고 하얀 기둥도 있는 큰 집이었지만, 올더먼 파킨슨 마님 댁만큼 크지는 않았어요.

집 뒤에서 장작 패는 소리가 들렸어요. 울타리 위에 열네 살쯤 되어 보이는 남자아이 하나가 앉아 있었는데, 우리가 다가가자 말을 붙잡으러 뛰어 내려오더군요. 삐쭉빼쭉 자른 빨간 머리와 거기 딱 어울리는 주근깨가 특징이었어요. 키니어 나리가 말했죠. 안녕, 제이미, 이쪽은 토론토에서 온 그레이스 마크스다. 여관에서 만나 데리고 왔지. 그러자 아이는 저를 올려다보며 제 얼굴에 뭐가 묻기라도 한 것처럼 씩 웃더라고요. 부끄럽고 어색해서 그런 거였어요.

베란다 앞에 하얀 작약과 분홍색 장미가 심겨 있었고, 삼단 주름 장식 드레스를 우아하게 차려입은 숙녀가 꽃을 자르고 있었어요. 꽃을 담을 납작한 바구니를 팔에 걸고서요. 바퀴 소리와 말발굽이 자갈을 밟는 소리가 들리자 그녀가 허리를 펴고 손으로 햇볕을 가리는데 장갑을 끼고 있더군요. 이제 보니 다름 아닌 낸시 몽고메리였어요. 드레스처럼 옅은 색깔의 보닛까지 쓰고 있었는데, 꼭 제일 좋은 옷을 차려입고 집 앞으로 나와 꽃을 자르는 듯한 분위기였어요. 낸시는 제 쪽을 보며 한쪽 손을 우아하게 흔들었지만, 제 쪽으로 걸어오지는 않았어요. 그때 제 심장 속 어딘가를 누군가가 쥐어짜는 듯한 기분이 들었어요.

마차에서 내리는 건 올라타는 것과 또 다른 문제였어요. 키니어 나리가 저를 도와주기는커녕 감자 부대처럼 마차에 내버려 둔 채 혼자 휙 내리더니 짚 앞쪽으로 얼른 걸어 올라가서 낸시의 보닛 쪽으로 고개를 숙이는 바람에 저 혼자 어찌어찌 내려와야 했거든요. 집 뒤쪽에서 한 남자가 나왔어요. 손에 도끼를 든 걸로 봐서 장작을 패던 사람인 것 같았어요. 한쪽 어깨에 털실로 두툼하게 짠 재킷을 걸치고, 셔츠 소매를 걷어붙이고, 단추를 풀어 헤친 목에 빨간색 손수건을 매고, 헐렁한 바지를 부츠 속에 집어넣은 차림새였죠. 머리색은 까맣고, 호리호리하지만 키가 크지는 않았고, 잘해야 스물한 살도 안 돼 보이더군요. 그는 아무 말도 없이 제가 무슨 적군이라도 되는 것처럼 의심스러워하는 눈빛으로 미간을 살짝 찌푸린 채 물끄러미 쳐다보기만 했어요. 제가 아니라 제 뒤의 누군가를 보는 것 같기도 했고요.

제이미가 그 남자한테 가서 말했어요. 그레이스 마크스래요. 하지만 그는 여전히 아무 말이 없었어요. 그때 낸시가 큰 소리로 외쳤죠. 맥더모트, 말을 안으로 집어넣고 그레이스 짐도 방으로 옮겨 줄래? 그레이스가 쓸 방이 어딘지 안내해 줄 수 있지? 그 말에 그는 화가 난 사람처럼 얼굴을 붉히더니 저더러 따라오라고 까딱 고갯짓을 했어요.

저는 늦은 오후의 햇살이 눈을 찌르는 가운데 그 자리에 잠깐 서서 작약 옆에 있는 낸시와 키니어 나리를 쳐다보았죠. 두 사람은 황금색 가루가 하늘에서 쏟아지기라도 한 것처럼 황금색 안개로 둘러싸여 있었고, 낸시의 웃음소리가 들렸어요. 저는 덥고 피곤하고 배고프고 길바닥 먼지까지 뒤집어쓴 상태였는데, 낸시는 저한테 인사 한마디 하지 않더라고요.

저는 말과 마차를 따라서 집 뒤쪽으로 갔어요. 제이미가 저를 따라오며 수줍은 목소리로 토론토는 크죠? 아주 으리으리하죠? 저는 한 번도 가 본 적이 없어요, 하고 말을 붙였지만 저는 아주 크지, 하고는 그만이었어요. 바로 그 순간에는 토론토를 떠난 게 뼈에 사무치도록 후회가 돼서 제대로 대답할 기운이 없었거든요.

지금도 눈을 감으면 화창한 햇살 아래 꽃이 피어 있던 베란다, 창문, 하얀 기둥 등 그 집이 구석구석 그림처럼 그려지고 눈을 가려도 이 방, 저 방 걸어다닐 수 있을 거예요. 그 순간에는 아무 느낌도 없고, 물을 마시고 싶다는 생각뿐이었지만요. 그 집 사람들 중에서 6개월 뒤에도 살아 있었던 사람이 저 하나뿐이었다는 걸 생각하면 기분이 묘해요.

물론 제이미 월시는 예외이고요. 제이미는 그 집에 살지는 않았으니까요.

24

맥더모트가 제가 쓸 방으로 안내해 주었는데, 겨울용 부엌 근처
였어요. 그는 안내해 주면서 퉁명스럽게 여기서 자면 돼, 한마디 하
고 그만이었어요. 제가 짐을 풀고 있을 때 낸시가 들어오더니 만면
에 웃음이 가득한 얼굴로 이렇게 말했어요. 다시 만나서 정말 기쁘
다, 그레이스. 와 줘서 다행이야. 그녀는 화덕을 켜지 않아 여름용
부엌보다 시원한 겨울용 부엌에 저를 앉히고 개수대 어디에서 세
수하고 손을 씻으면 되는지 가르쳐 주고, 식료품 저장실에서 꺼낸
약한 맥주 한 잔과 콜드비프*를 주며 말했어요. 오느라 피곤하겠다,
정말 기진맥진하지? 그러고 나서 제가 음식을 먹는 동안 아주 상냥
하게 제 옆에 앉아 있었어요.

낸시는 진짜 금으로 만든 정말 예쁜 귀걸이를 하고 있었는데,
저는 가정부 월급으로 어떻게 그런 귀걸이를 살 수 있었을까 궁금
했죠.

---

* 구운 쇠고기를 차게 해서 먹는 음식.

제가 요기를 마치자 그녀가 집과 별채를 안내해 주었어요. 여름용 부엌은 본채와 완전히 분리되어 있었어요. 열기로 집 안 온도를 높이지 않도록 분리해 놓은 것인데, 모든 집에 적용해야 할 만큼 현명한 조치였어요. 부엌마다 판석 바닥이 깔려 있었고, 큼지막한 쇠화덕은 최신 모델이라 앞쪽에 음식을 식지 않게 하는 덮개가 달려 있었어요. 그리고 부엌마다 관을 통해 더러운 물이 오수통으로 빠져나가는 개수대가 있었고, 식기실과 식료품 저장실도 하나씩 딸려 있었고요. 두 부엌 사이 안마당에 물 펌프도 있었는데, 뻥 뚫린 우물이 아닌 게 얼마나 기뻤는지 몰라요. 그런 우물은 안에 뭐가 들어갈 수도 있어서 위험하고 쥐가 사는 경우도 많거든요.

　여름용 부엌 뒤에 마차를 보관하는 차고와 축사가 나란히 붙어 있었어요. 차고는 마차 두 대를 넣어도 넉넉할 정도였는데, 약식 짐마차 한 대뿐이었어요. 그런 길에서 진짜 마차는 쓸모가 없을 테니까요. 축사에는 우리가 네 개 있었지만, 젖소 한 마리와 말 두 마리(찰리 호스와 다 자라면 타게 될 수망아지 한 마리)뿐이었어요. 마구를 넣어 두는 곳은 겨울용 부엌 근처에 있었는데, 이례적이고 불편한 구조였죠.

　축사 위에 다락방이 있었고, 맥더모트는 거기에서 잠을 잤어요. 낸시가 말하길 맥더모트는 여기 온 지 일주일 정도밖에 안 됐는데, 키니어 나리가 지시를 내리면 잽싸게 움직이지만 자기한테는 원한을 품고 있는 것 같고 건방지다고 했어요. 저는 그 말을 듣고, 저한테도 퉁명스러운 걸 보면 세상에 원한을 품고 있을지 모르겠다고 했죠. 낸시는 그가 태도를 고치지 않는 한 해고라고, 부르기만 하면 일자리가 없는 군인들이 달려올 테니 쓸 사람은 많다고 했어요.

저는 원래 축사에서 나는 냄새를 좋아해요. 그래서 수망아지의 코를 토닥여 주고, 찰리에게 안녕, 하고 인사한 다음 젖소에게도 인사를 했죠. 제가 젖을 짜게 될 테니 처음부터 좋은 관계를 맺고 싶었거든요. 맥더모트는 동물들에게 줄 지푸라기를 준비하고 있었는데, 저희를 보고도 투덜거리기만 할 뿐 아무 말이 없었고, 낸시를 노려보는 눈빛으로 보건대 둘이 정말 사이가 나쁜 것 같더라고요. 축사 밖으로 나왔을 때 낸시가 말하길 맥더모트가 평소보다 더 통명스러운 것 같다며 뭐, 좋을 대로 하라고, 웃는 얼굴로 바뀌지 않으면 길바닥으로 내쫓든지 도랑 밑으로 처넣을 거라며 웃음을 터뜨렸어요. 저는 맥더모트의 귀에 이 소리가 들리지 않았길 바랄 따름이었죠.

이후에 우리는 닭장과 닭을 풀어 놓는 마당을 둘러보았어요. 닭들이 밖으로 나가지 못하게 버드나무를 엮어 울타리를 만들어 놓았는데, 달걀을 훔쳐 먹기로 유명한 여우나 족제비나 너구리가 들어오는 건 막지 못하겠더라고요. 그리고 텃밭은 이것저것 많이 심어 놓았지만 잡초도 많았어요. 뒷길을 한참 걸어가면 변소가 있었고요.

키니어 나리는 땅 부자였어요. 젖소와 말들을 풀어 놓는 목초지가 있었고, 영 가 옆에 조그만 과수원도 있었고, 농사를 짓거나 한창 나무를 베어 내고 있는 벌판도 여러 개였어요. 낸시가 말하길 땅은 제이미 월시의 아버지가 관리한다고 했어요. 제이미네 식구는 약 400미터 거리에 있는 오두막에서 살고 있었어요. 우리가 서 있는 데서 나무 사이로 고개를 내민 지붕과 굴뚝이 보였죠. 제이미는 키니어 나리의 심부름을 하는, 영리하고 싹수 있는 아이였어요. 피리도 불 줄 알았는데, 피리라고는 하지만 사실 파이프에 가까웠죠. 낸시는 제이미도 좋아하니 언제 저녁때 한번 불러서 연주를 부탁하자며 자기도 음악을 좋아해서 피아노를 배우는 중이라고 했어요. 저는 그 말을 듣고 놀랐죠. 가정부가 피아노를 배우다니 흔히 볼 수 있는 일이 아니었거든요. 하지만 아무 말도 하지 않았어요.

두 부엌 사이 안마당에 빨랫줄이 세 개 걸려 있었어요. 따로 세탁실은 없었지만 빨래를 할 때 필요한 솥, 빨래 통, 빨래판이 여름용 부엌의 화덕 뒤에 있었는데 하나같이 고급이었죠. 그리고 비누를 직접 만들지 않고 사서 쓰는 걸 보고 속으로 좋아했어요. 그게 훨씬 순하거든요.

돼지를 기르지 않는 것도 기뻤어요. 돼지는 생긴 것 답지 않게 머리가 좋고, 우리에서 빠져나가는 걸 좋아하고, 냄새도 그다지 유쾌하지 않거든요. 축사에 쥐를 잡아먹는 고양이는 두 마리 있었지만, 키니어 나리가 오랫동안 키우던 팬시가 죽은 뒤로 개는 없었어요. 낸시는 개를 키우면 낯선 사람을 보았을 때 짖어 주어서 마음이 놓인다며, 키니어 나리가 같이 사냥 다닐 만한 명견을 찾는 중이라고 했어요. 나리가 사냥 솜씨가 아주 뛰어난 건 아니지만 가을에 오리나 기러기 한두 마리 잡는 건 좋아한다면서요. 이 주변에 많고 많은 게 기러기지만, 고기는 너무 질기다고 하더라고요.

겨울용 부엌으로 들어가서 복도를 따라 걸었더니 큼지막한 현관홀이 나왔는데, 벽난로가 있고 그 위에 수사슴 뿔이 걸려 있고, 초록색의 고급 벽지에 근사한 터키 카펫이 깔려 있었어요. 지하실로 내려가는 뚜껑 문도 여기 있어서 문을 열려면 카펫 한 귀퉁이를 들어야 했는데, 부엌과 연결이 됐더라면 더 편리하지 않았을까 싶어 희한하다는 생각이 들었어요. 부엌 밑에는 오히려 지하실이 없었거든요. 지하실은 계단이 너무 가팔랐어요. 허리 높이의 벽을 사이에 두고 양쪽으로 나누어 한쪽에는 버터나 치즈 같은 유제품을 보관했고, 다른 쪽에는 통에 담은 포도주와 맥주, 겨울에 상자 안에 모래를 담아서 넣어 둔 사과, 당근, 양배추, 근대, 감자, 그리고 빈 포도주 통을 보관했죠. 창문이 있었지만, 낸시가 말하길 제법 어두컴컴해서 계단 밑으로 굴러 떨어져 목이 부러질 수 있으니 꼭 촛불이나 랜턴을 들고 내려오라고 했어요.

그때는 지하실로 내려가지는 않았어요.

현관홀 옆 응접실에는 난로가 있었고, 그림이 두 장 걸려 있었어요. 하나는 일가족이 모여 있는 그림이었는데 딱딱한 표정과 구식인 옷차림으로 보건대 선대 초상화인 것 같았고, 다른 하나는 다리가 짧고 몸집이 크고 뚱뚱한 황소 그림이었어요. 피아노도 한 대 있었는데 그랜드 피아노가 아니라 응접실용 일반 피아노였고, 최고급 고래기름을 쓰는 동그란 램프는 미국에서 건너온 것이었어요. 그 당시 미국에서는 등유 램프를 쓰지 않았거든요. 그 뒤로 보이는 식당에도 벽난로가 있었고, 자물쇠가 달린 진열장 안에 은촛대와 고급 사기잔과 그릇이 들어 있었고, 벽난로 선반 위에 죽은 꿩 그림이 있었는데 식사하면서 볼 만한 그림은 아니라는 생각이 들었어요. 식당에서 양쪽 여닫이문을 열면 또 다른 응접실이 나오는데, 복도와 연결된 한쪽짜리 문도 있어서 부엌에서 음식을 나를 때 쓰였어요. 복도 저쪽으로 키니어 나리의 서재가 있었지만 그때 나리가 안에서 책을 읽고 있었기 때문에 들어가 보지는 않았어요. 나리는 그 뒤에 있는 작은 서재 아니면 책상이 있는 집무실에서 편지를 쓰거나 일을 처리했죠.

현관 홀에서 반짝이는 난간으로 죽 이어진 근사한 계단도 있었지요. 계단을 올라가면 큼지막한 침대가 놓인 키니어 나리의 침실과 그 옆에 딸린 화장실과 타원형 거울이 달린 경대와 무늬가 새겨진 옷장이 있는 2층이 나왔고, 침실에는 머리에 터번 비슷한 것을 쓰고 공작 깃털로 만든 부채를 들고, 알몸으로 등을 돌린 채 소파에 앉아 어깨 너머를 쳐다보고 있는 어떤 여자의 그림이 있었어요. 모두 알다시피 집 안에 공작 깃털이 있으면 안 좋은 일이 벌어진다고 하잖아요. 그림 속이기는 했지만, 저라면 집에 공작 깃털을 절대 들여놓지 않겠어요. 알몸인 여자가 목욕을 하는 또 다른 그림도 있었는데, 꼼꼼히 뜯어보지는 못했어요. 키니어 나리의 침실에 알몸인 여자 그림이 두 개나 걸려 있다니 조금 충격적이었어요. 올더먼 파킨슨 마님의 경우에는 대부분 풍경화 아니면 꽃 그림이었거든요.

2층 복도를 좀 더 걸어 들어가면 낸시가 쓰는 방이 있었는데, 별로 크지는 않았어요. 그런데 방마다 카펫이 깔려 있는 거예요. 원래는 여름마다 카펫을 두드리고 빨아서 보관해 두어야 하는데, 일손이 부족해서 그럴 겨를이 없었던 거죠. 낸시의 방이 나리의 침실과 한 층에 있다니 의아했지만, 훨씬 으리으리한 올더먼 파킨슨 마님 댁과 다르게 그 집에는 3층이나 다락방이 없었으니까요. 이 밖에 손님용 침실도 있었고, 복도 끝에는 겨울옷 같은 것들을 넣어 두는 벽장이 있었고, 선반이 여러 개 달린 리넨용 붙박이장은 시트나 식탁보 같은 것들로 가득했어요. 그리고 낸시의 침실 옆에 붙은 조그만 방은 바느질 방이라고 해서 테이블과 의자가 하나씩 놓여 있었어요.

2층을 다 둘러본 다음에는 다시 아래층으로 내려가서 제가 해야 할 일에 대해 의논했어요. 저는 속으로 여름인 게 천만다행이지 안 그랬다면 그 많은 장작을 넣고 불을 지피고, 벽난로와 난로를 치우고 닦느라 어쩔 뻔했냐는 생각이 들었죠. 낸시는 저더러 너무 피곤해서 일찍 쉬고 싶을 테니 오늘이 아니라 내일부터 일을 시작하라고 했어요. 그 말마따나 저는 정말로 피곤했고, 해가 지자마자 잠자리에 들었죠.

그리고 2주 동안 모든 것이 매우 평온하게 흘러갔군요. 조던 박사님이 말한다. 내 진술서를 보고 하는 말이다.

예, 맞아요. 내가 대답한다. 그럭저럭 별일 없었죠.

그런데 모든 것이라는 게 뭘 말하는 건가요? 일상이 어떤 식으로 이어졌나요?

네? 무슨 말씀이세요?

날마다 어떤 일을 했느냐고요.

아, 예전과 똑같았어요. 내가 말한다. 제가 해야 할 일들을 했죠.

미안하지만 하나만 더 물어볼게요. 조던 박사님이 말한다. 해야 할 일들이 어떤 거였나요?

나는 그를 쳐다본다. 그는 조그만 하얀색 네모가 그려진 노란 넥타이를 하고 있는데, 농담을 하는 게 아니다. 정말 모르는 거다. 그와 처지가 비슷한 남자들은 자기가 어지럽힌 것을 치우지 않아도 되지만, 우리는 우리가 어지럽힌 것뿐 아니라 그들이 어지럽힌 것까지 치워야 한다. 그런 점에서 보았을 때 그들은 어린아이와 같아서 앞날을 걱정하거나 저지른 일의 결과를 걱정할 필요가 없다. 하지만 그건 그들의 잘못이라기보다 그렇게 길러졌을 뿐이다.

25

다음 날, 저는 새벽에 눈을 떴어요. 여름날이 시작되느라 제 좁은 방이 어찌나 답답하고 후덥지근하던지……. 누가 들어올까 봐 덧문을 닫고 있어서 어두컴컴하기도 했고요. 모기와 파리 때문에 창문도 닫았거든요. 저는 낸시에게 모슬린을 좀 얻어서 창문이나 침대 위에 달아야겠다는 생각을 했죠. 너무 더워서 슈미즈만 입고 잤지 뭐예요.

자리에서 일어나 햇빛이 들어오게 창문과 덧문을 열고, 이부자리를 뒤집어 바람을 쏘인 다음 일할 때 입는 드레스에 앞치마를 두르고, 머리에 핀을 꽂고 캡을 썼어요. 제 방에는 거울이 없어서 머리는 나중에 부엌 개수대에 달린 거울을 보며 다시 손볼 생각이었죠. 저는 소매를 걷어붙이고 나막신을 신고 잠갔던 방문을 열었어요. 집 안에 누가 몰래 들어오기라도 하면 제 방이 첫 번째 관문이었기 때문에 문을 늘 잠가 두었죠.

저는 일찍 일어나는 것을 좋아했어요. 그래야 잠시나마 제 집인 척할 수 있었거든요. 그날, 저는 일어나자마자 제일 먼저 요강을 구정물 통에 비운 다음 그 통을 들고 겨울용 부엌을 통해 밖으로 나가면서 바닥을 닦아야겠다는 생각을 했어요. 일이 너무 밀려 있다 보니 낸시가 닦지 못한 진흙 발자국들이 많더라고요. 안마당으로 나서자 바깥 공기가 상쾌했어요. 동쪽이 불그스름하게 이글거렸고, 벌판에서 진줏빛을 머금은 회색 안개가 피어오르고 있었어요. 가까운 어딘가에서 굴뚝새가 아닌가 싶은 새소리가 들렸고, 저 멀리서 까마귀들이 울고 있었어요. 이른 새벽이었고, 모든 게 새롭게 시작되는 듯했죠.

부엌문 열리는 소리가 들렸는지 말들이 콧소리를 냈어요. 하지만 사료를 먹이거나 풀밭으로 데리고 나가는 건 제 할 일이 아니었어요. 시키면 좋아서 했겠지만요. 젖통이 찬 젖소도 음매 하고 울었지만, 제가 한꺼번에 모든 일을 처리할 수 없으니 기다릴 수밖에요.

저는 닭장과 닭을 풀어 놓는 마당을 지나, 밤새 만들어진 엷은 거미줄을 치우며 이슬로 반짝이는 잡초 속으로 들어갔어요. 거미줄은 치워도 거미는 절대 죽이지 않았어요. 메리 휘트니가 거미를 죽이면 나쁜 일이 생긴다고 했고, 그렇게 말한 사람들이 여럿 있었거든요. 집 안에 거미가 들어와 있으면 빗자루 끝으로 떠서 밖으로 나가 털었어요. 그런데 저한테 이렇게 나쁜 일이 생긴 걸 보면 모르고 죽인 거미가 있었나 봐요.

저는 변소에 가서 구정물 통을 쏟고, 기타 등등을 했죠.

기타 등등이라니요? 조던 박사님이 묻는다.

나는 그를 쳐다본다. 변소에서 뭘 하는지 정말로 몰라서 묻는 거라면 가망 없는 사람이다.

나는 거기서 치맛자락을 들고, 파리들이 윙윙거리는 가운데 귀부인이건 하녀건 집 안의 모든 사람들이 앉는 자리에 앉았다. 메리 휘트니는 귀부인이건 하녀건 볼일을 보기는 마찬가지이고, 냄새도 똑같아서 귀부인이 싼 오줌에서는 라일락 향이 나거나 하는 건 아니라고 말하곤 했다. 밑을 닦는 용도로 비치된 것은 묵은《고디스 레이디스 북》이었다. 나는 쓰기 전에 항상 거기 실린 그림들을 보곤 했다. 대부분 최신 패션에 관한 그림이었지만, 영국의 공작 부인이라든지 뉴욕 사교계의 아가씨 같은 그림들도 있었다. 가능한 한 잡지나 신문에는 얼굴이 실리지 않는 게 좋다. 일단 내 손을 떠나면 내 얼굴이 어떤 목적으로 쓰일지 알 수 없으니 말이다.

하지만 나는 이런 이야기를 조던 박사님한테 하지는 않는다. 기타 등등이 기타 등등이죠. 나는 딱 잘라 대답한다. 그에게 허락된 부분은 여기까지다. 그가 모든 걸 알고 싶다고 조른다고 해서 내가 모든 걸 이야기해야 하는 건 아니다.

그런 다음 구정물 통을 펌프가 있는 안마당으로 들고 가서 거기 있던 양동이로 물을 떠 펌프에 마중물을 넣었어요. 펌프에서 물이 나오게 하려면 먼저 그렇게 물을 조금 넣어야 하는데, 메리 휘트니가 말하길 남자들도 음흉한 속셈이 있으면 그런 식으로 여자를 꼬인다고 하더라고요. 펌프에서 나오는 물로 구정물 통을 씻고 세수를 한 다음 손으로 물을 받아서 마셨어요. 키니어 나리 댁 우물물은 횟가루나 유황 맛이 나지 않고 맛이 좋았어요. 이때쯤 태양이 떠오르며 안개가 걷혔고, 상쾌한 아침이 되겠다는 걸 알 수 있었죠.

그다음에는 여름용 부엌으로 가서 화덕에 불을 지피기 시작했어요. 어제 생긴 재는 치워서 변소나 텃밭에 뿌리게 모아 두었죠. 재를 뿌리면 달팽이와 민달팽이가 없어지거든요. 화덕은 새것이었지만 성격이 있어서 불을 지폈더니 저한테 대고 불길에 휩싸인 마녀처럼 검은 연기를 뱉어 내는 거예요. 살살 달래면서 묵은 신문지 자른 것과(키니어 나리는 신문을 좋아해서 몇 종류씩 읽었어요.) 불쏘시개 조각을 넣어 주었죠. 그러자 화덕이 기침을 했고, 제가 쇠살대 사이로 후후 불어 주었더니 마침내 불이 붙어 이글거리기 시작했어요. 화덕에 넣기에는 장작이 너무 커서 부지깽이로 간신히 쑤셔 넣었죠. 나중에 낸시한테 말하면 낸시가 장작 담당인 맥더모트한테 이야기를 전해 주겠거니 했어요.

그런 다음 마당으로 나가 양동이에 물을 받고, 양동이를 부엌까지 질질 끌고 와서 국자로 물을 떠 주전자에 붓고, 화덕 위에 주전자를 올려놓았어요.

그러고 나서 겨울용 부엌 근처의 마구를 넣어 두는 곳에 있는 상자에서 오래된 당근 두 개를 꺼내 주머니에 넣고, 착유 통을 들고 축사로 갔어요. 말들 주려고 당근을 꺼낸 거라 몰래 먹었죠. 기껏해야 말한테 먹이는 당근이니 허락을 받지는 않았어요. 위쪽 다락방에서 맥더모트가 부스럭거리는 소리가 들릴까 싶어 계속 촉각을 곤두세우고 있었지만, 세상모르고 자는지 아니면 그런 척하는지 아무 소리도 나지 않았어요.

그다음에는 소젖을 짰어요. 젖소가 착해서 당장 저한테 몸을 맡기더라고요. 성질이 고약해서 뿔로 들이받거나 걷어차는 녀석들도 있는데 이 아이는 그렇지 않았고, 제가 이마를 옆구리에 대자 바로 자세를 취했어요. 고양이들이 와서 우유를 달라고 야옹거리기에 조금 주었죠. 그러고는 말들한테 작별 인사를 했더니 찰리가 제 앞치마 주머니 쪽으로 고개를 숙이는 거예요. 당근이 어디에 있었는지 아는 거죠.

밖으로 나가려는데, 위에서 이상한 소리가 들렸어요. 누가 망치 두 개를 들고 미친 듯이 망치질을 하거나 나무로 만든 북을 치는 소리 비슷했죠. 처음에는 이게 무슨 소리인가 싶었어요. 하지만 가만히 들어 보니 맥더모트가 다락방의 마루 널을 밟으며 스텝 댄스를 추는 소리였어요. 소리를 들어 보니 제법 잘 추는 것 같더라고요. 그런데 꼭두새벽부터 뭐하러 그 위에서 혼자 춤을 추는 걸까 싶었어요. 그저 재미있거나 동물적인 본능이 넘쳐서 그런 거였겠지만, 왠지 몰라도 그건 아닌 것 같았어요.

저는 착유 통을 여름용 부엌으로 들고 가서 차에 넣을 신선한 우유를 조금 떠냈어요. 그런 다음 파리가 꼬이지 않게 통을 천으로 덮고 크림이 떠오르게 놔두었죠. 그날 뇌우가 치지 않으면 그걸로 나중에 버터를 만들 생각이었어요. 뇌우가 치는 날에는 버터가 안 만들어지거든요. 그런 다음 잠깐 짬을 내서 제 방을 정리하러 갔죠.

벽지도 없고 그림도 없고 심지어 커튼도 없으니 사실 방이라고 할 것도 못 됐어요. 저는 얼른 비질을 하고 요강을 씻어서 침대 밑에 넣었어요. 양 한 마리를 깎았나 싶을 정도로 여자 머리털이 굴러다니고 있었으니 얼마나 오랫동안 청소를 하지 않았는지 알 만하더군요. 저는 매트리스를 털고, 시트를 바로잡고, 베개를 두드려 푹신하게 만들고, 누비이불을 잘 펴서 덮어 놓았어요. 올이 보일 정도로 낡아 빠진 누비이불이었는데, '기러기 사냥' 무늬였고 처음 만들었을 때는 근사했겠더라고요. 저는 나중에 월급을 많이 모아서 결혼을 하고 내 집을 지으면 어떤 누비이불을 만들지 생각해 보았어요.

방을 정리했더니 뿌듯했어요. 그럼 하루 일과를 끝내고 들어왔을 때 하녀가 저 대신 정리한 것처럼 깨끗하고 깔끔할 거 아니에요.

그런 다음에는 달걀 바구니와 물이 반쯤 담긴 양동이를 들고 닭장으로 갔어요. 제임스 맥더모트가 마당에서 펌프에 대고 까만 머리를 감고 있었는데, 뒤에서 제가 걸어오는 소리를 들었나 봐요. 고개를 들고 잠깐, 물에 빠져 죽을 뻔한 아이처럼 정신없고 넋을 잃은 듯한 표정을 짓는 걸 보니 누구 발걸음 소리라고 생각했는지 궁금하더군요. 하지만 그는 누구인지 정체를 파악하고, 유쾌하게 손을 흔들었어요. 저한테 처음으로 보인 호의적인 몸짓이었죠. 저는 양손에 물건을 들고 있었기 때문에 고개만 까딱였어요.

저는 닭들이 마실 물을 여물통에 붓고 닭장 문을 열어 주었어요. 그러고는 닭들이 물을 마시고 서로 먼저 나가려고 싸우는 동안 안으로 들어가서 달걀을 주웠죠. 그맘때가 되면 그렇듯 달걀들이 제법 크더라고요. 그런 다음 낟알과 어제 먹다 남은 음식물 찌꺼기를 여기저기 뿌려 주었어요. 저는 닭은 별로 좋아하지 않아요. 꼬꼬댁거리며 먼지 구덩이에서 몸을 긁어 대는 지저분한 새들보다 털 있는 짐승이 더 좋더라고요. 하지만 달걀을 먹고 싶으면 아무리 제멋대로 날뛰어도 참아야죠.

수탉이 자기 부인들을 건드리지 말라고 며느리발톱으로 제 발목을 할퀴길래 걷어차 주려다 나막신이 날아갈 뻔했지 뭐예요. 한 무리에 수탉이 한 마리 있으면 암탉들이 행복해진다고 하지만 제가 보기에는 한 마리도 많아요. 까불면 목을 비틀어 줄 테다. 제가 수탉한테 말했죠. 사실 그런 짓을 할 수도 없으면서 말이에요.

이 무렵 맥더모트는 씩 웃으며 울타리 너머에서 구경하고 있었어요. 웃으니까 훨씬 잘생겨 보이더라고요. 너무 까무잡잡하고 장난꾸러기처럼 입을 삐죽거렸지만, 그것만큼은 인정할 수밖에 없었어요. 그런데 선생님, 나중 일을 생각해 보면 제가 착각을 했던 건지도 몰라요.

그거, 나한테 하는 말이에요? 맥더모트가 물었어요. 아니에요. 저는 그 사람 옆을 지나가며 쌀쌀맞게 대답했어요. 무슨 꿍꿍이속인지 알 것 같았고, 뻔한 수작이었거든요. 그런 골치 아픈 일에 휘말리고 싶지 않았으니 진심으로 거리를 두는 게 최선이었어요.

드디어 주전자의 물이 끓었어요. 저는 물에 불려 두었던 오트밀을 냄비에 넣어 화덕에 올려놓고, 차를 끓여 우리는 동안 마당으로 나가서 다시 물을 한 양동이 떠 가지고 들어온 다음, 화덕 뒤에서 커다란 구리 냄비를 꺼내 물을 가득 부었어요. 나중에 설거지니 뭐니 하려면 뜨거운 물이 많이 필요했거든요.

이때 낸시가 체크무늬 면 드레스에 앞치마를 두르고 들어왔어요. 어제 오후에 입은 드레스만큼 근사한 옷은 아니었어요. 낸시가 잘 잤느냐고 물었고, 저도 잘 잤느냐고 물었어요. 차는 끓였느냐고 묻길래 끓였다고 했고요. 나는 아침에 차를 안 마시면 정신을 못 차리겠어. 낸시의 말을 듣고 제가 차를 따라 주었어요.

키니어 나리는 2층에서 차를 드실 거야. 낸시가 이렇게 말했지만, 저는 이미 알고 있었어요. 낸시가 어젯밤에 조그만 찻주전자, 찻잔, 잔 받침을 쟁반에 미리 준비해 놓았더라고요. 그런데 가문의 문장이 새겨진 은쟁반이 아니라 그냥 색을 칠한 나무 쟁반이었어요. 낸시가 한마디 더 보탰어요. 그리고 내려오시면 식전에 차를 한 잔 더 드실 거야. 그게 나리 습관이거든.

저는 신선한 우유를 병에 담고 설탕을 챙긴 다음 쟁반을 들었어요. 그러자 낸시가 말했어요. 내가 가지고 갈게. 저는 그 소리를 듣고 깜짝 놀라서 올더먼 파킨슨 마님 댁에서는 가정부가 차 심부름은 하지 않았다고, 그건 하녀들이 하는 일이라고 말했죠. 낸시가 저를 물끄러미 쳐다보는데 표정이 안 좋더라고요. 이윽고 낸시가 말했죠. 물론 자기도 일손이 부족하고 사람이 없을 때만 차 심부름을 한다고, 얼마 전부터 습관이 된 거라고요. 그래서 제가 쟁반을 들고 갔어요.

키니어 나리의 침실로 들어가는 문은 계단 꼭대기에 있었어요. 근처에 쟁반을 내려놓을 만한 곳이 없어서 한쪽 팔에 얹은 채 노크를 했죠. 나리, 차 가지고 왔어요. 안에서 웅얼웅얼하는 소리가 들리기에 안으로 들어갔어요. 방 안이 어두컴컴해서 동그랗고 낮은 침대 옆 탁자에 쟁반을 내려놓고 창가로 가서 커튼을 살짝 열었어요. 술 장식이 달린 새틴 느낌이 나는 고동색 비단 커튼이었는데, 촉감이 부드러웠어요. 그런데 제 생각에 여름에는 면이나 모슬린으로 된 하얀색 커튼이 나아요. 하얀색은 열을 흡수해 집 안으로 끌어들이지 않을뿐더러 더 시원해 보이니까요.

키니어 나리는 가장 어두컴컴한 한쪽 구석에 누워 있어 얼굴이 보이지 않았어요. 나리의 침대에는 누비이불이 아니라 커튼처럼 진한 색깔의 이불이 있었는데, 그마저 젖혀 있고 나리는 시트만 덮고 있었어요. 그 밑에서 나리의 목소리가 들렸어요. 고맙다, 그레이스. 나리는 늘 부탁한다는 말과 고맙다는 말을 입에 달고 사시는 분이었어요. 말을 제대로 할 줄 아는 분이었죠.

별말씀을요. 이렇게 대답을 했는데, 진심으로 별말씀이라는 생각이 들었어요. 저는 나리의 시중을 들면서 단 한 번도 마지못해 한 적이 없었어요. 돈을 받았지만 언제나 기꺼운 마음으로 했어요. 오늘 아침은 달걀이 신선해요. 제가 말했죠. 아침상에 낼까요?

그래. 나리는 머뭇거리며 대답했어요. 고맙다, 그레이스. 달걀은 몸에 좋겠지.

나리가 환자처럼 이야기하는 것이 마음에 걸렸어요. 낸시는 거기에 대해서 아무 말도 한 적이 없었는데 말이죠.

저는 아래층으로 내려가서 낸시에게 말했어요. 나리께서 아침으로 달걀을 드시겠대요. 그러자 낸시가 말했어요. 나도 그렇게 할게. 나리는 베이컨을 곁들인 달걀 프라이로 하고, 나는 프라이를 못 먹으니까 삶아서 줘. 식당에서 우리 둘이 같이 식사를 할 거야. 나리께서 혼자 드시는 걸 안 좋아하셔서 내가 말동무가 되어 드려야 하거든.

조금 특이한 경우다 싶었지만, 처음 듣는 일은 아니었어요. 잠시 후 제가 물었어요. 나리께서 어디 편찮으신가요?

낸시는 살짝 웃었어요. 가끔 환자인 척하시지. 하지만 혼자 상상하시는 거야. 옆에서 야단법석 떨어 주는 걸 좋아하시거든.

나리처럼 훌륭한 분이 왜 결혼을 안 하셨는지 모르겠어요. 제가 말했어요. 달걀 요리를 만들려고 프라이팬을 꺼내면서 아무 뜻 없이 그냥 한 이야기였죠. 그런데 낸시가 화가 난 목소리로, 아니 제가 듣기에 화가 난 목소리로 이렇게 대답하더라고요. 결혼 생활을 안 좋아하는 나리들도 있는 거지. 현재 상태에 아주 만족하고, 굳이 결혼을 하지 않아도 잘 살 수 있다고 생각하면.

그럴 수도 있겠네요. 제가 대답했죠.

돈만 많으면 당연히 그럴 수 있지. 낸시가 말했어요. 가지고 싶은 게 있으면 사면 그만이잖아. 그런 분들 입장에서는 뭐든 똑같아.

　이제 낸시와 처음으로 충돌했던 사건에 대해 말씀드릴게요. 첫날 제가 나리의 방을 청소하고 있을 때였는데, 저는 화덕의 먼지와 검댕이 하얀 시트에 묻지 않게 청소용 앞치마를 두르고 있었죠. 낸시는 옆에서 따라다니며 어느 물건은 어디에 두어야 하는지, 시트 모서리는 어떤 식으로 집어넣어야 하는지, 나리의 잠옷은 어떤 식으로 바람을 쏘여야 하는지, 나리의 빗과 기타 몸단장에 쓰이는 용품들은 경대에 어떤 식으로 정리해야 하며 뒷면이 은으로 된 것들은 얼마나 자주 닦아 주어야 하는지, 나리가 차곡차곡 갠 셔츠와 속옷은 어느 선반에 있는 걸 좋아하는지 가르쳐 주며 저를 초보 대하듯 했고요.

　그때를 생각해 보면 하녀였던 여자 밑에서 일하는 게 그렇지 않은 경우보다 훨씬 힘든 것 같아요. 하녀였던 여자들은 자기만의 방식이 있고, 죽은 파리를 침대 뒤에 버리거나 모래와 먼지를 카펫 밑으로 쓸어 넣으면 꼼꼼하게 살피지 않는 한 모르고 지나간다는 식의 잔꾀를 꿰뚫고 있으니까요. 그리고 더 예리해서 이런 경우 잡아낼 때가 많아요. 제가 원래 그렇게 칠칠찮은 성격은 아니지만, 누구든 후딱 해치우고 넘어갈 때가 있는 법이잖아요.

　그리고 제가 올더먼 파킨슨 마님 댁에서는 이런 식으로 하지 않았다고 말이라도 할라치면 낸시가 여기는 올더먼 파킨슨 마님 댁도 아닌데 무슨 상관이냐고 쏘아붙였어요. 제가 그렇게 으리으리한 집에서 자기보다 한 수 위인 사람들과 어울렸다는 사실을 자꾸 생각나게 만드는 게 싫었던 거예요. 그런데 이제 와 생각해 보면 언제 나리가 들이닥칠지 모르는데 저 혼자 나리의 침실에 두기 싫어서 낸시가 유난스럽게 굴었던 것 같아요.

저는 낸시의 주의를 딴 데로 돌리려고 벽에 걸린 그림에 대해 물었어요. 공작 깃털 부채를 들고 있는 그림이 아니라, 어떤 젊은 아가씨가 머리카락을 묶은 채 정원이라는 희한한 곳에서 목욕을 하고 시녀가 큼지막한 수건을 들고 있고 수염을 기른 할아버지 몇 명이 떨기나무 뒤에서 그녀를 훔쳐보는 그림에 대해서요. 옷차림으로 보건내 옛날이었어요. 낸시는 판화에 손으로 색을 칠한 작품이라며, 성서에 나오는 수산나와 장로들*을 그린 유명한 작품을 베낀 거라고 했어요. 낸시는 그만큼 알고 있다는 것에 의기양양해했죠.

그런데 저는 그녀가 트집을 잡고 잔소리를 하는 통에 짜증이 났던터라 내가 성서를 속속들이 다 아는데(사실 거짓말이었어요.) 그런 이야기는 본 적이 없다고 했죠. 그러니까 성서에 있는 이야기가 아닐거라고요.

그러자 낸시는 맞다고 했고, 저는 아니라고 하면서 내기를 걸어도 좋다고 했어요. 그러자 낸시가 저더러 그림 가지고 아웅다웅하려고 이 방에 들어온 게 아니라 청소를 하러 들어온 거라고 했죠. 바로 그때 키니어 나리가 들어왔어요. 재미있어하는 표정인 걸 보니 지나가다 우리 얘길 들은 것 같았어요. 이른 아침부터 웬 신학 논쟁이지? 나리는 내막을 자세히 듣고 싶어 했죠.

낸시가 나리는 몰라도 되는 일이라고 했는데도 나리는 계속 알려달라고 했어요. 그레이스, 낸시는 비밀로 하려는 것 같으니 네가 알

---

* 예언자 다니엘의 시대에 요아킴의 아내이자 미모가 출중했던 수산나가 목욕하는 광경을 지나가던 두 장로가 훔쳐보고 겁탈하려 했던 이야기를 말한다.

려 줘야겠구나. 그래서 제가 부끄럽기는 했지만, 낸시가 말한 것처럼 저 그림이 성서 속 이야기를 소재로 한 거냐고 물었죠. 나리는 웃음을 터뜨렸고, 외경에 나오는 이야기니 엄밀히 말해서 성서는 아니라고 했어요. 저는 놀라면서 그게 뭐냐고 물었어요. 낸시도 외경이라는 단어는 처음 듣는 눈치였어요. 하지만 자기 말이 틀렸으니 마음이 상해서 뿌루퉁하니 미간을 찌푸리고 있었죠.

나리는 저더러 어린 나이치고 호기심이 아주 많다며, 조만간 리치먼드힐에서 가장 박학다식한 하녀를 거느리게 될 것 같으니 토론토의 숫자 세는 돼지처럼 사람들에게 보여 주며 돈을 받아야겠다고 했어요. 그러고 나서 외경은 성서 시대의 이야기 중에서 성서에 넣지 않기로 결정한 이야기들을 모은 책이라고 알려 주었어요. 저는 이말을 듣고 깜짝 놀라서 누가 그런 결정을 했느냐고 물었죠. 모두들 주님의 말씀이라고 했으니 저는 성서를 쓴 주인공이 주님인 줄 알았거든요.

그러자 나리는 빙긋 웃으며, 주님의 말씀일지라도 그걸 받아 적은 사람은 인간들이라 조금 다른 문제라고 했어요. 하지만 그들은 계시를 받았다고 했으니 주님이 말을 걸었고, 어떻게 하라고 인도했다는 뜻이라고 했어요.

그래서 제가 음성을 들은 거냐고 물었더니 나리가 그렇다고 했어요. 저는 남들도 그렇게 음성을 듣는다니 다행이다 싶었어요. 아무한테도 말은 안 했고, 제가 딱 한 번 들은 건 주님이 아니라 메리 휘트니의 목소리이기는 했지만요.

나리가 수산나 이야기를 아느냐고 묻길래 저는 모른다고 했어요. 그러자 나리가 말하길 수산나는 장로들과 벌 받을 짓을 저지르길 거부했다는 이유로 젊은 남자와 벌 받을 짓을 저질렀다는 누명을 썼대요. 그래서 죽을 때까지 돌팔매질을 당하는 형벌을 선고받았는데, 다행스럽게 똑똑한 변호사가 나타나 장로들에게 서로 앞뒤가 안 맞는 증언을 유도하는 방법으로 그들의 거짓말을 밝혀냈대요. 그러면서 나리가 이 이야기의 교훈이 무엇인 것 같으냐고 물었어요. 저는 정원에서 목욕을 하지 말라는 게 교훈인 것 같다고 대답했죠. 나리는 웃음을 터뜨렸고, 자기는 영리한 변호사를 만나야 한다는 게 이 이야기의 교훈이라고 생각한댔어요. 그러고 나서 낸시에게 이 아이는 절대 멍청하지 않다고 했어요. 보아하니 낸시가 저를 그런 아이로 이야기한 모양이더라고요. 그 말에 낸시가 저를 무섭게 노려보았죠.

나리는 다려 놓은 셔츠에 단추가 하나 빠졌더라며 새 셔츠를 입었는데 단추가 없어서 제대로 차려입을 수 없으면 얼마나 화가 나는지 모른다고 했어요. 그러면서 부탁이니 다시는 그런 일이 없게 해 달라고 했죠. 나리는 그 말을 끝으로, 원래 이 방을 찾은 목적이었던 금제 코담뱃갑을 들고 나갔어요.

그런데 이제 낸시가 두 번이나 지적을 당한 거잖아요. 제가 오기 전이라 그 셔츠를 낸시가 빨아서 다렸을 테니까요. 때문에 낸시는 저한테 할 일을 한 아름 주고, 쿵쾅거리며 계단을 내려가 마당으로 나가면서 그날 아침에 자기 신발을 깨끗하게 닦아 놓지 않았다며 맥더모트를 욕했어요.

저는 속으로 중얼거렸죠. 앞으로 큰일이구나. 입조심해야겠다. 낸시는 누가 자기 뜻을 거스르는 것을 싫어했고, 키니어 나리에게 잘못을 지적당하는 걸 그 무엇보다 싫어했으니까요.

왓슨 나리 댁에서 낸시에게 일자리 이야기를 들었을 때 저는 우리 둘이 자매 아니면 적어도 좋은 친구처럼, 예전에 메리 휘트니와 그랬던 것처럼 나란히 일을 할 수 있을 거라고 생각했어요. 그런데 이제 보니 그럴 가망이 없었어요.

26

그 무렵 저는 이제 하녀 일을 시작한 지 3년이라 제 몫을 척척 할 수 있었죠. 그런데 낸시가 두 얼굴을 가졌다고 할 수 있을 만큼 이랬다저랬다 해서 한 시간만 지나면 또 어떻게 변할지 알 수가 없었어요. 어떨 때는 잘난 척하며 명령을 내리고 꼬투리를 잡다가도 또 어떨 때는 세상에 둘도 없는 친구인 척 팔짱을 끼며 피곤해 보인다는 등, 자기랑 앉아서 차나 한잔하자는 둥 그랬거든요. 그런 사람 밑에서 일하는 게 훨씬 힘들어요. 그런 사람들은 마님, 마님, 하면서 무릎을 굽히고 인사를 하면 고개를 휙 돌리면서 너무 뻣뻣하고 형식적이라고 나무라고, 자기가 속내를 보이면 상대방도 똑같이 해 주길 바라거든요. 그런 사람들은 뭘 어떻게 해도 잘했다고 하지 않아요.

다음 날은 산들바람이 불고 날씨가 화창하길래 빨래를 했어요. 깨끗한 옷들이 다 떨어져 가고 있어서 빨래를 해야 하는 때이기도 했고요. 여름용 부엌에서 화덕을 계속 팔팔하게 땠으니 무척 더웠죠. 전날 밤에 빨랫감을 미리 분류하고 담가 놓지도 못했지만, 그 무렵에는 날씨가 워낙 오락가락하니 기다릴 수가 있어야 말이죠. 그래서 벅벅 문지르고 비벼서 드디어 깔끔하게 모두 널고, 냅킨과 하얀 손수건 들은 하얗게 마르도록 잔디밭에 잘 펼쳐 놓았어요. 낸시의 페티코트에는 촛불 눌은 자국, 잉크 얼룩, 풀물이 있었어요. 어디서 생긴 걸까 궁금했지만, 넘어져서 그랬나 보다 생각했죠. 빨래 더미 제일 아래 있었던 옷들은 축축해서 군데군데 곰팡이가 피어었어요. 저녁에 파티를 했는지 식탁보에 포도주 흘린 자국이 있었는데, 바로 소금을 뿌려 줘야 하는데 그러지 않았더라고요. 하지만 올더먼 파킨슨 마님 댁 세탁 담당에게 배운 것처럼 잿물과 표백분을 섞어 만든 표백액으로 대부분 없앴고, 나머지는 햇볕에 맡기기로 했죠.

저는 잠깐 서서 제 솜씨를 보며 감탄했어요. 깨끗한 빨래가 경기장의 커다란 삼각기나 배의 돛처럼 바람에 날리는 걸 보고 있으면 기분이 아주 좋거든요. 그리고 그 소리를 멀리서 들으면 천사들이 박수를 치는 것 같아요. 사람들도 말하길 깨끗한 게 독실한 것 다음이라고 하잖아요. 저는 가끔 비가 내린 뒤에 하늘에서 새하얀 구름이 피어오르는 게 보이면 천사들이 빨래를 넌 것 같다고 생각했어요. 왜냐하면 천국에서는 모든 게 너무나 깨끗하고 산뜻해야 하니까 누군가 빨래를 해야 할 거 아니겠어요? 하지만 그게 다 어린아이 같은 상상이었죠. 어린아이들은 보이지 않는 것들에 대해 이야기를 지어내는 걸 좋아하니까요. 그때 저는 돈을 벌고 있으니 다 컸다고 생각했지만, 사실은 어린아이와 별반 다를 게 없었어요.

거기 그렇게 서 있는데, 제이미 월시가 집 모퉁이를 돌아 나오더니 부탁할 게 있느냐고 물었어요. 낸시나 키니어 나리의 심부름으로 시내에 나갈 때 가지고 싶은 게 있거든 돈만 주면 기꺼이 사다 주겠다고 아주 수줍은 목소리로 말하더라고요. 쭈뼛거리기는 했어도 예의가 뭔지 아는 아이처럼 깍듯했어요. 너무 큰 걸로 보아 아버지 것이 분명한 낡은 밀짚모자까지 벗어 가면서 말이죠. 저는 생각해 줘서 고맙지만 당장은 필요한 게 없다고 했어요. 그런데 문득 빨래를 할 때 색을 선명하게 만드는 황소 쓸개즙이 없는 게 생각났어요. 그날 아침에는 흰 빨래만 했기 때문에 색깔 있는 빨래도 곧 해야 했거든요. 저는 제이미와 함께 낸시를 찾아갔고, 낸시는 그 밖의 몇 가지 물건들을 부탁했고, 나리는 근처에 사는 친구분께 전할 편지가 있다고 했어요. 이렇게 해서 제이미는 집을 나섰죠.

낸시는 제이미에게 오후에 피리를 들고 다시 오라고 했어요. 나가는 제이미의 뒤통수에 대고, 피리를 어찌나 잘 부는지 듣고 있으면 귀가 즐겁다고 하면서요. 그때쯤 그녀는 다시 기분이 좋아져서 제가 저녁 차리는 걸 도와주었는데, 그날 저녁 메뉴는 햄과 피클, 텃밭의 야채로 만든 샐러드였어요. 상추와 쪽파를 처리해야 했거든요. 하지만 낸시는 여느 때처럼 나리와 함께 식당에서 먹었고, 저는 임시변통으로 맥더모트를 벗 삼아야 했어요.

다른 사람이 먹는 걸 쳐다보고 먹는 소리까지 듣는 건 불편한 일이죠. 특히 그 사람이 게걸스럽게 먹을 경우에는요. 그런데 맥더모트는 다시 뚱한 얼굴로 돌아가서 대화를 주고받을 생각이 없는 것 같았어요. 그래서 제가 춤은 재미있느냐고 물었죠.

뭣 때문에 그런 걸 묻는 거냐고 그가 의심스럽다는 듯이 물었어요. 저는 연습하는 소리를 들은 걸 들키고 싶지 않았기 때문에 춤을 잘 춘다고 소문이 났더라고 했죠.

그는 소문이 맞을 수도 있고 틀릴 수도 있다고 대답했지만 좋아하는 눈치였어요. 그래서 제가 속을 털어놓게 만들 생각에 키니어 나리 댁에 오기 전에는 어떻게 살았느냐고 물었어요. 그는 그딴 거 누가 관심이나 있겠느냐고 하더라고요. 제가 나는 무슨 이야기든 관심이 있다고 대답했더니 이윽고 그가 이야기를 시작하더군요.

그의 가족은 아일랜드 남부 워터퍼드의 남부끄럽지 않은 집안이었고, 아버지는 집사였대요. 하지만 그는 건달이라 부잣집 비위를 맞추지 못하고 말썽만 부렸다는데, 그렇게 말하는 품새가 조금은 자랑스러워하는 것 같았어요. 어머니는 살아 계시느냐고 물었더니 어머니가 자기를 마땅찮게 생각했고 지옥에나 떨어지라고 했으니 살아 있건 말건 자기 입장에서는 똑같다고 하더라고요. 돌아가셨는지 어쩐지 알지도 못하고, 관심도 없다고요. 하지만 목소리는 말처럼 씩씩하지 않았어요.

그는 어린 나이에 집을 뛰쳐나와 나이를 몇 살 속이고 영국군에 입대했대요. 그런데 너무 힘들고 규율이며 훈련이 너무 심해서 탈영하고 미국행 선박에 몰래 몸을 실었대요. 그러다 들켜서 뱃삯 대신 일을 했는데, 상륙한 곳이 미국이 아니라 캐나다이스트*였죠. 그는 세인트로렌스 강을 오르내리는 배를 타다 호수를 오가는 배로 옮겼는데, 힘이 아주 세고 참을성이 뛰어나고 증기기관처럼 쉬지 않고 일을 할 수 있어서 환영을 받았대요. 그렇게 한동안 재미있게 일을 했지만 너무 지루해졌다고 했어요. 워낙 다양한 생활을 좋아하는 성격이라 글렌게리 경(輕)보병대에 다시 입대했다는데, 그 부대는 농민들 사이에서 악명이 높았어요. 메리 휘트니에게 들은 바로는 반란

---

* 현재의 퀘벡 주 지역으로, 유럽의 식민지 건설 시대에 주로 프랑스계 캐나다인이 정착한 곳이다.

이 일어났을 때 수많은 농가에 불을 지르고, 여자와 아이 들을 눈밭으로 내쫓고, 그 밖에도 그들을 상대로 신문에서는 다루지 못할 만큼 끔찍한 일을 저질렀다고 했죠. 아무튼 이렇게 제멋대로 날뛰고, 난봉을 피우고, 놀고 술 마시고 기타 등등이라면 사족을 못 쓰는 부대였는데, 그는 이걸 남자다운 거라고 생각했어요.

그런데 그 무렵 반란이 끝나는 바람에 할 일이 없어지게 됐죠. 맥더모트는 정규군이 아니라 알렉산더 맥도널드 대위의 개인 부하였어요. 물렁물렁하고 보수는 두둑했던 생활이라 부대가 해산되고 다시 혼자가 되었을 때 유감스러웠다고 하더군요. 그는 토론토로 건너가서 모아 놓은 돈으로 빈둥빈둥 살았어요. 하지만 돈은 점점 줄어들었고, 고민을 해야 하는 때가 찾아왔죠. 그는 일자리를 찾으려고 영 가를 북쪽으로 걸어가다 리치먼드힐까지 오게 되었어요. 그러다 어느 술집에서 키니어 씨가 사람을 구한다는 소리를 듣고 찾아가 낸시에게 고용되었죠. 그는 맥도널드 대위 밑에서 그랬던 것처럼 나리를 직접 모시는 줄 알았어요. 그런데 입을 잠시도 쉬지 않고 끊임없이 트집만 잡는 여자 밑에서 일을 하게 되었으니 짜증이 났죠.

저는 그의 말을 모두 믿었어요. 그런데 나중에 머릿속으로 계산해 보니 자기가 스물한 살이라고 했지만 그보다 몇 살은 많겠더라고요. 아니면 저한테 한 말이 거짓말이었던지요. 나중에 제이미 월시를 비롯해서 주변 사람들에게 맥더모트가 거짓말쟁이에 허풍선이로 악명이 높다는 소리를 들었을 때 저는 조금도 놀라지 않았어요.

그런데 그때, 그의 이야기에 관심을 보이다니 실수했다는 생각이 들었어요. 자기한테 관심이 있는 것으로 착각할 수 있었으니까요. 그는 맥주를 몇 잔 걸치더니 저한테 추파를 보내면서 애인 있느냐고,

저처럼 예쁜 아가씨는 당연히 애인이 있을 것 같다고 하더군요. 우리 애인은 키가 180센티미터인 권투 선수라고 대답했어야 하는 건데, 너무 어려서 솔직히 말해 버렸어요. 애인은 없고, 앞으로도 사귈 마음이 없다고요.

그는 딱한 노릇이라며 하지만 뭐든 첫 테이프를 끊으면 된다고, 망아지처럼 길들여지기만 하면 남들처럼 잘하게 될 거라고, 그런 일에는 자기만 한 적임자가 없다고 했죠. 저는 그 말에 너무 화가 나서 당장 자리에서 일어나 엄청 덜그럭거리며 그릇들을 치우기 시작했고, 나는 말이 아니니까 그런 모욕적인 표현은 삼가 주면 고맙겠다고 했어요. 그랬더니 농담이고 웃자고 한 소리였다고, 내가 어떤 아가씨인지 알고 싶어서 그랬다는 거예요. 제가 내가 어떤 아가씨이건 당신은 알 바 없다고 했더니 그는 모욕을 당한 사람이 마치 자기인 것처럼 퉁퉁 부은 얼굴로 마당에 나가 장작을 패기 시작하더군요.

저는 천으로 덮지 않은 깨끗한 접시 위에 파리들이 앉으면 지저분한 파리똥 자국이 남기 때문에 조심해 가며 설거지를 마쳤어요. 그런 다음 밖으로 나가 빨래가 잘 마르고 있는지 확인하고, 손수건과 냅킨이 좀 더 하얘지도록 물을 뿌렸어요. 그러자 이제 우유에서 크림을 걷어 내 버터를 만들 시간이 되었죠.

저는 바람도 쐴 겸 밖으로 나가서 집이 드리운 그늘 밑에서 버터를 만들었어요. 발로 페달을 밟으면 크림이 저어졌기 때문에 의자에 앉아 페달을 밟으며 동시에 옷을 기울 수 있었어요. 개를 우리에 가두고 꼬리 밑에 뜨거운 석탄을 넣어 쳇바퀴를 계속 돌리게 만들어 크림을 젓는 사람들도 있다고 하던데, 그건 잔인한 짓이죠. 제가 거기 앉아 버터가 만들어지길 기다리며 나리의 셔츠에 단추를 다는데, 나리가 축사로 가는 길에 제 앞을 지나갔어요. 제가 일어서려고 했더니 인사보다 맛있는 버터가 더 중요하다며 그냥 있으라고 하시더라고요.

늘 바쁘구나, 그레이스. 나리가 말했어요. 예, 나리. 제가 대답했죠. 한가해지면 악마가 찾아온다고 하잖아요. 이 말에 나리는 웃음을 터뜨리고 이렇게 말했어요. 나 들으라고 하는 소리는 아니겠지? 내 비록 한가하기는 하지만 이 정도면 악마가 되기에는 한참 멀었으니 말이다. 저는 당황스러워서 어머, 아니에요, 나리, 나리 들으시라고 한 말 아니었어요, 라고 말했어요. 그러자 나리는 미소를 지으며 얼굴을 붉히다니 젊은 아가씨답다고 했죠.

저는 뭐라 할 말이 없어서 잠자코 있었어요. 나리는 가던 길을 가셨고요. 잠시 후 나리가 찰리를 타고 집 앞길을 달려 내려갔어요. 낸시가 버터가 어떻게 되어 가고 있는지 보러 나오길래 나리가 어딜 가시는 길이냐고 물었죠. 낸시는 토론토라고 했어요. 매주 목요일에 가셔서 하룻밤 묵으며 은행 업무도 보고 몇 가지 일도 처리하신다고요. 하지만 그보다 먼저 브리지퍼드 대령님 댁에 들르는데, 부인과 두 따님이 멀리 있을 때는 마음 놓고 드나들 수 있지만 부인이 집에 있을 때는 푸대접을 받는다고 했어요.

저는 그 말에 놀라서 이유를 물었어요. 그러자 낸시가 말하길 브리지퍼드 부인은 자기가 프랑스 왕비인 줄 알고 이 세상 어느 누구도 자기 수준에는 안 맞는다고 생각하는데, 나리를 질이 나쁜 친구로 간주한다는 거예요. 이렇게 말하면서 낸시는 웃음을 터뜨렸지만, 조금 씁쓸한 웃음이었어요.

왜요? 나리가 무슨 짓을 했다고요? 제가 물었죠. 하지만 그때 버터가 되어 가는 게 느껴져서(단단한 느낌이 왔거든요.) 더 이상 캐묻지 않았어요.

저는 낸시의 도움을 받아 가며 소금을 넣은 보관용 버터는 차가운 물에 담그고, 소금을 넣지 않은 신선한 버터는 틀에 넣었어요. 두 개는 엉겅퀴 모양으로 찍어 내고, 세 번째 것은 나는 희망 속에서 산다라는 좌우명이 새겨진 키니어 가문의 문장 모양으로 찍어 냈죠. 낸시가 말하길 스코틀랜드에 사는 이복형이 죽으면 나리가 그곳의 대저택과 땅을 물려받게 된다고 했어요. 그런데 나리는 그런 건 바라지 않고 지금 이대로 충분히 행복하다고 했대요. 적어도 몸 상태가 좋다 싶을 때는요. 그런데 보통 그렇듯 나리와 이복형은 사이가 안 좋다고 했어요. 나리가 그런 관계에서 벗어나고 싶어서 여기로 건너온 게 아닌가 싶더군요.

버터가 다 만들어지자 둘이서 유제품을 보관하는 지하실로 들고 내려갔어요. 하지만 나중에 비스킷을 만들려고 탈지유는 조금 남겨 놓았죠. 낸시는 항상 흙과 쥐와 오래된 야채 냄새가 나서 지하실이 싫다고 했고, 저는 창문을 열면 환기가 될 거라고 했어요. 그러고 나서 다시 위로 올라왔고, 제가 빨래를 걷은 다음 둘이 베란다에 앉아 세상에 둘도 없는 친구처럼 같이 옷을 기웠죠. 나중에 알고 보니 낸시는 나리가 안 계실 때는 상냥했지만, 나리가 계시고 제가 나리와 한방에 있으면 고양이처럼 신경을 곤두세웠어요. 하지만 그때는 그런 걸 몰랐어요.

둘이서 거기 그렇게 앉아 있는데, 맥더모트가 지그재그 울타리 위를 다람쥐처럼 날렵하게 갈지자로 달려갔어요. 제가 눈이 휘둥그레져서 도대체 왜 저러는지 모르겠다고 했더니 낸시가 말하길 가끔 그런다고, 운동 삼아 하는 거라지만 사실은 감탄사를 유발하는 게 목적이니 관심을 보이지 말라고 했어요. 그래서 저는 관심 없는 척하며 몰래 훔쳐보았어요. 정말 재빠르더라고요. 그는 한 바퀴를 돈 다음 폴짝 뛰어 내려오더니 한 손으로 울타리를 짚고 훌쩍 넘어갔어요.

저는 그렇게 안 보는 척하고 있었고, 그는 그렇게 제가 구경하는 걸 모르는 척하고 있었죠. 선생님, 사교계의 신사 숙녀 들이 모인 품위 있는 자리에서도 똑같은 광경이 펼쳐지지 않나요? 쳐다보는 걸 들키고 싶지 않은 숙녀들은 곁눈질로 많은 걸 포착하죠. 베일이나 커튼 너머 혹은 부채 위로도 훔쳐볼 수 있는데, 그런 식으로나마 볼 수 있다는 게 다행일 거예요. 안 그러면 거의 아무것도 보지 못할 테니까요. 그런데 저희 같은 사람들은 베일이나 부채를 동원하지 않아도 그보다 더 많은 걸 볼 수 있답니다.

잠시 후 제이미 월시가 찾아왔어요. 시킨 대로 피리를 들고 벌판을 가로질러 왔더군요. 낸시가 따뜻하게 맞이하며 와 줘서 고맙다고 했어요. 낸시는 저를 보내 맥주를 한잔 가지고 오라고 했고, 제가 맥주를 뜨는 사이 맥더모트가 들어오더니 자기도 한잔 달라고 했어요. 잠시 후 저는 참지 못하고 당신 몸에 원숭이의 피가 흐르는 줄은 미처 몰랐네요, 정말 원숭이처럼 폴짝거리던데요, 하고 말해 버리고 말았어요. 그는 제가 보고 있었다는 데 좋아해야 할지, 원숭이라고 불린 데 화를 내야 할지 갈팡질팡했죠.

그는 호랑이가 없는 굴에서 여우가 왕 노릇한다고, 나리가 없으면 낸시가 항상 파티를 여는데, 지금쯤 월시라는 꼬맹이가 양철 피리로 삑삑 삑삑거리고 있을 거라고 했어요. 저는 맞다고, 저도 기꺼이 들어 볼 생각이라고 했죠. 그러자 그는 자기가 보기에는 하나도 재미 없다고 했고, 저는 그럼 좋을 대로 하라고 했고요. 이 말에 그는 제 팔을 잡더니 아주 진지한 눈빛으로 저를 쳐다보며 좀 전에 기분 나 쁘라고 한 말이 아니었다고, 말버릇이 별로 좋다고 할 수 없는 거친 남자들 사이에서 오래 지내는 동안 자꾸 자기 주제를 잊어버리게 돼 서 이제는 제대로 말하는 법을 모르겠다고 했어요. 그러면서 용서해 주었으면 좋겠다고, 친구로 지내자고 했어요. 저는 진실한 사람하고 는 언제든지 친구로 지낼 용의가 있다고 대답했어요. 그리고 용서로 말할 것 같으면 성서에 나온 것 아니냐고, 제가 나중에 용서받길 바라는 대로 저도 용서할 수 있으면 좋겠다고 했죠. 아주 침착한 목소리로요.

저는 앞쪽 베란다로 맥주를 들고 나가면서 같이 저녁으로 먹을 빵과 치즈를 챙겼어요. 낸시와 제이미 윌시와 거기 그렇게 앉아 있는데 해가 졌고 잠시 후 바느질을 할 수 없을 정도로 어두워졌어요. 바람 한 점 없는 사랑스러운 저녁이었고, 새들이 지저귀었고, 길가의 과수원에 있는 나무들이 저물어 가는 햇살 아래 황금빛으로 물들었고, 집 앞길 옆으로 자란 자주색 밀크위드 꽃들이 아주 달콤한 향기를 풍겼어요. 베란다 옆에는 마지막으로 남은 작약 몇 송이와 덩굴 장미가 피어 있었죠. 공기에서 상쾌한 기운이 느껴지는 가운데 제이미가 피리를 부는데 너무 구슬퍼서 심금을 울렸어요. 잠시 후에는 맥더모트도 길들여진 늑대처럼 살금살금 나와서 집 옆에 기대고 앉아 피리 소리를 들었어요. 그렇게 훈훈한 분위기가 흘렀죠. 참 기분 좋은 저녁이었는데 기쁜지 슬픈지 알 수 없을 때처럼 가슴이 아팠어요. 그러면서 만약 저에게 소원이 있다면 우리가 영원토록 변함없이 그렇게 지내는 것이라는 생각이 들더군요.

하지만 신이 아니고서는 움직이는 태양을 멈출 수 없는 법이고, 신은 이미 한 번 태양을 멈춘 적이 있으니* 세상이 끝날 때까지 두 번 다시 그럴 일이 없겠죠. 그날 밤에도 태양은 여느 때처럼 짙은 빨간색 노을을 남기며 저물었어요. 그로 인해 잠깐 동안 집 앞쪽이 분홍색으로 물들었죠. 잠시 후 어스름이 내리자 개똥벌레들이 등장했어요. 제철을 맞은 개똥벌레들이 구름 사이로 언뜻 보이는 별처럼 나지막한 떨기나무와 풀밭 사이를 들락거리며 반짝거렸죠. 제이미 월시가 커다란 유리컵으로 한 마리를 잡아서 제가 가까이서 볼 수 있게 손으로 입구를 막았어요. 개똥벌레는 차갑고 푸르스름한 빛을 서서히 번뜩였어요. 저는 개똥벌레 두 마리를 잡아서 귀걸이 삼아 걸면 낸시의 금귀걸이가 부럽지 않겠다는 생각을 했죠.

잠시 후 어둠이 깊어지면서 나무와 떨기나무 뒤, 벌판 저 너머에서 등장한 그림자들이 점점 길어지다 하나로 뭉쳤어요. 저는 그걸 보며, 땅 사이를 뚫고 나와 바다처럼 서서히 높아지는 것이 꼭 물을 닮았다는 생각을 했어요. 몽상에 젖어 넓은 바다를 건넜을 때 그 시각이 되면 바다와 하늘이 똑같이 쪽빛이라 무엇이 어디에서 시작되고 무엇이 어디에서 끝나는지 알 수 없었던 것을 떠올렸죠. 눈부시게 새하얀 빙산 하나가 둥둥 제 기억 속으로 들어왔어요. 그러자 따뜻한 저녁이었음에도 몸이 오싹하더라고요.

─────────

* 여호수아가 이스라엘 군대를 이끌고 가나안 땅의 전략적 요충지인 기브온 성읍을 지키기 위해서 전투를 벌였을 때, 여호수아가 적들을 물리치기 위한 시간을 벌기 위해 태양이 머물러 있게 해 달라고 하느님께 기도하자, 태양이 거의 하루 종일 중천에 떠 있었다고 한다.(구약성경 여호수아서 10장 12~14절 참조.)

그때 제이미 윌시가 아버지가 찾고 있을 테니 이제 그만 집으로 돌아가야겠다고 했어요. 저는 문득 소젖도 안 짜고 닭장 문도 안 잠근 게 떠올라 마지막 빛이 남아 있을 때 둘 다 해치우려고 서둘렀죠. 다시 부엌으로 돌아와 보니 낸시가 촛불을 켜고 아직 거기 앉아 있었어요. 왜 안 자느냐고 물었더니 키니어 나리가 안 계시면 혼자 자기 무섭다며 저더러 2층에서 자기하고 같이 자겠느냐고 묻더군요.

저는 그러마고 하고, 뭐가 무서우냐고 물었어요. 도둑이 무서워요? 아니면 제임스 맥더모트가 무서워요? 그 말은 농담이었어요.

그녀는 그 사람의 눈빛으로 보건대, 새로운 남자 친구가 필요한 게 아니라면 맥더모트를 무서워해야 할 사람은 자기가 아니라 저인 것 같다고 장난스럽게 말했어요. 저는 무섭기로 따지면 그 사람보다 닭장의 늙은 수탉이 더하다고 받아쳤죠. 그리고 애인으로 말할 것 같으면 달나라에 있는 남자보다 쓸모가 없다고 했고요.

그 말에 그녀는 웃음을 터뜨렸고, 우리는 아주 사이좋게 잠자리에 들었어요. 하지만 그 전에 문단속을 철저히 했죠.

8부

여우와 기러기들

가정부가 일을 제대로 안 한다고 몇 번 맥더모트를 나무라고 2주의 경고 기간을 준 것 말고는 2주 동안 별일 없었어요. ……이런 일이 있고 나서 그는 쓰××들과 더 이상 같이 살 생각이 없으니 떠나게 돼서 다행이라고 저에게 입버릇처럼 말했어요. 하지만 나갈 때는 나가더라도 짚고 넘어가겠다며 키니어 나리와 가정부 낸시가 같이 자는 게 분명하다고 했어요. 저는 그게 사실인지 알아내기로 했고, 나중에 정말로 그렇다는 걸 확신하게 되었죠. 낸시가 키니어 나리가 안 계셔서 저랑 같이 잘 때 말고는 자기 침대를 쓴 흔적이 없었거든요.

—그레이스 마크스의 진술,《스타 앤드 트랜스크립트》(토론토, 1843년 11월)

그레이스 마크스는…… 예쁘고 일은 야무지게 잘하지만 말이 없고 무뚝뚝한 아가씨였습니다. 기분이 좋아도 티를 내지 않았죠. …… (가정부는) 주인님에게 빠져 정신을 못 차렸으니 하루 일과가 끝나면 보통 그녀와 제가 부엌에 단둘이 남았습니다. 그레이스는 자기와 가정부가 다른 대접을 받는 것을 아주 시샘했고, 가정부라면 질색해서 무례하고 건방지게 대할 때가 많았습니다……."그 여자가 우리보다 나을 게 뭐가 있어요?" 그녀는 이렇게 말하곤 했어요. "그런데 귀부인 같은 대접을 받고, 최고로 먹고 마시잖아요. 우리보다 좋은 집안에서 태어나지도 않았고 교육을 더 많이 받은 것도 아닌데……."
저는 그레이스의 미모에 끌려 한패가 되었습니다. 그녀에게 어딘지 모르게 마음에 안 드는 구석이 있기는 했지만, 제가 워낙 본데없고 방탕한 인간이라 여자가 예쁘고 어리기만 하면 성격은 신경 쓰지 않았거든요. 그레이스는 무뚝뚝하고 자존심이 세서 잘 안 넘어오더군요. 하지만 그녀의 환심만 얻을 수 있다면 푸념을 언제든지 들어 줄 준비가 되어 있었죠.

—수재너 무디의 『개척지 생활』(1853)**에 실린, 제임스 맥더모트가 케네스 매켄지에게 한 진술**

나에게 벌어진 운명의 장난을
반쯤 이해하게 되었을 때, 그게 도대체 언제였을까―
아마도 악몽을 꾸다가. 여기에서 끝나거든 그러면
이쪽으로 전진. 포기하려 했을 때
아슬아슬하게 찰칵 소리가 들리고
함정이 닫히며― 너는 이제 꼼짝 못한다!

―로버트 브라우닝,「롤랜드 공자, 암흑의 탑에 이르다」(1855)

27

오늘은 일어나 보니 분홍색의 아름다운 아침노을이 펼쳐져 있었고, 안개가 하얗고 부드러운 모슬린 구름처럼 벌판을 덮었고, 그 사이로 비친 햇살은 온통 희미하고 약한 불에 올려놓은 복숭아처럼 발그스름했다.

사실 나는 오늘 아침에 어떤 노을이었을지 전혀 모른다. 교도소 창문을 높게 만들어 놓은 이유는 죄수들이 빠져나가지 못하도록 막기 위해서이겠지만, 밖을 내다보지 못하게, 적어도 바깥세상을 쳐다보지 못하도록 막기 위해서이기도 하다. 그들은 죄수들이 밖을 내다보는 것이, 바깥세상이라는 단어를 생각하는 것이, 지평선을 바라보며 출발하는 배의 돛처럼, 머나먼 비탈길로 점점 멀어져 가는 말과 기수처럼, 언젠가는 그 지평선 밑으로 사라질 수 있을지 모른다고 생각하는 게 싫은 것이다. 그래서 오늘 아침에도 나는 평소와 똑같은 모양의 빛, 그 진원지가 태양도 달도 램프도 촛불도 아닌 듯 저 높고 지저분한 잿빛 창문을 넘어 들어오는, 돼지기름 같은 빛의 띠를 보았을 뿐이다.

나는 거칠고 누레진 교도소용 잠옷을 벗었다. 여기에서는 초기 기독교인들처럼 내 소유는 아무것도 없고 모든 것을 공유하니 내 잠옷이라 할 수는 없었다. 일주일 동안 잘 때마다 내 살갗에 닿는 잠옷이, 2주 전에는 숙적의 심장과 가까이 있었고, 나를 저주하는 사람들이 빨고 꿰맸던 건지도 모른다.

옷을 갈아입고 머리를 빗는데 제이미 윌시가 가끔 피리로 불었던 짧은 노래가 머릿속을 지나갔다.

톰, 톰, 피리 부는 사람의 아들,
돼지를 한 마리 훔쳐 달아났으니
그가 들려줄 수 있었던 곡들도
모두 언덕 너머로 사라져 버렸네.

내가 가사를 잘못 외고 있다는 건 나도 알고 있었다. 돼지는 잡아먹히고 톰은 얻어맞고 목 놓아 울며 길거리를 걸어갔다는 게 원래 내용이었다. 하지만 좀 더 근사하게 고치면 안 될 이유가 없었다. 내 머릿속에 뭐가 들어 있는지 아무한테도 말하지 않으면 아무도 나한테 신경을 쓰거나 나를 고치려 들지 않을 것이다. 진짜 아침노을은 내가 상상한 것과 달라서 부둣가에 떠다니는 죽은 생선처럼 지저분하게 누르스름한 하얀색이라고 아무도 이야기하지 않는 것처럼 말이다.

적어도 정신병원에서는 밖을 좀 더 내다볼 수 있었다. 어두컴컴한 방에 갇혀 있지 않는 한.

아침을 먹기 전에 안마당에서 채찍질이 시작됐다. 여기에서는 채찍질을 식전에 한다. 밥을 먹이고 채찍질을 하면 죄수들이 먹은 걸 토해서 난장판이 되기 십상이고, 먹인 게 아까우니 그런 걸까. 교도 관과 경비 들은 그러면 입맛이 도는지 그 시간에 운동을 하는 게 좋다고 말한다. 일상적인 채찍질이고 색다를 게 없기 때문에 우리에게 참관 호출이 내려지지는 않았다. 겨우 두세 명인 데다 모두 남자였다. 여자들은 그렇게 자주 채찍질을 당하지 않는다. 테너에 해당되는 비명 소리로 짐작하건대 첫 번째는 젊은 남자였다. 한참 연습을 했더니 이제 알아맞힐 수 있다. 나는 듣지 않으려고 애를 쓰며, 좀도둑 톰이 훔친 돼지와 그걸 어떤 식으로 잡아먹었을지 생각했다. 하지만 가사에는 누가 돼지를 잡아먹었는지, 톰이었는지 아니면 그를 붙잡은 사람이었는지 안 나와 있었다. 메리 휘트니가 예전에 말하길 도둑 잡는 건 도둑한테 맡기는 법이라고 했다. 애초부터 죽은 돼지였을까? 그렇지는 않았을 것이다. 아마 목에 밧줄이 매달려 있거나 코뚜레가 달렸거나 해서 톰과 함께 도망칠 수밖에 없었을 것이다. 그렇지 않으면 톰이 돼지를 들고 달아나야 했을 테니 말이 안 된다. 노래에서 유일하게 잘못을 하지 않은 녀석이 돼지인데, 유일하게 죽은 녀석도 돼지이다. 생각해 보면 이렇게 부당한 노래가 많다.

아침을 먹는 자리에서는 빵을 우적우적 씹고, 차를 후루룩 마시고, 발을 질질 끌고, 코를 훌쩍이고, 성서를 웅얼웅얼 낭독하는 소리만 들릴 뿐 모두 아무 말이 없었다. 오늘의 성서는 야곱과 에서*와 죽한 그릇과 에서가 판 장자권**과 사기와 속임수를 대하고 나무라기는

---

* 창세기에 등장하는 이삭과 리브가의 아들. 쌍둥이 동생인 야곱의 꾀에 넘어가 팥죽 한 그릇에 장자권을 팔았다.
** 큰아들에게 주어지는 권리.

커녕 정반대의 반응을 보였던 주님의 이야기였다. 나이가 든 이삭이 가죽 벗긴 염소를 털이 북슬북슬한 자기 아들로 여기고 쓰다듬는 대목에 이르렀을 때 애니 리틀이 남들 안 보이게 테이블 밑으로 손을 뻗어 내 허벅지를 세게 꼬집었다. 나는 그녀의 속셈을 알고 있었다. 나를 비명 지르게 해서 벌을 받게 하거나, 내가 또 발작을 일으킨 것처럼 보이게 만들려는 수작이었다. 하지만 나는 그런 종류의 공격을 예상하고 있었다.

어제 세탁실에서 다들 개수대 앞에 서 있었을 때 그녀가 내 쪽으로 몸을 숙이더니 의사 선생의 꿀단지, 버릇없는 갈보라고 속삭였다. 소문이 퍼져서 조던 박사님이 나를 면회하는 것에 대해 다들 알고 있었는데, 그중 몇몇은 내가 필요 이상으로 관심을 받고 잘난 척한다고 생각했다. 그들은 이 안에서 누구든 콧대를 납작하게 만들 수 있다고 생각한다. 그들은 예전에 내가 교도소장 댁에서 일을 하게 됐을 때도 분통을 터뜨렸다. 하지만 높은 분이 내 뒤를 봐주고 있을지 모른다는 판단 아래 너무 공공연하게 행동하지는 않는다. 감옥만큼 사소한 질투가 판을 치는 곳도 없다. 나는 치즈 한 조각을 놓고 서로 주먹다짐을 벌이고 심지어 살인 직전에 이르는 사람들도 본 적 있다.

여자 감독관들에게 일러바치지는 않았다. 그들은 조용한 생활을 워낙 좋아해서 고자질쟁이를 혐오했다. 게다가 교도소 총감독관의 주장에 따르면 죄수의 말은 충분한 증거가 못 된다고 하니 내 말을 못 믿겠다고 하든지 안 믿으려 들 것이다. 그리고 애니 리틀이 반드시 다른 방법으로 복수할 것이다. 이곳의 목적인 갱생의 일부분이려니 생각하고 모든 걸 묵묵히 견뎌야 한다. 아니면 아무도 모르게 적을 함정에 빠뜨릴 방법을 찾아야 한다. 머리채를 잡아당기는 것은 권장할 만한 방법이 못 된다. 비명 소리를 듣고 교도관들이 달려올 테고, 양쪽 다 소란을 일으킨 죄로 처벌을 받을 것이다. 마술사처럼 소맷자락을 이용해 음식에 흙을 집어넣으면 조용히 해치울 수 있고, 일말의 만족감도 느낄 수 있을 것이다. 하지만 애니 리틀은 나와 함께 정신병원에 있었는데, 죄목이 통나무로 마구간 돌보는 아이를 때려 죽인 살인이었다. 그녀는 신경과민증을 앓았다고 했고, 나와 동시에 이곳으로 돌려보내졌는데 그건 잘못된 조치였다. 내가 보기에 그녀는 제정신이 아니다. 때문에 나는 그보다 더한 짓을 저지르지 않는 한, 이번만큼은 그녀를 용서하기로 했다. 그리고 꼬집기를 통해 그녀의 분노도 가라앉은 것 같았다.

잠시 후 교도관들과 함께 문을 나서는 시간이 되었다. 오, 그레이스, 두 남자 친구와 산책을 나갈 시간이로구나, 복도 많지. 아니야, 복이 많은 건 우리 쪽이지, 우리 쪽이고말고, 이렇게 맛있는 아이를 안고 있잖아, 하고 첫 번째 교도관이 말한다. 그레이스, 네 생각은 어떠냐, 하고 두 번째 교도관이 묻는다. 옆길로 살짝 새서 저 뒤 마구간으로 들어가 건초 위에 눕는 건 어때, 네가 가만히만 있으면 금세 끝날 거야, 몸부림치지 않으면 더 금방 끝날 테고. 누울 필요 뭐가 있어, 하고 첫 번째 교도관이 말한다. 벽에 등을 대고 서서 페티코트만 영차 걷어 올려 붙잡고 있으면 되는걸, 서서 하는 게 더 빠르지, 무릎이 후들거려서 쓰러지지만 않으면 말이야, 그레이스, 우리더러 네 남자라고 말만 해라, 이 남자도 좋고 저 남자도 좋은데, 둘이 기다리고 있는데 뭐하러 하나를 고르니? 둘이 아까부터 기다리고 있으니까자, 손만 내밀면 내 말이 진짜인지 아닌지 알 수 있어. 그리고 땡전 한 푼 요구하지 않으마, 하고 두 번째 교도관이 말한다. 친구 좋다는 게 뭐겠냐?

당신들은 내 친구가 아니에요, 하고 내가 말한다. 입이 그렇게 더러운 걸 보면 시궁창에서 태어난 모양인데 나중에도 시궁창에서 죽을 거예요. 오호, 하고 첫 번째 교도관이 말한다. 마음에 들어, 앙칼진 여자, 성격 있는 여자, 빨간 머리라 그렇다는데. 그런데 제일 중요한 거기도 빨갛냐, 하고 두 번째 교도관이 말한다. 나무 꼭대기가 이글거리는 건 소용없지, 벽난로나 화덕이 이글거려야 사방이 뜨끈뜨끈하지, 하느님이 여자들한테 왜 치마를 입히셨는지 알아? 머리 위로 올려서 묶으라고 그러신 거야, 그래야 소리가 많이 안 들리거든, 나는 소리 지르는 계집은 싫더라, 여자들은 입 없이 태어나야 해, 쓸 만한 게 아랫도리밖에 없거든.

그런 식으로 지껄이면 창피하지도 않아요? 물웅덩이를 돌아 길을 건너며 내가 말한다. 당신 어머니도 여자였을 거 아니에요. 어머니 따위 뒈져 버리라지, 하고 첫 번째 교도관이 말한다. 몸이나 파는 늙은 마녀 같으니라고, 그 여자가 내 몸 중에서 보고 싶어 했던 곳은 채찍 자국이 남은 궁둥이뿐이었어, 지금쯤 지옥 불에 타고 있을 텐데 내 손으로 거기 보내지 못한 게 한스러울 뿐이다, 어느 술 취한 선원을 소매치기하려다 술병으로 머리를 맞았거든. 그렇군, 하고 두 번째 교도관이 말한다. 우리 어머니는 자칭 천사이고 이 땅 위의 성녀라면서 나한테 그걸 절대 잊어버리지 못하게 했는데, 어느 쪽이 더 나쁜 건지 모르겠네.

내가 철학자인데, 하고 첫 번째 교도관이 말한다. 내가 보기에는 중용의 문제야, 너무 마르지도 너무 뚱뚱하지도 않아야 하는 것, 하느님이 우리에게 주신 선물을 헛되이 낭비하지 않는 것, 말이 나왔으니 말인데 그레이스, 너는 이제 따도 될 만큼 무르익었는데 왜 나무에 계속 매달려 있니, 그러다 그냥 떨어져 나무 밑둥에서 썩을라. 그러게 말이지, 하고 두 번째 교도관이 말한다. 우유를 왜 그릇에서 쉽게 만들어, 고소한 호두는 아직 맛이 있을 때 깨서 먹어야지, 오래돼서 곰팡내 나는 호두만큼 싫은 것도 없거든, 이리 와 봐, 너 때문에 벌써부터 침이 고인다, 너는 멀쩡한 남자를 식인종으로 만드는 여자야, 내 이로 너를 꽉 물어서 한 입 먹어 보고 싶다, 허벅다리 끝을 조금만 먹을게, 너는 아쉽지도 않을 거야, 살이 넉넉하고도 남잖아. 그렇지, 하고 첫 번째 교도관이 말한다. 이봐, 저 아이가 허리는 버드나무 같은데 그 밑으로 살이 오르고 있잖아, 교도소에서 워낙 맛있는 음식을 먹여서 그래, 제일 좋은 것만 먹고 살잖아, 한번 만져 볼래, 궁둥이가 교황님 테이블로 써도 될 정도야. 이러면서 그는 내 옷 틈새로 보이지 않게 한 손을 집어넣고 주무르고 찌른다.

너무 제멋대로 치근대지 말아 줬으면 고맙겠네요, 하고 내가 몸을 빼며 말한다. 내가 자유주의자가 되어 놓아서 말이지, 하고 첫 번째 교도관이 말한다. 뼛속까지 공화주의자야, 영국 여왕은 조물주가 의도한 용도 말고는 쓸데가 어디 있는지 모르겠어, 그래도 가슴 하나는 끝내주지, 여왕이 부르면 바로 달려가서 그 가슴을 꽉 움켜쥐며 정중하게 인사를 하고 싶은데 말이지, 여왕은 턱도 없잖아, 오리처럼, 내가 하고 싶은 말은 뭐냐면, 남자들은 다 똑같다는 거야, 그러니까 나눠 줘, 어느 누구도 편애하지 말고 똑같이 나눠 줘, 네가 우리 둘 중 한 사람한테 허락하면 남들도 진정한 민주주의자처럼 자기 차례를 챙기겠지, 그 꼬맹이 맥더모트도 누린 걸 그보다 나은 남자들은 못 누릴 이유가 뭐겠냐?

그러게 말이지, 하고 두 번째 교도관이 말한다. 그놈한테는 맘껏 허락했을 거 아냐, 루이스턴의 여관에서 숨 돌릴 틈도 없이 밤새도록 땀을 뻘뻘 흘리는 그놈하고 아주 신나는 시간을 보냈을 거 아냐, 그놈은 훌륭한 운동선수에 도끼 다루는 데 전문가이고, 원숭이처럼 밧줄을 잡고 올라갈 수 있었다며? 맞아, 하고 첫 번째 교도관이 대답한다. 그 교활한 녀석이 결국 천국까지 기어 올라가려고 하늘로 껑충 뛰었다가 밑에서 사람들이 아무리 불러도 자기 혼자 내려오지 못하고 두 시간 동안 거기 있어서 사람들이 데리러 가야 했다지, 그리고 거기 있는 동안 밧줄 만드는 사람의 딸과 방금 전에 목이 비틀린 수탉처럼 떠들썩하게 춤을 췄으니, 그걸 보는 너는 얼마나 재미있었을까.

그런 다음에는 널빤지처럼 뻣뻣해졌다고 들었어, 두 번째 교도관이 말했다. 그런데 원래 숙녀들이 그렇게 뻣뻣하지 않나? 이 부분에서 두 사람은 이 세상에서 가장 재미있는 우스갯소리를 만들어 내기라도 한 것처럼 배를 잡고 웃었다. 하지만 죽었다는 이유로 한 남자를 그렇게 놀리다니 잔인한 일이었다. 내가 두 사람에게 모욕을 주더라도 그들은 능청스럽게 받아넘기고 그만일 테니, 나는 나중에 때가 되면 지상에서건 지하에서건 이 교도관들을 손봐 주고야 말겠다고 다짐했다.

나는 리디아 아가씨가 파티에서 찢어 놓은 금색 레이스를 기우며 오전을 보냈다. 옷을 너무 험하게 다루는 리디아 아가씨는 그렇게 좋은 옷이 하늘에서 떨어지는 줄 아느냐고 가르쳐 주어야 한다. 일이 까다롭고 눈이 아팠지만 결국은 해 냈다.

평소처럼 오후에 찾아온 조던 박사님은 피곤하고 수심에 잠긴 얼굴이었다. 오늘은 야채를 들고 와서 무슨 생각이 나느냐고 묻지 않았다. 나는 오후의 이런 과정에 익숙해졌고 다음번에는 어떤 야채를 들고 올까, 내가 어떤 말을 해 주길 바라는 걸까 궁금해하는 게 재밌었던 터라 살짝 놀랐다.

그래서 이야기했다. 선생님, 오늘은 뭘 안 들고 오셨네요.

그러자 그가 되물었다. 뭐를요?

감자나 당근, 뭐 그런 거요, 하고 내가 대답했다. 아니면 양파나 근대요.

그러자 그가 말했다. 맞습니다. 작전을 바꾸기로 했거든요.

어떻게요? 내가 물었다.

뭘 가지고 왔으면 좋겠는지 당신에게 물어보려고 합니다.

그래요? 선생님, 정말 작전이 달라졌네요. 생각 좀 해 봐야겠어요.

그는 마음껏 생각해 보라고 했다. 그러면서 꿈을 꾸었느냐고 물었다. 어쩔 줄 몰라 하는 사람처럼 처량한 표정을 짓고 있는 걸 보면 일이 잘 안 풀리는 모양이었다. 나는 기억이 안 난다고 하지 않고 꿈을 꾸었다고 대답했다. 그러자 그는 상당히 밝아진 얼굴로 연필을 만지작거리며 어떤 꿈이었느냐고 질문했다. 나는 꽃에 관한 꿈이었다고 대답했다. 그러자 그는 열심히 받아 적으며 어떤 꽃이었느냐고 물었다. 나는 빨갛고, 상당히 크고, 작약처럼 잎이 반들반들한 꽃이라고 했다. 하지만 조화였다는 것과 내가 마지막으로 그 꽃을 본 시점은 밝히지 않았다. 꿈이 아니라는 이야기도 하지 않았다.

그 꽃이 어디에서 자라고 있던가요? 그가 물었다.

여기요.

여기라면 이 방 말입니까? 그가 바짝 긴장한 표정으로 물었다.

아뇨, 우리가 운동 삼아 산책하는 마당 밖이오. 그러자 그는 이것도 받아 적었다.

아니, 받아 적는 것 같았다고 해야겠다. 뭐라고 적고 있는지 보지 못했으니 딱 잘라 말할 수 없다. 그리고 그가 뭐라고 받아 적는지 모르겠지만, 내가 아무리 체계적으로 이야기하려 해도 그의 입장에서는 내가 하는 말을 대부분 알아듣지 못할 테니 내가 한 말을 받아 적었을 리 없다는 생각이 가끔 들기도 한다. 그는 입술 읽는 법을 아직 터득하지 못한 귀머거리와 비슷할 것이다. 그런데 어떤 때는 제법 알아듣는 것처럼 보이기도 한다. 부잣집 나리들이 대부분 그런 것처럼 더 깊은 의미를 파헤치려 해서 탈이기는 하지만.

그가 받아 적는 것을 끝냈을 때 내가 말했다. 다음번에 선생님께서 뭘 가지고 오시면 좋겠는지 생각났어요.

뭘 가지고 왔으면 좋겠습니까?

무요.

무라고요. 그는 내 말을 반복했다. 빨간 무요? 왜 하필이면 무인가요? 그는 아주 심각한 문제인 것처럼 미간을 찌푸렸다.

그게 말이죠, 선생님. 내가 이야기를 시작했다. 지금까지는 저한테 먹으라고 들고 오신 게 아니었잖아요. 제가 보기에는 그랬어요. 대부분 요리를 해야 먹을 수 있는 야채였고, 선생님께서 다시 들고 가셨으니까요. 첫날 주셨던 사과는 빼고요. 그건 아주 맛있었어요. 그런데 무를 들고 오시면 요리를 하지 않아도 먹을 수 있고, 지금 무가 제철이라는 생각이 들었어요. 교도소에서는 신선한 야채를 주는 경우가 거의 없거든요. 심지어 이 집에서도 텃밭에서 나는 채소는 식구들 몫이에요. 그래서 값진 선물이 되겠다 싶었어요. 만약 소금도 조금 갖고 오시면 정말 고마울 거예요.

그는 한숨 비슷한 것을 쉬고 물었다. 키니어 씨 집에도 무가 있었습니까?

그럼요, 있었죠. 내가 대답했다. 그런데 제가 그 집에 도착했을 때는 제철이 지난 뒤였어요. 무는 날이 더워지면 물렁물렁하게 변하고 구더기가 꾀고 시들기 때문에 제철이 되자마자 먹는 게 제일 좋아요.

그는 이 말은 받아 적지 않았다.

나갈 채비를 하면서 그가 말했다. 어떤 꿈을 꾸었는지 이야기해 주어서 고마웠어요, 그레이스. 조만간 또 들을 수 있겠죠? 그래서 내가 말했다. 아마 그럴 거예요, 선생님. 그러고는 이렇게 덧붙였다. 선생님의 힘든 일을 해결하는 데 도움이 된다면 제가 열심히 기억을 더듬어 볼게요. 그가 어찌나 기운 없어 보였던지 가엾다는 생각이 들었다. 그러자 그가 물었다. 왜 내가 힘든 일을 겪고 있다고 생각하죠? 그래서 내가 대답했다. 힘든 일을 겪고 있는 사람은 남의 어려움을 금세 알아차리는 법이거든요.

그는 나더러 마음씨가 착하다고 했다. 그러더니 뭔가 할 말이 더 있는 것처럼 머뭇거렸다. 하지만 관두기로 하고, 작별의 뜻으로 고개를 끄덕였다. 그는 항상 나갈 때마다 그렇게 고개를 살짝 끄덕인다.

그와의 면담이 평소보다 일찍 끝났기 때문에 오늘 누비질해야 할 조각을 아직 다 끝내지 못했다. 그래서 나는 그대로 자리에 앉아 바느질을 계속했다. 잠시 후 리디아 아가씨가 들어왔다.

조던 박사님은 가셨어? 그녀가 물었다. 나는 그렇다고 대답했다. 그녀가 입고 있는 새 드레스는 만드는 걸 내가 옆에서 거들었던 옷이다. 보라색 바탕에 하얀색의 작은 새와 꽃무늬가 있었고, 그 위로 호박을 반으로 나눈 듯한 치마가 달려 있었는데, 그녀에게 아주 잘 어울렸다. 그런데 내가 아니라 다른 누군가를 위해서 그 옷을 차려입고 나온 게 아닌가 싶었다.

그녀는 조던 박사님이 앉았던 내 맞은편 의자에 앉아서 바느질 바구니를 뒤지기 시작했다. 내 골무가 안 보이네? 여기 넣어 둔 것 같은데. 그녀가 말했다. 그러더니 어머나, 박사님이 가위를 깜빡하셨네, 네 손이 닿는 곳에 가위를 놔두면 안 되잖아, 했다.

저희 둘 다 별로 신경 안 써요. 내가 말했다. 박사님은 제가 해치지 않는다는 걸 알고 계시거든요.

그녀는 무릎에 바느질 바구니를 올려놓은 채 잠깐 동안 가만히 앉아 있다 물었다. 너한테 반한 사람이 있는 거 알아, 그레이스?

어머, 누군데요? 내가 물었다. 내 이야기를 듣고 낭만적이라고 생각한 어느 마구간 돌보는 아이 아니면 그 비슷한 어린애이겠거니 싶었다.

제롬 뒤퐁 박사님. 그녀가 말했다. 지금 퀘넬 부인 댁에 묵고 계시는 분이야. 네가 아주 남다른 인생을 살았다면서 상당히 흥미진진하다지 뭐야.

저는 그런 분 모르는데요. 신문을 보고 견학을 와서 저를 구경거리로 생각하시는 거 아니겠어요? 나는 조금 날카로운 목소리로 물었다. 나를 놀리는 건가 싶었기 때문이었다. 리디아 아가씨는 천성이 장난기 넘치는데, 가끔 도가 지나칠 때가 있다.

그분은 아주 심각한 걸 연구하는 분이야. 그녀가 말했다. 신경 최면을 공부하고 계셔.

그게 뭔데요? 내가 물었다.

아, 최면술 비슷한데, 그보다 좀 더 과학적인 거야. 그녀가 말했다. 너더러 여전히 상당한 미인이라고 하는 걸 보면 너하고 아는 사이거나 너를 예전에 본 적이 있나 봐. 네가 아침에 여기로 올 때 길거리에서 지나가면서 봤나?

그럴지도 모르죠. 내가 말했다. 이죽거리는 불한당을 양쪽에 한 명씩 거느리고 있었으니 얼마나 볼 만했을까 싶었다.

그분은 눈이 진짜 까매. 그녀가 말했다. 속을 들여다볼 수 있는 것처럼 그 눈을 이글거리면서 사람을 똑바로 쳐다봐. 그런데 나는 그분을 좋아하는지 어쩐지 잘 모르겠어. 물론 나이는 많지. 엄마나 다른 분들하고 비슷해서 그분도 아마 테이블을 두드리며 영혼을 불러내고 그러는 모임에 나갈 거야. 나는 그런 거 안 믿는데, 조던 박사님도 안 믿으시더라.

박사님이 그렇게 말하던가요? 내가 물었다. 그럼 분별력이 있으신 분이네요. 그런 세계에는 발을 들여놓으면 안 돼요.

분별력도 있고, 아주 냉정하기도 하지. 그녀는 이렇게 말하고 한숨을 쉬었다. 분별력 있는 사람이라고 하니까 무슨 은행원 같다. 잠시 후 그녀는 다시 입을 열었다. 그레이스, 너는 박사님하고 대화를 나누는 시간이 우리 전부를 합친 것보다 많잖아. 박사님은 어떤 분이니?

신사죠. 내가 말했다.

흥, 그건 나도 알아. 그녀가 퉁명스럽게 받아쳤다. 그게 아니라 어떤 분이냐고.

미국 분이죠. 내가 말했다. 이것도 그녀가 이미 알고 있는 사실이었다. 잠시 후에 나는 마음을 풀고 다시 말했다. 아주 올바른 분인 것 같아요.

너무 올바르지는 않았으면 좋겠다. 그녀가 말했다. 베링거 목사님은 너무 올바르거든.

나는 속으로 맞장구쳤지만, 베링거 목사님은 나를 석방시키려고 애를 쓰고 있으니 이렇게 말했다. 베링거 목사님은 성직에 몸을 담고 계시니 당연히 올바르셔야죠.

내가 보기에 조던 박사님은 아주 냉소적인 것 같아. 리디아 아가씨가 말했다. 너한테도 냉소적으로 대하시니?

박사님이 냉소적으로 대하셨더라도 저는 몰랐을 거예요, 아가씨. 내가 대답했다.

그녀는 다시 한숨을 쉬고 말했다. 박사님이 엄마가 주최하는 화요일 모임 때 강연을 하실 거래. 엄마는 나더러 사회복지와 연관 있는 심각한 문제에 좀 더 관심을 가져야 된다고 했고 베링거 목사님도 똑같은 말씀을 하셨지만, 지루해서 나는 보통 참석을 하지 않았거든. 그런데 이번에는 참석할 거야. 조던 박사님이 정신병원에 대해서 말씀을 하신다니 생각만 해도 두근거려. 하지만 박사님 방으로 차 마시러 오라고 초대해 주면 더 좋겠어. 물론 엄마랑 메리앤이랑 같이 가야지. 보호자가 필요하니까.

어린 아가씨 옆에는 항상 보호자가 있어야 하죠. 내가 말했다.

그레이스, 가끔 너는 할망구 같은 소리를 하더라? 그녀가 말했다.

그리고 나는 어린 아가씨가 아니야. 열아홉 살인걸. 산전수전 다 겪은 네 입장에서는 별것 아니겠지만, 나는 집으로 차 마시러 오라고 남자한테 초대를 받은 적이 한 번도 없단 말이야.

아가씨, 한 번도 해 본 적 없기 때문에 해야 되겠다는 건 말이 안 되는 일이에요. 내가 말했다. 하지만 아가씨 어머님께서 같이 가신다면 흠잡을 데 없는 자리가 되겠죠.

그녀는 자리에서 일어나 바느질 테이블 위를 손으로 훑었다. 맞아. 그녀가 말했다. 흠잡을 데 없는 자리가 되겠지. 그녀는 이런 생각에 우울해진 얼굴이었다. 그러다 그녀가 다시 말했다. 새 드레스 만드는 거 도와줄래? 화요일 모임에 입고 갈 거 말이야. 새 옷으로 좋은 인상을 심어 주고 싶어.

나는 기꺼이 도와 드리겠다고 했다. 그녀는 나더러 보물단지라고 하면서 새 드레스를 만들 때마다 도움을 받을 수 있게 내가 어디 가지 말고 계속 교도소에 있었으면 좋겠다고 했다. 나는 그 말을 듣고 일종의 칭찬이려니 했다.

하지만 그녀의 멍한 표정이라든지 말끝을 흐리는 품새가 꺼림칙했다. 나는 앞으로 골치 아파지겠다고 속으로 생각했다. 늘 그렇듯, 한쪽이 사랑하면 다른 쪽은 그렇지 않기 마련이다.

28

　다음 날, 조던 박사님이 약속한 대로 무를 들고 온다. 이파리를 떼어 내고 씻은 거였는데, 한참 묵힌 무처럼 물컹물컹하지 않고 제법 싱싱하고 아삭하다. 그가 소금을 깜빡했지만, 나는 아무 말도 하지 않는다. 선물로 받은 것을 흠잡으면 안 되는 일이다. 나는 얼른 무를 먹고(교도소에서 누가 채가기 전에 급히 먹는 버릇이 생겼다.) 한련의 톡 쏘는 냄새 비슷한, 얼얼한 맛을 음미한다. 그에게 어디에서 구했느냐고 물으니 시장에서 샀다고 한다. 그는 하숙집에 땅이 있어서 작은 텃밭을 직접 만들어 볼까 생각 중인데 벌써 땅을 갈기 시작했다고 한다. 이건 정말 부러운 일이다.

　이윽고 내가 말한다. 선생님, 진심으로 감사드려요. 신들이 마시는 넥타르 같았어요. 그는 내가 그런 표현을 쓰는 것을 보고 놀란 듯하다. 내가 월터 스콧 경의 시집을 읽었다는 사실을 깜빡 잊어버리고 그러는 거다.

　그가 무를 선물하는 정성을 보였으니 나도 보답 차원에서 기꺼이 내 이야기를 시작할 준비를 한다. 이런저런 일들을 충분히 곁들여

최대한 재미있게 꾸밀 생각이다. 나는 주는 대로 받는다는 말을 믿는다.

지난번에 키니어 나리가 토론토로 떠난 뒤 제이미 월시가 집에 와서 피리 연주를 들려주었고, 저녁노을이 아름다웠고, 낸시가 집 안에 남자가 없으니 도둑이 들어올까 무섭다고 해서 제가 같이 자러 들어갔다는 이야기까지 했죠? 낸시에게 맥더모트는 집 밖에서 자는 사람이었으니 열외였어요. 아니면 아예 남자로 간주하지 않았을지도 모르는 일이죠. 아니면 도둑이 들어왔을 때 싸우기는커녕 옆에서 거들거라고 생각했을지도 모르고요. 아무튼 낸시가 자세한 이야기는 하지 않았어요.

이렇게 해서 우리는 촛불을 들고 계단을 올라갔죠. 예전에 말씀드렸던 것처럼 낸시의 방은 집 뒤쪽에 있었는데, 제 방보다 훨씬 넓고 좋았어요. 키니어 나리 방처럼 화장실이 딸려 있지는 않았지만, 침대도 널찍했고 근사한 여름 누비이불은 하얀 바탕에 옅은 분홍색과 파란색 조각들을 덧댄 '끊긴 계단' 무늬였어요. 옷장도 있고 그 안에 옷이 들어 있었는데, 무슨 돈으로 그렇게 많이 샀나 싶을 정도였어요. 낸시가 말하길 나리가 기분이 좋을 때면 인심이 후하다고 하기는 했지만요. 경대 위에는 장미와 백합을 봉오리와 섞어서 수놓은 장신천을 깔아 놓았고, 귀걸이와 브로치가 담긴 백단 상자, 그리고 크림 병과 약병도 있었어요. 낸시는 잠자리에 들기 전에 신발에 바르듯 얼굴에 기름을 바르더라고요. 장미 향수도 있었고, 저더러 한번 뿌려보라고 빌려 주었는데 얼마나 향긋했는지 몰라요. 낸시는 이날 저녁 내내 정말 사근사근했어요. 그녀는 경대 위에 있던 포마드를 접시에서 덜어 바르면서 그걸 바르면 머리에 윤기가 흐른다고 했지요. 그러고는 저더러 자기 몸종이라도 되는 것처럼 머리를 빗겨 달라고 해서, 저는 기꺼이 빗겨 주었죠. 그녀는 길고 예쁜 고동색 고수머리였어요. 어머, 그레이스, 기분이 너무 좋다. 너 참 솜씨가 좋구나. 그녀의 말을 듣고 저는 우쭐했어요. 하지만 메리 휘트니가 어떤 식으로 제 머리를 빗겨 주었는지 문득 생각이 났어요. 저는 한참 동안 메리를 잊지 못했거든요.

우리, 이러니까 꼭 한 꼬투리에 들어 있는 두 개의 완두콩처럼 참 아늑하다. 침대에 누웠을 때 낸시가 아주 다정한 목소리로 말했어요. 하지만 촛불을 끄면서 한숨을 쉬는데, 행복한 한숨이 아니라 어떻게든 만족하려는 듯한 한숨이었어요.

키니어 나리는 토요일 아침에 돌아왔어요. 금요일에 오려고 했는데, 토론토에서 볼일을 보느라 늦어졌다고 그러시더라고요. 그래서 돌아오는 길에 통행 요금소에서 북쪽으로 멀지 않은 곳에 있는 여관에서 묵었다고 하셨죠. 낸시는 그 소리를 듣고 전혀 달가워하지 않았어요. 낸시가 부엌에서 말해 주었는데 그 여관은 소문이 안 좋고 헤픈 여자들을 못 본 척한다고 했어요.

저는 낸시를 진정시키려고, 신사들은 그런 데 묵어도 이름에 먹칠할 만한 일은 안 할 거라고 말해 주었죠. 나리가 오는 길에 만난 브리지퍼드 대령과 보이드 대위를 저녁 식사에 초대했기 때문에 낸시는 안절부절못했어요. 그날은 푸주한 제퍼슨이 오는 날이었지만 아직 감감무소식이라 집에 갓 잡은 고기가 없었거든요.

낸시가 말했어요. 이런, 그레이스, 아무래도 닭을 한 마리 잡아야겠다. 나가서 맥더모트한테 닭을 잡아 달라 그래. 제가 부인들까지 여섯 분이 될 테니 두 마리는 잡아야 하지 않겠느냐고 했더니 낸시는 짜증을 내면서 두 나리의 부인들이 이 집까지 몸소 행차하실 리가 없고, 두 분이 저녁을 먹으며 하는 일이라고는 술을 마시고 담배를 피우고 반란 때 쌓은 업적을 자랑하는 것밖에 없으니 자기는 그자리에 끼지 않겠다고 했어요. 그리고 두 분이 밤늦게까지 있으면서 식후에 카드 게임까지 할 테니 그분들이 왔을 때마다 늘 그랬던 것처럼 나리의 몸이 안 좋아져서 감기에 걸릴 거라고 했어요. 낸시는 자기 편할 때만 나리를 가리켜 허약한 체질이라고 했죠.

전 제임스 맥더모트를 찾으러 밖으로 나갔는데 아무 데도 없었어요. 큰 소리로 부르고, 심지어 사다리를 딛고 그가 잠을 자는 축사 위 다락방에까지 올라가 보았지만 거기에도 없더라고요. 소지품은 그대로 있는 걸 보면 도망친 건 아니었어요. 보수를 못 받았는데 도망칠 사람도 아니었고요. 사다리를 내려왔더니 언제 왔는지 제이미 월시가 묘한 눈빛으로 저를 쳐다보고 있었어요. 제가 맥더모트를 만나고 나오는 줄 알았나 봐요. 그런데 제가 맥더모트가 있어야 하는데 어디 갔느냐고 물었더니 그제야 빙긋 웃으며 다시 다정한 얼굴로 돌아왔고, 잘 모르겠지만 다 쓰러져 가는 통나무집에서 결혼도 안 한 여자와 동거하는 길 건너 하비네 집에 간 것 같다고 했어요. 그 여자라면 저도 누군지 알고 있었어요. 이름은 해너 업턴이었는데, 험악하게 생겨서 따돌림을 당하는 인물이었죠. 하비는 맥더모트와 친구라고 할 정도는 아니었지만 아는 사이였고, 둘이서 종종 술을 같이 마시곤 했죠. 제이미는 자기한테 시킬 일이 있느냐고 물었어요.

제가 다시 부엌으로 돌아가 맥더모트가 안 보인다고 했더니 낸시는 필요할 때 항상 사라져서 사람을 곤란하게 만드는 게으른 그에게 이제 질렸다며 저보고 직접 닭을 잡으라고 했어요. 그래서 제가 말했죠. 싫어요, 나는 못해요. 한 번도 해 본 적도 없고 어떻게 해야 하는지도 몰라요. 저는 살아 있는 동물이 피를 뚝뚝 흘리는 건 질색이었어요. 완전히 죽은 새의 털을 뽑는 건 할 수 있었지만요. 그러자 그녀는 바보 같은 소리 하지 말라고, 아주 쉽다고, 도끼로 머리를 친 다음 목을 홱 꺾기만 하면 된다지 뭐예요.

하지만 저는 상상만 해도 끔찍해서 울음을 터뜨렸어요. 그랬더니 죽은 사람을 나쁘게 말하면 안 되니까 이런 말을 하면 안 되겠지만, 낸시가 저를 붙잡아서 흔들고 뺨을 때리더니 마당으로 내쫓으며 닭을 잡지 않으면 돌아올 생각도 하지 말라고, 시간이 별로 없으니 서두르는 게 좋을 거라고, 나리는 제시간에 식사하시는 걸 좋아한다고 하는 거예요.

저는 울면서 닭장 안으로 들어가 하얗고 통통한 녀석을 잡아서 팔 밑에 단단히 쑤셔 넣은 다음, 앞치마로 눈물을 닦으며 장작더미와 두꺼운 도마가 있는 곳으로 걸어갔어요. 무슨 수로 닭을 잡아야 할지 눈앞이 캄캄했죠. 그런데 제이미 월시가 제 뒤를 따라오면서 다정한 목소리로 무슨 일이냐고 물었어요. 저는 나 대신 닭 좀 잡아 줄 수 있겠느냐고 물었죠. 그러자 제이미는 그야 식은 죽 먹기라고, 저는 너무 비위가 약하고 여린 성격이니 자기가 기꺼이 잡아 주겠다고 대답했어요. 이렇게 해서 제이미가 저한테 건네받은 닭의 목을 깨끗이 잘랐고, 닭은 머리 없이 잠깐 동안 여기저기 뛰어다니다 땅바닥에 쓰러졌죠. 얼마나 불쌍했는지 몰라요. 우리는 울타리 위에 나란히 앉아서 같이 털을 뽑고 깃털을 날려 보냈어요. 저는 제이미에게

도와줘서 진심으로 고맙다고 말하고, 보답으로 줄 게 없지만 나중을 대비해서 잊지 않겠다고 했어요. 그러자 그는 어색하게 씩 웃으며 앞으로 언제든 필요할 때마다 기꺼이 도와주겠다고 했죠.

일이 거의 마무리되고 있을 무렵에 밖으로 나온 낸시가 손으로 햇볕을 가린 채 부엌문 앞에 서서 닭 준비가 끝나길 초조하게 기다리고 있었어요. 그래서 저는 냄새를 맡지 않게 숨을 참고 국물로 우려낼 경우에 대비해서 내장을 떼어 낸 다음 펌프 물로 얼른 헹궈서 들어갔어요. 낸시와 함께 부엌에서 속을 채우고 있을 때 그녀가 말했어요. 너한테 아주 넘어갔더라? 저는 그게 무슨 뜻이냐고 물었어요. 그러자 낸시가 다시 말했어요. 제이미 월시가 풋사랑에 단단히 빠진 걸 표정만 봐도 알 수 있겠던데? 예전에는 나를 그렇게 따라다니더니 이제는 네 차지가 되었네. 낸시가 성질을 부린 다음에 다시 잘해 주려고 한다는 걸 알 수 있었어요. 그래서 저는 웃으며 말했어요. 나이에 비해서 키는 크지만 머리는 당근처럼 빨갛고 달걀처럼 얼굴이 주근깨로 뒤덮인 꼬맹이에 불과하니 제 상대는 아닌 것 같다고요. 그러자 낸시가 말했어요. 뭐, 지렁이도 밟으면 꿈틀하는 법이지. 저는 그게 무슨 소리일까 싶었지만 저를 무식하다고 생각할까 봐 무슨 뜻이냐고 묻지 않았어요.

닭을 구우려니 여름용 부엌의 화덕을 아주 뜨겁게 달구어야 했어요. 그래서 나머지 음식은 겨울용 부엌에서 만들었어요. 닭고기와 같이 낼 음식으로는 크림을 바른 양파와 당근을 준비했고, 디저트로는 직접 만든 크림을 곁들인 딸기와 직접 만든 치즈를 준비했죠. 나리는 포도주를 지하실에 저장했어요. 어떤 것은 통에 들어 있었고, 또 어떤 것은 병에 들어 있었죠. 낸시는 포도주 다섯 병을 가지고 오라며 저를 지하실로 내려보냈죠. 낸시는 지하실에 내려가는 걸 질색했어요. 거미가 너무 많다면서요.

이렇게 정신없는 와중에 제임스 맥더모트가 아주 태연하게 어슬렁어슬렁 들어왔어요. 낸시가 화난 목소리로 어디 갔다 오느냐고 묻자 아침 일 마치고 나갔으니 상관할 일 아니지 않냐고 했지요. 꼭 알아야겠다면 가르쳐 주겠는데, 나리가 토론토로 떠나기 전에 특별히 부탁한 일을 처리하러 나갔다 왔다고 했어요. 낸시는 그게 사실인지 알아볼 거라고 하면서, 그에게 제일 필요할 때 마음대로 왔다 갔다 하다가 흔적도 없이 사라질 권리가 어디 있느냐고 했지요. 그러자 그는 자기가 앞날을 내다보지도 못하는데 필요한지 아닌지 어떻게 아느냐고 말했죠. 그 말에 그녀는 앞날을 내다볼 수 있으면 이 집에 있을 날이 얼마 안 남은 걸 알 수 있을 거라고 했어요. 하지만 지금은 바쁘니까 나중에 얘기하겠다고 하면서, 전하게 너무 하찮은 일일지 모르겠지만 나리의 말이 오랜 여행을 마치고 돌아왔으니 털을 좀 다듬어 달라고 했어요. 그는 험상궂게 얼굴을 찡그리며 축사로 나갔어요.

약속한 대로 브리지퍼드 대령과 보이드 대위가 들이닥쳤는데, 낸시가 말한 그대로였어요. 식당에서 와자지껄한 목소리와 시끄러운 웃음소리가 들렸죠. 낸시는 저에게 식사 시중을 들게 했어요. 자기는 하기 싫다며 부엌에 앉아 포도주를 한 잔 마셨고, 저한테도 한 잔 따라 주더군요. 그분들을 정말 질색하는가 보다 싶었어요. 낸시는 보이드 대위가 진짜 대위도 아닐 거라고, 반란이 일어난 날 어쩌다 말을 타고 지나간 덕에 그런 계급을 얻었을 거라고 말했어요. 그래서 제가 물었죠. 몇몇 이웃 사람들이 키니어 나리를 대위님이라고 부르던

데 어떻게 된 거냐고요. 그러자 낸시는 나리 스스로 대위라고 한 적이 없어서 자기도 잘 모르겠다고, 명함에도 그런 계급은 안 적혀 있다면서, 만약 정말로 대위였다면 분명히 정부군이었을 거라고 했어요. 그런데 그것에 대해서도 분하게 생각하는 것 같았어요.

낸시는 두 번째 잔을 따르면서 나리가 가끔 자기 이름을 가지고 놀린다고 했어요. 반란군들이 모였던 장소로 지금은 폐허가 된 술집의 주인 이름이 존 몽고메리였는데, 그녀의 성도 몽고메리라 키니어 나리가 낸시를 '성격이 불같은 반란군'이라고 부른다는 거예요. 존 몽고메리는 적들이 지옥 불 속에서 타고 있을 때 자기는 다시 영 가의 술집을 지킬 거라고 으스댔대요. 그런데 선생님, 나중에 정말 그렇게 됐지 뭐예요. 적어도 그 술집만큼은 다시 문을 열었거든요. 하지만 그때 그는 킹스턴 교도소를 용감하게 탈옥한 뒤 아직 미국에 머물고 있었어요. 그러니까 정말 그의 말대로 될 수 있었던 거죠.

낸시는 세 번째 잔을 따랐고, 살이 너무 찌는데 어떻게 하면 좋을지 모르겠다며 두 팔에 얼굴을 묻었어요. 하지만 그때 저는 커피를 들고 가야 할 순간이라 왜 그렇게 갑자기 우울해하냐고 묻지 못했어요. 식당에 들어가 보니 시끌시끌했어요. 포도주 다섯 병을 모조리 해치우고 더 가지고 오라고 했죠. 보이드 대위는 키니어 나리가 어디서 나를 데리고 왔는지 모르겠다며 내가 자란 나무에 나 같은 아가씨들이 계속 자라고 있느냐고, 그렇다면 아직 여물지는 않았겠다고 했어요. 브리지퍼드 대령은 키니어가 낸시를 어떻게 했는지 모르겠다고, 터키에서 온 하렘의 여자들과 함께 벽장에 가두어 두었느냐고 했죠. 그러자 보이드 대위가 저더러 예쁘장한 파란 눈을 잘 간수하라고, 키니어가 곁눈질로 윙크 한 번만 해도 낸시가 그 눈을 파 버릴지 모른다고 했어요. 다 웃자고 하는 소리였지만, 저는 그래도 낸시가 듣지 못했으면 좋겠다고 생각했어요.

일요일 아침이 되자 낸시가 자기와 함께 교회에 가자고 했어요. 저는 입을 만한 옷이 없다고 했지만, 사실 그건 핑계였어요. 낯선 사람들이 저를 빤히 쳐다볼 게 분명한데, 그 틈에 있기 싫었거든요. 하지만 낸시가 자기 옷을 빌려 주겠다더니 정말 빌려 주지 뭐예요. 자기가 입은 것만큼 그렇게 근사하지는 않은, 2류급에서 고르기는 했지만요. 보닛까지 빌려 주고 저를 보며 아주 단정해 보인다고 했어요. 여기에 장갑도 빌려 주었는데, 낸시의 손이 워낙 커서 맞지는 않았어요. 우리 둘 다 무늬가 있는 가벼운 비단 숄까지 둘렀죠.

키니어 나리는 머리가 아파서 못 가겠다고 하면서(원래 독실한 신자는 못 됐어요.) 맥더모트가 우리를 마차로 데려다 주고 나중에 데리러 가면 된다고, 자기는 가톨릭교도인데 교회는 장로교회니 예배에 참석하지 않는 걸 이해해 주실 거라고 했어요. 그 근처에 교회가 하나뿐이라 교파가 다른 사람들도 주일을 빼먹는 것보다는 낫다는 심정으로 예배에 참석했고, 거기다 공동묘지도 마을에 하나뿐이라 그 교회가 산 자와 죽은 자를 독점하고 있었죠.

우리는 우아하게 마차에 앉았어요. 새들이 지저귀는 가운데 날은 맑고 화창했어요. 저는 그런 날에 걸맞게 세상만사가 행복했죠. 교회 안으로 들어가는데 낸시가 제 팔짱을 꼈어요. 친구처럼 보이고 싶었나 봐요. 몇몇 사람들이 고개를 돌리고 쳐다봤지만, 제가 새로운 얼굴이라 그런가 보다 했어요. 가난한 농부와 그들의 아내, 하녀, 읍내 상인 등 다양한 사람들이 보였어요. 옷차림과 앞자리에 앉은 것으로 보건대 스스로 상류층 혹은 거기에 버금간다고 생각하는 사람들도 있었고요. 우리는 위치에 걸맞게 뒷자리에 앉았어요.

목사님은 코가 뾰족하고, 목이 가늘면서 긴 데다 머리 한 움큼이 정수리 부분에서 삐져나와 있어서 꼭 왜가리 같았어요. 설교 주제는 신의 은총이었어요. 어떻게 하면 우리의 노력이나 선행이 아니라 오로지 은총만으로 구원받을 수 있나 하는 거였죠. 그렇다고 해서 노력을 하지 말거나 선행을 베풀지 말라는 뜻은 아니었어요. 그걸 믿으면 안 된다는 것, 노력을 하고 선행을 베풀어 세간의 존경을 받고 있으니 구원을 받을 수 있을 거라고 생각하면 안 된다는 거였죠. 신의 은총은 수수께끼 같아서 누가 그 은총을 받을지 오로지 하느님만 알고 있으니까요. 그리고 성서에서는 열매를 보면 그들이 누구인지 알 수 있다고 했지만, 그 열매라는 것도 하느님의 눈에만 보이는 영적 열매예요. 우리는 은총을 달라고 기도해야 하지만, 기도의 효과가 있을 거라고 자만하고 우쭐거리면 안 돼요. 인간은 계획할 뿐 결정은 신이 한다고, 지은 죄가 많고 언젠가는 죽을 보잘것없는 우리의 영혼이 귀추를 결정하는 게 아니거든요. 처음에 온 자가 나중이 되고 나중에 온 자가 처음이 되고, 오랫동안 속세의 불을 쪼이고 있었던 사람들이 억울하고 놀랍게도 그보다 훨씬 더 뜨거운 불구덩이 속에서 화형을 당하죠. 하얗게 칠해서 겉보기에는 새하얗지만 속은 썩어 문드러진 시체들이 지금도 숱하게 우리 사이를 걸어다니고 있어요. 잠언 9장에서 경고했던 것처럼 자기 집 문 앞에 나와 앉아 있는 여자, 훔친 물이 더 달고 몰래 먹는 떡이 더 맛있다고 유혹하는 사람을 조심해야 해요. 왜냐하면 성서에서도 말하듯 죽은 혼백이 그 집에 있고, 그 여자의 손님들은 저승 골짜기로 들어선 것이니까요. 무엇보다 가장 경계해야 할 것은 자기만족이에요. 어리석은 처녀들처럼 등불을 꺼뜨리면 안 되죠.* 그날이 며칠, 몇 시일지 아무도 모르니 두려움에 떨며 기다려야 해요.

목사님은 한참 동안 이런 식으로 설교를 계속했고, 저는 어느덧 귀부인들이 쓰고 있는 보닛을 뒤에서 관찰하게 되었어요. 그들이 두른 숄의 꽃무늬를 보며 기도를 하거나 다른 방법을 동원해도 신의 은총을 받을 수 없다면, 신의 은총이 내렸는지 어떤지 알 수 없다면, 지옥에 떨어지거나 구원을 받는 것이 내 소관이 아니니 모든 걸 깡그리 잊고 자기 할 일이나 하는 게 낫겠다는 생각을 했어요. 물이 엎질러졌는지 어떤지 하느님만 알 수 있고 치우는 것도 하느님만 할 수 있다면 엎질러진 물을 놓고 울어 봐야 소용없는 거 아니겠어요? 아무튼 그런 생각을 했더니 졸렸고, 목사님도 졸린 목소리였어요. 고개가 막 떨어지려는 찰나, 다 같이 일어나 「저와 함께하소서」를 부르자는 소리가 들렸어요. 신도들 노래 솜씨가 좋지는 않았지만, 그래도 음악을 들으니 위안이 됐죠.

낸시와 함께 밖으로 나가는데, 어느 누구 하나 우리에게 따뜻한 인사를 건네지 않고 살짝 피하는 눈치였어요. 좀 못사는 사람들 몇 명은 고개를 까딱했지만요. 이상하다 싶었던 게, 저야 모르는 사람이니까 그렇다 쳐도 낸시는 보던 얼굴일 거 아니에요. 상류층이나 자기를 상류층이라고 생각하는 사람들이야 알은척할 필요가 없었겠지만, 낸시가 농부나 그 부인이나 하녀 들한테까지 그런 대접을 받을

---

* 성서에 나오는 비유로, 결혼식 날 깜빡 졸다 등불을 지필 기름을 늦게 준비하는 바람에 잔칫집에 참석하지 못한 처녀들을 가리킨다.

이유는 없는데 말이에요. 낸시는 고개를 꼿꼿하게 치켜들고 좌우 어느 쪽도 쳐다보지 않았어요. 저는 이런 생각이 들었지요. 쌀쌀맞고 젠체하는 사람들이구나, 못된 사람들이구나. 교회가 하느님을 가두어 두는 곳이니 하느님이 여기 갇혀서, 주중에 여기저기 돌아다니며 자기들 일에 참견하거나 그들 가슴속 깊고 어두운 곳과 위선과 진정한 자비심이 부족한 것을 간파하지 못할 거라고 생각하는 위선자들이로구나. 가장 좋은 옷을 차려입고, 정색하고, 깨끗이 씻은 손에 장갑을 끼고, 모든 이야기를 준비해 놓은 일요일에만 하느님에게 신경쓰면 된다고 생각하는구나. 하지만 하느님은 도처에 존재하고, 인간처럼 가두어 둘 수 없는 존재인 것을.

낸시는 저에게 교회에 같이 가 주어서 고맙다고 했고, 혼자가 아니라 좋았다고 했어요. 하지만 혹시 흙이라도 묻을까 봐 걱정이 됐는지 드레스와 보닛을 그날 당장 돌려 달라고 하더군요.

며칠 뒤, 맥더모트가 시무룩하고 언짢은 얼굴로 점심을 먹으러 부엌으로 들어왔어요. 낸시에게 통보를 받고, 그달 말에 떠나게 됐다고 하더라고요. 그는 차라리 잘됐다고 했어요. 군대에 있거나 뱃일을 하는 동안에도 그런 적이 없었는데 여자한테 지시를 받는 게 얼마나 싫었는지 모른다면서요. 하지만 그가 불만을 전했더니 키니어 나리가 말하길 낸시가 이 집의 안주인이고 이런저런 일들을 처리하는 대가로 돈을 받는 것이니 맥더모트도 그녀의 지시에 따라야 한다면서, 자기는 사소한 문제에 신경 쓰고 싶지 않다고 했다더군요. 그는 짜증 나는 일이라고, 낸시가 어떤 여자인지 생각하면 더욱 짜증 나는 일이라고 했어요. 그러면서 그런 갈보하고는 더 이상 같이 있고 싶지 않다고 했죠.

저는 이 말을 듣고 깜짝 놀랐지만, 과장하기 좋아하고 거짓말을 잘하는 맥더모트 특유의 말버릇이겠거니 생각했어요. 그래서 화를 내며 그게 무슨 소리냐고 했죠. 그러자 그가 말하길 낸시와 키니어 나리가 결혼한 사이도 아니면서 아주 뻔뻔스럽게 한 침대를 쓰고, 몰래 부부처럼 사는 걸 몰랐느냐고 하는 거예요. 온 동네 사람들이 알고 있으니 비밀도 아니라고 하면서요. 저는 깜짝 놀랐고, 정말 놀랐다고 말했어요. 그러자 맥더모트는 저더러 바보라면서 올더먼 파킨슨 마님은 이렇다는 둥, 올더먼 파킨슨 마님은 저렇다는 둥 하며 도시 똑똑이인 척하더니 사실은 아는 게 별로 없다고, 눈앞에서 벌어지는 일도 못 본다는 거예요. 그러면서 낸시의 갈보 짓은 저 같은 바보만 아니면 한눈에 알아차릴 수 있다고, 낸시가 라이츠 씨 댁에서 일할 때 임신을 했는데 아이 아빠인 떠돌이는 도망쳐 버렸고 아이는 죽었다는 걸 모르는 사람이 없다고 했어요. 그런데 번듯한 남자라면 그러지 못할 텐데, 키니어 나리가 그래도 낸시를 고용하고 집 안에 들인 것을 보면 처음부터 속셈이 있었던 거라고 했어요. 소를 잃은 뒤에 외양간을 고쳐도 소용없는 것처럼 한번 바닥에 등을 대고 누워 버린 여자는 그런 처지에 놓인 거북과 같아서 다시 일어날 수 없으니 양쪽 모두에게 남는 장사라고요.

저는 그럴 리 없다고 했지만, 이번만큼은 거짓말이 아니라는 생각이 들었어요. 교회에서 사람들이 고개를 돌리고 수군거렸던 이유와 지금까지 그러려니 하고 지나갔던 수많은 사소한 일들, 저지른 죄의 대가인 고급 드레스와 금귀걸이, 심지어 제가 일자리를 옮기기로 결심하기 전에 왔슨 마님 댁 요리사 샐리가 했던 충고까지 머리를 스치고 지나갔죠. 그 뒤로 저는 눈을 크게 뜨고 귀를 쫑긋 세운 채 첩자처럼 집 안을 돌아다녔고, 나리가 집에 계실 때는 낸시의 침대에 누가 잤던 흔적이 없는 걸 확인했어요. 이런 식으로 속고 이용을 당했던 제가, 아무것도 모르고 바보 같았던 제가 창피했어요.

29

　안타까운 일이지만, 이런 이야기를 들은 뒤로 연장자이자 이 집의 안주인으로서 낸시를 존경했던 마음이 대부분 사라져 버렸어요. 저는 대놓고 그녀를 무시했고 도가 지나치다 싶을 정도로 말대꾸를 했죠. 그러다 말다툼이 벌어져 결국 언성이 높아지면 낸시가 제 뺨을 때렸어요. 낸시는 성격이 급하고 손이 매웠죠. 하지만 제가 기억하기로 제 쪽에서 받아친 적은 없었어요. 제가 입을 꾹 다물었더라면 뺨이 덜 아팠을 텐데, 그러니까 저의 잘못도 일부분 있어요.

　키니어 나리는 불협화음을 모르는 눈치였어요. 오히려 전보다 더 제게 잘해 주셨고, 제가 집안일을 하고 있으면 지나가다 꼭 걸음을 멈추고 잘 지내느냐고 물었어요. 그러면 저는 아주 잘 지내고 있다고 대답했죠. 그런 부잣집 나리 입장에서는 불만스러워하는 하인만큼 얼른 치워 버리고 싶은 존재도 없거든요. 웃으라고 돈을 받고 있다는 걸 잊지 말아야죠. 그러면 나리는 저더러 착하고 싹싹한 아이라고 했어요. 한번은 나리가 침실 옆 화장실의 욕조에 목욕물을 채워 달라고 하기에 물 양동이를 들고 낑낑대며 계단을 올라가고 있었는데, 나리가 너무 무거울 텐데 왜 맥더모트가 아니라 제가 하느냐고 묻더군요. 그래서 제가 이건 제 일이라고 했더니 나리가 직접 들고 올라가겠다며 손잡이를 잡고 있는 제 손 위로 나리 손을 얹는 거예요. 안 돼요, 나리. 제가 말했죠. 그럴 수는 없어요. 그러자 나리는 웃음을 터뜨렸고, 자기가 이 집의 주인이니 뭐가 되고 뭐가 안 되는지는 자기가 정하기 나름 아니냐고 했어요. 그래서 저는 맞는 말씀이라고 했죠. 나리가 제 손 위로 손을 얹은 채 그렇게 바짝 붙어서 계단에 서 있는데, 낸시가 1층 현관을 지나다 그 광경을 봤어요. 낸시가 저를 대하는 태도를 바꾸는 데 아무 도움이 안 됐죠.

다른 집처럼 하인용 뒷계단이 있었더라면 오히려 나았을 거예요. 그런데 그 집에는 뒷계단이 없었어요. 그러니 서로 딱 붙어서 부대끼며 살 수밖에 없었는데, 바람직한 일이 아니었죠. 특히 1층 현관에서 누가 웃거나 기침이라도 하면 다 들렸어요.

맥더모트로 말할 것 같으면 날이 갈수록 뭔가 골똘히 생각하는 눈치였고 복수심으로 이글거렸어요. 낸시가 그달 안으로 월급도 안 주고 자기를 내쫓을 작정인데, 가만히 당하고 있지는 않겠다고 했어요. 그러면서 만약 낸시가 자기를 그런 식으로 대하면 저한테도 조만간 똑같이 할 테니 둘이서 힘을 합쳐 권리를 지키자고 했지요. 키니어 나리가 집을 비우고 낸시가 친구인 라이츠 부인네 집에 놀러 가면(그 동네에서 아직까지 그녀에게 살갑게 대하는 사람들이 라이츠 부부였어요.) 맥더모트는 통째 사서 양이 아주 많았기 때문에 조금 없어지더라도 아무도 모를 나리의 위스키를 자주 홀짝였어요. 그럴 때마다 잉글랜드 사람들이 싫다고, 키니어 씨는 스코틀랜드 남부 출신이지만 똑같다며, 하나같이 도적에 갈보에 땅 도둑이고 가는 곳마다 가난한 사람들을 등치고 산다고 말했어요. 그러면서 키니어 씨와 낸시, 두 사람 모두 뒤통수를 갈긴 다음 지하실로 끌고 내려가야 하는데, 그런 일을 할 사람이 자기밖에 없다고 했죠.

하지만 저는 다 말뿐이라고 생각했어요. 그는 늘 허풍이 심해서 자기가 별의별 일을 다 할 거라고 그랬거든요. 그리고 우리 아버지도 취하면 어머니한테 별의별 협박을 했지만 실제로 실행에 옮긴 적은 한 번도 없었고요. 그럴 때 가장 좋은 방법은 그저 고개를 끄덕이며 맞장구를 쳐주고, 한 귀로 듣고 한 귀로 흘리는 거예요.

조던 박사님이 받아 적다 말고 고개를 든다. 그러니까 처음에는 그가 하는 말을 안 믿었다는 거죠?

네, 선생님, 전혀 안 믿었어요. 내가 말한다. 제 입장이었다면 선생님도 그랬을 거예요. 실없는 협박이라고 생각했죠.

맥더모트는 교수형을 당하기 전에 뒤에서 사주한 사람이 당신이라고 했는데요. 조던 박사님이 말한다. 당신이 낸시와 키니어 씨 죽에 독약을 넣어서 죽일 생각이라며 계속 도와 달라고 했는데, 자기가 기특하게도 거절했다고요.

누가 그런 거짓말을 하던가요? 내가 묻는다.

맥더모트의 진술서에 그렇게 적혀 있습니다. 조던 박사님이 말한다. 나도 교도소장 부인의 스크랩북에서 똑같은 걸 직접 읽었으니 어떤 내용인지 잘 알고 있었다.

선생님, 글로 적혀 있다고 해서 모두 주님의 진실인 건 아니에요. 내가 말한다.

그는 하, 하고 짧은 웃음을 터뜨리고 내 말이 맞다고 한다. 그렇지만 그레이스, 그 사람이 그렇게 말한 것에 대해 어떻게 생각해요?

글쎄요, 선생님. 내가 말한다. 태어나서 그렇게 한심한 소리는 처음 듣는데요.

왜요, 그레이스? 그가 묻는다.

나는 슬그머니 미소를 짓는다. 만약 죽 그릇에 독약을 넣을 생각이었다면 그런 사람한테 도움받을 필요가 없지 않았겠어요? 저 혼자서도 충분히 할 수 있고, 거기다 그 사람 죽 그릇에까지 독약을 넣을 수도 있었는데. 설탕을 한 숟가락 더 넣는 것만큼이나 쉬운 일이잖아요.

아주 냉정하군요. 조던 박사님이 말한다. 만약 거짓말이라면 그 사람이 왜 그런 거짓말을 했을까요?

아마 책임을 떠넘기고 싶어서 그러지 않았을까요? 나는 느릿느릿 대답한다. 그 사람은 잘못했다는 소리를 듣는 것을 싫어했거든요. 아니면 여행길에 저를 데리고 가고 싶었을 수도 있고요. 황천길은 외로운 길이고, 교수대에서 밧줄에 매달려 직통으로 떨어지더라도 보기보다 길거든요. 그리고 길을 비춰 주는 달빛조차 없어서 어두컴컴하기도 하고요.

다녀오지도 않은 사람치고 많은 걸 알고 있군요. 그가 삐딱한 미소를 지으며 말한다.

꿈에서 말고는 다녀온 적이 없죠. 내가 말한다. 하지만 밤마다 얼마나 자주 보았는지 몰라요. 저는 교수형을 당할 자격도 없을 만큼 큰 죄를 지었고, 교수형을 당할 거라고 생각했어요. 그런데 제 어린 나이를 강조한 매켄지 나리 덕분에 요행히 목숨을 건졌어요. 나도 조만간 같은 길을 걸을 거라고 믿고 있다 보면 자기 처지를 확인하게 되죠.

맞는 말입니다. 그는 생각에 잠긴 목소리로 말한다.

가엾은 제임스 맥더모트를 탓할 생각은 없어요. 내가 말한다. 저를 데리고 가고 싶어 했다는 것에 대해서 말이에요. 외로워하는 인간을 나무랄 수는 없으니까요.

다음 주 수요일이 제 생일이었어요. 그 집에 취직할 때 언제 열여섯 살이 되는지 이야기했으니 낸시도 제 생일을 기억하고 있었겠지만, 우리 둘 사이가 워낙 냉랭했으니 챙겨 줄 거라고 기대하지는 않았어요. 그런데 놀랍게도 그날 아침에 부엌으로 들어선 낸시가 아주 다정한 목소리로 생일을 축하한다고 하더니 직접 집 앞으로 나가서 격자 시렁에 열린 장미로 꽃다발을 만들어 방에 놓으라며 유리잔에 넣어 주는 거예요. 그 당시 둘이서 옥신각신하느라 낸시가 그런 식으로 저를 챙겨 준 적이 거의 없었기 때문에 어찌나 고마웠던지 눈물이 나오려고 했어요.

그러고 나서 낸시가 말하길 제 생일이니 그날 오후에 쉬어도 좋다고 했어요. 저는 정말 고맙다고 했죠. 그런데 이 주변에 놀러 갈 친구네 집도 없고, 그럴듯한 상점도 없고, 구경거리도 없으니 뭘 하면 좋을지 모르겠다고 했어요. 그냥 집에서 원래 계획했던 대로 바느질을 하거나 은그릇이나 닦을까 보다고 했지요. 그러자 그녀가 말하길 마을을 한 바퀴 둘러보거나 시골길을 산책하는 건 어떻겠냐고 하더라고요. 자기 밀짚모자를 빌려 주겠다면서요.

그런데 그날 오후 내내 키니어 나리가 집에 있을 예정이라는 것을 나중에 알았어요. 그러자 낸시가 저를 내보내는 저의가 의심스러워지더라고요. 낸시는 제가 느닷없이 방으로 들이닥치거나 계단을 올라오면 어떻게 하나, 나리가 그즈음 종종 그랬던 것처럼 제가 일하는 부엌으로 들어와서 노닥거리며 이런저런 것들을 물어보면 어떻게 하나 걱정할 필요 없이 나리와 단둘이 시간을 보내고 싶은 게 아닌가 싶었죠.

어쨌거나 저는 무더웠던 날이라 차가운 로스트비프와 샐러드로 나리와 낸시의 점심을 차리고 저도 겨울용 부엌에서 맥더모트와 점심을 먹은 다음, 설거지를 하고 얼굴과 손을 씻고 앞치마를 벗어서 걸어 놓은 후, 낸시의 밀짚모자를 쓰고 햇볕에 타지 않게 하얀색과 파란색이 섞인 제 손수건을 목에 둘렀어요. 그때까지 식탁에 앉아 있던 맥더모트가 어디 가느냐고 물었죠. 저는 오늘이 내 생일이라 산책도 할 겸 휴가를 받았다고 대답했어요. 그는 길거리에 험악한 남자들이랑 떠돌이들이 많으니 보호 차원에서 자기도 같이 가겠다고 했어요. 내가 아는 중에서 유일하게 그런 남자가 지금 여기 이 부엌에 나와 앉아 있다는 말이 제 입에서 튀어나오려고 했죠. 하지만 맥더모트가 예의를 갖추려고 하고 있었으니 입술을 꾹 깨물고 고맙지만 그럴 필요 없다고 했어요.

그는 제가 어리고 생각이 없어서 어떻게 해야 좋은지 모른다며 누가 뭐라 해도 같이 가겠다고 했어요. 저는 당신 생일도 아니고 할 일도 있지 않느냐고 했죠. 그러자 그는 생일 같은 거 엿이나 먹었으면 좋겠다고, 자기는 생일 따위 신경 쓰지 않는다고, 자기를 낳아 주신 어머니에게 별로 고마운 마음이 없으니 축하할 이유가 없다고 했어요. 그리고 자기 생일이었다면 낸시가 휴가도 주지 않았을 거라고 했고요. 저는 내가 휴가를 달라고 한 것도 아니고 특혜를 바란 적도 없으니 질투는 하지 말라고 했죠. 그러고는 얼른 부엌을 빠져나왔어요.

어디로 가면 좋을지 아무 생각도 나지 않았어요. 아는 사람이라고는 아무도 없는 읍내로 산책하고 싶지는 않았어요. 문득 친구라고는 낸시밖에 없는 제가 너무 외로운 처지라는 생각이 들었어요. 낸시도 어느 날은 친한 척했다가 다음 날은 못되게 구는 식으로 변덕을 부리니 친구가 맞나 싶었고요. 제이미 월시는 한낱 꼬맹이에 불과했죠. 찰리가 있긴 했지만 말일 뿐이었고요. 제 말을 잘 들어 주고 위안이 되기는 했어도 충고가 필요할 때는 그다지 도움이 안 됐어요.

제 가족이 어디 살고 있는지 알 수 없으니 없는 거나 마찬가지였어요. 아버지는 다시 볼 마음이 없었지만, 동생들 소식은 듣고 싶었는데 우표 살 돈만 있었더라면 폴린 이모한테 편지라도 썼을 거예요. 그런데 그때는 개혁 전이라 바다 너머로 편지를 보내는 요금이 어마어마했거든요. 차분히 시간을 갖고 생각해 보면 저는 정말 이 세상에서 혼자였고, 지금 하고 있는 힘든 일 말고는 아무런 전망도 없었어요. 직장은 얼마든지 옮길 수 있겠지만, 그래도 해가 떠서 질 때까지 이래라저래라 하는 안주인 밑에서 똑같은 일을 할 거잖아요.

저는 이런 생각을 하며 맥더모트가 보고 있을지도 모르니 씩씩하게 집 앞길 쪽으로 걸어갔어요. 한번 고개를 돌려 보니 맥더모트가 정말로 부엌 입구에 기대고 서 있지 뭐예요. 제가 늑장을 부리면 같이 가자는 뜻으로 그가 받아들일 수도 있겠더라고요. 하지만 과수원에 도착한 뒤에는 이제 시야에서 벗어났겠거니 싶어서 속도를 늦췄어요. 저는 보통 감정을 단단히 단속하는 편인데 생일, 그것도 혼자 보내는 생일이 되면 왠지 우울해져요. 과수원 안으로 들어가서 땅을 개간할 때 남은 큼지막한 그루터기에 등을 기대고 앉았어요. 새들이 사방에서 지저귀었지만, 그 새들마저 저한테는 남이잖아요. 이름조차 모르니까요. 그게 가장 슬프게 느껴졌고, 눈물이 뺨을 타고 흘러내렸어요. 저는 눈물을 닦지도 않고 몇 분 동안 실컷 울었어요.

그렇지만 이윽고 생각했어요. 고칠 수 없으면 참아야 한다고. 저는 주변의 하얀색 데이지와 야생 당근, 향기가 너무 달콤하고 주황색 나비들로 덮여 있는 자주색의 동그란 밀크위드 꽃들을 둘러보았어요. 그러다 고개를 들어 머리 위 사과나무 가지를 쳐다보니 조그맣고 파란 사과가 벌써 열리기 시작했더라고요. 그 너머로 파란색 하늘도 드문드문 보였고요. 저는 기운을 내려고, 우리를 많이 생각하는 자비로운 주님만이 이렇게 아름다운 세상을 만들 수 있고, 초기 기독교인과 야곱과 여러 순교자들에게 그랬던 것처럼 내 어깨에 놓인 짐은 나의 능력과 믿음을 시험하는 도구라는 생각을 했어요. 하지만 좀 전에도 말씀드렸던 것처럼 저는 주님 생각을 하면 종종 졸려요. 그래서 잠이 들어 버렸죠.

이상한 일이지만, 저는 아무리 깊이 잠이 들어도 누가 다가오거나 저를 쳐다보고 있으면 느낄 수 있어요. 저의 일부분은 절대 잠을 자지 않고 한쪽 눈을 살짝 뜨고 있는 것처럼 말이죠. 예전에는 이게 저의 수호천사라고 생각했어요. 그런데 아마도 제가 어렸을 때, 일어나 집안일을 해야 할 시각에 늦잠을 자면 아버지가 고함을 지르면서 험한 말을 하고, 한쪽 팔이나 머리채를 잡아당기면서 깨우던 습관에서 비롯된 게 아닐까 싶어요. 아무튼 저는 숲에서 곰 한 마리가 나와 저를 쳐다보는 꿈을 꾸었어요. 그래서 누가 저를 건드리기라도 한 것처럼 화들짝 놀라 눈을 떴죠. 아주 가까이에 어떤 남자가 서 있었는데, 해를 등지고 있어서 얼굴이 보이지 않았어요. 저는 조그맣게 비명을 지르며 허둥지둥 몸을 일으키려고 했어요. 그런데 이제 보니 남자가 아니라 제이미 월시였어요. 그래서 저는 그냥 그대로 누워 있었죠.

제이미. 제가 말했어요. 너 때문에 놀랐잖아.

일부러 그런 거 아니에요. 그는 이렇게 말하면서 제 옆에 앉았어요. 대낮에 여기서 뭐하는 거예요. 낸시가 안 찾아요? 제이미는 호기심이 많은 아이라 늘 질문이 많았어요.

저는 내 생일이라고 밝히고, 고맙게도 오후 내내 휴가를 받았다고 말했어요. 그는 생일 축하한다고 하더니 잠시 후에 다시 이렇게 말하는 거예요. 아까 우는 거 봤어요.

그 말을 듣고 제가 물었죠. 어디서 그렇게 나를 몰래 훔쳐본 거야?

제이미는 키니어 나리를 대신해서 종종 과수원에 온다고 했어요. 늦여름이 되면 나리가 가끔 베란다로 나가 과수원에서 서리를 하는 동네 아이들이 없는지 망원경으로 감시를 한대요. 그런데 아직은 사과와 배가 덜 익어서 서리 걱정은 할 필요가 없다고 했죠. 이윽고 그가 물었어요. 왜 그렇게 울었어요?

저는 다시 눈물이 날 것 같아서 그냥 이렇게 말했어요. 여기에는 친구가 없어서.

내가 있잖아요. 제이미가 말했어요. 그러고는 잠시 아무 말이 없다 다시 입을 열었어요. 애인 있어요, 그레이스? 나는 없다고 했어요. 그러자 제이미가 말했죠. 당신의 연인이 되고 싶어요. 몇 년 뒤에 내가 좀 더 나이를 먹고 돈도 모았을 때 우리, 결혼해요.

저는 그 말을 듣고 빙그레 웃을 수밖에 없었어요. 저는 농담 삼아 이렇게 물었죠. 하지만 너는 낸시를 열렬히 사모하는 거 아니었어? 그러자 그는 많이 좋아하기는 하지만 아니라고 대답했어요. 그러고는 다시 물었죠. 어떻게 생각해요?

저는 하지만 제이미, 내가 너보다 훨씬 나이가 많잖아, 하고 말했어요. 진심이라고 받아들일 수가 없었으니 놀리는 투로 말이에요.

그가 말했어요. 한 살하고 조금 많잖아요. 한 살은 아무것도 아니에요.

그래도 넌 아직 너무 어려. 제가 말했죠.

그러자 키는 내가 더 커요, 라고 그가 말했어요. 그건 맞는 말이었어요. 그런데 왠지 모르겠지만, 열다섯 살이나 열여섯 살짜리 여자아이는 어른 같은데 열다섯 살이나 열여섯 살짜리 남자아이는 애 같단 말이죠. 그 부분이 제이미의 아픈 구석일 테니 대놓고 그런 소리를 하지는 않았어요. 상처를 주지 않으려고 그냥 진지한 목소리로 고맙다고 하고, 한번 생각해 보겠다고 했죠.

자, 오늘이 그레이스 생일이니까 내가 한 곡 들려줄게요. 그는 이렇게 말하면서 피리를 꺼냈고, 높은 음에서 살짝 찢어지는 소리가 나기는 했지만 감정을 실어서 「세상을 떠난 소년병」을 아주 근사하게 연주했어요. 그리고 「믿어 주오, 이 모든 아름다움과 젊음이 변할지라도」도 들려주었죠. 저는 제이미가 새로 연습하고 있는 곡이고 자부심을 가지고 있다는 걸 느낄 수 있었기 때문에 대단하다고 말해 주었어요.

제이미는 그날을 기념해서 저에게 데이지 왕관을 만들어 주었어요. 그리고 둘이서 데이지 화환을 만든답시고 어린아이처럼 아주 열심히 매달렸죠. 메리 휘트니가 죽은 뒤로 그렇게 즐거웠던 적은 처음이었어요. 다 만들어졌을 때 제이미가 하나를 제 모자에 두르고, 또 하나를 목걸이 삼아 목에 걸어 주며 저더러 5월의 여왕이라고 했어요. 저는 7월이니 7월의 여왕이 되어야 한다고 했고, 둘이서 깔깔대고 웃었죠. 제이미가 볼에 뽀뽀를 해도 되느냐고 묻기에 딱 한 번만 허락한다고 했어요. 그랬더니 정말 딱 한 번만 뽀뽀를 하지 뭐예요. 저는 덕분에 모든 근심을 날려 보내고 근사한 생일을 보낼 수 있었다고 말했어요. 제이미는 그 말을 듣고 빙그레 웃었어요.

하지만 시간이 눈 깜짝할 사이 흘러 이제 오후가 저물어 가고 있었어요. 제가 다시 집 앞길을 걸어 올라가는데, 키니어 나리가 베란다에서 망원경으로 저를 보고 있었어요. 제가 뒷문 쪽으로 걸어갔더니 나리가 집 옆으로 돌아 나와 인사를 건넸어요. 안녕, 그레이스.

저도 인사를 했고, 나리가 물었어요. 과수원에서 같이 있던 남자는 누구지? 둘이서 뭘 하고 있었어?

말투로 미루어 보건대 나리가 어떤 의심을 하고 있는지 알 수 있었어요. 저는 그저 어린 제이미 월시였다고, 제 생일이라 둘이서 데이지 화환을 만들었다고 대답했어요. 나리는 그러냐고 했지만, 그래도 마뜩잖아 하는 얼굴이었죠. 저녁을 준비하려고 부엌으로 들어갔더니 낸시가 말했어요. 머리에 달린 그 시든 꽃은 뭐야? 유치해 보인다.

데이지 목걸이를 벗으면서 머리카락에 한 송이가 걸렸던 모양이에요.

어쨌든 이 두 가지가 겹쳐지면서 천진난만했던 그날의 분위기가 조금 퇴색해 버렸어요.

저녁 준비를 시작하려는데, 맥더모트가 화덕에 넣을 장작을 한 아름 들고 오더니 빈정거리며 말했어요. 그래서 심부름꾼하고 풀밭 위에서 뒹굴고 입을 맞추셨다? 그 자식, 제정신이 아니로구먼. 나이만 좀 더 많았어도 내가 골로 보내는 건데. 이제 봤더니 당신, 어린아이를 밝히는 도둑 심보로군. 저는 그런 거 아니라고 했죠. 하지만 그는 제 말을 믿지 않았어요.

오후에 저만의 은밀하고 기분 좋은 시간을 보낸 줄 알았더니 그 집의 모든 사람들에게 염탐을 당한 듯한 심정이었어요.(키니어 나리까지 포함해서요. 나리가 그렇게 천박한 행동을 할 줄은 몰랐어요.) 다 같이 제 방문 앞에 한 줄로 서 있다 차례대로 열쇠 구멍을 통해 안을 들여다본 것 같은 기분이 들어서 너무 슬프기도 하고 화가 났지요.

30

그 뒤로 특별한 일 없이 며칠이 흘러갔어요. 저는 키니어 나리 댁에서 지낸 지 거의 2주가 되었지만, 그보다 더 오래된 기분이었어요. 사람이 별로 행복하지 않으면 시간이 느리게 가는 것처럼 느껴지잖아요, 선생님. 키니어 나리는 말을 타고 손힐로 떠났고, 낸시는 친구인 라이츠 부인네 집에 놀러 간 날이었어요. 제이미 월시는 그 며칠 동안 집으로 찾아온 적이 없었는데, 맥더모트가 접근하지 말라고 협박을 했나 싶더라고요.

맥더모트는 어디 있는지 알 수가 없었어요. 축사에서 자는가 보다고 저 혼자 생각했죠. 저는 맥더모트와 냉전 중이었거든요. 그날 아침에 맥더모트가 저더러 안목이 어찌나 높은지 젖니도 안 빠진 어린것들에게 추파를 던진다며 싸움을 걸었거든요. 제가 이 방에서 그런 이야기를 듣고 재미있어하는 사람은 당신 혼자뿐이니까 속으로 혼자 하라고 그랬더니 그가 저더러 뱀처럼 혀에 독이 있는 여자라고 했고, 저는 말대꾸하는 사람이 싫으면 축사에 가서 젖소한테 치근대라고 하면서 속으로 이건 메리 휘트니가 했음 직한 말이라는 생각을 했죠.

사람들이 엿보고 그런 식으로 의심을 하는 것도 그렇고, 맥더모트가 고약하게 놀리는 것도 그렇고 계속 분이 풀리지 않아서 텃밭에서 햇완두콩을 따며 속으로 씩씩거리는데 듣기 좋은 휘파람 소리가 들리더니 등에 봇짐을 지고 빛바랜 모자를 쓰고 기다란 지팡이를 손에 든 남자가 집 앞길을 걸어오는 게 보였어요.

보따리장수 제러마이어였죠. 좋았던 시절에 알고 지내던 사람을 만났더니 어찌나 반갑던지 저는 앞치마에 담았던 완두콩을 와르르 바닥에 쏟고 손을 흔들며 앞길로 달려 나갔어요. 그때쯤 저는 제러마이어를 오랜 친구처럼 생각하고 있었거든요. 새로운 지방에 있으면 친구가 금세 오랜 친구가 되잖아요.

그레이스, 내가 찾아오겠다 그랬지? 그가 말했어요.

제레마이어, 만나서 정말 기뻐요. 내가 말했어요.

저는 그와 함께 집 뒷문 쪽으로 걸어가며 물었어요. 오늘은 뭘 가지고 오셨어요? 물건들이 대부분 제 분수에 넘쳤지만, 보따리장수의 봇짐을 들여다보는 건 늘 재미있었거든요.

그가 말했어요. 그레이스, 햇볕이 안 드는 시원한 부엌으로 날 좀 초대해 주지 않으련? 문득 생각해 보니 올더먼 파킨슨 마님 댁에서는 그랬거든요. 그래서 그렇게 했죠. 일단 부엌으로 들어간 뒤에는 그를 식탁에 앉히고 식료품 저장실에서 가지고 온 약한 맥주와 시원한 물 한 잔을 주고 빵과 치즈를 썰었어요. 그가 제 손님이고 저는 이 집의 안주인이라 접대를 해야 하는 것처럼 바쁘게 움직였어요. 저도 같이 마시려고 맥주를 한 잔 따랐고요.

여기 있어서 그런지 얼굴이 좋아 보이는구나. 그가 말했어요. 저는 고맙다고 하고 그에게도 얼굴이 좋아 보인다고 했어요. 여기 생활 행복하니? 그가 물었어요.

집에 그림도 있고 피아노도 있고 참 예뻐요. 저는 이렇게 대답했죠. 집안사람들, 특히 나리와 안주인을 헐뜯고 싶지는 않았거든요.

그런데 조용하고 외딴 곳이로구나. 그가 반짝반짝 빛나는 눈으로 저를 물끄러미 쳐다보며 말했어요. 그의 눈은 검은 딸기 색이었고, 남들보다 더 많은 걸 볼 수 있을 듯한 분위기를 풍겼죠. 걱정이 돼서 제 마음속을 들여다보려고 한다는 걸 알 수 있었어요. 그는 전부터 저를 아꼈거든요.

조용해요. 제가 말했어요. 하지만 키니어 나리는 자유분방한 분이세요.

그리고 부잣집 나리다운 취미가 있겠지? 그가 저를 예리한 눈빛으로 쳐다보며 말했어요. 동네 사람들이 말하길 그분이 특히 가까운 데 사는 하녀들을 탐하는 버릇이 있다고 하더구나. 네가 메리 휘트니처럼 되지는 않았으면 좋겠다.

저는 그 소리를 듣고 깜짝 놀랐어요. 그 일에 대해서 알고 있는 사람이 저 혼자인 줄 알았고, 얼마나 가까운 데 사는 어느 분인지 아무한테도 얘기 안 했거든요. 그걸 어떻게 눈치챘어요?

그는 손가락을 코 옆으로 갖다 댔어요. 침묵과 지혜라는 뜻이었죠. 그러고는 말했어요. 미래를 읽을 줄 아는 사람이 보면 미래는 현재 안에 숨어 있단다. 그가 워낙 많은 사실들을 알고 있었기 때문에 선생님한테 이야기했던 모든 비밀을 털어놓았어요. 메리의 목소리를 들었고, 기절했고, 집 안을 여기저기 돌아다녔다는데 아무 기억이 없다는 것까지요. 메리가 원하지 않을 것 같아서 의사한테 갔던 부분만 뺐어요. 하지만 제러마이어는 말로 하지 않아도 그 안에 숨은 뜻은 간파하는 재주가 있는 사람이니 짐작했을 거예요.

슬픈 이야기로구나. 제 이야기가 끝났을 때 제러마이어가 말했어요. 그리고 그레이스, 오늘의 한 땀이 내일의 열 땀이라는 말이 있다. 낸시가 얼마 전까지만 해도 이 집의 하녀로 네가 지금 하고 있는 힘들고 지저분한 일을 모두 담당했다는 거 알고 있겠지?

너무 노골적이라 저는 시선을 떨어뜨렸어요. 그건 몰랐어요.

사람이 한번 습관이 들면 바꾸기 어려운 법이지. 그가 말했어요. 불량해진 개하고 똑같아. 한번 양을 죽여서 그 맛을 보고 나면 그 다음에도 또 죽여야 직성이 풀리거든.

여기저기 여행 많이 하셨어요? 저는 이렇게 물었어요. 죽이고 어쩌고 하는 이야기가 싫었거든요.

그럼. 그가 대답했어요. 나야 항상 떠도는 인생이니까. 얼마 전에 미국에 가서 이것저것 싸게 사다가 여기에서 몇 푼 얹어서 팔고 있지. 우리 같은 보따리장수들은 그런 식으로 먹고살거든. 구두끈 살 돈이라도 받아야 할 것 아니냐.

거기는 어때요? 제가 물었어요. 어떤 사람들 말로는 그곳이 더 낫다던데.

여러 가지 면에서 여기하고 비슷하지. 그가 말했어요. 사기꾼과 건달 들이 사방에서 설쳐 대지만, 그들을 처벌하는 방식이 다르지. 그리고 말로만 얼마나 민주주의를 외치는지 모른다. 여기 사람들이 사회 질서와 여왕에 대한 충성을 부르짖는 것처럼 말이다. 하지만 가난한 사람은 어딜 가든 가난하기 마련이지. 그런데 국경을 건너는 게 공기를 뚫고 지나가는 것 같아서 건너도 건넌 줄 모르게 되어 있어. 양쪽에서 자라는 나무가 똑같거든. 나는 보통 밤을 틈타 숲 속으로 지나 다닌단다. 내 물건에 관세가 붙으면 번거롭거든. 너 같은 우수 고객한테 파는 값도 비싸지고 말이다. 그는 이렇게 말하면서 빙그레 웃었어요.

하지만 불법이잖아요. 제가 말했어요. 만약 걸리면 어떻게 돼요?

법이야 어기라고 있는 거지. 그가 말했어요. 그리고 내가 만든 법도 아니고 권력층에서 자기들 이익 챙기느라 만든 법인걸. 하지만 나 때문에 피해를 보는 사람은 없지 않니. 기백 있는 남자라면 모험을 즐기고 남들 따돌리는 걸 즐겨야지. 붙잡히는 것에 대해서라면 내가 늙은 여우 아니냐. 이 일을 몇 년 동안 하고 있는데 붙잡히겠니. 게다가 이 손금을 보면 알 수 있듯이 나한테는 행운이 따르거든. 이러면서 그는 오른손과 왼손 손바닥을 보여 주었는데, 양손에 X 자 모양의 손금이 있었어요. 왼손이 꿈의 손이기 때문에 그가 잠을 자고 있을 때도, 깨어 있을 때도 보호를 받는다고 했어요. 저는 제 손을 들여다보았지만, 그런 손금이 없었어요.

운이 다할 수도 있잖아요. 제가 말했죠. 조심하세요.

왜 그렇게 나를 걱정하는 거냐? 그가 웃으며 물었어요. 저는 시선을 떨어뜨리고 테이블을 쳐다보았죠. 사실은 말이다. 그가 좀 더 진지한 목소리로 말했어요. 이 일을 그만둘까 생각 중이란다. 전보다 경쟁도 심하고 요즘 길이 좋아져서 나한테 물건을 사기보다 시내로 나가서 직접 구입하는 사람들이 많아졌거든.

저는 그가 보따리장사를 그만둘지 모른다는 이야기를 듣고 실망했어요. 그러면 제러마이어가 봇짐을 들고 제가 있는 곳으로 찾아오지 않을 거라는 뜻이잖아요. 그럼 어떤 일을 할 건데요? 제가 물었죠.

　장이 서는 곳을 돌아다니면서 불을 먹든지 아니면 영매라고 하면서 최면술로 돈을 뜯어내든지 하려고. 이게 또 인기 만점이거든. 젊었을 때 그 바닥을 잘 아는 여자와 손을 잡고 일을 한 적이 있었어. 보통 그렇게 남녀가 짝을 지어서 하거든. 내가 최면을 걸고 돈을 걷는 역할을 맡았고, 여자가 모슬린 베일을 쓰고 최면에 걸려서 돈을 받고 사람들에게 어디가 문제인지 중얼중얼 알려 주는 역할을 맡았었단다. 사람들이 자기 배 속을 들여다볼 수가 없으니까 거의 들킬 염려가 없었지. 내가 맞았는지 틀렸는지 알 게 뭐냐. 그런데 일이 지겨워졌는지 아니면 내가 지겨워졌는지, 여자가 배를 타고 미시시피로 내려가 버렸단다. 아니면 전도사로 변신해도 되겠다. 미국에서는 여기보다 전도사를 부르는 데가 많거든. 설교를 보통 야외나 천막 안에서 하니까 특히 여름이 되면 여기저기서 많이들 찾지. 그리고 거기 사람들은 발작을 일으키며 쓰러지고, 방언으로 이야기하고, 여름마다 한 번씩 구원받는 걸 좋아한단다. 그리고 돈을 마음껏 뿌리는 것으로 감사의 마음을 표현하지. 제대로만 한다면 전망 있고 지금보다 벌이도 훨씬 좋은 직업이야.

　아저씨가 독실한 신자인 줄 몰랐어요. 제가 말했죠.

　독실하기는. 그가 말했어요. 알고 보니 꼭 독실해야 전도사가 되는 게 아니더구나. 대부분 하느님을 믿는 마음이나 돌을 믿는 마음이나 거기서 거기였어.

　제가 그런 소리를 하다니 나쁘다고 했지만, 그는 웃기만 했어요. 사람들의 욕구를 채워 주기만 한다면야 무슨 문제겠니. 그가 말했어요. 만약 내가 그 일을 하게 되면 열과 성을 다할 거다. 신앙심은 없지만 기품 있고 목소리 좋은 전도사가 아주 독실하지만 다리를 절고 얼굴이 긴 바보보다 더 많은 신도를 모을 수 있을걸? 그는 곧바로 진지한 자세를 취하고 특유의 가락을 넣어서 이렇게 말했어요. 믿음이 신실한 자는 알지니 주님의 손 안에서는 박약한 사람도 제대로 쓰일지어다.

이미 연구를 하셨네요. 제가 말했어요. 정말 전도사 같은 말투였거든요. 그러자 그는 또 웃음을 터뜨렸어요. 하지만 잠시 후 좀 더 진지한 눈빛으로 저를 쳐다보며 제 쪽으로 몸을 기울였어요. 나랑 같이 떠나자, 그레이스. 그가 말했어요. 예감이 안 좋아.

같이 떠나자고요? 제가 물었어요. 그게 무슨 말씀이세요?

여기 있는 것보다 나하고 같이 있어야 더 안전해. 그가 말했어요.

그 말을 듣고 저는 몸을 부르르 떨었어요. 그때서야 느낀 거지만 저도 그 비슷한 기분이 들었거든요. 하지만 저는 할 일이 없잖아요.

나랑 같이 다니면 되지. 그가 말했어요. 너도 영매가 되면 어떻겠니. 내가 어떤 식으로 어떤 말을 하면 되는지 가르쳐 주고, 너한테 최면을 걸마. 네 손금을 보면 그런 데 소질이 있어. 머리를 내리면 외모도 안성맞춤이고. 내 장담하건대 그렇게 이틀만 하면 여기서 두 달 동안 바닥을 닦는 것보다 돈을 더 많이 벌 거다. 물론 이름은 바꿔야지. 프랑스나 다른 외국 이름으로. 바다 이쪽 사람들은 그레이스나 뭐 그렇게 이름이 평범한 여자에게 신비로운 힘이 있다고 하면 잘 안 믿거든. 그들 입장에서는 아는 세계보다 모르는 세계가 훨씬 놀랍고 더욱 그럴듯하지.

제가 물었어요. 그거 사기이고 속임수 아닌가요? 그러자 제러마이어가 말했어요. 연극하고 다를 게 없어. 어떤 걸 믿고 싶어 하고, 갈망하고, 그게 진실이길 바라고, 그걸 접하고 나면 기분이 좋아진다는 사람들이 있는데, 이름 같은 사소한 걸로 그들의 믿음을 거들어 주는 게 사기일까? 자선이자 인심 아닐까? 그렇게 듣고 보니 또 그럴 듯하더라고요.

저는 아버지가 지어 준 거라 별로 애착도 없으니 이름 바꾸는 건 문제 될 게 없다고 했어요. 그러자 그는 미소를 지으며 그럼 그렇게 하는 걸로 결론을 내리자고 했지요.

선생님께 솔직히 말씀드리자면 아주 솔깃했어요. 제러마이어는 이는 하얗고 눈은 까만 미남이었고, 생각해 보니 제가 이름에 J가 들어가는 남자와 결혼을 한다고 했잖아요. 돈을 벌면 그걸로 옷도 살 수 있고 잘하면 금귀걸이도 살 수 있겠다는 생각도 들었고요. 여기저기 구경도 하고, 힘들고 지저분한 일을 똑같이 반복할 필요도 없 잖아요. 그런데 문득 메리 휘트니가 겪은 일이 생각났어요. 제러마이어가 사람이 좋아 보이기는 했지만, 메리 휘트니가 대가를 치르고 알게 됐던 것처럼 외모는 믿을 만한 게 못 되잖아요. 일이 잘못돼서 제가 낯선 곳에 혼자 버려지면 어떻게 해요?

그럼 우리는 결혼을 하는 건가요? 제가 물었어요.

그럴 필요 뭐가 있겠니? 그가 말했어요. 내가 아는 한 결혼을 해서 좋을 게 하나도 없는데. 두 사람 마음이 맞으면 같이 살고, 아니면 한쪽이 떠나고 그런 거지.

그 소리를 듣고 저는 깜짝 놀랐어요. 저는 그냥 여기 있을래요. 제가 말했죠. 아무튼 결혼을 하기에도 너무 이른 것 같고요.

잘 생각해 봐라, 그레이스. 그가 말했어요. 네가 잘되길 바라는 마음에서 기꺼이 도와주고 보살펴 주려는 거야. 정말로 여기는 사방에 위험이 도사리고 있거든.

바로 그때 맥더모트가 들어왔어요. 전 그가 밖에서 우리 이야기를 엿듣고 있었는지, 그렇다면 언제부터 듣고 있었는지 궁금했어요. 무척 화가 난 얼굴이었거든요. 그는 제러마이어에게 당신 도대체 누구냐고, 이 집 부엌에서 뭐 하는 거냐고 물었어요.

제가 제러마이어는 보따리장수이고 예전부터 알던 사이라고 대답했죠. 맥더모트는 보따리를 보더니(제러마이어가 이야기를 하는 동안 보따리를 풀어 놓았어요. 물건들을 죄다 꺼내서 늘어놓지는 않았지만요.) 잘 알겠지만, 좋은 맥주와 치즈를 보따리장수 같은 건달한테 대접한 걸 알면 키니어 나리의 심기가 불편할 거라고 말하는 거예요. 나리가 어떻게 생각할지 눈곱만큼이라도 관심이 있어서 그러는 게 아니라 제러마이어를 모욕하려고 하는 소리였죠.

저는 키니어 나리처럼 인심 좋은 분이 더운 날, 선량한 사람에게 시원한 음료 한 잔 대접하는 걸 마다할 리 없다고 대답했어요. 그 말에 맥더모트의 표정이 한층 험악해졌죠. 제가 키니어 나리를 두고 좋은 소리 하는 걸 싫어했거든요.

그러자 제러마이어가 중간에서 중재를 하려고, 자기한테 셔츠가 몇 벌 있는데 중고이긴 하지만 고급 제품이라며 싸게 넘기겠다고 이야기를 꺼냈어요. 마침 맥더모트에게 딱 맞을 사이즈라고 하면서요. 맥더모트는 툴툴거렸지만 제러마이어는 셔츠를 꺼내 얼마나 괜찮은지 보여 주었어요. 제가 알기로 맥더모트는 예전에 입던 셔츠를 기우다 구멍을 냈고, 또 다른 한 벌은 축축한 채로 그냥 놔두는 바람에 곰팡이가 피어서 마침 셔츠가 필요하던 참이었어요. 저는 맥더모트가 관심을 기울이는 것을 보고 조용히 그의 몫으로 맥주 한 잔을 가지고 왔죠.

셔츠에는 'H. C.'라고 적혀 있었는데, 제러마이어가 말하길 용감한 군인이 입던 거라고 했어요. 하지만 죽지는 않았다고 했고요. 죽은 사람의 옷을 입으면 재수가 안 좋다고 하니까요. 그러면서 네 벌 값을 얘기했어요. 맥더모트가 그 가격이면 세 벌밖에 못 산다며 조금 깎아 달라고 했고, 이런 식으로 서로 옥신각신하다 결국 제러마이어가 알았다면서, 세 벌 값에 네 벌을 주겠지만 한 푼도 깎지 말라며, 이건 완전히 노상강도라고, 이런 식이면 조만간 파산하겠다고 했죠. 그러자 맥더모트는 그렇게 빡빡한 거래를 성사시켰다는 데 아주 흐뭇해했어요. 하지만 저는 제러마이어의 반짝이는 눈을 보고 그가 맥더모트한테 진 척하고 있지만 상당히 수지맞는 장사를 했다는 걸 알 수 있었죠.

선생님, 그게 재판에서 아주 크게 다루어졌던 바로 그 셔츠였어요. 그걸 두고 오락가락했던 게 첫째, 맥더모트가 보따리장수한테 샀다고 했다가 말을 바꾸어서 어느 군인한테 샀다고 했거든요. 어떻게 보면 둘 다 맞는 말이었어요. 제러마이어가 제 친구라 저를 도와서 자기한테 불리한 증언을 할 테니 맥더모트가 제러마이어를 증인석에 세우지 않으려고 말을 바꾼 것 같아요. 그리고 둘째, 신문에서 셔츠 숫자를 제대로 파악하지 못했어요. 신문에서는 석 장이라고 했지만, 사실은 넉 장이었거든요. 두 장은 맥더모트의 여행용 가방 안에 들어 있었고, 한 장은 피범벅인 채 부엌문 뒤에서 발견되었죠. 맥더모트가 키니어 나리의 시신을 처리할 때 입고 있었으니까요. 그리고 나머지 한 장은 키니어 나리가 입고 있었어요. 제임스 맥더모트가 그걸 입혔거든요. 그러니까 석 장이 아니라 넉 장인 거죠.

저는 제러마이어와 집 앞길 중간까지 같이 걸어갔어요. 맥더모트가 부엌문 앞에서 험상궂은 표정으로 쳐다보고 있었지만, 상관하지 않았죠. 주인 나리도 아니었으니까요. 헤어질 때가 되자 제러마이어는 저를 아주 진지한 눈빛으로 쳐다보며 조만간 대답을 들으러 오겠다고, 저뿐 아니라 자기를 위해서라도 그러겠다고 대답해 주면 좋겠다고 했어요. 저는 생각해 줘서 고맙다고 말했어요. 마음만 먹으면 떠날 수 있다는 걸 알고 있기만 해도 마음이 놓이고 행복했거든요.

그러고 나서 집으로 돌아오자 맥더모트가 속 시원하다고, 비열한 외국인처럼 생겨서 그 작자가 마음에 안 들었다고 했어요. 그러면서 제러마이어가 발정 난 암캐를 따라다니는 수캐처럼 킁킁거리며 제 꽁무니를 쫓아다닐 거라고 하는 거예요. 저는 워낙 추잡한 말이라 대꾸도 하지 않았고, 어쩌면 그렇게 심한 말을 할까 속으로 놀라워했어요. 그저 이제 저녁 준비를 해야 하는 시간이 됐으니 부엌에서 나가 주면 고맙겠다고 말했어요.

그리고 그제야 텃밭에 쏟아 버렸던 완두콩 생각이 나서 밖으로 가지러 나갔죠.

31

며칠 뒤에 의사 선생님이 찾아왔어요. 이름은 리드 박사님이었고,
나이가 지긋하신 분 같았어요. 사실 의사 선생님들은 심각한 얼굴을
하고 칼을 넣어 두는 가죽 가방 안에 온갖 병을 들고 다니기 때문에
나이를 잘 모르겠어요. 그리고 까마귀처럼 의사 선생님이 두셋 모여
있으면 머지않아 누가 죽는다는 뜻이에요. 다같이 모여서 그걸 의논
하고 있는 거죠. 까마귀들은 어느 부위를 잘라서 가지고 달아날까
의논하고, 의사들도 마찬가지예요.

선생님 들으시라고 하는 소리 아니에요. 선생님께서는 가죽 가방
도 없으시고 칼도 없으시니까요.

말 한 마리가 모는 마차를 타고 집 앞길로 들어서는 의사 선생님
이 보였을 때 저는 심장이 미친 듯이 쿵쾅거렸고 쓰러질 것만 같았
어요. 하지만 아래층에 저 혼자라 필요한 게 있으면 처리해야 했기
때문에 쓰러질 수가 없었죠. 낸시는 아무 도움이 안 됐어요. 2층에
누워 있었거든요.

그 전날에 저는 낸시가 새로 만드는 드레스 가봉을 돕느라 한 시간 동안 입안 가득 시침핀을 물고 바닥에 꿇어앉아 있었고, 그녀는 이리저리 몸을 돌리며 거울 속에 비친 자기 모습을 들여다보았죠. 낸시가 너무 살이 쪘다고 하자 저는 뼈와 가죽밖에 없으면 못 쓰는 법이니 살이 좀 있는 게 좋다고, 요즘 창백하고 아파 보이는 게 유행이라 아가씨들이 밥을 굶고 코르셋을 너무 꽉 조여서 코르셋을 보자마자 쓰러지지 않느냐고 했어요. 예전에 메리 휘트니가 말하길 해골을 좋아하는 남자는 없다며, 남자들은 앞과 뒤에 뭔가 잡을 것이 있는 걸 좋아한다고, 엉덩이는 크면 클수록 좋다고 했거든요. 하지만 이 말을 낸시한테 하지는 않았죠. 낸시가 만드는 드레스는 잔가지와 꽃봉오리 무늬가 있는 미국에서 건너온 크림색의 천으로 허리 아래까지 보디스*가 달려 있었고, 치마의 주름 장식은 삼 단이었어요. 저는 낸시에게 아주 잘 어울린다고 말해 주었어요.

낸시는 미간을 찌푸린 채 거울을 쳐다보며 그래도 허리에 너무 살이 쪄서 계속 이런 식이면 코르셋을 새로 사야겠다면서, 이러다 조만간 어마어마하게 뚱뚱한 생선 장수가 될 거 같다고 했어요.

저는 버터를 자꾸 찍어 먹지 않으면 그럴 가능성이 줄어들 거라는 말을 하고 싶었지만, 입을 꾹 다물었죠. 낸시는 아침 식전에 버터를 타르처럼 두껍게 바르고 나서 그 위에 자두 잼까지 얹은 빵을 반 덩어리나 먹어 치웠거든요. 그 전날에도 식료품 저장실에서 햄을 꺼내 순전히 비계만 한 덩어리 잘라서 먹더라고요.

---

* 코르셋 위에 입는 여성 옷의 하나로 가슴과 허리 둘레가 꼭 맞도록 되어 있다.

낸시는 코르셋을 조금 더 조인 다음 허리 가봉을 다시 하자고 했어요. 그런데 제가 코르셋을 조여 주었더니 속이 불편하다는 거예요. 코르셋을 워낙 꽉 조인 탓도 있지만, 그동안 먹은 게 있으니 당연히 그럴 수밖에요. 그런데 낸시는 그날 아침에도 어지럽다고 했어요. 아침을 거의 먹지도 않았고, 코르셋을 조이지도 않았는데 말이에요. 그래서 저는 무슨 일인가 싶었고, 낸시 때문에 의사 선생님이 불려왔나 보다고 생각했어요.

의사 선생님이 보였을 때 저는 빨래를 하려고 마당에서 펌프로 양동이에 물을 푸고 있었어요. 날이 맑고 건조한 데다, 햇볕이 뜨겁고 화창해서 빨래를 널면 잘 마르겠더라고요. 키니어 나리가 나와서 의사 선생님을 맞았고, 선생님이 말을 울타리에 묶은 다음 두 분이서 같이 현관으로 들어갔어요. 저는 하던 일을 계속했고 잠시 후 셔츠, 잠옷, 페티코트 같은 흰 빨래를 빨랫줄에 널었어요. 침대 시트는 없었지만요. 그러는 내내 의사 선생님이 웬일로 찾아왔을까 궁금해 했죠.

두 분은 나리의 조그만 집무실로 들어가 문을 닫았고, 저는 잠시 고민하다 책들의 먼지를 떨러 조용히 그 옆 서재로 들어갔어요. 하지만 중얼중얼하는 소리 말고는 아무것도 들리지 않더라고요.

저는 나리가 피를 토하다 숨을 거두고 제가 그런 나리를 붙잡고 목놓아 우는 등 별의별 상상을 다했어요. 그래서 집무실 문이 열리는 소리가 들렸을 때 총채와 걸레를 든 채 식당을 통해 응접실로 갔어요. 최악의 상황은 미리 알고 있는 게 좋으니까요. 나리가 리드 선생님을 현관까지 안내했고, 선생님이 말하길 이 집 식구들은 키니어 씨 얼굴을 앞으로 오랫동안 볼 수 있을 거라고, 키니어 씨가 의학 잡지를 너무 많이 읽어서 이런저런 상상을 하게 되는 거라며 잘 먹고 규칙적인 생활을 하면 걱정할 게 없다고 했어요. 하지만 간을 생각해서 술은 줄이라고 했고요. 이 소리를 듣고 저는 마음이 놓였지만, 이건 의사들이 임종을 앞둔 환자의 걱정을 덜어 주려고 할 때 하는 말이 아닌가 하는 생각이 들더라고요.

저는 옆 창문을 통해 조심스럽게 응접실 밖을 내다보았어요. 리드 선생님이 말과 마차가 있는 곳으로 걸어가는가 싶더니 숄을 두르고 머리를 반쯤 풀어 헤친 낸시가 어디에선가 나타나 선생님과 이야기를 나누었어요. 저 모르게 계단을 살금살금 내려온 모양인데, 그건 나리도 모르게 내려왔다는 뜻이기도 했어요. 나리가 어디가 아픈지 알아보려는 건가 싶었죠. 그런데 문득 생각해 보니 자기 몸이 갑자기 안 좋아져서 의논하는 것일 수도 있겠다 싶었어요.

리드 박사님은 떠났고, 낸시는 집 뒤편으로 걷기 시작했어요. 나리가 서재에서 낸시를 부르는 소리가 들렸어요. 낸시는 아직 밖에 있었고 나가서 뭘 했는지 비밀로 하고 싶을 수도 있었기 때문에 제가 대신 들어갔죠. 나리는 평소보다 몸이 안 좋은 것 같지 않았고, 책장에 잔뜩 쌓아 두었던 《랜싯》*을 읽고 있었어요. 저는 청소를 하면서 가끔 그 잡지를 들여다본 적이 있었지만, 아무리 그럴듯한 표현을 동원해도 잡지에 실리면 안 될 인체의 기능을 설명한 부분 말고는 도무지 뭐가 뭔지 모르겠더라고요.

아, 그레이스. 나리가 말했어요. 이 집의 안주인은 어디 있니?

저는 낸시가 몸이 안 좋아서 2층에 누워 있다고 하고, 필요한 게

---

* 영국의 의학 잡지.

있으면 제가 갖다 드리겠다고 했어요. 나리는 너무 번거로운 일이
아니면 커피를 좀 마시고 싶다고 했죠. 저는 번거로울 것은 전혀 없
지만, 불을 다시 지펴야 하기 때문에 시간이 걸린다고 했어요. 그러
자 나리는 되는대로 갖다 달라고 하면서 평소처럼 제게 고맙다고 했
어요.

저는 마당을 가로질러 여름용 부엌으로 갔어요. 낸시가 거기 식탁
에 앉아 있었는데 피곤하고 슬퍼 보였고 얼굴에는 핏기가 없더라고
요. 제가 이제 좀 괜찮아졌느냐고 낸시에게 물었더니 그녀는 괜찮아
졌다고 말하고 나서 거의 꺼져 가는 불을 다시 지피는 저를 보고 뭐
하는 거냐고 물었어요. 저는 나리께서 커피를 끓여서 갖다 달라고
했다고 대답했죠.

하지만 커피는 항상 내가 갖다 드리는걸. 낸시가 말했어요. 왜 너
한테 시키셨지?

저는 그녀를 찾았는데 없으니까 그러셨을 거라고 했어요. 그러면
서 몸이 안 좋은 걸 알기 때문에 일을 덜어 주려고 제가 끓여 가려는
거라고 했고요.

내가 갖다 드릴게. 낸시가 말했어요. 그리고 그레이스, 오늘 오후
에는 여기 바닥 청소 좀 해. 너무 지저분하잖아. 돼지우리에서 사는
것도 이제 지긋지긋하다.

저는 바닥이 지저분해서 청소를 하라는 게 아니라 제가 나리가 있
는 곳에 들어간 죄로 벌을 받는 거라는 생각이 들었어요. 그녀를 도
우려고 그랬을 뿐인데 정말 억울한 일이었죠.

아침에는 날이 맑고 화창했는데, 정오 무렵부터 찌는 듯이 덥고

잔뜩 찌푸린 날씨로 변했어요. 바람 한 점 없었고, 축축했고, 하늘은 누르스름하고 음울한 회색 구름으로 뒤덮였지만 뜨겁게 달구어진 금속처럼 그 뒤에서 쨍하니 반짝였어요. 이런 날에는 숨을 쉬는 것조차 어려울 때가 많죠. 평소 같으면 한낮이 되었을 때 바느질거리를 들고 밖에 앉아서 바람도 쏘이고 하루 종일 서 있느라 힘든 발을 쉬게도 해 주었을 텐데, 그 대신 무릎을 꿇고 여름용 부엌의 돌바닥을 벅벅 문지르고 있었지 뭐예요. 정말 지저분하기는 했지만 좀 더 시원한 날에 청소를 해도 되는 거였는데 말이에요. 날이 너무 더워서 달걀 프라이를 만들 수 있을 정도라 이런 말씀 드려서 무엇하지만 물에 들어갔다 나온 오리처럼 땀이 쏟아졌어요. 평소보다 파리가 많이 꼬여서 식료품 저장실에 넣어 둔 고기가 괜찮을지 걱정도 됐고요. 제가 낸시라면 그렇게 찌는 듯이 더운 날에 그렇게 큼지막한 고깃덩어리를 주문하지 않았을 거예요. 상할 게 분명한데, 그럼 얼마나 아깝고 안타깝겠어요. 그리고 고기도 좀 더 시원한 지하실에 넣어 두어야 하는 건데 말이죠. 하지만 그런 이야기를 꺼내 봐야 낸시에게 혼만 날 게 뻔했어요.

바닥이 축사만큼 더러웠고, 마지막으로 청소를 한 게 과연 언제였을까 싶더라고요. 저는 먼저 먼지를 쓸어 낸 다음, 바닥이 딱딱하니까 헌 손수건을 양쪽 무릎 밑에 받치고, 신발과 스타킹을 신고서는 일을 제대로 할 수 없으니 둘 다 벗고, 팔꿈치 위로 소매를 걷어붙인 후, 치마와 페티코트를 다리 사이로 집어넣어 뒤쪽에서 앞치마 끈으로 묶었지요. 바닥 청소를 해 본 사람이라면 누구든 알고 있겠지만, 그렇게 해야 스타킹과 옷이 더러워지는 걸 막을 수 있거든요. 저는 잘 닦이는 뻣뻣한 솔과 걸레를 들고, 저쪽 구석에서부터 문을 향해 뒤로 움직였어요. 바닥 청소를 할 때 구석으로 몰려서 난감해지지 않으려면 그렇게 해야 하지요.

뒤에서 누가 부엌으로 들어오는 소리가 들렸어요. 바람도 통하고 바닥도 더 빨리 마르라고 문을 열어 두었거든요. 저는 맥더모트일 거라고 생각했어요.

그 더러운 신발 신고 들어올 생각하지 마요. 저는 이렇게 말하고, 청소를 계속했어요.

그는 대답이 없었지만, 그렇다고 나가지도 않고 문가에 계속 서 있더군요. 문득 그가 훤히 드러난 제 지저분한 발목과 다리, 그리고 이런 표현을 써서 죄송하지만 바닥을 닦느라 꼬리를 흔드는 개처럼 앞뒤로 움직이고 있을 엉덩이를 보고 있겠다는 생각이 들었어요.

할 일 없어요? 제가 말했어요. 거기 서서 사람 빤히 쳐다보라고 월급 받는 거 아니잖아요. 어깨 너머로 고개를 돌려보니 맥더모트가 아니라 키니어 나리가 재미있는 말을 들은 사람처럼 이죽거리고 있더라고요. 저는 허둥지둥 일어나면서 한 손으로 치마를 내렸는데, 다른 손에는 솔을 들고 있었으니 드레스 위로 구정물이 뚝뚝 떨어졌죠.

죄송합니다, 나리. 저는 말은 이렇게 했지만, 자기가 누군지 알려 주었으면 좀 좋았겠냐는 생각이 들었어요.

미안해할 것 없다. 나리가 말했어요. 고양이도 여왕님을 볼 수 있다*고 하는걸. 바로 그때 낸시가 등장했어요. 안색은 하얀 분필처럼 창백했지만, 눈빛은 바늘처럼 날카로웠죠.

---

* 아무리 신분이 천한 사람이라도 그 나름대로 권리가 있다는 뜻의 '고양이도 임금을 볼 수 있다.(A cat may look at a king.)'라는 속담을 활용한 말장난.

무슨 일이야? 여기서 뭐 하는 거지? 낸시는 저를 보고 있었지만, 사실은 나리한테 하는 말이었죠.

바닥 청소를 하고 있는데요. 제가 말했어요. 아까 청소하라고 했잖아요. 그러면서 속으로는 이렇게 생각했죠. 그럼 내가 뭘 하고 있는 걸로 보여요? 춤이라도 추고 있는 것 같아요?

또 말대꾸로구나. 낸시가 말했죠. 네 그 건방진 말버릇은 이제 신물이 난다. 하지만 저는 말대꾸가 아니라 묻는 말에 대답을 한 거였어요.

키니어 나리가 사과하는 투로(하지만 나리가 뭘 잘못한 걸까요?) 말했어요. 난 그냥 커피를 한 잔 더 마시고 싶어서.

제가 끓여 드릴게요. 낸시가 말했어요. 그레이스, 넌 이제 나가.

나가라고요? 제가 말했어요. 이제 겨우 반밖에 못 닦았는데요.

아무튼 나가. 낸시가 말했어요. 저한테 몹시 화가 난 목소리였죠. 그리고 제발 머리 좀 어떻게 해라. 천박한 창녀 같아.

키니어 나리는 서재에 가 있겠다고 하고 자리를 떠났어요.

낸시는 칼로 찌르는 것처럼 화덕의 불을 쑤시며 말했어요. 입 좀 다물어. 그러다 파리 들어가겠다. 그리고 큰코다치고 싶지 않으면 앞으로도 함부로 벙긋하지 마.

저는 청소 솔과 구정물이 든 양동이를 집어 던질까 생각했어요. 젖은 머리카락이 얼굴에 딱 들러붙은 채 물에 빠진 생쥐처럼 서 있는 그녀의 모습을 머릿속으로 그려 보았죠.

그러다 문득 그녀가 왜 그러는지 감이 왔어요. 아무 때나 이상한 걸 먹고, 속이 메슥거린다고 하고, 입가가 푸르스름하게 변하고, 뜨거운 물에 불린 건포도처럼 살이 찌고, 변덕을 부리고 짜증을 내고……. 낸시는 소위 말하는 민감한 상태였어요. 홑몸이 아니었어요. 아이가 생긴 거죠.

저는 배를 얻어맞은 사람처럼 입을 떡 벌린 채 그녀를 쳐다보며 그 자리에 서 있었어요. 안 돼, 안 돼. 속으로 그런 생각이 들었어요. 심장이 망치처럼 딱딱해지는 게 느껴졌어요. 이럴 수는 없는 거야.

그날 저녁에 키니어 나리는 외출을 하지 않고 식당에서 낸시와 같이 저녁을 먹었어요. 저는 저녁을 들고 들어가 낸시의 상태를 알고 있는지 나리의 표정을 살폈죠. 하지만 모르는 얼굴이었어요. 알고 나면 나리가 어떻게 할까. 저는 궁금했어요. 낸시를 내팽개칠까? 결혼할까? 저는 알 수 없었고, 그 어느 쪽도 마음에 들지 않았어요. 낸시가 어떻게 되길 바라는 건 아니었고 쫓겨나서 대로변을 헤매다 건달들의 먹이가 되길 바라는 것도 아니었지만, 그래도 결혼반지가 있는 어엿한 유부녀가 되고 그것으로도 모자라 부잣집 마님까지 되는 건 불공평했어요. 메리 휘트니는 그랬다가 죽었잖아요. 똑같은 죄를 저질렀는데, 누구는 상을 받고 누구는 벌을 받다니 말이 안 되는 일 아니에요?

두 사람이 응접실로 자리를 옮기자 저는 평소처럼 상을 치웠어요. 그 시간까지 날이 오븐처럼 뜨거웠고, 잿빛 구름이 아직 지지 않은 해를 가리고 있었어요. 바람 한 점 없이 사방이 무덤처럼 조용했지요. 그런데 지평선에서 번갯불이 번쩍였고 천둥이 으르렁거리는 소리가 희미하게 들렸어요. 이런 날에는 자기 심장이 뛰는 소리를 들을 수가 있죠. 숨은 채로 누가 와서 찾아 주길 기다리는데, 그 사람이 누구인지는 모르는 그런 심정이라고 할까요. 저는 맥더모트와 함께 저녁을 먹으려고 촛불을 켰어요. 저녁은 차가운 로스트비프였어요. 너무 더워서 우리 둘 다 뭘 먹으려고 지지고 볶을 기운이 없었거든 요. 맥주와 그때까지 갓 구운 듯해 너무 맛있는 빵과 치즈 한두 조각 을 곁들여 거울용 부엌에서 저녁을 먹었어요. 그런 다음 서는 설거 지를 하고 그릇들을 닦아서 제자리에 넣었죠.

맥더모트는 신발을 닦고 있었어요. 그는 저녁을 먹으면서 뚱한 얼 굴로 왜 우리는 남들처럼 햇완두콩을 곁들인 스테이크 같은 제대 로 된 음식을 못 먹는 거냐고 했고, 저는 햇완두콩이 하늘에서 떨어 지는 줄 아느냐고, 두 사람 몫밖에 없으면 누구한테 선택권이 있겠 느냐고, 나는 당신이 아니라 키니어 나리의 하녀라고 했어요. 그러 자 그는 저보고 그렇게 성질 더러운 마녀처럼 구니 자기 하녀였으면 진작 잘랐다면서, 그 버릇을 고치려면 허리띠로 맞는 수밖에 없다고 했고, 저는 입만 험해서 어디에 쓰겠느냐고 했죠.

응접실에서 낸시의 목소리가 들리는 것을 보니 큰 소리로 책을 읽 고 있는 게 분명했어요. 그러면 우아해 보이는 줄 알고 그러는 거면 서 나리가 시켜서 그러는 척했죠. 나방이 들어올 텐데 그래도 응접 실 창문을 열어 놓았더라고요. 그래서 제가 있는 곳까지 낸시의 목 소리가 들렸던 거예요.

제가 촛불을 하나 더 켠 다음 맥더모트에게 이제 자러 간다고 했 더니 맥더모트는 아무 말 없이 툴툴거리다 자기 촛불을 들고 나갔어 요. 저는 부엌문을 열고 밖을 내다보았죠. 동그란 등불에서 반쯤 열 린 응접실 문틈으로 스며 나온 불빛이 복도 바닥에 조그만 무늬를 만들었고, 그 틈으로 낸시의 목소리도 들렸어요.

저는 식탁 위에 제 촛불을 놓아둔 채 조용히 걸어가 벽에 기대고 섰어요. 낸시가 읽고 있는 이야기를 듣고 싶었거든요. 예전에 메리 휘트니와 같이 읽었던 『호수의 여인』이라 옛 추억이 생각나서 슬퍼졌어요. 낸시는 가끔 더듬거리며 천천히 읽었지만, 그래도 실력이 제법 훌륭했어요.

실성한 가엾은 여자가 실수로 총에 맞고 시를 몇 줄 읊으며 죽어가는 부분이었어요. 저는 이 장면을 아주 구슬프다고 생각했는데, 키니어 나리는 생각이 다른 것 같았어요. 스코틀랜드처럼 낭만적인 곳에서는 미친 여자가 다가가야만 아무라도 꿈쩍을 하는 건지 신기하다고, 그런 여자들은 자기 몫도 아닌 화살과 총알 앞으로 뛰어드는데 덕분에 그들의 울부짖음과 고통이 끝나는 건 그나마 다행이라고 하지 뭐예요. 그것도 아니면 바다에 몸을 던지는데, 그런 속도로 계속됐다가는 그들의 시신으로 바다가 막혀서 배를 타고 다니기가 위험할 거라고도 했고요. 그러자 낸시가 나리에게 감수성이 부족하다고 했어요. 키니어 나리는 아니라고, 감수성이 부족한 게 아니라 월터 스콧 경이 숙녀들을 생각해서 책 안에 너무 많은 시신을 등장시킨 게 사실이라고, 숙녀들은 피를 보아야 직성이 풀리고 피범벅이 된 시신만큼 좋아하는 게 없다고 했어요.

낸시는 밝은 목소리로 나리에게 입 다물고 얌전히 있으라고, 안 그러면 책을 그만 읽고 피아노를 치겠다고 했어요. 그러자 나리는 웃으면서 그것만 아니면 어떤 고문이라도 견딜 수 있다고 했어요. 조그맣게 찰싹하는 소리와 옷이 끌리는 소리가 들리는 걸 보니 낸시가 나리의 무릎에 앉은 것 같았어요. 한동안 잠잠하더니 나리가 꿀을 먹었느냐고, 왜 그렇게 멍하니 앉아 있느냐고 물었어요.

저는 몸을 앞으로 기울였어요. 낸시가 이제 자기 상황을 밝히겠거니 싶어서 어느 쪽으로 결정이 날지 알고 싶었거든요. 그런데 낸시는 그런 말은 하지 않고, 하인들 때문에 심란하다고 하는 거예요.

어느 하인 말이냐고 키니어 나리가 물었어요. 그 말에 낸시는 둘 다라고 했어요. 나리는 웃더니 낸시도 하인이니 이 집에는 하인이 두 명이 아니라 세 명이라고 말했죠. 낸시는 알려 줘서 고맙다며 부엌에서 해야 할 일이 있으니 이제 나가 봐야겠다고 했어요. 그녀가 일어나려고 애를 쓰는지 부스럭거리고 낑낑대는 소리가 또 들렸어요. 나리는 또 웃음을 터뜨리며 주인님의 명령이니 그 자리에 가만히 있으라고 했고, 낸시는 씁쓸한 목소리로 그러려고 월급을 받는 것 아니겠냐고 했죠. 그러자 나리는 낸시를 달래며 하인들 때문에 왜 심란하냐고 물었어요. 일을 잘하는지, 그게 중요한 거라고, 자기는 충분한 대가를 지불하고 있으니 그만한 보상이 있기를 바랄 뿐, 신발이 깨끗하기만 하면 누가 닦든지 상관없다고 하면서요.

그러자 낸시는 일을 잘하기는 하지만 맥더모트의 경우에는 자기가 채찍을 들고 지키고 서 있어서 그런 거고, 게으르다고 나무라면 건방지게 나와서 그만두라는 말을 전했다고 했어요. 나리는 맥더모트더러 퉁명스럽고 눈썹이 시커먼 불한당이라며 처음부터 마음에 안 들었다고 했죠. 그런 다음 그레이스는 어떠냐고 물었어요. 저는 낸시가 뭐라고 하는지 듣고 싶어서 귀를 쫑긋 세웠어요.

낸시가 말하길 제가 깔끔하고 손도 빠르지만 요즘 들어 자기한테 자꾸 시비를 붙이려고 해서 저를 자를까 생각 중이라는 거예요. 그 말을 듣는 순간 제 얼굴은 삽시간에 홍당무가 됐죠. 그뿐 아니라 저를 보면 왠지 모르게 불안하다고, 큰 소리로 혼잣말을 중얼거리는 걸 몇 번 듣다 보니 정신이 똑바로 박혀 있는지 의심스럽다고 했어요.

키니어 나리는 웃으면서 그건 걱정할 것 없다고 했어요. 자기도 혼잣말을 얼마나 잘하는지 모른다면서요. 그러면서 저더러 예쁘다고, 우아한 분위기와 순수 그리스 혈통 같은 옆모습을 타고났다면서, 제가 옷을 제대로 차려입고 고개를 빳빳하게 치켜들고 입을 다물고 있으면 양갓집 규수라고 해도 다들 믿을 거라고 했어요.

낸시는 그렇게 번드르르한 소리를 그 아이 앞에서 하면 거만해지고 자기 주제를 잊을 테니 좋을 것 없다고 했어요. 그러더니 자기한테는 그런 칭찬을 한 적 없지 않느냐고 했어요. 나리가 뭐라고 중얼거렸지만 저는 못 들었고, 침묵 속에서 부스럭거리는 소리만 이어졌지요. 잠시 후 나리가 이제 잘 시간이 됐다고 했어요. 그래서 저는 얼른 부엌으로 돌아가 식탁에 앉았어요. 엿듣고 있었던 걸 낸시한테 들키면 안 될 일이었으니까요.

그런데 잠시 후 두 사람이 일어나면서 하는 소리가 들렸어요. 키니어 나리가 이렇게 말했죠. 거기 숨어 있는 거 알고 있다. 당장 나와라, 이 못된 것. 안 그러면 내가 잡으러 갈 테다…….

그러자 낸시가 웃음을 터뜨리며 조그맣게 비명을 질렀어요.

천둥소리가 점점 가깝게 들렸어요. 저는 예전부터 뇌우를 좋아한 적이 없었고, 그때도 마찬가지였어요. 저는 잠자리에 들면서 천둥소리가 들리지 않게 덧문을 닫았고, 더워서 죽을 것 같았지만 이불을 머리끝까지 뒤집어썼어요. 그러면서 잠자기는 틀렸다는 생각을 했죠. 하지만 잠이 들었고, 눈을 떠 보니 칠흑 같은 어둠 속에서 세상이 끝날 것처럼 어마어마한 소리가 귀청을 때렸어요. 우르르 쾅쾅 사나운 폭풍이 들이닥쳤고, 저는 무서워서 벌벌 떨며 침대 속에 숨어서 덧문 사이로 들어오는 번쩍이는 불빛이 보이지 않도록 눈을 감은 채 얼른 지나가게 해 달라고 기도했어요. 비가 미친 듯이 퍼부었고, 바람 때문에 집이 이를 가는 것처럼 삐걱거렸어요. 지금 당장 바다 위를 떠다니던 배처럼 둘로 갈라져서 땅 속으로 꺼질 것 같았죠. 그런데 그때, 누가 제 귀에 대고 속삭이는 소리가 들렸어요. 이럴 수는 없어. 저는 너무 무서워서 발작을 일으켰는지 정신을 잃었어요.

저는 그때 이상한 꿈을 꾸었어요. 꿈속에서 사방이 다시 조용해지자 저는 잠옷 차림으로 자리에서 일어나 방문을 열고 맨발로 겨울용 부엌을 가로질러 밖으로 나갔어요. 구름이 모두 쓸려 간 하늘 위에서 달님이 밝게 빛나고 있었고, 나뭇잎들이 은빛 깃털 같았어요. 그리고 서늘해진 대기에서 벨벳 같은 느낌이 났어요. 귀뚜라미 울음소리도 들렸죠. 가까이에 누가 있다는 걸 알아차린 찰리가 축사에서 나지막이 낑낑대는 소리도 들렸고요. 저는 물처럼 쏟아지는 달빛을 맞으며 펌프 옆에 그렇게 서 있었어요. 옴짝달싹도 못하는 사람처럼 말이에요.

잠시 후 두 팔이 뒤에서 저를 감싸 안고 어루만지기 시작했어요. 남자의 팔이었어요. 그 남자의 입이 제 목과 뺨에 열심히 키스 세례를 퍼부었고, 그의 몸은 제 등을 지그시 눌렀어요. 하지만 어린아이들이 하는 까막잡기* 비슷해서 누군지 알 수가 없었고, 제가 고개를 돌리고 볼 수도 없었어요. 흙냄새와 가죽 냄새가 나기에 보따리장수

---

* 술래가 된 사람이 눈을 가리고 다른 사람을 잡는 놀이.

제러마이어인가 싶었더니 말똥 냄새로 바뀌어서 맥더모트구나 생각
했어요. 하지만 잠에서 깨어 밀어 낼 수가 없었어요. 그런데 다시 바
뀌어서 이번에는 담배 냄새와 키니어 나리의 고급 면도용 비누 냄새
가 났죠. 저는 나리한테서 이런 행동을 거의 예상하고 있었기 때문
에 놀라지 않았어요. 이러는 내내 남자의 입은 제 목을 떠날 줄 몰랐
고, 그의 숨결이 제 머리카락을 헤치며 간질였어요. 문득 그가 이 셋
중 한 명이 아니라 다른 남자, 오래전, 심지어 어렸을 때부터 잘 알던
사이인데 요즘 들어 잊고 지낸 남자인 것 같은 느낌이 들었어요. 그
리고 이런 상황이 처음도 아닌 것 같았고요. 따뜻한 온기와 나른한
기분이 제게 스며들면서 포기하라고, 항복하라고 다그쳤어요. 포기
하는 게 버티는 것보다 훨씬 쉬울 거라고요.

그런데 그때 말 울음소리가 들렸어요. 축사에 있는 망아지 찰리가
아니라 전혀 다른 말이었어요. 어마어마한 공포가 밀려들면서 제 몸
이 얼음처럼 차가워졌고, 저는 겁에 질려 옴짝달싹 못하게 된 사람
처럼 그렇게 서 있었어요. 왜냐하면 그 말이 그냥 말이 아니라 심판
의 날에 찾아오는 청백색 말이고, 주인은 사신이었거든요. 제 뒤에
서 족쇄를 채우듯 두 팔로 저를 꼭 끌어안고 입술 없는 입으로 사랑
을 나누듯 제 목에 키스하는 사람이 바로 사신이었어요. 그런데 저
는 공포와 더불어 이상한 갈망도 느꼈어요.

이때 해가 떴는데, 평소처럼 조금씩 떠오른 게 아니라 어마어마한
빛을 뿜어내며 불쑥 솟았어요. 만약 이때 소리가 들렸다면 수많은
나팔들이 울려 대는 소리였을 거예요. 그때 저를 붙잡고 있던 팔이
녹아 없어졌어요. 저는 너무 눈이 부셨죠. 하지만 고개를 들어 보니
눈처럼 새하얗고 커다란 새 몇 마리가 집 옆의 나무와 과수원 나무

위에 앉아 있었어요. 새들이 금방이라도 튀어 올라 부수어 버릴 것처럼 웅크리고 있어서 불길하고 심상치 않았어요. 그러고 있으니 색깔만 하얀 까마귀 떼처럼 보였고요. 그런데 햇빛에 좀 적응이 되고 보니 새가 아니었어요. 사람의 모습이었고, 성서 끝부분에서 이야기하는 것처럼 옷이 피로 물든 천사들이었어요. 천사들이 거기 그렇게 앉아서 키니어 나리의 집과 그 안의 모든 사람들을 말없이 심판하고 있었어요. 그런데 문득 보니 다들 머리가 없었어요.

그 순간 꿈 속에서 저는 심한 공포로 정신을 잃었고, 눈을 떠 보니 이불을 귀까지 덮은 채 제 작은 방 침대에 누워 있었어요. 그런데 자리에서 일어나 보니(벌써 새벽이었거든요.) 잠옷 끝자락이 젖어 있었고, 발에 흙과 풀 자국이 남아 있지 뭐예요. 메리 휘트니가 죽은 날 그랬던 것처럼 정신을 놓고 밖을 걸어다닌 게 분명하다는 생각이 들면서 심장이 철렁 내려앉았어요.

저는 평소처럼 옷을 갈아입으면서 꿈 이야기는 아무한테도 하지 않기로 다짐했어요. 그 집에 믿을 만한 사람이 아무도 없었으니까요. 제가 경고라고 말해 봐야 비웃음밖에 더 당하겠어요? 그런데 물을 푸러 밖으로 나가 보니 어제 한 빨래들이 간밤의 폭풍우에 날려 나무에 걸려 있더라고요. 제가 깜빡하고 걷지 않았던 거죠. 가뜩이나 얼룩을 빼느라 무척 애를 쓴 흰 빨래인데 깜빡했다니 저답지 않은 일이었어요. 이게 불길한 예감이 들었던 또 다른 이유예요. 나무에 걸린 잠옷과 셔츠를 보니 정말 머리 없는 천사들 같았어요. 우리 옷이 거기 앉아서 우리를 심판하는 것처럼 보았지요.

이 집에 검은 그늘이 드리워져 있고 누군가 죽을 것만 같은 예감을 떨쳐 버릴 수 없었어요. 바로 그때 선택권이 주어졌다면 저는 용감하게 보따리장수 제러마이아와 함께 떠났을 거예요. 정말로 그를 따라가고 싶었고, 따라갔다면 좋았겠죠. 하지만 그가 어디로 갔는지 알 수가 없었어요.

조던 박사님은 손이 따라가기 힘든 것처럼 열심히 받아 적고 있는데, 그렇게 생기 넘치는 모습은 처음이다. 누군가에게 자그마한 기쁨을 선물했다니 기분이 좋다. 나는 속으로 그걸 다 받아 적어서 무엇에 쓰려는지 모르겠다고 생각한다.

9부

하트와 모래주머니

저녁때 제임스 월시가 피리를 가지고 들어왔고, 낸시가 나리도 안 계시니 재미있게 놀아 보자고 했어요. 그러면서 맥더모트에게 춤 잘 춘다고 몇 번씩 자랑했으니 와서 같이 춤을 추자고 했지만, 그날 저녁 내내 퉁퉁 부어 있었던 맥더모트는 싫다고 했어요. 우리는 10시쯤에 잠자리에 들었어요. 그날 밤에 저는 낸시와 같이 잤는데, 잠자리에 들기 전에 맥더모트가 말하길 그날 밤에 잠자고 있는 그녀를 도끼로 죽일 생각이라고 했어요. 저는 그날 밤은 안 된다고, 그러다 나를 치면 어떻게 하느냐고 애원했죠. 그러자 그는 이런 젠장, 그럼 내일 아침에 일어나자마자 죽여야지, 라고 말했어요. 토요일 아침에 일찍 일어나 부엌에 들어가 보니 맥더모트가 불을 지펴 놓은 상태에서 신발을 닦다 저를 보고 낸시는 어디 있느냐고 물었어요. 저는 옷을 갈아입고 있다고 대답하고, 오늘 아침에 죽일 생각이냐고 물었죠. 그러자 그는 그럴 거라고 말했어요. 저는 맥더모트, 제발 부탁인데 방에서는 죽이지 말아 달라고, 그러면 바닥이 온통 피투성이가 된다고 했지요. 그러자 그는 그럼 거기는 피하겠다고, 그녀가 방에서 나오자마자 도끼로 내려치겠다고 했어요.

—그레이스 마크스의 진술, 《스타 앤드 트랜스크립트》(토론토, 1843년 11월)

그 지하실에서 아주 끔찍한 광경이 벌어졌는데…… 제가 보기에 (낸시) 몽고메리는 죽지 않은 것 같았어요. 도끼에 맞고 그냥 기절을 한 거죠. 어느 정도 의식을 회복했는지 우리가 램프를 들고 계단을 내려갔을 때 한쪽 무릎을 꿇고 앉아 있었어요. 얼굴 위로 쏟아지는 피 때문에 앞이 안 보였을 테니 우리 얼굴을 봤는지 안 봤는지 모르겠지만, 소리는 들었는지 애원하는 사람처럼 깍지 낀 손을 들었어요.
저는 그레이스 쪽으로 고개를 돌렸죠. 그녀의 창백한 얼굴이 그 가엾은 여자보다 더 무시무시하더군요. 그녀는 울부짖거나 그러지는 않고, 손으로 이마를 짚으며 말했어요.
"나는 이제 천벌을 받을 거예요."

"그럼 더 이상 무서울 게 없겠군. 목에 걸고 있는 손수건이나 줘 보시지." 제가 말했죠.

그녀는 아무 말 없이 제게 손수건을 주었습니다. 저는 가정부를 덮쳐 무릎으로 가슴을 누른 채 손수건을 그녀의 목에 한 바퀴 돌렸고, 그레이스에게 한쪽 끝을 잡게 한 다음, 저는 제가 저지른 끔찍한 일을 마무리 짓기 위해 다른 한쪽 끝을 세게 잡아당겼죠. 그녀의 눈이 말 그대로 머리에서 튀어나왔고, 신음 소리가 한 번 들린 뒤 모든 게 끝이 났습니다. 저는 시체를 네 토막으로 자르고 큼지막한 빨래 통으로 그 위를 덮었죠.

—수재너 무디의 『개척지 생활』(1853)**에 실린, 제임스 맥더모트가 케네스 매켄지에게 한 진술**

……미인의 죽음이야말로 두말할 나위도 없이 세상에서 가장 낭만적인 주제로서……

—에드거 앨런 포, 「창작의 원리」(1846)

32

여름 더위가 예고도 없이 들이닥쳤다. 소나기가 쏟아지고 파란색의 싸늘한 호수 위로 저 멀리 한기가 도는 하얀 구름이 보이는 것이 아직도 쌀쌀한 봄인가 싶더니 갑자기 수선화가 시들고, 활짝 핀 튤립이 하품이라도 하는 것처럼 밖으로 몸을 뒤집더니 꽃잎을 떨어뜨렸다. 뒷마당과 시궁창의 구정물에서 김이 솟고, 걸어다니는 사람의 머리마다 모기 떼가 모여든다. 한낮이 되면 대기는 뜨겁게 달구어진 프라이팬 위처럼 어른거리고, 호수는 번쩍이고, 호숫가에서는 죽은 물고기와 개구리 알 냄새가 희미하게 코를 찌른다. 밤이 되면 사방에서 펄럭이는 나방들이 사이먼의 램프를 포위하는데, 그 부드러운 날개가 닿으면 매끄러운 입술이 스치고 지나간 듯한 기분이 든다.

그는 이런 변화에 멍해진다. 좀 더 단계적으로 계절이 바뀌는 유럽에서 사는 동안 이렇게 잔인한 돌변을 잊고 지냈다. 옷이 모피처럼 묵직하고, 피부는 늘 축축하게 느껴진다. 그의 몸에서 베이컨 비계와 시큼한 우유 냄새가 나는 것 같다. 아니면 그의 방에서 이런 냄새가 나는 것일지도 모른다. 한참 동안 대청소도 하지 않았고 시트도 갈지 않았다. 쓸 만한 하녀를 아직 구하지 못했기 때문인데, 험프리 부인은 여기에 들이는 노력을 아침마다 그에게 구구절절 늘어놓는다. 그녀의 주장에 따르면 짐을 싸서 나간 도라가 험프리 부인이 월급을 주지 않았고 돈이 없어서 조만간 쫓겨날 거라는 소문을 동네방네(적어도 하녀 지망생들을 상대로) 퍼뜨려 놓았다고 한다. 그리고 소령이 도망쳤다는 소문까지 퍼뜨려 놓았으니 이것이 더 수치스러운 일이라고 한다. 그녀는 그러니 이런 집에서 누가 일을 하고 싶어 하겠느냐면서 애처로운 미소를 짓는다.

그녀가 아침을 준비하면 그 집 식탁에서 같이 먹는다. 식탁에서 먹자는 그녀의 제안을 들었을 때 그는 부인이 쟁반을 직접 들고 올라오려면 굴욕적이겠다 싶어서 좋다고 했다. 오늘 사이먼은 그녀의 이야기를 귓등으로 흘려들으며 축축한 토스트와 이제는 프라이로 먹는 달걀을 뒤적인다. 프라이로 먹으면 적어도 놀랄 일이 없다.

그녀가 할 수 있는 것은 아침이 전부이다. 충격으로 인한 신경쇠약과 두통에 시달리고 있어서(그는 이렇게 진단을 내렸고 그녀에게도 이렇게 전했다.) 오후가 되면 늘 축축한 수건을 이마에 얹고 장뇌 냄새를 지독하게 풍기며 침대에 누워 있다. 그는 형편없는 여관에서 끼니를 거의 해결하지만, 그녀를 굶어 죽게 내버려 둘 수는 없기 때문에 가끔 직접 만들어 먹일 때도 있다.

어제는 시장의 욕쟁이 할멈에게 닭을 샀는데, 집으로 들고 와서 생각해 보니 털을 뽑기는 했지만 씻지는 않은 닭이었다. 그는 평생 닭이라고는 씻어 본 적이 없으니 차마 손을 대지 못하고 죽은 닭을 버릴 생각을 했다. 호숫가를 걸어가면서 팔을 잽싸게 한 번 휘두르기만 하면……. 하지만 그래 봐야 해부일 뿐이라는 생각이 들었다.

그는 닭보다 더 고약한 것도 해부한 적이 있었다. 일단 메스를 잡자 (예전에 쓰던 기구를 가죽 가방에 보관하고 있었다.) 다시 차분한 마음으로 깔끔하게 절개할 수 있었다. 이후가 더 고약했지만, 숨을 참는 것으로 무사히 견딜 수 있었다. 그는 닭을 토막 내서 튀겼다. 식탁에 앉은 험프리 부인은 몸이 조금 좋아졌다며 환자치고 제법 많이 먹었다. 하지만 설거지를 해야 할 때가 되자 다시 병이 재발하는 바람에 사이먼 혼자 도맡아야 했다.

부엌은 그가 처음 발을 들였을 때보다 훨씬 기름투성이였다. 화덕 밑에는 먼지 뭉치가, 귀퉁이에는 거미줄이, 개수대 밑에는 빵 부스러기들이 모여 있었다. 식료품 저장실에는 딱정벌레 가족이 들어앉아 있었다. 얼마나 금세 지저분해지는지 놀라운 일이었다. 노예를 쓰든지 하인을 쓰든지, 빨리 조치를 취해야 했다. 먼지도 먼지이지만, 모양새도 문제였다. 안주인과 함께 단둘이 계속 이 집에서 살 수는 없었다. 남편에게 버림받은 데다 이렇게 예민한 안주인이라니 더욱 안 될 말이었다. 사방팔방 소문이 나고 사람들이 수군대기 시작하면 아무리 근거 없는 소문이라도 그의 평판과 경력의 입지에 흠집이 생길지 모른다. 베링거 목사가 잘라 말하길 정적들은 개혁파를 깎아내릴 수만 있다면 아무리 비열한 수단도 마다하지 않을 것이며, 추문에 휩싸일 경우 즉시 해고라고 했다.

마음만 먹으면 그의 손으로 집은 어떻게 해 볼 수 있었다. 아무리 못해도 바닥과 계단을 쓸고 자기 방의 가구에 쌓인 먼지를 털 수는 있었다. 하지만 숨죽인 불행의 냄새, 한풀 꺾여 느릿느릿한 퇴락의 냄새가 축 늘어진 커튼에서 풍겨 나오고 쿠션과 가구에 찌든 것은 감출 방법이 없었다. 여름 더위가 시작되자 더 고약해졌다. 그는 도라의 쓰레받기가 달가닥거리던 소리를 떠올리며 그리워한다. 그는 이 세상의 모든 도라들을 존경하게 되었다. 그런데 그런 집안일들이 해결되길 바라는 마음과 방법을 아는 것은 별개의 문제다. 그는 어떻게 하면 하녀를 구할 수 있는지, 어떻게 하면 닭을 깨끗하게 씻을 수 있는지 그레이스 마크스에게 물어볼까 하다 참았다. 그녀의 눈에는 끝까지 전지전능한 권위자로 남아야 한다.

험프리 부인이 다시 종알거린다. 그가 토스트를 먹고 있을 때마다 종종 그렇듯 그에 대한 감사가 이야기의 주제다. 그녀는 그의 입이 가득 채워지길 기다렸다 말을 시작한다. 그의 시선이 그녀를 훑는다. 핏기 없는 달걀 모양 얼굴, 숱이 없고 푸석푸석한 머리, 바스락거리는 검은색 비단 허리, 느닷없이 등장하는 레이스 장식. 그 뻣뻣한 드레스 밑에 풀을 먹이거나 코르셋으로 모양을 잡지 않은, 물렁물렁한 살에 젖꼭지가 달린 젖가슴이 있을 것이다. 그는 햇빛이나 등불에 비친 이 젖꼭지가 무슨 색일까, 얼마나 클까 하릴없이 상상한다. 동물, 그러니까 토끼나 생쥐의 주둥이처럼 작은 분홍색의 젖꼭지. 아니면 잘 익은 건포도처럼 불그스름하거나 도토리 깍정이처럼 무언가로 덮여 있는 갈색의 젖꼭지. 상상의 나래가 펼쳐지면서 딱딱하거나 바짝 긴장한 야생의 모든 것들이 떠오른다. 사실 그가 보기에 이 여자는 매력이 없다. 이런 상상은 저절로 떠오르는 것이다. 눈이 아프다. 아직 두통까지는 아니고 묵직하다. 미열이 있나? 그는 오늘 아침에 혀가 하얗고 얼룩덜룩 하지는 않은지 거울로 살펴보았다. 상태가 안 좋은 혀는 생긴 게 익힌 송아지 고기 비슷하다. 거무스름하니 하얗고 위에 찌꺼기가 떠 있다.

그는 지금 건강한 생활을 하지 못하고 있다. 어머니 말이 맞다. 결혼을 해야 한다. 성 바울이 말했다시피 결혼을 하든지 정욕을 불같이 태워야 한다. 아니면 통상적인 방법을 찾아야 한다. 킹스턴에도 소문이 안 좋은 집들이 있지만 런던이나 파리에서 그랬던 것처럼 그런 데 들락거릴 수는 없다. 마을은 너무 작고, 그는 너무 눈에 띄고, 그의 위치는 너무 아슬아슬하고, 교도소장 부인은 너무 독실하고, 개혁파의 정적들은 너무 도처에 존재한다. 그만한 위험부담을 감수할 일이 못 되고, 여하튼 그런 곳들은 우울한 분위기를 풍기기 마련이다. 뭔가를 노리고 천을 씌운 가구에서 풍기는 촌스러운 유혹과 서글픈 과시. 너무 남발된 양단과 술 장식. 하지만 또 한편으로는 지극히 실리적이라 신속한 공정이 최우선인 북아메리카 섬유 공장의 원칙에 따라 운영되고, 그 행복이라는 것이 아무리 불쾌하고 보잘것없을지라도 최대다수의 최대만족을 추구한다. 지저분한 페티코트, 햇빛을 보지 못해 밀가루 반죽처럼 창백하고 타르가 덕지덕지 낀 선원들과 소심하게 익명으로 가끔 드나드는 정부 관료의 좀 더 반질반질한 손자국이 남은 매춘부들의 살.

그런 곳은 피하는 게 상책이다. 그런 경험은 정신적인 에너지를 쇠하게 만든다.

"어디 편찮으세요, 조던 박사님?" 험프리 부인이 나에게 묻지도 않고 따라 놓은 두 번째 찻잔을 권하며 묻는다. 그녀의 눈동자는 움직임이 없고, 녹색이고, 바다 같고, 동공이 작고 까맣다. 그는 움찔하며 깨어난다. 깜빡 졸았던 걸까?

"손으로 이마를 짚고 계셔서요." 그녀가 말한다. "머리 아프세요?"

그녀는 그가 일을 하고 있을 때 문 밖에서 필요한 게 있느냐고 묻는 버릇이 있다. 그녀는 그를 걱정하고 신경 써 주지만, 뺨을 맞고 걸어 차이고 얻어맞을 운명의 순간을 체념하고 기다리는 사람처럼 움츠러들어 있다. 하지만 그는 자기가 때리는 건 아니라고, 자기는 아니라고 속으로 억울함을 호소한다. 그는 성격이 순해서 폭발하거나 미친 듯이 날뛰거나 남을 때린 적이 한 번도 없다. 소령은 소식이 없다. 그는 조개껍질처럼 얇고 가냘픈 그녀의 맨발이 소포처럼 평범한 끈으로 묶여 있는 상상을 한다. 어디에서 이런 상상이 시작되는 걸까? 식역 너머의 무의식이 이런 특이한 포즈에 탐닉할 요량이면 끈이 아니라 적어도 은으로 된 사슬은 되어 주어야 하는 건데…….

그는 차를 마신다. 습지와 고랭이 뿌리 맛이 난다. 땅속에 얽혀 있는 뿌리. 그는 요즘 장에 탈이 나서 아편제를 먹고 있다. 다행히 수량은 넉넉하다. 이 집의 식수가 의심스럽다. 간간이 마당을 판 것 때문에 우물이 지저분해졌을지 모른다. 제법 넓은 땅을 뒤엎기는 했지만, 텃밭을 만들겠다는 계획은 무위로 돌아갔다. 땅거미와 며칠을 싸워 보니 흙처럼 뭔가 실질적인 것을 만지면 이상하게 마음이 편안해진다는 걸 알게 되었다. 하지만 이제는 날이 너무 덥다.

"이제 나가 봐야겠습니다." 오전 중에는 아무 약속이 없지만, 그는 일어나 의자를 뒤로 밀고 무뚝뚝하게 입가를 닦으며 바쁜 척한다. 방에서 일을 하려고 애를 써 봐야 소용없는 일이다. 책상 앞에 앉아 봐야 선잠을 자는 고양이처럼 계단을 올라오는 발걸음 소리에 맞춰 귀를 쫑긋 세운 채 꾸벅꾸벅 졸 뿐이다.

그는 밖으로 나가 발길이 닿는 대로 배회한다. 몸이 공기 주머니처럼 아무 목적 없이 텅 빈 기분이다. 그는 호숫가로 떠밀려 간다. 쏟아지는 아침 햇살에 맞서 실눈을 뜨고, 미지근하고 게으른 파도 속으로 미끼를 던지는 고독한 낚시꾼들을 지나간다.

그레이스를 만나면 목적의식을 발휘하고 집중할 수 있기 때문에 사정이 조금 낫다. 적어도 그레이스는 어떤 목표나 업적의 상징이다. 그런데 오늘은 그녀의 낮고 자연스러운 목소리를 들으며(어렸을 때 너도나도 좋아하는 이야기를 읽어 주던 유모의 목소리와 비슷하다.) 거의 졸 뻔했다. 연필이 바닥으로 떨어지는 소리가 그를 깨운다. 순간 그는 귀가 멀거나 가벼운 뇌졸중을 일으켰나 싶은 생각이 든다. 그녀의 입술이 움직이는 것은 보이는데, 무슨 말인지 알아들을 수 없다. 하지만 이것은 의식의 장난이다. 그는 마음만 먹으면 그녀가 한 말을 모조리 기억할 수 있다.

두 사람 사이 테이블 위에 시들시들한 하얀색의 조그만 순무가 놓여 있다. 두 사람 다 지금까지 방치하고 있던 순무다.

지적인 능력을 총동원해야 한다. 이제 그레이스의 이야기가 절정으로 치닫고 있는데, 긴장이 풀리고 무기력해져서 지난 몇 주 동안 붙잡고 있던 끈을 놓치면 안 된다. 두 사람은 이제 공백의 수수께끼, 기억이 지워진 부분으로 다가가고 있다. 모든 게 제 이름을 잃어버리는 기억상실의 숲으로 들어서고 있다. 살인 사건이 벌어지기 바로 직전의 사건들을 (날짜별로, 시간별로) 되짚고 있는 것이다. 이제는 그녀가 하는 그 어떤 말도 단서가 될 수 있다. 그녀가 보이는 그 어떤 몸짓도, 그 어떤 실룩임도. 그녀는 알고 있다. 그녀는 알고 있다. 그녀 자신은 알고 있다는 사실을 모를지 몰라도 그녀의 안 깊은 곳에 정보가 숨어 있다.

문제는 기억하는 게 많아질수록 그녀의 말이 많아지고 그의 고충도 늘어난다는 것이다. 그는 자꾸 맥을 놓친다. 그녀가 그의 기운을 빼앗아 가는 것 같다. 신이 들렸을 때 영매가 그러는 것처럼 그의 정신력을 이용해 이야기 속의 인물들을 불러내는 것 같다. 물론 이건 말도 안 되는 이야기다. 이렇게 터무니없는 상상에 빠지면 안 된다. 하지만 한밤중에 마주친 남자를 운운한 적이 있었다. 그 부분을 깜빡 놓친 걸까? 맥더모트와 키니어, 둘 중 한 명이었을 텐데. 그는 공책에 속삭임이라고 적고 그 밑에 밑줄을 세 개 그어 놓았다. 뭘 기억하고 싶었던 걸까?

사랑하는 아들아. 너무 오랫동안 네 소식을 듣지 못해 걱정이 되는구나. 아픈 게냐? 안개가 있는 곳에 세균이 있기 마련이지. 근처에 습지가 많아서 킹스턴의 생활환경이 상당히 열악하다는 것은 나도 알고 있다. 군인과 뱃사람 들은 난잡하기로 유명하니 수비대가 있는 마을에서는 아무리 조심해도 모자라는 법이란다. 이렇게 날이 더울 때는 외출하지 말고 사전에 조심해서 가능한 한 집에 있었으면 좋겠구나.

헨리 카트라이트 부인이 집안 하녀들용으로 가정용 재봉틀을 새로 구입했단다. 그런데 페이스 카트라이트 양이 거기에 취미를 붙여서 연습을 하더니 금세 페티코트 단을 박았지 뭐니. 내가 현대식 발명품에 관심이 많은 걸 알고 고맙게도 어제 직접 들고 와서 바늘땀을 보여 주었단다. 재봉틀은 그럭저럭 쓸 만하더구나. 물론 개선할 부분이 있지만(실이 엉키는 경우가 많아서 자르거나 풀어 주어야 한단다.) 이런 기계들은 처음부터 완벽한 경우가 없으니까. 카트라이트 부인이 말하길 그 집 남편도 나처럼 이런 기계를 만드는 회사의 지분을 가지고 있으면 훗날 가장 튼튼한 투자가 될 거라고 생각한다는구나. 그 남편은 어찌나 애정이 넘치고 인정이 많은 아버지인지 유일하게 살아남은 딸아이의 행복을 위해 공부를 많이 한단다.

　네가 지겨워하는 것을 알고 있으니 돈 이야기를 장황하게 늘어놓지는 않으마. 하지만 얘야, 돈이 있어야 곳간도 채울 수 있는 법이고, 돈이 있어야 남루한 생활과 안락한 생활을 가르는 편의 용품들도 살 수 있지 않겠니? 돌아가신 너희 아버지도 종종 이야기했던 것처럼 이건 하늘에서 떨어지는 물건이 아니라…….

　시간이 평소처럼 일정하게 흐르는 게 아니라 이상하게 움찔거린다. 이제 벌써 저녁이다. 사이먼은 공책을 펼쳐 놓고 책상에 앉아 점점 어두워지는 사각형의 창 밖을 멍하니 내다보고 있다. 뜨거운 저녁노을이 사라지면서 보라색 얼룩을 남겼다. 벌레들이 앵앵거리는 소리와 양서류가 꽥꽥거리는 소리로 바깥 공기가 진동한다. 그는 비를 맞은 나무처럼 온몸이 퉁퉁 부은 느낌이다. 잔디에서 시든 라일락 냄새가 난다. 햇볕에 화상을 입은 피부처럼 그슬린 냄새다. 내일은 화요일. 약속한 대로 교도소장 부인의 조그만 살롱에서 강연을 해야 하는 날이다. 무슨 말을 해야 할까? 메모나마 몇 줄 끼적이고 앞뒤가 맞는 원고 비슷한 것을 만들어야 한다. 하지만 소용없는 일이다. 오늘 밤에는 진지한 일을 할 수가 없다. 머리가 돌아가지 않는다.

　나방들이 램프를 때린다. 그는 화요일 모임 문제는 옆으로 제쳐 두고 아직 끝내지 못한 편지 쪽으로 관심을 돌린다. 사랑하는 어머니께. 제 건강은 계속 좋습니다. 카트라이트 양이 수를 놓아 어머니께 선물했다는 시계 상자를 보내 주셔서 감사합니다. 어머니 시계를 넣기에는 너무 크다고 말씀하시기는 했지만, 이렇게 선뜻 보내 주시다니 놀랐습니다. 아주 훌륭한데 말이죠. 저는 이곳 일을 조만간 끝내고…….

아들 쪽에서는 거짓말과 발뺌이 계속되고, 어머니 쪽에서는 음모와 유인이 계속된다. 그가 페이스 카트라이트 양과 끝도 없이 이어지는 그녀의 지긋지긋한 바느질에 대해 관심을 보여야 할 이유가 어디 있을까? 어머니는 편지마다 뜨개질, 바느질, 장황한 코바늘뜨기에 대해 새로운 소식을 적어 보낸다. 카트라이트 집안은 지금쯤 테이블, 의자, 램프, 피아노 할 것 없이 수많은 장식 술로 뒤덮여 사방이 활짝 핀 털실 꽃으로 변하지 않았을까 싶다. 페이스 카트라이트와 결혼해 일종의 무감각 상태로 벽난로 앞 안락의자에 갇혀, 색색의 비단실로 그를 조금씩 감아 나가는 사랑하는 아내 덕분에 누에고치 혹은 거미줄에 걸린 파리처럼 변하는 것. 어머니는 정말로 그가 이런 장면을 상상하며 마음이 동하리라 생각하는 걸까?

그는 편지지를 구겨 바닥에 내동댕이친다. 다른 편지를 쓸 것이다. 친애하는 에드워드. 건강하게 잘 지내고 있겠지? 나는 아직도 킹스턴에서 계속……. 계속 뭘 하고 있는 걸까? 그는 여기에서 정확히 무슨 일을 하고 있는 걸까? 그는 평소처럼 명랑한 투를 유지할 수가 없다. 에드워드에게 어떤 이야기를 할 수 있을까, 어떤 트로피나 상장을 보여 줄 수 있을까? 심지어 보여 줄 단서조차 없다. 그는 빈손이다. 발견한 게 아무것도 없다. 그는 지금까지 마구잡이로 걸어왔고, 그마저도 앞으로 걸었는지조차 알 수 없으며, 지금까지 아무것도 터득한 게 없다는 사실 말고는 터득한 게 아무것도 없다. 그가 어느 정도 무지한지 알게 된 것이 또 하나의 수확이라면 모를까, 나일 강의 근원을 찾으려다 허탕을 친 사람들과 다를 게 없다. 그도 그들처럼 좌절할 가능성을 염두에 두어야 한다. 갈라진 나뭇가지에 꽂혀 정글에서 날아온, 나무껍질에 휘갈겨 쓴 절망적인 편지. 말라리아로 고생 중. 뱀에게 물렸음. 약을 보내 줄 것. 지도가 틀렸음. 그는 들려줄 만한 희소식이 없다.

아침이 밝으면 기분이 괜찮아질 것이다. 기운을 낼 수 있을 것이다. 좀 서늘해지면. 지금은 잠자리에 든다. 귓속에서 벌레들이 들끓는다. 축축한 열기가 손처럼 그의 얼굴을 덮고, 그의 의식이 한순간 번쩍이다(막 생각나려던 게 무엇일까?) 잦아든다.

그는 갑자기 번쩍 눈을 뜬다. 문가에서 촛불이 어른거리고 있다. 그 뒤로 누가 서 있는 것이 가물가물 보인다. 하얀 잠옷 위로 엷은 숄을 걸친 안주인이다. 풀어 헤친 긴 머리가 촛불에 비쳐 회색으로 보인다.

그는 이불을 끌어당긴다. 잠옷을 입지 않았기 때문이다.

"무슨 일입니까?"

그가 묻는다. 화난 목소리지만, 사실은 무섭다. 물론 안주인이 무서운 게 아니라 도대체 그녀가 무슨 일로 그의 침실을 찾아왔나 싶은 것이다. 앞으로는 문을 잠가야겠다.

"조던 박사님. 주무시는데 깨워서 죄송해요." 그녀가 말한다. "그런데 무슨 소리가 들려서요. 누가 창문으로 들어오려는 소리 같았어요. 불안해서요."

그녀는 떨리는 목소리로 말하지도 않는다. 이제 보니 강심장이다. 그는 같이 내려가서 자물쇠와 덧문을 확인해 볼 테니 거실에서 기다려 달라고 말한다. 그는 그 즉시 축축한 몸에 들러붙는 가운을 주

섬주섬 챙겨 입고 발을 질질 끌며 어둠을 가로질러 문 쪽으로 걸어
간다.

이제 그만해야 하는데. 그는 속으로 중얼거린다. 계속 이럴 수는 없
는데. 하지만 뭘 시작한 게 없으니 그만할 것도 없다.

33

지금은 한밤중이지만 시간은 계속 흘러가고, 응접실에 있는 키 큰 시계 속 태양과 달처럼 돌고 돈다. 조만간 동이 틀 것이다. 조만간 날이 밝을 것이다. 나는 평소처럼 동이 트고 날이 밝는 걸 막을 수 없다. 늘 똑같은 하루가 시계처럼 찾아온다. 그제에서 시작돼 어제가 되고 그다음 오늘이 된다. 토요일. 결정적인 날. 푸주한이 오는 날.

조던 박사님한테 이날에 대해 어떤 말을 해야 할까? 이제 바로 앞까지 왔는데. 체포됐을 때 내가 무슨 말을 했는지, 매켄지 나리가 나에게 어떤 식으로 말해야 된다고 했는지, 내가 매켄지 나리에게까지 하지 않은 말이 무엇인지, 내가 재판정에서 뭐라고 했는지, 이후에 말을 바꿔 뭐라고 했는지 생각난다. 맥더모트가 나한테서 무슨 말을 들었다고 했는지, 다른 사람들이 나한테서 무슨 말을 똑똑히 들었다고 했는지도 생각난다. 자기가 각본을 미리 준비해 놓고 상대방의 입안으로 쑤셔 넣는 사람들이 있다. 그런 사람들은 박람회나 품평회에서 복화술을 보여 주는 마술사와 같고, 그들 앞에서 나는 그저 나무 인형일 뿐이다. 재판정에서도 마찬가지라, 나는 피고석에 앉아 있었지만 사기로 된 머리를 달고 안에 솜을 넣은 천 인형과 다름없었다. 나는 나라는 그 인형 속에 갇혀서 내 목소리를 내지 못했다.

나는 내가 저지른 일들의 일부분은 기억이 난다고 했다. 하지만 남들이 내가 했다고 하는 일들에 대해서는 전혀 기억이 안 난다고 했다.

그가 밤에 잠옷 차림으로 달빛을 받으며 밖에 서 있는 나를 봤다고 했을까? 그가 누굴 만나러 나간 거냐고, 남자를 만나러 나간 거냐고 물었을까? 그가 자기는 월급을 많이 주는 대가로 훌륭한 봉사 정신을 바란다고 했을까? 그가 걱정 말라고, 안주인한테는 아무 소리 하지 않겠다고, 우리 둘만의 비밀로 하자고 했을까? 그가 나에게 참 착한 아이라고 했을까?

그는 그렇게 말했을지 모른다. 아니면 내가 잠에 취한 상태였을지 모른다.

그녀가, 네가 무슨 속셈인지 내가 모를 줄 아느냐고 했을까? 그녀가 토요일에 월급을 줄 테니 나가라고, 그 길로 끝을 내면 속 시원하겠다고 했을까?

그렇다. 그녀는 그렇게 말했다.

그 말을 듣고 나는 부엌문 뒤에 웅크리고 앉아서 울었을까? 그가 나를 끌어안았을까? 내가 그러도록 내버려 두었을까? 그가 그레이스, 왜 울고 있어? 이렇게 물었을까? 내가 그 여자가 죽어 버렸으면 좋겠다고 했을까?

아니다. 나는 그런 말을 하지 않았다. 적어도 입밖으로 그런 말을 내뱉지는 않았다. 그리고 그녀가 죽기를 바라지도 않았다. 그녀가 어디 다른 데로 가 버리길 바랐을 뿐이고, 그건 그녀 입장에서도 마찬가지였다.

내가 그를 떠밀었을까? 그가 조만간 자기에 대한 생각이 바뀌게 만들어 주겠다고 했을까? 그가 아무한테도 말하지 않겠다고 약속하면 비밀을 알려 주겠다고 했을까? 만약 비밀을 지키지 않으면 쓰레기 인생이 될 거라며.

아마 그랬을지 모른다.

나는 조던 박사님에게 알려 주기 위해, 키니어 나리가 어떤 사람이었는지 열심히 기억을 더듬고 있다. 나리는 나에게 늘 잘해 주었다고 말할 작정이다. 그런데 정확히 생각이 안 난다. 사실 내가 그에 대해 품었던 수많은 상념에도 불구하고 그에 대한 기억은 희미해져 버렸다. 몇 번씩 빤 드레스처럼 해가 갈수록 희미해져서 지금은 뭐가 남았나 싶다. 희미한 무늬. 단추 한두 개. 가끔 목소리라면 모를까 눈도, 입도 생각나지 않는다. 살아 있었을 때 어떻게 생겼더라? 아무도 그걸 기록으로 남기지 않았고, 심지어 신문에서도 마찬가지였다. 그들은 맥더모트와 나의 생김새와 외모에 대해서는 별의별 이야기를 했지만, 키니어 나리에 대해서는 그렇지 않았다. 살인 사건에서는 피해자가 아니라 가해자가 되어야 한다. 그래야 더욱 주목받을 수 있다. 그런데 이제는 죽고 없으니……. 아침에 차를 가지고 들어가 보면 엉망이 된 이불로 얼굴을 가린 채 누워서 꿈을 꾸며 자고 있던 그의 모습을 떠올려 본다. 여기 이 어둠 속에 있으면 온갖 것들이 떠오르는데, 그의 모습은 전혀 떠오르지 않는다.

나는 그의 소지품을 하나씩 세며 되짚어 본다. 금제 코담뱃갑, 망원경, 소형 나침반, 주머니칼. 금시계, 내가 닦았던 은수저들, 가문의 문장이 새겨져 있었던 촛대. 나는 희망 속에서 산다. 체크무늬 조끼.
이것들 모두 어떻게 됐는지 모르겠다.

　나는 좁고 딱딱한 침대에 누워 있다. 매트리스 덮개는 까끌까끌한
아마포로 만들어져 있는데, 매트리스에 씌우는 것을 왜 시계라고 안
하고* 덮개라고 부르는지 모르겠다. 매트리스 속으로 쓰인 건초는 내
가 움직일 때마다 불꽃처럼 탁탁 튀기는 소리를 내고, 내가 뒤척이
면 쉿 쉿 하고 속삭인다. 이 방은 칠흑같이 어둡고, 불타는 심장만큼
뜨겁다. 눈을 뜨고 어둠 속을 물끄러미 쳐다보면 잠시 후에 뭔가가
보인다. 꽃은 아니면 좋겠는데……. 하지만 지금이 그 빨간 꽃이 자
랄 철이다. 공단처럼 반짝이는, 물감을 뿌린 것 같은 빨간 작약. 그들
이 자라는 땅은 공허, 텅 빈 공간과 침묵이다. 나는 나한테 뭐든 말 좀
해 봐 하고 속삭인다. 공단 같은 빨간 꽃잎을 떨어뜨리며 침묵 속에
느릿느릿 꽃을 가꾸기보다는 대화를 하는 게 낫다.
　내가 잠이 든 것 같다.

　나는 뒷복도에서 벽을 더듬으며 걷고 있다. 초록색이었던 벽지도
잘 보이지 않는다. 이건 위로 올라가는 계단, 이건 난간이다. 침실 문
이 반쯤 열려 있고, 안에서 나는 소리가 내 귀에 들린다. 빨간 꽃무늬
카펫 위의 맨발. 거기 숨어 있는 거 알아. 당장 나오지 않으면 내가
잡으러 갈 테다. 너를 붙잡으면 내가 무슨 짓을 할지 아무도 몰라.

---

* 아마포를 뜻하는 영어 단어 ticking에는 '시계가 째깍거리는 소리'라는 의미도
있다.

나는 계속 문 뒤에 꼼짝 않고 서 있다. 내 심장이 뛰는 소리가 들린다. 안 돼, 안 돼, 안 돼.

간다. 너 잡으러 간다. 너는 내 말을 들은 적이 없어, 내가 시키는 대로 한 적이 없어, 이 망할 것. 이제 혼쭐나야 해.

이건 내 잘못이 아닌데. 이제 어떻게 하지, 어디로 피하면 될까?

잠갔던 문을 열어야 해, 창문을 열어야 해, 나를 들여보내 줘야 해.

저것 좀 봐. 찢어진 꽃잎들 좀 봐. 너 무슨 짓을 한 거니?

내가 잠이 든 것 같다.

밤이고 나는 밖이다. 나무들이 있고, 오솔길이 있고, 달빛 절반이 비치는 지그재그 울타리가 있고, 내 맨발이 자갈을 딛고 있다. 하지만 집 앞쪽으로 갔더니 해가 막 지는 중이다. 집에 달린 하얀 기둥이 분홍색이고, 하얀 작약들이 사라져 가는 햇빛 아래 붉게 이글거린다. 손이 저려서 손가락 끝에 아무 감각이 없다. 푸주한에게 고기는 필요 없다고 했는데, 땅바닥과 사방에서 갓 잡은 고기 냄새가 난다.

내 손금에 재앙이 새겨져 있다. 나는 재앙을 타고난 게 분명하다. 어딜 가든 그걸 몰고 다닌다. 그가 내 몸에 손을 댔을 때 불운이 그에게로 옮겨 갔다.

내가 잠이 든 것 같다.

수탉이 우는 소리에 눈을 떠 보니 여기가 어디인지 알겠다. 여기는 응접실이다. 여기는 식기실이다. 여기는 지하실이다. 여기는 감방이고, 나는 내 손으로 단을 꿰맸을 가능성이 큰, 까끌까끌한 교도소용 담요를 덮고 누워 있다. 여기에서는 깨어 있을 때나 잠을 잘 때

입거나 쓰는 모든 것을 직접 만든다. 그래서 이 침대도 내가 만들어 그 속에 누워 있다.

아침이고, 일어나야 하는 시간이다. 오늘은 이야기를 계속해야 한다. 아니면 이야기가 그 안에 나를 싣고, 문을 꼭 닫은 채 기차처럼 울면서 무관심하게 한결같이 정해진 선로를 따라 끝까지 달려야 한다. 그러면 나는 그 벽에 몸을 던지며 비명을 지르고, 울음을 터뜨리고, 주님에게 내보내 달라고 애원한다.

이야기 한가운데 자기 자신이 들어가 있으면 그건 이야기가 아니라 난장이다. 음울한 포효, 앞을 볼 수 없는 상황, 깨진 유리와 갈라진 나무의 잔해. 회오리바람에 휩쓸린 집 혹은 빙산에 부딪히거나 급류에 휩쓸려서 승선한 어느 누구도 어쩔 도리가 없는 배처럼. 그러고 난 다음에야 이것이 이야기 비슷하게 된다. 자기 자신이나 다른 누구에게 이것을 들려줄 때.

34

사이먼은 교도소장 부인이 건네는 찻잔을 받아 든다. 그는 차를 별로 좋아하지 않지만, 이 나라에서는 차를 마시는 것이 사교계의 의무로 간주된다. 그리고 보스턴 차 사건에 얽힌 온갖 농담을 들으면서 아무렇지도 않는 듯 너그러운 미소로 응수하는 것도 역시 마찬가지이다.

그의 가벼운 병은 지나간 것 같다. 오늘은 잠이 부족하기는 하지만 컨디션이 어제보다 괜찮다. 화요일 모임의 가벼운 강연은 그럭저럭 훌륭하게 끝낸 것 같았다. 그는 먼저 지난 100년 동안 지저분한 범죄의 소굴로 변함이 없었던 정신병원의 개혁을 주장했다. 이 부분은 반응이 좋았다. 그는 그런 다음 이 분야의 지적인 분쟁과 서로 대립하고 있는 몇몇 학파에 대해 이야기했다.

그는 먼저 '육체파'를 소개했다. 이 학파에 속하는 의사들은 정신병이 장기의 문제라고 주장했다. 예를 들면 신경이나 뇌 기능장애, 뇌전증처럼 뚜렷한 유전병, 그리고 이를 테면 생식기로 통해 감염되는 등의 전염병을 원인으로 간주한 것이다. 마지막 부분에서 숙녀들을 감안해 자세한 설명을 생략했지만 모두 무슨 의미인지 알아들었다. 그다음으로 그는 딱 잘라 말하기 어려운 데 원인이 있다고 생각하는 '정신파'를 소개했다. 예를 들어 정신적인 충격의 결과는 무슨 수로 측정할 수 있을까? 육체적으로 뚜렷한 증상도 나타나지 않고, 성격이 이해할 수 없을 만큼 급격하게 바뀌지도 않는 기억상실은 무슨 수로 진단할 수 있을까? 의지는 어떤 역할을 하고, 정신은 어떤 역할을 할까? 이렇게 물었을 때 퀘넬 부인이 몸을 앞으로 기울였지만, 그가 알 수 없는 일이라고 말하자 몸을 다시 의자 등받이에 기댔다.

그러고 나서 그는 새로운 발견으로 넘어갔다. 여러 가지 잘못된 속설과 미신을 종결시킨 레이콕 박사의 브롬화물 뇌전증 치료법, 뇌 구조 연구, 여러 가지 환각을 유발하고 완화시키는 데 쓰이는 약물⋯⋯. 그는 선구적인 업적이 계속 이루어지고 있다고 말하면서 얼마 전부터 히스테리 연구에 전념하고 있는 파리의 용감한 샤르코 박사를 언급했고, 꿈을 진단의 실마리로 보고 기억상실과의 관계까지 파헤치는 연구에 자신도 앞으로 작으나마 기여를 했으면 좋겠다고 밝혔다. 이 모든 이론이 아직 시작 단계에 불과하지만 조만간 많은 것을 기대할 수 있었다. 프랑스의 유명한 철학자이자 과학자인 멘드비랑이 말했다시피 인간의 내부에는 "영혼의 지하 동굴로 뛰어들어" 파헤쳐야 하는 새로운 세계가 있는 법이었다.

그는 18세기가 물질 연구의 시대이자 계몽의 시대였다면 19세기는 정신 연구의 시대가 될 것이라고 결론을 내렸다. 그러면서 자신이 아주 작고 보잘것없게나마 지식의 발전에 기여할 수 있어서 자랑스럽다고 말했다.

날이 이렇게 미친 듯이 덥고 축축하지 않으면 얼마나 좋을까 싶었다. 강연을 마쳤을 때 그는 땀범벅이었고, 손에서 나는 눅눅한 냄새에 계속 신경이 쓰였다. 땅을 팠기 때문이다. 그는 오늘 본격적인 더위가 시작되기 전에 또다시 한바탕 땅을 팠다.

화요일 모임 회원들은 예의 바르게 박수를 쳤고, 베링거 목사는 감사하다고 했다. 그는 조던 박사님이 오늘 영광스럽게 들려주신 교훈적인 소견으로 조만간 축하 인사를 받을 날이 있을 거라고 했다. 덕분에 생각할 거리가 많아졌다고 했다. 우주는 실로 수수께끼 같은 곳이고 주님은 인간에게 이성의 축복을 내리셨으니 이해할 수 있는 한도 내에서 모든 수수께끼를 파헤칠수록 좋다고 했다. 그러면서 그렇지 않은 사람들도 있다는 뜻을 넌지시 비쳤다. 그 말에 모두 흐뭇해하는 눈치였다.

이후에 사이먼은 개인적으로 고맙다는 이야기를 들었다. 퀘넬 부인이 진심이 담긴 섬세함이 느껴지는 강연이었다고 했을 때에는 최대한 빨리 해치우는 게 목적이었던 사람으로서 살짝 죄책감을 느꼈다. 빳빳하고 바스락거리는 여름용 앙상블을 예쁘게 차려입은 리디아는 숨 돌릴 틈 없이 칭찬을 늘어놓았고, 모든 남자가 부러워할 만큼 감탄했다. 하지만 그는 그녀가 한마디도 알아듣지 못한 것 같은 느낌을 떨쳐 버릴 수 없었다.

"정말 흥미로웠습니다." 사이먼의 바로 옆에서 제롬 뒤퐁이 하는 말이다. "술과 어우러진 매춘이 우리 시대를 괴롭히는 가장 중요한 사회 병폐라는 말씀은 하지 않으시더군요."

"그런 이야기는 꺼내고 싶지 않았습니다." 사이먼이 말한다. "오늘 모인 분들을 감안해야 하니까요."

"지당하신 말씀입니다. 매춘을 밝히는 성향도 일종의 정신병으로 간주하는 우리 유럽 일부 학자들의 주장을 박사님은 어떻게 생각하시는지 궁금한데 말입니다. 그들은 그것이 히스테리와 신경쇠약증에 관련이 있다고 하죠."

"저도 알고 있습니다." 사이먼은 이렇게 말하고 미소를 짓는다. 학창 시절에 그는 굶어 죽거나 매춘을 하거나 다리 위에서 투신하는 세 가지 길밖에 없을 때, 매춘을 선택한 여자가 가장 생존 본능이 투철한 셈이니 저세상 사람이 된 나약한 다른 여자들보다 강인하고 더 사리 분별이 뛰어난 것으로 간주되어야 한다는 주장을 펼치곤 했다. 둘 다 가질 수는 없는 법이다. 여자들은 농락당한 뒤 버림받으면 미쳐 버린다고 하는데, 그렇지 않고 살아남아 이번에는 자기가 유혹하고 나서면 애초부터 제정신이 아니었던 여자가 된다. 그가 생각하기에 이것은 미심쩍은 논리였다. 이런 주장을 듣고 어떤 사람들은 그를 가리켜 냉소적이라고 했고, 또 어떤 사람들은 금욕적인 위선자라고 했다.

뒤퐁 박사가 말한다. "저는 매춘부를 살인광이나 광신도와 같은 부류로 간주합니다. 모두 내가 아닌 다른 사람을 연기하고 싶은 충동이 걷잡을 수 없이 분출된 경우죠. 연극계에서도 보면 자신이 연기하는 등장인물이 되었노라고 주장하는 배우들이 있지 않습니까? 여성 오페라 가수들이 특히 그런 경우가 많죠. 실제로 애인을 죽인 루치아*도 있고요."

---

* 이탈리아 작곡가 G. 도니체티가 쓴 오페라 「람메르무어의 루치아」의 여주인공

"흥미로운 가설입니다." 사이먼이 말한다.

"딱 부러지게 말씀은 안 하시는군요." 뒤퐁 박사가 반짝이는 검은 눈으로 사이먼을 물끄러미 쳐다보며 말한다. "하지만 여성들이 대부분 신경이 예민하고, 그렇기 때문에 암시 감응성이 높다는 건 인정하시겠죠?"

"글쎄요." 사이먼이 말한다. "일반적으로 그렇다고는 하지요."

"그래서 이를테면 최면에도 더 쉽게 걸리지 않습니까?"

아하, 사이먼은 속으로 생각한다. 또 그 이야기로군. 자, 이제 시작이다.

"이렇게 불러도 될지 모르겠습니다만, 박사님의 그 여자 환자는 어떻습니까?" 뒤퐁 박사가 묻는다. "진전이 있습니까?"

"아직 결정적인 성과는 없습니다." 사이먼이 대답한다. "몇 가지 방향으로 조사를 할까 합니다."

"박사님께서 제 방식을 시도해 볼 수 있도록 허락해 주시면 저로서는 무한한 영광이겠습니다만. 일종의 실험 내지는 실연으로 생각하시면 됩니다."

"이제 결정적인 순간이 되어 놔서요." 사이먼이 말한다. 무례한 사람으로 보이고 싶지는 않지만, 이 남자가 끼어드는 것은 싫다. 그레이스는 그의 영역이다. 발을 들여놓는 사람이 있으면 쫓아내야 한다. "그로 인해 그녀가 동요를 일으켜 몇 주 동안 조심스럽게 준비한 일이 무위로 돌아갈 수도 있습니다."

으로 계략에 의해 사랑하는 남자 대신에 다른 남자와 결혼하게 되자 절망하여 신랑을 칼로 찔러 죽인다.

"그러시다면야 박사님께서 괜찮으실 때 말씀해 주세요." 뒤퐁 박사가 말한다. "저는 최소한 한 달 이상 여기 머물 생각입니다. 가능한 한 기꺼이 돕겠습니다."

"퀘넬 부인 댁에 묵고 계시지요?" 사이먼이 묻는다.

"정말 너그러운 분이죠. 하시만 요즘 많은 사람들이 그런 것처럼 심령술에 푹 빠져 있습니다. 심령술은 정말 근거가 없는 믿음이죠. 그런데 가족과 사별한 사람들은 너무나도 쉽게 속아 넘어갑니다."

사이먼은 설명해 주지 않아도 안다고 말하려다 참는다. "그……집회라고 하면 맞을까요? 부인이 주최하는 그런 자리에 참석하신 적 있습니까?"

"한두 번 참석한 적 있습니다. 이러니저러니 해도 제가 그 댁에 묵고 있으니까요. 임상 연구를 하는 입장에서 어떤 속임수를 쓰는지 제법 관심이 있기도 했고요. 그런데 부인은 과학에 대해 마음을 닫기는커녕 합법적인 연구를 지원할 계획입니다."

"아." 사이먼이 말한다.

"부인은 저더러 마크스 양에게 신경 최면을 걸어 보라고 합니다." 뒤퐁 박사가 부드럽게 말한다. "위원회를 대신해서 말입니다. 박사님도 이의 없으시겠지요?"

망할 인간들. 사이먼은 속으로 생각한다. 저들은 나에 대해 짜증이 나기 시작한 거다. 시간이 너무 오래 걸린다고 생각하는 거다. 하지만 너무 심하게 간섭하면 다 된 밥에 재가 빠져 모든 게 수포로 돌아갈 수 있다. 왜 내가 내 방식대로 하게 내버려 두지 않는 걸까?

오늘은 화요일 모임이 있는 날이고, 조던 박사님이 그 자리에서 할 강연 준비를 해야 하기 때문에 오늘 오후에 나는 박사님을 만나지 않았다. 교도소장 부인은 일손이 부족해서 다과 준비를 도와줬으면 좋겠다며 나를 좀 써도 되겠느냐고 했다. 예전에도 종종 있었던 일인데, 말이 부탁이지 교도소에서는 알았다고 할 수밖에 없는 입장이다. 일이 끝나면 나는 진짜 하녀처럼 부엌에서 저녁을 먹을 것이다. 그 시각에 교도소로 돌아가면 저녁 식사가 이미 끝난 뒤이기 때문이다.

하지만 냉대와 싸늘한 시선과 도덕성이 어쩌고 하는 악담을 견뎌야 한다는 건 알고 있었다. 클래리나 요리사가 그럴 리는 없었다. 클래리는 말이 없기는 해도 예전부터 나를 친구처럼 생각했고, 요리사도 이제는 나에게 익숙해졌다. 그런데 2층 하녀 중 한 명이 나를 질색한다. 내가 이 집에 더 오래 있어서 요령을 알고, 리디아 아가씨와 메리앤 아가씨의 신임을 얻고 있는데 그녀는 그렇지 못하기 때문이다. 그녀는 살인이라는 둥, 목 졸라 죽인다는 둥 하는 불쾌한 표현들을 흘릴 것이다. 그리고 이 집에 와서 시간제로 세탁을 돕는 도라도 있다. 그녀는 체구가 크고 팔이 튼튼해서 젖은 시트가 든 무거운 바구니를 옮기는 데 제격이다. 하지만 예전에 일했던 집주인 부부를 어찌나 헐뜯는지 믿음직스럽지가 못하다. 그녀의 말에 따르면 그들은 월급을 제대로 준 적이 없었고, 남편이 술을 마시면 저능아보다 나을 게 없었는데 부인 눈을 시퍼렇게 만든 게 한두 번이 아니었기 때문에 보기 민망할 정도로 시끄러웠다고 했다. 부인은 툭하면 아프다고 드러누웠는데 그런 우울증과 두통이 술 때문이었다고 해도 자기는 놀라지 않겠다고 했다.

그런데 도라는 이러면서도 그 집에 잡일을 도맡아 해 주는 하녀로 다시 들어가기로 했고 이미 일을 시작했다. 요리사가 그렇게 형편없는 사람들이라면서 왜 그러느냐고 묻자 그녀는 눈을 찡긋하며 돈이 최고 아니겠냐고 대답했다. 그 집에서 하숙하는 젊은 의사가 밀린 월급을 주면서 사람을 구할 수가 없으니 제발 다시 돌아와 달라고 거의 무릎을 꿇고 사정했다는 것이다. 남편이 달아났으니 이혼녀에 극빈자나 다름없는 안주인을 대신해 기꺼이 대가를 지불한 것은 그 의사가 평화를 사랑하는 데다 조용하고 깨끗하고 깔끔한 것을 좋아하는 사람이기 때문이었다. 그러면서 도라가 말하길 돈을 내는 사람이 주인이니 앞으로는 잔소리가 심하고 까다로웠던 안주인 말을 듣지 않고 조던 박사님 말만 들을 거라고 했다.

하지만 그 의사도 썩 훌륭하지는 않다고 했다. 의사들 대부분이 그렇듯 약병이며 알약을 들고 다니는 것이 독살범 분위기를 풍기니, 자기가 그 밑에서 치료를 받는 돈 많은 할머니가 아닌 것에 대해 주님께 감사드릴 따름이지 그랬다면 오래 살지 못할 뻔했다는 것이다. 게다가 그는 마당을 파는 이상한 버릇이 있어서 지금은 뭘 심기에 너무 늦은 시기인데도 묘지기처럼 나가 온 마당을 헤집어 놓았다고 했다. 그러면서 그의 발자국을 닦고, 셔츠에 묻은 흙을 털어서 빨고, 목욕물을 데워야 할 사람이 자기가 아니겠냐고 했다.

나는 그녀가 말하는 조던 박사님이 내가 아는 조던 박사님이라는 사실을 알게 되었을 때 깜짝 놀랐다. 하지만 그 집주인 여자에 대해서 아무것도 몰랐고 그런 이야기를 처음 들었기 때문에 궁금하기도

했다. 그래서 안주인이 어떤 사람이냐고 도라에게 물었더니 그녀가 말하길 해골처럼 삐쩍 말랐고, 시체처럼 창백한 데다, 긴 머리가 하도 노래서 하얀색에 가까울 정도이며, 우아한 숙녀인 척하지만 증거는 없어도 행실이 올바르지는 않을 거라고 했다. 미친 듯이 눈을 굴리고 팔다리를 실룩거리는 습관이 있는데, 이야말로 문 뒤에서는 화끈하다는 증거라는 것이다. 그러면서 말하길 험프리 부인의 눈을 보면 남자의 바지를 벗기고야 말겠다는 의지가 불타고 있으니 조던 박사님이 조심해야 될 거라고 했다. 그 두 사람이 요즘 아침마다 식사를 같이 하는데 자기가 생각하기에는 이상한 일이라면서 말이다. 나는 그녀의 이야기를 듣고, 적어도 바지 어쩌고 하는 부분은 너무 교양이 없다고 생각했다.

그러고는 속으로 생각했다. 자기가 모시는 사람들을 뒤에서 이런 식으로 말하는데 그레이스, 너를 두고는 뭐라고 하겠니? 도라가 그 작고 핏발이 선 눈으로 나를 훔쳐보며, 유명한 살인범과 차를 마신 것을 놓고 친구들 앞에서 얼마나 선정적으로 이야기할지 연구하는 게 느껴진다. 그런 살인범은 일찌감치 밧줄에 매달아 죽이고, 푸주한이 고기를 손질하듯 의사들이 시체를 뭉텅뭉텅 잘라 버리고 남은 것은 기름 덩어리처럼 한데 뭉쳐서 엉겅퀴와 쐐기풀밖에 안 자라는 치욕스러운 무덤 속에서 썩어 문드러지도록 내버려 두어야 된다고 하겠지.

하지만 나는 평화로운 분위기를 위해 아무 말도 하지 않는다. 그녀와 싸움을 벌였다가는 누가 욕을 먹을지 잘 알고 있기 때문이다.

모임이 끝나면서 박수 소리가 들리고, 모든 강연자에게 으레 그랬던 것처럼 교훈적인 의견에 감사하다는 소리가 들리는지 귀를 쫑긋 세우고 있으라는 지시가 내려졌다. 이것이 다과를 내오라는 신호였기 때문이다. 하녀 한 명이 응접실 문 앞에서 듣고 있다 잠시 후 내려와 감사 인사가 끝났다고 했다. 우리는 20까지 센 다음 첫 번째 찻주전자와 첫 번째 케이크 쟁반을 올려 보냈다. 나는 아래층에서 계속 파운드케이크를 잘라 동그란 접시에 담았다. 교도소장 부인이 시킨 대로 장미 한두 송이로 한가운데를 장식했더니 아주 근사했다. 그러던 중에 나보고 그 접시를 들고 직접 올라오라는 지시가 내려졌다. 이상한 일이었지만, 나는 머리를 만진 다음 파운드케이크를 들고 계단을 올라가 아무 생각 없이 응접실로 들어갔다.

퀘넬 부인은 분첩 같은 머리를 하고, 나이에 비해 너무 젊은 듯한 분홍색 모슬린을 입고 있었다. 교도소장 부인은 회색 옷을 입고 있었고, 베링거 목사님은 여느 때처럼 코 밑을 내려다보고 있었으며, 조던 박사님은 강연을 하느라 지쳤는지 창백하고 힘이 없어 보였고, 내가 솜씨를 보탠 드레스를 입은 리디아 아가씨는 그림처럼 예뻤다.

그런데 살짝 미소를 머금은 채 나를 똑바로 쳐다보고 있는 사람이 있었으니 다름 아닌 보따리장수 제러마이어가 아닌가! 그는 머리와 수염을 깔끔하게 다듬고, 재단이 아주 훌륭한 모래색 정장에 조끼를 가로질러 금색 시곗줄을 드리운 채, 올더먼 파킨슨 마님 댁 부엌에서 흉내를 냈을 때 그랬던 것처럼 아주 으스대는 부잣집 나리처럼 찻잔을 들고 서 있었다. 하지만 나는 단박에 알아볼 수 있었다.

나는 너무 놀라서 살짝 비명을 질렀고, 대구처럼 입을 벌린 채 꼼짝 않고 서 있다가 쟁반을 떨어뜨릴 뻔했다. 실제로 파운드케이크 몇 조각과 장미꽃이 바닥으로 떨어졌다. 하지만 제러마이어는 그 전에 찻잔을 내려놓고, 가려운 사람처럼 집게손가락으로 코를 긁었다. 다들 나를 쳐다보느라 보지 못했겠지만, 입 다물고 아무 말도 하지 말라는 혹은 그의 정체를 밝히지 말라는 신호였다.

그래서 나는 아무 말 않고 케이크를 떨어뜨려서 죄송하다고 말하며 접시를 사이드 테이블에 내려놓고 무릎을 구부려 케이크를 앞치마에 주워 담았다. 하지만 교도소장 부인이 말했다. 신경 쓸 것 없다, 그레이스. 너를 소개시켜 드리고 싶은 분이 있거든. 그러면서 그녀는 내 팔을 잡고 앞으로 데려갔다. 이쪽은 제롬 뒤퐁 박사님이란다. 그녀가 말했다. 유명한 의사 선생님이시지. 그러자 제러마이어가 나를 향해 고개를 까딱하고 말했다. 안녕하십니까, 마크스 양. 나는 여전히 어리둥절했지만 애써 침착하게 대했다. 교도소장 부인이 그에게 말했다. 이 아이는 모르는 사람을 보면 종종 깜짝 놀란답니다. 그러고는 나를 보고 말했다. 뒤퐁 박사님은 친구분이셔. 너를 해치지 않을 거야.

그 말에 나는 웃음을 터뜨릴 뻔했지만 예, 마님, 하고 대답하고 바닥을 내려다보았다. 교도소장 부인은 머리 둘레를 재는 의사가 왔을 때 내가 하도 비명을 질러서 또 그러지 않을까 겁이 났을 것이다. 하지만 그런 걱정은 할 필요가 없었다.

제가 마크스 양의 눈을 좀 봐야겠습니다. 제러마이어가 말했다. 눈을 보면 제 방법이 효과가 있을지 없을지 알 수 있을 때가 많으니까요. 그가 내 턱을 들었고, 우리는 서로 물끄러미 쳐다보았다. 좋습니다. 그가 진짜 의사인 것처럼 진지하고 차분한 목소리로 말했다. 그저 존경스러울 따름이었다. 그러고 나서 그가 말했다. 그레이스, 최면에 걸려 본 적 있나요? 그는 이렇게 말하면서 계속 내 턱을 잡고 있었다. 나를 진정시키고 정신을 추스를 시간을 주기 위해서였다.

아뇨, 선생님. 없습니다. 나는 살짝 울컥하며 대답했다. 그게 뭔지도 몰라요.

철저하게 과학적인 방법입니다. 그가 말했다. 한번 받아 보겠어요? 그게 당신 친구들과 위원회에 도움이 된다면, 그리고 그쪽에서 받아 보는 게 좋겠다고 결정을 내린다면 말이지요. 그는 내 턱을 살짝 잡고 자기의 눈을 위에서 아래로 아주 잽싸게 움직였다. 하겠다고 대답하라는 신호였다.

제 능력이 닿는 한도 내에서 뭐든 할게요, 선생님. 내가 말했다. 그래야 한다면요.

좋습니다, 좋아요. 그는 진짜 의사처럼 거만하게 말했다. 하지만 효과를 거두려면 나를 전적으로 믿어야 합니다. 그럴 수 있겠어요, 그레이스?

베링거 목사, 리디아 아가씨, 퀘넬 부인, 교도소장 부인이 모두 응원하듯 환한 얼굴로 나를 쳐다보고 있었다. 노력할게요, 선생님. 내가 대답했다.

그러자 조던 박사님이 끼어들어 오늘은 이 정도로 충분하다고, 내가 신경이 예민해서 건드리면 좋지 않으니 신경을 써야 된다고 했다. 그러자 제러마이어는 물론이지요, 물론이지요, 했다. 하지만 득의양양한 얼굴이었다. 나는 조던 박사님을 존경하고 박사님이 나한테 잘해 주기는 했지만, 제러마이어 옆에 서 있으니 시장에서 소매치기를 당했는데 아직 모르는 딱한 사람처럼 보였다.

나로 말할 것 같으면 깔깔대며 웃을 수 있는 상황이었다. 제러마이어가 내 귀에서 동전을 꺼내고 포크를 먹는 척했던 것처럼 근사하게 사기를 쳤으니 말이다. 예전에 다들 보는 앞에서 해도 아무도 수법을 간파하지 못했던 것처럼 여기에서도 바로 면전에서 나와 계약을 맺었는데, 저들은 전혀 알아차리지 못했다.

그런데 문득 그가 예전에 최면술사로 장터를 돌아다니며 영매 노릇을 했으니 정말로 방법을 알고 있어서 나한테 최면을 걸지도 모른다는 생각이 들었다. 그러자 갑자기 고민이 됐다.

35

"내 관심사는 당신이 유죄이냐 무죄이냐 여부가 아니에요." 사이먼이 말한다. "나는 판사가 아니라 의사이니까요. 나는 그저 당신이 어떤 부분들을 기억하고 있는지 알고 싶을 뿐입니다."

두 사람은 드디어 살인의 순간에 다다랐다. 그는 재판 기록, 신문 논평, 진술서, 심지어 과장이 지나친 무디 부인의 책에 이르기까지 수중의 모든 문서를 검토했다. 그는 준비가 되어 있었고, 긴장이 되기도 했다. 그가 오늘 어떻게 하느냐에 따라 그레이스가 드디어 입을 열어 쟁여 놓았던 보물들을 쏟아 낼 수도 있고, 겁을 먹고 숨어서 조개처럼 입을 다물 수도 있다.

오늘 그가 들고 온 물건은 야채가 아니다. 그는 제임스 맥더모트가 훔친 키니어 씨의 물건과 비슷하길 바라며 베링거 목사에게 은촛대를 빌렸다. 아직 꺼내지는 않았다. 버드나무 바구니에 넣어(사실 도라에게 빌린 장바구니이다.) 의자 옆에 보이지 않게 놓아두었다. 그것으로 무엇을 할 생각인지 아직 확실하지는 않다.

그레이스는 바느질을 계속한다. 고개도 들지 않는다. "선생님, 전에는 아무도 관심이 없었어요." 그녀가 말한다. "저더러 거짓말을 한다면서 계속 더 알아내고 싶어 했죠. 변호를 맡았던 케네스 매켄지 나리는 예외였지만, 나리도 저를 믿지는 않았을 거예요."

"나는 믿을 겁니다." 사이먼이 말한다. 문득 생각해 보니 이건 상당히 엄청난 약속이다.

그레이스는 입에 살짝 힘을 주고 미간을 찌푸리며 아무 말도 하지 않는다. 그는 불쑥 묻는다. "키니어 씨는 목요일에 토론토로 떠났죠. 맞습니까?"

"예, 선생님." 그레이스가 대답한다.

"3시에요? 말을 타고?"

"정확히 3시였어요. 토요일에 돌아오실 예정이었고요. 저는 밖에서 햇볕을 받고 하얗게 마르도록 리넨 손수건에 물을 뿌리고 있었어요. 맥더모트가 말을 끌고 왔죠. 나리는 찰리를 타고 가신다고 했어요. 마차를 읍내로 보내 새로 칠을 하고 있었거든요."

"그때 당신한테 무슨 말을 했습니까?"

"'그레이스, 네가 좋아하는 애인 여기 있다. 와서 작별 인사해라.' 하셨어요."

"제임스 맥더모트 말인가요? 하지만 맥더모트는 아무 데도 안 가지 않았습니까?"

그레이스는 경멸하는 기미가 살짝 감도는 무표정한 얼굴로 그를 올려다본다. "나리는 말 이야기를 하신 거예요, 선생님. 제가 찰리를 끔찍이 좋아한다는 걸 알고 계셨거든요."

"그래서 어떻게 했습니까?"

"가서 찰리의 코를 쓰다듬어 주었죠. 그런데 낸시가 겨울용 부엌

문가에서 지켜보고 있었고, 나리가 한 말을 못마땅하게 생각했어요. 맥더모트도 마찬가지였고요. 하지만 농담이었죠. 나리가 놀리느라 그러신 거예요."

사이먼은 깊게 숨을 들이마신다. "그레이스, 당신에게 키니어 씨가 부적절하게 접근한 적이 있나요?"

그녀가 다시 그를 쳐다본다. 이번에는 희미한 미소를 짓고 있다. "부적절하다는 게 어떤 뜻인지 모르겠네요. 저한테 욕을 하신 적은 한 번도 없어요."

"손을 댄 적은 없습니까? 무례한 행동을 한 적은요?"

"일상적인 수준이었어요."

"일상적인 수준?" 사이먼은 당황스럽다. 어떤 식으로 은근히 돌려 말하면 좋을지 모르겠다. 그레이스는 새침데기 기질이 다분하다.

"보통 하녀들한테 그러는 정도였다고요. 나리는 정이 많은 분이셨거든요." 그레이스가 새침하게 말한다. "그리고 기분 내키면 인심도 크게 쓰셨고요."

사이먼은 조바심을 이기지 못한다. 그게 무슨 말일까? 몸을 허락하고 돈을 받았다는 뜻일까? "키니어 씨가 당신 옷 속으로 손을 넣었나요? 당신이 몸을 허락했나요?"

그레이스는 자리에서 일어선다.

"그런 이야기라면 지긋지긋해요. 제가 여기 있을 이유가 없네요. 선생님도 정신병원 사람들, 교도소의 목사, 더러운 상상을 하는 배널링 박사님과 다를 게 없어요!"

사이먼은 그녀에게 사과를 한다. 이렇게까지 했는데도 진척이 없다.

"제발 자리에 앉아요." 그녀가 좀 진정이 되었을 때 그가 말한다. "그날 있었던 일들을 다시 이야기해 볼까요? 키니어 씨가 목요일 오후 3시에 출발했죠. 그런 다음 어떤 일이 있었습니까?"

"낸시가 저희더러 둘 다 내일 나가라면서 줄 돈은 준비가 돼 있다고 했어요. 키니어 나리도 자기하고 생각이 같다고 했고요."

"그 말을 믿었습니까?"

"맥더모트에 관한 한은 믿었어요. 하지만 제 경우에는 믿을 수 없었지요."

"당신의 경우에는 못 믿었다?"

"낸시는 나리가 저를 자기보다 좋아하게 될까 봐 그게 두려웠던 거예요. 제가 이미 말씀드렸던 것처럼 낸시는 홑몸이 아니었는데, 남자들은 종종 그래요. 여자가 홑몸이 아닌 상태가 되면 소나 말처럼 홑몸인 여자로 상대를 바꾸죠. 만약 그렇게 되면 낸시는 사생아와 함께 길바닥으로 쫓겨나잖아요. 낸시는 키니어 나리가 돌아오기 전에 저를 내쫓으려는 게 분명했어요. 나리는 전혀 몰랐을 거예요."

"그래서 어떻게 했나요, 그레이스?"

"울었어요. 부엌에서요. 나가고 싶지 않았고, 갈 데도 없었거든요. 너무 갑작스러운 일이라 새 일자리를 찾아볼 시간도 없었어요. 낸시가 월급도 안 주고 추천서도 안 써 주면 어떻게 하나 싶어서 무서웠어요. 맥더모트도 그걸 걱정했고요."

"그래서요?" 그녀가 더 이상 말을 않자 사이먼이 묻는다.

"그때 맥더모트가 비밀이 하나 있다고 했고, 저는 아무한테도 말하지 않겠다고 약속했어요. 그런 약속을 해 버렸으니 거기에 발이 묶였죠. 그러자 맥더모트가 도끼로 낸시를 죽이고 목도 조르고, 키니어 나리가 돌아오면 나리도 총으로 쏜 다음 보석을 훔칠 생각이니 저더러 자길 돕고 같이 도망치자고 했어요. 안 그러면 제가 다 뒤집 어쓸 테니 알아서 하라면서요. 제가 그렇게 당황하지만 않았어도 그 말을 듣고 웃었을 텐데 못 그랬어요. 솔직히 말하면 우리 둘 다 나리 의 위스키를 한두 잔 마신 뒤였어요. 이러나저러나 쫓겨날 판이니 못 마실 이유가 없었거든요. 낸시도 라이츠 부인네 집에 놀러 갔으 니 우리 마음대로 할 수 있었죠."

"맥더모트가 정말 그렇게 할 거라고 생각했나요?"

"전혀요. 그리고 자기가 얼마나 좋은 사람인지 아느냐, 얼마나 능 력 있는지 아느냐고 하는 것도 술을 마시면 늘 하는 허풍이라고 생 각했어요. 우리 아버지도 그랬거든요. 그런데 또 한편으로는 진심인 것 같아서 무서웠어요. 그리고 그게 운명이라면 제가 무슨 짓을 하 던 피할 수 없을 거라는 예감도 강하게 들었고요."

"아무한테도 알리지 않았습니까? 낸시가 돌아왔을 때도 말하지 않았고요?"

"선생님, 낸시가 제 말을 믿었겠어요?" 그레이스가 묻는다. "그런 말을 하면 얼마나 황당하게 들리겠어요. 낸시는 자기한테 나가라는 소리를 들어서 제가 협박을 한다고 생각했을 거예요. 아니면 우리들 끼리 싸워서 제가 맥더모트한테 보복을 하는 거라고 생각했을 거예 요. 증거라고는 제 말밖에 없는데, 맥더모트가 딱 잡아떼면서 저더러 히스테리 부리는 웃기는 여자라고 하면 그만이잖아요. 그리고 맥더 모트가 진심이라면 그 자리에서 당장 우리 둘 다 죽일 수도 있는데, 저는 죽고 싶지 않았어요. 저로서는 나리가 돌아오실 때까지 최대한 시간을 끄는 수밖에 없었어요. 처음에 맥더모트는 그날 밤에 일을

456

저지르겠다고 했는데, 제가 말렸어요."

"무슨 수로 말렸습니까?" 사이먼이 묻는다.

"목요일에 죽이면 낸시 어디 갔느냐고 누가 물었을 때 하루하고 반나절 동안 둘러대야 할 거 아니냐고 했어요. 나중까지 기다리면 의심을 조금이나마 피할 수 있다고요."

"그렇군요." 사이먼이 말한다. "아주 현명했네요."

"놀리지 마세요." 그레이스가 점잖게 말한다. "저 지금 정말 괴로워요. 그날의 기억을 더듬어 달라고 하시니 이중으로 괴롭다고요."

사이먼은 그런 뜻으로 한 말이 아니라고 한다. 계속 사과만 하는 것 같다. "그러고 나서 어떻게 됐습니까?" 그는 부드러운 목소리로, 그리고 너무 적극적으로 느껴지지는 않게 묻는다.

"잠시 후에 낸시가 돌아왔는데 아주 기분이 좋아 보였어요. 원래 그랬죠. 짜증을 부린 다음 아무 일도 없었던 것처럼, 우리가 세상에 둘도 없는 친구사이인 것처럼……. 적어도 나리가 없을 때는 늘 그런 식이었어요. 낸시는 그런 식으로 우리한테 나가라고 하거나 심한 말을 한 적 없는 것처럼 굴었고, 모든 게 평소와 다름없었죠. 차가운 햄과 텃밭에서 딴 산파를 넣은 감자 샐러드로 우리 셋이 부엌에서 저녁을 먹었어요. 낸시는 웃으며 수다를 떨었죠. 맥더모트는 뚱한 얼굴로 아무 말도 하지 않았는데, 그게 평소 모습이었어요. 잠시 후에 낸시와 저는 같이 잠자리에 들었어요. 나리가 안 계시면 도둑이 들까 무섭다며 낸시가 항상 같이 자자고 했거든요. 낸시는 아무것도 의심하지 않았어요. 하지만 저는 방문을 잠갔는지 단단히 확인을 했죠."

"왜요?"

"예전에도 말씀드렸던 것처럼 저는 잠을 잘 때 항상 방문을 잠가요. 게다가 맥더모트가 그날 밤에 도끼를 들고 집 안으로 쳐들어오겠다는 둥 그런 헛소리를 했잖아요. 잠을 자고 있을 때 낸시를 죽이겠다면서요. 저는 실수로 저를 죽일 수도 있으니까 그러면 안 된다고 했지만, 설득하느라 힘들었어요. 그는 낸시가 자기를 쳐다보는데 죽이고 싶지는 않다고 했거든요."

"그 심정 이해가 됩니다." 사이먼이 무미건조한 목소리로 말한다. "그러고 나서 어떻게 됐습니까?"

"아, 남들이 보기에 여느 때와 다를 바 없는 금요일이 밝았어요. 낸시는 명랑하고 태평했고 잔소리를 하지 않았어요. 아니, 평소보다 덜했다고 할까요? 심지어 아침에는 맥더모트도 평소처럼 뚱하지 않았어요. 제가 계속 그렇게 우거지상을 하고 있으면 낸시가 무슨 꿍꿍이속인가 의심할지도 모른다고 했거든요.

한낮이 됐을 때 낸시의 부탁으로 제이미 월시가 피리를 들고 왔어요. 낸시가 말하길 나리가 없으니 축하하는 의미에서 우리 다 같이 잔치를 벌이자고 했거든요. 뭘 축하하자는 건지 알 수 없었지만, 낸시는 기분이 좋을 때면 아주 명랑해져서 노래 부르고 춤추는 걸 좋아했어요. 우리는 구워서 차갑게 식힌 닭고기를 먹고 맥주로 입가심을 하며 맛있게 저녁 식사를 했죠. 낸시가 피리를 불어 달라고 하자 제이미가 저에게 듣고 싶은 노래가 있느냐며 저를 챙기고 살갑게 굴었는데, 맥더모트는 그걸 보더니 못마땅해하면서 토할 것 같으니 저한테 추파를 보내지 말라고 했어요. 그 말에 가엾은 제이미는 얼굴이 홍당무가 됐죠. 그러자 낸시가 맥더모트에게 놀리지 말라고, 당신은 어렸을 때가 생각이 나지 않느냐고 했고, 제이미더러 자기가 그런 건 잘 아는데 너는 커서 미남이 될 거라고, 인상을 쓰고 입을 내

458

밀고 다니는 맥더모트보다 훨씬 미남이 될 거라고, 어쨌거나 행동이 멋져야 멋진 사람이라고 했어요. 이 말을 듣고 맥더모트가 정말 가증스럽다는 눈빛으로 그녀를 노려보았는데, 그녀는 못 본 척했죠. 그러고는 저더러 지하실에 가서 위스키를 좀 더 가지고 오라고 했어요. 2층 유리병에 있던 술을 다 비운 뒤였거든요.

그런 다음 우리는 웃고 떠들며 노래를 불렀어요. 아니, 낸시가 웃고 떠들며 노래를 불렀고, 제가 거들었다고 해야겠죠. 둘이서 「트랄리의 장미」를 부르는데 메리 휘트니 생각이 나면서 곁에 있으면 얼마나 좋을까 싶었어요. 메리 휘트니라면 어떻게 하면 되는지 알 테고, 제가 이 곤경에서 빠져나올 수 있도록 도와줄 테니까요. 맥더모트는 험악한 분위기를 풍기며 노래도 부르지 않았고, 낸시가 얼마나 춤을 잘 추는지 자랑했던 걸 보여 줄 수 있는 기회라며 아무리 재촉해도 꿈쩍하지 않았어요. 낸시는 우리 모두 친구인 척하길 바랐는데, 맥더모트는 전혀 협조를 하지 않았죠.

어느 정도 시간이 지나자 분위기가 시들해졌어요. 제이미가 피곤하다고 했고, 낸시는 이제 잠자리에 들 시간이라고 했죠. 맥더모트는 제이미를 벌판 너머 집까지 바래다주겠다고 했어요. 분명히 들어갔는지 확인하려고 그랬던 것 같아요. 맥더모트가 돌아왔을 때 낸시와 저는 벌써 2층 나리의 침실로 들어가 문을 잠근 상태였죠."

"키니어 씨의 침실이라고요?" 사이먼이 묻는다.

"낸시가 그러자고 했어요." 그레이스가 말한다. "나리 침대가 더 넓은 데다 여름에 더 시원하고, 제가 옆 사람을 발로 차는 잠버릇이 있다면서요. 게다가 우리가 침대를 정리하니까 나리는 모를 거라고 했죠. 만에 하나 알게 되더라도 상관하지 않을 테고, 하녀 둘이 자기 침대에서 같이 잤다는 걸 오히려 좋아할 거라고도 했어요. 위스키를 몇 잔 마신 뒤라 아무 생각 없이 나오는 대로 말을 하더라고요.

저는 어쨌든 낸시에게 경고를 했어요, 선생님. 낸시가 머리를 빗고 있었을 때 맥더모트가 당신을 죽이고 싶어 한다고 전했거든요. 낸시는 웃더니 그렇겠지, 하고 말했어요. 나도 그 인간을 죽이고 싶거든. 우린 서로 증오하잖아. 그는 진심이에요, 하고 제가 말했어요. 그 인간은 뭐든 진심인 게 없잖아, 하고 낸시가 명랑한 목소리로 말했어요. 늘 큰소리치고 자랑하고, 전부 다 허풍이야.

그래서 저는 낸시를 구할 방법이 없겠구나, 생각했어요.

낸시는 침대에 눕자마자 잠이 들었어요. 저는 밖에서 목욕하는 여자, 공작 깃털 부채를 든 여자, 이렇게 그림 속의 벌거벗은 두 여자가 저를 쳐다보는 가운데 촛불을 하나 켜 놓고 머리를 빗었어요. 두 여자가 저를 보며 기분 나쁘게 웃고 있었어요."

"그날 밤 꿈에 메리 휘트니가 나왔어요. 처음이 아니라 예전에도 나온 적이 있었는데, 말은 한 마디도 하지 않았어요. 골치 아픈 일이 생기기 전에 늘 그랬던 것처럼 빨래를 널면서 웃든지 사과를 반으로 가르든지 다락방 빨랫줄에 넌 시트 뒤로 숨든지 했죠. 그런 꿈을 꾸고 일어나면 메리 휘트니가 멀쩡하게 살아 있는 것 같아서 위로가 되곤 했어요.

하지만 이건 다 옛날 장면이었잖아요. 그런데 이번에는 제가 자고 있던 방, 키니어 나리의 침실로 찾아왔어요. 땅속에 묻혔을 때처럼 머리를 풀어 헤친 채 잠옷 차림으로 침대 옆에 서 있었어요. 그리고 왼쪽에 달린 빨간 심장이 하얀 잠옷 밖으로 비쳐 보였어요. 그런데 다시 보니 심장이 아니라 제가 빨간 펠트 천을 가지고 그녀에게 크리스마스 선물로 만들어 준 바늘 쌈지였어요. 관 속에 같이 넣은 다음 그 위를 꽃다발과 꽃잎으로 덮었던 그 바늘 쌈지요. 메리 휘트니가 그걸 계속 가지고 있어서, 나를 잊지 않아서 기뻤어요.

손에 유리잔을 들고 있었는데, 그 안에 갇힌 개똥벌레가 차가운 초록색으로 반짝이고 있었어요. 잠시 후 그녀가 백지장처럼 하얀 얼굴로 저를 보며 미소를 지었지요. 그러다 유리잔을 막고 있던 손을 치우자 개똥벌레가 밖으로 나와 방 안을 이리저리 휙휙 날아다녔어요. 이게 메리 휘트니의 영혼이었는데, 나가는 길을 찾고 있었지만 창문이 닫혀 있었고, 잠시 후 정신을 차리고 보니 어디로 갔는지 보이지 않더라고요. 이때 저는 잠에서 깨어났고, 슬픔의 눈물이 뺨을 타고 흘러내리고 있었어요. 메리 휘트니가 다시 사라졌으니까요."

"낸시의 숨소리를 들으며 어두컴컴한 그곳에 누워 있는데, 좋건 싫건 앞으로 길고 힘든 길을 걸어야 하고 언제 그 길이 끝날지 아무도 모르는 것처럼 심장이 쿵쾅거리는 소리가 제 귀에 들렸어요. 그런 꿈을 또 꿀 것 같아서 다시 잠을 자기가 무서웠어요. 정말로 그런 꿈을 또 꾸었으니 쓸데없는 걱정이 아니었죠.

이번에는 제가 한 번도 가 본 적 없는 곳을 걷고 있었어요. 바다 건너편에 있는 제 고향처럼 사방이 높은 돌담이고, 우중충하고 을씨년스러웠어요. 회색 돌멩이들이 땅바닥에서 굴러다녔고, 자갈 사이로 작약이 자라고 있었고요. 덜 익은 사과처럼 작고 딱딱한 봉오리가 맺혀 있었는데, 갑자기 그 봉오리들이 벌어지면서 공단처럼 반들반들한 꽃잎이 달린, 짙은 빨간색의 큼지막한 꽃이 피었어요. 그러다 잠시 후에는 바람에 꽃잎이 흩어져 땅바닥으로 떨어졌죠.

색만 빨갛다 뿐, 제가 키니어 나리 댁을 찾아갔던 첫날, 낸시가 꽃을 자르고 있었던 그날, 앞마당에 피어 있던 작약과 똑같았어요. 꿈속에 등장한 낸시는 그때처럼 치마 부분에 삼단 주름 장식이 달린 분홍색 장미 봉오리 무늬의 옅은 색 드레스를 입고, 밀짚 보닛으로 얼굴을 가리고 있었어요. 꽃을 담을 납작한 바구니도 들고 있었고요. 그러다 고개를 돌렸고, 놀란 것처럼 목에 손을 갖다 댔어요.

잠시 후 저는 다시 자갈이 깔린 앞마당으로 돌아와서 걷고 있는데, 파란색과 하얀색 줄무늬의 신발 앞부리가 치맛자락 속으로 들어갔다 나왔다 했어요. 처음 보는 치마인데, 그 치마를 보는 순간 마음이 무겁고 쓸쓸했어요. 그런데 작약들이 자갈 사이에서 계속 고개를 내밀었고, 저는 이상하다는 생각을 했어요. 손을 내밀어 한 송이를 건드려 보니 바스락거리는 느낌이 났어요. 조화였던 거죠.

잠시 후, 저 앞에서 머리카락은 앞으로 쏟아지고 눈 위로 피가 흐르는 낸시가 무릎을 꿇고 앉아 있는 게 보였어요. 낸시가 목에 두르고 있는 파란 니겔라 꽃무늬의 하얀색 면 손수건은 제 것이었어요. 낸시는 고개를 들고 살려 달라며 제 쪽으로 손을 내밀고 있었고요. 귀에는 예전에 제가 탐을 냈던 조그만 금귀걸이를 걸고 있었죠. 저는 달려가서 그녀를 일으켜 주고 싶었지만, 그럴 수가 없었어요. 제 것이 아닌 양, 두 발이 계속 일정한 속도로 걷고 있었거든요.

낸시가 무릎을 꿇고 앉아 있는 곳에 제가 거의 다다랐을 때 그녀가 미소를 지었어요. 두 눈은 피와 머리카락에 가려 보이지 않았고 입으로만 웃었는데, 잠시 후 낸시가 여러 색 파편으로 흩어지고 빨간 천으로 만들어진 꽃잎들이 자갈 너머로 날려 갔어요.

그러다 갑자기 주변이 어두워졌고, 촛불을 든 남자가 위로 올라가는 계단을 막고 서 있었고, 지하실 벽이 사방을 에워싸고 있어서, 전다시는 빠져나가지 못하겠다는 생각이 들었어요."

　　"사건이 있기 전에 이런 꿈을 꾸었다고요?" 사이먼이 묻는다. 그는 미친 듯이 받아 적고 있다.

　　"예, 선생님." 그레이스가 대답한다. "그리고 그 뒤로도 수없이 꾸었어요." 그녀의 목소리는 이제 속삭임으로 바뀌었다. "그래서 제가 옮겨진 거예요."

　　"옮겨졌다고요?" 사이먼이 재촉하듯 묻는다.

　　"정신병원으로요. 여러 악몽을 꿔서요." 그녀는 바느질감을 내려놓고 자기 손을 내려다보고 있다.

　　"단지 꿈 때문에 그랬단 말인가요?" 사이먼이 부드러운 목소리로 묻는다.

　　"사람들 말로는 꿈이 아니라고 했어요. 제가 멀쩡히 깨어 있었대요. 그런데 그 이야기는 더 이상 하고 싶지 않아요."

36

"토요일이 되었을 때 저는 새벽에 눈을 떴어요. 집 밖 닭장에서 닭이 울고 있었어요. 누가 자기 목을 조르는 것처럼 까마귀 비슷하게 쉰 목소리로 꺽꺽대기에 저는 속으로 너도 조만간 스튜가 될 신세인 것을 알고 있구나 생각했죠. 수탉한테 한 말이기는 하지만, 낸시한테 한 말이기도 하다는 걸 부인하지는 않겠어요. 잔인하게 들릴 테고, 실제로 잔인한 생각이었을지도 모르겠지만요. 저는 머리가 어지러웠고, 제가 실제로 존재한다기보다 그저 몸속에 들어앉아 있는 것처럼 저 자신과 분리된 듯한 기분이었어요.

솔직히 괴상한 생각이었다는 것을 저도 알아요, 선생님. 지금까지 아무한테도 이야기하지 않았으니 마음만 먹으면 얼마든지 감출 수 있었지만, 거짓말을 하거나 숨기지 않겠어요. 제가 겪었던 일을 있는 그대로 모두 말씀드리고 싶고, 저는 실제로 그런 생각을 했으니까요.

낸시는 아직 자고 있었고, 저는 깨우지 않으려고 조심했어요. 푹 자는 게 좋을 테고, 늦게 일어날수록 낸시나 저한테 나쁜 일이 벌어질 때까지 시간을 벌 수 있을 테니까요. 나리의 침대에서 살그머니 빠져나오는데 낸시가 신음 소리를 내며 뒤척였고, 저는 그걸 보며 나쁜 꿈이라도 꾸고 있나 보다고 생각했어요.

전날 밤에 겨울용 부엌 옆에 있는 제 방에서 잠옷으로 갈아입은 다음 제 촛불을 들고 2층으로 올라왔기 때문에 제 방으로 내려가서 평소처럼 옷을 갈아입었어요. 모든 게 똑같았지만 똑같지 않았고, 세수를 하고 머리를 빗으러 나가 보니 부엌 개수대 위 거울에 비친 제 얼굴이 제 얼굴 같지 않았어요. 전보다 더 동그랗고 하얘진 얼굴과 깜짝 놀란 것처럼 휘둥그렇게 뜬 두 눈이 저를 빤히 들여다보고 있어서 거울을 쳐다보고 싶지 않더라고요.

부엌으로 들어가서 창에 달린 덧문을 열었어요. 전날 밤에 썼던 잔이며 그릇 들이 식탁 위에 고스란히 놓여 있었는데, 거기 앉아서 먹고 마시던 사람들이 모두 갑작스러운 사고를 당하고 제가 오랜 시간이 지난 뒤에 우연히 이 광경을 마주친 것처럼 너무나 외롭고 쓸쓸하게 보였어요. 이런 생각이 들었을 때 얼마나 슬펐는지 몰라요. 저는 컵과 접시를 주섬주섬 모아서 식기실로 들고 갔어요.

다시 부엌으로 돌아와 보니 은막이 씌워진 것처럼, 부드러운 서리가 내린 것처럼, 납작한 돌 위로 얕게 물이 흐르는 것처럼 이상한 빛이 감돌고 있었어요. 그러다 눈이 번쩍 뜨이면서 주님이 이 집을 찾아오셨고, 이것이 천국을 감싸고 있는 은빛이라는 생각이 들었어요. 주님은 어디에든 계시니 막을 수 없고, 주님은 모든 것의 일부분이라 아무리 담을 쌓고 사방에 벽을 세우고 문을 달고 창문을 닫아도 공기를 가르듯 걸어 들어오실 수 있으니 이 집에도 찾아오신 거죠.

제가 무슨 일로 오셨나요, 하고 물어도 주님은 아무 대답 없이 계속 은빛으로 계셨어요. 그래서 저는 소젖을 짜러 밖으로 나갔죠. 주님은 말린다고 듣거나 이유를 알려 주는 분이 아니기 때문에 하던 일을 계속하는 수밖에 없거든요. 주님 앞에서 이렇게 해라, 저렇게 해라, 이런 건 있어도 왜냐하면, 이런 건 없잖아요.

착유 통을 들고 부엌으로 돌아와 보니 맥더모트가 있었어요. 신발을 닦고 있더라고요. 낸시 어디 있지? 그가 물었어요.

옷 갈아입고 있어요. 제가 대답했어요. 오늘 아침에 죽일 생각인가요?

웅. 그가 말했어요. 망할 것, 지금 당장 도끼를 들고 가서 머리를 후려칠 거야.

저는 그의 팔을 잡고 얼굴을 올려다봤어요. 정말 그럴 생각은 아니죠, 설마 그렇게 끔찍한 일을 저지르지는 못하겠죠. 그런데 그는 제 말뜻을 알아듣지 못하고 자기를 비웃는 걸로 착각했어요. 자기를 겁쟁이라고 놀린다고 생각했죠.

내 능력이 어느 정도인지 잠시 후면 알게 될 거야. 그가 화난 목소리로 말했어요.

제발 방에서는 죽이지 말아줘요. 제가 말했어요. 그럼 바닥이 피투성이가 되잖아요. 멍청한 소리였지만 그때 퍼뜩 든 생각이 그거였어요. 선생님도 아시다시피 그 집 바닥 청소가 제 담당인데 낸시의 방에는 카펫이 깔려 있었거든요. 카펫에 든 핏물은 뺀 적이 없지만 다른 데 든 핏물을 빼 봐서 아는데, 콧방귀를 뀔 만한 일이 아니에요.

맥더모트는 반편 대하듯 한심스러워 하는 눈빛으로 저를 쳐다보았는데, 사실 제가 반편이 같은 소리를 하기는 했죠. 잠시 후 그가 집 밖으로 나가서 두꺼운 도마 옆에 있던 도끼를 들고 왔어요.

저는 뭘 어쩌면 좋을지 생각이 나지 않았어요. 그래서 산파를 따러 텃밭으로 나갔죠. 낸시가 아침으로 오믈렛을 주문했거든요. 일찍 꽃을 피운 상추 위에서 달팽이들이 레이스를 뜨고 있었어요. 저는 무릎을 꿇고 앉아서 달팽이들을, 더듬이 위에 달린 그 눈을 쳐다보았어요. 그러다 산파를 따려고 손을 내밀었는데, 제 손이 아니라 그냥 껍질이나 살갗이고 그 안에서 다른 손이 자라고 있는 것 같은 기분이 들지 뭐예요.

저는 기도를 하려고 했지만 말이 나오질 않았어요. 낸시가 불행해지길 바랐기 때문에, 정말로 죽길 바랐기 때문에 그랬던 것 같아요. 하지만 그때는 그렇지 않았는데……. 그런데 주님이 이집트를 휩쓴 죽음의 천사처럼 바로 거기 계셨는데 기도를 할 필요가 뭐가 있었겠어요. 주님의 차가운 숨결이 느껴졌고, 제 심장 속에서 주님의 검은 날개가 퍼덕이는 소리가 들렸는걸요. 저는 주님이 어디에든 계시니 부엌에도 있고, 맥더모트 안에도 있고, 그의 손 안에도 있고, 도끼에도 있겠다는 생각을 했어요. 그러자 안에서 묵직한 문이 닫히는 것처럼 둔탁한 소리가 들렸고, 그 이후로 당분간 벌어졌던 일들이 기억이 나지 않아요."

"지하실에 대해서도요?" 사이먼이 묻는다. "맥더모트가 낸시의 머리채를 잡고 뚜껑 문 쪽으로 끌고 가서 그 밑으로 던진 것도요? 진술서에는 그렇게 적혀 있던데요."

그레이스는 두 손으로 관자놀이를 꾹 누른다. "사람들이 그렇게 얘기해 주길 바랐어요. 매켄지 나리가 말하길 목숨을 부지하고 싶으면 그렇게 얘기해야 된다고 했어요." 처음으로 그녀는 몸을 부들부들 떨고 있다. "제가 기억을 하건 못하건 실제로 그랬으니 거짓말은 아니라면서요."

"제임스 맥더모트에게 당신 목에 두르고 있던 손수건을 주었나요?" 사이먼은 의도했던 것보다 더 법정 변호사에 가까운 말투가 나왔지만, 집요하게 묻는다.

"가엾은 낸시를 목 조르는 데 썼던 거요? 제 손수건이기는 해요. 그런데 그걸 맥더모트에게 준 기억은 없어요."

"지하실로 내려간 것도요?" 사이먼이 묻는다. "맥더모트를 도와서 낸시를 죽인 것도요? 그는 당신이 시신의 귀에 걸린 금귀걸이를 훔치고 싶어 했다던데, 그것도요?"

그레이스는 한 손으로 잠깐 얼굴을 가린다. "그 시간들이 저에게는 암흑이에요. 그리고 금귀걸이는 가져가지 않았어요. 나중에 짐을 쌌을 때도 그런 생각은 하지 않았다고 발뺌은 못하겠어요. 하지만 생각을 하는 것과 실행에 옮기는 것은 다른 문제잖아요. 생각한 걸 가지고 재판을 받으면 교수형을 면할 사람이 없을걸요?"

사이먼은 맞다고 인정하는 수밖에 없다. 그는 다른 방향으로 시도해 본다. "푸주한 제퍼슨의 증언에 따르면 그날 아침에 당신과 이야기를 나누었다고 하던데요."

"그랬다고 들었어요. 하지만 저는 기억이 안 나요."

"보통 주문을 하는 사람이 당신이 아니라 낸시였기 때문에 제퍼슨은 놀랐다고 했습니다. 그 주에는 고기가 필요 없다는 당신의 말을 듣고 더욱 놀랐다고 했고요. 정말 이상한 일이라고 생각했다던데요."

"선생님, 제가 만약 제정신이었다면, 정신을 바짝 차리고 있었다면 평소처럼 고기를 주문하지 않았을까요? 그래야 의심을 덜 샀을 테니까요."

사이먼은 동의하는 수밖에 없다. "그럼, 그다음으로 기억나는 일이 뭡니까?"

"제가 꽃이 피어 있는 집 앞에 서 있었어요. 머리가 제법 어지럽고 아팠어요. 창문을 열어야겠다, 이 생각을 했는데 전 이미 밖에 나와 있었으니 바보 같은 소리였죠. 3시쯤 됐을 거예요. 키니어 나리가 노란색과 초록색으로 새로 칠한 마차를 끌고 집 앞길을 올라오고 있었거든요. 맥더모트가 뒤에서 나왔고, 우리 둘이서 짐을 내리는 동안 맥더모트가 험악한 눈빛으로 저를 쳐다보았어요. 나리는 집 안으로 들어갔어요. 낸시를 찾는 거였죠. 순간 어떤 생각이 떠올랐고('낸시는 거기 없어요, 밑을 찾아보세요, 이제는 시체거든요.') 너무 무서웠어요.

잠시 후 맥더모트가 제게 말했어요. 일러바칠 거지? 다 알아. 일러바치면 네 목숨은 땡전 한 푼 값도 안 될 줄 알아. 저는 이 소리를 듣고 어리둥절했어요. 무슨 짓을 한 거예요? 제가 물었죠. 너도 잘 알잖아. 그가 웃으며 말했어요. 저는 그가 무슨 짓을 했는지 알 수 없었지만, 최악의 경우일 거라는 예감이 들었어요. 그는 저더러 키니어 나리를 죽일 때 협조하겠다고 약속하라고 했고, 저는 알았다고 했어요. 그 눈빛을 보아하니 안 그랬다가는 저까지 죽일 것 같았거든요. 그러자 그는 말과 마차를 몰고 축사 쪽으로 갔어요.

저는 부엌으로 들어가서 아무 일도 없었던 것처럼 제 할 일을 했어요. 키니어 나리가 들어와서 물었죠. 낸시는 어디 있지? 저는 역마차를 타고 읍내에 갔다고 대답했어요. 그러자 나리는 이상하다고, 오는 길에 거길 지나왔는데 못 봤다고 했어요. 제가 뭐 좀 드시겠냐고 물었더니 나리는 그러자고 하고서는 제퍼슨이 갓 잡은 고기를 가지고 왔느냐고 했어요. 저는 안 왔다고 대답했고, 나리는 희한한 일이라면서 차와 토스트와 달걀을 달라고 했어요.

저는 음식을 만들어 식당으로 들고 갔죠. 나리는 읍내에서 사가지고 온 책을 읽으며 기다리고 있었어요. 가엾은 낸시가 보면 좋아했을 패션 잡지, 《고디스 레이디스 북》 최신 호였어요. 나리는 그 잡지를 여자들이나 보는 시시한 물건 취급했지만, 낸시가 옆에 없으면 슬쩍 들여다보곤 했어요. 옷 말고 다른 정보들도 있었거든요. 나리는 새로운 스타일의 속옷을 구경하는 것도, 숙녀의 올바른 처신을 다룬 기사를 읽는 것도 좋아했어요. 제가 커피를 들고 들어가 보면 기사를 읽으면서 쿡쿡 웃고 계실 때가 종종 있었죠.

다시 부엌으로 돌아가 보니 맥더모트가 있었어요. 그가 말했죠. 지금 가서 죽일까 생각 중이야. 저는 그 말을 듣고 어유, 너무 이르잖아요, 해가 질 때까지 기다려요, 라고 했어요.

잠시 후 나리가 옷도 갈아입지 않은 채 2층으로 올라가서 낮잠을 자기 시작했기 때문에 맥더모트는 좋으나 싫으나 기다릴 수밖에 없었죠. 아무리 맥더모트라도 자는 사람을 쏘고 싶지는 않았을 테니까요. 그는 오후 내내 거머리처럼 저한테 딱 들러붙어 있었어요. 제가 도망쳐서 고발할 거라고 생각했으니까요. 그는 총을 들고서 계속 만지작거렸죠. 나리가 오리 사냥 때 쓰려고 둔 2연발 구식 엽총이었는데, 오리 사냥용 총알이 든 게 아니었어요. 그의 말로는 납탄이 두 개 들어 있다고 하더라고요. 하나는 주운 거고, 하나는 납 조각으로 만든 거랬어요. 화약은 길 건너편에 사는 친구, 존 하비네 집에서 얻었다고 했고요. 하비하고 같이 사는 뻔뻔스러운 해너 업턴이 안 된다고 했지만 가지고 왔다면서 그녀에게 돼질 년이라고 했어요. 이 무렵 그는 아주 흥분한 한편으로 초조해했고, 자기 스스로 용감하다며 으스댔어요. 욕을 입에 달고 있었는데, 저는 무서워서 아무 말도 하지 못했죠."

"7시쯤 됐을 때 나리가 내려와 차를 마시면서 낸시를 걱정했어요. 이제 처치하겠어, 하고 맥더모트가 말했죠. 네가 가서 부엌으로 와 보라고 해. 그래야 돌바닥에서 쏠 수 있지. 하지만 저는 싫다고 했어요.

그는 그럼 자기가 직접 하겠다고 했어요. 새로 산 안장이 이상하게 갈기갈기 찢어졌다고 말해서 유인할 거라고요.

저는 그 일에 관여하고 싶지 않았어요. 그래서 차 쟁반을 들고 마당을 가로질러 뒤 부엌으로 갔죠. 거기 화덕에 불이 지펴져 있었기 때문에 거기서 설거지를 할 생각이었어요. 그런데 쟁반을 내려놓는 순간, 탕 하는 총소리가 들렸어요.

앞 부엌으로 달려가 보니 키니어 나리의 시체가 바닥에 누워 있고, 맥더모트가 그 위에 서 있었어요. 총은 바닥에 있었고요. 제가 달아나려고 했더니 그가 고함을 지르고 욕설을 퍼부으며 현관홀에 있는 뚜껑 문을 열라고 했어요. 싫다고 해도 하라는 거예요. 그래서 저는 뚜껑 문을 열었고, 맥더모트가 시체를 계단 밑으로 던졌죠.

저는 너무 무서워서 앞문을 뛰쳐나와 잔디와 펌프를 지나 뒤 부엌으로 달려갔어요. 잠시 후 맥더모트가 총을 들고 앞 부엌에서 나오더니 저를 향해 쏘았고, 저는 정신을 잃고 바닥에 쓰러졌어요. 그 뒤로 늦은 저녁때까지 제가 기억하는 건 이게 전부예요, 선생님."

"제이미 월시의 증언에 따르면 8시쯤, 그러니까 당신이 쓰러진 직후에 마당으로 찾아 갔다고 합니다. 맥더모트는 그때까지 총을 들고 있었는데, 새를 쏘았다고 우겼다더군요."

"저도 알아요, 선생님."

"당신은 펌프 옆에 서 있었다고 했고요. 당신이 제이미에게 말하길 나리는 아직 돌아오지 않았고, 낸시는 라이츠 부인네 집에 놀러 갔다고 했답니다."

"저는 그 부분에 대해서 뭐라고 딱 잘라 말할 수가 없어요."

"그리고 또 말하길 당신이 건강하고 기분이 좋아 보였다고 했지요. 평소보다 잘 차려입고 하얀 스타킹을 신고 있었다고요. 그러면서 그게 낸시의 스타킹이었다고 넌지시 전했죠."

"저도 그때 법정에서 그 아이가 그렇게 말하는 걸 들었어요, 선생님. 그런데 스타킹은 제 것이었어요. 그 무렵 그 아이는 저에 대해 품었던 애정을 모두 잊고 저한테 그저 흠집을 내고, 그럴 수만 있다면 교수형을 받게 만들고 싶어 했죠. 하지만 제가 다른 사람이 하는 말을 가지고 어쩔 방법이 있나요."

어찌나 풀 죽은 목소리이던지 사이먼은 그녀에게 다정한 연민을 느낀다. 그녀를 안아서 달래 주고 머리를 쓰다듬어 주고 싶어진다.

"자, 그레이스." 그가 활기찬 목소리로 말한다. "피곤한 것 같은데, 나머지 이야기는 내일 할까요?"

"예, 선생님. 내일은 그럴 기운이 있었으면 좋겠어요."

"조만간 밑바닥까지 파헤칠 수 있을 겁니다."

"저도 그랬으면 좋겠어요." 그녀는 힘없는 목소리로 말한다. "드디어 진실이 전부 밝혀지면 저도 마음을 놓을 수 있을 거예요."

37

아직 8월이 되지도 않았는데, 나뭇잎들이 윤기를 잃고 생기 없이 축 늘어진 것이 벌써 8월의 분위기를 내고 있다. 사이먼은 점점 잦아드는 오후의 열기를 가르며 천천히 걸어서 집으로 돌아간다. 그는 은촛대를 들고 있다. 그걸 꺼낼 생각조차 하지 못했다. 은촛대가 그의 팔을 끌어당긴다. 사실 그는 지금 묵직한 밧줄을 잡아당기기라도 하는 것처럼 두 팔에 이상하게 힘이 들어가 있다. 그는 무엇을 기대했던 걸까? 물론 그가 기대했던 것은 잃어버린 기억이었다. 결정적인 몇 시간이었다. 그런데 그걸 확보하지 못했다.

그는 오래전 어느 저녁, 그가 아직 하버드 대학교 학부생이던 시절의 기억을 떠올린다. 그는 당시 아직 돈이 많고 건장했던 아버지와 함께 뉴욕으로 놀러 간 적이 있었다. 두 사람은 오페라를 관람했다. 벨리니가 작곡한 「몽유병의 여인」이었다. 순진하고 순결한 시골 아가씨 '아미나'가 잠결에 어느 백작의 침실로 걸어가 그 안에서 잠이 든 채로 발견된다. 백작이 뛰어난 과학 지식을 근거로 항변하지만, 그녀의 약혼자와 동네 사람들은 그녀를 음탕한 여자라고 비난한다. 그런데 아미나가 콸콸 흐르는 시냇물 속으로 무너지고 있는 위험한 다리 위를 잠결에 걷는 것이 목격되자 순결이 입증되고, 그녀는 다시 행복해진 세상 속에서 눈을 뜬다.

라틴어 선생님은 '아미나(amina)'가 '아니마(anima)'*의 철자를 바꿔서 만든 한심한 이름이라며 영혼을 비유한 이야기라고 했다. 그런데 영혼은 왜 무의식적인 존재로 묘사되었을까? 사이먼은 궁금해했다. 그리고 이보다 더 궁금했던 것이, 누가 잠이 든 아미나를 걷게 만들었을까 하는 것이었다. 지금 그의 입장에서는 이 질문이 더욱 절실하게 다가온다.

그레이스는 그 시각에 그녀가 주장한 것처럼 의식이 없었을까 아니면 제이미 월시가 증언한 것처럼 완전히 깨어 있었을까? 그녀의 이야기를 어디까지 믿어도 될까? 어느 정도 가려서 들어야 할까? 실제로 몽유병에 의한 기억상실일까 아니면 교묘한 사기일까? 그는 조심스럽게 흑백논리를 배제한다. 그녀가 전적으로 깨끗하고 흠집 하나 없는 진실만을 이야기한다고 믿을 이유가 없다. 그녀의 입장에 있는 사람이라면 누구나 긍정적인 인상을 심어 줄 수 있도록 선별하고 다시 배치할 것이다. 그녀가 한 이야기가 대부분 진술서와 일치한다는 사실은 그녀에게 유리하게 적용된다. 하지만 그게 정말 유리하게 적용되는 걸까? 어쩌면 너무 일치하는지도 모른다. 그녀가 그를 자기편으로 만들기 위해 똑같은 진술서를 보고 공부하는 걸까?

문제는 그도 그녀의 편이 되고 싶다는 것이다. 그는 그녀가 아미나이길 바란다. 그녀의 혐의가 벗겨지길 바란다.

---

* 영혼, 정신, 또는 생명을 뜻한다.

조심해야 해. 그는 속으로 중얼거린다. 한 발자국 뒤로 물러나야지. 그녀가 살인 사건에 대해 분명 불안해했고 겉으로는 고분고분했지만, 두 사람은 객관적으로 따져 보면 밀고 당기는 중이었다. 그녀는 이야기를 거부하지 않았다. 정반대로 많은 이야기를 했다. 하지만 자기가 하고 싶은 이야기만 했다. 그가 원하는 것은 그녀가 털어놓지 않은 부분이다. 모르는 척하기로 결심했을지도 모르는 부분이다. 유죄의 증거와 무죄의 증거, 양쪽 모두 은폐를 하려면 얼마든지 할수 있다. 하지만 그는 캐낼 것이다. 그녀의 입에 낚싯바늘은 넣어 두었는데 과연 그걸 꺼낼 수 있을까? 심연 속에서 빛이 있는 곳을 향해 위로. 깊고 푸른 바다를 벗어나.

그는 스스로 왜 이렇게 격한 표현을 쓰고 있는지 궁금해진다. 그는 그녀가 잘 되길 바란다. 그것을 일종의 구출이라고 생각한다.

하지만 그녀도 그렇게 생각할까? 만약 숨기고 싶은 게 있으면 물속에, 어둠 속에, 그녀의 영역 속에 머무르고 싶을지 모른다. 밖으로 나가면 숨을 쉴 수 없을 거라고 두려워하고 있을지 모른다.

사이먼은 극단적이고 신파적인 발상을 자제하자고 속으로 중얼거린다. 그레이스는 정말로 기억상실증 환자일지 모른다. 아니면 정반대일 수도 있다. 유죄일 수도 있다.

물론 그녀는 노련한 미치광이처럼 여간 아니게 그럴듯한 정신병자일 수도 있다. 그녀의 기억, 특히 살인 사건 당일의 기억을 보면 광신도 같은 기미가 엿보인다. 하지만 동일한 기억을 순진한 미신과 어리석은 인간의 두려움으로 해석할 수도 있다. 그는 이쪽이건 저쪽이건 분명하게 밝혀지기를 바라는데, 그녀가 허락하지 않는 것이 바로 그것이다.

어쩌면 그의 방법이 잘못됐을 수도 있다. 연상법은 분명 별 효과가 없었다. 각종 야채들은 참담한 실패로 밝혀졌다. 어쩌면 그가 너무 조심스럽고 너무 너그러웠는지 모른다. 어쩌면 좀 더 과감한 방법이 적합했을지 모른다. 신경 최면을 실험해 보도록 제롬 뒤퐁을 부추겨 직접 참관하고, 심지어 질문까지 직접 골랐어야 했는지 모른다. 그는 신경 최면을 믿지 않는다. 하지만 뭔가 새로운 게 나올지 모른다. 그가 지금까지 발견하지 못했던 무언가가 발견될지 모른다. 최소한 시도해 볼 만한 일이다.

집에 도착한 그가 열쇠를 찾느라 주머니를 뒤지는데, 도라가 문을 열어 준다. 그는 넌더리를 내며 그녀를 대한다. 이런 날씨에 이렇게 뚱뚱하고 땀 냄새가 진동하는 여자는 바깥출입을 허락하면 안 된다. 그녀는 남녀 모두에 대한 모욕이다. 그는 그녀를 이 집으로 다시 불러들이는 데 기여하기는 했지만(사실상 매수했다고 보면 된다.) 그렇다고 해서 전보다 그녀를 더 좋아하게 된 것은 아니다. 불쾌한 표정을 지으며 그 조그만 빨간 눈으로 쳐다보는 것을 보면 그녀도 마찬가지다.

"이 집 여주인이 좀 보고 싶다는데요." 그녀가 집 뒤쪽을 턱으로 가리키며 말한다. 말투며 행동이 이렇게 서민적일 수가 없다.

험프리 부인은 도라가 돌아오는 것을 완강하게 반대했고, 그녀와 같은 방에 있는 것조차 거의 견디지 못한다. 이해할 수 있는 일이지만, 사이먼은 자신의 주변이 깨끗하고 정연하지 않으면 일이 안 되는 성격이라 집안일을 해 줄 사람이 필요한데, 당장 아무도 없으니 도라한테 맡기는 수밖에 없지 않으냐고 지적했다. 그는 도라에게 돈만 주면 예의까지 갖추길 바라는 것은 무리이겠지만 그래도 고분고분해질 거라고 말했고, 모든 게 그의 예상대로 맞아떨어졌다.

"그녀는 어디 있죠? 사이먼이 묻는다. 그는 그녀라고 말하지 않았어야 한다. 너무 친밀하게 들리기 때문이다. 험프리 부인이라고 부르는 게 더 나았을 것이다.

"소파에 누워 있겠죠." 도라가 한심하다는 듯이 말한다. "늘 그렇잖아요."

신기하게도 원래 있던 가구들이 몇 개 다시 등장하기는 했지만 아직도 으스스하게 휑뎅그렁한 응접실로 들어가 보니 험프리 부인이 한쪽 팔과 손을 하얀 선반 위에 드리운 채 벽난로 앞에 서 있다. 레이스 손수건을 쥔 손. 제비꽃 향기가 난다.

"조던 박사님." 그녀가 자세를 풀며 말한다. "저를 위해 수고해 주신 것에 대해 심심하게나마 보답하는 뜻에서 오늘 저녁 식사를 같이 하고 싶은데 괜찮으세요? 제가 고마워할 줄도 모르는 사람으로 비쳐지는 건 싫답니다. 도라가 차가운 닭고기를 조금 준비했어요." 그녀는 외운 글을 읽는 사람처럼 한 단어, 한 단어 조심스럽게 또박또박 말한다.

사이먼은 최대한 정중하게 거절한다. 정말 감사하지만 오늘 저녁에는 약속이 있다고 말한다. 이것은 어느 정도 사실이다. 안쪽 항구에서 젊은 사람들끼리 배를 타고 소풍을 떠나는데, 같이 가자는 리디아 양의 초대를 어중간하게 받아들였기 때문이다.

험프리 부인은 그의 거절을 우아한 미소로 받아들이고, 그럼 다음에 다시 자리를 마련하겠다고 한다. 그녀의 자세와 느릿느릿 조심스러운 말투가 이상하게 느껴진다. 술을 마셨나? 그녀는 한곳을 물끄러미 응시하며 손을 살짝 떨고 있다.

그는 2층으로 올라가 가죽 가방을 연다. 모든 게 가지런히 정리되어 있는 듯하다. 아편제도 세 병 그대로 있고, 용량에도 변함이 없다. 그는 코르크 마개를 열어 맛을 본다. 하나가 거의 물맛이다. 그녀가 언제부터 그의 약에 손을 대기 시작했는지 알 수 없는 일이다. 오후마다 앓던 두통은 다른 데 이유가 있었다. 진작 알아차렸어야 하는 건데. 그런 남편을 두고 있으니 의지할 곳이 필요했을 것이다. 여유가 됐으면 돈을 주고 샀을 것이다. 하지만 그녀는 돈이 없었고, 그는 경솔했다. 문을 잠그고 다녔어야 하는데, 이제는 엎질러진 물이다.

그녀에게 짚고 넘어갈 방법도 없다. 그녀는 예민한 여자이다. 그녀를 도둑으로 모는 것은 잔인하고 천박한 짓이다. 그래도 그는 충격을 받았다.

사이먼은 뱃놀이에 나선다. 밤은 따뜻하고 고요하며 달빛이 함께한다. 그는 샴페인을 조금 마시고(아주 조금밖에 없다.) 리디아와 한 배에 앉아 건성으로 시시덕거린다. 그녀는 적어도 평범하고 건강하며 심지어 예쁘다. 어쩌면 청혼을 해야 하는 건지 모르겠다. 그녀는 받아들일 것이다. 어머니의 비위를 맞추는 차원에서 그녀를 집으로 데리고 가 어머니의 손에 넘기고, 두 사람이 그의 행복을 궁리하도록 내버려 두면 어떨까.

그것도 자기 운명을 결정하거나 세상에 순응하거나 안전하게 사는 한 방법이다. 하지만 그는 그러지 않을 것이다. 그 정도로 게으르거나 기진맥진하지는 않다. 아직까지는.

10부

호수의 여인

그런 다음 우리는 귀중품을 닥치는 대로 모조리 쌌어요. 그리고 둘이서 지하실로 내려갔죠. 키니어 나리는 포도주 저장실에 똑바로 누워 있었어요. 저는 촛불을 들고 있었어요. 맥더모트가 나리의 주머니에서 열쇠와 몇 푼 안 되는 돈을 꺼냈어요. 낸시에 대해서는 아무 말이 없었죠. 저는 낸시를 보지는 못했지만 지하실에 있다는 건 알았어요. 11시쯤 됐을 때 맥더모트가 말에 마구를 얹었어요. 우리는 마차에 상자들을 싣고 토론토로 출발했지요. 맥더모트는 미국으로 가서 저와 결혼하겠다고 했어요. 저는 따라가겠다고 했고요. 우리는 새벽 5시쯤 토론토의 시티 호텔에 도착해 직원들을 깨웠고, 거기서 아침을 먹었어요. 저는 낸시의 상자를 열고 몇 가지를 꺼내서 썼고, 8시에 배를 타고 토론토를 출발해 3시쯤 루이스턴에 도착했고, 여관으로 갔고, 식당에서 저녁을 먹었고, 저는 이 방에서, 맥더모트는 저 방에서 잠자리에 들었어요. 저는 자리 들어가기 전에 루이스턴에 머무르겠다고, 더 이상은 가지 않겠다고 말했는데, 맥더모트는 자기가 끌고 갈 거라고 했어요. 그러다 새벽 5시쯤 들이닥친 최고 집행관, 킹스밀 나리에게 붙잡혀 토론토로 다시 이송됐죠.

— 그레이스 마크스의 진술, 《스타 앤드 트랜스크립트》(토론토, 1843년 11월)

그는 하늘이 주신 기회로
운명의 아가씨를 만났지,
남들은 느끼지 못한 매력을
보이지 않는 손이 가르쳐 준 덕분에.
그녀의 앞에서 드러나는 그의 매력이
약속에 부응할 만큼 커지고,
그녀의 행복한 발걸음 주변으로
진정한 천국의 바람이 불어…….

— 코번트리 팻모어, 「가정의 천사」(1854)

38

나중에 맥더모트한테 듣자 하니, 저를 향해 총을 쏘았는데 제가 정신을 잃고 쓰러졌고, 차가운 물을 한 양동이 퍼 와서 제 위에 뿌린 다음 페퍼민트 넣은 물을 마시게 했더니 제가 금세 정신을 차렸대요. 제가 아주 말짱하고 기분 좋은 얼굴로 불을 피우고, 햄과 달걀에 차를 곁들인 저녁도 만들어 주었을 뿐 아니라 마음을 가라앉힐 겸 둘이서 같이 위스키도 한 잔씩 마셨대요. 다정하게 잔까지 부딪쳐 가며, 우리가 벌인 모험의 성공을 기원하며. 하지만 저는 아무 기억도 안 나요. 어떻게 됐는지 확실하게는 몰라도, 죽었을 게 분명한 낸시는 물론이고 키니아 나리까지 지하실에 시체로 누워 있는데 제가 그렇게 피도 눈물도 없는 태도를 보였을 리 없잖아요. 아무튼 맥더모트는 지독한 거짓말쟁이였으니까요.

제가 정신을 잃고 한참 동안 누워 있었던 건 분명해요. 눈을 떠 보니 벌써 해가 지고 있었거든요. 저는 제 방 침대에 똑바로 누워 있었죠. 캡이 벗겨져서 마구 헝클어진 머리가 어깨까지 내려와 있었고, 머리와 드레스 위쪽이 축축했는데 아마 맥더모트가 물을 뿌려서 그랬을 거예요. 그러니까 그가 했던 말 중에 적어도 일부분은 사실이었던 거죠. 저는 침대에 누워서 어떻게 된 걸까 열심히 기억을 더듬었어요. 무슨 수로 그 방까지 왔는지 생각이 나지 않았거든요. 문이 활짝 열려 있었던 것을 보면 맥더모트가 저를 안고 온 게 분명했어요. 제 발로 걸어 들어왔다면 분명 문을 잠갔을 테니까요.

저는 일어나서 문을 잠그려고 했지만 머리가 아팠고, 방은 너무 덥고 답답했어요. 그러다 다시 잠이 들었는데 자면서 계속 뒤척였는지, 일어나 보니 이부자리가 온통 구깃구깃하고 침대보는 바닥에 떨어져 있었어요. 이번에는 눈을 번쩍 뜨고 벌떡 일어나 앉았죠. 그렇게 더운 날씨에도 불구하고 제가 식은땀을 흘리고 있더라고요. 왜냐하면 어떤 남자가 서서 저를 내려다보고 있었는데, 바로 제임스 맥더모트였거든요. 다른 사람들을 처치했으니 잠을 자고 있는 동안 저를 목 졸라 죽이려고 왔나 보다 싶었죠. 너무 무서워서 입 안이 다 말라 버리는 바람에 목소리가 나오지 않았고, 말을 한마디도 할 수 없었어요.

하지만 그는 제법 다정한 목소리로 좀 쉬니까 괜찮아졌냐고 묻더군요. 저는 다시 목소리를 되찾고 그렇다고 대답했어요. 너무 무서워하고 어쩔 줄 몰라 하면 안 되잖아요. 그러면 그가 저를 못 미더워하며 제가 흥분할 거라고 생각하고, 옆에 다른 사람들이 있으면 참지 못하고 울음을 터뜨리거나 소리를 지르고, 모든 걸 폭로할지 모른다고 생각할 수 있었으니까요. 저를 쏜 것도 그 때문이었잖아요. 그는 증인으로 살려 두느니 눈 깜짝할 사이에 저를 해치우고도 남을 인간이었어요.

그는 제 대답을 듣더니 침대 옆에 앉아서 저더러 이제 약속을 지켜야 할 때라고 했어요. 저는 무슨 약속 말이냐고 물었고, 그는 잘 알지 않느냐고 하더군요. 제가 낸시를 죽여 주면 그 대가로 제 몸을 주겠다고 약속했다는 거예요.

저는 그런 말을 한 기억이 없었어요. 그가 제정신이 아니다 보니 제가 한 아무것도 아닌 말이나 남들도 다 하는 말을 이상하게 꼬아서 들은 모양이더라고요. 예를 들면 낸시가 죽어 버렸으면 좋겠다든지, 낸시만 죽어 준다면 뭐든 다 줄 수 있다든지 하는 말을요. 낸시가 가끔 저한테 너무 심하게 대한 적도 있었거든요. 하지만 그건 주인이 안 보이는 데서 하녀들이 늘 하는 말이에요. 앞에서 말대꾸를 하지 못하니 다른 식으로 화를 풀 방법이 필요하잖아요.

그런데 맥더모트는 그걸 제 뜻과 전혀 다르게 해석하고, 이제 와서 저더러 하지도 않은 약속을 지키라는 거였어요. 그것도 아주 정색을 하고요. 그가 제 어깨에 한 손을 얹고 저를 침대 쪽으로 쓰러뜨리려고 하더군요. 그러면서 다른 손으로 제 치마를 걷는데, 냄새로 보건대 나리의 위스키를 한두 잔도 아니고 코가 비뚤어지도록 마신 모양이었어요.

그런 상황에서는 잘 달래는 수밖에 없었죠. 아우, 싫어요. 저는 웃으면서 말했어요. 이 침대에서는 싫어요. 너무 좁아서 두 사람이 누우면 불편하잖아요. 우리, 다른 침대로 가요.

놀랍게도 그는 제 말에 혹하면서 낸시가 종종 몸을 팔았던 나리의 침대에 누우면 아주 기분이 좋을 것 같다고 했어요. 그 말에 저는 생각했죠. 내가 일단 몸을 허락하면 나도 헤픈 여자가 돼서 싸구려 같은 대접을 받겠구나, 이 사람이 헤픈 여자는 그 지저분한 몸뚱이를 열심히 발길질해서 더러워진 장화를 닦는 데 쓰는 것 말고는 쓸데가 없다고 입버릇처럼 말했으니 나도 도끼로 죽여서 지하실에 던지겠구나, 하고요. 그래서 어떻게든 질질 끌면서 시간을 벌기로 마음을 먹었어요.

그가 저를 일으켜 세웠고, 우리는 부엌에 있는 촛불을 켜서 들고 계단을 올라갔어요. 그런 다음 바로 그날 아침에 제가 깨끗이 청소하고 침대 정리를 마친 나리의 방으로 들어갔죠. 그는 커버를 젖히고 저를 자기 옆으로 끌어 앉혔어요. 그러고는 말했어요. 부잣집 나리들은 짚단 같은 데서 잘 리가 없지. 거위 깃털만 상대하지. 그러니 낸시가 이 침대에서 그렇게 뒹굴고 싶어 했을 수밖에. 그는 잠시 주눅이 든 것 같았어요. 자기가 저지른 짓 때문이 아니라 침대가 워낙 으리으리해서 그랬던 거죠. 그러다 잠시 후 저한테 입을 맞추고 자, 아가씨, 이제 때가 됐어, 라고 말하면서 제 드레스의 단추를 풀기 시작했어요. 저는 죄악의 대가가 죽음이라는 생각이 들면서 정신이 아득했어요. 하지만 이런 상황에서 정신을 잃으면 죽음을 자초하는 일이었죠.

저는 눈물을 흘리며 말했어요. 아니, 여기에서는 안 되겠어요. 죽은 사람의 침대잖아요. 침대 주인은 뻣뻣하게 굳은 채 지하실에 누워 있는데 이러면 안 되는 거예요. 이러면서 저는 흐느껴 울었어요.

그는 버럭 짜증을 내면서 당장 그치라고, 안 그러면 뺨을 때려 주겠다고 했어요. 하지만 정말로 때리지는 않더군요. 책에 나오는 표현을 빌리자면 제 말을 듣고 흥이 깨진 모양이었어요. 메리 휘트니 식으로 표현하자면 부지깽이를 잃어버렸다고 할까요?

그는 저를 침대에서 일으키더니 한쪽 팔을 잡고 복도를 따라 끌고 갔어요. 저는 계속 목청껏 울부짖고 악을 썼어요. 그 침대가 마음에 안 들면 낸시의 침대에서 해 주지. 그는 이렇게 말했어요. 너도 낸시 못지않게 헤픈 계집이니까. 저는 어떤 상황인지 짐작할 수 있었고, 이제 끝이라는 생각이 들었어요. 그가 당장이라도 저를 내동댕이치고 머리채를 잡고 끌고 가겠구나 싶었어요.

그는 문을 홱 열고 저를 방 안으로 끌고 들어갔어요. 방 안은 낸시가 몸만 빠져 나간 상태니 어지러웠죠. 제가 방을 치울 필요성도 못 느꼈고 사실 치울 시간도 없었으니까요. 하지만 그가 침대보를 젖히자 시트가 검은 피로 얼룩덜룩했고, 침대에 놓여 있던 책도 피투성이였어요. 저는 그걸 보고 겁에 질려 비명을 질렀어요. 하지만 맥더모트는 가만히 서서 책을 쳐다보며 이렇게 말했어요. 저걸 깜빡했네.

저는 도대체 이게 뭐냐고, 이게 왜 여기 있느냐고 물었어요. 그가 대답하길 키니어 나리가 읽고 있던 잡지인데 그걸 들고 부엌으로 나왔을 때 총에 맞았다는 거예요. 나리가 쓰러지면서 잡지를 쥔 채 두 손으로 가슴을 눌렀기 때문에 맨 처음 뿜어져 나온 피로 흠뻑 젖어 버렸던 거죠. 맥더모트가 그 잡지를 낸시의 침대에 던져 놓은 이유는 안 보이는 곳으로 치우기 위해서이기도 했고, 그녀에게 주려고 읍내에서 사 왔으니 거기가 맞는 자리이기 때문이기도 했어요. 게다가 낸시가 그렇게 어마어마하게 헤프고 사나운 여자가 아니었으면 상황이 전혀 달라졌을 테고 나리도 죽을 이유가 없었으니, 나리가 흘린 피가 낸시의 책임이기 때문이기도 했고요. 그러니까 일종의 표식이었죠. 그는 잡지에 대고 성호를 그었어요. 그가 제 앞에서 가톨릭교도다운 모습을 보인 것은 그때가 처음이자 마지막이었어요.

메리 휘트니의 표현을 빌리자면, 저는 그가 더위 먹은 사슴처럼 정신이 나간 줄 알았어요. 그런데 그 잡지를 보더니 정신을 차렸고,

지금까지 하려던 짓을 말끔히 잊어버리더라고요. 제가 촛불을 가까이 비추면서 엄지손가락과 집게손가락으로 들추어 보니 정말로 좀 전까지 나리가 재미있게 읽었던 《고디스 레이디스 북》이었어요. 그때 기억이 떠오르면서 와락 울음을 터져 나오려고 했어요.

하지만 맥더모트의 현재 상태가 얼마나 유지될지 알 수 없는 일이었어요. 그래서 저는 이렇게 말했죠. 이걸로 사람들을 헷갈리게 만들 수 있겠네요. 어떻게 이 잡지가 여기 있는지 짐작도 못할 거 아니에요. 그러자 그는 맞다고, 열심히 머리를 굴려야 될 거라고 했어요. 그러면서 공허한 웃음을 터뜨렸죠.

제가 말했어요. 서두르지 않으면 우리가 여기 있는 사이 누가 찾아올지 모르니, 얼른 짐을 싸야 한다고요. 밤을 틈타서 움직여야지 안 그러면 키니어 나리의 마차를 타고 가는 우리를 수상하게 생각할 것 아니겠어요? 한밤중에 토론토까지 가려면 시간이 많이 걸릴 거예요. 찰리도 오늘 이미 어딜 다녀왔으니 피곤해할 거고요.

그러자 맥더모트는 반쯤 잠이 든 사람처럼 동의했어요. 우리는 집 안을 뒤져 물건들을 챙기기 시작했죠. 저는 많이 챙길 생각이 없었어요. 나리의 금제 코담뱃갑이나 망원경, 소형 나침반, 주머니칼처럼 가볍고 비싼 소지품과 현금만 들고 갈 생각이었죠. 그런데 그가 한번 시작했으면 끝장을 봐야 한다며, 염소를 훔치나 양을 훔치나 교수형당하기는 마찬가지라는 거예요. 그래서 결국에는 온 집 안을 탈탈 털어 은접시, 은촛대, 숟가락과 포크와 기타 등등, 심지어 가문의 문장이 새겨진 것까지 챙겼어요. 그가 녹이면 그만이라고 했거든요.

저는 낸시의 상자와 옷들을 보고, 가엾은 낸시가 이제 쓸 일이 없을 텐데 그냥 놔두면 아깝겠다는 생각이 들었어요. 그래서 상자와 그 안에 든 모든 물건을 챙겼죠. 겨울 용품들까지도요. 하지만 낸시가 만들고 있던 드레스는 건드리지 않았어요. 아직 미완성이라 낸시와 너무 가까운 물건처럼 느껴졌거든요. 그리고 다 못하고 떠난 일이 있으면 죽은 사람이 그걸 완성하려고 다시 돌아온다는 소리를 들었는데, 낸시가 그 드레스가 아쉬워서 제 뒤를 쫓아다니는 건 싫었어요. 그때쯤 저는 낸시가 죽었다고 거의 확신하고 있었으니까요.

저는 떠나기 전에 집을 청소하고 저녁때 썼던 접시와 그릇을 모두 씻었어요. 그리고 나리의 침대를 정리하고, 낸시의 침대 커버도 잘 덮어 놓았어요. 제 손에 나리의 피가 묻는 건 싫어서 잡지는 그냥 그 안에 내버려 두었지만요. 낸시의 요강도 비웠어요. 그냥 두고 떠나는 건 예의가 아닌 것 같아서요. 그러는 동안 맥더모트는 찰리에게 마구를 달고 상자와 여행용 가방 들을 마차 안에 실었고요. 한번은 계단에 앉아서 앞을 멍하니 쳐다보고 있길래 제가 정신을 차리고 남자답게 처신하라고 했죠. 완전히 돌아 버렸을지 모르는 사람과 그 집에 단둘이 갇혀 있는 건 상상하기도 싫었거든요. 남자답게 처신하라는 말이 효과가 있었는지, 그는 몸을 부르르 떨며 일어섰고 제 말이 맞다고 했어요.

저는 마지막으로 그날 입고 있던 옷을 벗고 낸시의 옷으로 갈아입었어요. 키니어 나리 댁에 처음 오던 날 보았던, 하얀 바탕에 작은 꽃무늬가 있는 그 옅은 색 드레스로요. 그리고 가장자리에 레이스가 달린 낸시의 페티코트와 따로 남겨 둔 깨끗한 제 페티코트를 껴입고, 잘 안 맞기는 하지만 보면서 여러 번 감탄했던 낸시의 밝은색 여름용 가죽 구두를 신었어요. 낸시의 고급스러운 밀짚 보닛도 쓰고, 밤이 따뜻해서 필요 없을 것 같기는 했지만 낸시의 가벼운 캐시미어 숄도 둘렀고요. 그리고 낸시의 경대에 있던 장미 향수도 귀 뒷부분과 손목에 뿌렸어요. 그 향기는 일종의 위안 비슷한 거였어요.

그런 다음 깨끗한 앞치마를 두르고 불씨가 조금 남아 있던 여름용 부엌 화덕에 불을 지펴 제 옷들을 태웠어요. 제가 잊어버리고 싶은 일들을 떠올리게 할 테니 두 번 다시 입고 싶지 않았거든요. 제 상상이었을지 모르겠지만, 옷에서 고기 타는 냄새 비슷한 게 올라왔어요. 벗어 던진 저의 때 묻은 껍질을 태워 버리는 듯한 기분이 들었죠.

이러는 동안 맥더모트가 들어와서 자기는 준비가 다 됐는데 왜 이렇게 꾸물거리느냐고 했어요. 저는 다음 날 배를 타고 호수를 건널 때 그걸 목에 둘러야 햇볕을 막을 수 있을 텐데, 파란 꽃무늬가 있는 큼지막한 하얀색 손수건을 못 찾겠다고 대답했어요. 그러자 그는 놀란 사람처럼 웃으며 그 손수건은 지금 지하실에서 낸시의 목을 가려 주고 있다는 거예요. 제가 꽉 잡아당겨서 매듭을 지었으니 기억하고 있어야 하는 거 아니냐면서요. 저는 그 말에 정말 깜짝 놀랐지만, 절대 그럴 리 없다고 하지 않았어요. 미친 사람한테 그런 소리를 하면 위험하니까요. 그래서 깜빡 잊어버렸다고 했죠.

우리는 밤 11시쯤 됐을 때 출발했어요. 산들바람이 제법 불어서 시원했고 모기도 별로 없는 상쾌한 밤이었어요. 반달이 떠 있었는데, 상현이었는지 하현이었는지 그건 기억이 안 나요. 집 앞길에 줄줄이 늘어선 단풍나무를 통과하고 과수원을 지났을 때 뒤를 돌아보니 집이 너무나 평화로워 보였고, 달빛을 받아서 살짝 반짝거리는 것처럼 느껴졌어요. 저는 속으로 생각했죠. 겉모습만 보고는 저 안에 뭐가 있는지 누가 알 수 있을까. 그런 다음 저는 한숨을 쉬고, 먼 여행에 대비해 마음의 준비를 했어요.

찰리가 아는 길이었지만 그래도 우리는 상당히 천천히 움직였어요. 찰리는 마차에 앉아 있는 사람이 진짜 주인도 아니고 뭔가 이상하다는 걸 알고 있는지 몇 번씩 걸음을 멈추었고, 채찍질을 할 때까지 꿈쩍도 하지 않았어요. 하지만 얼마 더 가서 잘 아는 곳들이 나오자 진정했어요. 그렇게 우리는 고요한 은빛 벌판과, 박쥐들이 머리 위에서 퍼드덕거리는 까만 노끈 같은 지그재그 울타리와, 듬성듬성 나타나는 빽빽한 숲을 지났어요. 한번은 나방처럼 하얗고 보들보들한 올빼미 한 마리가 우리 앞을 가로지르기도 했죠.

처음에는 아는 사람을 만났을 때 그렇게 은밀하게 어딜 가느냐고 물으면 어떻게 하나 싶어서 겁이 났어요. 하지만 보이는 사람이 한 명도 없었어요. 그러자 맥더모트는 점점 겁이 없어지고 기분이 좋아져서 미국에 도착하면 무엇을 할지, 물건들을 어떤 식으로 팔지 이야기를 하기 시작했고, 조그만 농장을 사면 단둘이서 살 수 있다고도 했어요. 처음에 돈이 부족하면 하인으로 일하면서 돈을 모으면 된다고 했고요. 저는 호수를 안전하게 건너서 사람들 틈에 섞이면 단 1초도 그와 함께 있을 생각이 없었기 때문에 좋다 싫다 말을 하지 않았어요.

어느 정도 시간이 지나자 그도 입을 다물었고, 찰리의 말발굽이 땅을 밟는 소리와 가벼운 바람이 바스락거리는 소리만 들렸어요. 저는 마차에서 뛰어내려 숲 속으로 달아날까 생각했지만 그래 봐야 멀리 못 갈 테고, 멀리 도망치더라도 곰과 늑대 들의 밥이 될 것 같았어요. 그래서 저는 지금 시편에 나오는 "사망의 음침한 골짜기"를 지나는 거라고 생각하고 "해(害)를 두려워하지 않"으려고 했지만,* 그 해가 무슨 안개처럼 저와 함께 마차에 타고 있으니 그러기가 쉽지 않았어요. 위를 올려다보니 구름 한 점 없는 하늘에 별들이 가득하더군요. 너무 가깝게 느껴져서 손에 닿을 듯했고, 이슬방울이 맺힌 거미줄처럼 고와서 손을 넣으면 그대로 통과할 것 같았어요.

그런데 제가 이렇게 쳐다보는 동안 한구석이 구겨지기 시작했어요. 끓인 우유에 생긴 막 같기도 한데, 그보다 더 단단하고 딱딱하고 컴컴한 바닷가나 검은색 실크 크레이프처럼 오글오글했어요. 그러다 하늘 전체가 종이처럼 얇은 표면으로 바뀌더니 불에 그슬려 조금씩 사라지지 뭐예요. 그 뒤로 나타난 것은 차가운 암흑이었어요. 제가 쳐다보고 있던 그곳은 천국도 아니고 심지어 지옥도 아니고 그저 빈 공간이었어요. 상상할 수도 없을 만큼 무서운 일이라 저는 속으로 주님께 제가 지은 죄를 용서해 달라고 기도했어요. 그런데 나를 용서해 주실 주님이 안 계시면 어떻게 하나 싶더라고요. 그때 문득 저곳이 주님이 안 계신 곳, 사람들이 울며 이를 간다는 바깥 어두운 데가 아닐까 하는 생각이 들었어요.** 이런 생각이 들자마자 돌을 던졌을 때 물이 그러는 것처럼 하늘이 다시 닫혔어요. 그리고 다시 별들로 가득한, 매끈하고 온전한 하늘이 되었죠.

하지만 그러는 와중에도 달은 계속 기울었고, 마차는 계속 움직였어요. 그리고 저는 점점 잠이 쏟아졌고, 밤공기가 서늘해서 숄을 바

---

* 구약 성경 시편 23장 4절.
** "그 나라의 본 자손들은 바깥 어두운 데 쫓겨나 거기서 울며 이를 갈게 되니라."(마태복음 8장 12절.)

짝 둘렀어요. 그러다 깜빡 잠이 들어서 맥더모트에게 머리를 기댔나 봐요. 그가 다정한 손길로 제 어깨에 숄을 둘러 주었던 것이 제 마지막 기억이에요.

그러다 눈을 떠 보니 제가 뭔가 묵직한 걸 몸 위에 얹은 채 길 옆 풀밭에 반듯하게 누워 있었고, 누가 제 페티코트 밑을 더듬고 있지 뭐예요. 저는 버둥거리며 비명을 질렀죠. 그러자 누가 손으로 제 입을 막았고, 맥더모트의 화난 목소리가 들렸어요. 그렇게 소리를 지르면 어쩌겠다는 거냐고, 여기 있는 게 들통 나면 좋겠냐고요. 제가 입을 다물자 그는 손을 치웠고, 저는 그에게 당장 내려와서 나를 일으켜 달라고 했어요.

이 말에 그는 버럭 화를 냈어요. 제가 길가에서 볼일을 보고 싶으니 마차를 세워 달라고 했대요. 그래서 마차를 세웠더니 숄을 펴서 바닥에 깔며 발정 난 암캐처럼 그에게 같이 눕자고, 이제 약속을 지키겠다고 했다는 거예요.

저는 쿨쿨 잠을 자고 있었으니 그럴 리가 없다고 했어요. 그러자 그는 지금 누구 놀리느냐고 하면서 저더러 빌어먹을 갈보에 악마라고, 자기를 부추기고 꼬드긴 것으로도 모자라 영혼까지 망쳐 놓았으니 저한테는 지옥도 아깝다고 했어요. 저는 그렇게 심한 말을 들을 이유가 없다는 생각에 울음을 터뜨렸어요. 그러자 그는 악마의 눈물이라면 지긋지긋하니 이번에는 안 통한다고 했어요. 그러면서 제 치마를 움켜쥐고 머리채를 잡아서 제 머리를 뒤로 젖혔어요. 그래서 제가 그의 귀를 꽉 물었죠.

그는 고함을 질렀고, 저는 그 자리에서 당장 죽는구나 싶었어요. 하지만 그는 오히려 손을 놓고 일어서더니, 저도 일으켜 주었어요.

그러면서 저한테 말하길 역시 참한 아가씨라며 결혼할 때까지 기다리겠다고 했어요. 그래야 좋겠다고, 그래야 맞는 거라고, 좀 전에는 장난친 거라고 하면서요. 그러고는 피가 났다며 저더러 이가 아주 튼튼하다고 했는데, 흡족해하는 눈치였어요.

저는 이런 반응에 깜짝 놀랐지만 아무 말도 하지 않았어요. 아무도 없는 길에 그와 단둘이 있었고, 아직 가야 할 길이 멀었으니까요.

39

　이렇게 밤을 뚫고 가는데 드디어 하늘이 점점 밝아 왔고, 새벽 5시가 조금 지났을 때 토론토에 도착했어요. 맥더모트가 배가 고파 죽을 지경이니 시티 호텔에 가서 직원들을 깨워 아침을 먹자고 했어요. 저는 안 좋은 생각이라고, 사람들이 많아질 때까지 기다려야 한다고, 그가 말한 대로 했다가는 너무 눈에 띄어서 다들 우리를 기억할 거라고 말했어요. 그러자 그는 왜 사사건건 시비를 걸어서 사람 돌게 만드느냐며 자기 주머니에 남들만큼 돈이 있다고, 아침을 먹고 싶을 때 돈이 있으면 그냥 먹으면 되는 거라고 했어요.

　남자들은 어떻게 수중에 돈 몇 푼 생기면 출처에 상관없이 원래 자기 몫이고, 그 돈으로 뭐든 살 수 있다고 생각하고, 스스로 엄청난 위인인 양 착각하는지 생각해 보면 신기해요.

　우리는 결국 그의 고집대로 했어요. 꼭 아침을 먹어야 했다기보다 누가 결정권을 쥐고 있는지 보여 주고 싶었던 거겠죠. 아침으로는 베이컨과 달걀을 먹었어요. 그런데 그가 어찌나 으스대고 거들먹거리며 종업원에게 이래라저래라 하고 달걀이 덜 익었다고 하는지 가

관이었죠. 저는 두 입도 채 못 먹었어요. 그가 어찌나 사람들의 눈총을 사는지 조마조마해서 온몸이 떨릴 지경이었거든요.

그러고 나서 다음 배가 8시는 되어서야 미국으로 출발하기 때문에 토론토에서 두 시간 남짓 기다려야 한다는 사실을 알게 되었어요. 나리가 여길 워낙 자주 다녔으니 나리의 말과 마차를 알아보는 사람이 분명 있을 것 같아서 저는 불안했어요. 그래서 맥더모트는 마차를 몰고 다니며 으스대고 싶어 했지만, 제가 찾아본 곳 중에서 가장 눈에 띄지 않을 만한 조그만 골목길에 마차를 세워 두도록 했죠. 그런데 나중에 알고 보니 그렇게 조심했는데도 알아본 사람이 있더라고요.

해가 뜨고서야 밝은 빛에 맥더모트를 찬찬히 뜯어볼 수 있었는데, 이제 보니 키니어 나리의 장화를 신고 있더라고요. 그래서 제가 지하실의 시체에서 벗겼느냐고 물었어요. 그는 맞다고, 셔츠도 지금까지 자기가 입었던 것들보다 질이 좋고 고급이길래 드레싱 룸에 있는 선반에서 집어 왔다고 하지 뭐예요. 나리가 입고 있던 셔츠도 벗겨서 가질까 했는데 피투성이라 문 뒤에 버렸다면서요. 저는 경악을 금치 못했고, 어쩌면 그런 짓을 할 수 있느냐고 했어요. 그러자 그는 저도 낸시의 드레스를 입고 보닛을 쓰고 있으면서 그게 무슨 소리냐고 했지요. 저는 그거랑 이거랑 같으냐고 했고, 그는 같다고 했어요. 저는 적어도 시체가 신고 있던 신발은 벗기지 않았다고 했죠. 그러자 그는 마찬가지라고 하면서 아무튼 시체를 벌거벗겨 놓을 수는 없어서 자기 셔츠를 입었다고 하는 거예요.

제가 어떤 셔츠를 입혔느냐고 물었더니 보따리장수한테 산 걸 입혔다고 하더군요. 저는 괴로워하면서 그걸로 추적이 될 테니 이제 제러마이어가 욕을 먹게 생겼다고 했죠. 제 친구인데 미안하게 됐다고요.

맥더모트가 듣더니 자기가 보기에는 친구치고 너무 가까운 사이라고 하지 뭐예요. 저는 무슨 뜻이냐고 물었죠. 그러자 그가 말하길 제러마이어가 저를 쳐다보는 눈빛이 마음에 안 들었다며, 자기 부인은 유대인 보따리장수와 절대로 친하게 지내거나 뒷문에서 시시덕거리거나 그런 식으로 집적거리면 안 된다고 했어요. 그랬다가는 눈을 시퍼렇게 만들고, 정신 차리게 머리를 두들겨 패 줄 거라면서요.

저는 화가 나서 제러마이어는 유대인이 아니고, 설령 유대인이라 하더라도 맥더모트와 결혼하느니 차라리 유대인 보따리장수와 결혼하는 게 낫다고 말하려고 했어요. 하지만 말다툼을 벌였다가는 결국 주먹이 날아오고 고성이 오갈 테니 좋을 게 없었죠. 그래서 꾹 참았어요. 아무 일 없이 미국으로 건너가 맥더모트를 따돌리고 관계를 끊는 게 저의 목적이었으니까요.

저는 그에게 옷을 갈아입으라고 하고 저도 갈아입겠다고 했어요. 그래야 사람들이 우리를 추적하러 나섰을 때 따돌릴 수 있을 테니까요. 우리는 나리가 일요일 저녁에 친구들을 초대한 줄 몰랐기 때문에 적어도 월요일은 되어야 추적이 시작될 줄 알았거든요. 아무튼 그래서 저는 시티 호텔에서 옷을 갈아입고, 맥더모트는 키니어 나리의 가벼운 여름용 재킷으로 갈아입었어요. 그가 저를 보며 빈정거리며 말하길 분홍색 양산까지 들고 하니 아주 우아한 숙녀 같다고 하더군요.

그러고 나서 그는 면도를 하러 갔어요. 이때야말로 제가 달아나서 도망칠 수 있는 기회였죠. 하지만 그가 여러 번 다짐하길 같이 붙어 다니지 않으면 각자 교수형을 당할 거라고 했거든요. 저는 제가 결백하다고 생각했지만, 상황이 저에게 불리했죠. 그리고 그는 교수형을 당하고 저는 아니더라도, 그와 동행하기가 싫고 그가 무섭기는 했지만, 그를 배신하고 싶지는 않았어요. 배신은 야비한 짓이잖아요. 그리고 제 옆에서 뛰고 있는 그의 심장을 느껴 보면 아무리 몹쓸 인간이라도 인간은 인간이니까 어쩔 수 없는 상황이 닥치지 않는 한 그 심장을 멈추는 데 한몫 거들고 싶지는 않았어요. 그리고 생각해 보니 성서에 "원수 갚는 것이 내게 있으니 내가 갚으리라고 주께서 말씀하시니라."*라고 적혀 있잖아요. 복수처럼 막중한 일을 처리하는 게 제 역할은 아닌 것 같았어요. 그래서 그가 돌아올 때까지 그 자리에 가만히 있었죠.

8시가 되어 우리는 마차와 찰리와 상자와 기타 등등을 실은 뒤 증기선 트랜싯 호를 타고 출발했고, 저는 안도의 한숨을 내쉬었죠. 날씨는 화창했고 서늘한 바람이 불었고, 햇빛이 파란 파도 위에서 부서졌어요. 이 무렵 맥더모트는 아주 기분이 좋아져서 우쭐거렸고, 저는 그가 안 보이면 새 옷을 입고 으스대며 나리의 금제 장신구를 자랑하고 다니는 게 아닐까 걱정이 됐어요. 하지만 그는 제가 자신이 저지른 짓을 아무한테라도 털어놓을까 싶은지 열심히 감시하느라 진드기처럼 제 옆에 붙어 있었죠.

우리는 찰리 때문에 1층 갑판에 있었어요. 제가 찰리를 혼자 두고 싶지 않았거든요. 불안해하는 것을 보니 증기선을 처음 타는 게 아

---

* 로마서 12장 19절.

닐까 싶었어요. 엔진 돌아가는 소리에다 사방에서 외륜(外輪)이 돌아가니 분명 무서웠을 거예요. 그래서 저는 찰리와 같이 있으면서, 소금이 뿌려져 있어 찰리가 좋아하는 크래커를 먹여 주었어요. 젊은 아가씨와 말이 같이 있으면 늘 젊은 남자들이 말에 관심을 보이는 척하며 접근하기 마련이죠. 우리도 그랬어요. 얼마 안 있어 저는 여러 가지 질문에 대답하는 처지가 됐죠.

맥더모트는 우리가 남매 사이인데 친척들과 싸워서 헤어지게 됐다고 이야기하라고 했어요. 그래서 저는 메리 휘트니가 되기로 하고 그를 데이비드 휘트니라고 소개하며, 로체스터로 가는 길이라고 했어요. 젊은 남자들은 맥더모트가 오빠라고 하니 저한테 수작을 걸면 안 될 이유를 찾지 못했고, 그래서 실제로 수작을 걸었어요. 저는 그들이 실없는 소리를 하면 웃으며 받아치는 게 제 역할이라고 생각했는데, 나중에 그게 재판에 불리한 영향을 미쳤죠. 그 당시에는 맥더모트가 험악한 눈빛으로 노려보는 걸 견뎌야 했고요. 하지만 저는 그들과 맥더모트한테 의심을 사지 않으려고 그랬던 거예요. 겉으로는 행복한 척했지만 속으로는 얼마나 기운이 없었다고요.

배가 나이아가라에서 잠시 멈췄지만, 폭포는 워낙 멀어서 보이지 않았어요. 맥더모트는 저를 데리고 육지로 나가서 비프스테이크를 먹었어요. 저는 거기 있는 내내 불안했기 때문에 간식을 아무것도 먹지 않았어요. 하지만 아무 일도 없었고, 여행은 계속됐죠.

한 젊은 남자가 저 멀리 보이는 또 다른 증기선을 가리키며, 얼마 전까지만 해도 이 호수에서 가장 빠른 배로 꼽혔던 '호수의 여인' 호라고 알려 주었어요. 그런데 경주에서 영국의 일반 우편선인 '이클립스' 호에게 4분 30초 차이로 졌다고 하더라고요. 제가 그래서 우쭐

했겠다고 했더니 그는 아니라고, 자기는 '여인' 호에 1달러를 걸었다고 하는 거예요. 듣고 있던 사람들 모두 웃음을 터뜨렸죠.

순간, 예전부터 궁금해했던 사실 하나를 문득 깨닫게 됐어요. 퀼트 패턴 중에 '호수의 여인'이라는 게 있는데 저는 시 제목에서 따서 붙인 이름인 줄 알았거든요. 그런데 패턴을 아무리 들여다봐도 여인도 없고 호수도 없었어요. 이제 봤더니 그 배의 이름이 시의 제목에서 나온 거고, 퀼트 패턴은 그 배의 이름에서 비롯된 거였어요. 패턴의 바람개비 모양이 배에서 돌아가는 외륜을 본뜬 게 분명했거든요. 그러자 한참 동안 열심히 고민하면 뭐든 이해가 되고 가닥이 잡힌다는 생각이 들었어요. 지금은 얼토당토않게 느껴지지만, 최근에 벌어진 일들도 그럴지 모른다는 생각도요. 퀼트 패턴이 내포한 의미를 알아낸 것이 저에게는 믿음을 잃지 말라는 교훈이 되었죠.

메리 휘트니와 함께 그 시를 읽었을 때 지루한 구혼 이야기는 건너뛰고 짜릿한 부분과 격투로 넘어갔던 게 생각났어요. 하지만 제 기억에 가장 선명하게 남은 부분은 결혼식 날 교회에서 납치당해 어느 귀족의 노리개로 전락한 뒤 미쳐 버린 가엾은 여자가 야생화를 꺾고 혼자 노래를 부르며 돌아다니는 부분이었어요. 저도 결혼식 날은 아니지만 그 비슷하게 납치당했다는 생각이 들었어요. 그러자 저도 그 여자와 똑같은 처지가 되는가 싶어 겁이 났죠.

이러는 동안 우리는 루이스턴에 점점 가까워지고 있었어요. 맥더모트는 말리는 저를 무시하고 배에서 말과 마차를 팔려고 했어요. 그런데 값을 너무 낮게 부르는 바람에 사람들의 의심을 샀어요. 게다가 그걸 팔겠다고 내놓았으니 루이스턴 세관에서 세금을 매겼는데, 우리가 세금을 낼 돈이 없었기 때문에 세관에서 말과 마차를 억

류했죠. 맥더모트는 처음에 화를 냈지만 아무 일도 아닌 척하면서 다른 물건을 팔아서 다음 날 마차를 가지러 오면 된다고 했어요. 하지만 저는 그러면 그곳에서 하룻밤을 보내야 한다는 뜻이니 걱정이 됐어요. 이제 미국이라는 외국으로 건너왔으니 안전하다고 생각해도 됐지만, 미국의 노예 상인들은 도망친 노예를 잡으러 어디든 찾아가잖아요. 게다가 안심하기에는 토론토와 너무 가깝기도 했고요.

저는 마차는 마음대로 해도 좋지만, 찰리는 팔지 않겠다고 약속해 달라고 했어요. 그러자 그는 얼어 죽을 말 따위라고 했죠. 제가 찰리를 너무 좋아하니까 질투가 났던 거예요.

미국의 풍경은 우리가 있었던 시골과 비슷했지만, 다른 국기가 걸려 있는 것을 보니 다른 나라이기는 하더군요. 제러마이어가 국경 이야기를 하면서 쉽게 건널 수 있다고 했던 게 생각났어요. 키니어 나리의 집 부엌에서 그런 이야기를 들었던 게 아주 오래전 일인 것 같았는데, 실제로는 고작 일주일하고 며칠 전의 일이었죠.

우리는 가장 가까운 여관으로 갔어요. 제 이야기를 실은 전단지에서는 호텔이라고 했지만, 그저 부둣가의 싸구려 여관일 뿐이었어요. 거기서 맥더모트는 맥주와 위스키를 벌컥벌컥 마셨어요. 그것으로는 모자라 같이 저녁을 먹으면서 또 마셨고요. 이제 잠자리에 들 시간이 되자 그는 부부인 척 한방을 쓰고 싶어 했어요. 그러면 비용을 반으로 줄일 수 있다고 하면서요. 하지만 저는 그의 속셈을 간파했기 때문에 처음에 남매라고 했는데 같은 배를 타고 온 승객들 중에 우리를 기억하는 사람이 있을지도 모르니 이제 와서 바꾸면 안 된다고 했죠. 그래서 그는 이미 누가 들어가 있는 방을 받았고, 저는 방

하나를 저 혼자 쓰게 되었어요.

하지만 그는 조만간 결혼할 사이 아니냐며 제 방으로 억지로 들어오려고 했어요. 저는 아니라고, 그와 결혼하느니 차라리 악마하고 하는 게 낫겠다고 했죠. 그러자 그는 어쨌든 약속을 지키라고 했어요. 저는 소리 지르겠다고, 지금은 이 여관 가득 사람이 있으니 시체 두 구만 있을 때하고는 상황이 다르다고 했어요. 그러자 그는 입 다물라며 갈보라는 둥, 헤픈 계집이라는 둥 욕을 했어요. 저는 이제 그 소리는 정말 지긋지긋하니까 새로운 욕을 만들어 보라고 했어요. 그러자 그는 씩씩대며 자기 방으로 돌아갔죠.

저는 새벽같이 일어나서 옷을 갈아입고 달아날 생각이었어요. 어찌어찌해서 억지로 그와 결혼하면 순식간에 죽임을 당해 땅에 묻힐 게 분명했거든요. 지금 이렇게 의심하는데 나중이 되면 더 심해지지 않겠어요? 일단 친구도 없는 이상한 동네의 농장으로 끌려가면 생각하기도 싫을 정도로 금세 뒤통수를 한 대 얻어맞고 텃밭 아래 2미터 정도 깊이에 묻혀서 감자와 당근을 키우는 거름이 되겠죠.

다행히 문에 걸쇠가 달려 있어서 잠글 수 있었어요. 저는 옷을 벗어 슈미즈만 입고, 메리와 한방을 썼던 올더먼 파킨슨 마님 댁에서 그랬던 것처럼 옷을 차곡차곡 포개서 의자 등받이에 걸어 두었죠. 그런 다음 촛불을 끄고 의외로 그럭저럭 깨끗한 시트 사이로 들어가 눈을 감았어요.

눈꺼풀 안쪽에서 물이 흐르는 게 보였어요. 우리가 호수를 건널 때 보았던 파란 물결 위로 햇빛이 반짝였어요. 그런데 그때보다 물결이 훨씬 더 크고 시커메서 굽이굽이 언덕 같았고, 3년 전에 바다를 건넜을 때 보았던 그 물결이었어요. 그게 3년이 아니라 100년 전처럼 느껴졌지만요. 제가 앞으로 어떻게 될까 궁금해졌고, 100년 뒤면 죽어서 무덤 속에서 고이 잠들어 있을 거라고 생각하니 위안이 됐어요. 100년 뒤보다 훨씬 전에 그 속으로 들어가게 되면 그만큼 근심도 덜 수 있겠다는 생각도 들었고요.

파도는 계속 움직였고, 한순간 배가 지나간 하얀 자국이 보이는가 싶으면 파도에 쓸려 사라졌어요. 그런데 제 뒤에서 발자국들이 지워지는 듯한 기분이 들었어요. 지금은 떠나온 그 땅과 그 바닷가에 어렸을 때 남겼던 발자국들과 이 땅으로 건너온 뒤에 남긴 발자국들이……. 제 모든 흔적들이 처음부터 없었던 것처럼 지워지고 사라졌어요. 시커멓게 변색된 은을 닦아 낸 것처럼, 마른 모래 위에 손을 그린 것처럼.

잠이 들기 직전에 저는 이런 생각을 했어요. 내 자취가 남지 않으면, 내가 아무 흔적도 남기지 않으면 꼭 내가 처음부터 존재하지도 않았던 사람 같잖아. 그럴 수는 없어.

그건 없는 거나 다름없으니까.

그러고 나서 저는 잠이 들었어요.

40

루이스턴의 여관에서 그럭저럭 깨끗한 시트 사이에 누워 잠이 들었을 때 이런 꿈을 꾸었어요.

제가 양쪽으로 늘어선 단풍나무 사이로 길고 구불구불한 키니어 나리 댁 앞길을 걸어 올라가고 있었어요. 꿈에서 보통 그렇듯 전에 와 본 곳이기도 하면서 처음 보는 곳이기도 했죠. 저는 속으로 생각했어요. 저 집에는 누가 살고 있을까?

그런데 알고 보니 그 길을 걷는 사람이 저 하나가 아니었어요. 키니어 나리가 제 왼쪽 뒤에서 걷고 있었던 거예요. 제가 다치지 않게 보호하기 위해서요. 그때 응접실 창문 너머로 등이 켜졌어요. 낸시가 안에서 여행을 마치고 돌아오는 저를 맞이하려고 기다리고 있었죠. 저는 여행을 떠나 한참 만에 돌아오는 길이었어요. 그런데 저를 기다리고 있는 사람이 낸시가 아니라 메리 휘트니였어요. 저는 예전처럼 다시 건강해져서 웃을 수 있게 된 그녀를 다시 볼 생각을 하니 너무 기뻤어요.

앞쪽에 기둥이 있고, 황혼에 어른거리는 베란다 가까이에서 하얀 작약이 반짝이고, 창가에 등불이 환하고, 온통 하얀색인 그 집은 정말 예뻤어요.

그 집에 있고 싶었어요. 꿈속에서 전 이미 거기 가 있었는데도 그곳이야말로 진짜 제 집이기 때문에 너무나 간절한 마음이었어요. 그런데 제가 그런 마음을 품고 있었을 때 등불이 희미해지면서 집이 어두워졌고, 개똥벌레들이 밖으로 나와 반짝였고, 사방의 벌판에서 밀크위드 꽃 향기가 풍겨 왔고, 여름 저녁의 따뜻하고 축축한 공기가 제 뺨을 부드럽고 포근하게 감쌌어요. 그리고 누군가 제 손을 잡았죠.

바로 그때 문을 두드리는 소리가 들렸어요.

11부

쓰러지는 나무들

그녀는 잠을 설쳤거나 죄책감을 느끼는 기미가 없고, 단잠을 자고 일어난 사람처럼 눈이 맑고 초롱초롱하며 상당히 침착하다. 옷을 되돌려 받고 상자를 챙길 수 있을까, 그 걱정뿐인 듯하다. 옷은 원래 몇 벌 없었다. 지금은 살해당한 여성의 가운을 입었다. 그리고 챙겨 달라고 부탁한 상자도 가엾은 피해자의 것이다.

—《크로니클 앤드 가제트》(킹스턴, 1843년 8월 12일)

저의 사악함을 쓰디쓴 눈물로 회개했지만 주님은 제가 두 번 다시 단 한순간도 평화를 느끼지 못하고 살아야 만족하시겠죠. 맥더모트가 (낸시) 몽고메리를 목 졸라 죽이는 걸 도운 이래 그 처참했던 얼굴과 핏발이 섰던 끔찍한 두 눈을 단 한순간도 잊은 적이 없어요. 두 눈이 밤낮으로 저를 노려보고, 제가 감당할 수 없어 눈을 감으면 고요하고 외로운 감방에서 제 영혼 속을 들여다보는데(밤마다…… 그 눈들을 떨쳐 버릴 수가 없어요.) 그 이글거리는 눈빛 때문에 감방이 대낮처럼 환해진답니다. 아니, 대낮처럼 환한 게 아니에요. 이 세상 어느 무엇과도 비교할 수 없을 만큼 소름 끼치게 이글거리거든요…….

—수재너 무디의 『개척지 생활』(1853)에 실린, 그레이스 마크스가 케네스 매켄지에게 한 진술

그는 그녀의 화려한 미모에 넋을 잃었지만 그것은 사랑이 아니었다. 그녀의 육신에 스민 그 치명적인 독극물이 그녀의 영혼까지 적시고 있는 게 아닐까 싶었지만 그것은 공포도 아니었다. 그것은 사랑과 공포 밑에서 태어난 흉악한 자손이었다. 부모를 제 안에 담고, 사랑처럼 불타오르고 공포처럼 부르르 떠는……. 우울한 것이건 밝은 것이건 단순한 감정에 축복이 있으라! 사랑과 공포의 격렬한 혼합이 지옥처럼 눈이 부신 불꽃을 낳는다.

—너새니얼 호손, 「라파치니의 딸」(1844)

<h1 style="text-align:center">41</h1>

발신 미국 매사추세츠 주 루미스빌 러버넘하우스, 윌리엄 P. 조던
　　　부인
수신 캐나다웨스트 킹스턴 로어유니언 가, C. D. 험프리 소령 댁 사이
　　　먼 조던 박사

　사랑하는 아들에게

　너무 오랫동안 너에게서 소식이 없으니 지금 정말로 걱정이 되는
구나. 너에게 아무 일도 없다는 걸 알 수 있게 단 한 마디라도 좋으
니 기별을 주렴. 저 멀리서 끔찍한 전쟁의 기운이 점점 다가오는 요
즘처럼 불길한 시기에 어미의 가장 큰 소망은 하나밖에 안 남은 사
랑하는 아들이 무사히 건강하게 지내는 것이란다. 어쩌면 불가피한
상황을 피할 수 있도록 네가 그 나라에 계속 머무는 것이 최선의 방
법일지도 모르겠다. 하지만 그것은 나약한 어미의 바람일 뿐이고, 다
른 어미들은 운명의 여신이 준비한 미래에 맞설 각오를 할 테니 양
심상 비겁한 짓을 추천하지는 못하겠구나.

사랑하는 아들아, 네 환한 얼굴을 다시 한 번 보고 싶은 마음이 간절하구나. 너를 낳은 순간부터 나를 괴롭히던 가벼운 기침이 요즘 들어 심해져서 저녁에는 제법 격렬해진단다. 나는 멀리 있는 너에게 애정 어린 마지막 작별 인사도 못하고 어미의 마지막 축복도 전하지 못한 채 한밤중에 갑자기 끌려가지는 않을까 걱정하느라 날마다 불안에 떨고 있다. 전쟁을 피할 수 있게 해 달라고 우리 모두 기도해야 겠지만, 나는 피할 수 없는 그날이 닥치기 전에 네가 자리를 잡고 가정을 꾸릴 수 있게 해 달라고 기도를 한단다. 하지만 나의 쓸데없는 걱정과 상상 때문에 네 학업과 연구와 그 정신병자 시설인가 뭔가에 차질이 생기면 안 되겠지. 분명 아주 중요한 일일 테니 말이다.

몸에 좋은 음식을 먹고 체력을 유지하길 바란다. 건강한 체질만 한 축복도 없는데, 그걸 타고나지 못했으면 더욱 신경을 써야 하는 법이지. 카트라이트 부인 말로는 자기 딸이 평생 한 번도 아파 본 적이 없고 아주 튼튼한 게 그렇게 고마울 수가 없다더구나. 건강한 몸에 깃든 건전한 정신이야말로 아이들에게 물려줄 수 있는 최고의 유산이겠지. 네 가엾은 어미는 그토록 간절히 바랐건만, 안타깝게도 사랑하는 아들에게 그걸 물려주지 못했구나. 하지만 우리 모두 주어진 몫에 만족해야겠지. 운명의 여신이 알아서 준비해 주셨을 테니 말이다.

믿음직한 모린과 서맨사가 너에게 존경과 사랑을 보내며, 잊지 말아 달란다. 서맨사는 네가 어렸을 때 그렇게 좋아했던 딸기 잼이 그 어느 때보다 맛있게 됐으니 그녀의 표현을 빌리자면 자기가 '강을 건너 넘어가기' 전에 너보고 얼른 돌아와서 맛을 보라는구나. 조만 간 네 어미처럼 몸져눕게 생긴 우리 딱한 모린은 밥을 먹을 때마다

네 생각을 하고, 좀 더 행복했던 시절을 떠올린다고 하고. 둘 다 너의
그 환한 얼굴을 다시금 볼 수 있는 날을 천 배쯤 열심히 기다리고 있
단다.

1859년 8월 3일

너를 언제나 사랑하는 엄마가

42

사이먼은 다시 하녀들이 쓰는 2층 다락방 복도로 올라와 있다. 그들이 어둑어둑한 문 뒤에서 귀를 쫑긋 세우고 눈을 반짝이며 기다리고 있는 게 느껴진다. 하지만 그들은 아무 소리도 내지 않는다. 두툼한 학생용 부츠를 신은 그의 발걸음이 판자 위에서 공허한 발소리를 낸다. 바닥에 카펫이나 매트 같은 것을 깔아야겠다. 온 집안 식구들이 그의 발걸음 소리를 들을 수 있을 테니.

그는 아무 방문이나 열고 앨리스를 찾는다. 아니, 앨리스가 아니라 에피였나? 그런데 그는 다시 가이 병원으로 돌아와 있다. 냄새가 느껴지고 맛도 느껴질 지경이다. 축축한 돌, 눅눅한 모직물, 구취, 인간의 살이 썩어 가는 그 짙고 묵직한 냄새. 시도와 거부를 상징하는 냄새. 그가 시험을 앞두고 있는 것이다. 그의 앞에 천으로 덮인 테이블이 있다. 해부를 해야 하는데, 그는 아직 학생이고 아직 배우지 않아서 방법을 모른다. 방 안에는 아무도 없지만, 그를 평가하는 사람들이 지켜보고 있다.

시트 밑에 누워 있는 사람은 여자다. 윤곽을 보면 알 수 있다. 너무

나이가 많지 않기를 바랄 뿐이다. 그런 경우 왠지 더 싫다. 이름 모를 병으로 죽은 가난한 여자. 시신을 어디에서 구하는지는 아무도 모른다. 정확히 아는 사람이 아무도 없다. 달빛이 비치는 무덤에서 파내지 않겠느냐고 학생들은 농담을 한다. 그게 아냐, 이 바보야. 소환술사가 불러내겠지.

그는 한 걸음, 한 걸음 테이블로 다가간다. 기구는 준비돼 있을까? 그렇다. 여기 촛대가 있다. 그런데 그는 맨발이라 발이 축축하다. 그는 시트를 걷고, 누구인지 모를 이 여자의 피부를 한 꺼풀씩 걷어야 한다. 고무 같은 살을 벗겨서 그녀를 가르고 대구처럼 내장을 빼내야 한다. 공포로 몸이 부들부들 떨린다. 그녀는 차갑고 딱딱할 것이다. 시신은 얼음과 함께 보관한다.

그런데 시트 밑에 또 시트가 있고, 그 밑에 또 시트가 있다. 꼭 하얀색 모슬린 커튼 같다. 그러더니 이게 가능한 일일지 모르겠지만 검은색 베일이 나오고 페티코트가 나온다. 여자가 그 밑 어딘가에 있어야 하는데……. 그는 미친 듯이 뒤진다. 하지만 없다. 마지막 시트가 침대 시트이고, 그 아래에는 침대뿐이다. 그리고 누군가 누워 있었던 흔적뿐이다. 침대가 아직까지 따뜻하다.

그는 한심하게, 그것도 너무나 공개적으로 시험에 떨어진다. 하지만 더 이상 상관하지 않는다. 마치 시험을 면제받기라도 한 것처럼. 이제 다 괜찮아질 테고, 누군가 그를 돌봐 줄 것이다. 그가 들어왔던 바로 그 문 너머에 개울이 흐르는 초록색 잔디밭이 있다. 얼른 숨을 들이쉬자 딸기 냄새가 나고, 누군가 손으로 그의 어깨를 건드린다.

그는 눈을 뜬다. 아니, 꿈속에서 눈을 뜬다. 답답한 어둠 속에서 그레이스 마크스가 허리를 숙인 채 그를 내려다보고, 흘러내린 머리카락이 그의 얼굴을 스치고 있으니 아직도 꿈을 꾸고 있는 게 분명하다. 그는 놀라워하지도 않고, 무슨 수로 감방을 빠져나와 여기까지 왔느냐고 묻지도 않는다. 그는 잠옷 하나만 걸치고 있는 그녀를 눕히고 그 위로 올라가 욕정의 신음 소리와 함께 다짜고짜 그녀의 몸속으로 들어간다. 꿈속에서는 뭐든 용인이 된다. 등뼈가 낚싯바늘에 걸린 물고기처럼 휙 젖혀졌다 다시 제자리로 돌아온다. 그는 숨을 헐떡인다.

그때 비로소 그는 꿈이 아니었음을 깨닫는다. 정말로 살아 있는 여자 하나가 인형처럼 두 팔을 양옆으로 놓고, 난데없는 정적이 깃든 침대 위, 그의 옆에 꼼짝 않고 누워 있다. 그런데 그레이스 마크스가 아니다. 앙상한 뼈마디와 새가슴, 불에 그슬린 속옷과 장뇌와 제비꽃 냄새를 이제는 착각하려야 착각할 수도 없다. 여자의 입에서 나는 아편 맛. 이름이 뭔지도 모르는, 이 집의 비쩍 마른 안주인이다. 그가 몸속으로 들어갔을 때 그녀는 반항하지도 않았고 좋아하지도 않았으며 아무 소리도 내지 않았다. 숨은 쉬고 있는 걸까?

조심스럽게 그는 다시 입을 맞추고, 또 한 번 맞춘다. 맥을 짚는 대신에 하는 가벼운 입맞춤이다. 그는 더듬더듬 훑고 내려가 마침내 경정맥을 찾는다. 뛰고 있다. 그녀의 살갗은 따뜻하고 시럽처럼 조금 끈적끈적하다. 귀 뒤쪽 머리카락에서는 밀랍 냄새가 난다.

그럼 죽지는 않은 것이다.

오, 이런. 그는 속으로 생각한다. 이제 어떻게 한다? 내가 무슨 짓을 한 거지?

43

조던 박사님이 토론토에 갔다. 언제 돌아올지 모르겠지만, 얼른 왔으면 좋겠다. 나는 웬일인지 이제 그에게 익숙해졌다. 하지만 조만간 떠날 사람이니 내 심장에 슬픈 구멍이 뚫릴 것 같아서 겁이 난다.

돌아오면 어떤 이야기를 해 드릴까? 어떤 식으로 체포돼서 재판을 받았고, 법정에서 어떤 이야기들이 오갔는지 알고 싶어 할 텐데. 어떤 부분들은 머릿속에서 뒤죽박죽으로 헝클어져 있지만, 그를 위해 이런저런 것들을 집어낼 수는 있다. 색감을 넣고 싶을 때 헝겊 주머니를 뒤져 쓸 만한 천 조각을 골라내는 것처럼 말이다.

이렇게.

제가 먼저 체포되고, 맥더모트가 그다음에 체포됐어요. 그는 그때까지 침대에서 잠을 자고 있었는데, 우리를 잡으러 온 사람들이 깨웠을 때 맨 처음 한 일이 낸시 탓을 하는 거였대요. 낸시를 찾아내면 다 밝혀질 겁니다, 그 여자 잘못이라니까요, 하고 말했대요. 참 멍청한 짓이었죠. 지금은 낸시가 어디 있는지 모르더라도 냄새만으로 조만간 알 수 있을 텐데 말이에요. 정말로 그 사람들은 바로 다음 날 낸시를 찾아냈어요. 맥더모트는 낸시가 어디 있는지 모르는 척하려고 했고, 심지어 죽었다는 사실조차 모르는 척하려고 했죠. 낸시에 대해서 아무 말도 하지 말았어야 하는 건데 말이에요.

우리가 체포되었을 때는 아직 새벽이었어요. 그들은 우리를 신속하게 루이스턴 여관 밖으로 끌고 나갔죠. 그 일대 주민들이 사람들을 불러 모으며 저지하고 나서 우리를 구출하지 않을까 싶어 그랬던 것 같아요. 맥더모트가 자기가 혁명가라거나 공화주의자라거나 그 비슷한 거라고, 자기도 인권이 있다고, 영국인들은 물러가라고 고함을 지를 생각만 했으면 정말 그런 일이 벌어졌을지도 몰라요. 윌리엄 라이언 매켄지와 반란을 지지하는 쪽에서 아직도 원한을 품고 있었고, 캐나다를 공격하고 싶어 하는 미국인들이 있었으니까요. 하지만 맥더모트는 너무 겁을 먹었거나 아니면 정신이 없어서 아무 반항도 못했어요. 그들이 우리를 세관까지 끌고 가 살인 용의자라고 이야기하자 더 이상 절차를 밟을 것도 없이 통과돼서 배가 닻을 올렸어요.

날씨가 화창하고 파도는 잔잔했지만 호수 너머로 돌아가는 제 마음은 무겁기 짝이 없었죠. 하지만 정의의 여신이 저지르지도 않은 죄 때문에 교수형을 당하도록 나를 내버려 둘 리 없다고, 사실대로 아니면 내가 기억하는 대로 이야기하면 된다고 속으로 중얼거리며 마음을 달랬어요. 맥더모트의 경우에는 교수형을 면할 가능성이 높아 보이지 않았어요. 하지만 그는 계속 모든 걸 부인하며 우리는 키니어 나리의 물건을 훔쳤을 뿐이라고, 낸시가 월급을 주지 않으니 우리 스스로 챙겼을 뿐이라고 했어요. 그러면서 만약 키니어 나리가 죽었다면 어느 떠돌이의 짓일 거라고, 수상한 녀석이 보따리장수라고 돌아다니면서 자기한테도 셔츠를 팔았다고 했죠. 그러니까 지은 죄라고는 다른 나라로 건너가서 열심히 일해 팔자를 고치려고 했던 것밖에 없는 자기 같은 성실한 사람이 아니라 그자를 찾아야 된다고요. 그는 거짓말을 밥 먹듯이 했지만, 잘하지는 못했어요. 아무도 믿어 주지 않았으니 그냥 입 다물고 있는 게 나았죠. 그리고 선생님, 제가 아는 한 평생 그런 짓을 저질렀을 리 없는 제 오랜 친구 제러마이어한테 뒤집어씌우려고 하다니 못됐다는 생각이 들더군요.

우리는 토론토의 구치소로 끌려가 짐승처럼 감방에 갇혔는데, 두 감방이 서로 이야기를 나눌 수 있을 만한 거리는 아니었어요. 그런 다음 각자 조사를 받았죠. 수많은 질문이 쏟아졌는데, 저는 너무 겁이 났고 뭐라고 대답하면 좋을지 알 수 없었어요. 매켄지 나리를 훨씬 나중에 만났으니 그때는 변호사도 없었거든요. 저는 제 상자에 대해서 물었는데, 나중에 여러 신문에서 그걸 가지고 난리 법석을 떨며 제 옷이라고는 있지도 않은데 그걸 제 것이라고 했다고 빈정거렸죠. 사실 상자와 그 안에 든 옷이 한때 낸시의 것이기는 했지만, 죽은 사람은 쓸 일이 없으니 이제는 낸시의 것이라고 할 수도 없었는데 말이에요.

신문에서는 제가 처음에 침착하고 기분이 좋아 보인 데다 눈도 맑고 초롱초롱했다고, 그걸 보면 얼마나 냉정한지 알 수 있다며 그걸 가지고도 뭐라고 했어요. 하지만 제가 흐느끼거나 큰 소리로 울면 죄책감의 표현이라고 했을 거 아니에요. 사람들은 이미 저를 유죄로 단정짓고 있었어요. 범죄를 저지른 게 분명하다고 일단 결론을 내리면 제가 뭘 하든 범죄의 증거로 해석하잖아요. 신문에서는 제가 어디를 긁거나 코를 닦기만 해도 기사로 적었고, 온갖 과장된 표현을 동원해 악담을 퍼부었어요. 신문에서 저더러 맥더모트의 애인이자 공범이라고 한 것도 이 무렵이었고, 혼자서는 할 수 없는 일이었으니 제가 낸시의 목을 조르는 걸 도왔다고도 했어요. 기자들은 최악의 경우를 믿고 싶어 하잖아요. 그래야 신문도 잘 팔린다고, 어느 기자도 저한테 말했어요. 지체 높고 훌륭한 분들도 남을 트집 잡는 글을 좋아하니까요.

우리가 이곳으로 다시 끌려오자마자 그다음 단계로 심문이 열렸어요. 낸시와 키니어 나리가 어떻게 죽었는지, 사고였는지 살인이었는지 밝히는 거였죠. 그걸 밝히기 위해 제가 법원에서 조사를 받았어요. 분위기가 저한테 아주 불리하다는 걸 느낄 수 있었기 때문에 그때쯤 저는 완전히 겁에 질려 있었어요. 토론토의 교도관들은 제 밥을 갖다 주면서 잔인한 농담을 했고, 제가 교수형을 받을 때에는 발목이 훤히 보이게 교수대가 높았으면 좋겠다는 소리를 했어요. 그중 한 명은 저세상으로 가면 자기처럼 팔팔한 애인을 못 품을 테니 기회가 있을 때 즐기는 게 좋지 않겠느냐며 접근하려고 했고요. 저는 그 더러운 손 치우라고 했지요. 이러고 나면 상황이 갈수록 더 악화됐을 텐데, 동료 교도관이 오더니 제가 교수형 선고는커녕 아직 재판도 안 받지 않았느냐고, 자기가 하는 일에 자부심이 있으면 저를 건드리지 말라고 했어요. 그러자 처음의 그 교도관이 정말로 동료 말을 듣더라고요.

나는 조던 박사님한테 이렇게 이야기할 것이다. 그가 이런 이야기를 좋아해서 늘 받아 적으니 말이다.

이제 이야기를 계속할게요, 선생님. 심문을 받는 날이 찾아왔고, 저는 깔끔하고 단정해 보이도록 신경을 썼어요. 새로운 일자리를 찾을 때 그런 것처럼 외모가 중요하고, 사람들은 손목과 소맷부리를 보고 그 사람이 깨끗한지 어떤지 평가하니까요. 신문에서도 저더러 단정한 옷차림이었다고 했죠.

심문은 시청에서 열렸고, 참석한 몇 명의 치안판사들은 모두 미간을 찌푸린 채 저를 빤히 쳐다보았어요. 구경꾼이며 기자들이 어마어마하게 몰려와서 더 좋은 자리를 차지하기 위해 밀고 밀치고 다투고 난리도 아니었죠. 그래서 소란스럽다고 몇 번씩 경고를 받았어요. 이미 꽉 차서 터질 지경이었는데 무슨 수로 더 들여보냈는지 앞으로 밀고 들어오려는 사람들이 끊이지 않았어요.

저는 온몸이 떨리는 걸 참으며 남아 있는 용기를 모두 그러모아 앞으로 닥칠 일에 과감히 맞서려고 했어요. 그런데 선생님, 솔직히 말해서 그때쯤에는 남아 있는 용기라고 할 것도 별로 없었어요. 맥더모트도 평소처럼 뚱한 얼굴로 나와 있었는데, 체포되고 나서 처음 만나는 자리였죠. 신문에서는 그가 무뚝뚝하니 고집이 세고 앞뒤 신경 안 쓰는 거만한 분위기였다고 했는데, 신문은 늘 그런 식인 것 같아요. 제가 보기에는 아침 식탁에 앉아 있을 때하고 다를 게 전혀 없었거든요.

잠시 후 사람들이 저에게 살인 사건에 대해 묻기 시작했고 저는 쩔쩔맸어요. 왜냐하면 선생님도 아시다시피 그 끔찍했던 날에 벌어진 일들에 대해서 정확히 기억이 안 났고, 그 자리에 있었다기보다 부분, 부분 정신을 잃고 쓰러져 있었던 기분이었으니까요. 하지만 푸주한 제퍼슨이 저를 만나 이야기를 나누었고 제가 고기는 필요 없다고 했다고 증언을 했으니 그런 소리를 했다가는 다들 콧방귀를 뀔 게 분명했어요. 나중에 맥더모트가 교수형을 받게 되었을 때 신문에서는 지하실에 시체가 있으니 고기가 필요 없었던 것 아니겠냐며 빈정거리는 시를 전단지에 실어 사방에 뿌리고 다녔죠. 한 인간이 사투를 벌이고 있는데, 너무 교양 없고 상스럽고 예의에 어긋나는 짓이었어요.

저는 저녁 무렵, 낸시가 새끼 오리들을 넣는 걸 부엌 문 너머로 본 게 마지막이었다고 했어요. 그 뒤에 맥더모트가 낸시가 집 안으로 들어갔다고 하길래 제가 집 안에 없다고 했더니, 맥더모트가 어디 있건 무슨 상관이냐고 했다가 잠시 후에 낸시가 라이츠 부인네 집에 갔다고 했다고 말했고요. 저는 의심스러워서 미국으로 가는 동안 낸시에 대해 여러 번 물었지만, 맥더모트가 아무 일 없다고 대답했다는 말도 했어요. 전 월요일 아침에 시체가 발견됐을 때까지 낸시가 죽은 줄 절대 몰랐다고요.

그러다 총소리를 듣고 갔을 때 키니어 나리가 바닥 위에 쓰러져 있는 걸 보고, 제가 비명을 지르면서 우왕좌왕했더니 맥더모트가 저한테 총을 쏘는 바람에 정신을 잃고 쓰러졌다고 했어요. 그 부분은 생각이 났어요. 그리고 실제로 여름용 부엌 문틀에서 탄환이 발견되었으니 제 말이 거짓말이 아님이 밝혀졌죠.

우리는 11월이나 되어야 재판을 받을 예정이었어요. 그러니 토론 토구치소에서 석 달 동안 지긋지긋한 시간을 보내야 했는데, 여기 교도소에 있는 것보다 더 끔찍했어요. 저 혼자 독방에 갇혀 있었고 사람들이 볼일이 있는 척 찾아와서 입을 떡 벌리고 저를 멍하니 쳐다보곤 했거든요. 게다가 제 몸 상태가 안 좋기도 했고요.

바깥에서는 계절이 바뀌고 있었지만, 저는 쇠창살이 달린 조그만 창문 사이로 비치는 햇살의 변화로 계절이 바뀌는 걸 느끼는 수밖에 없었어요. 창문이 너무 높이 달려 있어서 밖을 내다볼 수 없었거든요. 불어오는 바람은 너무나도 그리운 향기와 냄새를 품고 있었어요. 8월에는 갓 벤 건초 냄새, 그다음에는 포도와 복숭아가 익어 가는 냄새가 났어요. 그리고 9월에는 사과가, 10월에는 낙엽과 맛보기로 내린 첫눈 냄새가 났고요. 저는 감방에 앉아서 앞으로 어떻게 될까, 교도관들이 매일 말하는 것처럼 내가 정말 교수형을 당할까 걱정하는 것 말고는 할 일이 없었지요. 교도관들은 죽음이나 재앙이라는 단어를 내뱉을 때마다 얼마나 좋아했는지 몰라요. 선생님도 눈치채셨는지 모르겠지만 세상에는 남이 괴로워하는 걸 보면서 즐거워하는 사람들이 있는데, 그런 사람들은 특히 상대방이 죄를 저질렀다고 생각하면 더욱 기뻐한답니다. 하지만 성서에도 적혀 있다시피 우리 중에 죄가 없는 사람이 어디 있나요? 저라면 창피해서라도 남의 고통을 보며 그렇게 희희낙락하지는 못할 거예요.

10월에 그들이 제게 변호사를 붙여 주었는데, 그분이 매켄지 나리였어요. 별로 잘생긴 편은 아니었고 코가 병처럼 생긴 분이었죠. 이번이 처음으로 맡은 사건이라고 했으니 제가 보기에는 아주 젊고 경험이 없는 변호사인 것 같았어요. 저와 단둘이 독방에 있는 걸 좋아하고 위로한답시고 자꾸 손을 토닥이는 등 너무 허물없이 구는 면도 있었고요. 하지만 저를 변론하고 상황을 최대한 유리하게 만들어 보려는 사람이 있다는 게 어디예요. 그래서 아무 말도 하지 않고, 감사하는 마음을 담아서 최대한 웃는 얼굴로 대했어요. 그분은 제가 이른바 논리적으로 진술해 주기를 바랐는데, 이야기가 산으로 간다며 종종 짜증을 냈어요. 그러다 결국에는 제가 실제 기억하는 대로 말하면 아무도 못 알아들을 테니 앞뒤가 맞게 이야기를 해야 아무라도 믿어 줄 가능성이 생긴다고 하더군요. 그러면서 저더러 기억이 안 나는 부분은 생략하고, 특히 제가 기억을 못한다는 사실 자체를 말하지 말라고 했어요. 실제로 제가 기억하는 대로 말하기보다 논리적으로 따져 보았을 때 그랬을 것 같은 쪽으로 이야기를 하라고도 했고요. 그래서 저는 그렇게 하려고 노력했어요.

저는 혼자서 앞으로 닥칠 시련을 생각하며 보내는 시간이 많았어요. 교수형을 당하면 어떤 기분일까, 내가 걸어야 할지도 모르는 저승길이 얼마나 길고 외로울까, 저승길의 끝에는 뭐가 기다리고 있을까……. 저는 주님께 기도했지만 응답이 없었어요. 그래서 이런 침묵도 주님만의 신비로운 방식이라고 생각하며 저를 위로했어요. 저는 회개하려고 지금까지 저지른 모든 잘못을 되새김질했어요. 어머니를 바다에 묻었을 때 제일 좋은 시트를 쓰지 않았던 것, 메리 휘트니가 죽어 가고 있었을 때 잠이 든 것……. 그런데 제가 땅에 묻힐 차례가 되면 시트로 몸을 감싸지도 못하고, 갈기갈기 산산조각이 날지도 모르는 일이었어요. 교수형을 당하면 의사들이 그렇게 한다고 그랬거든요. 저는 그게 제일 무서웠어요.

그런 다음 어렸을 때의 기억을 떠올리며 기운을 내려고 했어요. 메리 휘트니를 떠올렸더니 그녀가 어떤 커튼을 달지 등등 결혼과 농장 생활에 대해서 모든 계획을 세워 놓았는데 헛수고가 되었고, 괴로워하며 죽은 게 생각났어요. 문득 10월의 마지막 밤에 사과 껍질을 깎았을 때 메리 휘트니가 저더러 물을 세 번 건넌 다음 이름이 J로 시작되는 남자와 결혼을 한다고 말했던 것도 생각이 났고요. 그 모든 게 이제는 유치한 장난 같았고, 믿어지지도 않았어요. 아, 메리. 저는 이렇게 중얼거리곤 했죠. 목숨이 위태로운 이 어두컴컴한 감방에서 벗어나 금이 간 세면대와 의자가 하나 놓여 있고 작고 추웠던, 올더먼 파킨슨 마님 댁의 우리 방으로 돌아가고 싶어. 그러면 여기에 대한 대답으로 가끔 작은 위안이 찾아왔어요. 한번은 그녀의 웃음소리가 들린 적도 있고요. 뭐, 사람이 너무 오랫동안 혼자 있으면 이런저런 상상을 하게 되는 거죠.

빨간 작약이 처음으로 자라기 시작한 것도 이때였어요.

마지막으로 조던 박사님을 만났을 때 그는 교도소로 찾아왔던 수재너 무디 부인이 생각나느냐고 물었다. 7년 전, 정신병원으로 옮겨지기 직전에 있었던 일이다. 나는 생각난다고 했다. 그는 무디 부인을 어떻게 생각하느냐고 물었고, 나는 딱정벌레처럼 생겼다고 대답했다.

딱정벌레요? 조던 박사님이 물었다. 내 대답을 듣고 놀란 얼굴이었다.

예, 딱정벌레요. 내가 말했다. 둥글둥글하고 뚱뚱하고 검은 옷을 입고 있었고, 빠르게 허둥지둥 걸었거든요. 눈도 까맣고 반짝반짝했고요. 그분을 모욕하려고 하는 말이 아니에요. 그가 특유의 짧은 웃음을 터뜨리기에 나는 이렇게 덧붙였다. 제가 보기에는 그랬다는 거죠.

그 뒤로 얼마 안 있어 주립 정신병원으로 그녀가 찾아갔을 때도 생각납니까?

잘 모르겠어요. 내가 대답했다. 그때 방문객이 워낙 많았거든요.

그 부인의 표현에 따르면 당신이 비명을 지르며 여기저기 뛰어다녔다고 했어요. 폭력 환자 병동에 감금된 채로요.

그랬을지 몰라요. 내가 말했다. 그런데 누가 절 먼저 공격하지도 않았는데 제가 먼저 공격한 기억은 없어요.

그리고 노래도 불렀겠지요? 그가 물었다.

저는 노래 부르는 걸 좋아해요. 나는 짤막하게 대답했다. 이런 식의 질문이 싫었다. 좋은 찬송가나 가요를 부르면 기분이 좋아지거든요.

당신을 쫓아다니는 낸시 몽고메리의 눈이 보인다고 케네스 매켄지에게 이야기했나요? 그가 물었다.

무디 부인이 거기에 대해서 뭐라고 썼는지 저도 읽었어요. 내가 말했다. 저는 누구한테든 거짓말쟁이라고 하고 싶지는 않아요. 그런데 매켄지 나리가 제 말을 오해하셨더라고요.

어떤 식으로 말입니까?

저는 처음에 빨간 점이라고 했어요. 그리고 그게 사실이었어요. 빨간 점처럼 보였으니까요.

그런데요?

그랬더니 매켄지 나리가 좀 더 설명해 달라고 했죠. 그래서 제가 보기에 뭐 같은지 말했어요. 하지만 눈이라고는 안 했어요.

그래요? 그래서요? 조던 박사님이 물었다. 그는 애써 침착한 척했지만, 뭔가 엄청난 비밀을 기다리는 것처럼 몸을 앞으로 기울였다. 하지만 엄청난 비밀일 것도 없었다. 그가 물어보았다면 진작 말해 주었을 것이다.

저는 눈이라고 안 했어요, 선생님. 작약이라고 했죠. 그런데 매켄지 나리는 항상 남의 말보다 자기 말을 듣는 걸 좋아했어요. 그리고 보통은 눈이 따라다니는 것 같다고들 하니까요. 선생님께서 제 말뜻을 이해하실지 모르겠지만, 그 상황에서는 또 그러는 게 필요했어요. 그래서 매켄지 나리는 잘못 들었고, 무디 부인은 책에 그렇게 쓴 거죠. 두 분 다 정확한 걸 바랐거든요. 하지만 작약이었어요. 빨간 작약이오. 절대로 틀림없어요.

알겠습니다. 조던 박사님이 말했다. 하지만 그는 그 어느 때보다 곤혹스러워하는 얼굴이었다.

그다음으로 그는 재판에 대해 알고 싶어 할 것이다.

재판은 11월 3일에 시작됐고, 법원 안으로 쑤시고 들어온 사람들이 너무 많아서 바닥이 주저앉을 정도였어요. 저는 처음에 피고석에서 있어야 했는데, 나중에 의자를 가져다주더군요. 공기는 답답했고, 벌 떼처럼 끊임없이 웅성거리는 소리가 들렸어요. 여러 부류의 사람들이 자리에서 일어났어요. 그중 몇몇은 제가 예전에는 한 번도 말썽을 일으킨 적이 없었고 성실했고 성격이 좋았다며 내 편을 들었어요. 그리고 나머지는 저를 나쁘게 말했고요. 저를 나쁘게 말하는 쪽이 더 많았죠. 저는 보따리장수 제러마이어가 왔을까 싶어 주위를 둘러보았지만 보이지 않았어요. 우리 둘이 비슷하다고 했으니 제러마이어라면 내가 어떤 처지인지 이해하고 도와주려고 했을 텐데. 그럴 줄 알았는데 말이죠.

잠시 후 제이미 월시가 불려 왔어요. 저는 동정하는 기색을 기대했는데, 그는 비난과 슬픈 분노로 가득한 눈빛으로 나를 노려보았고, 저는 어떻게 된 일인지 알 수 있었어요. 제이미는 맥더모트와 달라 난 저에게 사랑을 배신당했다고 생각한 거예요. 흠모하고 숭배할 만 한 천사였던 제가 악마로 전락했으니 이제 모든 수단을 동원해 저를 짓밟아야 직성이 풀리지 않겠어요? 저는 리치먼드힐에서 알고 지냈 던 사람들 중에서 그만큼은 내 편이 되어 줄 거라고 생각했기 때문 에 심장이 쿵 하고 내려앉았어요. 그가 어찌나 젊고 풋풋한 데다 세 상의 때가 묻지 않고 순수해 보이는지, 날카로운 고통이 저를 훑고 지나갔죠. 저를 좋게 생각해 주어서 고마웠는데, 이제는 그렇지 않다 는 게 슬펐고요.

그는 증언을 하기 위해 자리에서 일어섰고 선서를 했어요. 성서 에 대고 아주 진지하지만 분노로 가득 찬 목소리로 선서를 하는데, 예감이 좋지 않았어요. 그는 그 전날 밤에 함께 파티를 열었고, 피리 를 불었고, 맥더모트는 춤을 추지 않았으며 자기를 집으로 가는 중 간까지 바래다주었다고 했어요. 자기가 집을 나섰을 때 낸시는 멀쩡 히 살아서 2층으로 올라가고 있었다고 했고요. 그리고 다음 날 오후 에 건너와 보니 맥더모트가 2연발 총을 들고 있었는데 새를 쏘는 중 이었다고 우기더라고 했어요. 나는 하얀 면 스타킹을 신고 손깍지를 낀 채 펌프 옆에 서 있었는데, 낸시는 어디 있느냐는 질문에 제가 그 를 보고 놀리듯이 웃으면서 알고 싶어 하는 것도 많다며, 누가 아프 다고 해서 부르러 온 남자와 함께 라이츠 부인네 집에 갔다고 대답 했다고 했어요.

선생님, 저는 이 모든 게 하나도 기억이 안 나는데, 제이미 월시가 워낙 술술 늘어놓으니 믿지 않을 수가 없더라고요.

그런데 그러다 감정에 북받쳤는지 저를 손가락으로 가리키며 말했어요.

"저 여자는 지금 낸시의 옷을 입고 있어요. 보닛 밑에 달린 리본도 낸시 것이고, 두르고 있는 숄도, 손에 쥐고 있는 양산도 마찬가지예요."

그 말에 심판의 날에나 들릴 법한 우레와 같은 함성이 법정에서 터져 나왔어요. 그리고 저는 이제 끝장이라는 걸 알았죠.

제 차례가 됐을 때 저는 매켄지 나리가 시킨 대로 말을 했고, 정답을 생각해 내느라 머리가 어지러웠어요. 그리고 제임스 맥더모트의 계획을 알아차렸을 때 왜 낸시와 키니어 나리에게 알리지 않았느냐고 추궁을 당했죠. 매켄지 나리는 제가 죽을까 봐 겁이 나서 그랬다고 대답했는데, 코는 그렇게 생겼어도 말은 아주 유창했어요. 매켄지 나리는 제가 엄마 없는 가엾은 어린아이에 불과하다고, 어느 면으로 보나 가르쳐 줄 사람 하나 없이 세상에 내동댕이쳐진 고아라고, 목구멍에 풀칠하느라 어렸을 때부터 일을 하는 수밖에 없었는데 성실, 그 자체였다고, 너무나 무지하고 교육도 못 받아 글도 읽을 줄 모르니 반편이보다 조금 나은 수준이라고, 너무나 물렁물렁하고 고분고분하고 남의 말에 쉽게 넘어가는 성격이라고 했죠.

그런데 선생님, 나리가 무슨 수를 써도 상황은 저한테 불리하게 돌아갔어요. 배심원단은 사전과 사후 방조범으로 저에게 유죄판결을 내렸고, 재판관은 사형을 선고했죠. 저는 일어서서 판결을 들었는데, 재판관이 '사형'이라고 말하는 순간 정신을 잃고 피고석을 에워싸고 있던 뾰족한 대못들이 박힌 난간 위로 쓰러졌어요. 그 바람에 대못에 심장 바로 옆을 찔렸죠.

이러면서 그에게 흉터를 보여 줘도 되겠다.

44

사이먼은 아침 열차를 타고 토론토로 출발했다. 좌석은 이등석이
다. 최근에 돈을 너무 많이 써서 허리띠를 졸라매야 할 것 같다.

그는 케네스 매켄지와의 면담이 기다려진다. 그레이스가 안 좋
게 비쳐질까 걱정을 했든지 정말로 잊어버렸든지 해서 언급하지
않았던 부분들이 그와의 면담을 통해 드러날지 모른다. 인간의 머
리는 집과 같아서 주인이 내보이고 싶지 않거나 아픈 기억을 자극
하는 생각들은 안 보이는 곳으로 밀어내고 다락방이나 지하실에
넣어 버린다. 그리고 망가진 가구를 보관할 때 그렇듯 망각에도 분
명 의지가 작용한다.

그레이스에게는 부정하고 거부하려는 여성 특유의 의지가 보인
다. 그녀의 입장에서는 시인하고 받아들이는 것보다 부인하고 거부
하는 쪽이 훨씬 더 쉽다. 그녀도 속으로는 자신이 뭔가 숨기고 있다
는 걸 알고 있다. 그도 의식적이고 심지어 약삭빠른 눈빛이 그녀의
눈꼬리를 스치고 지나가는 것을 아주 잠깐이나마 본 적 있었다. 바
느질을 할 때도 겉보기에는 대리석으로 만든 성모 마리아처럼 평온

하지만 줄곧 소극적이고 완강하게 고집을 부린다. 교도소는 죄수들을 안에 가두기만 하는 것이 아니라 다른 사람들을 들어오지 못하게 만드는 역할도 한다. 그녀의 가장 튼튼한 교도소는 그녀가 만든 것이다.

가끔은 그녀의 뺨을 때리고 싶은 날도 있다. 그 유혹에 압도될 지경이다. 하지만 그랬다가는 그녀의 덫에 빠질 것이다. 그녀가 그에게 반항할 이유가 생길 것이다. 그녀는 모든 여자들이 그런 경우에 대비해 준비해 놓는 상처 입은 사슴 같은 눈빛으로 그를 자극할 것이다. 눈물을 흘릴 것이다.

하지만 그녀가 둘이서 나누는 대화를 싫어하는 것 같지는 않다. 오히려 환영하고 심지어 즐기는 눈치다. 이기고 있는 게임을 즐기는 사람처럼 말이지. 그는 속으로 무뚝뚝하게 중얼거린다. 그녀가 가장 공공연하게 표현하는 감정은 살짝 누그러뜨린 감사의 마음이다.

그는 여자들이 고마워하는 것을 질색하게 되었다. 그것은 토끼가 꼬리치며 따르는 것이나 시렁을 뒤집어쓴 것과 같아서 떼어 낼 수가 없다. 그로 인해 일에 차질이 생기고 손해를 본다. 여자들이 고마워할 때마다 그는 찬물로 목욕을 한 듯한 기분이 든다. 그들은 진심으로 고마워하는 게 아니다. 그가 고마워해야 한다는 것이 숨은 속뜻이다. 그들은 속으로는 그를 무시한다. 풋내기답게 우쭐대며 불쌍한 길거리 여자에게 돈을 쥐어 주던 때를 떠올리면 당황스럽기 짝이 없고 자기 혐오감으로 움츠러든다. 애원하던 여자의 눈빛, 그는 얼마나 돈 많고 정 많은 대단한 사람이 된 듯한 기분이 들었던가. 몸을 허락할 사람이 그녀가 아니라 자신인 것처럼. 그들은 고맙다고 미소를 지으면서 속으로는 얼마나 한심스러워했을까!

기적이 울린다. 회색 연기가 창문을 지나간다. 왼쪽의 평평한 벌판 너머로 망치질당한 백랍처럼 군데군데 잔물결로 파인 평평한 호수가 보인다. 통나무집과 휘날리는 빨랫줄과 회색 연기를 저주하고 있을 뚱뚱한 아이 엄마와 물끄러미 쳐다보는 한 무리의 아이들이 여기저기에서 보인다. 최근에 자른 나무, 그다음에는 오래된 그루터기. 연기가 모락모락 나는 모닥불. 빨간 벽돌이나 하얀 물막이 판자로 지은 좀 더 큰 집들도 드문드문 등장한다. 기관이 쇠로 된 심장처럼 두근거리고, 열차는 서쪽으로 사정없이 달린다.

킹스턴에서, 험프리 부인에게서 멀어지고 있다. 이제는 레이철이라고 불러 달라는 험프리 부인. 레이철 험프리와의 거리가 멀어질수록 마음이 가벼워지고 고민이 줄어든다. 그는 그녀와 너무 깊이 얽혀 버렸다. 버둥거려 보지만(빠지면 헤어나기 힘든 모래의 이미지가 문득 떠오른다.) 아직은 어떤 식으로 빠져나와야 할지 생각나지 않는다. 정부가 생긴 것은(그녀는 정부의 자리를 꿰찼다. 만난 지 얼마 되지도 않아서!) 아내가 생긴 것보다 훨씬 끔찍하다. 책임감이 더 막중하고 더 복잡하다.

첫 번째는 실수였다. 그는 잠을 자다 기습을 당했다. 낮에 입고 있던 갑옷을 벗고 무아의 지경으로 누워 있었을 때 육체적인 욕구가 슬금슬금 그를 덮쳤다. 꿈이 그를 배신했다. 레이철은 자기가 그랬다고 주장한다. 햇살이 비치는 야외로 나가 꽃을 줍고 있는 줄 알았는데 알고 보니 어두컴컴한 방 안에서 그의 품에 안겨 있었고, 그때는 이미 엎질러진 물이라 어쩔 줄을 몰랐다는 것이다. 어쩔 줄 몰랐다라는 말은 그녀가 자주 쓰는 표현이다. 그녀는 어렸을 때부터 예민해서 몽유병 증상을 자꾸 일으켰다고 한다. 그래서 달빛 아래 돌아다니지 못하게 밤이면 밖에서 방문을 잠갔다고 한다. 손톱만큼도 믿기지 않는 이야기이지만, 그녀와 같은 계층의 고상한 여자는 그런 식으로 체면을 유지해야 할 것이다. 그때 그녀가 무슨 속셈이었고 지금은 무슨 속셈인지, 그는 감히 상상하고 싶지 않다.

그녀는 이후로 거의 매일 밤마다 잠옷 위에 하얀색 주름이 잡힌 실내복을 걸치고 그의 방을 찾아온다. 목의 리본도, 단추들도 풀려 있다. 그런 차림으로 촛불을 하나 들고 온다. 그녀는 어둑어둑한 데서 보면 젊어 보인다. 초록색 눈은 빛나고, 어깨까지 늘어뜨린 긴 금발 머리는 반짝이는 베일 같다.

요즘 들어 그는 시원한 밤공기를 마시며 늦게까지 강가를 걷고 싶을 때가 점점 더 많아지는데, 그러고 나서 돌아와 보면 그녀가 기다리고 있다. 처음에 그는 미적지근한 반응을 보인다. 의례적으로 거쳐야 하는 과정이 그의 입장에서는 따분하다. 두 사람의 만남은 눈물과 전율과 내키지 않는 마음으로 시작된다. 그녀는 흐느끼고 자책하며 자칭 천박하고 망신스럽고 벌을 받아 마땅한 인간이라고 한다. 지금까지 정부 노릇을 한 적은 한 번도 없었다고, 이렇게 수치스러운 짓에 탐닉할 만큼 타락한 적은 처음이라고 한다. 남편한테 들통나면 어쩌느냐고 한다. 늘 욕을 먹는 쪽은 여자인데.

사이먼은 이런 하소연이 어느 정도 이어질 때까지 내버려 둔다. 그러고 나서 위로하고, 모두 다 잘될 거라고 최대한 애매모호하게 안심시키고, 자기는 무의식중에 그런 일을 저질렀다고 해서 그녀에게 조금도 실망하지 않았다고 말한다. 그런 다음 둘만 조심하면 아무도 모를 거라고 덧붙인다. 그녀뿐 아니라 그를 위해서도 남들 앞에서(하인들이 어떤 식으로 수군거리는지 레이철도 알고 있을 테니 특히 도라 앞에서) 말이나 눈빛을 통해 들키지 않게 신경을 써야 할 일이다. 다른 사람들은 둘째치고 베링거 목사가 뭐라고 할지 짐작이 가고도 남는다.

그녀는 들통 날 경우를 생각하며 좀 더 눈물을 흘린다. 수치심에 괴로워한다. 그녀는 아편제를 아예 끊었거나 적어도 전처럼 많이 먹지는 않는 것 같다. 그렇게 전전긍긍하는 것을 보면 알 수 있다. 자신이 미망인이었다면 그렇게 손가락질당할 일은 아니라고, 그녀는 이야기를 계속한다. 소령이 죽었다면 혼인 서약을 깬 것이 아닐 것이다. 하지만……. 그는 그녀를 그렇게 형편없이 대한 소령이야말로 야비한 남자이자 악당이고 개만도 못한 인간이니 이보다 더 심한 경우를 당해도 싸다고 말한다. 그는 경계 태세 비슷한 것을 유지하고 있다. 소령이 갑자기 낭떠러지에서 떨어져 목이 부러지는 사고를 당한다 해도 그녀에게 청혼하지는 않을 것이다. 그는 속으로 소령의 무병장수를 기원한다.

그는 그녀의 손수건으로 눈물을 닦아 준다. 손수건은 늘 깨끗하게 새로 다림질되어 있고, 제비꽃 향기가 나고, 마침 알맞게 그녀의 소매 속에 들어 있다. 그녀가 그를 끌어안고 몸을 바짝 대면 그를 누르는 그녀의 젖가슴과 엉덩이와 온몸이 느껴진다. 그녀는 놀라울 정도로 허리가 가늘다. 그녀가 입술로 그의 목을 훑는다. 그러다 깜짝 놀라서 소녀처럼 수줍어하며 몸을 빼고, 달아나려는 듯 허리를 뒤로 젖힌다. 하지만 이쯤 되면 그의 마음이 동한다.

레이철은 그가 지금까지 만났던 여자들과 다르다. 먼저 그녀는 그가 처음으로 만난 번듯한 집안 출신이다. 그런데 알고 보니 여자가 번듯한 집안 출신이면 상황이 상당히 복잡해진다. 그런 집안의 여자들은 본질적으로 성에 냉담하고, 퇴폐적인 여자들을 매춘으로 이끄는 비뚤어진 욕망이나 신경쇠약증적인 갈망이 없다. 과학 이론상으로는 그렇다. 그가 직접 조사한 바에 따르면 타락이 아니라 가난이 매춘의 원인인 경우가 더 많은데, 어쨌든 매춘부들은 고객의 상상에 장단을 맞춰 주어야 한다. 창녀는 실제로 어떻든 간에 욕망을 느끼는 척, 희열을 느끼는 척해야 한다. 그런 가식의 대가로 돈을 받는다. 싸구려 창녀가 싸구려인 이유는 못생겼거나 늙어서가 아니라 연기를 잘 못하기 때문이다.

그런데 레이철의 경우에는 정반대이다. 그녀는 질색하는 척한다. 반항하는 게 그녀의 역할이고, 그걸 넘어서는 게 그의 역할이다. 그녀는 유혹하고, 제압하고, 강제로 끌고 가 주길 바란다. 그리고 절정의 순간에도 아픈 척하고, 항상 안 돼요라고 말한다.

이뿐 아니라 몸을 움츠리고 매달리고 비참하게 애원하며, 일종의 보답 차원에서 몸을 주는 것이라는 뜻을 넌지시 비친다. 도를 넘어선 통속극에서 사악한 금융업자와 정숙하지만 돈 한 푼 없는 처녀가 그렇듯, 자기를 위해 쓴 돈을 그렇게 갚는다는 식이다. 아니면 파리의 수상쩍은 헌책방에서 구할 수 있는 음란 소설에서 콧수염을 배배 꼬는 술탄과 겁먹은 노예들이 그렇듯, 그에게 붙잡혀 옴짝달싹 못하게 된 처지인 척한다. 은색 휘장과 발목에 묶인 쇠사슬. 멜론 같은 젖가슴. 가젤의 눈. 이런 설정이 진부하기는 해도 여전히 효과 만점이다.

한밤중에 이런 식의 향락을 즐길 때 그는 어떤 바보 같은 말을 내뱉을까. 기억이 잘 나지 않는다. 격정과 불타오르는 사랑의 고백, 그녀의 매력에 참을 수 없다는 말…… 이상한 소리이기는 하지만 그 순간에는 진심이다. 낮 동안에는 레이철이 짐이고 장애물이라 사라져 줬으면 좋겠다는 생각이 든다. 하지만 밤이 되면 그녀가 전혀 다른 인간으로 돌변하고 그도 마찬가지이다. 그도 속으로 좋을 때 싫다고 한다. 더 많은 것, 그보다 더한 것, 더 깊은 것을 원할 때 그렇게 말한다. 그는 그녀를 아주 살짝만 절개해서 피를 먹어 보고 싶다. 어두컴컴한 그의 방 안에서는 이런 게 정상적인 욕구로 느껴진다. 그는 감당할 수 없는 욕구에 휘둘리고 있다. 하지만 그의 또 다른 일부는 이런 욕구와 멀찌감치 거리를 둔 채, 파도처럼 들까부는 시트나 쓰러져 뒹굴며 숨을 헐떡이는 그 자신과 멀찌감치 거리를 둔 채 정장 차림으로 팔짱을 끼고 그저 신기해하며 가만히 관찰한다. 그는 정확히 얼마나 멀리까지 가려는 걸까. 얼마나 깊숙이 들어가려는 걸까.

열차가 토론토 역으로 들어서고, 사이먼은 그런 생각들을 애써 떨쳐 버린다. 역에서 그는 마차를 한 대 빌리고, 마부에게 골라 놓은 호텔로 가 달라고 한다. 최고급은 아니지만(쓸데없는 데 돈을 쓸 수는 없다.) 헛간 같은 곳도 아니다. 벼룩에 물리고 강도를 당하고 싶지는 않다. 그는 덥고 먼지가 많고 벌목용 짐마차, 대형 사륜마차, 자가용 마차 등 온갖 교통수단들로 북적거리는 길거리를 지나가며 유심히 주변을 둘러본다. 모든 게 새롭고 상쾌하고, 떠들썩하고 밝고, 서민적이고 기분 좋고, 새 돈과 새 페인트 냄새가 난다. 이곳은 순식간에 부를 일구었고, 더 많은 부가 만들어지고 있다. 통상적인 가게와 상업용 건물들이 보이고, 은행의 숫자가 놀라울 정도로 많다. 음식점들은 하나같이 별로 그럴듯하지 않다. 길거리를 지나가는 사람들은 대부분 부유해 보이고, 유럽의 수많은 도시의 매력을 반감시키는 헐벗은 거지도, 허약하고 지저분한 아이들도, 흙투성이이거나 야한 매춘부들도 없다. 하지만 그는 워낙 삐딱한 성격이다 보니 런던이나 파리가 더 좋다. 그곳에서는 아무 책임 없이 익명으로 지낼 수 있다. 연줄도 없이, 인맥도 없이 그를 완전히 놓을 수 있다.

12부

솔로몬 성전

저는 깜짝 놀라서 그녀를 쳐다보았습니다. 그리고 속으로 '하느님 맙소사!' 하고 외쳤죠. '여자가 어쩌면 이럴 수 있을까? 그것도 이렇게 예쁘고 상냥해 보이는 여자가……. 아직 소녀에 불과하건만! 정말 강심장이로군!' 저는 그녀에게 잔인하다고, 그렇게 끔찍한 일은 하지 않겠다고 말하려고도 했습니다. 하지만 그녀가 너무 아름다워서 어쩌다 보니 유혹에 넘어가고 말았던 거죠…….

—수재너 무디의 『개척지 생활』(1853)에 실린, 제임스 맥더모트가 케네스 매켄지에게 한 진술

……누군가 질문을 던져 침묵의 주문을 깨 줄 때까지
끈기 있게 조용히, 말을 할 줄 모르는 유령처럼 기다리는 것이
여자의 숙명이니.
그러므로 어둠의 동굴 밑을 지나는 강물처럼
음산하고 고요하고 깊은 것이
아픔을 겪는 수많은 여자들의 마음속이지요…….

—헨리 워즈워스 롱펠로, 「마일스 스탠디시의 구혼」(1858)

45

브래들리, 포터 앤드 매켄지 법률사무소는 킹스트리트웨스트에
빨간 벽돌로 신축한, 조금 젠체하는 건물에 있다. 머리 색이 흐리고
호리호리한 청년이 바깥 사무실의 높은 책상 앞에 앉아 강철 펜촉이
달린 펜으로 뭔가 끼적이고 있다. 사이먼이 들어서자 그는 벌떡 일
어나 몸을 터는 개처럼 잉크 방울을 사방으로 튀긴다.

"매켄지 씨께서 기다리고 계십니다."

그가 존경하는 마음을 표현하는 의미에서 '매켄지'라는 이름 앞뒤
로 여백을 넣어 가며 말한다. 몇 살일까? 사이먼은 궁금해진다. 여기
가 첫 직장이겠지. 그는 카펫이 깔린 복도로 사이먼을 안내하고 두
툼한 떡갈나무 문을 두드린다.

케네스 매켄지는 안쪽의 성역에 있다. 광택이 흐르는 책장과 값비
싼 장정이 달린 전문 서적과 경주마를 그린 세 폭의 그림이 그를
감싸고 있고, 책상 위에는 복잡한 나선 모양의 근사한 잉크스탠
드가 놓여 있다. 사람 자체는 사이먼이 예상했던 것과 전혀 다르
다. 페르세우스*를 닮은 영웅도 아니고 성 조지**도 아니다. 체구는

작달막하며, 어깨는 좁고 체크무늬 조끼 밑으로 볼록한 배가 편안하게 살짝 나와 있어 조롱박 같은 인상을 풍긴다. 또 코에는 곰보 자국과 망울이 있고, 은테 안경 뒤로 작지만 예리한 눈이 자리 잡고 있다. 그가 자리에서 일어나 웃으며 손을 내민다. 비버처럼 앞니 두 개가 길다. 사이먼은 16년 전 젊었을 때, 지금의 그 자신보다 젊었을 때에는 그가 어떤 모습이었을지 상상해 보려고 애를 쓰지만 잘되지 않는다. 케네스 매켄지는 다섯 살에도 중년처럼 보였을 것이다.

하지만 이 남자는 냉혹한 증거, 들끓는 여론, 그녀의 두서없고 미심쩍은 증언 등 상당히 불리한 여건을 딛고 그레이스 마크스를 살렸다. 사이먼은 그가 정확히 무슨 수로 그랬는지 알고 싶어진다.

"조던 박사님. 반갑습니다."

"시간을 내 주셔서 감사합니다." 사이먼이 말한다.

"별말씀을요. 베링거 목사님께 편지 받았습니다. 박사님을 아주 좋게 말씀하시면서 지금 하고 계신 일을 알려 주셨습니다. 과학의 발전에 도움을 드릴 수 있다니 기쁘게 생각합니다. 그리고 박사님도 들어서 아시겠지만, 우리 변호사들은 자랑할 수 있는 기회가 생기면 언제든지 마다하지 않습니다. 하지만 이야기를 시작하기에 앞서……." 유리 술병과 시가가 등장한다. 셰리주는 맛이 훌륭하다. 매켄지 씨는 입이 고급스럽다.

"유명한 반란군과 친척 관계는 아니시죠?" 사이먼이 서두 삼아 이

---

* 그리스 신화에서 메두사를 죽인 영웅.

** 성 게오르기우스. 초기 기독교의 순교자로, 중세 유럽에 유포되었던 성인(聖人) 이야기인 『황금전설』에서는 악한 용과 맞서 싸우는 고귀한 기사로 묘사되었다. 잉글랜드의 수호성인이기도 하다.

렇게 묻는다.

"전혀 아무 관계없습니다. 요즘은 분위기가 많이 달라져서 그 친구가 오래전에 사면을 받았고 개혁의 아버지로 간주되니 친척이라고 주장하고 싶지만요. 하지만 그 당시에는 그에 대한 반감이 상당했습니다. 그것 하나만으로도 그레이스 마크스의 목에 밧줄을 맬 수 있었죠."

"어째서 그렇습니까?" 사이먼이 묻는다.

"예전 신문을 읽어 보면 아시겠지만, 그레이스에 대해 단 한 마디라도 좋게 말한 쪽은 매켄지 씨와 그의 주장에 동조하는 신문들뿐이었습니다. 나머지는 그녀도, 윌리엄 라이언 매켄지도, 공화주의적인 정서를 품고 있는 사람이라면 누구든 할 것 없이 모두 교수형에 처하라고 했죠."

"하지만 아무런 상관도 없지 않습니까!"

"전혀 없죠. 그런데 그런 문제에 있어서는 상관관계가 아예 필요 없습니다. 키니어 씨가 왕당파에 유한계급이었고, 윌리엄 라이언 매켄지는 가난한 스코틀랜드와 아일랜드 그리고 이주민들 전체를 대변했다, 이겁니다. 이를 테면 유유상종이라는 거죠. 내가 재판 때 얼마나 고생을 했는지 모릅니다. 내가 처음으로, 난생처음으로 맡은 사건이었거든요. 법조계에 입문하자마자 그 사건을 맡으면서 모 아니면 도라는 걸 직감했습니다. 그런데 결과적으로는 상당히 든든한 발판이 되었죠."

"어떻게 그 사건을 맡게 되셨습니까?" 사이먼이 묻는다.

"위에서 나한테 떠맡겼다는 거 아닙니까. 뜨거운 감자라 아무도 맡으려 들지 않았어요. 피고가 돈이 없었으니 회사에서 무료로 맡아 놓고 결국 제일 나이가 적은 나한테 떠넘긴 거예요. 그것도 막판에 넘기는 바람에 준비할 시간이 한 달도 될까 말까 했죠. 브래들리 영감은 이렇게 말했어요. '어이, 이것 받아. 자네가 승소할 거라고 생각하는 사람은 없어. 두 사람의 죄는 의심할 여지가 없으니까. 문제는 어떤 식으로 패소를 하느냐는 거지. 볼썽사나운 패배가 있는가 하면 우아한 패배도 있는 법이거든. 최대한 우아하게 패배해 주게. 우리 모두 자네를 응원하겠네.' 나한테 무슨 특혜라도 베푸는 투였죠. 어쩌면 실제로 특혜였을지 모르겠습니다만."

"양쪽 다 변호를 맡으신 걸로 알고 있는데요." 사이먼이 말한다.

"예. 지금 생각해 보면 그게 실수였어요. 두 사람의 이해관계가 서로 엇갈렸는데 말입니다. 재판 과정에서 잘못된 게 아주 많았습니다. 그 당시에는 법체계가 훨씬 애매모호했거든요."

매켄지는 꺼진 시가를 보고 미간을 찌푸린다. 이 딱한 친구가 사실은 담배를 안 좋아하는데 경주마 그림과 어울리기 때문에 할 수 없이 피우는 게 아닐까 하는 생각이 문득 사이먼의 머리를 스치고 지나간다.

"그래서 우리 과묵한 아가씨는 만나 보셨습니까?" 매켄지가 묻는다.

"선생님은 그렇게 부르십니까? 예, 상당히 여러 번 만났습니다. 알아볼 게 있어서……."

"무죄인지 유죄인지를 알아내려고요?"

"정상인지 정신이상인지 알아내려고요. 아니, 사건 당시 정상이었는지 정신이상이었는지 알아내려고요. 정신이상이었다면 일종의 무죄가 되겠지요."

"건투를 빕니다." 매켄지가 말한다. "나 자신도 그 부분에 대해서는 아직도 찜찜합니다."

"그레이스는 살인 사건에 대해 기억하는 게 없다고 주장합니다. 적어도 몽고메리의 경우에 있어서는요."

"범인들 사이에서 그런 기억상실증이 얼마나 흔한지 알면 깜짝 놀라실걸요?" 매켄지가 말한다. "범행을 저지른 순간을 기억하는 인간이 거의 없습니다. 사람을 패서 죽이고 갈기갈기 잘라 놓고도 병 끝으로 살짝 때렸다고 하죠. 그런 경우에는 기억하는 것보다 잊어버리는 게 훨씬 간편하니까요."

"그레이스의 기억상실증은 진짜인 것 같습니다." 사이먼이 말한다. "저의 임상 경험에 비추어 봤을 때 그렇다고 결론을 내리게 됐습니다. 그런데 살인 사건은 기억하지 못하는데 반해, 주변 정황은 아주 세세하게 기억을 하고 있단 말이지요. 예를 들면 어떤 빨래를 했고, 그녀가 호수를 건너기 전에 선박 경주가 열린 적이 있다는 것까지 말입니다. 심지어 배 이름까지 기억을 하더군요."

"박사님은 어떤 식으로 사실을 대조하십니까? 신문을 보시겠죠?" 매켄지가 묻는다. "그녀도 똑같이 신문을 보고 자신의 이야기를 뒷받침하는 정보를 얻을지 모른다는 생각은 안 해 보셨습니까? 범인들은 기회가 닿는 대로 자기들 기사를 끊임없이 읽습니다. 그런 걸 보면 작가들만큼이나 허영심이 강하죠. 맥더모트가 목을 조를 때 그레이스의 도움을 받았다고 주장한 것은 심문을 하기도 전에 그걸 기정사실화한 킹스턴의 《크로니클 앤드 가제트》에서 힌트를 얻었을지 모릅니다. 신문에서 말하길 죽은 여인의 목에 매듭을 묶으려면 두 사람이 필요하다고 했으니까요. 허섭스레기 같은 주장이었죠. 매듭을 보고 한 명이 묶었는지, 두 명이서 묶었는지 아니면 스무 명이서 묶었는지 어떻게 알 수 있습니까? 물론 저는 재판에서 이 부분을 철저하게 난도질했죠."

"지금은 태도를 바꾸어서 다른 편을 들고 계시는군요." 사이먼이 말한다.

"항상 머릿속에 양쪽을 담고 있어야 합니다. 상대방의 움직임을 미리 간파하려면 그러는 수밖에 없어요. 이 사건에서 나의 상대방은 그다지 열심히 뛰지 않았죠. 하지만 나는 할 만큼 했습니다. 월터 스콧이 어디에선가 말했던 것처럼 사나이라면 최선을 다해야 하니까요. 법정은 미치도록 붐볐고, 11월인데도 더웠고, 공기가 퀴퀴했습니다. 그럼에도 어떤 증인한테는 세 시간 동안 반대신문을 했으니 체력도 좋았죠. 그때는 지금보다 젊었으니까요."

"체포 자체를 인정하지 않는 걸로부터 시작하셨다고 알고 있습니다."

"예. 마크스와 맥더모트는 영장도 없이 미국 영토에서 체포됐습니다. 이것은 양국 간의 국경과 인신보호법과 기타 등등을 침해한 처사라고 내가 일장연설을 늘어놓았죠. 하지만 로빈슨 수석 재판장은 들은 척도 하지 않았어요.

그래서 그다음에는 키니어 씨가 난봉꾼이고 도덕적으로 문란한 사람이라는 쪽으로 시도해 보았습니다. 사실 맞는 말이었죠. 그는 건강염려증 환자이기도 했고요. 이런 사실들이 살인 사건과는 별 상관이 없었지만, 나는 특히 도덕성 부분을 끈질기게 물고 늘어졌습니다. 이 네 명이 프랑스 소극(笑劇)처럼 서로가 서로의 침실을 오간 게 사실이었으니 누가 어디에서 잤는지 제대로 정리가 되지 않았거든요.

그다음에는 변을 당한 몽고메리를 깎아내리는 작업에 착수했습니다. 그녀를 헐뜯었을 때는 죄책감을 느끼지 않았습니다. 이 딱한 여자가 이미 도를 넘어섰으니까요. 아시겠지만 그녀는 이미 아이를 낳은 적이 있었는데(죽었으니 산파에게 고마워해야 할 일이죠.) 부검 결과 임신한 것으로 밝혀졌거든요. 아이 아버지는 두말할 것도 없이 키니어였지만, 나는 질투심 때문에 가엾은 여인의 목을 조른 로미오라는 가상의 인물을 만들어 보려고 최선을 다했어요. 하지만 아무리 애를 써도 대책이 서질 않더군요."

"애초부터 대책이 불가능했던 것 아닐까요?"

"맞습니다. 그래서 다음으로 세운 작전이 셔츠를 가지고 술수를 부리는 거였습니다. 누가 어느 셔츠를 언제 왜 입고 있었느냐는 거였죠. 맥더모트는 붙잡혔을 때 키니어의 셔츠를 입고 있었는데 그다음은? 나는 주인이 입다 버린 옷을 낸시가 주인의 허락도 없이 혹은 허락 아래 하인들에게 팔았다는 가설을 세웠습니다. 그러니 맥더모트가 네소스의 셔츠*를 합법적으로 손에 넣은 것이라고요. 그런데 안타깝게도 키니어의 시신이 맥더모트의 셔츠를 걸치고 있었던 게 걸림돌이었죠. 나는 어떻게든 그 부분을 피하려고 했지만, 검찰 측에서 그걸로 나를 얼마나 맹공격했는지 모릅니다. 당연한 일이었지만요.

그래서 이번에는 문 뒤로 내팽개쳐진 피 묻은 셔츠를 팔았다는 보따리장수 쪽으로 의혹의 눈길을 돌렸습니다. 다른 데서도 똑같은 물

---

* 네소스는 그리스 신화에서 헤라클레스가 쏜 독화살에 맞아 죽은 켄타우로스인데, 죽는 순간 헤라클레스의 부인에게 훗날 남편의 애정이 식거든 자기 피를 남편의 셔츠에 묻히면 된다고 거짓말을 해 헤라클레스를 죽게 만들었다. 여기에서 네소스의 셔츠는 받는 사람에게 고통과 재난을 초래하는 선물이라는 뜻이다.

건을 팔아넘기려고 했다니까요. 그런데 그것도 소용없었습니다. 보따리장수가 바로 그 셔츠를, 사실 똑같은 것 네 벌을 맥더모트에게 판 다음 쌩하니 사라졌다고 말한 증인이 있었거든요. 웬일인지 그는 재판정에 나타나지 않았습니다. 자기 목에 밧줄이 걸릴지도 모르는 위험을 감수해야 했을 테니까요."

"겁쟁이로군요." 사이먼이 말한다.

"그렇지요." 매켄지가 웃으며 말한다. "그리고 그레이스로 말할 것 같으면 별반 도움이 안 됐습니다. 이 멍청한 아가씨가 아무리 말려도 살해된 여자의 옷을 차려입고 나섰으니 언론과 대중들이 경악할 수밖에요. 하지만 만약 내가 기지가 있었다면 그녀가 결백하고 양심에 거리낄 게 없다는 증거라고, 더 나아가서는 제정신이 아니라는 증거라고 할 수 있었을 텐데, 당시에는 그런 생각을 할 만큼 약삭빠르지가 못했습니다.

게다가 그레이스가 수사를 얼마나 혼란스럽게 만들었는지 모릅니다. 체포됐을 때 그녀는 낸시가 어디 있는지 모른다고 했습니다. 그러다 심문 때는 직접 보지는 못했지만 낸시가 죽어서 지하실에 있는 것 같다고 했습니다. 그런데 재판과 진술서로 추정되는 문건, 그러니까 《스타》에 실린 기사와 그것을 요약한 것 말입니다, 거기에서는 맥더모트가 낸시의 머리채를 잡고 끌고 가서 계단 밑으로 던지는 걸 봤다고 했어요. 하지만 단 한 번도 목을 졸랐다고 시인한 적은 없었죠."

"하지만 나중에 선생님 앞에서 시인하지 않았습니까?" 사이먼이 묻는다.

"그래요? 기억이……."

"교도소에서 말입니다." 사이먼이 말한다. "핏발이 선 낸시의 눈이 자길 따라다닌다고 선생님께 말하지 않았습니까? 무디 부인이 쓴 글을 보면 선생님한테 그렇게 전해 들었다고 되어 있던데요."

매켄지는 어색하게 몸을 꿈틀거리며 아래를 내려다본다. "그레이스는 분명히 정신 상태가 불안한 상황이었습니다. 혼란스럽고 우울해했어요."

"그런데 눈은 어떻게 된 겁니까?"

"무디 부인은 나도 아주 존경하는 분입니다만……." 매켄지가 말한다. "틀에 박힌 상상을 하고 과장하는 걸 좋아하지요. 맥더모트는 완벽하게 본데없는 인간이었고(내가 변호를 하기는 했지만 좋은 말을 단 몇 마디라도 해 주기가 어려운 사람입니다.) 그레이스는 아무것도 모르는 어린아이나 다름없었는데, 그런 주인공들의 입을 통해 전혀 안 어울리는, 아주 그럴듯한 연설을 늘어놓는단 말입니다. 눈으로 말할 것 같으면, 머릿속으로 그렇겠거니 생각하면 정말 그렇게 되는 경우가 많지 않습니까? 증인석에서 날마다 벌어지는 현상이지요."

"그러니까 실제로는 눈을 운운한 적 없었다는 겁니까?"

매켄지는 다시 몸을 꿈틀거린다. "분명 눈이라고 했다고는 말 못 하겠습니다." 그가 말한다. "그레이스는 법정에서 진술로서 효력을 발휘할 수 있을 만한 이야기는 아무것도 하지 않았습니다. 낸시가 죽은 게 안됐다고는 했지만 그야 누구든 할 수 있는 말이었고요."

"그렇군요." 사이먼이 말한다. 그는 눈 이야기의 진원지가 무디 부인이 아닌 것 같다는 의심이 들면서, 그녀의 글 중에서 매켄지의 청산유수를 그대로 옮겨 적은 부분이 또 어떤 곳이 있을까 궁금해진다. "하지만 교수형을 당하기 직전에 맥더모트가 한 말도 있지 않습니까?"

"예, 예. 교수대 앞에서 한 말은 항상 신문에 소개가 되지요."

"그런데 교수형을 받기까지 왜 그렇게 시간이 걸렸던 겁니까?"

"그는 마지막 순간까지 감형을 기다렸습니다. 그레이스가 감형을 받았으니까요. 두 사람이 똑같은 죄를 지었으니 형도 똑같아야 한다고 생각했죠. 그리고 그레이스를 비난하려면 자기가 도끼를 휘두르고 기타 등등을 했다고 먼저 시인하고 올가미를 감수해야 했고요."

"반면에 그레이스는 맥더모트를 비교적 자유롭게 비난할 수 있었죠." 사이먼이 말한다.

"맞습니다." 매켄지가 말한다. "그리고 기회가 왔을 때 조금도 망설이지 않았죠. 모두 도망쳐라! 그 여자, 정말 강심장이에요. 남자로 태어났으면 변호사로 성공했을 겁니다."

"하지만 맥더모트는 형 집행이 연기되지 않았습니다." 사이먼이 말한다.

"당연하지요! 그걸 바라다니 맥더모트가 제정신이 아니었던 게 분명한데, 얼마나 펄펄 뛰었는지 모릅니다. 그것도 그녀가 온정적인 조치를 독차지했다며 그레이스 때문이라고 생각했고, 나중에 보아하니 누가 그레이스에게 복수를 해 주길 바라는 눈치였습니다."

"이해가 됩니다." 사이먼이 말한다. "제가 기억하기로 그는 그레이스가 자기와 함께 지하실로 내려가 그녀의 손수건으로 낸시의 목을 졸랐다고 주장했으니까요."

"뭐, 그 손수건은 실제로 거기 묶여 있었습니다. 하지만 그 외에는 확실한 증거가 없었죠. 그는 말을 이미 여러 번 바꾸었고, 애초부터 거짓말쟁이로 악명이 높았고요."

"하지만……." 사이먼이 묻는다. "거꾸로 뒤집어 생각하면 어떤 남자가 거짓말쟁이라고 해서 늘 거짓말을 하는 건 아니지 않습니까?"

"물론이죠." 매켄지가 말한다. "우리 매력적인 그레이스가 즐거운 추격전 속으로 선생님을 인도하고 있군요."

"별로 즐겁지 않습니다." 사이먼이 말한다. "솔직히 당혹스럽습니다. 그녀가 하는 말에서 진실성이 느껴지기는 합니다. 태도도 솔직하고 진지하고요. 그런데 뭐라고 딱 꼬집어 말할 수는 없지만 거짓말을 하고 있는 듯한 느낌을 떨쳐 버릴 수가 없습니다."

"거짓말이라고 하면 너무 심한 말이죠." 매켄지가 말한다. "그녀가 거짓말을 하고 있느냐고요? 이런 식으로 생각해 보면 어떨까요. 셰에라자드가 거짓말을 했다고 말할 수 있을까요? 그녀 자신은 절대 아니라고 생각할 겁니다. 사실 그녀가 한 이야기 자체가 진실과 거짓이라는 엄격한 잣대로 나눌 수 없는 것이지요. 전혀 다른 영역에 속하니까요. 아마 그레이스 마크스도 목적을 달성하는 데 필요한 말만 하고 있을 겁니다."

"목적이라면……?"

"술탄을 재미있게 하는 것이죠." 매켄지가 말한다. "일격이 떨어지지 않게 막는 것. 선생님을 붙잡아 가능한 한 오랫동안 자기와 한 방에 있도록 하는 것."

"도대체 그럴 필요가 뭐가 있습니까?" 사이먼이 묻는다. "저를 재미있게 해 봐야 교도소에서 나올 수도 없는데요."

"그걸 기대하지는 않을 겁니다." 매켄지가 말한다. "그런데 빤하지 않습니까? 그 딱한 아가씨는 박사님을 좋아하게 된 겁니다. 다소 젊고 괜찮게 생긴 독신남이 오랫동안 남자를 못 만나고 외톨이 생활을 하던 여자 앞에 등장하다. 박사님이야말로 그녀가 꾸는 백일몽의 주인공이죠."

"그럴 리가요." 사이먼은 자기도 모르게 얼굴을 붉히며 말한다. 그레이스가 그를 좋아하게 됐다면 그 마음을 아주 잘 숨긴 셈이다.

"분명하다니까요! 바로 내가 경험한 일입니다. 한도 끝도 없이 늘어지는 이야기를 듣느라 토론토 구치소에서 그녀와 얼마나 붙어 있어야 했는지 모릅니다. 그녀는 나에게 푹 빠져 정신을 못 차렸고, 늘 그녀 시야 안에 날 잡아 두려 했습니다. 그 애처롭고 나른했던 눈빛이란! 손만 한 번 잡아 주어도 내 품속으로 몸을 던지곤 했지요."

사이먼은 비위가 상한다. 코에 망울이 달린 난쟁이가 말쑥한 조끼를 입고 잘난 척하기는! "그렇습니까?" 그는 분노를 감추며 이렇게 되묻는다.

"그럼요." 매켄지가 말한다. "자기가 교수형을 당할 줄 알았으니까요. 공포심은 놀랄 만한 최음제이거든요. 박사님도 나중에 한번 시험해 보세요. 우리 변호사들은 일시적이나마 성 조지 역할을 할 때가 많죠. 쇠사슬로 바위에 묶여 괴물에게 잡아먹힐 뻔한 처녀를 구해, 바로 내가 차지한다. 종종 있는 일 아닙니까? 나도 혹하지 않았다고는 말 못하겠습니다. 그녀는 당시 아주 젊고 연약했으니까요. 지금은 수감 생활을 하느라 무신경해졌겠습니다만."

사이먼은 분노를 감추기 위해 헛기침을 한다. 이자가 타락한 바람둥이처럼 말버릇이 고약한 걸 왜 진작 알아차리지 못했을까? 매춘굴이나 찾아다니는 촌스러운 인간. 재고 따지는 호색한. "그런 것 같지는 않습니다." 그가 말한다. "제가 보기에는요." 그는 좋은 쪽으로 백일몽을 꾸겠거니 생각하고 있었는데, 벌써부터 의심이 들기 시작한다. 바느질을 하고 고주알미주알 이야기하면서 그레이스는 그를 두고 어떤 상상을 했을까?

"나는 아주 운이 좋았습니다." 매켄지가 말한다. "그레이스도 마찬가지였죠. 키니어 씨의 살인 사건에 대한 재판이 제일 먼저 열렸으니까요. 키니어가 총살을 당했을 때 그녀가 거들 수 없었다는 건 누가 봐도 분명했습니다. 그리고 낸시의 살인 사건의 경우, 사실 맥더모트도 마찬가지입니다만 정황증거밖에 없었죠. 그녀는 주범이 아니라 방조범으로 판결을 받았습니다. 맥더모트의 살인 의도를 사전에 알고 있었으면서 고발하지 않은 죄, 그가 저지른 범행을 널리 알리지 않은 죄가 전부였으니까요. 심지어 재판장도 너그러운 조치를 당부했고, 그녀의 편을 드는 여러 건의 강력한 탄원서 덕분에 나는 그녀를 살릴 수 있었습니다. 그때 두 사람은 이미 사형선고를 받았고, 두 번째 사건까지 자세히 파고들 필요가 없다는 판단 아래 재판도 끝난 상황이었습니다. 그러니 그레이스는 낸시 몽고메리 살인 사건에 대해서는 재판을 받지 않은 셈이죠."

"만약 받았으면 어떻게 됐을까요?" 사이먼이 묻는다.

"내가 어쩔 도리가 없었을 겁니다. 그녀를 비난하는 여론이 워낙 들끓었거든요. 교수형을 당했을 겁니다."

"그런데 선생님이 생각하기에 그녀는 무죄였다는 말씀이죠." 사이먼이 말한다.

"정반대입니다." 매켄지가 말한다. 그는 셰리주를 홀짝이고 입술을 살짝 닦으며 옛일을 회상하는 듯한 미소를 짓는다. "내가 생각하기에 그녀는 확실히 유죄였습니다."

46

조던 박사님은 뭘 하고 있고 언제 돌아올까? 뭘 하고 있을지는 짐작이 간다. 내가 유죄인지 알아내려고 토론토에서 사람들을 만나고 있다. 하지만 그런 식으로는 알아낼 수 없을 것이다. 내가 어떤 짓을 저질렀느냐가 아니라 다른 사람들이 나를 어떻게 처리하느냐에 따라 유죄나 무죄가 결정된다는 것을 그는 아직 모른다.

그는 이름이 사이먼이다. 어머니가 왜 그 이름을 지어 주었는지, 아버지의 이름을 물려받은 건지 궁금하다. 우리 아버지는 자식들 이름을 짓느라 고민한 적이 한 번도 없었고, 언제나 어머니와 폴린 이모의 몫으로 떠넘겼다. 우리 주님이 복음 전도사로 세운 사도 베드로의 본명이 시몬(Simon)이기는 하다. 하지만 바보 사이먼(Simon)*도 있다. 바보 사이먼이 파이 장수를 만났지, 시장 가는 길에. 그때 하는 말, 파이 맛 좀 볼게요, 돈도 없으면서. 맥더모트가 그렇게 거저로 뭐든 가질 수 있다고 생각했다. 그리고 조던 박사님도 마찬가지다. 내

---

* 영국 전래 동요의 주인공.

가 박사님을 불쌍하게 생각하지 않는 건 아니다. 원래 말랐는데 내가 보기에는 점점 더 마르는 것 같다. 심신을 갉아먹는 번민을 앓고 있는 모양이다.

내 이름은 찬송가에서 따온 것 같다. 어머니는 그런 말을 한 적 없지만, 어머니는 워낙 말하지 않은 게 많았다.

나 같은 죄인 살리신 주 은혜 놀라워
잃었던 생명 찾았고 광명을 얻었네.*

내 이름이 여기에서 나온 것이길 바란다. 나도 생명을 찾고 싶다. 나도 광명을 얻어서 앞을 보고 싶다. 아니면 누가 날 봐 주었으면 좋겠다. 주님이 보기에는 다 똑같을까? 성서도 "우리가 지금은 거울로 보는 것같이 희미하나 그때에는 얼굴과 얼굴을 대하여 볼 것이요……."**라고 한다.

얼굴과 얼굴을 대하여 본다는 것은 둘이서 서로 마주 보고 있다는 뜻이다.

오늘은 목욕을 하는 날이다. 그런데 지금처럼 둘씩 돌아가면서 씻지 않고 발가벗긴 채 단체로 씻게 한다는 소문이 있다. 그래야 시간을 줄일 수 있고, 물도 아낄 수 있으니 경제적이라고 한다. 하지만 내가 보기에는 너무 민망한 처사다. 만약 그렇게 하면 당국에 항의할

---

* 이 찬송가의 원제가 「어메이징 그레이스(Amazing Grace)」이다.
** 고린도전서 13장 12절.

테다. 하지만 우리를 시험하려고 내려오는 지침일 테니 다른 대부분의 재소자들처럼 묵묵히 견뎌야 할지도 모르겠다. 목욕 시간은 원래 불쾌했다. 돌로 된 바닥은 묵은 비누 때로 미끈거리고 항상 여자 감독관이 지켜보는데, 안 그러면 여기저기서 물을 튀길 테니 차라리 지켜보는 게 낫다. 겨울에는 죽도록 춥지만, 지금은 찌는 듯한 여름이라 온몸이 땀과 검댕투성이이고 부엌일을 하고 나면 그게 두 배로 많아지기 때문에 찬물이 오히려 상쾌하다.

나는 목욕을 마친 뒤에 간단한 바느질을 했다. 삼복더위에는 다들 성격이 급해지고 독기를 품어서 입소자 수가 점점 늘어나기 때문에 죄수복이 모자란다. 그래서 일손이 필요하다. 공장처럼 주문이 있고 채워야 할 할당량이 있다.

애니 리틀이 작업실에서 내 옆에 앉았는데 내 쪽으로 몸을 기울이더니 나지막이 물었다. 그레이스, 그레이스, 너 만나는 그 의사 선생 잘생겼니? 널 여기서 꺼내 준대? 너 그 사람 좋아해? 내가 보기에는 그런 것 같은데.

실없는 소리 하지 마. 내가 나지막이 대답했다. 나는 지금까지 어떤 남자도 좋아해 본 적이 없는데, 이제 와서 그럴 생각 없어. 나는 종신형이니까 여기에서 그런 짓할 시간도 없고, 그럴 만한 곳도 없잖아.

애니는 서른다섯 살로 나보다 나이가 많지만 제정신이 아닐 뿐 아니라 유치하다. 감옥에 있다 보면 처음 들어왔을 때의 나이에서 성장을 멈추는 사람들이 있다.

그렇게 잘난 척하지 마. 그녀가 팔꿈치로 나를 찌르며 말했다. 어쩔 줄 몰라 하는 소시지가 하나 보이면 언제든지 환영할 거면서 엉

558

큼하기는. 그녀가 속삭였다. 마음만 먹으면 시간과 장소는 얼마든지 찾을 수 있어. 버서 플러드는 교도관하고 창고에서 했잖아. 버서는 들켰지만 너는 안 들킬 거야. 너는 잠자는 너희 할머니를 죽여 놓고도 눈 하나 깜짝 안 할 만큼 워낙 침착하잖아. 이러면서 그녀는 비웃는 듯 콧방귀를 뀌었다.

그녀보다 더 저질스럽게 사는 사람이 있을까 싶다.

거기 조용해. 당직인 여자 감독관이 말했다. 안 그러면 이름 적는다. 수석 여감독관이 새로 왔기 때문에 분위기가 다시 엄격해졌다. 벌점을 너무 많이 받으면 머리가 싹둑 잘린다.

나는 점심을 먹은 다음 교도소장 집으로 갔다. 도라도 와 있었다. 빨래가 많은 날에는 이 집 일을 거들기로 조던 박사님의 안주인과 이야기를 끝냈기 때문이다. 그녀는 평소처럼 이야기보따리가 많았다. 그녀는 자기가 알고 있는 걸 반만 얘기해도 누구 하나 망신을 당할 거라며, 검은 비단옷을 입고 레이스 손수건을 든 채 고상한 척 오후마다 머리 아프다고 하는 위선자가 너무 많은데 남들은 어떨지 몰라도 자기 눈은 못 속인다고 했다. 그러면서 말하길 조던 박사님이 출장을 떠난 뒤로 자기 안주인이 방 안을 서성이고 창 밖을 내다보거나 멍하니 앉아 있는데, 전에 누가 하나 그랬던 것처럼 그도 달아났나 싶어 걱정이 될 테니 그럴 만도 하다고 했다. 그러면서 그 신경질을 받아 주고 뒤치다꺼리를 하는 돈을 누가 대 주겠느냐고 했다.

클래리는 원래 도라가 무슨 말을 해도 못 들은 척하고 부잣집 뒷이야기에 관심을 두지 않았다. 파이프 담배를 피우며 흠, 하고는 그만이었다. 그런데 오늘은 그런 인간들이 뭘 하든 무슨 상관이냐고,

암탉과 수탉 들이 앞뜰에서 싸우면 그냥 보고 있는 게 상책이라고, 하느님은 해 놓은 빨래나 더럽히라고 그런 종족을 이 세상에 내려보낸 것 같다고, 자기가 보기에는 다른 목적이 없다고 했다. 그러자 도라가 말하길, 두 사람이 그거 하나는 아주 잘하고 있어요, 내가 빨아 놓자마자 더럽히거든요, 솔직히 말하면 둘이서 같이 더럽힌다고 해야겠죠, 라고 했다.

그 말에 나는 온몸에 소름이 돋았지만 무슨 뜻이냐고 묻지 않았다. 조던 박사님은 대체로 나한테 잘해 주었고, 단조롭고 힘든 내 생활에 상당한 활력소가 되어 주었기 때문에 그녀에게 박사님에 관한 험담을 듣고 싶지 않았다.

나는 조던 박사님이 돌아오는 대로 최면에 걸릴 예정이다. 모두 결정됐다. 제러마이어(아니, 이제는 뒤퐁 박사님이라고 불러야 할지 모르겠다. 그렇게 부르는 연습을 하고 있으니까.)가 최면을 걸면 다른 사람들이 지켜보면서 귀를 기울일 것이다. 교도소장 부인이 차근차근 설명해 주면서 다들 내가 잘되길 바라는 친구들이니 무서워할 필요가 없고, 나는 의자에 앉아서 뒤퐁 박사의 지시에 따라 잠들기만 하면 된다고 했다. 내가 잠이 들면 사람들이 뭘 물어볼 거라고 했다. 이런 식으로 내 기억을 되살릴 수 있길 바라면서 말이다.

나는 말씀하신 대로 하겠지만, 기억이 되살아나는 것은 별로 바라지 않는다고 말했다. 그러자 그녀는 성심성의껏 협조해 주었으면 좋겠다고, 자기는 나를 철석같이 믿는다고, 분명 무죄로 밝혀질 거라고 했다.

저녁 식사가 끝났을 때 여자 감독관이 감방으로 들고 가서 야근을 하라며 뜨개질을 맡겼다. 양말이 부족하기 때문이다. 여름이라 상당히 늦게까지 날이 밝으니 우리한테 양초를 낭비할 필요도 없다.

그래서 지금 나는 뜨개질을 하고 있다. 나는 손이 빠르고, 근사한 작품이 아니라 양말 정도면 안 보고도 뜰 수 있다. 나는 뜨개질을 하면서 생각한다. 만약 기념 앨범이 생기면 거기에 뭘 넣을까? 어머니의 숄에 달려 있던 술 장식. 메리 휘트니가 만들어 준 꽃무늬 벙어리장갑에서 풀려 나온 빨간 털실. 낸시의 고급 숄에서 잘라 낸 비단 조각. 제러마이어가 준 뼈로 만든 단추. 제이미 월시가 데이지로 만들어 준 화환의 데이지 한 송이.

제임스 맥더모트는 기억하고 싶지 않으니 그의 것은 아무것도 넣지 않을 테다.

그런데 기념 앨범이 어떤 걸까? 좋은 것만 넣어야 할까 아니면 나쁜 것도 넣어야 할까? 사람들은 여기에 무슨 공작이나 나이아가라 폭포 등 본 적 없는 풍경이나 사건의 기록을 넣는데, 내가 보기에 그건 일종의 사기다. 나도 그래야 할까? 아니면 내 인생에 충실해야 할까?

교도소 잠옷에서 잘라 낸 까끌까끌한 무명 조각. 네모나게 자른 피로 물든 페티코트. 하얀 바탕에 파란 꽃무늬가 있는 손수건 한 조각. 그 꽃의 이름은 안개 속의 사랑, 니겔라.

47

사이먼은 다음 날 아침에 해가 뜨자마자 호텔 뒤 삯말 집에서 빌린 말을 타고 리치먼드힐로 향한다. 모르는 사람을 계속 태우는 데이골이 난 말답게 이 녀석도 고집이 세고, 재갈을 잘 안 물고, 울타리에 대고 두 번씩이나 몸을 비비려 들었다. 그러고 나서야 진정하고, 기운차게 덜커덕덜커덕 고집스럽게 달린다. 예상했던 것보다 길 상태가 양호해서, 사이먼은 길가 여관에서 몇 번 쉬고 물을 마시면서 온 끝에 정오가 막 지났을 때 리치먼드힐에 도착한다.

이곳은 읍내라고 할 것도 없다. 잡화점과 대장간이 하나씩 있고, 여기저기 집들이 있다. 여관은 분명 그레이스가 말한 그곳일 것이다. 그는 안으로 들어가 로스트비프와 맥주를 주문하고, 키니어 씨가 살던 집이 어디냐고 묻는다. 주인은 놀라지 않는다. 그 집에 대해서 묻는 사람이 사이먼 말고도 여럿 있었기 때문이다. 여관 주인 말로는 사실 살인 사건 당시에는 사람들로 버글거렸고, 그 뒤로도 구경 오는 사람들이 꾸준히 있다고 한다. 하지만 남의 비극을 구경하려고 하다니 점잖지 못한 짓이라며, 사람들이 겉으로는 사건 사고를 멀리

하려는 것처럼 보일지 몰라도, 속으로는 가담하고 싶어 한다고 말한다. 심지어 집 앞길의 돌멩이라든지 화단의 꽃을 가지고 가는 사람들까지 있다고 한다. 이제는 찾아오는 사람이 줄어서 집주인이 전보다 덜 성가실 테지만, 그래도 쓸데없는 관심은 원하지 않을 것이라고 말한다.

사이먼은 쓸데없는 관심이 아니라고 여관 주인을 안심시킨다. 자기는 그레이스를 연구하는 의사라고 밝힌다. 그러자 그건 시간 낭비라고, 그레이스는 유죄라고, 여관 주인이 말한다.

"얼굴은 예쁘죠." 여관 주인은 그녀를 알고 있다는 데 뿌듯해하는 듯한 표정을 지으며 이렇게 덧붙인다. "어찌나 내숭인지. 그렇게 얌전한 얼굴을 하고 속으로 무슨 음모를 꾸미고 있었는지 다들 짐작도 못했잖아요."

"그 당시 나이가 불과 열다섯 살이었다죠?" 사이먼이 묻는다.

"하지만 열여덟 살이라고 해도 다들 믿을 정도였어요. 그 나이에 그렇게 발칙한 짓을 저지르다니 부끄러운 일이지요." 그는 키니어 씨가 방탕하기는 해도 훌륭한 분이었고, 낸시 몽고메리가 죄를 짓고 살기는 했어도 대부분 그녀를 좋아했다고 말한다. 그는 맥더모트도 안다고 말한다. 힘이 좋았다고, 그레이스만 아니면 잘 살았을 거라고 한다. "그를 사주한 사람도, 그 목에 올가미를 씌운 사람도 그레이스예요." 그는 여자들이 항상 가벼운 벌을 받고 끝난다고 말한다.

사이먼은 제이미 월시에 대해 묻지만, 제이미 월시는 거기 살지 않는다고 한다. 어떤 사람은 도시로 나갔다고 하고, 어떤 사람은 미국으로 갔다고 한다. 키니어 씨의 집이 팔린 뒤에 월시네 가족은 짐을 쌀 수밖에 없었다. 그 사건 이후로 숱하게 사고팔며 오가고 해서

이 주변에 지금까지 살고 있는 사람들이 별로 없다. 남의 떡이 더 커 보이는 법이다.

사이먼은 북쪽으로 말을 달리고, 키니어가 예전에 살았던 곳을 별 어려움 없이 찾아낸다. 집까지 찾아가지는 않고 멀리서 보기만 할 생각이었는데, 그레이스가 머물던 시절에는 만들어진 지 얼마 안 됐을 과수원이 이제 다 자라서 전경을 일부 가리고 있다. 그는 집 앞길을 올라가고, 문득 정신을 차리고 보니 말을 두 부엌 사이 울타리에 묶은 다음 현관에 서 있다.

집은 상상했던 것보다 작고 초라하다. 현관의 기둥은 칠이 다 벗겨졌고, 장미 덤불은 잡초투성이로 변해 벌레 먹은 꽃 몇 송이가 전부이다. 이렇게 쳐다보는 것으로 얻을 수 있는 게 뭐가 있을까. 사이먼은 속으로 중얼거린다. 천박한 두근거림과 소름 끼치는 호기심의 충족 말고 뭐가 있을까. 이것은 전장을 찾은 것과 다를 게 없다. 상상하지 않는 한 볼 게 아무것도 없다. 실상과의 조우는 언제나 실망스럽다.

그럼에도 그는 현관문을 두드리고 또 두드린다. 아무도 대답이 없다. 그가 막 등을 돌리려고 할 때 문이 열린다. 비쩍 마르고, 슬픈 얼굴이며, 나이가 많지는 않지만 젊다고 할 수는 없고, 짙은 색 날염 드레스에 앞치마를 두른 수수한 옷차림의 여자가 서 있다. 사이먼은 낸시 몽고메리가 살아 있다면 이런 모습이었을 것 같은 느낌이 든다.

"집 보러 오셨죠." 그녀가 말한다. 묻는 게 아니다. "주인 나리는 안 계시지만 사람이 오면 안내해 드리라고 하셨어요."

사이먼은 깜짝 놀랐다. 그가 온다는 걸 어떻게 알았을까? 여관 주인의 말과는 달리 지금도 찾아오는 사람들이 많은 걸까? 일종의 괴기스러운 박물관이 된 걸까?

가정부인 게 분명한 그 여자는 사이먼이 안으로 들어설 수 있도록 옆으로 비켜선다. "우물은 어떤 식인지 궁금하시죠?" 그녀가 묻는다. "다들 그러시더라고요."

"우물이오?" 사이먼이 묻는다. 그는 우물에 대해 들은 게 아무것도 없다. 어쩌면 이번 여행길에서 지금까지 한 번도 언급되지 않은 새로운 정보를 발견하는 소득을 얻을 수도 있겠다. "어떤 우물 말입니까?"

여자는 그를 이상한 눈빛으로 흘끗 쳐다본다. "덮어 버리고 새로 펌프를 단 우물이오. 집을 사려고 둘러볼 때 우물이 어떤 식인지 당연히 보셔야죠."

"하지만 나는 집을 사려고 둘러보는 게 아닙니다." 사이먼은 허둥지둥 대답한다. "이 집을 팔려고 내놓은 상태입니까?"

"안 그러면 제가 왜 보여 드리겠어요? 당연히 팔려고 내놓은 상태니까 그렇죠. 이번이 처음도 아니에요. 여기에 살면 도무지 마음이 편하지가 않거든요. 유령이나 뭐 그런 건 없어요. 선생님은 그런 게 있다고 생각하실지 모르겠고, 저도 지하실 출입은 절대 삼가고 싶기는 하지만. 그런데 그런 줄 알고 할 일 없는 구경꾼들이 찾아오기는 한답니다."

그녀는 그를 뚫어져라 쳐다본다. 집을 사러 온 게 아니면 뭐하러 왔느냐는 뜻이다. 사이먼은 할 일 없는 구경꾼으로 낙인찍히고 싶지 않다.

"저는 의사입니다." 그가 말한다.

"아하." 그녀는 그거면 모든 설명이 끝났다는 듯 그를 향해 약삭빠르게 고개를 끄덕인다. "그러니까 이 집을 한번 구경하고 싶으신 거로군요? 구경하고 싶다는 의사 선생님들이 숱하게 찾아왔어요. 다른 직업, 심지어 변호사들보다 관심이 더 많으시더라고요. 뭐, 이왕 오셨으니 안내해 드릴게요. 이쪽이 응접실이에요. 키니어 씨가 살았을 때는 이곳에 피아노를 두었고, 낸시 몽고메리가 자주 연주했대요. 사람들 말로는 목소리가 꾀꼬리 같았다던데요? 음악을 아주 좋아했다나요?" 그녀는 그를 보고 빙긋 웃는다. 처음으로 하사하는 미소다.

사이먼은 꼼꼼하게 안내를 받는다. 식당, 서재, 겨울용 부엌. 여름용 부엌, 축사 그리고 "그 망할 맥더모트가 잠자리로 썼다는" 다락방. 2층 침실("여기서 어떤 일이 벌어졌는지 하느님만 아시겠죠.")과 그레이스의 작은 방. 물론 가구는 다 바뀌었다. 더 초라하고 허름하게. 사이먼은 그 당시에 어땠을지 상상해 보려고 애를 쓰지만 잘 되지 않는다.

가정부는 훌륭한 쇼맨십을 발휘하며 지하실을 가장 마지막으로 공개한다. 촛불을 들고 먼저 내려가며 넘어지지 않게 조심하라고 한다. 불빛은 어두침침하고, 사방 구석이 거미줄투성이다. 축축한 냄새와 흙냄새, 그리고 보관돼 있는 채소 냄새가 난다.

"키니어 씨는 바로 여기에서 발견됐어요." 가정부가 눈을 반짝이며 말한다. "그리고 낸시 몽고메리는 저 벽 너머에 숨겨져 있었고요. 그런데 뭐하러 숨겼는지 모르겠어요. 범행은 다 밝혀지기 마련이고, 실제로도 다 밝혀졌는데. 그 그레이스를 목매달지 않은 건 안타까운 일이에요. 저 말고도 그렇게 생각하는 사람들이 많답니다."

"그럴 겁니다." 사이먼이 말한다. 그는 충분히 둘러보았고, 이제 그만 나가고 싶다. 왠지 그래야 할 것 같아 현관에서 돈을 주자 그녀는 고개를 까딱하고 주머니 안에 넣는다.

"읍내 교회 묘지에 무덤도 있어요." 그녀가 알려 준다. "묘비는 없지만 가 보면 어디인지 아실 거예요. 유일하게 빙 둘러서 말뚝을 쳐 놓은 곳이거든요."

사이먼은 고맙다고 말한다. 지저분한 쇼를 보고 몰래 빠져나가는 듯한 심정이다. 그는 어쩌다 이런 관음증 환자가 되었을까? 곧장 장로교회로 향하는 것을 보면 철저한 관음증 환자다. 보이는 뾰족지붕이 한 개라 교회는 쉽게 찾을 수 있다.

그 뒤로 깔끔하고 파릇파릇하며 죽은 사람들을 철저하게 단속하는 묘지가 있다. 이곳에는 이리저리 뻗은 잡초도 없고, 시든 화환도 없고, 엉망진창 난잡하지도 않다. 유럽의 오래된 꽃밭과 전혀 다르다. 천사도 없고, 예수의 십자가상도 없고, 분위기가 엄숙하다. 장로교 교인들은 천국이 은행과 같아서 각 영혼에 꼬리표를 달고 메모를 붙여 적당한 칸막이에 넣어야 한다고 생각하는 모양이다.

그가 찾는 무덤은 어디인지 한눈에 알 수 있다. 각각 나무 말뚝이 둘러져 있는데, 그런 무덤이 여기에서 그 두 군데뿐이다. 살해당한 사람은 걸어다닌다는 소문이 있으니 밖으로 나가지 못하게 이런 식으로 가둔 것이다. 장로교 교인들도 미신에서 완전히 벗어나지는 못한 모양이다.

토머스 키니어의 울타리는 흰색이고 낸시 몽고메리는 검은색으로, 이 동네가 그녀에게 내린 평가를 반영하는 듯하다. 그녀가 살인 사건의 피해자이건 아니건, 받아야 할 대접을 받은 것이다. 두 사람은 한 무덤에 묻히지 않았다. 추문을 시인할 필요가 없었을 것이다. 이상하게 낸시의 무덤이 키니어의 발치에 직각으로 놓여 있다. 그래서 침대 깔개 같은 효과를 연출한다. 커다란 장미 덤불이 낸시의 무덤을 거의 뒤덮다시피 했지만(예전에 전단지에 실린 시에서 예언한 대로 된 셈이다.) 토머스 키니어의 무덤에는 덩굴 하나 없다. 사이먼은 낸시의 무덤에서 장미 한 송이를 꺾어 그레이스에게 가져다줄까 하다 그만두기로 한다.

그는 토론토로 가는 길 중간에 있는 그저 그런 여관에서 하룻밤을 보낸다. 유리창이 하도 더러워 밖이 안 보일 지경이고, 이불에서는 곰팡이 냄새가 난다. 그의 방 바로 밑에서 시끄러운 술꾼들이 자정을 훨씬 넘겨서까지 떠들썩하게 먹고 마신다. 이것이 지방 여행의 고충이다. 그는 불청객의 침입을 예방하기 위해 의자로 문을 막는다.

그는 아침 일찍 일어나 밤새 여러 벌레에 물린 자국을 점검한다. 그런 다음 객실 담당 하녀가 가져다준 세숫대야의 얼마 안 되는 미지근한 물로 머리를 적신다. 그런데 하녀가 아래층 식기실도 맡고 있기 때문인지 물에서 양파 냄새가 난다.

그는 태곳적에 만든 햄 한 조각과 산란 시기를 알 수 없는 달걀로 아침 식사를 마친 뒤 다시 길을 떠난다. 길을 나선 사람이 거의 없다. 그는 마차와 도끼를 들고 자기 벌판의 죽은 나무를 베는 남자와 도랑을 건너는 일꾼을 지나간다. 벌판 여기저기에서 피어오른 안개가 떠오르는 햇살 아래 꿈처럼 흩어진다. 대기는 흐릿하고 길가의 잡초들은 이슬을 머금고 축 늘어져 있다. 말이 지나가면서 잡초를 한 입 뜯어 먹는다. 사이먼은 건성으로 재갈을 잡아당겼다 다시 놓는다. 그는 모든 목표와 노력에서 멀리 벗어나 한가로운 기분이다.

오후 열차를 타기 전에 처리해야 할 일이 한 가지 더 있다. 그는 메리 휘트니의 무덤을 찾아가 보고 싶다. 그녀가 실제로 있었던 인물인지 확인하고 싶다.

그레이스 말로는 애들레이드 가 감리교회라고 했다. 그는 공책을 보고 확인해 놓았다. 묘지에 가 보니 반짝반짝 닦은 화강암이 대리석을 대체하고 있고, 시를 적은 묘비가 점점 희귀한 존재로 변해 가고 있다. 장식이 아니라 크기와 부피를 통해 과시욕을 발휘한다. 감리교 교인들은 으리으리한 비석을 좋아한다. 그의 아버지는 계산을 모두 끝내면 회계 원장에 완납이라고 쓰고 그 밑에 검은색으로 굵게 밑줄을 그었는데, 그렇게 분명하고 큰 덩어리 같은 비석을 좋아한다.

그는 무덤들 사이를 오르내리며 이름을 읽는다. 빅, 스튜어트, 플루크, 챔버, 쿡, 랜돌프, 스털워디. 드디어 그는 한쪽 귀퉁이에서 발견한다. 19년보다 훨씬 더 오래돼 보이는 작은 회색의 비석이다. 메리 휘트니. 이름 말고는 아무것도 없다. 그레이스도 말하길 이름 말고는 더 이상 아무것도 해 줄 수 없었다고 했다.

그의 속에서 그럼 그녀의 이야기가 사실이었다는 확신이 불꽃처럼 일었다가 금세 죽는다. 이런 물질적인 증거들이 무슨 소용이 있을까? 마술사가 모자에서 동전을 꺼낼 때 관객들은 그것이 진짜 동전이고 진짜 모자이기 때문에 착각까지 진짜라고 믿는다. 하지만 이 비석은 그저 비석일 뿐이다. 게다가 날짜도 없기 때문에 여기 묻힌 메리 휘트니가 그레이스 마크스와 전혀 상관없는 사람일 수도 있다. 그냥 비석 위에 새겨진 이름을 그레이스가 보고 자기 이야기를 풀어 나가는 데 썼을지 모른다. 그녀는 할머니일 수도 있고, 누군가의 부인일 수도 있고, 갓난아이일 수도 있다.

입증된 것은 아무것도 없다. 하지만 반증된 것 역시 아무것도 없다.

킹스턴으로 돌아갈 때는 일등석을 탄다. 열차가 거의 만석이라 번잡한 걸 피할 수 있으니 그만한 가치가 있다. 토론토와 리치먼드힐과 그곳의 농장과 초원을 등지고 동쪽으로 향해 가는데, 문득 그 푸릇푸릇하고 평화로운 시골에서 살면 어떨까 하는 생각이 든다. 이를테면 토머스 키니어의 집에서 그레이스를 가정부로 두고 말이다. 가정부에 그치는 것이 아니라 비밀스러운 정부로 가두어 두고. 그녀의 이름을 바꾼 뒤, 숨어 지내게 하는 거다.

나른하고, 너그럽고, 나름대로 더딘 즐거움이 있는 생활이 될 것이다. 그는 응접실 의자에 앉아 바느질하는 그녀의 옆모습을 등불이 비추는 광경을 그려 본다. 하지만 정부로 그칠 이유가 뭐가 있을까? 생각해 보니 그레이스 마크스는 지금까지 만난 중에서 유일하게 결혼하고 싶다는 생각이 들게 만든 여자다. 문득 떠오른 발상이지만, 그는 이리저리 곰곰이 따져 본다. 냉소적으로 생각해 보면 어머니가 종종 넌지시 비친 요구 조건을 모두 만족시킬 유일한 여자이기도 하다. 모두가 아니고 거의 모두라고 바꿔야겠다. 그레이스가 부자는 아니니까. 그러나 그레이스는 예쁘지만 천박하지 않고, 고분고분하지만 지루하지 않고, 검소하고 진중하며 생각이 깊다. 게다가 뜨개질도 아주 잘해서 코바늘뜨기로 페이스 카트라이트 양을 둘러쌀 수도 있을 것이다. 그 점에 있어서는 어머니도 불만이 없을 것이다.

그런가 하면 그의 요구 조건도 만족시킨다. 좀 샅샅이 뒤져야 되기는 하지만, 그레이스는 어딘가에 열정이 숨겨져 있다. 그리고 마지못해서이기는 하지만 그에게 고마워할 것이다. 그는 고마워하는 그 자체에는 관심이 없지만, 마지못해서라는 부분이 마음에 든다.

하지만 제임스 맥더모트가 있다. 그녀가 그에 대해서 한 말은 사실일까? 그녀가 주장한 것처럼 정말로 그를 싫어하고 무서워했을까? 그가 그녀의 몸에 손을 댄 것은 분명하다. 하지만 어느 정도였고, 어느 선까지 그녀가 허락했을까? 그런 일은 바로 그 순간과 돌이켜보았을 때가 다르다. 그런 것에 대해 그보다 더 잘 아는 사람은 없을 텐데, 여자라고 다를 게 없지 않을까? 누구나 얼버무리고, 변명을 만들고, 모면하려고 안간힘을 쓴다. 하지만 등불을 밝힌 응접실에서 그녀가 그에게 알고 싶지 않은 부분들까지 밝히면 어떻게 한다?

하지만 그는 그런 부분들까지 알아내고 싶은 마음이다.

미친 짓이라는 건 알고 있다. 살인 용의자와 결혼을 하겠다니 변태적인 상상이다. 하지만 살인 사건 이전에 그녀를 만났다면 어땠을까? 그는 곰곰이 생각하다 고개를 젓는다. 살인 사건 이전의 그레이스는 그가 지금 알고 있는 모습과 전혀 다른 인물이었을 것이다. 거의 틀도 안 잡힌 어린 여자. 미지근하고, 매력 없고, 무미건조한 여자. 밋밋한 풍경.

살인범, 살인범. 그는 속으로 중얼거린다. 그것은 매력이고, 일종의 향기에 가깝다. 온실에서 자란 치자나무. 요란하면서도 은밀한 그 무엇. 그는 그레이스를 끌어당겨 입술을 포개며 그 향기를 들이마시는 상상을 한다. 살인범. 그는 낙인처럼 그녀의 목에 입술을 댄다.

13부

판도라의 상자

남편이 아주 기발한 혼령 관찰기를 발명했어요……. 사람을 움직여 메시지와 이름을 한 글자씩 적게 하는 기계인데, 나는 여기에 손을 댄 적이 없었어요. 그런데 혼자 손을 올려놓고 "내 손을 움직이는 게 혼령인가요?" 하고 물었더니 기계가 앞으로 굴러가면서 "예." 하고 적더군요……. 제가 그랬던 것처럼 당신도 제 머리가 그러는 거라고 생각할지 모르겠지만 그럼 머리가 주인보다 훨씬 똑똑한 거예요. 서로 연관 있는 난해한 문제에 대해 한 글자씩 몇 장이나 적어 내리는데, 저는 접신이 끝난 뒤에 남편이 읽어 줘야 무슨 말인지 알 수 있거든요. 여동생 트레일 부인은 상당히 영험한 영매인데, 외국어로 받아 적어요. 그녀를 찾아오는 혼령은 상스러운 소리를 자주하고 욕을 한답니다……. 내가 미쳤다거나 악령에 들렸다고 생각하지는 말아 주세요. 당신에게도 유쾌한 광기가 전염되면 좋겠네요.

—수재너 무디가 리처드 벤틀리에게 쓴 편지(1858)

내 앞을 스치고 지나가는 그림자는
그대가 아니라 그대를 닮은 자.
오, 주여, 단 한 시간만이라도
우리가 사랑했던 영혼들을 볼 수 있다면,
어디에서 무엇이 되어 사는지 그들에게 들을 수 있다면!

—앨프리드 테니슨 경, 「모드」(1855)

뇌가 찢어지기라도 한 것처럼—
머릿속이 쪼개진 게 느껴지네—
한 땀, 두 땀— 다시 짜 맞추려 하지만—
잘 맞지를 않네.

—에밀리 디킨슨(1860년경)

48

그들은 퀘넬 부인네 집의 서재에서 등이 똑바른 의자에 앉아, 살짝 열려 있는 문 쪽을 너무 대놓고 쳐다보지 않으려고 애를 쓰며 기다리고 있다. 밤색 플러시 천으로 되어 있고 까만색 테두리에 술이 달려 있어, 사이먼이 보기에 미국 감독교회의 장례식을 연상시키는 커튼이 쳐져 있다. 동그란 갓이 달린 등불이 직사각형 모양의 떡갈나무 테이블 한복판에서 불을 밝히고 있다. 그들은 재판을 앞둔 배심원처럼 근엄하고 조심스럽게 테이블을 에워싸고 앉아 말없이 기다린다.

하지만 퀘넬 부인은 깍지 낀 손을 무릎 위에 얌전히 올려놓고 느긋하게 앉아 있다. 그녀는 기적적인 일이 벌어지길 기대하고 있지만, 정말 기적적인 일이 벌어지더라도 그게 뭐가 됐건 놀라지 않을 것이다. 그녀는 전문 가이드 같은 분위기를 풍기고 있다. 예를 들어 나이아가라 폭포의 장관이 일상이 되어 버렸지만 그래도 황홀해하는 초보 관광객들을 통해 대리 만족을 느끼는 그런 분위기다. 교도소장 부인은 경건하게 무언가를 기다리지만 살짝 체념한 얼굴이고, 베링거 목사는 부드러우면서도 못마땅해하는 표정을 짓고 있는데 안경을 끼고 있는 것처럼 눈 주변이 반짝거린다. 사이먼의 왼쪽에 앉은 리디아는 뿌옇고 반짝이는 소재로 되어 있고 흰색이 한가운데를 관통하는 옅은 자주색 드레스를 입고 있는데, 깊게 파여서 매력적인 쇄골이 드러나 보인다. 그녀에게서 촉촉한 은방울꽃 향기가 난다. 그녀는 초조한 듯 손수건을 쥐어짜다 사이먼과 눈이 마주치자 미소를 짓는다.

사이먼으로 말할 것 같으면 회의적인 분위기를 풍기며 썩 유쾌하지 않은 냉소를 짓고 있다는 게 스스로 느껴진다. 하지만 그건 가면일 뿐, 속으로는 카니발에 참석한 어린아이처럼 들떠 있다. 그는 아무것도 믿지 않고 속임수일 거라고 생각하며 그 수법을 파헤칠 수 있길 기대하지만 또 한편으로는 깜짝 놀라고 싶은 마음도 있다. 그도 알다시피 이런 심리 상태는 위험하다. 객관성을 유지해야 하건만.

노크 소리와 함께 문이 좀 더 열린다. 제롬 뒤퐁 박사가 그레이스의 손을 잡고 들어선다. 그녀는 캡을 쓰지 않았고, 돌돌 말린 머리가 등불에 비쳐 빨갛게 반짝인다. 그가 한 번도 보지 못한 흰색 옷깃이 달린 옷을 입고 있는데, 깜짝 놀랄 만큼 어려 보인다. 그녀는 앞이 안 보이는 사람처럼 머뭇거리며 걷지만, 사실은 두 눈을 동그랗게 뜨고 겁에 질려 부들부들 떨며 말없이 애원하는 눈빛으로 뒤퐁만 바라보고 있다. 사이먼은 지금까지 그녀의 그런 눈빛을 바랐지만 한 번도 보지 못했다는 사실을 뒤늦게 깨닫는다.

"다들 모이셨군요." 뒤퐁 박사가 말한다. "이렇게 관심을 보여 주셔서 감사합니다. 믿어 주시는 것도 감사드리고요. 테이블에 있는 등을 치워야겠는데요. 퀘넬 부인, 부탁드려도 되겠습니까? 불을 끄고

문도 닫아 주십시오."

퀘넬 부인이 일어나 등을 한쪽 구석의 조그만 테이블로 조용히 치운다. 베링거 목사가 문을 꼭 닫는다.

"그레이스는 여기 앉을 겁니다." 뒤퐁 박사가 말하며 그레이스로 하여금 커튼을 등지고 앉게 한다. "편안한가요? 좋아요. 무서워할 것 없어요. 당신을 해치려는 사람은 아무도 없으니까. 저는 그레이스에게 제가 하는 말을 듣고 잠이 들기만 하면 된다고 설명을 해 주었습니다. 알겠죠, 그레이스?"

그레이스는 고개를 끄덕인다. 그녀는 입을 굳게 다물고 뻣뻣하게 앉아 있는데, 희미한 불빛에 비친 동공이 커다랗게 보인다. 두 손은 의자 팔걸이를 꼭 잡고 있다. 사이먼은 병원에서 이런 자세를 본 적 있다. 아프거나 수술을 앞두고 있는 환자들이 그랬다. 동물적인 두려움이다.

"이것은 철저하게 과학적인 방법입니다." 뒤퐁 박사가 말한다. 그레이스라기보다 다른 사람들에게 하는 말이다. "최면술이나 기타 사기극과 비교하려는 생각은 버려 주십시오. 브레이드 체계는 전적으로 논리적이고 정통적이며 유럽의 전문가들에게 확실히 검증받은 방식입니다. 긴장을 완화하고 신경을 재배치해서 신경 최면적인 수면을 유도하는 방식이죠. 물고기의 경우에도 등지느러미를 따라 쓰다듬어 주면 똑같은 현상을 일으키고 고양이도 마찬가지입니다. 물론 고차원적인 생물일수록 결과가 더욱 복잡해지지만요. 갑자기 움직이거나 시끄러운 소리를 내면 피험자에게 충격을 주거나 위험할 수 있으니 삼가 주시기 바랍니다. 그레이스가 잠들 때까지 전적으로 침묵을 유지해 주시고 이후에도 조용히 대화를 나눠 주시기 바랍니다."

그레이스는 달아날 생각을 하는 사람처럼 닫힌 문을 물끄러미 바라보고 있다. 어쩌나 긴장을 했는지 팽팽한 밧줄처럼 가늘게 떨고 있는 게 사이먼한테까지 느껴질 정도이다. 그렇게 겁에 질린 그녀의 모습은 처음이다. 뒤퐁이 여기 데려오기 전에 무슨 말을 하거나 무슨 짓을 한 걸까? 그녀는 협박이라도 당한 것 같은데, 그가 말을 걸면 믿음이 담긴 눈빛으로 올려다본다. 뭔지 모르겠지만 뒤퐁을 두려워하는 것은 아니다.

뒤퐁이 등불을 조금 더 어둡게 만든다. 보일락 말락 한 연기로 방 안의 공기가 탁해진 듯하다. 그레이스의 모습은 이제 그림자로 덮이고 두 눈만 유리알처럼 반짝인다.

뒤퐁이 최면을 시작한다. 그는 먼저 몸이 무거워지고 졸린다고 말한다. 그런 다음 물속에 있는 것처럼 팔과 다리가 둥둥 뜨고 몸이 점점 밑으로 가라앉고, 가라앉고, 가라앉는다고 말한다. 그레이스의 눈꺼풀이 덮인다. 그녀는 깊고 고르게 숨을 쉰다.

"잠이 들었나요, 그레이스?" 뒤퐁이 묻는다.

"예." 그녀가 대답한다. 느리고 나른한 목소리지만 또렷이 들린다.

"내 말 들리죠?"

"예."

"내 말만 들리죠? 좋습니다. 눈을 뜨면 지금 있었던 일이 아무것도 생각나지 않을 거예요. 자, 이제 좀 더 깊이 내려갑니다." 그는 말을 멈추었다 다시 잇는다. "오른팔을 들어 보세요."

줄로 잡아당기는 것처럼 한쪽 팔이 천천히 올라가 바닥과 일직선이 된다.

"당신의 팔은 이제 쇳덩어리예요." 뒤퐁이 말한다. "아무도 구부릴 수 없습니다." 그는 그들을 둘러본다. "누가 한번 시험해 보시겠습니까?" 사이먼은 유혹을 느끼지만 참는다. 지금 이 시점에서는 확신을 얻고 싶지도, 환상을 깨고 싶지도 않다. "없습니까?" 뒤퐁이 묻는다. "그럼 제가 해 보겠습니다." 그는 그레이스가 앞으로 내민 팔 위에 두 손을 얹고 몸을 앞으로 기울인다. "저는 지금 온 힘을 다하고 있습니다." 그가 말한다. 팔은 구부러지지 않는다. "좋아요. 이제 팔을 내려도 좋습니다."

"눈을 떴어요." 리디아가 깜짝 놀란 목소리로 말한다. 정말 눈꺼풀 사이로 반달 모양의 흰자위가 보인다.

"자연스러운 현상입니다." 뒤퐁이 말한다. "하지만 별다른 의미는 없죠. 이 상태에서 피험자는 눈을 감고 있어도 어떤 물건들을 식별할 수 있습니다. 특정 감각기관이 일으키는 신경조직의 독특한 현상인데, 인간의 능력으로는 아직 그 기제를 파악하지 못했답니다. 아무튼 계속 진행하겠습니다."

그는 심장 소리를 듣는 것처럼 그레이스 쪽으로 고개를 숙인다. 그런 다음 속주머니에서 네모난 천을 꺼내(여자들이 쓰는 밝은 회색의 평범한 베일이다.) 그녀의 머리 위에 가볍게 얹자 천이 펄럭이다가 잠잠해진다. 이제 머리만 보이고 베일 뒤로 얼굴의 윤곽만 살짝 드러난다. 수의를 암시하는 게 뻔히 드러난다.

사이먼은 너무 연극 같고 너무 조잡하다는 생각을 한다. 사기꾼들이 귀가 얇은 가게 점원과 무뚝뚝한 농부 그리고 그들의 칙칙한 부인들을 모아 놓고 말도 안 되는 예언과 엉터리 의학 지식을 알려 주며 주머니를 털었던 15년 전 어느 조그만 마을의 강당 같다. 그는 비웃어 보려고 애를 쓴다. 그럼에도 뒷덜미에 소름이 돋는다.

"너무…… 너무 섬뜩하게 느껴져요." 리디아가 나지막이 속삭인다.

"응답이나 구제의 희망이 있는가? 베일 너머에, 베일 너머에."* 베링거 목사가 시를 인용해 중얼거린다. 그의 의도가 웃기려는 건지 뭔지 사이먼으로서는 알 수가 없다.

"예?" 교도소장 부인이 묻는다. "아…… 테니슨의 시로군요."

"이러면 집중을 하는 데 도움이 됩니다." 뒤퐁이 나지막한 목소리로 말한다. "바깥이 안 보이면 심안이 더 예리해지니까요. 자, 조던 박사님, 이제 그녀의 과거 속으로 안전하게 들어갈 수 있을 것 같습니다. 제가 뭘 물어봐 주길 바라십니까?"

사이먼은 어디에서부터 시작할까 고민하다 말한다. "키니어 씨의 집에 대해서 물어봐 주십시오."

"어떤 부분 말입니까?" 뒤퐁이 묻는다. "구체적으로 말씀해 주셔야 합니다."

"베란다요." 사이먼은 천천히 시작하는 게 좋겠다는 생각이다.

"그레이스." 뒤퐁이 부른다. "당신은 키니어 씨의 집 베란다에 있습니다. 뭐가 보이죠?"

"꽃이오." 그레이스가 말한다. 그녀의 목소리는 묵직하고 왠지 모르게 촉촉하다. "해가 지고 있어요. 너무 좋아요. 여기 있고 싶어요."

"이제 일어나서 집 안으로 들어가 보라고 하세요." 사이먼이 말한

---

* 앨프리드 테니슨이 일찍 세상을 떠난 친구를 기리며 쓴 애도의 시 「인 메모리엄」의 한 구절.

다. "현관홀에 있는 뚜껑 문 쪽으로 가라고 하세요. 지하실로 내려가는 그 문이오."

"그레이스." 뒤퐁이 부른다. "이제……."

갑자기 뭐가 폭발하기라도 한 것처럼 시끄러운 노크 소리가 들린다. 테이블에서 들린 걸까, 문에서 들린 걸까? 리디아가 조그맣게 비명을 지르며 사이먼의 손을 잡는다. 그는 그 손을 뿌리치면 너무 야박하게 비칠 것 같아 가만히 있다. 게다가 그도 낙엽처럼 떨고 있다.

"쉿!" 퀘넬 부인이 날카롭게 속삭인다. "누가 찾아온 거예요!"

"윌리엄!" 교도소장 부인이 나지막이 외친다. "우리 아이일 거예요! 아가!"

"부인." 뒤퐁이 짜증 난 목소리로 말한다. "지금은 혼령을 부르는 자리가 아닙니다!"

베일 밑에서 그레이스가 꿈틀거린다. 교도소장 부인은 손수건에 대고 훌쩍인다. 사이먼은 베링거 목사를 흘끗 쳐다본다. 어두워서 어떤 표정인지 정확히 알 수가 없다. 배에 가스가 찬 아기처럼 고통스러운 미소를 짓고 있는 듯하다.

"무서워요." 리디아가 말한다. "불을 켜요!"

"아직은 안 됩니다." 사이먼이 나지막이 속삭인다. 그는 그녀의 손을 토닥인다.

누가 들어오겠다고 고압적으로 문을 두드리는 것처럼 날카로운 노크 소리가 세 번 더 들린다. "이건 비양심적인 행동입니다." 뒤퐁이 말한다. "가라고 하세요."

"해 볼게요." 퀘넬 부인이 말한다. "하지만 오늘이 목요일이잖아요. 목요일에 찾아오곤 했으니까요." 그녀는 고개를 숙이고 손깍지를 낀다. 잠시 후 조약돌 한 줌이 배수관을 타고 와르르 내려가는 것처럼 통통 튀기는 소리가 난다. "자, 이제 된 것 같은데요."

사이먼은 공범이 있는 게 분명하다는 생각이 든다. 문 밖이나 테이블 밑에 한통속이나 어떤 장치가 있는 게 분명하다. 이러니저러니 해도 여기는 퀘넬 부인의 집이다. 그녀가 어떤 장치를 설치했을지 모를 일이다. 하지만 테이블 밑에는 그들의 발밖에 없다. 어떤 식으로 작동된 걸까? 이렇게 가만히 앉아 있자니 아무것도 모르는 허수아비나 꼭두각시처럼 바보 취급당하는 듯한 기분이 든다. 하지만 이제 와서 자리를 박차고 나갈 수는 없다.

"감사합니다." 뒤퐁이 말한다. "박사님, 중간에 끊겨서 죄송합니다. 계속하죠."

사이먼은 리디아와 손을 잡고 있는 것에 점점 더 신경이 쓰인다. 그녀의 손은 아주 작고 따뜻하다. 사실 방 전체가 너무 빽빽해 불편하다. 그는 손을 놓고 싶지만, 리디아가 꼭 붙잡고 있다. 아무한테도 보이지 않기만을 바랄 따름이다. 그는 다리를 꼰다. 갑자기 스타킹만 신고 있는 레이철 험프리의 맨다리와, 그 다리를 잡고 몸부림치는 그녀를 붙잡아 앉히는 그의 손이 머릿속에 떠오른다. 그녀는 일부러 몸부림을 치며, 그것이 어떤 효과를 연출하고 있는지 확인하기 위해 두 눈을 거의 감은 채 속눈썹 사이로 그를 쳐다본다. 교활한 뱀장어처럼 몸을 꿈틀거린다. 인질처럼 애걸복걸한다. 그녀의 것인지 그의 것인지 모를 땀으로 반질반질한 피부. 매일 밤마다 그녀의 얼굴을 덮고 그의 입을 덮는 축축한 머리카락. 감옥에 갇힌 기분. 그의 혀가 핥고 지나간 자리마다 그녀의 피부가 공단처럼 반짝인다. 이런 식으로 계속할 수는 없다.

"제임스 맥더모트와 관계를 가졌느냐고 물어봐 주십시오." 그가 말한다. 그는 초장부터 이렇게 직접적으로 물어볼 생각은 없었다. 하지만 지금 생각해 보니 그게 가장 알고 싶은 부분이다.

뒤퐁이 담담한 목소리로 그레이스에게 전한다. 잠깐의 침묵. 그리고 그레이스가 웃음을 터뜨린다. 아니 누군가 웃음을 터뜨린다. 이건 그레이스의 웃음소리가 아니다.

"관계라니요, 선생님? 그게 무슨 말씀이세요?" 가늘고 흔들거리며 촉촉한 목소리다. 하지만 완벽하게 깨어 있고 완벽하게 집중하고 있다. "선생님은 정말 위선자네요! 제가 그자랑 입을 맞추었는지, 같이 잤는지 그걸 알고 싶으신 거죠? 제가 그자의 애인이었는지! 그렇죠?"

"맞습니다." 사이먼이 말한다. 그는 동요하고 있지만, 드러내지 않으려고 애를 쓰고 있다. 그는 최면으로 무감각해진 그녀의 입에서 '예' 혹은 '아니요'와 같은 단음절의 대답이 나올 줄 알았다. 그가 딱딱하게 물으면 못 이긴 듯 나른하게 대답할 줄 알았다. 이렇게 노골적으로 비웃을 줄은 몰랐다. 이 목소리는 그레이스의 목소리가 아니다. 그렇다면 누구의 목소리일까?

"선생님 손을 잡고 있는 그 헤픈 계집하고 선생님이 저지르고 싶은 짓을 제가 했는지 알고 싶으신 거죠?" 쿡쿡거리는 건조한 웃음소리.

리디아가 헉 소리를 내며 불에 덴 것처럼 손을 뺀다. 그레이스는 다시 웃음을 터뜨린다. "알고 싶으시다니 말씀드리죠. 예. 달 밝은 밤에 잠옷 차림으로 마당에 나가 그를 만났어요. 그에게 몸을 맡긴 채 그가 입을 맞추고 온몸 구석구석을 만지도록 내버려 두었어요.

박사님도 만지고 싶어 하는 그곳을 말이에요. 그 작고 답답한 바느질 방에 단둘이 앉아 있을 때 박사님이 무슨 생각을 하는지 다 알아요. 그런데 그걸로 끝이었어요. 거기까지만 허락했어요. 그자와 키니어 나리를 꼭두각시로 만들었어요. 두 사람을 내 마음대로 주물렀다고요!"

"왜 그랬느냐고 물어봐 주십시오." 사이먼이 말한다. 이게 어떻게 된 일인지 모르겠지만, 사건을 파악할 수 있는 마지막 기회일지 모른다. 당황하지 말고 끝까지 파고들어야 한다. 그의 목소리가 그의 귀에는 쉬어서 꺽꺽대는 것처럼 들린다.

"나는 이렇게 숨을 쉬었어요." 그레이스가 높고 관능적인 신음 소리를 낸다. "몸을 비틀고 꼬았어요. 그랬더니 그가 뭐든 하겠다고 그랬어요." 그녀가 키득거리며 웃는다. "그런데 왜 그랬느냐고요? 선생님은 항상 왜냐고 물으시더라고요. 아무 데나 대고 코를 킁킁거리시는데 또 코만 들이대시는 게 아니죠. 어찌나 호기심이 많으신지! 그런데 호기심이 고양이를 죽인다는 속담을 알고 계시죠? 선생님 옆에 있는 그 조그만 생쥐를 조심하세요. 그 여자의 털이 난 쥐구멍도요!"

놀랍게도 베링거 목사가 키득거린다. 어쩌면 헛기침을 한 것일지도 모른다.

"정말 불쾌하군요." 교도소장 부인이 말한다. "그런 상스러운 이야기를 듣고 앉아 있을 생각 없습니다. 리디아, 가자!" 그녀가 몸을 일으킨다. 치마가 바스락거린다.

"제발 조금만 참아 주십시오." 뒤퐁 박사가 말한다. "교양을 차리는 것보다 과학적 호기심을 해결하는 게 우선이니까요."

사이먼의 입장에서는 이 모든 일이 걷잡을 수 없는 방향으로 흘러

가고 있다. 그가 주도권을 잡거나 적어도 주도권을 잡으려는 시도라도 해야 한다. 그레이스가 그의 생각을 읽지 못하게 막아야 한다. 그는 최면에 걸리면 투시력이 생긴다는 이야기를 들은 적이 있지만, 지금까지는 그 말을 믿지 않았다. "1843년 7월 23일 토요일에 키니어 씨 집 지하실에 갔느냐고 물어보십시오." 그가 딱딱한 목소리로 말한다.

"지하실." 뒤퐁이 말한다. "그레이스, 지하실을 그려 봐요. 그때로 돌아가서 그곳으로 내려가 봐요⋯⋯."

"예." 그레이스가 전과 다른 얇은 목소리로 대답한다. "복도를 걸어가서 뚜껑 문을 열고 지하실 계단을 내려가요. 술통이 있고, 위스키가 있고, 모래를 가득 넣은 상자에 야채들이 들어 있어요. 바닥 위에요. 예, 지하실에 갔었어요."

"거기서 낸시를 봤느냐고 물어보십시오."

"예, 봤어요." 잠깐 동안 침묵. "지금 제가 베일 뒤에서 선생님을 보는 것처럼 말이에요. 선생님 목소리도 들려요."

뒤퐁은 놀란 얼굴이다. "이례적인 현상이로군요." 그가 중얼거린다. "하지만 처음 있는 일은 아닙니다."

"낸시가 살아 있었나요?" 사이먼이 묻는다. "당신이 보았을 때 낸시가 살아 있었나요?"

키득키득하는 그녀의 웃음소리가 들린다. "반쯤 살아 있어요. 아니, 반쯤 죽어 있다고 해야 하나?" 그리고 이어지는 고음의 재잘거리는 소리. "그 고통에서 해방시켜 주어야 해요."

베링거 목사가 날카로운 소리를 내며 숨을 들이쉰다. 사이먼은 심장이 두근거리는 게 느껴진다. "낸시를 목 졸라 죽일 때 도와주었나요?" 사이먼이 묻는다.

"목을 조를 때 쓴 게 내 손수건이었어요." 다시금 이어지는 새된 목소리와 키득거림. "무늬가 얼마나 예뻤다고요!"

"이런 악질이 있나." 베링거가 중얼거린다. 그는 그녀에게 할애한 기도와 잉크와 종이를 떠올리고 있을 게 분명하다. 편지와 탄원서와 믿음까지.

"그 손수건이 얼마나 아까웠는지 몰라요. 오래전부터 갖고 있던 손수건인데. 제 어머니 손수건이었거든요. 낸시 목에서 풀었어야 하는 건데. 그런데 제임스가 못 그러게 했어요. 금귀걸이도 못 가지게 했고요. 귀걸이에 피가 묻기는 했지만, 씻으면 되는 건데."

"네가 죽였구나?" 리디아가 말한다. "그런 줄 알고 있었어." 그녀는 굳이 표현하자면 감탄하는 듯한 말투다.

"손수건이 죽였지. 손은 그걸 붙잡고 있었을 뿐이고." 목소리가 말한다. "그녀는 죽어야 했어. 죄악의 대가는 죽음이지. 그리고 이번만큼은 그 신사 양반도 죽었지. 공평하게!"

"오, 그레이스." 교도소장 부인이 신음 소리를 낸다. "네가 이럴 줄은 몰랐다! 지금까지 몇 년 동안 우리를 속여 왔다니!"

고소해하는 목소리. "허튼소리 하지 마. 네가 너 자신을 속인 거지! 난 그레이스가 아니야! 그레이스는 아무것도 몰라!"

방 안의 어느 누구도 말을 하지 않는다. 이제 그 목소리는 벌처럼 높은 음의 콧노래를 부른다. "만세반석 열리니 내가 들어갑니다! 창에 허리 상하여 물과 피를 흘린 것……."

"너는 그레이스가 아니야." 사이먼이 말한다. 방 안의 열기에도 불구하고 그는 온몸이 오싹해진다. "넌 그레이스가 아니야. 너는 누구냐?"

"열리니…… 들어갑니다……."

"대답해라." 뒤퐁이 말한다. "명령이다!"

누가 나막신을 신고 테이블 위에서 춤을 추는 것처럼 묵직하고 리드미컬한 노크 소리가 다시 들린다. 잠시 후 목소리가 나지막이 속삭인다. "명령은 안 돼. 네가 알아맞혀야지!"

"난 알아. 너는 혼령이지?" 퀘넬 부인이 말한다. "혼령들이 최면 상태에 빠진 다른 사람들을 통해 말을 하는 경우도 있어요. 우리 신체 기관을 이용하는 거죠. 이 혼령은 그레이스를 통해 이야기를 하는 거예요. 하지만 혼령들이 가끔 거짓말을 할 때도 있답니다."

"아니야!" 그 목소리가 말한다. "거짓말이 아니야! 나는 이제 거짓말을 할 필요도 없어!"

"혼령들 말은 늘 믿을 건 못 되죠." 퀘넬 부인은 어린아이나 어떤 하녀에 대해서 이야기하는 듯한 말투다. "제임스 맥더모트가 그레이스의 이름을 더럽히려고 찾아온 것일지도 몰라요. 그녀를 비난하려고요. 죽기 전에 마지막으로 한 게 그녀를 비난하는 것이었고, 앙심을 품고 죽은 사람은 이승을 떠나지 못할 때가 많다고 하잖아요."

"퀘넬 부인." 뒤퐁 박사가 말한다. "이건 혼령이 아닙니다. 우리가 지금 목격하고 있는 것은 자연적인 현상입니다." 그의 목소리는 다소 자포자기한 것처럼 들린다.

"제임스가 아니야." 목소리가 말한다. "이 사기꾼 할망구 같으니라고!"

"그럼 낸시겠네요." 퀘넬 부인은 욕을 듣고도 전혀 동요하지 않는 눈치다. "혼령들은 무례할 때가 많아요. 욕도 하고요. 이승에 붙들린

혼령들은 죽었다는 사실을 견디지 못해요."

"낸시도 아니야, 이 멍청아! 낸시는 아무 말도 못해. 목이 그렇게 됐으니 한마디도 못해. 옛날에는 아주 예쁜 목이었는데 말이지! 하지만 낸시는 화도 안 내고, 상관하지도 않고, 내 친구야. 이제는 이해하고, 나하고 사이좋게 나눠 쓰려고 해. 자, 의사 선생님." 그 목소리가 이제는 구슬리는 투로 바뀌었다. "당신은 수수께끼를 좋아하지? 정답을 알고 있지? 나는 그게 내 손수건이었다고 했어. 내가 그레이스한테 준 거라고. 그게 언제였냐면…… 언제였냐면……." 그녀는 다시 노래를 부르기 시작한다. "오, 밝아 오는 그녀의 진실한 눈빛. 그것이 내가 트랄리의 장미, 메리를 사랑하게 된……."

"메리는 아니야." 사이먼이 말한다. "메리 휘트니는 아니야."

누가 천장에서 박수를 치는 듯한 날카로운 소리가 들린다. "내가 제임스더러 그러라고 했어. 내가 시켰어. 내가 그 자리에 내내 같이 있었어!"

"그 자리?" 뒤퐁이 묻는다.

"여기! 내가 지금 그레이스와 함께 있다고. 바닥에 누워 있으려니 얼마나 춥고 외로웠는지 몰라. 몸을 따뜻하게 데울 방법이 필요했어. 하지만 그레이스는 몰라, 절대 몰라!" 그 목소리는 이제 짓궂은 투가 아니다. "그레이스는 교수형을 당할 뻔했는데, 그랬으면 실수하는 거였어. 그레이스는 아무것도 모르니까! 내가 그녀의 옷을 잠깐 빌린 거였어."

"그녀의 옷?" 사이먼이 묻는다.

"껍데기 말이야. 그녀의 육신. 그레이스가 창문 여는 걸 깜빡하는 바람에 빠져나가질 못했어! 하지만 그레이스가 속상해하는 건 싫어.

말하면 안 돼!" 그 목소리는 이제 애원하고 있다.

"어째서?" 사이먼이 묻는다.

"어째서인지 알잖아, 조던 선생. 그레이스가 다시 정신병원으로 돌아가는 거 보고 싶어? 처음에는 거기가 좋았지. 큰 소리로 이야기할 수 있었으니까. 웃을 수도 있었으니까. 그때 어떻게 된 건지 이야기할 수 있었으니까. 하지만 아무도 내 말을 듣지 않았어." 힘없이 조그맣게 우는 소리가 난다. "아무도 내 말을 들어 주지 않았어."

"그레이스." 사이먼이 말한다. "장난은 이제 그만해요."

"나는 그레이스가 아니야." 그 목소리가 좀 더 머뭇거리며 말한다.

"정말 메리 휘트니인가요?" 사이먼이 묻는다. "지금 진실을 이야기하고 있는 건가요? 무서워하지 말고 대답해요."

"봤지?" 그 목소리가 울부짖는다. "당신도 똑같아. 당신도 내 말을 듣지 않고, 나를 믿지 않고, 자기 생각대로 하려고 해. 내 말은 듣지 않고……." 목소리가 점점 희미해지더니 침묵이 흐른다.

"갔어요." 퀘넬 부인이 말한다. "혼령들이 자기 영역으로 돌아가면 항상 알 수 있어요. 공기를 통해 느껴지거든요. 전기가 흐르는 것 같은 느낌이."

한참 동안 아무도 말을 하지 않는다. 그러다 뒤퐁 박사가 움직인다.

"그레이스." 그가 그녀 위로 허리를 숙이고 부른다. "그레이스 마크스, 내 말 들립니까?" 그는 그녀의 어깨 위에 손을 얹는다.

또다시 긴 침묵이 흐르는 동안 그레이스가 악몽을 꾸는 것처럼 불규칙하게 숨을 쉬는 소리가 들린다.

"예." 마침내 그녀가 대답한다. 평소와 똑같은 목소리다.

"이제 위로 올려 줄게요." 뒤퐁이 말한다. 그는 그녀의 머리를 덮었던 베일을 조심스럽게 걷어서 옆으로 치운다. 그녀의 얼굴은 차분하고 침착하다.

"당신은 점점 올라오고 있습니다. 깊은 곳에서 빠져나오고 있어요. 여기에서 있었던 일은 기억이 나지 않을 거예요. 내가 딱 하고 손가락을 퉁기면 당신은 깨어날 겁니다." 그는 등이 있는 곳으로 가서 불을 켠 다음 다시 돌아와 손을 그레이스 머리 가까이 가져간다. 그러고는 손가락을 퉁긴다.

그레이스는 꿈틀거리며 눈을 뜨고, 어리둥절한 표정으로 주변을 두리번거리며 그들을 향해 미소를 짓는다. 깍듯한 아이 같은 미소다.

"제가 잠이 들었나 봐요." 그녀가 말한다.

"아무것도 생각이 안 납니까?" 뒤퐁 박사가 걱정스러운 듯이 묻는다. "조금 전에 있었던 일이 전혀 생각나지 않아요?"

"예." 그레이스가 말한다. "잠이 들었어요. 그런데 꿈을 꾸었어요. 꿈속에 어머니가 나타났어요. 바다 속을 둥둥 떠다니고 있었어요. 평화로워 보였고요."

사이먼은 마음이 놓인다. 표정으로 보건대 뒤퐁도 마찬가지이다. 뒤퐁은 그녀의 손을 잡고 의자에서 일으켜 준다. "머리가 조금 어지러울 수 있습니다." 그가 부드러운 목소리로 말한다. "종종 그렇지요. 퀘넬 부인, 그레이스가 좀 누울 수 있게 방으로 안내해 주시겠습니까?"

퀘넬 부인은 그레이스가 환자라도 되는 것처럼 팔을 잡고 밖으로 데리고 나간다. 하지만 그녀는 이제 발걸음이 아주 가볍고 행복해 보인다.

49

남자들은 서재에 남아 있다. 사이먼의 입장에서는 계속 앉아 있을 수 있는 게 다행스럽게 느껴진다. 지금 이 상황에서는 독한 위스키 한잔으로 마음을 가라앉히면 더 이상 바랄 게 없겠는데, 함께 있는 사람들로 보건대 희망 사항으로 그칠 가능성이 크다. 그는 머리가 어지럽고, 조금 전처럼 열이 다시 나는가 싶다.

"여러분." 뒤퐁이 이야기를 시작한다. "저도 당황스럽습니다. 이런 경우는 처음이라……. 전혀 예상하지 못했던 결과가 나왔습니다. 보통은 피험자가 이런 식으로 통제를 벗어나지 않습니다." 그는 상당히 충격을 받은 듯한 목소리이다.

"200년 전이었다면 아무도 당황하지 않았을 겁니다." 베링거 목사가 말한다. "귀신에 씌었을 때 나타나는 전형적인 모습이었으니까요. 메리 휘트니가 그레이스 마크스의 몸 속에 들어가 범죄를 유발하고, 낸시 몽고메리를 목 졸라 죽이는 걸 거들었다는 결론이 내려졌을 겁니다. 그리고 귀신을 쫓아내는 의식이 거행됐겠죠."

"하지만 지금은 19세기입니다." 사이먼이 말한다. "어쩌면 신경 질환일지 모릅니다." 그는 신경 질환이라고 못 박고 싶지만, 베링거 목사의 말을 너무 딱 잘라 반박할 수는 없다. 게다가 아직도 마음이 어지럽고, 그가 알고 있는 지식에 대해 자신이 없다.

"이런 사례가 있기는 합니다." 뒤퐁이 말한다. "새뮤얼 미칠 박사가 1816년에 뉴욕에서 기괴하게 오락가락한 메리 레이놀즈의 사례를 보고한 바 있죠. 조던 박사님은 이런 경우를 접한 적 있으십니까? 없으세요? 이후 《랜싯》의 웨이클리가 이 현상을 광범위하게 다룬 적이 있습니다. 그는 이 현상을 이중의식이라 부르지만, 피험자가 시술자에 의해 좌우될 여지가 너무 많기 때문에 신경 최면을 통해 소위 말하는 제2의 인격체에 접근할 수 있는 가능성은 단호하게 부인합니다. 그런 면에서 보수적이다 보니 최면술과 그 비슷한 여러 방식의 가장 큰 적으로 꼽히죠."

"제가 기억하기로 퓌세귀르도 그 비슷한 경우를 이야기한 적 있습니다." 사이먼이 말한다. "어쩌면 이것이 소위 말하는 이중인격이 나타난 사례일지 모릅니다. 피험자가 몽유병과 같은 최면에 걸렸을 때 완전히 다른 사람으로 변하는데, 둘은 서로 전혀 알지 못하죠."

"두 분의 의견을 받아들이기가 참으로 어렵네요." 베링거가 말한다. "하지만 이보다 더 희한한 일도 벌어지곤 하니까요."

"몸 하나에 머리가 둘 달린 아이가 태어나기도 합니다." 뒤퐁이 말한다. "그러니 한 머리에 두 사람이 살 수도 있지 않을까요? 퓌세귀르가 주장한 것처럼 의식이 서로 왔다 갔다 하는 게 아니라 두 개의 서로 다른 인격체가 하나의 몸에 공존하고, 보유하고 있는 기억도 서로 달라서 실질적으로 두 명의 전혀 다른 사람인 거죠. 논란의 여지가 있지만 이 가설을 인정한다면 우리는 우리가 기억하는 것들의 집합체라 할 수 있습니다."

"어쩌면 우리가 잊어버린 것들이 압도적으로 많은 집합체일 수도 있지요." 사이먼이 말한다.

"두 분 말씀대로라면 영혼은 어떻게 되는 겁니까? 인간이 한낱 누비 조각일 수 있습니까! 생각만 해도 오싹한 이야기인데, 만약 정말로 그렇다면 도덕적인 책임감과 도덕성 그 자체를 운운하는 것이 우스운 일이 됩니다." 베링거 목사가 말한다.

"또 다른 목소리의 정체가 무엇인지 모르겠지만, 상당히 폭력적이더군요." 사이먼이 말한다.

"하지만 논리가 없지는 않던데요." 베링거가 무미건조한 목소리로 말한다. "그리고 어두운 곳에서도 앞을 볼 수 있고요."

사이먼은 리디아의 따뜻한 손을 떠올리며 얼굴을 붉힌다. 당장 베링거가 바다 밑바닥으로 가라앉아 버렸으면 좋겠다는 생각이 든다.

"사람이 둘이면 영혼도 둘일 수 있지 않겠습니까?" 뒤퐁이 이야기를 계속한다. "모든 인격체에 영혼이 깃들어야 한다면 말입니다. 아니면 영혼도 셋, 사람도 셋일 수 있습니다. 삼위일체를 생각해 보세요."

"조던 박사님." 베링거 목사는 신학적인 도전을 못 들은 척한다. "이번 일과 관련해서 보고서에 어떤 식으로 쓸 생각입니까? 의학적인 관점에서 보면 오늘 저녁의 일은 정통이라고 볼 수 없겠지요."

"제 입장을 아주 조심스럽게 고민해 봐야겠습니다." 사이먼이 말한다. "그런데 뒤퐁 박사님의 전제를 인정하면 그레이스 마크스는 무죄가 될 수 있다는 사실을 목사님도 알고 계시겠죠?"

"그럴 수도 있다고 인정하려면 지금 정도의 믿음으로는 안 되겠습니다." 베링거 목사가 말한다. "나는 전부터 그레이스가 무죄라고 생각했으니 인정할 수 있는 용기를 달라고 기도할 겁니다. 아니, 무죄이길 바랐으니 말입니다. 솔직히 조금 충격적이기는 하지만, 우리가 목격한 것이 자연적인 현상이라면 어떻게 의심할 수 있겠습니까? 모든 현상의 근거는 주님이시고, 주님에게는 인간의 눈으로는 찾을 수 없는 나름의 이유가 분명 있을 테니까요."

사이먼은 집까지 혼자 걸어간다. 밤은 맑고 따뜻하고, 보름달에 가까운 달은 안개로 뒤덮여 있다. 공기에서 깎은 잔디와 말똥 냄새가 나고, 그 밑으로 개 냄새가 난다.

그는 저녁 내내 그럴듯하게 평정심을 유지했지만, 지금은 머릿속이 구운 밤 아니면 몸에 불이 붙은 짐승 같다. 안에서 소리 없는 아우성이 울려 퍼진다. 앞뒤로 내달리고 돌진하고, 허둥지둥 미친 듯이 움직인다. 서재에서 무슨 일이 벌어졌던 걸까? 그레이스가 정말로 최면에 걸린 걸까, 아니면 연극을 해 놓고 몰래 웃고 있을까? 그는 직접 보고 들었지만 착각일 수도 있는데, 착각인지 아닌지 증명할 방법이 없다.

만약 그가 목격담을 보고서에 수록하고 그 보고서가 만에 하나라도 그레이스 마크스를 위한 탄원서에 첨부된다면 당장 출셋길이 막힐 것이다. 그런 탄원서를 읽는 사람은 법무부 장관과 그런 부류들이다. 그들은 고집이 세고 실무적이며 확실한 증거를 요구한다. 보고서가 공개되고 문서로 만들어져 널리 유포되면 그는 특히 이미 자리를 잡은 의사들 사이에서 당장 우스갯거리가 될 것이다. 그렇게 되면 정신병원을 만들겠다는 그의 계획도 끝장이다. 정체불명의 목소리를 믿는 미친 사람이 운영하는 병원에 누가 자금을 대겠는가.

베링거가 바라는 그런 식의 보고서를 쓰려면 위증을 해야 한다. 아예 아무것도 언급하지 않는 것이 가장 안전한 방법일 텐데, 베링거가 그렇게 쉽사리 놓아줄 리 없다. 그런데 그는 진실이 무엇인지 파악이 안 되는 상황이라 진실을 벗어나지 않는 한도 내에 뭐라고 분명히 단언할 수가 없다. 어쩌면 파악할 수 없는 대상은 그레이스인지 모른다. 그녀는 딱 손이 닿지 않을 만큼의 거리를 두고 앞에서 미끄러지듯 움직이며 그가 계속 따라오고 있는지 뒤를 돌아보고 확인한다.

그는 매정하게 그녀를 머리에서 내쫓고 이번에는 레이철 생각을 한다. 적어도 그녀는 붙잡을 수 있고 손으로 쥘 수 있다. 그녀는 손가락 사이로 빠져나가지 않을 것이다.

집 안이 어두컴컴하다. 레이철이 잠든 모양이다. 그는 그녀를 만나고 싶은 생각이 없다. 오늘 밤에는 그녀에 대한 욕구가 느껴지지 않는다. 오히려 정반대이다. 색깔이 뼈를 닮은 그녀의 뻣뻣한 몸과, 장뇌와 시든 제비꽃 향이 섞인 체취를 생각만 해도 살짝 진저리가 난다. 하지만 문지방을 넘는 순간 모든 게 달라질 것이다. 그는 처음에는 그녀를 피하기 위해 까치발을 하고 계단 쪽으로 걸어갈 것이다. 그러다 방향을 바꾸고 그녀의 방으로 들어가서 마구 흔들어 깨울 것이다. 오늘 밤에는 그녀가 애원했던 것처럼 그녀를 때릴 생각이다. 지금까지 한 번도 해 본 적 없는 새로운 시도이다. 그는 자신을 중독시킨 그녀를 혼내 주고 싶다. 울리고 싶다. 너무 시끄럽게 울음을 터뜨리면 도라의 귀에 들어가 떠들썩한 추문이 퍼지겠지만, 두 사람은 점점 무신경해지고 있는데, 어쩐 일로 도라의 귀에 지금까지 들어가 지 않았는지 신기할 지경이다.

그는 이야기의 마지막을 향해 가고 있다는 것을 안다. 레이철이 해 줄 수 있는 마지막, 그녀의 마지막을 향해 가고 있다. 하지만 그 마지막 전에 무엇이 있을까? 그리고 마지막 그 자체는 어떤 모습일 까? 분명 어떤 결론과 피날레가 있을 텐데……. 그는 생각을 할 수가 없다. 오늘 밤에는 자제해야 할지 모른다.

그는 열쇠를 넣어 돌리고 최대한 조용히 문을 연다. 안에 그녀가 있다. 달빛 아래 희미하게 빛나는 주름이 잡힌 실내복을 입고 어두 컴컴한 입구에서 그를 기다리고 있다. 그녀는 그를 감싸 안고 몸을 꼭 붙인 채 안으로 끌어당긴다. 몸을 부들부들 떨고 있다. 그는 얼굴 에 닿은 거미줄이나 뒤엉킨 젤리라도 되는 것처럼 그녀를 쳐서 떨어 내고 싶다. 하지만 그 대신 입을 맞춘다. 그녀의 얼굴은 축축하다. 울 고 있었던 것이다. 그녀는 지금도 울고 있다.

"쉿." 그는 중얼거리며 그녀의 머리카락을 쓸어내린다. "쉿, 레이 철." 이렇게 몸을 떨며 매달리는 것은 그레이스가 해 주었으면 하고 바라는 일이다. 그는 지금까지 그런 장면을 종종 상상했는데, 이제 생각해 보니 이상하다 싶을 만큼 연극 같은 장면을 상상하고 있었 다. 능숙하게 조명을 밝힌 무대, 나른하고 우아한 몸짓,(여기에는 그의 몸짓도 포함된다.) 발레에서 죽는 장면처럼 살짝 관능적인 떨림. 애처 로운 번민을 가까이서 직접 겪어 보니 상상했던 것보다 훨씬 매력이 떨어진다. 사슴 같은 눈을 닦아 주는 것과 사슴 같은 코를 닦아 주는 것은 별도의 문제다. 그는 손수건을 찾느라 호주머니를 뒤진다.

"그이가 온대요." 레이철이 날카로운 목소리로 속삭인다. "편지를 받았어요."

잠깐 동안 사이먼은 무슨 뜻인지 알아듣지 못한다. 두말하면 잔소리겠지만 소령 이야기다. 사이먼은 그가 끝도 안 보이는 술독 속에 빠져 있을 거라 생각하고 잊고 있었다.

"아, 그럼 우리는 어떻게 될까요?" 그녀가 한숨을 내쉰다. 통속극 같은 대사에도 불구하고 그녀가 느끼는 슬픔의 강도는 줄어들지 않는다.

"언제요?" 사이먼이 나지막이 묻는다.

"그이가 편지를 보내왔어요." 그녀는 흐느껴 운다. "자기를 용서해 달래요. 다시 태어났다고, 새 인생을 시작하고 싶다는데, 늘 하는 말이에요. 당신과 헤어져야 하다니…… 견딜 수 없어요!" 그녀의 어깨가 들썩이고 그를 안은 팔이 부르르 떨며 더 세게 조여 온다.

"언제 돌아온답니까?" 사이먼이 다시 묻는다. 그가 얼얼한 공포를 즐기며 상상했던 장면(레이철과 함께 침대에 누워 있는데, 격분한 소령이 칼을 들고 문가에 들이닥치는 장면)이 다시금 생생하게 되살아난다.

"이틀 뒤에요." 레이철이 목이 멘 듯한 목소리로 대답한다. "모레 저녁에요. 기차를 타고 오겠대요."

"이리 와요." 사이먼은 그녀의 손을 잡고 복도를 지나 그녀의 침실로 향한다. 이제 그녀로부터 벗어날 수 있게 됐을 뿐 아니라 반드시 벗어나야 한다는 생각이 들자 강렬한 욕구가 느껴진다. 그녀는 촛불을 켜 놓았다. 그의 취향을 알기 때문이다. 두 사람에게 남은 시간이 많지 않다. 들킬 날이 머지않았다. 공포와 두려움은 심장박동을 높이고 욕구에 불을 지르는 것으로 알려져 있다. 그는 이 사실을 되새기며(사실이 그렇다.) 어쩌면 마지막이 될지도 모르는 이 순간, 그녀를 침대 위로 쓰러뜨리고 그 위에 올라타 겹겹의 옷가지를 헤치는 이 순간에 임한다.

"떠나지 마요." 그녀가 신음 소리를 낸다. "남편과 나를 단둘이 두고 떠나지 마요. 남편이 나한테 어떤 짓을 할지 당신은 상상도 못할 거예요!" 이번에는 그녀가 진짜로 몸부림치며 괴로워한다. "그 사람 정말 미워! 죽어 버렸으면 좋겠어!"

"쉿." 사이먼이 속삭인다. "도라가 들을지 모르잖아요." 그는 도라가 들어 주었으면 하는 심정이기도 하다. 지금은 관객을 두고 싶다. 그는 침대 주변으로 유령 같은 구경꾼들을 배치한다. 소령은 물론이고 베링거 목사, 제롬 뒤퐁, 리디아, 그리고 제일 중요한 그레이스 마크스까지. 그는 그녀가 질투해 주길 바란다.

레이철은 꼼짝하지 않는다. 초록색 눈을 크게 뜨고 사이먼의 눈을 똑바로 들여다보기만 한다. "남편이 꼭 돌아와야 하는 건 아니잖아요." 홍채가 너무 커서 동공은 작은 핀 구멍에 불과하다. 또 아편제를 먹은 걸까? "사고를 당할 수도 있잖아요. 아무도 모르는 데서. 집 안에서 사고를 당한 것처럼 하면 돼요. 시체는 당신이 뜰에 묻고." 즉석에서 생각나는 대로 내뱉는 말이 아니다. 계획을 세우고 있었던 게 분명하다. "시체가 발견될 수도 있으니까 여기 있으면 안 돼요. 우리, 미국으로 건너가요. 기차를 타고! 그럼 같이 있을 수 있어요. 아무도 우릴 찾지 못할 거예요!"

사이먼은 입막음을 하기 위해 그녀의 입술 위로 자기 입술을 포갠다. 그녀는 이것을 동의의 뜻으로 받아들인다. "오, 사이먼." 그녀는 한숨을 내쉰다. "당신은 결코 내 곁을 떠나지 않을 줄 알았어요! 내 목숨보다 더 당신을 사랑해요!" 그녀는 그의 온 얼굴에 입을 맞춘다.

움직임이 뇌전증 환자처럼 변한다.

이것은 자기 안에서 스스로 격정을 유도하고 싶을 때 동원하는 그녀의 또 다른 각본이다. 이후에 사이먼은 옆에 누워 그녀가 어떤 계획을 세웠을지 상상해 본다. 에인즈워스나 리턴이 쓴 글 중에서도 가장 잔인하고 진부한 삼류 소설과 비슷할 것이다. 땅거미가 질 무렵 소령이 술에 취해 비틀거리며 계단을 올라 현관으로 들어선다. 레이철이 거기 있다. 그는 그녀를 한 대 때리고, 겁이 나서 움츠린 그녀의 몸을 술기운에 움켜잡는다. 그녀가 비명을 지르며 용서해 달라고 하자 그는 악마처럼 웃음을 터뜨린다. 하지만 구원의 손길이 들이닥친다. 누가 뒤에서 가래로 그의 머리를 모질게 내리친 것이다. 그는 쿵 하는 소리와 함께 쓰러지고, 발을 붙잡힌 채 사이먼의 가죽 가방이 있는 부엌으로 질질 끌려간다. 수술용 메스로 경정맥을 잽싸게 절개한다. 피가 구정물 통으로 쏟아진다. 그리고 모든 게 끝이 난다. 한밤중에 삽질이 시작되고, 그는 양배추밭 속으로 사라진다. 이 상황에 잘 맞는 숄을 두르고 까만 등을 든 레이철은 그녀를 위해 위험을 무릅쓴 그에게 영원히 그의 여자가 되겠다고 맹세한다.

하지만 도라가 부엌문 앞에 서서 지켜보고 있다. 그녀를 도망치게 내버려 둘 수는 없다. 사이먼이 그녀를 식기실로 몰아 돼지처럼 몽둥이찜질을 한다. 레이철은 부들부들 떨며 기절했다가 진정한 여걸답게 정신을 차리고 그를 돕는다. 도라 몫으로 구멍을 더 깊이 파고, 그런 다음 부엌 바닥에서 술판을 벌인다.

한밤중에 상상하는 광대극은 이쯤 해 두자. 그 이후 이야기는 어떻게 될까? 그 이후에 그는 살인범이 될 테고, 레이철은 유일한 목격자가 될 것이다. 그는 그녀와 결혼하고 쇠사슬로 묶여 하나가 될 것이다. 이것이 그녀가 바라는 바이다. 그는 두 번 다시 자유로워질 수 없을 것이다. 하지만 그녀가 간과한 부분이 있다. 미국으로 건너가면 그녀는 익명이 된다. 이름 없는 사람이 된다. 운하나 다른 유수를 타고 종종 떠내려 오는 시체처럼 누군지 모를 여자가 된다. 운하에서 떠오른 정체불명의 여자. 어느 누가 그를 의심할까?

어떤 방법을 쓰면 좋을까? 침대에서 절정의 순간에 그녀의 머리카락을 목에 감고 살짝 잡아당기는 것. 생각하면 전율이 느껴지고 그 장르에 어울린다.

그녀는 아침이 되면 모든 걸 잊을 것이다. 그는 다시 그녀 쪽으로 몸을 돌리고 매무새를 다듬어 준다. 그녀의 목을 쓰다듬는다.

햇살이 그를 깨운다. 그는 아직도 그녀의 곁에 누워 있다. 간밤에 자기 방으로 돌아간다는 것을 깜빡했다. 피곤했으니 그럴 만도 하다. 부엌에서 도라가 덜그럭거리고 탁탁 치는 소리가 들린다. 레이철은 옆으로 누워서 한쪽 팔을 고인 채 그를 쳐다보고 있다. 알몸이지만 시트로 둘둘 감쌌다. 그녀의 팔 위쪽에 언제 생겼는지 모를 멍이 있다.

그는 일어나 앉는다. "이제 가 봐야겠어요." 그가 나지막이 속삭인다. "도라가 듣겠어요."

"상관없어요." 그녀가 말한다.

"하지만 소문이 나면……."

"괜찮아요." 그녀가 말한다. "이틀 뒤면 여길 떠날 텐데요, 뭘." 무미건조한 말투다. 사업 계약이라도 맺은 것처럼 기정사실로 간주하고 있는 것이다. 문득 그녀가 정신이 나갔거나 정신이 나가기 직전일지 모르겠다는 생각이 든다. 왜 이런 생각이 지금에서야 처음 들었는지 모르겠다. 최소한 그녀가 도덕적으로 해이해진 것만큼은 사실이다.

사이먼은 신발과 재킷을 들고, 한바탕 놀다 들어온 말썽꾸러기 대학생처럼 살금살금 계단을 올라간다. 섬뜩한 한기가 느껴진다. 그는 한낱 연극으로 치부한 것을 그녀는 현실로 착각하고 있다. 그가 그녀를 사랑하는 마음에 남편을 정말로 없애 줄 거라고 생각한다. 싫다고 하면 어떤 반응을 보일까? 머리가 아찔하다. 마룻바닥이 조만간 무너지기라도 할 것처럼 비현실적으로 느껴진다.

그는 아침을 먹기 전에 그녀를 찾아 나선다. 그녀는 응접실 소파에 앉아 있다 자리에서 일어나 열정적인 입맞춤으로 인사를 대신한다. 사이먼은 그녀에게서 몸을 떼고 몸이 아프다고 말한다. 파리에서 감염된 말라리아 열이 재발했다고 한다. 그들의 계획을 실천하려면(그녀가 의심하지 않게 그런 식으로 표현한다.) 당장 약을 먹어야 하는데, 그렇지 않으면 결과를 장담할 수 없다고 한다.

그녀는 그의 이마를 짚어 본다. 그는 2층에서 스펀지로 이마를 이미 축축하게 적셔 놓았다. 그녀는 상황에 걸맞게 걱정하지만, 기뻐하는 기미도 보인다. 그의 병간호라는 새로운 역할에 몰입할 준비가 된 것이다. 그녀의 속셈이 훤히 들여다보인다. 그녀는 쇠고기 수프와 젤리를 만들고, 담요와 겨자 연고로 그를 감싸고, 볼록 튀어나온 곳이나 그럴싸한 곳에 어디든 붕대를 감을 것이다. 그는 점점 약해지고 기력이 떨어지고 무기력해져서 완전히 그녀의 차지가 될 것이다. 그것이 그녀의 목표이다. 그는 아직 시간이 있을 때 그녀에게서 벗어나야 한다.

그는 그녀의 손가락 끝에 입을 맞춘다. 그러고는 부드러운 목소리로 도와 달라고 한다. 그의 목숨이 그녀의 손에 달렸다고 한다. 그는 교도소장 부인에게 보내는 쪽지를 그녀의 손에 쥐어 준다. 이 지방에는 아는 의사가 없으니 괜찮은 의사를 알려 달라는 쪽지이다. 그녀는 의사의 이름을 들으면 얼른 달려가서 약을 받아 와야 한다. 그는 알아볼 수 없는 글씨로 처방전을 휘갈겨 쓴다. 그리고 약값을 준다. 그는 얼른 다녀올 거라는 보장이 없으니 도라는 보낼 수 없다고 말한다. 시간이 관건이다. 당장 치료를 시작해야 한다. 그녀는 고개를 끄덕이며 알았다고 한다. 뭐든 하겠다고 열띤 목소리로 이야기한다.

그녀는 하얗게 질린 얼굴로 부들부들 떨며, 입술만은 굳게 다문 채 보닛을 쓰고 서둘러 길을 나선다. 사이먼은 그녀가 시야에서 사라지자마자 얼굴을 닦고 짐을 싸기 시작한다. 두둑한 팁으로 도라를 구워삶아 마차를 부르러 내보낸다. 그는 도라가 돌아오길 기다리는 동안 어머니의 건강 상태를 운운하며 레이철에게 깍듯한 작별의 편지를 쓴다. 그는 그녀를 레이철이라고 부르지는 않는다. 지폐를 몇 장 넣지만, 애정 어린 표현은 절대 삼간다. 세상 물정을 알 만큼 아는 그가 그런 식으로 발목 잡히거나 협박을 당하지는 않을 것이다. 남편이 죽더라도 그가 약혼 파기로 고소를 당할 일은 없다. 어쩌면 그녀는 소령을 직접 죽일지 모른다. 그러고도 남을 여자다.

그는 리디아에게도 편지를 쓸까 생각하다 그만두기로 한다. 공식적으로 공표를 하지 않은 게 다행이다.

손수레에 가까운 마차가 도착하고 그는 여행 가방 두 개를 마차 안으로 던져 넣으며 말한다.

"기차역으로 갑시다."

그는 안전하게 도망친 뒤에 베링거에게 편지를 보내 보고서 비슷한 것을 약속하며 시간을 벌 생각이다. 어쩌면 그의 명성에 별다른 흠집이 가지 않을 만한 뭔가를 만들어 낼 수 있을지 모른다. 하지만 막간에 벌어진 이 고약한 사건을 확실하게 해결하는 것이 급선무이다. 그는 어머니에게 잠깐 들러 경제적인 부분을 다시 정리한 다음 유럽으로 갈 것이다. 어머니가 생활비를 줄이면(줄일 수 있을 것이다.) 유럽 생활을 근근이 꾸려 나갈 수 있다.

그는 올라탄 열차의 문이 닫힌 뒤에야 마음을 놓는다. 제복을 입은 차장의 존재에 긴장이 풀린다. 차장은 일종의 질서의 상징이다.

그는 유럽으로 건너가 진행 중인 연구를 계속할 것이다. 여러 지배적인 학설에 대해 공부하되 그의 연구에 더 추가하지는 않을 것이다. 아직은 그럴 때가 아니다. 그는 무의식의 문턱까지 가서 그 너머를 보았다. 아니, 그 밑을 내려다보았다. 그러다 떨어질 수도 있었다. 그 안으로 떨어질 수도 있었다. 거기에서 익사할 수도 있었다.

이론을 버리고 방법과 수단에 집중하는 게 나을지 모른다. 그는 미국으로 돌아가면 분발할 것이다. 강연도 하고 투자자도 모집할 것이다. 상냥한 관리인과 최고의 위생 시설과 배수 시설을 갖춘 모범적인 정신병원을 만들 것이다. 미국인들은 어떤 시설이건 쾌적한 외관을 최고로 친다. 큼지막하고 쾌적한 병실, 수(水) 치료법을 위한 시설, 훌륭한 여러 가지 기계를 갖춘 병원이라면 잘될 것이다. 윙윙 소리를 내며 돌아다니는 조그만 바퀴와 고무로 된 흡착기도 있어야 한다. 두개골에 연결시킬 철사도 있어야 한다. 치수를 재는 기구도 있어야 한다. 그는 사업 설명서에 '전기'라는 단어도 넣을 것이다. 주안

점은 환자들을 깨끗하고 고분고분하게 관리해(약물을 쓰면 도움이 될 것이다.) 친척들의 감탄을 자아내고 그들을 만족시키는 것이 되어야 한다. 학교가 그렇듯 감동을 받아야 할 쪽은 실질적으로 입원한 환자들이 아니라 돈을 내는 사람들이다.

이 모든 게 타협의 결과가 될 것이다. 그러나 그는 이제 (아주 갑작스러운 일이기는 하지만) 타협할 나이가 되었다.

기차가 역을 빠져나간다. 검은 연기구름과 길고 구슬픈 울부짖음이 좌절한 유령처럼 선로를 따라 그를 쫓아온다.

그는 콘월까지 절반을 간 뒤에야 그레이스 생각을 한다. 그녀는 그에게 버림을 받았다고 생각할까? 그가 그녀를 더 이상 믿지 못하게 됐다고 생각할까? 그녀가 정말로 어젯밤에 있었던 일을 기억하지 못한다면 그렇게 생각할 수도 있다. 그가 그녀를 보며 그랬던 것처럼 당황스러워 할 것이다.

그녀는 그가 도시를 떠난 걸 아직 알지 못한다. 그는 평소와 똑같은 의자에 앉아 누비이불을 만들고 있는 그녀의 모습을 그려 본다. 어쩌면 노래를 흥얼거리며 그의 발소리가 문가에서 들리길 기다리고 있을지 모른다.

차창 밖으로 이슬비가 내리기 시작한다. 어느 정도 시간이 지나자 기차의 움직임이 자장가 역할을 한다. 그는 구부정하게 벽에 기댄다. 온통 하얗게 차려입은 그레이스가 한 아름 가득 빨간 꽃을 들고, 햇살이 내리쬐는 넓은 잔디밭을 가로질러 그에게 다가오고 있다. 꽃 색깔이 어찌나 선명한지 거기 맺힌 이슬방울들이 보일 지경이다. 그녀는 머리를 풀어 내렸고, 발은 맨발이다. 그리고 웃고 있다. 이제 보니 그녀는 잔디가 아니라 물 위를 걷고 있고, 그가 끌어안으려고 손을 내밀자 안개처럼 사라져 버린다.

그는 잠에서 깨어난다. 아직 열차 안이고, 잿빛 연기가 창문을 지나간다. 그는 유리창에 입술을 갖다 댄다.

14부

글자 X

1863년 4월 1일. 죄수 그레이스 마크스는 이중 살인으로 유죄판결을 받았다. 그 뻔뻔한 태도를 보면 예민한 성격이 아님을 알 수 있고, 고마워할 줄 모르는 것은 기질이 한심하다는 확실한 증거이다.

1863년 8월 1일. 이 한심한 여자가 요주의 인물이 되었고, 앞으로 또 어떤 능력을 보여 줄지 두려워진다. 유감스럽게도 그녀에게는 지원군이 있다. 옆에 지원군이 없으면 감히 지금처럼 거짓말을 하지 못할 것이다.

— 「**교도소 총감독관의 일지**」(캐나다웨스트 킹스턴 주립교도소, 1863)

…… 그녀는 교도소에 수감된 30년 동안 모범수로 지냈고, 나중에는 교도소장 사택에서 든든한 한집 식구처럼 지냈다. 덕분에 킹스턴의 수많은 유력 인사들이 당연히 사면을 받을 자격이 있다고 생각했고, 그녀를 악마의 화신이라 칭한 맥더모트의 주장에 의심의 여지가 많다는 입장을 보였다.

— 윌리엄 해리슨, 「키니어 가의 비극을 회상하며」, 《뉴마켓 이러》에 실린 기사(1908)

나의 편지들이여! 하얗고 아무 말이 없는 죽은 종이들이여!
그런데도 줄이 풀려 전율하는 내 손에 얹으니
살아서 흔들리는 것 같구나…….

— 엘리자베스 배럿 브라우닝, 「포르투갈인이 보낸 소네트」(1850)

50

발신 캐나다웨스트 킹스턴, 사이먼 조던 박사

수신 C. D. 험프리 부인

친애하는 험프리 부인께

즉시 해결해야 하는 집안 문제 때문에 긴급히 호출을 받은 관계로 다급하게 이 편지를 씁니다. 건강이 계속 안 좋으셨던 저희 어머니가 생각지도 못하게 쓰러져 현재 사경을 헤매고 계시다고 합니다. 제가 제때 달려가서 어머니의 임종을 지킬 수 있기만을 기도할 따름입니다.

직접 작별 인사를 하고, 부인 댁에서 하숙하는 동안 잘해 주신 것에 대해 감사 인사를 드려야 하는데 그러지 못해 죄송합니다. 하지만 부인은 여성 특유의 예감으로 당장 떠나야 하는 제 다급한 사정을 미리 예측하고 계셨겠지요. 얼마나 가 있어야 할지, 킹스턴으로 다시 돌아올 수 있을지 저도 잘 모르겠습니다. 어머니가 돌아가시면 제가 집안일을 처리해야 하니까요. 그리고 만약 어머니가 얼마간 시간을 허락하신다면 곁을 지켜야 할 테고요. 자식을 위해 많은 것을 희생하신 분이니 그 보답으로 적지 않은 희생을 누려야 마땅하시겠지요.

저는 이 도시로 다시 돌아올 가능성이 없을 듯합니다. 하지만 킹스턴에서 보낸 날들의 추억, 부인이 소중한 부분을 차지하고 있는 그 추억은 영원히 잊지 못할 겁니다. 어려운 일을 당했을 때 부인의 용기에 제가 얼마나 감탄했는지, 제가 부인을 얼마나 존경하는지 알고 계시겠지요? 부인도 저와 같은 마음이면 좋겠습니다.

1859년 8월 15일
존경을 담아, 사이먼 조던

추신 1 ── 저희 둘 사이에 아직 정산이 안 된 부분에 해당되는 금액을 동봉한 봉투에 넣었습니다.

추신 2 ── 남편분과 조만간 재회의 기쁨을 누리실 수 있을 겁니다.

🌿

발신 미국 매사추세츠 주 루미스빌 러버넘하우스, 윌리엄 P. 조던
      부인
수신 캐나다웨스트 킹스턴 로어유니언 가, C. D. 험프리 부인

친애하는 험프리 부인에게

우리 아들에게 보낸 일곱 통의 편지가 우리 아들의 부재로 이 집에 쌓여 있기에 내가 임의로 반송합니다. 부인의 봉인 대신 내 봉인

이 찍혀 있는 이유는 우리 집 하인이 실수로 개봉했기 때문이에요.

우리 아들은 현재 유럽의 사립 정신병원과 진료소를 돌아보고 있어요. 그 아이가 현재 추진하고 있는 사업에 꼭 필요한 과정이라고 할까요. 인간의 고통을 완화시키는 아주 중요한 사업을 추진하고 있는 우리 아들을 사소한 일로 방해하면 안 되겠죠. 그 사업이 얼마나 중요한지 모르는 사람들 입장에서는 사소한 일이 참으로 다급하게 느껴질 수도 있겠지만요. 그 아이가 계속 여행 중이라 부인이 보낸 편지를 전할 방법이 없네요. 답장이 없는 이유를 궁금해하실 것 같아서 내가 반송합니다. 그런데 답장이 없는 것 자체가 답장이라는 사실을 부디 알아주세요.

부인이 다시 연락할지 모른다는 이야기를 우리 아들한테 언뜻 들은 적이 있어요. 그 아이가 자세한 이야기는 하지 않았지만, 내가 심각한 환자도 아니고 세상을 등지고 사는 사람도 아니니 대충 짐작을 했답니다. 그런데 이 늙은이가 좋은 마음에서 솔직하게 충고 한마디 하자면 남녀가 영원한 결합을 생각할 때 나이와 재산에서 차이가 나면 좋지 않아요. 그런데 그보다 더 결정적인 것이 도덕적인 가치관의 차이랍니다. 부인과 같은 처지에 있는 여자라면 성급하고 경솔한 행동을 할 수도 있겠지요. 남편이 어디 있는지 알 수 없는 그 불쾌한 상황은 나도 충분히 이해하는 부분이에요. 하지만 부인도 아셔야 합니다. 그런 남편이 죽었을 때, 생각이 있는 남자라면 너무 일찍부터 부인 자리에 눈독을 들이고 있던 여자와 결혼하지 않을 거예요. 남자들은 천성적으로 그리고 신의 섭리상 어느 정도 자유가 용인되지요. 하지만 여자는 정절이 필수 조건이랍니다.

나는 남편과 사별한 초기에 날마다 성서를 읽었는데, 그러면 마음이 편안해지더군요. 가벼운 바느질도 잡념을 없애는 데 좋아요. 그리고 좋은 여자 친구가 있으면 부인이 괴로워할 때 이유를 묻지 않고 위로해 줄 거예요. 세상 사람들이 생각하는 게 전부 다 진실은 아니지요. 하지만 여자의 평판에 관한 한 거의 대부분 맞는답니다. 좋은 평판을 유지하려면 괴롭다고 동네방네 소문을 내지 말아야 해요. 그래 봐야 사람들의 입방아에 오르내릴 뿐이니까요. 그리고 편지에 감정을 토로하는 것도 피하는 게 좋아요. 너도나도 이용하는 우체국을 거쳐야 하고, 보낸 사람 모르게 읽어 보고 싶어 하는 사람들의 손에 들어갈지도 모르니까요.

험프리 부인, 내가 부인의 행복한 미래를 진심으로 바라는 마음에서 이런 말을 한다는 걸 알아주길 바랄게요.

1859년 9월 29일

애정을 담아서, 콘스턴스 조던 부인

발신 캐나다웨스트 킹스턴 주립교도소, 그레이스 마크스

수신 사이먼 조던 박사

친애하는 조던 박사님께

클래리의 도움 아래 이 편지를 씁니다. 언제나 제 편이었던 클래리는 이 편지지도 얻어 주었고, 레이스와 새틴 빨래를 도와주면 보답으로 시간이 날 때 편지도 부쳐 주겠다고 했어요. 그런데 문제는 선생님께서 가신 곳을 모르니 어디로 보내면 되는지 모른다는 거

예요. 선생님께서 어디로 가셨는지 알게 되면 편지를 부칠 거예요. 선생님께서 제 글씨를 알아보실 수 있으면 좋겠어요. 제가 글을 쓰는 데 익숙하지 않을 뿐 아니라 날마다 낼 수 있는 시간이 얼마 안 되거든요.

선생님께서 저한테 아무 말도 없이 황급히 떠나 버리셨을 때 저는 선생님께서 병에 걸리신 줄 알고 얼마나 슬퍼했는지 몰라요. 둘이서 그렇게 많은 대화를 나누었는데 작별 인사도 없이 가 버리시다니 저는 이해를 할 수가 없었어요. 그래서 2층 복도에서 정신을 잃고 쓰러졌는데, 청소 담당 하녀가 그걸 보고 우왕좌왕하다 꽃과 물이 담긴 꽃병을 통째로 저한테 던졌지 뭐예요. 저는 금세 정신을 차렸지만, 꽃병이 깨졌어요. 그 하녀는 정신병이 도져서 제가 다시 발작을 일으키는 줄 알았대요. 하지만 그게 아니었어요. 제가 얼마나 감정 조절을 잘한다고요. 그날은 그렇게 갑작스럽게 떠나셨다는 소식을 듣고 충격을 받아서 그런 거였고, 제가 원래 놀라면 심장이 너무 빨리 뛰는 병이 있거든요. 꽃병 때문에 이마에 상처가 생겼어요. 아무리 얕아도 머리가 찢어지면 어찌나 피가 많이 나는지 놀라워요.

저는 선생님과 이야기 나누는 게 즐거웠기 때문에 선생님께서 떠나셨을 때 슬펐어요. 사람들이 말하길 선생님께서 제 편에 서서 석방해 달라고 정부에 편지를 쓰실 거라고 했는데, 안 그러시려나 싶기도 했고요. 희망을 품었다 좌절당하는 것만큼 실망스러운 일도 없어요. 차라리 처음부터 희망을 품지 않는 게 더 나아요.

선생님께서 저를 위해 편지를 써 주시면 정말 고마울 거예요. 건강하세요.

1859년 12월 19일

❧

발신 스위스 크로이츨링겐 벨뷰, 빈스방거 박사 댁, 사이먼 P. 조던
　　　박사

수신 미합중국 매사추세츠 주 도체스터, 에드워드 머치 박사

친애하는 에드워드에게

이렇게 한참 만에 편지를 보내 바뀐 주소를 알리는 나를 용서해
주기 바라네. 사실 일이 좀 복잡하게 돼서 정리를 하느라 시간이 걸
렸거든. "여럿이서 치밀하게 준비한 계획도 실패할 때가 많다."라고
번스도 말했던 것처럼, 나는 물론이고 내 미래에까지 악영향을 미칠
난감한 상황에 휘말리는 바람에 킹스턴을 황급히 탈출하는 수밖에
없었네. 나중에 기회가 되거든 셰리주 한잔을 사이에 두고 이야기의
전말을 알려 줌세. 지금 내 입장에서는 이야기라기보다 악몽에 가깝
지만.

이렇게 된 원인 중에는 그레이스 마크스에 대한 연구가 급기야 아
주 심란한 쪽으로 방향을 틀어 내가 깨어 있는 건지, 꿈을 꾸는 건지
알 수 없는 지경에 이른 것도 있다네. 내가 이 일을 시작하면서 얼마
나 고귀한 희망에 부풀었는지, 세계가 놀랄 만한 엄청난 사실을 밝
혀 내겠다고 얼마나 굳은 결의를 다졌는지 생각하면 절망할 만도 하
지. 그런데 그게 정말 이기적인 야심이 아니라 고귀한 희망이었을
까? 지나고 나서 생각해 보니 장담을 못하겠군. 그런데 만약 이기적

인 야심이었다면 대가를 제대로 치른 셈이지. 내내 헛수고만 하고 보람 없이 그림자만 좇고, 남의 헝클어진 머릿속을 풀어 주려고 진땀 흘리다 내가 거의 정신착란을 일으킬 지경에 이르렀으니 말일세. 나와 이름이 같은 사도 베드로처럼 나도 바다 깊이 그물을 쳐 놓았지. 그런데 베드로와 달리 내가 건져 올린 것은 인어라네. 물고기도 아니고 인간도 아니고 둘 다인, 아름답지만 노래를 부르는 위험한 인어.

내가 뭘 잘 모르는 허수아비인지 아니면 그보다 더 심각한, 자기기만에 빠진 바보인지 모르겠네. 어쩌면 이런 의심이 착각이고, 내가 지금까지 속이 들여다보일 정도로 순수한 여자를 만나 왔는데 너무 예민하게 생각하느라 알아차리지 못한 것일 수도 있겠지. 자네에게만 솔직히 고백하건대 나는 이 문제로 인해 신경과민증에 걸릴 뻔했다네. 아무것도 모른 채 힌트와 조짐, 암시, 감질나는 속삭임에 덤벼드는 것이 유령에 시달리는 것만큼 끔찍하더군. 어두컴컴한 밤에 그녀의 얼굴이 사랑스럽고 신비로운 신기루처럼 내 앞에서 둥둥 떠다니는 날도 있었지…….

내 헛소리를 용서해 주기 바라네. 그래도 내가 걷는 길이 똑바로 보이기만 하면 어마어마한 것을 발견할 수 있을 것만 같은데, 나는 여전히 늪지에서 흘러나오는 빛에 의지한 채 암흑 속을 헤매고 있다네.

좀 더 밝은 소식을 쓰자면, 이곳의 병원은 아주 깨끗하고 효과적으로 운영되고 있고, 수 치료법을 비롯해 여러 가지 요법을 탐색하는 중이라네. 만약 나의 구상이 결실을 맺는다면 이곳이 본보기가 될 걸세. 빈스방거 박사님은 너무나 잘해 주시고, 이곳에서도 가장 흥미진진한 몇 가지 사례를 나에게도 접할 수 있게 해 주셨다네. 다행히 그중에 유명한 살인범은 없고 토론토의 명사, 워크먼 박사의 표현을 빌리자면 "아무것도 모르는 정신병자"와 신경병으로 고생하는 일상적인 환자, 알코올의존자, 매독 환자 들뿐이라네. 물론 부자와 가난뱅이가 겪는 고통은 종류가 다르겠지.

조만간 귀한 부인의 몸을 빌려 자네의 축소판을 세상에 선보일 예정이라니 기쁘기 한량없는 소식이로군. 부인에게 부디 공손한 안부 전해 주게. 믿음직스럽고 의지가 되는 여인과 가정을 꾸리고 살면 얼마나 평화로울까! 남자들은 정말 절실한 경우가 아니면 평안함이 얼마나 소중한 것인지 과소평가하기 십상이지. 자네가 부러울 따름일세!

나로 말할 것 같으면 음침하고 가련한 바이런의 방랑자처럼 이 땅을 혼자 떠돌아다닐 운명이 아닌가 하는 두려움에 떨고 있다네. 내 소중한 친구인 자네의 손을 한 번만 더 잡을 수 있다면 얼마나 기운이 날까. 남부와 북부의 의견 차이가 평화롭게 해결될 조짐을 보이지 않고 남부가 심각하게 연방 탈퇴를 언급하고 있다니 조만간 그럴 기회가 생기겠지. 만약 전쟁이 벌어지면 조국에 대한 나의 의무가 분명해질 테니 말일세. 테니슨이 너무 식물학적인 표현을 동원해 이야기했던 것처럼 이제 "핏빛 전쟁의 꽃"을 뽑을 때가 되면 말일세. 지금처럼 정신 상태가 오락가락하고 우울할 때는 아무리 유감스러운 상황이라도 일종의 의무 비슷한 게 생기면 마음이 놓일 듯하네.

1860년 1월 12일

머리 아프고 지쳤지만 애정이 넘치는 사이먼

발신 킹스턴 주립교도소, 그레이스 마크스

수신 신경 최면과 복화술과 독심술 전문가, 제랄도 폰티 님께,

　　　캐나다웨스트 토론토 퀸 가, 프린스 오브 웨일스 극장 전교

사랑하는 제러마이어에게

　도라가 분위기를 돋운다고 당신의 쇼를 홍보하는 포스터를 세탁실 벽에 붙였어요. 이름을 바꾸고 턱수염을 덥수룩하게 길렀지만 나는 당신을 한눈에 알아봤어요. 메리앤 아가씨에게 관심을 보이는 남자분이 그 쇼가 킹스턴에서 열렸을 때 보러 갔는데, '불 글씨로 알아보는 미래'야말로 두 여자가 기절할 만큼 대단하고 표 값이 아깝지 않은 쇼였대요. 그 남자분 말로는 당신의 수염이 새빨간 색이었다고 하더군요. 나는 그 말을 듣고 가발이 아닌 한 물을 들였겠구나 생각했어요.

　당신이 킹스턴에 왔을 때는 혹시 들통 나면 난처해질 수 있으니 연락을 하지 않았어요. 하지만 다음 쇼가 어디에서 열리는지 보고, 당신에게 전달되길 바라며 토론토의 극장으로 편지를 보내요. 내가 거기 있었을 때는 들어 본 적 없는 이름인 걸 보니 새로 생긴 극장인가 봐요. 하긴 그게 20년 전이니까요. 100년처럼 느껴지지만……

　당신을 다시 만나서 옛날 이야기를 하고 싶은 마음이 굴뚝같아요. 메리 휘트니가 죽고 불행이 나를 덮치기 전에는 올더먼 파킨슨 마님 댁 부엌에서 참 재미있었는데! 하지만 이곳에서 검열을 통과하려면 더 변장을 해야 해요. 가까이에서 봤을 때 빨간 수염만으로는 부족

할 거예요. 만에 하나 들통이라도 나면 사람들이 속았다고 생각하지 않겠어요? 무대에서 벌이는 쇼도 지난번에 서재에서 벌였던 그 일처럼 환영받지 못하는 행동일 테니까요. 그리고 당신이 이제는 왜 제롬 뒤퐁 박사가 아니라 다른 사람이 되었는지 궁금해하겠죠. 그런데 내가 보기에 지금 하는 일이 돈은 더 될 것 같네요.

최면 사건 이후로 나는 더 나은 대접과 존중을 받는 듯해요. 이곳 사람들이 나를 더 무서워하게 됐기 때문인 것 같기도 하고, 가끔은 그게 그건가 싶을 때도 있어요. 다들 그때 내가 무슨 말을 했는지 입에 담지 않으려고 해요. 그러면 내가 혼란스러워질 거라고 생각하거든요. 내가 보기에는 과연 그럴까 싶지만요. 그런데 그 이후로 예전처럼 집안일을 하고 방을 치우고 차를 내갈 수 있게 됐지만, 석방에는 아무런 영향을 미치지 않았어요.

조던 박사님이 그 사건이 있자마자 왜 그렇게 갑자기 떠났는지 종종 궁금해지곤 해요. 당신도 얼마 뒤에 떠났으니 그 이유를 모르겠죠. 리디아 아가씨는 조던 박사님이 사라졌다는 소식에 충격을 받아서 일주일 동안 저녁을 먹으러 내려오지 않고 자기 방으로 가지고 오게 했어요. 그러고는 환자처럼 눈 밑에 검게 그늘이 생긴 창백한 얼굴을 하고 비극의 여주인공인 양 누워 있으니 청소하기가 얼마나 힘들었는지 몰라요. 하지만 젊은 아가씨들은 그런 식으로 난리를 부려도 아무도 뭐라 하지 않죠.

그 뒤로 라디아 아가씨는 더욱 젊은 남자들과 얼마나 많은 파티를 찾아다녔는지 몰라요. 그중에서도 아무짝에도 쓸모없는 무슨 대위와 특히 붙어 다녀 군인들 사이에서 말괄량이로 불렸죠. 그런데 그런 일로 어머니와 몇 번 다투는가 싶더니 몇 개월 뒤에 베링거 목사님과 약혼을 했지 뭐예요. 아가씨가 뒤에서 목사님을 계속 비웃었고 개구리처럼 생겼다고 했기 때문에 뜻밖의 소식이었죠.

일반적인 경우보다 훨씬 일찍 결혼식 날짜가 잡혔고, 나는 아침부터 밤까지 바느질을 하느라 정신이 없었어요. 리디아 아가씨의 여행용 드레스는 파란색 비단에 싸개 단추를 달았고 치마가 두 겹이었어요. 단을 꿰매는데 이러다 눈이 멀겠다 싶더군요. 신혼여행지는 나이아가라 폭포였어요. 사람들 말로는 놓치면 안 될 풍경이라는데, 나는 그림으로밖에 못 봤네요. 신혼여행에서 돌아왔을 때 아가씨는 전혀 딴사람이었어요. 예전의 활달한 모습은 온데간데없이 착 가라앉았고, 안색도 너무 창백하더라고요. 사랑하지 않는 남자와 결혼하는 것은 좋은 생각이 못 되지만, 다들 그렇게 해서 적응하고 살죠. 그리고 사랑해서 결혼한 사람은 천천히 후회한다 그러더라고요.

처음에는 아가씨가 조던 박사님을 좋아하는 줄 알았어요. 하지만 박사님과 결혼했으면 둘 다 행복하지 않았을 거예요. 아가씨는 박사님이 정신병자들에게 관심을 갖는 것과 왕성한 호기심과 야채를 앞에 두고 이상한 질문을 하는 것을 이해하지 못했을 테니까요. 그러니 잘된 일이에요.

조던 박사님이 제게 약속했던 것은 물론이고, 박사님에 대해서도 아무 소식을 듣지 못했어요. 남부 전쟁에 참전했다는 이야기만 베링거 목사님을 통해서 들었는데, 살았는지 죽었는지도 모른답니다. 게다가 박사님과 미망인 비슷한 하숙집 안주인을 두고 소문이 무성했어요. 그 안주인은 박사님이 떠난 뒤에 검은 드레스와 망토와 베일을 바람에 휘날리며 호숫가를 정신 나간 사람처럼 헤매고 다녔다는데, 어떤 사람 말로는 그 속으로 뛰어들려고도 했대요. 특히 부엌과 세탁실에서 얼마나 입방아들을 찧었는지 몰라요. 한때 그 집에서 일했던 도라한테 들은 이야기도 많았죠. 겉보기에는 그렇게 번듯했던 두 사람이 밤마다 어찌나 비명을 지르고 신음 소리를 내며 끔찍한 짓을 벌였는지 유령의 집만큼이나 심한 정도였고, 아침마다 침대 시트가 아주 난장판이라 보기만 해도 얼굴이 화끈거릴 지경이었다니 믿어져요? 도라가 말하길 마당에 삽이 세워져 있고 이미 무덤까지 파여 있어서 보는 순간 소름이 끼쳤다는데, 박사님이 안주인을 죽여서 마당에 묻지 않은 이유가 뭔지 궁금하다고 그러더라고요. 자기가 보기에는 박사님이 여자들을 한 명씩 무너뜨린 다음 싫증이 나면 죽여 없애는 그런 남자이고, 그 미망인을 볼 때마다 당장 덮쳐서 목을 물어뜯으려는 호랑이처럼 눈을 무섭게 번득였다는 거예요. 자기를 볼 때도 마찬가지였다면서 자기가 그 탐욕스러운 광기의 다음번 희생양이 될 수도 있었다나요? 다들 충격적인 이야기를 좋아하니 부엌에서 너도나도 귀를 쫑긋 세웠어요. 도라가 이야기를 아주 그럴듯하게 하기도 했고요. 하지만 나는 도라의 과장이 심했을 거라고 생각해요.

바로 그 무렵에 교도소장 부인이 나를 응접실로 부르더니 조던 박사님이 부적절한 방식으로 접근한 적 있느냐고 진지하게 물었어요. 나는 그런 적 없었다고, 그리고 바느질 방문을 항상 열어 놓았다고 대답했죠. 부인은 그런 사람인 줄 모르고 자기가 속았다며, 집 한가운데에서 뱀을 키웠다고 하더군요. 그러면서 상복을 입고 다니는 그 가엾은 여자가 박사님의 농간에 놀아나다 이제는 하녀도 없는 집에 혼자 남겨졌는데, 나더러 밝혀 봐야 좋을 것 없으니 어디 가서 그런 이야기는 하지 말라고 했어요. 그 여자는 유부녀인데 남편에게 학대

당한 경우라 상대가 젊은 아가씨인 것보다는 낫지만, 그래도 조던 박사님이 정말 해서는 안 될 짓을 했다며 리디아 아가씨가 약혼까지 가지 않은 게 다행이라고 했고요.

조던 박사님은 리디아 아가씨와 약혼할 마음이 눈곱만큼도 없었을 거예요. 그리고 나는 이러쿵저러쿵하는 험담들을 다 믿지는 않아요. 사람들이 누굴 두고 거짓말을 하는데 반박할 수 없는 상황에 대해 알고 있으니까요. 그리고 미망인들은 늙기 전까지 집적거리는 남자들에게 계속 시달리게 되어 있죠.

여기까지는 쓸데없는 잡담이었고요, 내가 진짜로 묻고 싶은 게 있어요. 당신이 내 손바닥을 보고 다섯이라 재수가 좋다고 했을 때 나는 나중에 다 잘될 거라는 뜻으로 받아들였는데, 정말로 미래가 보여서 한 말이었나요? 아니면 그냥 한 말이었나요? 정말 알고 싶어요. 가끔은 시간이 너무 느리게 가서 견디기 힘들거든요. 헛되게 흘려보낸 내 인생을 생각하며 아무짝에도 쓸모없는 절망의 나락으로 떨어지면 어떻게 하나 싶어서 겁이 나는데, 어쩌다 이렇게 됐는지 아직까지도 잘 모르겠거든요. 종종 베링거 목사님과 함께 기도를 드리는데 아니, 목사님이 기도를 드리고 저는 듣는다고 해야겠죠. 그런데 좋다기보다 피곤하기만 해요. 목사님은 다시 탄원서를 낼 거라고 하지만 예전처럼 아무 소용없는 건 아닌지, 괜히 종이만 낭비하는 건 아닌지 걱정스러워요.

또 하나 알고 싶은 게 있는데요, 당신은 왜 나를 도우려고 했던 거예요? 예전에 밀수할 때 그랬던 것처럼 다른 사람들의 허점을 찔러보겠다는 일종의 도전이었나요? 아니면 애정이나 동정심 때문이었나요? 예전에 당신이 말하길 우리 둘이 비슷한 부류라고 한 적 있잖아요. 종종 그 말에 대해서 생각해 보곤 해요.

이 편지가 당신에게 무사히 전달됐으면 좋겠지만, 만약 그렇더라도 당신은 나한테 답장을 보낼 방법이 있을까 싶네요. 여기에서는 편지를 다 열어 보니까요. 하지만 나는 당신이 메시지를 전했다고 생각해요. 몇 달 전에 이름을 밝히지 않은 사람한테서 뼈로 만든 단추를 받았는데, 그걸 보고 여자 감독관이 그레이스, 왜 누군가 너에게 단추를 보냈을까, 하고 물었죠. 나는 모르겠다고 대답했어요. 하지만 올더먼 파킨슨 마님 댁 부엌에서 당신이 준 단추와 무늬가 똑같았으니 아직도 나를 잊지 않았다는 걸 알려 주려고 당신이 보낸 거라고 생각했어요. 단추는 뭘 잠그거나 열 때 쓰는 물건이니 다른 메시지가 들어 있을 수도 있겠죠. 우리 둘 다 알고 있는 어떤 일에 대해서 아무 말도 하지 말라는 뜻일 수도 있고요. 조던 박사님은 아무리 평범하고 하찮은 물건에도 의미가 있고, 잊고 있던 기억을 떠오르게 만들 수도 있다고 했어요. 당신을 생각하게 만들려고 단추를 보낸 것일지도 모르겠는데, 그건 정말 그럴 필요 없는 일이에요. 나는 당신과 당신의 배려를 절대 잊지 않았고 앞으로도 그럴 테니까요.

사랑하는 제러마이어, 건강하고 마술 쇼가 엄청난 성공을 거두길 바랄게요.

1861년 9월 25일

당신의 옛 친구 그레이스 마크스

발신　미국 매사추세츠 주 루미스빌 러버넘하우스, 윌리엄 P. 조던
　　　부인

수신　캐나다웨스트 킹스턴 로어유니언 가, C. D. 험프리 부인

친애하는 험프리 부인에게

부인이 사랑하는 우리 아들에게 보낸 편지가 오늘 도착했네요. 이유는 잠시 후에 밝히겠지만, 나는 요즘 우리 아들 이름으로 온 편지를 모두 열어 보고 있어요. 그런데 먼저 짚고 넘어가자면 그렇게 도를 넘어선 표현은 자제해 줬으면 좋겠군요. 자해를 하겠다는 둥 다리나 뭐 어디 높은 데서 뛰어내리겠다는 둥 하면 예민하고 마음이 약한 젊은 남자는 영향을 받을지 몰라도 경험이 풍부한 그 어미는 안 그렇거든요.

아무튼 우리 아들을 만나고 싶다는 부인의 바람은 희망 사항으로 남을 수밖에 없겠군요. 우리 아들은 유감스러운 전쟁이 시작되자 조국을 위해 싸우겠다는 일념 아래 군의관으로 북군에 입대해 곧바로 전방 근처의 야전병원으로 파견됐으니까요. 안타깝게도 우편 업무가 엉망이 되었고 철도 시설 덕분에 부대가 워낙 빠르게 이동하는지라 나도 몇 개월째 소식을 못 듣고 있었어요. 원래 정기적으로 꼬박꼬박 편지를 보내는 우리 아들답지 않은 일이라 최악의 상황인가 싶어 걱정이 되었지요.

그동안 나는 제한된 분야에서나마 할 수 있는 일을 하고 있었답니다. 이 유감스러운 전쟁 때문에 목숨을 잃거나 부상을 당한 사람

들이 너무 많은데, 사지가 잘리고 앞을 못 보게 된 사람 혹은 전염성 열병에 걸려 정신이 오락가락하는 사람 들이 급조한 우리 병원으로 계속 이송되고 있으니 우리는 그 결과를 날마다 접하고 있는 셈이었지요. 그들 모두가 사랑하는 아들인 것을. 우리 마을 여자들은 그들을 찾아가고, 능력이 닿는 한도 내에서 제집 같은 편안함을 누릴 수 있게 하느라 정신없이 바빴답니다. 나도 건강상으로는 그들과 다를 바 없지만 열심히 도왔지요. 사랑하는 우리 아들이 병에 걸려 어디에선가 아파하고 있다면 다른 어머니가 나와 똑같이 해 주길 바랐으니까요.

그러다 마침내 회복기에 있던 우리 마을 출신의 한 부상병이 우리 아들에 대한 소문을 들었다고 했어요. 날아온 파편이 머리에 꽂혔는데, 마지막으로 소식을 들었을 때 생사를 넘나들고 있다고 했다고요. 두말하면 잔소리겠지만 나는 걱정이 돼서 죽을 지경이었고, 그 아이의 행방을 알아내려고 백방으로 노력했지요. 그런데 너무나 다행스럽게도 우리 곁으로 돌아왔어요. 살아는 있었지만 심신이 모두 지친 상태로요. 그 아이는 부상 때문에 기억의 일부분을 잃어버렸답니다. 사랑하는 부모와 어렸을 때 일들은 기억하는데, 최근에 겪은 일들은 깡그리 지워져 버렸어요. 정신병원에 관심이 있었던 것도, 킹스턴이라는 도시에서 보낸 시간도, 그곳에서 당신과 맺었을지 어땠을지 알 수 없는 그 어떤 관계도요.

부인에게 이런 이야기를 하는 이유는 세상을 좀 더 넓게, 그리고 한 가지 덧붙이자면 더 이타적으로 봐 주길 바라기 때문이에요. 역사적으로 중대한 고통 앞에서 어느 한 사람의 개인적인 사건은 정말 사소한 일이거든요. 이 고통이 좀 더 나은 미래를 위한 것이어야 할 텐데 말이죠…….

그건 그렇고 남편이 어떻게 됐는지 알게 된 건 축하할 일이네요. 안타까운 상황에 대해서는 심심한 위로를 전해야 하겠지만요. 배우자가 너무 오랫동안 술을 마시다 그로 인한 정신착란증 때문에 세상을 떠났다고 하면 전혀 반가운 소식이 못 되겠지요. 남편분이 전 재산을 날리지 않은 건 다행이에요. 내가 실질적인 충고를 하나 하자면 믿을 만한 연금을 하나 들어 놓는 게 좋아요. 아니면 나도 어려운 시기에 도움을 많이 받았는데, 탄탄한 철도 회사나 앞으로 상당히 발전할 게 분명한 재봉틀에 투자를 좀 하는 것도 좋고요.

하지만 부인이 우리 아들에게 제안한 것은 그 아이가 받아들일 만한 상황이었다 하더라도 바람직하지도 않거니와 실현 가능성도 없는 일이랍니다. 우리 아들은 부인과 약혼도 하지 않았고 책임져야 할 일이 아무것도 없어요. 부인이 그렇게 생각했다고 그것이 서로 간에 합의한 일이 될 수는 없지요. 그리고 부인에게 알려야 도리일 것 같은데, 떠나기 직전에 우리 아들은 페이스 카트라이트 양이라고 집안도 좋고 도덕적으로도 나무랄 데 없는 아가씨와 결혼을 약속한 사이와 다름없었고, 지금 단 한 가지 걸림돌이 있다면 조만간 생명이 위태로울 수 있는 상황에서 카트라이트 양을 구속하기에는 우리 아들의 자존심이 허락하지 않는다는 것뿐이에요. 우리 아들이 많이 다쳤고 가끔 일시적인 정신착란을 일으킴에도 불구하고 그 아가씨는 양가의 뜻과 그녀 자신의 마음을 존중하겠다는 일념 아래 지금도 내 옆에서 우리 아들을 성심성의껏 간호하고 있답니다.

우리 아들은 이 아가씨를 정확하게 기억하지 못하고, 계속 이름이 그레이스라고 주장하고 있어요. 그레이스나 페이스이나 뜻에서는 별 차이가 없으니 헛갈릴 만한 일이지요. 그래도 우리는 포기하지 않고 한때 끔찍이 아꼈던 여러 가지 사소한 물건들을 보여 주고 경치가 아름다운 곳으로 산책을 데리고 나가면서 조만간 기억이 완전히 돌아오기를, 적어도 필요한 만큼은 기억을 회복하고 결혼식을 치를 수 있을 만큼 건강해지기를 소망한답니다. 우리 아들을 아무 사심 없이 사랑하는 사람들이 모두 그렇듯 카트라이트 양도 그 아이가 건강을 회복하고 정신이 온전해지기를 열심히 기도하고 있지요.

　마지막으로 한마디 덧붙이자면 부인의 미래는 지난 과거보다 더 행복한 일들로 가득할 거예요. 그리고 인생의 황혼기로 접어들면, 안타깝게도 젊었을 때에는 공허함과 폭풍 같은 열정 때문에 느끼지 못했던 마음의 평화를 누리게 된답니다.

1862년 5월 15일

애정을 담아서, 콘스턴스 P. 조던 부인

추신 ── 앞으로 보내는 편지는 읽지 않고 폐기 처분하겠습니다.

발신　캐나다 자치령 온타리오 주 킹스턴 시드넘 가 감리교회, 그레이스 마크스 사면위원회 위원장 에녹 베링거 목사
수신　캐나다 자치령 온타리오 주 토론토 프론트 가 메이플스, 새뮤얼 배 널링 박사

친애하는 배널링 박사님께

제가 위원장을 맡고 있는 위원회에서 박사님도 잘 아시는 가치 있는 일을 추진하고 있기에 이와 관련해서 편지를 드립니다. 그레이스 마크스가 근 15년 전에 토론토의 정신병원에 입원했을 때 담당했던 선임 의사이셨기 때문에, 불운하고 불행하며 어떤 이들이 보기에는 억울한 누명을 쓰고 있는 이 여인을 위해 정부에 탄원서를 제출하려는 여러 위원회들에서 문제의 탄원서에 박사님의 이름을 넣고 싶어 지금까지 수차례 박사님께 접촉했던 사실을 저도 알고 있습니다. 박사님도 잘 아시겠지만 정부 당국에서는 박사님처럼 박식한 의학 전문가의 의견을 높이 사는 터라 박사님의 이름을 넣으면 상당한 무게가 실리겠지요.

첨부된 명단을 보면 아시겠지만, 우리 위원회는 사랑하는 제 아내를 비롯한 몇 명의 여성과 명망 있는 몇몇 신사, 그리고 교회사(敎誨師)를 비롯해서 세 교파의 성직자들로 이루어져 있습니다. 과거에는 탄원서를 넣어도 효과가 없었지만, 최근에 존 A. 맥도널드의 리더십 아래 완벽하게 국민을 대표하는 의회가 도래하는 등 정계가 바뀌었으니 우리 위원회는 정부에서 전과는 다르게 호의적인 반응을 보이지 않을까 예상하고, 또 그러길 바라고 있습니다.

뿐만 아니라 현대 과학과 뇌 질환, 정신병 연구의 발전이라는 호재는 분명 그레이스 마크스에게 유리한 쪽으로 작용할 겁니다. 몇 년 전에 우리 위원회에서는 강력한 추천 아래, 신경성 질환 전문가인 사이먼 조던 박사님을 채용한 적이 있었습니다. 그는 이곳에서 몇 개월 동안 머물며, 살인 사건 전후로 기억을 하지 못하는 데 주안점을 두고 그레이스 마크스를 면밀히 관찰했습니다. 기억을 되찾기 위해 그 분야의 유능한 전문가에게 맡겨 신경 최면도 받게 했지요.

신경 최면술은 오랜 쇠퇴기를 거쳐 진단과 치료의 한 방법으로 다시 각광을 받고 있는 듯한데, 이곳보다는 프랑스에서 더 호의적인 분위기라고 들었습니다.

그 결과 놀라운 사실이 밝혀졌고, 조던 박사님은 그레이스 마크스의 기억상실증이 위조가 아니라 진짜라는 의견을 밝혔습니다. 운명의 그날에 그녀는 공포로 인한 히스테리성 발작을 일으켰는데, 그것이 자기최면성 몽유병으로 이어졌고(이 질병은 25년 전까지만 해도 별다른 연구가 이루어지지 않았지만 이후로 많은 연구 결과가 나왔다고 들었습니다.) 그래서 이후에 기억을 상실한 거라고 말입니다. 우리 위원회의 몇몇 위원들도 목격했다시피 신경 최면에 걸렸을 때 그레이스 마크스는 과거의 그 사건을 완벽하게 기억했을 뿐 아니라 몽유병으로 인한 이중인격 현상도 보였습니다. 제1의 인격체가 알지 못하는 상황에서 제2의 인격체가 발현된 겁니다. 조던 박사님은 증거를 감안했을 때 우리가 '그레이스 마크스'라고 알고 있는 여성은 낸시 몽고메리 살인 사건 당시 의식이 없었고, 그렇기 때문에 그에 대한 책임이 없다고 결론을 내렸습니다. 제2의 숨겨진 자아만 그 사건의 기억을 가지고 있었으니까요. 조던 박사님은 여기에 덧붙여, 무디 부인과 다른 사람들의 증언을 참고했을 때 1852년에 그녀가 정신병을 일으켰을 때도 이 제2의 인격이 계속 출현했던 것 같다는 소견을 제시했습니다.

저로서는 박사님께 서면 보고서를 보여 드릴 수 없다는 게 안타까울 따름입니다. 우리 위원회에서도 서면 보고서를 바라고 한 해, 두 해 탄원서 제출을 미루고 있는 상황입니다. 조던 박사님은 보고서를 작성할 의사가 충분했지만, 집안에 환자가 생겨 갑자기 호출을 받았고 이후 급한 일을 처리하러 유럽으로 떠났습니다. 그리고 남북전쟁이 발발하자 군의관으로 복무하는 바람에 업무에 상당한 지장을 초래했지요. 듣자 하니 전쟁 중에 부상을 당했고 이제는 다행히 회복 중에 있지만, 아직은 일을 마무리 지을 수 있을 만한 여력이 없다고 합니다. 그렇지 않았더라면 가장 진지하게 성심성의껏 보고서를 첨부해 주었을 텐데 말입니다.

저도 그 신경 최면을 거는 자리에 참석했고 이후에 저와 결혼을 약속한 숙녀분도 그 자리에 함께 있었는데, 저희 둘 다 그날 보고 들은 것에 엄청난 충격을 받았습니다. 지금까지 과학적인 지식이 부족해서 이 가엾은 여인이 누명을 쓴 것을 생각하면 눈물이 나려고 합니다. 인간의 영혼은 심오하고 장엄한 수수께끼와 같고, 그 깊은 곳이 이제야 밝혀지기 시작하고 있습니다. 사도 바울도 "우리가 지금은 거울로 보는 것같이 희미하나 그때에는 얼굴과 얼굴을 대하여 볼 것이요……"라고 말씀하셨지요. 조물주께서 인간을 고르디우스의 매듭처럼 이렇게 복잡하게 만드신 이유를 우리는 짐작만 할 수 있을 따름입니다.

조던 박사님이 전문가적인 입장에서 밝힌 의견을 박사님께서 어떻게 생각하실지 몰라도(신경 최면술이라는 분야가 낯설고 제가 앞에서 언급한 자리에 참석하지 않은 사람들은 조던 박사님의 결론을 받아들이기 힘들다는 점을 저도 잘 알고 있습니다.) 그레이스 마크스는 저지른 잘못에 대해 대가를 치르고도 남을 만큼 오랜 세월 동안 투옥 생활을 하고 있습니다. 그녀는 이루 말할 수 없는 정신적인 고통과 육체적인 고통으로 고생하고 있습니다. 그리고 기억이 있건 없건 간에 이 엄청난 범행에 어떤 부분이라도 가담한 데 대해 가슴을 치며 뉘우치고 있습니다. 그녀는 이제 더 이상 젊다고 할 수 없는 나이이고, 건강도 상당히 안 좋습니다. 만약 석방이 된다면 세속적인 행복과 정신적인 행복을 위해 조치가 취해질 테고, 과거를 곰곰이 돌이켜 보면서 미래를 준비할 기회가 생길 겁니다.

박사님께서는 계속 석방 탄원서에 이름 올리는 것을 거부하시어 회개하는 죄인 앞에서 천국의 문을 닫아 버릴 생각이십니까? 그녀를 가엾게 생각하신다면 그러실 수는 없겠지요!

이 고귀한 시도에 동참해 주시기를 다시 한 번 간청드립니다.

1867년 10월 15일, 킹스턴

존경하는 마음을 담아서, 에녹 베링거

🌿

발신 캐나다 자치령 토론토 프론트 가 메이플스, 새뮤얼 배널링 박사

수신 캐나다 자치령 온타리오 주 킹스턴 시드넘 가 감리교회, 그레이
      스 마크스 사면위원회 위원장 에녹 베링거 목사

친애하는 목사님께

10월 15일에 보내신 편지와 그레이스 마크스와 관련해서 철없이 늘어놓으신 우스갯소리, 잘 읽었습니다. 조던 박사님은 실망스럽군요. 예전에 편지를 주고받았을 때 이 교활한 여자에 대해서 분명히 경고했는데 말입니다. 사람들이 말하길 늙은 바보처럼 어리석은 사람은 없다지만, 제가 보기에는 젊은 바보처럼 어리석은 사람도 없는 듯합니다. 의학을 공부한 사람이 '신경 최면술'과 같은 빤한 사기극

과 터무니없는 바보짓에 속아 넘어가다니 놀라울 따름입니다. 어리석기로 따졌을 때 심령술, 보통 선거권, 기타 헛소리에 이어 2위쯤에 해당되는 쓰레기 같은 '신경 최면술'은 아무리 새로운 이름으로 단장해도 최면술 혹은 동물자기설을 달리 표현한 것에 불과합니다. 구역질이 날 정도로 말이 안 되는 이 최면술은 이름만 거창한 속임수로 낙인이 찍힌 지 이미 오래됐습니다. 전적이 의심스럽고 외설스러운 남자들이 乙와 비슷한 성향의 여자들을 휘어잡아 불손하고 모욕적인 질문을 하고, 여자들의 동의 없이 음란한 행동을 요구하는 것으로 말입니다.

따라서 목사님이 운운하시는 그 조던 박사님은 지능이 갓난아이 수준이거나 그 사람 자체가 사기꾼이 아닐까 싶습니다. 그리고 그가 만약 자칭 '보고서'를 작성했다 하더라도 종이가 아깝지 않았을까 싶고요. 목사님이 말씀하신 그 부상은 전쟁 중이 아니라 그 전에 입은 모양입니다. 머리를 한 대 세게 얻어맞은 것이지요. 그 정도는 되어야 그런 바보짓이 나옵니다. 만약 조던 박사님이 이런 식의 난잡한 사고방식을 계속 고집한다면 조만간 사립 정신병원 신세를 지게 될 겁니다. 제 기억이 맞다면 한때 그가 그런 시설을 건립할 생각이었던 것으로 알고 있습니다만.

저는 무디 부인의 소위 말하는 '증언'과 기타 낙서 수준의 글들도 읽고 나서 본래 용도인 불쏘시개로 썼지요. 덕분에 그 종이들이 잠깐 동안이나마 앞을 밝히는 역할을 했지, 그렇지 않았으면 어림도 없었습니다. 그 부류들이 늘 그렇듯 무디 부인도 지나치게 감상적이고, 동화들을 생각나는 대로 날조하는 성향을 보이더군요. 진실이라는 측면에서는 거위의 '목격담'이 훨씬 믿을 만하겠습니다.

목사님이 말씀하신 천국의 문은 제가 어찌할 수 있는 곳이 아니며, 그레이스 마크스가 자격이 있으면 제가 거들지 않아도 그 문으로 들어갈 수 있을 겁니다. 하지만 제가 교도소의 문이 열릴 수 있도록 조치를 취할 생각은 없습니다. 저는 그녀를 면밀히 관찰했고, 그녀의 성격과 기질에 대해 목사님보다 더 잘 알고 있습니다. 그녀는 도덕적인 능력이 결핍되었고, 살인 성향이 강하게 발달된 인간입니다. 사회의 기본적인 권리를 누릴 수 있을 만큼 안전하지가 않으니 그녀가 석방되면 조만간 누군가 희생당할 겁니다.

마지막으로 말씀드리지만, 성직자가 장황한 이야기 중간 중간에 '현대 과학'을 운운하시다니 어울리지 않습니다. 예전에 교황께서도 섣부른 지식은 위험하다고 하신 걸로 기억합니다. 목사님은 양심을 관리하고, 공직자와 일반인들의 도덕성 향상을 위해 교훈적인 설교를 마련하는 데 주력하시고(이 나라에서 그런 것들이 얼마나 필요한지는 주님도 아실 겁니다.) 타락한 인간들의 두뇌 문제는 전문가들에게 맡기시지요. 무엇보다도 앞으로는 이렇게 성가시고 어처구니없는 문제로 부디 저를 괴롭히지 말아 주셨으면 합니다.

1867년 11월 1일

새뮤얼 배널링 박사 근배

15부

천국의 나무

하지만 집요한 시도가 끝내 결실을 맺었다. 탄원서가 잇따라 접수되고, 이밖의 다른 방법들도 동원됐다. 거의 유일무이했던 이 범인은 사면을 받았고, 뉴욕으로 건너가 이름을 바꾸고 얼마 안 있어 결혼했다. 이 방면의 작자들은 다르게 알고 있지만, 사실 그녀는 아직까지도 살아 있다. 여러 개의 가명으로 신분을 감추고 있기 때문에 그사이 살인 충동이 강력하게 발휘된 적이 있는지 여부는 알 수 없다.

—작자 미상, 『토론토와 요크 군의 역사』(온타리오 주, 1885)

1872년 8월 2일 금요일. 오늘 아침에 그레이스 마크스의 사면 소식을 듣고 그 문제를 의논하기 위해 낮 12시부터 2시까지 시내에서 법무부 장관님을 만났다. 그녀가 뉴욕에 마련된 거처로 이동할 때 내가 딸아이 한 명과 함께 동행해 달라는 것이 존 경의 부탁이었다.

1872년 8월 7일 화요일. 이 교도소에서 28년하고도 10개월 동안 수감 생활을 하다 사면을 받은 그레이스 마크스가 조사를 마치고 석방되었다. 법무부 장관님의 지시 아래 그녀와 딸을 데리고 오후 1시에 뉴욕으로 출발했다…….

—「교도소 총감독관의 일지」(캐나다 자치령 온타리오 주 킹스턴 주립교도소)

나를 이해하고 옳게 읽어 주길 바라노니
이 지상의 낙원도 마찬가지니라,
모든 인간의 마음이 내동댕이쳐지는
무정한 바다가 몰아치는 한복판에
행복이라는 어렴풋한 섬을 열심히 짓는 사람에게는…….

—윌리엄 모리스, 「지상 낙원」(1868)

불완전한 것이 우리의 낙원이다.

— 월리스 스티븐스, 「우리 풍토의 시」(1938)

51

저에게 닥친 행운을 선생님께 편지로 알릴까 여러 번 고민했고, 머릿속으로 편지를 수도 없이 썼어요. 이런저런 말들을 할 수 있을 때가 되면 펜을 잡을 거예요. 선생님께서 아직 이 세상 사람이시라면 제 소식을 들을 수 있게 말이죠. 만약 저세상 사람이 되셨다면 이 일에 대해 이미 전부 다 알고 계시겠네요.

선생님께서는 제 사면 소식을 들었을 수도 있고, 못 들었을 수도 있겠죠. 신문에 제 사면 소식이 실린 건 보지 못했는데, 그야 당연한 일이에요. 제가 드디어 석방됐을 무렵에는 이미 케케묵은 이야기가 돼서 관심 있는 사람이 아무도 없었으니까요. 하지만 그래서 다행이었어요. 소식을 들었을 때 저는 선생님께서 드디어 정부에 편지를 보내셨구나 생각했어요. 수많은 탄원서와 함께 선생님의 편지가 드디어 결실을 맺은 것일 테니까요. 시간이 참 오래 걸리기는 했고, 다들 선생님의 편지에 대해서는 한마디도 하지 않고 그냥 일반사면이라고만 했지만요.

저는 교도소 총감독관님의 큰딸인 재닛에게 사면 소식을 처음 들었어요. 그때 그 교도소 총감독관이 아니에요. 선생님께서 떠난 뒤로 많은 변화가 있었는데, 교도소 총감독관이 바뀐 게 그중 하나예요. 교도소장도 두 번인가 세 번 바뀌었고 경비와 교도관과 여자 감독관은 하도 많이 바뀌어서 일일이 기억도 안 나요. 제가 선생님과 오후마다 이야기를 나누었던 바느질 방에 앉아서 양말을 꿰매고 있었을 때(교도소장이 바뀐 뒤에도 예전처럼 집안일을 거들었거든요.) 재닛이 들어왔어요. 재닛은 마음씨가 고와서 몇몇 사람들과 다르게 절 보면 항상 웃어 주었죠. 얼굴이 예쁘지는 않아서 착실하고 젊은 농부와 간신히 약혼을 했는데, 정말 잘 살았으면 좋겠어요. 특히 평민 출신일수록 부인이 예쁘기보다 평범하길 바라는 남자들이 있죠. 그런 여자가 일도 열심히 하고 불만도 적고, 다른 남자와 눈이 맞아 도망칠 가능성도 별로 없으니까요. 어느 남자가 굳이 그런 여자를 훔치려고 하겠어요?

그날 재닛은 허둥지둥 방 안으로 들어왔는데 몹시 흥분한 얼굴이었어요. 그레이스, 하고 그녀가 제 이름을 불렀죠. 내가 정말 깜짝 놀랄 만한 소식을 들고 왔어.

저는 하던 바느질을 멈추지도 않았어요. 지금까지 깜짝 놀랄 만한 소식이라고 하면 모두 다른 사람의 소식이었거든요. 물론 귀를 기울일 자세는 되어 있었지만, 그것 때문에 바늘땀을 놓칠 생각은 없었어요. 무슨 뜻인지 아시겠죠, 선생님? 저는 물었어요. 뭔데요?

너를 사면하기로 결정했대. 그녀가 말했어요. 존 맥도널드 경과 오타와에 있는 법무부 장관님이. 너무 잘됐지? 그녀는 두 손을 맞잡았고, 그 순간에는 덩치도 크고 얼굴도 못생기기는 했지만 예쁜 선물을 쳐다보는 어린아이 같았어요. 그녀는 인정 많고 다정다감한 성격이라 처음부터 제가 무죄라고 생각했죠.

이 말을 듣고 저는 바느질감을 내려놓았어요. 갑자기 온몸에 오한이 들면서, 선생님께서 떠난 뒤로 오랫동안 한 번도 그런 적이 없었는데 정신을 잃을 것 같았어요. 정말이에요? 제가 물었죠. 만약 다른 사람한테 들었다면 잔인한 장난을 치는 거라고 생각했을 텐데, 재닛은 어떤 장난이건 좋아하지 않았어요.

응. 그녀가 말했어요. 정말이야. 네가 사면을 받았어! 너무 다행이다!

그녀는 눈시울을 붉혔고, 저도 눈물을 몇 방울 흘렸답니다.

재닛의 아버지인 교도소 총감독관님이 정식으로 서류를 받은 것도 아니고 제 사면과 관련해서 편지를 한 통 받은 것뿐인데도 저는 그날 밤에 감방에서 벗어나 총감독관님 댁의 손님방으로 거처를 옮겼어요. 착한 재닛이 벌인 일이었지만, 그 어머니의 도움도 있었죠. 저의 사면은 지루한 교도소의 일상에서 벗어난 이례적인 사건이었는데, 사람들은 그런 사건의 주인공과 만나 보고 싶어 하잖아요. 나중에 친구들한테 자랑하려고 말이죠. 그래서 저를 두고 난리 법석이었던 거예요.

저는 촛불을 끈 후, 감옥의 까끌까끌하고 누런 잠옷 대신 재닛의 면 잠옷을 입고 제일 좋은 침대에 누워 어두컴컴한 천장을 올려다보았어요. 이리 뒤척이고 저리 뒤척여도 불편했던 걸 보면 편안함이라는 것은 익숙함인가 봐요. 그즈음에 저는 깨끗한 시트가 깔린 널찍한 침대보다 좁은 감옥 침대에 익숙해져 있었던 거죠. 방이 너무 넓어 무서울 정도여서 더 컴컴하게 만들려고 이불을 머리 위까지 뒤집어썼어요. 그랬더니 얼굴이 녹으면서 다른 사람의 얼굴로 변하는 것처럼 느껴졌고, 수의를 입고 바다 속으로 던져졌던 가엾은 우리 어머니가 떠올랐고, 어머니가 시트로 몸을 말 때부터 이미 다른 사람이 되어 있었던 게 생각나면서 나한테도 똑같은 일이 벌어지고 있구나 싶었어요. 물론 제가 죽는 건 아니었지만 어떻게 보면 비슷했거든요.

다음 날 아침, 식탁에서 총감독관님의 온 가족이 환한 얼굴과 촉촉한 눈망울로 저를 쳐다보는데, 제가 강물에서 건져 낸 아이처럼 귀하고 소중한 보물이라도 된 것 같았어요. 총감독관님이 잃어버린 양을 구원한 데 감사를 드리자고 하자 모두들 큰 소리로 아멘을 외쳤죠.

그렇구나. 저는 속으로 그렇게 생각했어요. 나는 구원된 사람이니 구원된 사람답게 행동해야겠구나. 그래서 열심히 노력했어요. 제가 이제는 유명한 살인범이 아니라 누명을 쓰고 부당하게 혹은 너무 오랫동안 감옥 생활을 한 여자이고, 공포와 경악의 대상이 아니라 동정의 대상이라는 생각이 들자 너무 이상했어요. 익숙해지기까지 며칠이 걸렸죠. 사실은 아직도 어색해요. 표정 자체를 바꿔야 하니까요. 하지만 시간이 지나면 익숙해지겠죠.

물론 제 이야기를 모르는 사람들이 보기에 저는 별다른 점이 없는 여자일 테고요.

그날 아침 식사를 마쳤을 때 이상하게 맥이 풀렸어요. 재닛이 알아차리고는 이유를 물었고, 저는 지금까지 거의 29년 동안 감옥에 있어서 밖에 나오면 친구도 없고 가족도 없는데 어디 가서 뭘 하면 좋으냐고 대답했죠. 돈도 없고, 생계 수단도 없고, 제대로 된 옷도 없고, 근처에서 일자리를 얻을 가망성도 없으니 말이에요. 제 이야기가 워낙 유명하다 보니 사면을 받았다 하더라도 제정신이 박힌 집안의 안주인이라면 사랑하는 사람들의 안전을 위해 저를 쓰지 않을 거 아니겠어요? 저라도 그럴 거예요.

나이가 너무 많아서 유곽에 들어갈 수도 없다는 말은 하지 않았어요. 그러면 좋은 교육을 받고 자란 감리교 교인인 재닛이 충격을 받을 수도 있으니까요. 그런데 선생님, 솔직히 말해서 그런 생각도 하기는 했어요. 하지만 그렇게 경쟁이 치열한 곳에서 제 나이에 무슨 가망이 있겠어요. 시간당 1페니를 받고 어디 뒷골목에서 제일 형편없는 술주정뱅이 선원을 상대하다가 1년 안에 병으로 죽겠죠. 생각만 해도 심장이 멈출 것 같은 일이었어요.

이제는 사면이 자유로 향하는 통행증이 아니라 사형선고처럼 느껴졌어요. 친구 하나 없이 홀몸으로, 감옥에 가지고 들어갔던 옷가지들만 짊어진 채 거리로 내쫓겨 쫄쫄 굶다 어느 추운 길모퉁이에서 얼어 죽지 않겠어요? 어쩌면 그 옷가지들조차 챙기지 못할 수도 있었어요. 어떻게 됐는지 알 수가 없었거든요. 제가 알기로는 이미 오래전에 팔렸거나 처분이 됐으니까요.

그러지 마, 그레이스. 재닛이 말했어요. 다 생각을 해 놓았어. 그렇게 고생하다 너무 행복한 소식을 들으면 충격받을까 봐 한꺼번에 알려 주지 않은 거야. 가끔 그런 경우도 있잖아. 하지만 너를 위해서 미국에 근사한 집을 마련해 놓았어. 거기 가면 아는 사람이 아무도 없으니까 슬픈 과거를 잊을 수 있을 거야. 새로운 인생이 시작될 거야.

정확하지는 않았지만 대충 이런 내용이었어요.

하지만 입을 옷이 없잖아요? 저는 여전히 의기소침했어요. 정말 내 정신이 아니었구나 싶은 게, 제정신이 박힌 사람이라면 어떤 집이 냐, 어디 있느냐, 내가 거기 가서 무슨 일을 하느냐, 이런 걸 묻지 않겠어요? 그리고 재닛이 한 말을 나중에 곰곰이 생각해 보니 근사한 집을 마련해 놓았다, 이건 개나 말이 너무 늙어서 일을 할 수 없게 되었는데 데리고 있기는 싫고 죽일 수도 없을 때 하는 말 아닌가요?

그것도 내가 다 생각해 놓았지. 재닛이 이렇게 말하더군요. 정말 도움이 많이 되는 아이였어요. 내가 창고를 뒤져 봤더니 놀랍게도 네가 들고 왔던 상자가 이름표를 붙인 채 그대로 있더라고. 재판이 끝난 뒤에 네 편을 드는 탄원서들이 줄줄이 이어졌으니까 처음에는 네가 조만간 석방될 줄 알고 보관해 두었는데, 나중에는 깡그리 잊어버렸나 봐. 내가 그걸 네 방으로 가져다 달라고 할 테니까 같이 열어 보자, 어때?

저는 안심이 됐지만, 좀 불안했어요. 그런데 불안해할 만했더라고요. 상자를 열어 보니 좀나방이 들어가서 우리 어머니의 두툼한 겨울용 숄은 물론이고 모직물에 온통 좀이 쏠았고, 축축한 곳에 하도 오랫동안 갇혀 있었으니 다른 옷들도 많이 변색됐고 곰팡내가 났거든요. 실이 다 썩어서 손이 쑥 들어가는 옷도 있었고요. 가끔 바람을 쏘여 줘야 하는데, 그 옷들은 한 번도 그러지 않았으니까요.

우리는 죄다 꺼내서 건질 만한 게 있나 보려고 방 안에 죽 늘어놓았어요. 처음 만들었을 때 정말 예뻤던 낸시의 드레스는 대부분 엉망이 되었고, 메리 휘트니한테 받은 물건들도 당시에는 정말 애지중지 여겼는데 이제 보니 싸구려 같고 촌스러웠어요. 올더면 파킨슨 마님 댁에서 제러마이어에게 산 단추를 가지고 만든 드레스는 단추

말고는 건질 게 없었어요. 실로 묶은 다음 손수건에 싸서 넣어 둔 메리의 머리카락에도 좀이 쏠았더라고요. 좀나방들은 남은 게 없으면 머리카락이라도 먹거든요. 삼나무 상자에 넣어 놓지 않으면이요.

　가슴이 찢어지는 듯이 아팠어요. 방이 어두컴컴해지는 것 같았고, 낸시와 메리가 자기 옷을 입고 서서히 모습을 드러내는 것처럼 느껴졌어요. 그런데 옷들이 다 헐어 빠졌으니 결코 유쾌한 장면이 아니었죠. 저는 기절할 것 같아서 의자에 앉아 물 한잔만 달라고 하고, 창문을 열어 달라고 했어요.

　재닛도 충격을 받았어요. 자기 딴에는 최고의 배려를 한 건데, 29년 동안 닫혀 있었던 상자가 어떻게 될지 짐작하기에는 너무 어린 나이였던 거죠. 그녀는 어찌 됐건 드레스들이 이제는 너무 촌스러워서 허수아비처럼 차려입고 새 출발을 할 수는 없겠다고 말했죠. 그래도 빨간색 플란넬 페티코트는 입을 만하고 하얀 옷 몇 개도 식초로 빨아서 곰팡내를 없애고 햇빛에 표백하면 다시 하얗게 될 테니 쓸 만할 거라고 했어요. 사실 그렇지는 않았어요. 예전에 한 번 그래 본 적이 있는데, 색이 정말 밝아지기는 했지만 하얗다고 말할 수 있을 정도는 아니었거든요.

　그녀가 다른 것들은 여기저기서 찾아 보자고 했어요. 옷장이 하나 있어야겠다고도 했고요. 그러더니 무슨 수를 썼는지 모르겠지만(어머니를 졸라서 드레스를 한 벌 얻고, 아는 사람들을 찾아다니며 이것저것 모으고, 양말과 신발은 아무래도 교도소장님이 돈을 대 주신 것 같아요.) 결국 잔뜩 구해 왔더라고요. 초록색 날염이나 주홍색 줄무늬가 들어간 천 같은 경우에는 색깔이 너무 화려했어요. 요즘 쓰이는 화학 염색을 한 건데, 색깔이 저하고 어울리지도 않았고요. 하지만 숱한 경험을 통해 터득했다시피 제가 찬밥 더운밥 가릴 처지가 아니었죠.

우리는 나란히 앉아서 드레스들을 몸에 맞게 고쳤어요. 혼수를 준비하는 모녀 사이처럼 정말 훈훈하고 따뜻한 분위기였는데, 그러고 났더니 기분이 많이 좋아졌어요. 그런데 한 가지 아쉬운 게 있다면 크리놀린이었어요. 옛날식 크리놀린은 한물갔고, 이제는 철사로 된 버슬이라는 걸 입더군요. 뒤쪽에 주름 장식과 술이 주렁주렁 늘어진 천이 큼지막하게 달려 있어서 제가 보기에는 소파처럼 생긴 걸 입는 것 같았어요. 그러니까 저는 앞으로 두 번 다시 크리놀린을 입을 수 없다는 뜻이었어요. 모든 욕심을 채우며 살 수 없는 거긴 하지만요.

보닛도 사라졌더군요. 이제는 아주 납작한 모자를 앞으로 기울인 다음 턱 밑으로 묶어서 쓰던데, 머리 위에 배를 얹고 다니는 것처럼 보였고 그 뒤로 늘어뜨린 베일은 배가 지나간 자국 같았어요. 재닛이 하나 구해다 준 걸 처음 쓰고 거울을 봤을 때 기분이 얼마나 이상했는지 몰라요. 듬성듬성한 흰 머리카락이 고스란히 드러났거든요. 그런데 재닛이 말하길 제가 실제보다 열 살은 젊어 보여서 거의 아가씨 같다는 거예요. 제가 몸매도 예전과 비슷하고 이도 거의 온전하기는 했죠. 재닛은 저더러 진짜 숙녀 같다고 했어요. 그럴 수도 있는 게, 이제는 하녀와 안주인의 옷차림이 예전만큼 분명하게 다르지 않아서 패션을 쉽게 따라할 수 있거든요. 둘이서 비단 꽃과 리본으로 모자 가장자리를 장식하며 정말 즐거운 시간을 보냈는데, 제가 감정이 너무 북받쳐서 몇 번 눈물을 흘렸어요. 운명이 달라진다는 게 그런 힘이 있더라고요. 좋았다 나빠지는 경우뿐 아니라 나빴다 좋아지는 경우도 그렇다는 걸 선생님도 살면서 느끼셨을 거예요.

옷들을 개서 챙길 때가 되었을 때 저는 오래전에 입었지만 이제는 버려야 할 여러 드레스를 조금씩 잘라 냈어요. 그리고 감옥에서 입었던 잠옷 비슷한 것을 기념품 삼아 가지고 싶다고 말했죠. 재닛은 이상한 기념품이라고 하면서도 저를 대신해 청을 넣었고 승낙을 받았어요. 저는 제 것이라고 할 수 있을 만한 물건을 가지고 떠나고 싶었거든요.

모든 준비가 끝났을 때 저는 재닛에게 진심으로 고맙다고 인사했어요. 앞으로 어떤 일이 닥칠까 싶어 여전히 무섭기는 했지만, 적어도 평범한 사람처럼 보일 테고 저를 뚫어져라 쳐다보는 사람이 없을 테니 그것만으로도 대단한 일이었어요. 재닛은 어디서 났는지 모르겠지만, 거의 새것이나 다름없는 여름용 장갑을 제게 주었어요. 그러면서 울음을 터뜨리더군요. 왜 그러느냐고 물었더니 제가 행복한 결말을 맞이하겠구나 생각하니 소설 같다는 거예요. 저는 무슨 소설을 읽고 하는 말일까 궁금해졌죠.

52

 제가 출감한 날이 1872년 8월 7일인데, 죽는 날까지 그날을 잊지 못할 거예요.

 저는 교도소 총감독관님 가족들과 아침 식사를 마친 다음(너무 떨려서 거의 아무것도 먹지 못했죠.) 여행할 때 입을 초록색 옷으로 갈아 입고, 여기에 맞춰서 초록색으로 가장자리를 두른 밀짚모자를 쓰고, 재닛에게 선물 받은 장갑을 꼈어요. 상자에 짐도 다 싸 놓았어요. 낸시의 상자는 곰팡내가 너무 심해서 버리고 교도소에서 준, 별로 닳지 않은 가죽 상자를 썼어요. 거기서 죽은 어느 불쌍한 영혼의 것이겠지만, 제가 선물을 가지고 트집을 잡을 처지는 아니었죠.

 저는 들어가서 교도소 총감독관님에게 인사를 했어요. 그냥 형식적인 절차였고, 총감독관님도 석방을 축하한다는 것 외에는 별다른 말이 없었어요. 게다가 총감독관님과 재닛이 새로 마련된 집까지 저를 데려다 주기로 했으니까요. 그건 존 맥도널드 경이 직접 지시한 일이었어요. 제가 거기까지 무사히 건너가야 하는데, 너무 오랫동안 갇혀 지내서 현대적인 교통수단에 익숙하지 않을 테니까요. 그리고 거친 남자들도 많고, 남북전쟁 퇴역 군인들 같은 경우 불구자도 있고 뾰족한 생계 수단이 없는 사람들도 있어서 위험할지도 모르잖아요. 그래서 동행이 있다는 게 정말 기뻤어요.

시계가 정오를 알리는 순간 마지막으로 교도소 문을 나서는데, 머릿속에서 종소리가 천 번쯤 울리는 것 같았어요. 그때까지 저는 제 감각을 믿을 수 없는 상태였어요. 여행용 옷을 입고 있었지만 멍했고, 주변이 온통 밋밋하고 무채색이었죠. 그런데 그 순간 모든 게 갑자기 생기를 되찾는 거예요. 태양은 빛났고, 담벼락의 돌들도 유리처럼 맑고 등불처럼 환해서 지옥의 문을 지나 천국으로 들어서는 것 같더라고요. 저는 지옥과 천국이 대부분의 사람들이 생각하는 것보다 훨씬 가깝게 붙어 있다고 생각하거든요.

문 밖에는 밤나무가 한 그루 서 있었는데, 이파리 하나하나마다 불꽃으로 테두리를 두른 것 같았어요. 그 나무 위에 오순절의 천사들처럼 눈부시게 하얀 비둘기가 세 마리 앉아 있는 걸 본 순간, 정말로 석방됐구나 싶었어요. 그렇게 평소보다 밝거나 어두울 때 예전에는 기절하곤 했는데, 이날은 재닛에게 냄새를 맡고 정신 차리는 약을 달라고 해서 재닛의 팔에 기대기는 했을망정 쓰러지지는 않았어요. 재닛은 그렇게 극적인 순간에 그렇게 담담하다니 저답지 않다고 했죠.

저는 고개를 돌려 쳐다보고 싶었지만, 롯의 아내와 소금 기둥을 생각하며 참았어요. 게다가 돌아본다는 것은 제가 떠나는 걸 아쉬워하고 다시 돌아가고 싶어 한다는 의미일 텐데, 선생님도 아시겠지만 전혀 그런 게 아니었거든요. 그런데 들으면 놀라실지 몰라도 조금

섭섭하기는 했어요. 교도소가 아늑한 곳은 아니었지만, 거의 30년 동안 집이라고 할 만한 데가 거기 하나였으니까요. 30년이면 많은 사람들이 이 땅에 머무는 시간보다 긴 세월인 데다, 교도소가 소름 끼치고 고생스러운 처벌의 공간이기는 하지만 적어도 속속들이 아는 곳이잖아요. 아무리 탐탁지 못한 곳이었다고 해도 익숙한 곳에서 모르는 곳으로 옮기려면 늘 두려움이 따르는데, 사람들이 죽는 걸 무서워하는 이유도 그 때문이라고 생각해요.

이 순간이 지나자 머리가 계속 어지럽기는 해도 다시 일상적인 햇빛 속으로 돌아왔어요. 호숫가가 8월에 늘 그렇듯 날이 덥고 끈적끈적했지만, 호수에서 산들바람이 불어왔고 날씨가 숨이 막힐 정도는 아니었어요. 구름이 있기는 해도 비나 천둥을 예고하는 먹구름이 아니라 하얀 구름이었죠. 재닛이 들고 온 양산을 사이좋게 나눠 쓰고 걸어갔어요. 낸시의 분홍색 비단 양산이 다 썩어 버려서 저한테는 양산이 없었거든요.

우리는 교도소 총감독관님의 부하가 모는 경마차를 타고 역으로 출발했어요. 1시 30분은 되어야 열차가 출발하는데도 저는 늦을까 봐 조바심이 났고, 역에 도착해서도 너무 떨려서 여성용 대기실에 앉아 있지 못하고 승강장을 왔다 갔다 걸었어요. 드디어 커다랗고 반짝이는 무쇠 괴물처럼 생긴 열차가 연기를 내뿜으며 들어섰어요. 저는 열차를 그렇게 가까이에서 본 게 처음이었고, 재닛이 위험하지 않다고 해도 부축을 받으며 계단을 올라가야 했죠.

열차를 타고 콘월까지 갔는데, 짧은 거리였지만 죽을 것 같았어요. 소리가 너무 시끄럽고 속도가 너무 빨라서 이러다 귀가 멀지 않을까 싶었고, 시커먼 연기가 엄청 뿜어져 나왔거든요. 기적이 울렸을 때는 너무 놀라서 정신을 놓을 뻔했는데, 꾹 참고 비명을 지르지 않았어요.

콘월에서 내린 다음 조랑말이 모는 이륜마차를 타고 부두로 가서 연락선을 타고 호수를 건널 때는 좀 괜찮았어요. 그런 식의 여행은 그나마 익숙했고, 상쾌한 공기도 마실 수 있었으니까요. 물결 위로 햇빛이 일렁이는 것 때문에 처음에는 당황스러웠는데, 쳐다보지 않았더니 그런 현상도 없어지더군요. 교도소 총감독관님이 바구니에 담아 가지고 온 간식을 주었지만, 저는 차가운 닭고기를 몇 입 먹고 미지근한 차를 마시고는 그만이었어요. 한 배에 타고 있는 여자들의 다양하고 밝은 색상의 옷차림을 보느라 정신이 없었죠. 저는 일어서고 앉을 때 버슬을 추스르느라 애를 먹었어요. 그런 건 연습이 필요하거든요. 고마운 줄 모르는 사람처럼 들릴 수도 있겠지만, 진짜 궁둥이 위에 궁둥이를 하나 더 얹어서 돼지한테 묶은 양철 들통처럼 뒤에 매달고 다니는 듯한 기분이었어요. 물론 재닛한테 이렇게 심한 말을 하지는 않았지만요.

호수를 건넌 뒤에 미국 세관을 통과할 때 교도소 총감독관님이 우리는 신고할 게 아무것도 없다고 했어요. 그런 다음 또 기차를 탔는데, 총감독관님과 동행한 게 다행이었어요. 안 그랬으면 짐꾼과 짐을 어쩌지 못하고 우왕좌왕했을 테니까요. 첫 번째 열차보다 덜컹거리는 게 덜한 두 번째 열차에 탔을 때 재닛에게 최종 목적지가 어디냐고 물었어요. 뉴욕의 이타카로 간다는 이야기까지는 들었는데, 그 뒤에는 어떻게 되는 건지 궁금했거든요. 새로 마련된 집은 어떤 곳인지, 제가 거기서 하녀로 일을 하게 되는 건지, 만약 그렇다면 그 집 식구들은 저에 대해 알고 있는지. 거짓말을 해서 일자리를 얻거나 과거를 숨기는 건 싫었거든요.

재닛은 놀랄 만한 일이 저를 기다리고 있는데, 비밀이라고 했어요. 하지만 좋은 쪽으로 놀랄 말한 일이라고, 적어도 자기는 그렇게 생각한다고 했고요. 재닛은 어떤 남자, 그것도 신사분에 얽힌 일이라는 것까지만 이야기해 주었어요. 그런데 급사 이상이면 다 신사라고 부르는 게 그녀의 습관이었기 때문에 저로서는 도통 감을 잡을 수 없었죠.

저는 어떤 신사분이냐고 물었고, 그녀는 가르쳐 줄 수 없다고 했어요. 그러면서 제 오랜 친구라고 들었다는 거예요. 그 말을 하고 나서 너무 부끄러워했기 때문에 더 이상 물어볼 수가 없었어요.

저는 오랜 친구라고 할 만한 남자가 누굴까 기억을 더듬어 보았어요. 저는 그럴 만한 기회가 없었으니 아는 남자도 많지 않았거든요. 그리고 가장 오래된 사이는 아니지만 가장 가깝게 지냈다고 할 만한 두 명, 그러니까 키니어 나리와 제임스 맥더모트는 저세상 사람이었고요. 보따리장수 제러마이어도 있었지만, 가정적인 성격이 아니라서 거처를 마련해 준다거나 그런 일은 할 것 같지 않았어요. 코츠 나리나 해러기 나리처럼 예전에 모셨던 분들도 있었지만, 지금쯤은 돌아가셨거나 아주 나이가 많을 테고요. 마지막 한 명 남은 후보가 선생님이었어요. 솔직히 고백하지만 정말로 선생님일지 모르겠다는 생각이 들긴 했어요.

저는 불안하면서도 설레는 마음으로 드디어 이타카의 정거장에 발을 딛었어요. 북적북적거리며 열차를 기다리던 사람들이 일제히 말문을 터뜨리더군요. 거기다 짐꾼들은 여기저기서 밀치며 지나가고, 수많은 트렁크와 상자 들이 옮겨지고 손수레에 실리니 서 있기가 위험할 지경이었어요. 제가 재닛을 꼭 붙잡고 있는 동안 총감독관님이 짐을 처리한 다음 열차 반대편인 역사 저쪽으로 우리를 데리고 가서 주변을 두리번거리기 시작했어요. 그런데 찾는 사람이 안보이는지 미간을 찌푸리며 자기 시계를 내려다보고 역에 걸린 시계도 쳐다보더군요. 총감독관님이 주머니에서 편지를 꺼내서 펼치는 순간 제 심장이 철렁 내려앉았어요. 하지만 총감독관님은 고개를 들고 웃으며 우리가 찾는 분이 저기 계시다고 했고, 정말로 어떤 남자가 우리 쪽으로 황급히 걸어오고 있었죠.

그는 키가 큰 편이었고, 덩치가 있으면서도 호리호리했어요. 팔다리는 긴데 몸통은 튼실하고 둥그스름했다는 뜻이에요. 빨간 머리에 빨간 턱수염을 덥수룩하게 길렀고, 교회에 갈 때 어울림 직한 검은색 정장에(세속적인 걸 즐기는 요즘 남자들이 대부분 즐겨 입는 그런 정장 말이에요.) 흰 셔츠를 입고 거무스름한 양말을 신고 있었는데, 손에 든 높은 모자로 방패처럼 앞을 가리고 있는 걸 보면 그 사람도 불안해하고 있다는 걸 알 수 있었어요. 처음 보는 남자였는데, 우리 쪽으로 다가오자마자 제 얼굴을 훑어보더니 제 발치에 무릎을 꿇는 거예요. 그러고는 장갑을 끼고 있는 제 손을 잡고 그레이스, 그레이스, 나를 용서해 줄 수 있겠어요, 하고 물었어요. 한참 동안 연습한 사람처럼 거의 소리를 지르다시피 했죠.

저는 미친 사람이 아닌가 싶어 손을 빼고 도움을 청하려고 재닛 쪽으로 고개를 돌렸는데, 그녀는 감동의 눈물을 쏟아 내고 있었고 총감독관님은 아주 흡족하다는 듯이 환하게 웃고 있지 않겠어요? 영문을 모르는 사람은 저 하나였어요.

남자가 제 손을 놓고 일어섰어요. 저를 못 알아보는 모양입니다. 그가 슬픈 목소리로 말했어요. 그레이스, 나 모르겠어요? 나는 어디에 있건 당신을 알아볼 수 있는데.

그 말을 듣고 그를 쳐다보았더니 어딘지 모르게 낯이 익긴 하지만 잘 모르겠더라고요. 이윽고 그가 말했어요. 제이미 월시라고. 그러고 보니 알겠더군요.

역 근처에 있는 신축 호텔로 가서 총감독관님이 방을 잡았고, 다 같이 간식을 나누어 먹었어요. 선생님도 짐작하시겠지만 장황한 설명이 필요했죠. 제가 제이미 월시를 마지막으로 만난 게 살인 사건 재판 때였고, 그때 그가 저더러 죽은 여자의 옷을 입고 있다고 말한 것 때문에 재판관과 배심원단이 저에게 등을 돌렸으니까요.

월시 씨는(앞으로 이렇게 부를게요.) 저를 처음부터 좋아했기 때문에 믿고 싶지는 않았지만, 그때 제가 범인인 줄 알았대요. 그런데 나이가 들고 생각해 보니 정반대로 무죄라는 확신이 들었고, 제가 유죄 판결을 받는 데 자신이 결정적인 역할을 했다는 죄책감으로 견딜 수 없는 지경에 이르렀다고 했죠. 그 당시에는 어린 나이라 원하는 증언을 유도하는 변호사들에게 넘어가 어떤 결과를 낳을지 모르고 저지른 일이기는 했지만요. 저는 그를 위로하며 누구나 그럴 수 있다고 말했어요.

그는 키니어 나리가 죽은 뒤에 아버지와 함께 그 집을 떠났다고 했어요. 새로 들어온 집주인 밑에서 할 일이 없었기 때문이었대요. 그 집을 떠나 토론토로 갔는데, 재판을 다룬 신문에서 영리하고 유망한 청년으로 소개되었기 때문에 일자리를 얻을 수 있었고요. 그러니까 제 덕분에 출세한 거죠. 그는 몇 년 동안 돈을 모은 다음 자수

성가할 수 있는 기회가 더 많다는 판단 아래 미국으로 건너왔다고 했어요. 미국에서는 출신보다 본인이 가진 게 더 중요하고 사람들이 궁금해하는 게 거의 없으니까요. 그는 철도 회사와 서부에서 일을 하며 꾸준히 돈을 모아서 지금은 농장과 말 두 마리를 거느리고 있다고 했어요. 제가 예전에 찰리를 얼마나 좋아했는지 알고 있었으니 일찌감치 말 이야기를 꺼내더군요.

그는 결혼을 했었지만 지금은 홀아비이고 아이도 없다고 했어요. 그런데 자기 때문에 제가 그렇게 된 게 괴로워서 교도소로 몇 번씩 편지를 보내 어떻게 지내는지 물어보았다고 하더라고요. 그런데 기분 나빠할까 봐 저한테 직접 편지를 보내지는 않았대요. 그러는 동안에 제 사면 소식을 듣고 총감독관님과 이런 조치를 마련했다고 했고요.

결론을 말씀드리자면 그는 용서를 빌었고, 저는 기꺼이 용서해 주었어요. 원한도 없었고, 그에게도 말했던 것처럼 그가 낸시의 드레스를 운운하지 않았더라도 어쨌거나 감옥에 들어갔을 게 분명하니까요. 이야기를 끝냈을 때 그동안 내내 제 손을 잡고 있던 그가 청혼을 했어요. 백만장자는 못 되지만 튼튼한 집이 있고, 은행에 넣어 둔 돈도 있으니 필요한 건 뭐든 해 줄 수 있다면서요.

저는 망설이는 척했지만 사실은 선택의 여지가 없었죠. 그렇게 여러 사람이 애를 써 주었는데, 싫다고 하면 도리가 아니잖아요. 제가 단순히 의무감과 죄책감 때문에 결혼하는 건 바라지 않는다고 했더니 그는 그런 게 아니라 처음부터 저를 좋아하는 마음이 있었다며 저더러 처음 만났던 젊었을 때와 비교했을 때 달라진 게 거의 없다는 거예요. 여전히 미인이라면서요. 그루터기들이 있던 키니어 나리의 과수원에서 데이지를 따던 때를 생각해 보니 그가 진심이라는 걸 알 수 있었어요.

제 입장에서 가장 어려운 문제는 그를 어른으로 생각하는 거였어요. 제 기억 속에는 낸시가 죽기 전날 밤에 피리를 불었고, 제가 키니어 나리 댁에 처음 도착한 날 울타리 위에 앉아 있었던 수줍은 꼬마로 남아 있었으니까요.

저는 결국 좋다고 했어요. 그는 준비한 반지를 상자에 담아서 조끼 주머니에 넣고 왔는데, 너무 감격한 나머지 반지를 테이블보 위로 두 번이나 떨어뜨린 후에야 제 손가락에 끼울 수 있었죠. 저는 반지를 받느라 장갑을 벗어야 했고요.

결혼 준비가 최대한 빨리 진행됐고, 그동안 우리는 아침마다 뜨거운 물을 객실로 가져다주는 호텔에 머물렀어요. 남들 보는 눈이 있으니 재닛과 제가 한방을 썼는데, 이 모든 걸 월시 씨가 부담했죠. 치안판사 앞에서 간단하게 예식을 치르는데, 폴린 이모가 아주 오래전에 저더러 저보다 못한 남자와 결혼할 거라고 한 말이 생각나면서 이걸 보면 뭐라고 하실까 궁금해졌어요. 들러리를 선 재닛은 옆에서 눈물을 흘렸고요.

월시 씨의 턱수염이 정말 덥수룩하고 빨갰지만, 저는 시간이 지나면 바뀌게 될 거라고 속으로 장담했어요.

53

아직 열여섯 살이 안 된 나이로 키니어 나리 댁의 기다란 앞길을 처음 걸어 올라갔던 날로부터 거의 30년이 지났네요. 그때도 6월이 었는데. 저는 지금 우리 집 베란다에 내놓은 우리 흔들의자에 앉아 있어요. 늦은 오후이고 눈앞에 펼쳐진 풍경이 너무 평화로워서 그림 같아요. 집 앞에 장미가 활짝 피어 있네요. 레이디 해밀턴이라는 품종인데, 참 기품 있지만 진딧물이 잘 끼어요. 비소를 뿌리면 된다지만 그런 물건을 집 안에 두기가 싫어서요.

마지막으로 꽃을 피우는 작약도 한창인데, 분홍색과 하얀색 변종이고 꽃잎이 아주 빽빽해요. 제가 심은 게 아니라 품종은 모르겠어요. 그 향기를 맡으면 키니어 나리가 면도할 때 썼던 비누가 생각나요. 우리 집은 남서향이라 황금빛 햇살이 따스하게 비치죠. 피부에 안 좋을 테니 직접 쏘이지는 않지만요. 그런 날에는 여기가 천국이구나, 하는 생각이 들어요. 제가 천국에 갈 것 같지는 않지만요.

월시 씨와 결혼한 지 이제 거의 1년이 되었는데, 대부분의 젊은 아가씨들이 상상하는 그런 결혼 생활은 아니지만 그래서 더 좋아요.

최소한 우리 둘은 어떤 계약을 맺었는지 알고 있잖아요. 젊었을 때 결혼하면 나이를 먹으면서 달라지지만, 우리는 이미 나이를 먹었으니 실망할 일이 별로 없어요. 나이 든 남자는 성격이 이미 굳어졌고 술이나 다른 나쁜 버릇에 빠질 가능성이 낮죠. 그럴 것 같으면 진작 시작했을 테니까요. 제 생각은 그런데, 시간이 지난 뒤에도 제 생각이 맞았으면 좋겠어요. 저는 수염을 다듬고 파이프 담배는 밖에서만 피우도록 윌시 씨를 설득했고 나중에는 수염과 파이프 담배 양쪽 모두 사라지길 바라지만, 그렇다고 잔소리를 하고 강요하면 남자들이 더 고집을 부리기 때문에 안 좋은 방법일 거예요. 담배를 씹어서 뱉는 남자들도 있는데 윌시 씨는 그러지 않으니 저는 늘 그렇듯 이런 조그만 것에도 감사한답니다.

우리 집은 덧문을 녹색으로 칠한 흰색의 평범한 시골집이지만, 두 사람이 살기에 아주 널찍해요. 겨울에 외투를 걸어 놓을 수 있는 고리가 현관에 한 줄로 박혀 있지만, 우리는 주로 부엌문과 평범한 난간이 달린 계단을 주로 이용하죠. 계단 꼭대기에는 누비이불과 담요를 넣어 두는 삼나무 서랍장이 있어요. 2층에는 방이 네 개예요. 하나는 아이를 위한 자그마한 방이고, 그 옆은 안방이고, 손님이 있을 것 같지도 않고 바라지도 않지만 그 옆이 손님방이고, 네 번째 방은 현재 비어 있어요. 가구가 갖추어진 두 개의 침실에는 각각 세면대가 있고, 제가 묵직한 카펫을 싫어하기 때문에 실을 꼬아서 만든 타원형의 깔개를 깔아 놓았어요. 봄에 카펫을 끌고 내려가서 먼지를 털려면 나이가 들수록 너무 힘들거든요.

침대마다 제가 직접 만든 십자수 그림이 걸려 있고, 손님용 방에는 꽃을 담은 꽃병이, 우리 방에는 과일이 담긴 그릇이 놓여 있어요.

손님용 방의 누비이불은 '신비로운 수레바퀴' 무늬이고, 우리 방은 '통나무집'이에요. 사업에 실패해서 서부로 이사하는 사람들한테 산 물건인데, 여자가 가엾어서 값을 후하게 지불했어요. 첫 번째 부인이 죽은 뒤로 월시 씨에게 노총각 같은 습관이 생겼고 볼품없는 물건들도 있었기 때문에 곳곳을 아늑하게 꾸미려면 신경 써야 할 부분들이 한두 가지가 아니었어요. 침대 밑에 얼기설기 거미줄이 쳐 있는가 하면 매춘부들의 머리털도 한 움큼이었고, 닦고 씻을 곳도 많았죠.

양쪽 방의 여름용 커튼은 하얀색이에요. 제가 하얀색 커튼을 좋아하거든요.

1층에는 난로를 갖춘 응접실, 식료품 저장실이며 식기실 등을 모두 갖춘 부엌이 있어요. 또 펌프가 집 안에 있는데 겨울에 참 좋아요. 식당도 있지만 거길 이용해야 할 만큼 사람이 많은 경우가 별로 없어요. 보통은 부엌 식탁에서 식사를 하죠. 석유등이 두 개 있어서 아주 아늑해요. 식당의 식탁은 바느질용으로 쓰는데, 특히 본을 자를 때 아주 편리해요. 요즘은 수동 바퀴로 작동하는 재봉틀을 쓰는데 정말 신기하고, 커튼을 만들거나 시트 가장자리를 감치는 등 단순한 바느질을 할 때 수고를 덜 수 있어서 참 좋아요. 시력이 예전 같지 않지만, 꼼꼼히 꿰매야 할 부분은 지금도 손바느질을 하죠.

위에서 말한 것 말고 기본적인 것들도 있어요. 약초와 채소와 뿌리채소를 기르고 봄에는 완두콩을 키우는 텃밭이 있고, 암탉과 오리도 있고, 젖소와 축사도 있어요. 그리고 마차와 두 마리 말도 있지요. 찰리와 넬인데, 두 마리 말은 볼 때마다 행복하고 월시 씨가 없을 때에는 좋은 친구가 되어 준답니다. 그런데 찰리는 쟁기질을 하는 말이라 너무 혹사당해요. 사람들 말로는 그런 일을 다 해 주는 기계가 조만간 개발될 거라는데, 그러면 가엾은 찰리가 은퇴할 수 있겠죠. 어떤 사람들처럼 풀이나 개 사료로 쓰이도록 팔러 내놓지는 않을 거예요.

농사를 도와주는 일꾼도 있지만, 우리 집에서 살지는 않아요. 윌시 씨는 하녀도 쓰고 싶어 했지만, 제가 집안일은 직접 하고 싶다고 그랬어요. 하녀들은 꼬치꼬치 파헤치고 문가에서 엿듣는 걸 너무 좋아해서 집 안에 들이고 싶지 않아요. 그리고 다른 사람이 잘못 해 놓은 걸 다시 하는 것보다 처음부터 제가 제대로 하는 게 훨씬 더 쉽잖아요.

우리 고양이는 이름이 태비*예요. 색깔은 선생님도 짐작할 수 있을 테고 쥐를 아주 잘 잡아요. 우리 집 개의 이름은 렉스이고 사냥개인데, 착하기는 하지만 똑똑하지는 않고, 반질반질하게 닦은 밤톨처럼 붉은 기가 도는 갈색이 얼마나 예쁜지 몰라요. 둘 다 비교적 평범한 이름이지만, 우리는 아주 특이한 부부로 동네방네 소문날 생각이 없답니다. 우리가 다니는 이 동네 감리교회 목사님은 성격이 유쾌하고 일요일마다 지옥 불에 대해 이야기하는 걸 좋아하지요. 하지만 지옥이 실제로 어떤 곳인지는 교인들만큼이나 모르는 눈치예요. 이곳 교인들은 훌륭하지만 마음이 넓지는 않아요. 우리는 그래 봐야 호기심을 자극해 사람들의 입방아에 오르내리고 결국에는 헛소문만 날 테니 어느 누구에게도 가능한 한 과거를 밝히지 않기로 했죠. 그래서 어렸을 때 윌시 씨와 서로 좋아했던 제가 다른 사람과 결혼을 했다가 얼마 전에 사별했는데, 윌시 씨의 부인도 죽고 없으니 다시

---

* 얼룩무늬 고양이라는 뜻.

만나서 결혼을 하게 됐다는 식으로 이야기했어요. 다들 우리 이야기를 아무렇지 않게 받아들였어요. 낭만적인 구석도 있는 데다가 이로 인해 피해를 입는 사람이 아무도 없잖아요.

우리 교회는 아주 작고 구식이에요. 하지만 이타카 자체는 좀 더 현대적이고, 심령술사들도 많고, 유명한 영매들이 찾아와 제일 으리으리한 집에서 머물곤 해요. 저는 그런 데 가지 않아요. 뭐가 나올지 아무도 모르는 일이니까요. 그리고 귀신과 이야기를 나누고 싶으면 저 혼자서도 충분히 할 수 있고, 아무래도 엄청난 사기와 속임수가 난무하지 않을까 싶거든요.

4월에 유명한 남자 영매의 얼굴이 실린 광고를 본 적이 있어요. 얼굴이 너무 까맣기는 했지만, 보따리장수 제러마이어가 틀림없다는 생각이 들었죠. 그런데 볼일도 있고 살 것도 있어서 월시 씨와 함께 마차를 타고 시내로 나선 길에 그와 마주쳤어요. 그 어느 때보다 옷차림이 우아했고, 머리카락은 다시 검은색이었고, 수염을 군인처럼 다듬어 자신만만해 보였고, 이름은 제럴드 브리지스였어요. 기품 있고 세상에 거칠 것이 없지만 더 고귀한 진실을 추구하는 남자의 흉내를 아주 그럴듯하게 내고 있더라고요. 그 사람도 나를 알아보고, 아무도 알아차리지 못할 만큼 모자를 살짝 들었죠. 그러면서 윙크를 했고요. 저도 장갑을 낀 채 손을 가볍게 흔들었어요. 시내에 나갈 때는 항상 장갑을 꼈거든요. 다행스럽게도 월시 씨는 눈치채지 못했어요. 눈치챘더라면 놀랐을 거예요.

저는 여기에서 제 본명을 절대 밝히고 싶지 않아요. 하지만 제러마이어가 저를 믿는 것처럼 저도 제러마이어가 제 비밀을 지켜 줄 거란 사실을 믿을 수 있어요. 그와 함께 달아나서 집시나 점쟁이가 되고 싶었던 때가 생각났어요. 그랬더라면 제 인생이 전혀 달라졌겠죠. 하지만 더 좋아졌을지 나빠졌을지는 아무도 모르는 일이에요. 그리고 이제 도망치는 거라면 지긋지긋해요.

월시 씨와 저는 전반적으로 죽이 잘 맞고 아주 잘 살고 있어요. 그런데 선생님, 심란한 문제가 하나 있어요. 의논할 만한 친한 친구가 없어서 선생님께 말씀드리는 거예요. 선생님이시라면 비밀을 지켜 주실 테니까요.

뭐냐 하면 가끔 월시 씨가 아주 슬퍼할 때가 있다는 거예요. 제 손을 잡고 눈물이 그렁그렁 맺힌 눈으로 저를 보며 이렇게 말을 해요. 나 때문에 당신이 겪은 고통을 생각하면…….

저는 그 사람 때문이 아니라 다른 사람들 때문이고, 또 순전히 운이 나빴고 판결이 잘못됐기 때문이라고 말하지만, 그는 모든 게 자기 때문에 생긴 일이라고 생각하는 걸 좋아해요. 만약 그럴 수만 있다면 가엾은 우리 어머니도 자기 때문에 죽었다고 고집을 부릴 사람이에요. 그는 어떤 고통을 겪었을지 상상하는 것도 좋아하는데, 그러면 교도소나 토론토의 정신병원에서 있었던 이런저런 일들을 이야기해 주는 수밖에 없어요. 수프는 더 묽게, 치즈는 더 썩은 내 나게, 교도관들의 상스러운 농담과 치근거림은 더 심하게 과장할수록 좋아해요. 아주 엄청난 이야기라도 되는 양 동화를 듣는 어린아이처럼 귀를 기울이고 더 해 달라고 졸라요. 밤이면 동상에 걸린 채 얇은 이불 밑에서 오들오들 떨었고 불평하는 사람은 채찍질을 당했다고 하면 넋을 잃어요. 배널링 박사가 파렴치한 짓을 저질렀고, 알몸으로 냉수 목욕을 한 다음 시트를 몸에 둘둘 말았고, 어두컴컴한 방에서 구속복을 입고 있었다고 하면 거의 무아지경에 빠지고요. 그런데 제일 좋아하는 이야기는 가엾은 제임스 맥더모트가 낸시와 키니어 나리의 시체를 지하실에 둔 채 사악한 욕심을 채울 만한 침대를 찾느라 저를 끌고 온 집 안을 돌아다니는 바람에 제가 너무 무서워서 거의 정신을 잃을 뻔했다는 거예요. 이 이야기를 들으면서 그는 저를 구하러 오지 못했다고 자책을 하죠.

저는 그런 식으로 슬퍼하며 곱씹기보다 얼른 잊고 싶어요. 선생님께서 교도소로 찾아와 주시던 순간을 좋아한 건 사실이에요. 날마다 거의 항상 똑같이 살다 그때만큼은 숨을 돌릴 수 있었으니까요. 생각해 보면 선생님께서도 윌시 씨만큼이나 열심히 제 인생의 고통과 역경을 들어 주셨죠. 그뿐 아니라 받아 적기까지 하셨잖아요. 선생님의 주의가 산만해지면 알 수 있었어요. 시선이 여기저기로 분산됐거든요. 하지만 제가 주섬주섬 꺼낸 이야기에 선생님께서 관심을 보이시면 얼마나 기뻤는지 몰라요. 그럴 때면 선생님은 볼이 빨개지셨고, 응접실 시계에 달린 태양처럼 활짝 웃으셨고, 만약 선생님께 개 비슷하게 생긴 귀가 달려 있었다면 덤불 속에서 들꿩이라도 발견한 것처럼 그 귀를 쫑긋 세우고 눈을 반짝이며 혀를 내밀었을 거예요. 선생님의 의도가 뭔지 알 수 없었지만, 그러면 제가 쓸모 있는 존재가 된 것 같은 기분이 들었거든요.

윌시 씨는 제가 괴롭고 비참했던 이야기를 들려주면 저를 꼭 끌어안고 머리를 쓰다듬으며 제 잠옷 단추를 풀기 시작해요. 보통 그런 이야기를 밤에 하거든요. 그러면서 자기를 용서해 주겠느냐고 물어요.

처음에 말은 안 했지만, 정말 짜증이 났어요. 사실 용서가 뭔지 아는 사람은 정말로 몇 없거든요. 용서받아야 할 사람들은 죄수가 아니라 희생자예요. 그 모든 소동을 자초한 장본인이니까요. 그들이 그렇게 약하고 경솔하게 굴지 않았더라면, 조금만 더 앞을 내다볼 줄 알았더라면, 그런 식으로 곤란한 지경에 이르지 않았더라면 유감스러운 일이 줄어들지 않았겠어요?

저는 그런 식으로 죽음을 맞이하고 저 혼자 모든 걸 감당하게 방치한 메리 휘트니와 낸시 몽고메리, 이 두 사람을 생각하면 오랫동안 분노가 치밀었어요. 한참 동안 두 사람을 용서할 수 없었어요. 월시 씨도 그렇게 자기를 용서해 달라고 엉뚱한 고집을 부리지 말고 저를 용서해 주면 좋을 텐데……. 하지만 때가 되면 뭐가 맞는 길인지 깨달을 날이 오겠죠.

그가 맨 처음 이런 행동을 시작했을 때 저는 용서할 게 없다고, 걱정할 필요 없다고 했어요. 하지만 그가 바라는 대답은 그게 아니었어요. 그는 계속 용서해 달라고 하고 용서를 받지 않으면 마음 편하게 못 살 것처럼 구는데, 제가 뭐라고 그렇게 간단한 부탁을 거절하겠어요?

그래서 지금은 그럴 때마다 용서한다고 말해요. 책에 나오는 것처럼 그의 머리에 두 손을 얹고 고개를 들어 엄숙한 표정을 지은 다음 입을 맞추고 살짝 눈물을 흘려요. 그는 저에게 용서를 받고 나면 그다음 날 평소의 모습으로 돌아가 피리를 불어요. 그가 어린 소년이고 제가 열다섯 살이었을 때, 키니어 나리의 과수원에서 데이지로 화환을 만들었을 때처럼요.

하지만 그런 식으로 용서를 하고 나면 마음이 불편해요. 거짓말을 하는 거니까요. 물론 제가 지금까지 단 한 번도 거짓말을 해 본 적이 없는 건 아니에요. 메리 휘트니도 말했던 것처럼 천사들이 하는 그런 선의의 거짓말은 평화롭고 조용한 삶을 위해 치러야 할 조그만 대가겠죠.

요즘 들어 메리 휘트니와, 어깨 너머로 사과 껍질을 던졌던 때가 자주 생각나요. 그럭저럭 예언대로 됐으니 말이에요. 저는 그녀가 말했던 것처럼 이름이 J로 시작되는 남자와 결혼했고, 또 그녀가 말했던 것처럼 그 전에 물을 세 번 건넜죠. 루이스턴에 갔다 오면서 두 번 건넜고, 여기로 오면서 다시 한 번 건넜으니까요.

가끔은 그 모든 공포와 비극이 시작되기 전, 키니어 씨 댁의 조그만 내 방으로 다시 돌아가는 꿈을 꾸어요. 앞으로 어떤 일이 들이 닥칠지 모르고 아주 마음 편하게 지내는 꿈을요. 또 가끔은 교도소에 있는 꿈을 꾸어요. 눈을 뜨면 저는 또다시 감방에 갇혀서 추운 겨울날 아침에 짚단으로 만든 매트리스 위에서 벌벌 떨고 있고, 교도관들은 바깥마당에서 깔깔대며 웃고 있는 꿈을요.

하지만 사실은 우리 집 베란다에 놓인 우리 의자에 앉아 있어요. 눈을 떴다 감으면서 꼬집어 봐도 진짜예요.

이제 아무한테도 하지 않았던 이야기를 또 하나 들려 드릴게요.

저는 마흔네 번째 생일이 막 지났을 때 교도소에서 나왔는데, 이제 한 달 뒤면 마흔여섯 살로 접어드니 아이를 낳을 나이는 훨씬 지났죠. 그런데 제가 착각한 게 아니라면 지금 임신 3개월인 것 같아요. 그게 아니면 폐경이겠죠. 믿기 어려운 일이지만, 지금까지 살면서 기적을 한 번 겪었으니 두 번 겪지 말라는 법도 없지 않겠어요?

성서에서도 그러잖아요. 아마 주님께서 제가 젊었을 때 겪은 일들을 조금이나마 보상해 주어야겠다고 생각하신 모양이에요. 하지만 우리 어머니의 목숨을 앗아간 종양일 수도 있겠죠. 배가 묵직하기는 하지만 입덧은 없으니까요. 몸속에서 생명이나 죽음이 자라고 있는데 어느 쪽인지 모르다니 기분이 얼마나 묘한지 몰라요. 물론 진찰을 받으면 모든 게 해결될 일이지만 내키지가 않네요. 그래서 시간이 지나 알 수 있을 때까지 기다려 보려고 해요.

저는 오후에 베란다에 나와서 앉아 있는 동안, 조금씩 조금씩 누비이불을 만들고 있어요. 지금까지 누비이불을 숱하게 만들었지만, 제 몫으로 만드는 건 처음이에요. '천국의 나무'인데, 제가 원하는 방향으로 무늬를 조금 바꾸고 있어요.

지금까지 선생님과 처음 만날 날 선생님께서 주셨던 사과와 수수께끼를 여러 번 생각해 봤어요. 그때는 선생님을 이해하지 못했는데, 선생님께서는 저한테 뭔가를 가르쳐 주시려고 했던 거였고, 이제 저는 그게 뭔지 알 것 같아요. 제가 알기로 성서는 주님의 생각을 인간이 기록한 거예요. 그리고 신문을 비롯해서 인간이 기록한 것이라면 뭐든 그렇듯이, 성서도 핵심은 맞았는데 몇 가지 사소한 부분들이 틀렸어요.

이 퀼트 패턴은 이름이 '천국의 나무'인데, 누가 지었는지 몰라도 참 똑똑한 여자였던 것 같아요. 성서에서는 '나무들'이라고 하지 않아요. '생명의 나무'와 '선악과나무', 이렇게 두 개의 다른 나무가 있다고만 하죠. 그런데 제가 생각하기에는 나무가 한 그루뿐이고 생명나무 열매와 선악과가 같은 거예요. 그리고 그걸 먹으면 죽지만, 먹지 않아도 죽긴 마찬가지예요. 그걸 먹으면 좀 더 유식해져서 죽는 거죠.

그런 식이 되어야 인생살이와 더 맞아떨어지는 것 같아요.

선생님께만 드리는 말씀이에요. 이게 정설이 아니라는 건 저도 알고 있어요.

저는 이 천국의 나무의 가장자리에 서로 뒤엉킨 뱀들을 넣을 거예요. 다른 사람들 눈에는 덩굴이나 밧줄 무늬로 보이겠지만, 아주 작게 눈도 만들 테니 저한테는 뱀으로 보이겠죠. 뱀을 한두 마리 넣지 않으면 이야기의 제일 중요한 부분을 빠트리는 셈이거든요. 이 패턴으로 만들면서 나무를 네 그루나 그 이상 넣어 사각형이나 원형으로 배치하는 사람도 있지만, 저는 하얀 바탕에 한 그루만 큼지막하게 넣고 있어요. 나무는 삼각형 조각들로 이루어져 있고 두 가지 색이에요. 어두운색이 이파리이고 밝은색이 열매죠. 저는 이파리는 보라색으로, 열매는 빨간색으로 만들고 있어요. 화학 염색법이 나오면서 밝은색들이 많아졌는데, 아주 예쁜 작품이 될 것 같아요.

하지만 나무를 이루는 삼각형 조각들 중에서 세 개만큼은 다른 색으로 만들 거예요. 하나는 메리 휘트니한테 받은 페티코트의 흰색이 될 테고, 또 하나는 제가 밖으로 나올 때 기념품으로 달라고 간청해서 얻은 교도소 잠옷의 누런색이 될 거예요. 그리고 남은 하나는 분홍색과 하얀색의 꽃무늬 있는 얇은 무명천으로 만들 거예요. 제가 처음 키니어 나리 댁으로 찾아간 날 낸시가 입고 있었고 제가 배를 타고 루이스턴으로 도망갔을 때 입었던 드레스에서 잘라 낸 천으로 만들 테니까요.

저는 삼각형을 뱅 둘러 가며 무늬와 잘 어울리게 빨간 실로 갈지자 수를 놓을 거예요.

그러면 우리 셋이 하나가 될 수 있겠죠.

작가의 말

『그레이스(Alias Grace)』는 픽션이지만, 실화를 바탕으로 만들어졌다. 주인공 그레이스 마크스는 1840년대에 열여섯의 나이로 살인범으로 기소돼 캐나다에서 악명이 높았던 여성이다.

키니어와 몽고메리의 살인 사건은 1843년 7월 23일에 벌어졌고, 캐나다뿐 아니라 미국과 영국의 신문에서도 크게 보도되었다. 사건을 하나하나 살펴보면 실로 충격적이었다. 그레이스 마크스는 남달리 예뻤을 뿐 아니라 매우 어렸다. 키니어의 가정부였던 낸시 몽고메리는 전에 사생아를 낳은 적이 있었고 토머스 키니어의 정부였으며 부검 결과 임신 중이었던 것으로 밝혀졌다. 그레이스와 그녀의 동료 고용인이었던 제임스 맥더모트는 함께 미국으로 도주했고, 언론에서 추측하길 두 사람은 연인 사이였다. 성애와 폭력과 하류층의 유감스러운 반항, 이 세 가지 조합은 그 당시 기자들에게 너무나도 매력적인 소재였다.

재판은 11월 초에 열렸다. 그런데 키니어 살인 사건에 대해서만 재판이 열렸다. 두 피고인 모두 여기서 사형을 선고받았기 때문에 몽고메리 살인 사건 재판은 불필요한 것으로 간주되었던 것이다. 맥더모트는 11월 21일, 어마어마한 군중들 앞에서 교수형을 당했다. 하지만 그레이스에 대한 여론은 처음부터 양분되어 있었고, 변호사 케네스 매켄지의 노력과 명망 있는 신사들의 탄원 덕분에(젊고 나약한 여성이며 어리석은 점을 강조했다.) 그녀는 종신형으로 감형되어 1843년 11월 19일에 킹스턴 주립교도소에 수감되었다.

그녀는 19세기 내내 언론을 장식했고, 여론은 계속 둘로 나뉘었다. 그녀에 대한 태도는 당시 여성의 천성을 대하는 이중성을 반영하는 것이었다. 그레이스는 범행을 부추기고 낸시 몽고메리를 실질적으로 살해한 악마의 화신이자 요부였을까 아니면 맥더모트의 협박과 자기도 목숨을 잃을지 모른다는 두려움 때문에 입을 다물 수밖에 없었던 희생양이었을까? 설상가상으로 몽고메리 살인 사건을 놓고 제임스 맥더모트는 진술을 한 번 번복한 반면 그녀는 두 번 번복했다.

나는 수재너 무디의 『개척지 생활』(1853)을 통해 그레이스 마크스의 이야기를 처음으로 접했다. 무디는 이미 『힘든 오지 생활』을 통해, 당시 어퍼캐나다로 불렸고 지금은 온타리오 주에 해당되는 지역에서 개척자로 살아가기가 얼마나 버거운지 이야기한 바 있었다. 그 후속편인 『개척지 생활』은 '캐나다웨스트'의 좀 더 문명화된 측면을 소개하는 데 초점을 맞추었고, 킹스턴 주립교도소와 토론토 정신병원에 대해서도 감탄을 자아낼 만한 기록을 남겼다. 동물원처럼 관람객들이 드나들었던 이 두 곳의 공공시설에서 무디는 가장 대표적인 구경거리라고 할 수 있는 그레이스 마크스의 면회를 요청했다.

무디가 전하는 살인 사건은 두 사람을 거쳐서 들은 이야기였다. 그녀는 그 책에서 그레이스를 토머스 키니어에 대한 사랑과 낸시에 대한 질투심으로 인해 몸을 허락하겠다는 약속으로 맥더모트를 부추긴 주모자로 설정했다. 맥더모트는 그녀에게 푹 빠져서 쉽게 이용당하는 인물로 묘사되었다. 무디는 통속극의 유혹을 거부하지 못했다. 낸시의 시신을 4등분한 것은 전적으로 날조일 뿐 아니라 순전히 해리슨 에인즈워스에 대한 모방이었다. 핏발이 선 두 눈이 그레이스 마크스를 따라다녔다는 부분에서는 무디가 즐겨 읽었다는 디킨스의 『올리버 트위스트』의 영향도 느껴진다.

수재너 무디는 교도소에서 그레이스 마크스를 만나고 얼마 안 있어 토론토 정신병원의 폭력 환자 병동에 감금된 그녀와 마주쳤다. 무디의 직접적인 목격담은 대체적으로 신뢰도가 높기 때문에 그레이스가 비명을 지르고 깡충깡충 뛰어다녔다면 실제로 그랬을 것이다. 그런데 무디의 책이 출간되고 얼마 안 있어 인간적인 조지프 워크먼이 정신병원의 의학처장으로 부임하자마자 그레이스는 교도소로 돌아가도 될 만한 상태라는 판정을 받았고, 기록에 따르면 교도소에서는 그녀가 그곳에 가 있는 동안 아이를 가진 게 아니냐는 의혹의 눈길을 보냈다. 이것은 근거 없는 경계경보로 밝혀졌지만, 정신병원에서 그녀를 범한 사람이 있었다면 과연 누구일까? 정신병원에서는 병동이 서로 분리되어 있었다. 여자 환자들에게 가장 쉽게 접근할 수 있었던 남자는 의사들이었다.

이후로 20년 동안 그레이스는 교도소 기록에 가끔 등장했다. 교도소 총감독관의 일지에 그녀가 편지를 썼다는 기록이 있는 것을 보면 분명 문맹은 아니었다. 성직자를 비롯해 명망 있는 여러 유력 인사들이 그녀의 매력에 넘어가 그녀를 위해 끊임없는 노력을 기울였고, 뒷받침이 될 만한 의학 전문가의 의견을 강구하는 한편으로 여러 차례 석방 탄원서를 제출했다. 두 명의 작가가 그녀를 가리켜 오랫동안 "소장(아마도 교도소장일 것이다.)"의 집에서 믿음직한 하녀로 일을 했다고 했지만, 널리 알려져 있다시피 부족한 게 많은 교도소 기록에는 그것에 관해 언급되어 있지 않다. 어찌 됐건 북아메리카에서는 죄수를 일용직으로 활용하는 것이 그 당시 관행이었다.

1872년에 그레이스 마크스는 드디어 사면을 받았다. 기록에 따르면 그녀는 교도소 총감독관과 그의 딸과 함께 "거처가 마련된" 뉴욕 주로 건너갔다. 훗날 작가들의 주장에 따르면 그곳에서 결혼을 했다고 하는데, 증거는 없다. 그날 이후 그녀는 흔적도 없이 사라져 버렸다. 그녀가 실제로 낸시 몽고메리 살인 사건의 공범이었고 제임스 맥더모트의 애인이었는지 여부는 알 수 없다. 그녀가 정말로 "실성"했는지 아니면 많은 사람들이 그랬던 것처럼 좀 더 나은 곳으로 거처를 옮기기 위해 그런 척한 것이었는지의 여부도 마찬가지이다. 역사적으로 유명한 그레이스 마크스의 실제 성격은 수수께끼로 남아 있다.

토머스 키니어는 쿠퍼 근처에 있는 파이프 주 킨로크의 스코틀랜드 남동부 집안 출신으로 재산을 물려받은 상속권자의 이복동생인 듯하다. 그런데 이상하게도 19세기에 출간된 『버크스 피어리지(Burke's Peerage)』를 보면 그가 캐나다웨스트에 등장한 것과 비슷한 시기에 사망한 것으로 되어 있다. 리치먼드힐의 키니어 저택은 19세기 말까지 보존돼 관광지가 되었다. 사이먼 조던이 그곳을 방문했을 때 받은 인상은 어느 관광객의 기록을 참고한 것이다. 토머스 키니어와 낸시 몽고메리는 리치먼드힐의 장로교회 묘지에 안장되었지만 묘비가 없다. 윌리엄 해리슨이 1908년에 남긴 기록에 따르면 나무 묘비를 없앨 때 주변에 둘러져 있었던 나무 말뚝도 치웠다고 한다. 낸시의 무덤에 있던 장미 덤불도 사라졌다.

덧붙여, 감옥과 정신병원 생활에 대한 이야기는 입수한 기록들을 참고한 것임을 밝힌다. 워크먼 박사의 편지는 거의 원문 그대로 실었다. 워크먼 박사 사후에 그의 의견이라며 '배널링 박사'가 밝힌 내용이 있는데, 사실이 아닐 것이다.

파킨슨 저택의 구조는 온타리오 주 해밀턴에 있는 던던 성과 상당부분 유사하다. 토론토의 롯 가는 예전에 퀸 가의 일부분을 지칭하는 이름이었다. 루미스빌의 경제사와 섬유 공장 여직공들에 대한 처우는 매사추세츠 주 로얼과 살짝 닮은 구석이 있다. 메리 휘트니의 운명은 리치먼드힐의 랭스태프 박사가 남긴 의료 기록의 연장선 위에 있다. 1권 22쪽의 그레이스 마크스와 제임스 맥더모트의 초상화는 토론토의 《스타 앤드 트랜스크립트》가 게재한 진술서에 실린 것이다.

북아메리카의 심령주의 열풍은 1840년대 말엽, 폭스 자매의 '고음(叩音)'*과 함께 뉴욕 주 북부에서 시작되었다. 폭스 자매는 원래 벨빌 출신인데, 그 당시 수재너 무디가 살았던 곳이자 그녀가 심령술로 전향한 곳이기도 하다. 심령주의 운동은 상당수의 사기꾼을 양산하기도 했지만 급속도로 번져 1850년대 후반에 극에 달했고, 특히 뉴욕 주 북부와 킹스턴벨빌 지역에서 엄청난 인기를 누렸다. 심령주의는 여성들이 감투를 쓸 수 있었던 유사 종교인데, 여성들은 영혼의 뜻이 표현되는 단순한 배출구로 간주되었기 때문에 감투라고 해

---

* 탁자를 톡톡 두드려 영혼과 대화하는 것.

야 모호한 수준이었다.

최면술은 19세기 초반에 과학적으로 신뢰할 수 없다는 평가를 받았지만, 1840년대에도 미심쩍은 흥행사들이 여기저기에서 시범을 보였다. 제임스 브레이드가 '동물자기설'을 제거한 '신경 최면술'을 주창하자 최면술은 재평가를 받기에 이르렀고, 1850년대에 유럽 의사들 사이에서 지지를 받았지만 정신의학적으로 널리 인정을 받은 것은 19세기 후반의 일이다.

19세기 중반은 새로운 정신병 이론이 속출하고 공립과 사립 양쪽으로 정신병원과 요양원이 만들어진 것이 특징이었다. 과학자와 작가, 양쪽 모두 기억력과 기억상실, 몽유병, '히스테리', 최면 상태, '신경 질환', 꿈의 의미와 같은 현상에 호기심을 보이고 열광했다. 꿈에 대한 관심은 의학계 전반으로 퍼져 제임스 랭스태프와 같은 시골 의사가 환자들의 꿈을 기록할 정도였다. 인격이 분열되는 이중인격은 19세기 초반부터 기록에 등장해 1840년대에 이미 심각한 논의가 이루어졌지만, 크게 유행한 것은 1870년대부터였다. 나는 사이먼 조던의 결론이 그 당시 알려진 사실의 틀에서 벗어나지 않도록 했다.

이 사건을 언급하면서 사실이라고 주장한 수많은 사람들이 그랬던 것처럼 나도 실제 있었던 사건 중 어떤 부분들은 각색했다. 하지만 기록들이 서로 상충하는 면들이 워낙 많아서 '기정사실'이라고 할만한 게 거의 없기는 해도 기정사실을 바꾸지는 않았다. 낸시가 도끼에 맞았을 때 그레이스는 소젖을 짜고 있었을까 아니면 산파를 따고 있었을까? 키니어의 시신은 왜 맥더모트의 셔츠를 입고 있었고, 맥더모트는 그 셔츠를 누구한테 샀을까? 보따리장수, 아니면 군인 시절 친구? 피로 물든 책 내지는 잡지가 어떻게 낸시의 침대 위에 올려졌을까? 여러 케네스 매켄지 중에서 누가 문제의 그 변호사였을까? 나는 확실하지 않으면 가장 확률이 높은 안(案)을 선택하되 그럴듯한 모든 가능성을 배제하지 않았다. 기록상에서 단순한 암시에 그치고 누가 봐도 분명한 빈틈이 발견될 때는 마음껏 상상의 나래를 펼쳤다.

사라진 조각을 찾을 수 있도록 도와준 아래 수많은 문서 보관서 담당자와 사서들에게 감사의 인사를 전하고 싶다. 그들의 전문적인 지식이 없었다면 이 소설은 세상의 빛을 보지 못했을 것이다.

온타리오 주 킹스턴 캐나다교도소박물관의 전시 및 문서 보관 담당자 데이브 세인트온지, 온타리오 주 리치먼드힐공립도서관의 지방사 및 족보 담당 사서 메리 로이드, 토론토 온타리오문서보관소의 참고문헌 담당자 캐런 버그스타인슨, 오타와 캐나다국립문서보관소 정부문서보관국의 헤더 J. 맥밀런, 토론토 퀸 가 정신건강센터 캐나다 정신의학사 및 정신건강시설 문서보관소의 베티 조 무어, 토론토 오스굿 홀 캐나다북부법조계 문서보관소의 앤마리 랭글로이스와 가브리엘 언쇼, 토론토 시 문서보관소의 수석 담당자 캐런 티플과 접수계의 글렌다 윌리엄스, 토론토 빅토리아 대학교 연합교회문서보관소의 켄 윌슨 그리고 캐나다 감리교회사를 집필 중이기도 한 닐 셈플.

그리고 토머스 키니어의 출신을 파악하는 데 도움을 준 스코틀랜드 에든버러 대학교의 에일린 크리스천슨과 알리 럼스덴에게도 감사의 뜻을 전하고 싶다.

나는 위에 열거한 문서보관소의 자료에 덧붙여 《스타 앤드 트랜스크립트》(토론토), 《크로니클 앤드 가제트》(킹스턴), 《칼레도니언 머큐리》《스코틀랜드 에든버러), 《타임스》(영국 런던), 《브리티시 콜로니스트》(토론토), 《이그재미너》(토론토), 《토론토 미러》, 《로체스터 데모크랫》 등 당시 신문들도 참고했다.

다른 책들도 많지만 그중에서도 특히 도움이 많이 되었던 책들은 다음과 같다. 수재너 무디의 『개척지 생활(Life in the Clearings)』 (1853, 맥밀런에서 1959년에 재출간)과 볼스타트, 홉킨스, 피터먼이 편집한 무디의 『일생의 편지들(Letters of a Lifetime)』(토론토 대학교 출판부, 1985), 작자 미상의 『토론토와 요크 군의 역사(History of Toronto and County of York, Ontario)』(토론토 : C. 블랙킷 로빈슨, 1885) 제1권의 4장, 『비턴의 가정 관리학(Beeton's Book of Household Management)』(1859~1861, 챈슬러 프레스에서 1994년에 재출간), 재컬린 더핀의 『랭스태프 — 19세기 의료(Langstaff: A Nineteenth-Century Medical Life)』(토론토 대학교 출판부, 1993), 루스 매켄드리의 『캐나다 전통 퀼트와 침구류(Quilts and Other Bed Coverings in the Canadian Tradition)』(키 포터 북스, 1979), 메리 콘웨이의 『캐나다 퀼트 300년사(300 Years of Canadian Quilts)』(그리핀 하우스, 1976), 메릴린 L. 워커의 『온타리오의 전통 퀼트(Ontario's Heritage Quilts)』(스토다트, 1992), 오스본과 스웨인슨의 『킹스턴 — 과거 위에 지어지다(Kingston: Building on the Past)』(버터넛 프레스, 1988), K. B. 브렛의 『초기 온타리오 여성의 의상(Women's Costume in Early Ontario)』 (온타리오 왕립박물관 · 토론토 대학교, 1966), 미친슨과 맥기니스가 편집한 『캐나다 의학사(Essays in the History of Canadian Medicine)』 (매클렌드 앤드 스튜어트, 1988), 진 미니닉의 『어퍼캐나다 집에서(At Home in Upper Canada)』(클라크, 어윈, 1970), 매리언 매크레이와 앤

서니 애덤슨의 『전통 지붕(The Ancestral Roof)』(클라크, 어윈, 1963), 『도시와 보호 시설(The City and the Asylum)』(정신건강시설 박물관, 토론토, 1993), 헨리 F. 엘런버거의 『무의식의 발견(The Discovery of the Unconscious)』(하퍼 콜린스, 1970), 이언 해킹의 『영혼 다시 쓰기(Rewriting the Soul)』(프린스턴 대학교 출판부, 1995), 애덤 크래브트리의 『메스머에서 프로이트까지 — 최면과 심리 치유의 뿌리(From Mesmer to Freud: Magnetic Sleep and the Roots of Psychological Healing)』(예일 대학교 출판부, 1993) 그리고 루스 브랜던의 『19~20세기 오컬트에의 열정(The Passion for the Occult in the Nineteenth and Twentieth Centuries)』(크노프, 1983)이 있다.

키니어 살인 사건은 예전에도 두 번 소설화된 적이 있다. 로널드 햄블턴이 쓴 『고용주 살인(A Master Killing)』(1978)은 주로 용의자를 추적하는 작품이고, 내가 쓰고 조지 조너스가 연출한 CBC 텔레비전 드라마 「하녀(The Servant Girl)」(1974)는 전적으로 무디의 기록을 바탕으로 하고 있기 때문에 이제는 신뢰할 만하다고 말할 수 없다.

마지막으로 자료 조사를 맡은 루스 애트우드와 퀼트 도안을 복사해 준 에리카 헤런, 무엇과도 바꿀 수 없는 조수 세라 쿠퍼, 원고를 읽고 값진 조언을 해 준 램지 쿡, 엘리노어 쿡, 로절리 아벨라, 나의 에이전트 피비 라모어와 비비언 슈스터, 담당 편집자 엘런 셀리그먼, 낸 A. 탤리즈, 리즈 콜더, 그리고 말리 루소프, 베키 쇼, 재닛 콩, 태니어 차즈스키, 헤더 생스터, 그리고 19세기 문학 감상법을 가르쳐 준 제이 맥퍼슨과 제롬 H. 버클리, 그리고 마이클 브래들리, 앨리슨 파커, 아서 겔구트, 진 골드버그, 밥 클라크, 그리고 조지 풀라카키스 박사, 존과 크리스티앤 오키프 부부, 조지프 웻모어, 블랙 크리크 개

척자 마을, 어넥스 북스, 그리고 로즈 토네이토에게도 감사의 인사를
전한다.

옮긴이의 말

   마거릿 애트우드의 아홉 번째 장편소설로, 1996년에 길러 상을 수상했고 부커 상 최종 후보작으로 오른 바 있는 『그레이스』는 애트우드가 작가 후기에서 밝힌 것처럼 실화를 바탕으로 탄생된 작품이다. 1843년 여름, 열여섯 살도 채 안 된 그레이스 마크스라는 이름의 어린 소녀가 토론토에서 살인 사건의 용의자로 체포되었다. 미모의 가정부 낸시 몽고메리가 임신한 몸으로, 부유한 집주인 토머스 키니어와 함께 살해를 당한 끔찍한 사건의 용의자로 체포된 것이다. 몇몇 지도층 인사들은 그레이스가 협박에 못 이겨 범행에 가담했고, 미국까지 납치를 당했다고 생각했다. 하지만 공범으로 기소된 제임스 맥더모트는 그레이스의 사주로 저지른 범행이라고 주장했다. 재판 결과 제임스 맥더모트는 사형을 당했고 그레이스 마크스는 종신형을 선고 받았으니 이 작품의 큰 틀은 실화를 그대로 차용했다고 볼 수 있다.

   애트우드는 일찍부터 그레이스 마크스 이야기에 매료돼 1974년에 그녀를 주인공으로 「하녀(The Servant Girl)」라는 텔레비전 드라마의 극본을 집필한 적이 있었다. 이 드라마를 집필했을 때 그녀는 수재너 무디(이 작품에서도 종종 인용되고 언급되는 바로 그 '무디 여사'다.)의 기록을 대거 참고했다. 캐나다 개척지 생활의 경험담을 이야기한 작품들로 유명한 무디는 자료 조사의 일환으로 그레이스를 직접 만나 관찰한 적이 있었고, 키니어를 사랑한 그레이스가 낸시를 질투한 나머지 제임스 맥더모트를 사주해 살인을 저질렀다고 생각했다. 하지만 「하녀」 집필 당시에는 무디와 같은 입장이었던 애트우드의 생각이 이후 바뀌면서, 좀 더 정확한 관점에서 그레이스의 이야기를 소개하려고 만들어 낸 결과물이 바로 『그레이스』다.

애트우드는 캐나다 최초의 페미니즘 작가로 평가받는 인물답게 국내에 소개된 기존의 여러 작품에서 여성이기 때문에 겪는 질곡을 다루어 왔다. 『시녀 이야기』의 여성들은 정체성을 잃어버린 채 오로지 기능으로만 존재한다. 『눈먼 암살자』의 여성들은 사랑하지도 않는 남성에게 팔려 가거나 부질없는 약속에 유린당한다. 심지어 자타공인 팜 파탈이 등장하는 『도둑 신부』에서조차 여성들은 남성들에게 일방적으로 버림을 받거나 그들을 기다리는 역할이다.

이 작품 『그레이스』도 예외 없이 무지하거나 가난하다는 이유로 부당한 대접을 받는 여성들이 대거 등장한다.(가장 단적인 예로 메리를 꼽을 수 있을 것이다.) 만약 그레이스도 무죄였다면 잔인한 사회제도와 사법제도 때문에 30여 년의 무고한 세월을 감옥에서 보낸 가장 큰 희생양이었다고 볼 수 있을 것이다. 물론 무죄였다는 대전제하에 성립되는 이야기일 테니 여기에서 가장 핵심이라 할 수 있는 의문이 제기된다. 그레이스는 과연 무지한 희생양이었을까 아니면 이 끔찍한 범죄를 사주한 교사자였을까?

어쩌면 이 작품은 애트우드가 독자들을 위해 마련한, 거부할 수 없을 만큼 매혹적인 게임일지 모른다. 그레이스는 토머스 키니어와 낸시 몽고메리 살인 사건에 어느 정도 관여했을까? 공범이자 제임스 맥더모트의 애인이었을까? 이 작품 속에서 묘사된 것처럼 실제로 기억상실증을 앓고 있었을까? 그녀는 정말 죽은 사람의 목소리를 들을 수 있었을까? 아니면 단순한 환청이었을까? 그런데 궁금한 부분들은 여기에 그치지 않는다. 결정적인 순간마다 등장하는 보따리장수 제러마이어의 정체는 무엇이며, 그는 과연 토머스 키니어와 낸시 몽고메리 살인 사건에 대해 어느 선까지 알고 있었을까?(재판 당시 자취를 감추었다 나중에 학자로 변장하고 그레이스 앞에 나타난 것을 보면 수상하기 그지없다.) 그레이스의 꿈에 빨간 작약이 반복적으로 등장하는 이유는 무엇일까?

현재와 과거를 오가고 일인칭에서 삼인칭으로 시점을 바꾸어 가며 독자들을 미궁으로 인도하는 이 작품은 어쩌면 살인 미스터리로 간주되어야 할지 모른다. 실제로 그레이스 마크스가 석방된 뒤 자취를 감춰 사건이 진실이 영원한 수수께끼로 남은 것처럼, 이 작품 역시 정답을 알 수 없는 수수께끼를 선사하고 있으니 말이다.

몇 해 전부터 영상물로 각색된다는 이야기가 있더니 드디어 드라마로 제작돼 올 하반기에 상영된다는 반가운 소식이 들린다. 노벨 문학상 후보로 꾸준히 거론되는 이 작가의 대표작 가운데 하나로 꼽히는 『그레이스』가 과연 어떤 드라마로 구현이 되었을지 자못 기대가 된다.

2017년 9월

이은선

작가 연보

1939년　　마거릿 엘리노어 애트우드, 11월 18일 캐나다 오타와에
　　　　　서 출생.

1940~1945년　오타와에 기반을 두고 있었으나, 곤충 학자인 아버지
　　　　　의 직업 때문에 북부 온타리오와 북부 퀘벡의 숲에서 많
　　　　　은 시간을 보냄. 1945년까지 북부 온타리오에 위치한 수
　　　　　세인트마리에서 거주.

1946년　　토론토로 이사. 그러나 여름은 여전히 북부에서 지냈으
　　　　　며, 애트우드는 11세(6학년)가 돼서야 학교에서 정규 수
　　　　　업을 모두 받기 시작함.

1952~1957년　리사이드 고등학교에 재학하며 학보 칼럼 집필. 그림
　　　　　형제 동화, 추리 소설 시리즈, 캐나다 동물 이야기, 만화
　　　　　책을 비롯한 다양한 책을 다독함. 6세부터 글을 쓰기 시
　　　　　작했으며, 16세에 전문 작가가 되기로 결심했다고 함. 여
　　　　　름 캠프 지도 교사로 일함.

1957~1961년　토론토 대학의 빅토리아 칼리지에 재학. 재이 맥퍼슨

과 노스롭 프라이를 사사. 대학 문학잡지에 단편 소설과 시를 발표하고 대학 연극회의 포스터와 프로그램을 제작.《캐나디안 포럼(The Canadian Forum)》이라는 좌파적 문화 – 정치 잡지에 첫 시를 발표. 보헤미안 엠버시 커피 하우스에서 시를 낭독하기 시작함. 1961년에 영문학 전공 및 불문학과 철학 부전공으로 학사 학위 취득. 래드클리프 대학(이후 하버드 대학으로 병합.)에서 수학할 수 있는 우드로 윌슨 장학금을 받음.

자비 출판한 소책자 『위선적 페르세포네(Double Persephone)』로 토론토 대학의 E. J. 프랫 메달 수상. 신화와 원형(原型)을 지향하는 이 초기 시들에서 맥퍼슨과 프라이의 영향이 드러남.

1961~1963년   래드클리프 대학에서 석사 학위를 취득하고 하버드 대학에서 박사 과정을 시작함.

1963~1964년   토론토로 돌아와 시장 연구 회사에서 일함. 첫 소설에 착수. 1964년 여름에 영국과 프랑스로 첫 여행.

1964~1965년   밴쿠버의 브리티시컬럼비아 대학에서 영문학 강의. 『식용 여인(The Edible Woman)』의 초고를 완성하고, 단편 소설 열네 편과 오십 편 이상의 시를 집필. 하버드 대학으로 돌아와서 박사 과정을 계속했으나 논문(「19세기와 20세기의 영국 형이상학적 로맨스에 나타난 자연과 권력(Nature and Power in the English Metaphysical Romance of the Nineteenth and Twentieth Centuries)」)은 마치지 못함.

1966년   시집 『서클 게임(The Circle Game)』 출간.

1967년 『서클 게임』으로 캐나다 총리 상을 받고 시인으로서의 명성을 확립. 하버드 대학의 대학원생이었던 미국인 제임스 폴크와 결혼. 부부는 몬트리올로 이주하고, 애트우드는 조지 윌리엄스 경 대학(현 컨커디아 대학)에서 영문학 강의.

1968년 에드먼턴 주 앨버타로 이사. 시집『그 나라의 동물들(The Animals in That Country)』출간.

1969년 첫 소설『식용 여인』출간. 시에서 다루었던 '여성의 소외'라는 주제가 반복됨. 앨버타 대학에서 문예 창작 강의.

1970년 연작 시『수재너 무디의 일기(The Journals of Susanna Moodie)』와 시집『지하 세계의 절차(Procedures for Underground)』출간. 19세기에 영국에서 캐나다로 이민 간 수재너 스트릭랜드 무디의 글에서 영감을 받아 집필한『수재너 무디의 일기』에서 인간 경험의 비이성적이고 신화적인 차원을 탐구함. 영국과 프랑스에서 한 해를 보냄.

1971년 시집『권력 정치(Power Politics)』출간. 개인적 신화를 보다 폭넓은 맥락 속의 성적(性的) 대결로 변환함. 토론토로 돌아와 요크 대학 조교수로 취임. 1973년까지 하우스 오브 아난시 출판사 이사회의 일원으로 참여. 아난시 출판사를 통해 국가주의적 문화 문제에 관여함.

1972년 소설『떠오름(Surfacing)』과 캐나다 문학 이론서『생존 ──캐나다 문학의 주제별 지침서(Survival: A Thematic Guide to Canadian Literature)』출간. 기술과 자연의 첨예

한 대립이 정치적 언어로 표현된 『떠오름』에서는 본질적 여성성의 추구가 표현됨. 캐나다 문학의 원형적 이미지를 설명한 『생존』은 출판 당시 캐나다 문학에 관한 가장 대담한 책으로 평가되며 큰 반향을 불러일으킴. 이 책은 지속적으로 애독되고 캐나다 문학 및 캐나다인들의 자기 정체성 형성에 지속적으로 영향을 미침. 1973년까지 토론토의 매시 칼리지에서 체류 작가로 지냄.

1973년　폴크와 이혼. 작가 그레임 깁슨과 온타리오 주 앨리스턴의 농장으로 이사. 온타리오 주 트렌트 대학에서 첫 명예 박사 학위를 받음.

1974년　『너는 행복해(You are Happy)』 출간. 이 시집에는 『오디세우스』를 키르케의 관점에서 재서술한 시가 포함되어 있음. CBC(캐나다 공영방송)의 「하녀(The Servant Girl)」 대본 집필. 이 대본은 1996년 출간된 소설 『그레이스(Alias Grace)』의 소재가 된 그레이스 마크스의 살인 사건을 담고 있음. 《디스 매거진(This Magazine)》의 풍자 만화가로 활동.

1976년　『시 선집(Selected Poems)』과 소설 『신탁 여인(Lady Oracle)』 출간. 『신탁 여인』은 동화와 고딕 로맨스를 희화화한 것. 딸 엘리너 제스 애트우드 깁슨 출생.

1977년　단편집 『춤추는 소녀들(Dancing Girls)』과 역사서 『반역자들의 시대, 1815~1840(Days of the Rebels: 1815~1840)』 출간. 『춤추는 소녀들』로 토론토 시 도서상과 캐나다 서점 상 수상. 애트우드 작품에 대한 첫 비평

개론인《멀러햇 리뷰(Malahat Review)》애트우드 특집판이 출간됨.

1978년　시집『머리가 두 개 달린 시(Two-Headed Poems)』와 동화『나무 위에서(Up in the Tree)』출간.『머리가 두 개 달린 시』에서는 언어의 이중성을 탐구.『나무 위에서』의 삽화를 직접 그림으로써 시각 예술가로서의 면모를 보여줌. 첫 번째 책 홍보 여행(프랑스, 아프가니스탄, 인도, 오스트레일리아)을 떠남. 가족이 모두 스코틀랜드로 이주.

1979년　소설『남자 앞의 삶(Life Before Man)』출간. 삼각관계를 통해 20세기의 삶을 구체적으로 조명.

1980년　동화『애나의 애완동물(Anna's Pet)』출간. 가족과 함께 토론토로 돌아옴. 캐나다 작가 협회(Writers' Union of Canada) 부회장으로 선출됨.

1981년　소설『신체 훼손(Bodily Harm)』과 시집『실제 이야기(True Stories)』출간. 두 책은 각각 정치적, 사회적 자유라는 주제를 다루고 있으며, 국제 사면 기구에서 여러 해 활동하는 등 시민권 수호에 관심을 보여 온 애트우드의 면모를 잘 드러냄. 몰슨 상과 구겐하임 기금, 캐나다 훈장 훈작사 작위를 받음. 작가 협회 회장직 맡음.

1982년　초창기 페미니즘 비평이 담긴『두 번째 말—비평 산문집(Second Words: Collected Critical Prose)』출간. 윌리엄 토이와 함께『새로운 옥스퍼드 캐나다 영어권 시 선집(The New Oxford Book of Canadian Verse)』편찬.

1983년　『어둠 속의 살인 사건 — 단편 소설과 산문시(Murder in

the Dark: Short Fictions and Prose Poems)』와 『푸른 수염의 알(Bluebeard's Egg)』 출간. 토론토 대학에서 명예박사 학위 받음. 11월에 가족과 함께 영국 노퍽으로 이주.

1984년 산문 및 시집 『달이 저문 시기(Interlunar)』 출간. 3월부터 5월까지 서베를린에 체류하다 여름에 토론토로 돌아옴. 1986년까지 국제 펜클럽 캐나다 영어권 지부 회장직 맡아 문학 검열에 맞섬.

1985년 『시녀 이야기(The Handmaid's Tale)』 출간. 우파적 단일 신정주의 사회를 배경으로 한 디스토피아 이야기를 통해 국제적, 대중적 명성과 인기를 얻음. 앨라배마 주 터스칼루사의 문예 창작과 방문 학과장을 맡음.

1986년 소설 『시녀 이야기』로 총독상 픽션 부문, 토론토 예술상, 아서 C. 클라크 상 최고 공상 과학 소설 부문, 로스앤젤레스 타임스 픽션 상 수상. 『시 선집 2 — 정선한 시와 새로운 시, 1976~1986(Selected Poems II: Poems Selected and New, 1976~1986)』 출간. 로버트 위버와 공동으로 『옥스퍼드 캐나다 영어권 단편 소설집(The Oxford Book of Canadian Short Stories in English)』 편찬. 뉴욕 대학의 방문 버그 교수직 맡음.

1987년 국제 펜클럽 원조를 위해 『캐나다 문학 요리책(The Canlit Foodbook)』 편찬. 텔레비전 영화 대본인 「지상 위의 천국(Heaven on Earth)」과 동화 『실종된 크래스의 축제(The Festival of Missed Crass)』(이후 뮤지컬로 각색.) 집필. 캐나다 왕립 협회 회원으로 선출. 시드니에 있는 매쿼리 대학에서 체류 작가로 지냄.

1988년   가슴 아픈 유년 시절의 기억과 맞닥뜨림으로써 예술가로
서의 정체성, 창조성, 시간에 대해 탐구하게 되는 중년의
화가를 그린 소설『고양이 눈(Cat's Eye)』출간. YWCA의
창립자인 아그네스 블리저드의 이름을 딴 '애기(Aggie)'
조상 수상.

1989년   『고양이 눈』으로 캐나다 서점 협회 상과 토론토 시 도서
상 수상. 미국 텍사스 주 샌안토니오에 위치한 트리니티
대학교에서 체류 작가로 지냄. 1991년까지『고양이 눈』
영화 각본 집필.

1990년   『시 선집 1966~1984(Selected Poems 1966~1984)』와 동
화『새를 위하여(For the Birds)』출간.『새를 위하여』는
아이들에게 환경 문제의 심각성을 일깨우고자 하는 의도
로 창작됨. 온타리오 훈장과 하버드 대학의 100주년 메
달을 받음. 폴커 슐렌도르프가 영화화한「시녀 이야기」
첫 상영을 위해 베를린 영화제에 참여.

1991년   단편집『황무지에서의 생존 방법(Wilderness Tips)』출간.
영국 옥스퍼드 대학에서 캐나다 문학을 주제로 클래런던
강연(Clarendon Lectures)을 함.

1992년   단편집『좋은 뼈(Good Bones)』출간.『황무지에서의 생
존 방법』으로 온타리오 정부로부터 트릴리엄 상을 받음.

1993년   토론토의 생활 방식과 여성의 우정을 다룬 소설『도둑
신부(The Robber Bride)』출간. 이 소설로 캐나다 작가 협
회 선정 올해의 소설상, 캐나다와 카리브 해 지역 영연방

상 수상.

1994년   단편집『좋은 뼈와 단순한 살인(Good Bones and Simple Murders)』출간.『도둑 신부』로 트릴리엄 상 수상. 프랑스 정부로부터 문화 예술 공로 훈장 기사장(Chevalier dans l'Ordre des Arts et des Lettres) 받음.

1995년   1991년 옥스퍼드에서의 강연을 바탕으로 쓴 캐나다 문학 개설서『기이한 것들 ── 캐나다 문학에 나타난 사악한 북방(Strange Things: The Malevolent North in Canadian Literature)』과 시집『타 버린 집의 아침(Morning in the Burned House)』, 동화『프루넬라 공주와 보라색 땅콩(Princess Prunella and the Purple Peanut)』출간.『기이한 것들』을 통해 캐나다의 북부, 신비로운 황야가 여전히 애트우드의 상상력에 있어 큰 자리를 차지하고 있음을 보여 줌. 로버트 위버와『새로운 옥스퍼드 캐나다 영어권 단편집(The New Oxford Book of Canadian Short Stories in English)』편찬. 퀘벡 작가인 빅토르레비 보리우와 불어로 연속 인터뷰를 함.『타 버린 집의 아침』으로 트릴리엄 상 수상. 스웨덴 유머 협회로부터 국제 해학적 작가상(International Humourous Writers Award) 수상.

1996년   『그레이스』출간. 19세기 중반 캐나다에서 살인자로 악명이 높았던 그레이스 마크스를 다룬 이 작품에서 애트우드는 진실을 말하는 것과 그것을 표현하는 것을 문제시함. 또한 권력과 문화, 그리고 정체성에 관한 애트우드의 오랜 철학적, 정치적 견해를 드러냄. 이 작품으로 길러 상 수상. 단편집『래브라도의 대실패(The Labrador Fiasco)』출간. 노르웨이 문학 공로 훈장 수상. 캐나다 서점 협회의 올해의 작가로 뽑힘.

1997년　『수재너 무디의 일기』가 찰스 파처의 삽화와 함께 재출간됨. 단편집『조용한 게임과 다른 초기 작품들(A Quiet Game: And Other Early Works)』,『그레이스』를 집필하기 위한 자료 조사 과정에서 발견한 것과 놓친 것, 그리고 그것이 작품 창작에 어떤 영향을 미쳤는지를 설명한『그레이스를 찾아서(In Search of Alias Grace)』출간. 쿠바 작가 연합을 위하여 그레임 깁슨과 함께 캐나다 단편집『겨울부터(Desde El Invierno)』편찬.

1998년　『불 먹기 — 시 선집 1965~1995(Eating Fire: Selected Poetry 1965~1995)』출간. 오타와 대학에서 명예박사 학위 받음.

1999년　런던 문학상 수상.

2000년　소설『눈먼 암살자(The Blind Assassin)』를 출간하고, 이 작품으로 부커 상 수상. 20세기 초중반의 국가적, 개인적 역사를 다층적 서술을 통해 보여 줌. 다양한 목소리, 관점, 플롯 라인을 능숙하게 짜내어 비평가와 일반 대중에게 큰 찬사를 받음. 케임브리지 대학에서 엠슨 강연. 코펜하겐에서 포울 루더스가 감독한「시녀 이야기」오페라 초연에 참석.

2001년　『눈먼 암살자』로 국제 추리 작가 협회 북미 지회가 수여하는 해멋 상 수상. 케임브리지 대학과 수세인트마리

에 위치한 앨고머 유니버시티 칼리지에서 각각 명예박
사 학위 받음. 소설가로서는 최초로 캐나다 명성의 길
(Canada's Walk of Fame)에 자리를 받음.

2002년   2000년 케임브리지 대학에서 한 엠슨 강연을 바탕으
로 쓴 『죽은 자들과 타협하기 — 작가가 쓰는 창작론
(Negotiating with the Dead: A Writer on Writing)』 출간.

2003년   과학 기술의 오용과 기업 및 사회 윤리의 소실로 인류
가 거의 소멸에 이르게 된 상황을 그린 디스토피아적 소
설 『인간 종말 리포트(Oryx and Crake)』와 동화 『무례
한 램지와 고함치는 무(Rude Ramsay and the Roaring
Radishes)』 출간. 「시녀 이야기」 오페라 런던 초연에 참석.

2004년   산문집 『병(Bottle)』과 『움직이는 표적 — 의도적 글
쓰기, 1982~2004(Moving Targets: Writing with Intent,
1982~2004)』, 동화 『수줍은 밥과 침울한 도린다(Bashful
Bob and Doleful Dorinda)』 출간. 「시녀 이야기」 오페라
토론토 초연. 하버드 대학에서 명예박사 학위 받음.

2005년   트로이의 전쟁 영웅 오디세이 이야기를 그의 부인인 페
넬로페의 관점에서 새롭게 쓴 소설 『페넬로피아드(The
Penelopiad)』와 산문집 『기이한 작업 — 우발적으로 쓴
글, 1970~2005(Curious Pursuits: Occasional Writing,
1970~2005)』 출간. 파리의 누벨 소르본 대학에서 명예
박사 학위 받음.

2006년   단편집 『텐트(The Tent)』와 『도덕적 혼란(Moral Disorder)』
출간.

2007년	시집『문(The Door)』출간
2008년	CBC 라디오에서 돈과 빚에 대한 주제로 한 매시 강연 (Massey Lectures)의 내용을 바탕으로『돈을 다시 생각한다──인간, 돈, 빚에 대한 다섯 강의(Payback: Debt and the Shadow Side of Wealth)』출간.
2009년	『인간 종말 리포트』의 연작『홍수(The Year of the Flood)』출간. 온타리오 아트 앤드 디자인 칼리지에서 명예박사 학위 받음.
2010년	넬리 작스 상을 수상하고, 바드 칼리지에서 명예박사 학위를 받음.
2013년	『인간 종말 리포트』,『홍수』를 잇는 '디스토피아 삼부작' 중 마지막 작품『미친 아담(MaddAddam)』출간.
2014년	단편집『돌 매트리스(Stone Mattress)』출간.
2015년	소설『마음이 마지막으로 간다(The Heart Goes Last)』출간.
2016년	소설『마녀의 자식(Hag-Seed)』출간.
2017년	프란츠 카프카 상 수상.

그레이스

1판 1쇄 찍음 2012년 3월 23일
1판 1쇄 펴냄 2012년 3월 30일
2판 1쇄 펴냄 2017년 10월 18일
2판 10쇄 펴냄 2024년 7월 12일

지은이 마거릿 애트우드
옮긴이 이은선
발행인 박근섭, 박상준
펴낸곳 (주)민음사

출판등록 1966. 5. 19. (제 16-490호)
서울특별시 강남구 도산대로1길 62(신사동)
강남출판문화센터 5층(우편번호 06027)
대표전화 02-515-2000 팩시밀리 02-515-2007
www.minumsa.com

한국어 판 ⓒ (주)민음사, 2012, 2017. Printed in Seoul, Korea

ISBN 978-89-374-3463-1 03840